郭嘉

长篇历史小说系列

张前 著

上

辽宁人民出版社

图书在版编目（CIP）数据

郭嘉 / 张前著 . —沈阳：辽宁人民出版社，
2024.2
　（长篇历史小说系列）
　ISBN 978-7-205-10972-1

　Ⅰ . ①郭… Ⅱ . ①张… Ⅲ . ①长篇历史小说—中国—
当代 Ⅳ . ① I247.5

中国国家版本馆 CIP 数据核字（2023）第 233656 号

出版发行：辽宁人民出版社
　　　　地址：沈阳市和平区十一纬路 25 号　邮编：110003
　　　　电话：024-23284191（发行部）　024-23284304（办公室）
　　　　http：//www.lnpph.com.cn
印　　刷：河北朗祥印刷有限公司
幅面尺寸：165mm×235mm
印　　张：35.75
字　　数：408 千字
出版时间：2024 年 2 月第 1 版
印刷时间：2024 年 2 月第 1 次印刷
责任编辑：赵维宁　段　琼
封面设计：乐　翁
版式设计：一诺设计
责任校对：郑　佳
书　　号：ISBN 978-7-205-10972-1
定　　价：99.80 元（上、下册）

目 录

第一章

鸡窝初遇

建安十一年，易州城已经连续下了多天的大雨，阴沉沉的天怎么也不见晴，整座易州城被一层阴郁的面纱覆盖，十分压抑。街道上，早已没了往日的热闹。两旁的店铺里，只有伙计百无聊赖地在柜台前打盹儿。偶尔，零零散散地能看到几个人在雨中匆匆而过。

这时，有一位老者一身蓑笠，匆匆从街角走来，身旁跟着一个背着竹筐的男子，还有一个一身素衣的女子，三人脚步匆匆，面露急色，在安静的街道上尤为引人注意。

街道深处的一间房门口前，一个身材高大的男子正迎雨而站，满脸焦急，向前方望去，直到三人在他面前停下脚步，他才轻轻地呼出了一口气。

"老先生，终于等到您了，快请进！"男子匆忙迎上前，老者微微点头，正要跟着男子进屋，身后突然响起了一个声音："邵恒！"男子闻声望去，当看清说话之人时，愣住了神儿。

邵恒有些激动地说道："刀刀！是你！真的是你！快，随我进去，少爷要是知道你回来了，肯定高兴。"邵恒内心感慨万千，很想问问刀刀这些年过得怎么样，但是，少爷的病情却不允许他在这儿浪费时间。

邵恒将华佗、樊阿和刀刀引进房间，推开门的那一霎，刀刀红了眼眶。她看着半依靠在床榻边的人，本就消瘦的身体，如今就剩下皮包骨了，心疼不已。

郭嘉看清来人，神情淡淡，可是漆黑的眼睛泛起的旋涡出卖了他此时内心的激动。

华佗走到他身旁，为他把脉，随着脉搏的跳动，华佗眉头间的褶皱也随之加深："公子……"

郭嘉淡然一笑，结果在他意料之中，现在倒也释怀，他平静地说道："结果如何已无妨，神医且宽心。"

华佗轻轻地叹气，看向郭嘉手腕处的楠木手串："公子明知……为何？"

郭嘉看着华佗，轻轻地摇摇头示意此事无须再提及，说道："无妨，无妨。"

华佗心领神会，便吩咐樊阿拿着他开的药方，去熬药。邵恒也默默地退出房间，将时间留给少爷和刀刀。

两人相对，默默无语，还是刀刀打破了沉默："你的身子还是一如既往的弱呀。"郭嘉无奈地摇了摇头。

两人不由得笑出了声，仿佛一下子回到两人第一次相遇的场景。

二十八年前的一天，黎明时分，雾气渐生。此时，老黄头和他婆子睡得正香。这老黄头，表面上是个地道的农家汉，暗地里也兼做驵侩，倒腾牲口，也倒腾人。

屋里，打雷一般的鼾声从老黄头缺了门牙的嘴里跑出来，顺着窗户和门缝一路传到了屋外的鸡窝里。

鸡窝是用黄泥和着干草砌起来的，约莫半人高，一人长宽，木栅栏门用铁链锁着，里头的大半空间被五只鸡和一只鸭霸占着，淡淡的光线从栅栏缝里钻进去，等透到最深处早已经没有了，若不仔细看，不会有人发现，那里有一双静悄悄的眼睛，正目视着前方。

一个灰头土脸的小女娃蜷缩在鸡窝深处，尽量不让自己有任何动作，发出任何声音，以免惊动了鸡鸭。这些家伙要是叫起来，必定会惊醒老黄头，到时候倒霉的又是她。老黄头每次都觉得她是要逃跑，不由分说地把她拖出去狠狠地打一顿才解气。

这是小女娃被关进来的这几日总结出来的经验，但那个新来的男娃恐怕并不知道。此刻，躺在她不远处的男娃正发出迷迷糊糊的呢喃声，具体是在说什么，小女娃听不清。

男娃有六七岁，不，可能更小，人异常消瘦，因此显得他的脑袋特别大。

小女娃不禁担忧地想：要是他站起来的话，那小身子会不会被脑袋压坏呢？小女娃努力地睁大眼睛，想看清男娃大脑袋上的五官样貌，可是光线太过昏暗，只能从一团黑乎乎的、模模糊糊的轮廓中得出一个结论：他的鼻子应该挺高。

突然，男娃闷哼一声，像是要醒过来。小女娃急忙伸手去捂他嘴巴，怕他弄出动静惊动了老黄头，给两人引来一顿暴打。但是光线太暗，小女娃并没有精准地找到男娃嘴的位置，而是先触碰到了他的脸，顺着脸颊去摸索嘴巴。

这个男孩就是郭嘉。此时，郭嘉刚恢复一点意识，只感觉到头像炸裂了一样的疼着，呼吸里充满了说不出的馊臭味儿，他的记忆还停留在那碗递过来的、清甜的井水上面，忽然感觉到一只手摸到了他脸上！

郭嘉瞬间浑身紧绷，汗毛竖立，内心生出了一种不好的想法，在这陌生的环境里，一只陌生的手，足以要了他的命。

虽然郭嘉双眼紧闭，但是慌乱的气息还是出卖了他此刻的紧张。他在心里告诉自己一定要冷静、再冷静，他慢慢地感知到那只手并不是很大，猜测对方未必强于自己甚多。思索只是一瞬间的事儿，时机亦然。小女娃的手已经摸到郭嘉的嘴上，说时迟，那时快，郭嘉猛地张口，一口咬住小女娃的手，同时翻身向对方扑去。

"呜！"

"咚！"

两声闷哼同时发出，一声是小女娃的痛哼，一声是郭嘉的脑袋撞到了低矮的鸡窝棚发出的声音。

郭嘉随后砸在了小女娃的身上，嘴仍死死地咬着小女娃的手。小女娃顾不上手的疼痛，找准时机，对着郭嘉的手臂便狠狠地咬了下去。在两人彼此撕咬之间，郭嘉才看清对方是一个和自己差不多大的小女娃。因为他的突然出击，令小女娃如同一只野兽一般，浑身充满了防备与凶狠，那双皎如明月的眼睛里，充满了不屈和水光，但她没有发出半点声音，更没有一点的示弱，就那么死死地盯着郭嘉。

郭嘉立刻意识到她和自己的处境是一样的，赶紧松开嘴。仿佛有着什么默契，小女娃也松开嘴，两人闪电般地分开。

没等两个人缓过神儿来，窝里的鸡鸣鸭叫四起，它们不分东西南北地向两人身上跳扑过来，又啄又抓，他们奋力地用手臂去遮挡。紧接着，外面传来一声叫骂，栅栏门被猛地踢开，老黄头躬身进来，手里的火把往里面一戳，鸡和鸭被火一燎，三下两下地跳开来。

"谁闹的？"老黄头怒视着角落里的两个娃儿，"谁嫌命长，晚上就拿谁炖来吃！"老黄头身上杀气腾腾，连鸡鸭都大气也不敢出。

郭嘉感觉到身边的小女娃在微微颤抖，不知道是因为被他咬疼了，还是这人真的会杀人。老黄头的目光从两个人身上一扫，郭嘉毫不畏惧，反而坐起身来，他背靠泥墙，下巴微昂，迎上老黄头的目光，冷声喝问："你是何人？可知我是什么身份，敢把我抓来。"

老黄头不屑地骂了一声："管你是谁！在这窝窝里，能卖掉的那是钱，卖不掉那就是锅里的肉。"

现在的世道不太平，别说倒腾小孩儿的事儿，就是路边还没咽气的大人被人分食的事儿都常有。

小女娃默不作声，把头低得不能再低了，尽量减少自己的存在感。老黄头眼角余光一扫，就知道刚刚吵闹的肯定不是这小女娃，他瞪向男娃，伸手就要把他抓出鸡窝教训一下。

谁承想，那男娃神色不动，上身笔直，显露出与周围格格不入的气质来。

郭嘉见老黄头要伸手抓自己，呵斥道："大胆！吾乃颍川阳翟郭氏子弟，谁给你的胆量做这买卖？你又哪来的身份，可以欺辱我！"这声音奶声奶气的，说出来的话竟然带着几分官老爷的威严。老黄头不觉被惊住，手停在半空中。

"这是怎么了？怎么了？"外头的老婆子也听见声音，探了脑袋进来看，目光一触郭嘉，她心里颤了颤，没来由地觉得这个小东西不可直视。

"哎哟哟，他是什么意思？"老婆子压低声音问自家老汉，"不是让你尽快寻下家卖掉吗？也没个几两肉，跟他废什么话。"

老黄头没理会他婆子，心里犯起了嘀咕，这孩子是个精干男人塞过来的，说白送他卖掉。他一时贪了个便宜，就夹带了回来。现在仔细一想，一般人家买卖儿女，哪儿有白送的，别是便宜没占到，反而惹了不该惹的麻烦。老黄头暗暗压住这个心思，面上做出凶神恶煞的样子，他反问郭嘉："你这一身破破烂烂，装什么大家子？"虽是问，语气里更多的却是笃定和不信。

郭嘉注视着他，道："定是让人剥走衣衫，拿去典当了。你最好将我送还家去，否则……就算你杀了吃干净了……"他的眼睛一动不动地看着老黄头，"只要做过，定能寻出你，我家中长辈可是掌管阳翟典狱之人。"

老婆子听到这话，脚下一软，差点儿没站稳，莫说专管典狱的大人，就是寻常小吏都是他们惹不起的阎王，这些人可都是吃人不吐骨头呢。郭嘉将老黄头和他婆子的表情都看在眼里，话音一转，又道："你若送我回去，定然重重有赏。"老黄头不说话，看了郭嘉好一会儿，似在琢磨着这买卖值当不值当。郭嘉年纪虽小，却不惧怕，坦然地任他打量。

小女娃也在偷偷地打量着郭嘉，心里不由得惊叹：原来他的身子骨是真能撑住那大脑袋的。而且这大脑袋还特别好看，就算此刻上面脏兮兮地沾染了不少黑的、灰的颜色，也掩盖不住他的好看。他的额头宽阔，眉宇如剑入鬓，一双眼睛炯炯有神，黑白分明，眼珠犹如黑色的宝石嵌在白玉之上。而且，他真的有一只特别高挺的鼻子。也正是这只鼻子令这个岁数不大、身体单薄的孩子身上有种不可小觑的气质。

老黄头阴沉地看着郭嘉，忽地，他转身退出鸡窝。外头已经隐隐天亮，老婆子见状，忙招了鸡鸭出去吃食，然后快速把栅栏门锁上。她跑着追上已经出了院子的自家老汉，问道："你上哪去？这娃留着怎么办？"老黄头正皱着眉头，闻声瞪她一眼："我去打听打听，你盯着。""唉！"老婆子搓搓双手，不放心地叮嘱道："你可打听清楚啊。"

老婆子给鸡鸭撒了点儿菜叶子，准备热个饼子吃，又想起鸡窝里的两个崽子。前两天只有一个小女娃的时候，她难得丢鸡窝半口饼，不让里面的人饿死就行，现在那里没准有个官老爷的金蛋蛋，没弄好倒成了问题。"都是浪费粮食的，还不如牲口。"老婆子嘴里咕哝，咬咬牙，又从篮子里摸出一个饼子。

或许是鸡窝里没了鸡鸭，又或许是因为习惯了，郭嘉觉得那股骚臭味儿淡去了很多，他依然靠在泥墙上，保持着端坐的姿势，眼眸微合，脑子里飞快地搜刮昏迷之前发生的细节。

以郭家在阳翟的地位，外人寻仇，不应该找上他这种身份的子弟。若是内里有人心生不满，想弄一票更应该知道他不是合适的对象，何况能在学堂里在他的饮水里面做手脚，除非……

有脚步声走近，鸡窝里忽然暗了下来，郭嘉睁开眼看向栅栏门。

老婆子那双大脚出现在鸡窝的栅栏门外，只见她吃力地往缝隙里塞东西。为了防止黄鼠狼进来偷食，这门缝留得连一指头粗都没有。由于老婆子太用力，手里的饼子被她捏碎了大半。没办法，老婆子只得扯开链子，将栅栏门拉开，把手里的饼子丢进去，嘴里说道："给你们俩吃的，都给我老实点儿。"说罢，又把地上的碎饼渣子往里踢了踢，然后飞快地锁上门。

小女娃灵猴一样，扑过去抓住最大的碎饼塞到嘴里，又抓向地上的饼渣。在指尖触及碎屑的时候，她的动作却顿住了，转而看向郭嘉，一双大眼睛里的警觉在触碰到他瘦小的身形时软了下去，她把手伸出来，掌心里躺着碎得像粉末一样的饼末末。

"喏，给你。"

"污秽之物，我不吃。"

小女娃像看怪物一样看着郭嘉，觉得这人的大脑壳子一定有问题，就算是长得再好看也掩盖不了的那种问题。

"明明是好东西，吃了能活命。"女娃嘀咕，一面嚼着嘴里干的呛嗓子的饼渣，一面迫不及待地低头去找其他可能遗漏的碎渣。等她确认能吃的都进了嘴里，人才从栅栏门旁退开。

"喂。"小女娃凑近郭嘉，等他看向她时，她便压低声音开口，"小弟弟，我看外面只有那个婆子，等她下次开门的时候，我们飞快地撞开她，跑出去怎么样"？

郭嘉不悦地说："谁是你弟弟？"

"我看着你比我小。"

郭嘉不与她争："跑不掉的。"

"你怎么知道？"小女娃有些疑惑。

"你看那老婆子只有一个人，如果我们往相反方向跑，猜她一个抓不住俩，我们总有一个人能跑掉，是不是？"还没等小女娃点头，就被郭嘉直接否定了，那语气是笃定的，他继续道，"但这里一定是个村子，不会只有一户人家，她只要扬声喊起来，周围的人家都会来帮忙抓我们，我们人生地不熟，根本跑不过他们。"

小女娃的眉头皱了起来，似乎在思考这话有几分真几分假。

之前她因为不能大声说话，又要保证对方能听清楚她的话，不得不整个人都压在郭嘉旁边，一只手撑在他腿上，这会儿那只手还没有移开，正是最开始被郭嘉咬住的手。

两个人的目光不由自主地落在了那只手上，同时想到了之前的撕咬，随即触电一般地分开。小女娃贴到栅栏旁的泥墙上，抱膝看着外面，她身上有好几处青青肿肿，两只黑漆漆的脚丫上有黑色的泥，还有红褐色的血痂，一个脚趾的指甲像是掉了。

小女娃的状况被郭嘉看在眼里，他低头看向自己，圆润白皙的脚趾在鞋头的破洞处若隐若现。"逃跑的机会只有一次，在真的实施之前不能叫人察觉。"他的声音轻若蚊蝇，小女娃差一点没能听清楚。

小女娃惊喜地睁大眼睛，满是期待地问道："你有什么好主意？"

但这次，郭嘉没再开口。

第二章

成功脱逃

直到快天黑的时候，老黄头才从外头回来。老婆子一看他那个板着脸的样子，心里越发地像有个水桶一样，七上八下的，她满脸担忧地问道："真……真是大户人家的？"

众所周知，颍川有四大家族：荀氏、陈氏、钟氏、韩氏。这是路边叫花子都知道的事，而那郭氏虽然不在其中，但在当地的声望也是仅次于这四家的大世家。老黄头经常做买卖，多少耳闻过一些。

老黄头唉声道："确实有个大户姓郭，丢了娃，他们那好大一伙人都在四处找。"

"多大的大户？"老婆子一脸无知地问道。

那老黄头可形容不出来，他只看那人家的大门都是他舍不得摸的那种，油灿灿、光亮亮的，在阳光下泛着光芒。他只敢在远处偷偷地探看，只见里面进进出出的不少人都拿刀持剑，甚至连门口的下人都长着张不好惹的脸。

老黄头心想怎么就偏偏让他看走了眼，掏错鸟窝，把手伸进了凤凰窝里，这下怕是惹了大麻烦。老婆子不知道自家老汉已经满脑袋糨糊了，还跟他提白天的事儿："我给他俩吃个饼子，那男崽子说什么我学不会，但我猜那意思就说这东西不能吃，连看都不看一眼。"

老黄头沉默着。

老婆子嘀咕："那不如就送回去，说不定真能给钱呢。"

"我能不知道吗？"老黄头气极了，他是怕对方问罪起来，倒惹上了说不清楚的麻烦。现如今要把这个小崽子卖出去是不可能的，经手的人越多越容易出事。要么一不做二不休把人处理了，可即便是处理干净了，若真像小崽子说的那样，就一定能逃过那些官爷的眼睛吗……

老黄头想了一夜，而郭嘉也是一夜没合眼，他在等那老头想明白。

第二日天蒙蒙亮，老黄头蹲到了鸡窝门口。郭嘉看了看正趴在地上睡的小女娃，决定给外面蹲着的庞大身躯最后一个梯子，他道："我身体不好，指不定就晕在哪让人抱走了。您是路边捡的我，这倒算是我的恩人。"

这"恩人"两字落下，算是给老黄头吃了颗定心丸，卸去了他一晚上的担忧。老黄头顿觉松快，也是啊，他是莫名其妙地遇上了这孩子，没饿他，没伤他，怎么不算恩人？他问郭嘉："送你回去，你家真能给赏？"枯黄的眼睛里，阴冷已经褪去大半，取而代之的是星火般要燃起来的贪欲。

"当然。"郭嘉看了眼小女娃。

小女娃被两个人的说话声惊醒，目光在郭嘉和老黄头身上飞快地来回转动，似乎想弄明白两个人正在谈什么。

郭嘉递给小女娃一个眼神，示意她不要开口，自己则与老黄头说："您本身想给我寻下家，我也不能让您亏了，世道难过啊，谁家不是为了一口吃食忙活。"

这话妥妥帖帖地烫平了老黄头心头最后的一丝疑虑："可不是，我也不是故意要坑害你。"

随着老黄头的话音落下，栅栏门打开，这一次，郭嘉被外面的光亮刺得眯起了眼睛。

小女娃意识到郭嘉竟然说服了老黄头把他送回去！她肿了的嘴巴张了张，似乎想说什么，郭嘉就那么等着，小女娃却没出声，她把话咽了回去。

郭嘉心想，她还有点脑子，没有像只有他们两个人的时候那么叨叨不停，他转头对老黄头道："把她带上。"

"带上她？"老黄头眼睛一转，八百个心眼跟着转。

郭嘉怎会不知道老黄头那点儿心思，直截了当地道："我买了。"

小女娃听到郭嘉的话，眼睛顿时一亮，他肯带她一起走！这回就是老婆子不拿绳子拴住，小女娃都不跑了。

两个人到了鸡窝外，小女娃自觉地拉住郭嘉的衣袖，俨然一副不能让他把她半路甩了，说话不算话的样子。

郭嘉瞧她的样子，不由得低笑："你倒不怕我买你去吃。"

那我就再寻机会跑呀！但小女娃没把这话说出口，她想起了这个个头比自己还小一点儿的小男娃的话——逃跑的机会只有一次，在真的实施之前不能叫人察觉。

老黄头从棚里拖了驴子来，这是他家最金贵的东西。像这大户人家的孩子，当然得配上最金贵的东西。

郭嘉坐上驴背，往小女娃的方向努了努嘴："让她也上来。"

这可把老黄头心疼坏了，小女娃长得比小男娃壮，也惯会逃跑，可别让她上去了，回头窜跑的时候踢坏了驴。可他不敢得罪郭嘉，毕竟钱还没到手，老黄头一脸不情愿地把小女娃也抱了上去。

等上驴背，小女娃视野一下变广阔了，大眼珠子滴溜溜一转，把四周看了个遍。他们果然是在一处村庄里，及目处错落着不同的小院儿，农人扎在远处的农田里，再远处是无尽连绵的山峦，不少峭壁没有植被，青灰色的石头裸露在外，看起来险峻难行。她心想，幸好没有贸然撞开老婆子跑掉，要不然真是很快就会被抓回来。

小女娃不禁又看向郭嘉，这小弟弟好厉害呀，几句话的工夫就说动了他们放人，还要亲自送他回去，大世家出来的人都这么有本事吗？

但郭嘉不如她开心得这么快，未见到家人，变数随时存在。他背脊笔直，浑身处于一种随时可以发力的逃跑状态。

老黄头拉着驴，老婆子跟在驴后面，一行四人进了阳翟城，宽阔的大街好似烫脚一样，路上的人都步履匆匆。一直到高大熟悉的门楣出现在眼前，郭嘉握紧的拳头才松开，他轻轻地舒了口气。

门口的小厮已经认出了郭嘉，不等老黄头开口，小厮就急匆匆往里去通报。

阳翟郭家的当家人单名一个达字，正在书房与人议事，听闻郭嘉找回来了，郭达即刻起身，大步往外走。

郭嘉被老黄头从驴背上抱下来，远远见到郭达疾步而来。郭嘉强撑着的身体到这一刻终于被疲倦笼罩，小小的身板不觉一晃。郭达忙下台阶将郭嘉扶住，顺势仔细地将他上下看了个遍："果然是嘉儿，能平安回来便好！"

"让您担心了。"郭嘉的头埋在郭达肩上，因此声音闷闷地，他忍不住感受了一下这坚实怀抱中的温暖，但也只是片刻，因为这个怀抱并不属于他。郭嘉在郭达的臂弯里回过身，指着老黄头道："多亏这老伯将我送回来，您能不能赏一赏他？"

老黄头见到郭达这般人物早就缩着肩膀不敢抬头，他婆子更是早早地跪在了地上。

郭达的目光在两个人身上略有停留，道："能送嘉儿回来，当然该赏。"这话回的是郭嘉，以郭达的身份，他不会与这等山野草民说话，自有懂事的下人给老黄头赏钱。老黄头拿到了一袋钱，欢欢喜喜地磕头。

郭达昂着头，似没有看见。郭嘉习以为常，又指着驴背上的小女娃说："若不是在山里遇到她，我便要被野兽吃了，也遇不到老伯了。我们可能买她？"

郭达微微皱眉问道："她是什么身份？"

老黄头马上撇开关系："流民，流民一个！我们收养了几天，等着卖出去呢。"

郭达再次颔首，又有几个钱落到了老黄头手里，流民是不值钱的。

郭嘉低声道："多给一些吧，难得他没把我吃了。"

老黄头不禁一激灵，心说这崽子说的话怎么总让人心头发毛。他也不敢反驳，只干笑着，赶紧让小女娃从驴背上下来。

小女娃不像老黄头那般怕郭达，"刺溜"一下从驴背上下来，赤着脚跑向郭嘉。

郭嘉已由郭达牵着手，往大宅里面走。

小女娃三步两步地跟在他们后面，踏过那扇带着雕花的高大门楣，一种说不出的感觉扑面而来，仿如是她误闯入了另一个世界，红砖绿瓦，雕栏玉砌，一流细水从天井四周绕过，涓涓不知转去何处。每往里走过一道门，都有两位发丝如云的侍女，垂着白皙的脖子，伸出如玉般的手打开五彩珠子穿起的门帘，然后那门帘又在她身后落下，叮叮当当，发出清脆的声响。

在最后那间大屋里，等待着一位焦急的老人，他身上穿着干干净净的灰色衣衫，虽然洗得干干净净，但那份陈旧还是与屋内的富丽堂皇格格不入。

"爷爷！"郭嘉唤他。

老人听到郭嘉的呼喊，忙站起身来，目光与郭嘉相触的一瞬，老人立刻抬起双臂，双手相握对郭达深深一揖。

"您是长辈，我怎么能受。"郭达抬手虚扶老人。

老人声音发颤地说："实在没有其他感激的方式，请受我一拜吧。"

"使不得，使不得。"郭达扶住老人。

"扑通"一声，郭嘉已跪下。

小女娃也忙跪下，把头用力地抵在地上。她觉得郭嘉做什么，她也应该做什么。

郭嘉道："若没有族长四处寻找嘉儿，嘉儿再无机会见到爷爷，请族长受嘉儿三拜。"他说罢，"咚咚咚"给郭达连磕三个响头。

"嘉儿，我看着你长大，把你当作自己的孩儿一般。看你们祖孙团聚，我也欢喜。"

"嘉儿明白。"

郭达看着这小小的匍匐在脚下的身影，少顷，他微微露出一丝笑："回去休息几日，再来族学上课吧。"

"是。"

郭达的目光往郭嘉身后延伸了一下，示意旁边的下人："把那新买的女娃登记上册，让嘉儿领回去。"

老人这才注意到有个女娃和郭嘉一起回来，不禁疑惑地问："这孩子是？"

郭嘉直起身，把刚才对郭达讲的话又说了一遍。

老人惶恐道："这……这是让族长破费了啊。"

"一个丫鬟而已。"郭达不以为意地说。

"爷爷，多一些人，家里热闹。"郭嘉开口。说完又转向郭达，带几分童真地道："族长，能让她不做丫鬟，而是做我的玩伴吗？"

郭达哈哈大笑，指着郭嘉，对老人道："你看看，嘉儿到底还是个孩子，玩儿性大呢。被您教的像个小大人一样拘谨，还是这般的好！"

老人也连连称是。

小女娃的目光在几人之间穿梭，只觉得他们说的话，她每一个字都听得真真切切，但要仔细琢磨，又好像完全没听明白他们在说什么。

她只知道跟在郭嘉身后，郭嘉离开这屋子，她也离开这屋子，郭嘉拉住老人的手，她就去拉郭嘉的衣袖。

等出了郭府，侧门外已停着一辆老牛拉的板车，三人上车，老人驱牛行走，牛车晃悠悠地出了阳翟城，郊外苍茫的景色映入眼帘。

郭嘉这才轻声道："让您担忧了。"

老人目视着前方："爷爷知道你不是乱跑的性子，是出了什么事？"

是出了什么事……郭嘉回答不出，只觉得这会儿精神松懈之后，那种炸裂开来的头疼又一次席卷而来，他的身体晃了晃，眨眼之间便被黑暗包围，昏倒之前，好似听到小女娃的惊呼声："你怎么这么烫！"

第三章

取名刀刀

郭嘉一直深陷在光怪陆离的梦中。

有时是周围的花草树木、动物昆虫变得异常高大，追逐着渺小的他；有时是他化成了一阵风，被电闪雷鸣包裹，于天地之间翻转不定；有时又是那碗甘甜、清澈的井水被一股莫名的力量抵到嘴边，他口渴难忍，但理智告诉他不能喝，不能喝……

郭嘉不停地挣扎在变换着的梦中，不变的是他的身体始终沉重如灌铅，他渴望逃离那些怪物，更渴望能打破这具身躯！郭嘉整整昏迷了一天一夜，才转醒过来。

时值中午，屋里亮堂堂的。

小女娃温暖而干燥的掌心覆到他的额头上："不烫了呢。"说完，她大声喊着："爷爷，爷爷，弟弟醒了！"边喊边跑了出去。

什么爷爷，明明是他的爷爷。才来多久，都叫这么熟。郭嘉强撑着身体坐起来，那小女娃已经端着碗和爷爷走进屋来。

"弟弟吃粥了。"小女娃亲切地唤道。

郭嘉微微抬眉问道："你几岁啊？"

小女娃道："我八岁呀。"

郭嘉道："我九岁了。"

"骗人，你比我还矮半个头。"

爷爷忍俊不禁，亲抚小女娃的肩，解释道："嘉儿自幼体弱，所以显得瘦小，以后会长高的。"他手里端着热气腾腾的白粥，说完递给郭嘉吃，"先吃这个，让胃里暖一暖再喝药。"

郭嘉早就饥肠辘辘，三口两口便把白粥喝了个精光，浑身缠绕着的寒意终于散去，额头上覆着一层薄薄的汗。

爷爷帮他擦了汗："这样就好了，出去吃了惊吓，现在魂回来了。"

"爷爷。"郭嘉收拢了一下思绪，"我是在族学里晕倒的，那日有骑射课，大家下了马都浑身大汗，跑去喝新打上来的井水。我也喝了，然后再醒来就在那个驵侩那儿了。"

小女娃忍不住插嘴："你怎么知道他是驵侩？"

郭嘉忍俊不禁："看着挺聪明的，这会儿怎么转不过弯了。"小女娃还是不解，郭嘉反问她："不是驵侩，为什么家里囤了你这个待买卖的人口？"

小女娃一时语塞，难怪两个人在鸡窝里的时候，他就套她话，问她是怎么在这里的，原来早猜出了那老头是做什么的，拿她佐证呢。

爷爷听了他们的话，想的比他们更深一层："如此说来，那把嘉儿卖出去的人是在族学里啊。"

"族学是什么？"小女孩知道这爷孙俩是好人，她本着不明白就问的道理，又插了嘴。

果然，爷爷耐心地跟她解释："郭家是本地大家，子弟众多，因此设了学堂，专教自家子弟，这便是族学。"说着，爷爷转向郭嘉，"你知道是谁了？"

"我只是猜了个方向，还不能确……"郭嘉的脸上多出了九岁孩童不该有的成熟。

"嘉儿。"爷爷按住郭嘉的手，把他后面的话压了下去，"你无需去确定，事情已经过去了，你也平安回来了。嘉儿，这件事，切记不可有报复之想。"

"为什么呀！"小女娃不懂，在她心里，吃了亏是要讨回来的，今日不讨回来，以后也定要寻机会讨回来。

郭嘉深知爷爷的担忧："我们是旁支，做什么都依仗族长的庇护。但如果主动去挑起族内的矛盾，那便是为难族长。我明白的，爷爷你放心。"

爷爷宽慰地拍拍郭嘉，他知道这个孙子很出色，虽然自幼身体不好，可在学业方面却把其他人甩得老远，因此经常遭遇嫉妒和不公，他也知道如此出色的孙儿并不甘于人下，他更知道郭嘉懂事，纵有千万不甘，也不会胡来。

"吃药吧。"爷爷把药碗端给郭嘉，"吃完药，再好好睡一觉，身体就好了。爷爷到田里去看看。"郭嘉颔首应过。

爷爷又转而叮嘱了小女娃几句，无非是要看着郭嘉，让他多休息之类的话。

小女娃乖巧地一一应下。

等爷爷走后，郭嘉把棕褐色的药汁一饮而尽，然后把碗塞给小女娃：

"给你洗。"

"你不是说，买我来做玩伴吗？那玩伴怎么能做丫鬟的事呢？"小女娃机灵得很。

"要做的事虽然一样，在身份上可大有不同。"郭嘉说道。

"既然要做的事一样，身份怎会大不相同？"小女娃歪着脑袋看着郭嘉。

两个人的对话犹如绕口令，可郭嘉知道那是她不明白其中的区别，于是耐心地说道："那差别可大了，丫鬟入的是奴籍，玩伴入的是良籍。"

"我看不出区别。"小女娃嘴上不肯吃亏，实际上已经顿悟了，"难怪在那间大屋里的人一开始拿出的是红绳系的册子，后来拿出的是蓝绳系的册子。"

"观察得倒很仔细。"郭嘉夸她，"奴籍和良籍自然不会在同一本册子上，这两种身份能有的自由也不一样，以后你就懂了。"

小女娃撇嘴道："现在讲不清楚的事，往往都像这样搪塞。"

郭嘉不禁笑道："果然牙尖嘴利，倒不枉费我给你起的名字。"

"什么？你还给我起了名字？"小女娃惊呼道。

"要入册，自然要有名字。"郭嘉好整以暇，"看你在鸡窝里话就很多，一直叨叨个不停。叨叨，嘴巴像刀，倒也挺好，天生带着凶器，没人敢惹你，走到哪儿都不会吃亏。"

郭嘉抓过她的手，伸出一根手指，在她掌心写了个刀字："这是你的名字，刀刀。"

"才划拉两下，容易得很，我也会。"刀刀学样，在郭嘉手上写了一遍，"这不就是嘛。"

郭嘉看着手心："会了便好，去洗碗吧。"

刀刀柳眉倒竖："就你会使唤人！"她这会儿整个人都已经清洗过，脸上的脏污都没有了，显得青青紫紫的伤肿更明显，脚上也有伤，如今郭嘉躺在床榻上，爷爷就把郭嘉的鞋先给她穿。刀刀踩着那双前面有了洞的布鞋，一瘸一拐地去洗了碗，然后又拖着瘸腿飞快地折返回来，她答应爷爷要帮他看着郭嘉呢。

"你现在睡觉。"她命令他。

郭嘉枕着圆木枕头，眼睛睁得老大："倒指挥起我来了。"

刀刀头一扬，道："那当然，我比你高。"

郭嘉道："可是，我比你大。"

刀刀不甘示弱地说道："我比你壮，比你胖。"

郭嘉还是那句话："我比你大。"

刀刀不服气："你就没有别的话了？"

"有啊。"郭嘉道，"你那是虚胖。"

刀刀捶床，忽然她想起了什么，一撇嘴道："你啊！在鸡窝里面把自己吹的老牛皮了，原来那都是骗人的。你这个家啊，跟我家也没什么区别，一样的茅草屋，一样的几分薄田，还有一头老黄牛。"

"那你的家在哪？"郭嘉反问道。

刀刀一愣。"我也不知道。"她的声音低了下去，"一开始还记得，后来越走越远，就想不起来了。"

郭嘉静静地看着她没有说话，默默地等她的难受劲儿过去。

谁承想刀刀一下子走出了情绪，她一笑，声音洪亮："但是啊，多亏了你这样诓他们，我们才能逃出来呢！"她问郭嘉："你真的不会报复吗？"这样把他卖了，送了，丢了，其实，和要他的命有什么区别呢？

"我已经答应了爷爷。"郭嘉坚定地答道。

"你可不像那么大度的人。"刀刀持怀疑态度。

郭嘉被她这反应气笑了，反问："你知道？"

刀刀挺直腰板，大声说："当然了，我比你大。"

郭嘉莞尔。

窗户开了一条缝，有初夏的风卷进来，撩动着帐幔以及少年人蓬松的头发，郭嘉慢慢闭上眼睛。刀刀看出他有倦色，跑去把窗户合上。他感受到身边的声音一下消失，人像被装进了一个大盒子里，温暖、宁静。

"那我们就把他找出来吧。"他低喃。

很快，那碗汤药的效果来了。昏沉困意将郭嘉团团笼住，但这一次郭嘉没有再做那些奇奇怪怪的梦，反而浑身都充满了安稳和踏实，使得他安心地任凭自己被眼前的黑甜吞噬。

第四章

重返族学

在家休养几日，郭嘉身体大好，他决意回到郭氏族学继续学业。爷爷内心有万分不舍和担忧，但他也知道这是关乎孙儿前途的事，他一面叮嘱郭嘉注意身体，照顾好自己，不要太过刻苦，一面给郭嘉和刀刀准备便于储存的吃食。

刀刀看到爷爷装了满满一大篮子食物，几乎有她半人高，一双水亮的眼睛睁得跟猫眼儿一样，又圆又亮，她不解地问："爷爷，学堂里不是给饭吃吗，不会饿着我们，您怎么还给我们带这么多吃的呀？"

爷爷压低声音跟她说："爷爷晓得学堂有饭，但是他总要看书到很晚，到时候饿了就不好再麻烦学堂的厨房了，你要记得提醒他吃，不要饿着入睡，会饿坏身体的。"言语里的他是谁，不言而喻。

刀刀恍然大悟，她和爷爷保证说："您放心吧，我绝对让他饿不着，冷不着，变得白白胖胖地回来。"

"对啦，这才是爷爷的好刀刀，等不够吃了，你就回来找爷爷拿。"

"嗯！"刀刀爽快地答应着爷爷。

郭嘉其实离两个人不远，把这段对话听得清清楚楚，不禁暗笑摇头。

次日一早，天蒙蒙亮，爷爷驱了老牛，送两个孩子上族学。天地之间被静谧充斥，除了老牛脖颈下的铃铛有规律地响着，再没有别的声响。路上一个人都没有，连最早起的农户都还没打开门来上工，各家各户的门窗犹如灰洞，不见一点生气，索性还有朦胧的晨光，它们透过雾气铺在通向阳翟城的泥路上。

祖孙三人越往前走，天色越亮，人声渐起。等一行人来到族学门口，早课已经开始，琅琅的读书声从族学里传出来。

爷爷忙冲郭嘉和刀刀说："你俩莫送我，快进去读书吧。"说罢，人坐上板车，给了老牛一鞭，车往前发动。他深知孙儿不看着他离开定不会走，面上不动声色，手里的动作却快起来。

"啪——"又是一鞭子，抽在老牛背上，爷爷抬起手又冲身后挥了挥，那是示意郭嘉赶紧进到族学里面去读书，也是告诉孙儿不用担心，他这把老骨头硬朗着呢。

刀刀双手拢着嘴喊："爷爷您慢点走，路上小心！"与刀刀不同，郭嘉话很少，但他目送爷爷的目光里深藏着无尽的东西。

刀刀说他家一间茅草屋，几分薄田，一头老牛。这话对，也不全对。爷爷原是族长郭达的亲堂叔，家产就算称不上丰厚，也绝对与贫瘠二字不沾边。可是爷爷的儿子、郭嘉的父亲顽劣不堪，嗜赌成性，败掉了家里大部分的田产，逼得爷爷遣散奴仆，从一个读书人硬生生地变成了农人。

郭嘉有时候会庆幸地想，幸好父亲死得早，他们才保下最后赖以生存的一些田地。如今爷爷年纪大了，留了一些地自己耕种，余下的租出去，家里人口简单，有这些收成倒也不至于饿死，年景好的岁月，还能有些结余。但是这一切，距离他们家当年的光景，依然天差地别。

读书不是唯一的出路，但是读书对于郭嘉而言，是能够最快重振家业的路。

直到爷爷佝偻的身影完全消失在视线里，郭嘉才收回思绪，带着刀刀进入族学。

郭氏族学占地数亩，规模远不及颍川四大家族的族学，但也修造了学堂、藏书楼、教书夫子的居室、学生的住所等，还有一个操场可以练习骑射御马，可谓麻雀虽小，五脏俱全。

郭嘉把刀刀带到他的房间，这是一处只够铺两卷草席的小隔间。刀刀没有想到环境如此简陋，这还是因为郭嘉读书好，考试得了甲等，才由夫子做主分予的住所。学生的住所有好几间，基本都是大通铺，给不方便每日回家的学生住，郭嘉所用的这处位于宿舍西边，旁边就是大通铺，就算有个隔板也没什么私隐可言。靠着一侧隔板有一个矮柜，但是太过窄小，连篮子都搁不住。

空间实在太狭小了，刀刀不知道把吃食藏在哪里才好，她挎着装吃食的篮子在里面东张西望，目光仿佛要在这地方钻出个洞来。

郭嘉见状笑道："就把篮子挂起来就好了，防一防蛇虫鼠蚁，又不是为了防人。"他指指草席旁的矮柜，那上面有两个桶："小桶里的水用来喝，需要每日更换。学院里有两口井，一口洗漱，一口饮用，你打水的时候问一问边上的人就知道怎么分辨了。"

刀刀很聪明，郭嘉知道这些小事难不倒她，他便提了爷爷带来的一些山货，去拜访夫子。夫子也姓郭，是郭达的一位族兄。

郭夫子很是喜欢郭嘉，这孩子聪慧，一点就透。他自诩育人数载，带过的学生不计其数，郭家年轻一辈都是他的学生，其中不乏出众的学生，但郭嘉仍然可以说是其中的翘楚。这样的一个好学生，要是失去了，那真是万分可惜。

先前郭嘉不见踪迹，便是郭夫子上报给郭达，随后他参与到寻找郭嘉的队伍中。后来得知郭嘉平安回来，郭夫子终于松了口气，连续两夜没有合眼的他，这才回屋里好好睡了一觉。

如今见爱徒好好地站在眼前，回学堂的第一件事就是来拜会他这个老师，郭夫子觉得那两天两夜寻找的辛苦都是值得的。但他什么都没有提及，只是和蔼地叮嘱郭嘉务必要继续努力，不可荒废学业。

郭嘉向郭夫子深深地行一礼："嘉儿定遵从您的教诲，绝不虚度光阴。"

郭夫子的内心越发妥帖，示意让郭嘉快去学堂吧，郭嘉却没有动。郭夫子疑惑地问："还有事？"

郭嘉道："这几日不在学堂，肯定与同学们落下了差距。学生想去藏书楼借一些书卷来学习。"

郭夫子恍然，从身上掏出藏书楼的钥匙递给郭嘉："竹简重，你可分几次拿取，不用着急还我钥匙。不过，书楼的藏书宝贵，这钥匙你务必要还到我手中。""是。"郭嘉再行一礼，双手接过钥匙，这才踏出郭夫子的住所。

藏书楼就在夫子们住所后路的尽头，往深处转，那里是一处独立的院落，并不与其他建筑相连，院墙内一座三层小楼，从进入院落起到藏书楼内的每一寸地面都用砖铺就，周围没有任何植被，这样做的目的很显然——为了防火和防盗。

书籍是非常珍贵的东西，对世家大族来说，其珍贵程度也是一样。

郭嘉掏出钥匙，插向门扉上挂着的锁，背后忽然传来极轻的脚步声，不等他回头，肩膀被人拍了一记。

郭嘉回头，看见刀刀站在身后，她穿了一件灰色的大衣服，那是爷爷用家里剩余的布料给她缝制的，还许诺以后给她买鲜艳一些的布做衣服。但实际上，她穿着如此灰扑扑的，才更像一个书童。而书童在书院里肯定要比女孩子自在方便。

衣服太大，刀刀把两个袖管卷了上去，她双手叉着腰，样子看起来还有一些气呼呼的，像是被谁惹恼了。

"你这个人动作这么慢！"刀刀埋怨道。郭嘉失笑，他不是让她去换水吗？

仿佛知道他在想什么，刀刀道："那两口水井很近，我已经换好水了呀，连忙来找你，有人说看到你去找夫子了，我就问了夫子在哪里，再一路跑来找你。你这个人啊，走路真慢，我跑到夫子住的地方，堪堪看着你才跨一只脚进去。于是，我就在门口等你。咦，这个大房子里放的是什么？你是要进去吗？"

郭嘉颔首，他用钥匙打开藏书楼的大门。"吱呀"一声，朱红色的门被推开，郭嘉当先走进去，同时叮嘱刀刀道："不要乱碰里面的竹简。"

藏书楼里的屋子很大，因为外面没有栽树，光线可以肆无忌惮地透过窗棂照进来，一室明亮。几十个箱子整整齐齐地排成一排，一卷卷的竹简就分门别类地装在这些樟木箱内，箱子上挂了绢制的小标签，绢上写着书籍的类别。樟木特有的气息令虫蚁退避三尺，也给整个房间增加了一些冷意，很多人也许不喜欢这种味道，郭嘉却觉得这种味道闻起来很安心。

刀刀第一次到这种地方，眼睛都快不够用了，四处打量。

"往上两层也都是这样的布局。"郭嘉想了想问她，"你能帮我一个忙吗？"

"当然了！"刀刀拍着胸脯道，"你要我做什么？我保证做好！"

"你看这些箱子上的绢写了字，从里面找到写着《论语》的箱子。"郭嘉抓过她的手，在她掌心里写字，"《论语》是这么写的，论——语——，明白了吗？"

刀刀爽快地应道："没问题！"

等刀刀躬身去一个个樟木箱前面找寻时，郭嘉抬步踏上楼梯。木质楼梯因为鲜少被人踏足，发出轻微的挤压声。郭嘉踏上二楼，又目不斜视地走上三楼，然后径直来到三楼深处的一个樟木箱前面蹲下。

显然，郭嘉不是第一次来藏书楼，也不是第一次来到这个箱子前面，他很清楚箱子里装的是什么。与其他所有的樟木箱一样，这个箱子上也挂着一个绢制的小标签，上面写着"小杜律"三个字。

郭嘉伸手打开了箱子的搭扣，把箱盖翻开来，一股竹简特有的香气扑面而来，数卷竹简整齐地码放在箱内。他毫不犹豫地拿起面上第五卷竹简，正要打开，楼下传来刀刀欢快的声音："我找到了！郭嘉我找到了！"紧接着，上楼梯的脚步声由远及近。

郭嘉无奈一笑，手里的动作还在继续，他打开那卷竹简，目光飞快地在字里行间之中游走，耳听那脚步声从楼下一路而来，一直到他的身边，下一刻，刀刀的身影把竹简上的光线严严实实地挡住了，竹简上所刻的字顿时成了一个个灰黑色的墨团。

看书的光线彻底被刀刀遮挡住，郭嘉心底响起一声无奈的叹息：这丫头呀，总是如此鲁莽！

刀刀可完全不知道郭嘉的心理活动，她只想和他分享她找到《论语》的快乐，可是那箱子里的竹简实在太多、太重，她又不能一口气都提上来给他瞧，因此就只能跑上来喊郭嘉下去看。不过，她是个三分热度的人，注意力马上又被郭嘉手上的竹简吸引过去。

刀刀好奇地盯着郭嘉手中的竹简："你在看什么呀？"

"先祖对《小杜律》的注释。"郭嘉答道。

刀刀秉持着不懂就问的精神继续问道："《小杜律》是什么？先祖又是什么？"

一连抛出两个问题，郭嘉觉得这就说来话长了，他决定等一等再回答她，顺便练一练她的定力，于是干脆不做声，郭嘉再次看向手里的这卷《小杜律》。一卷竹简有 65 片竹子削薄的片子，单片上有 30—40 个字，这一卷通篇读下来将近 2000 字。

刀刀见郭嘉神色认真，倒也没有催促。郭嘉的睫毛随着他目光的上下，不停颤动，像极了蝴蝶毛茸茸的触角。她不禁想起第一次见到他的时候，只觉得这是一个大头娃娃，还担心他的小脖子支撑不了那大脑袋。但如今她觉得他的脖子一定是天底下最牢固的东西，因为它不仅承受住了郭嘉的大脑袋，还有他脑袋里装的那些她听不懂、不明白，但是又特别向往的东西！

不一会儿的工夫，郭嘉便将这卷竹简又读了一遍，他略微阖眸，把内容回忆一遍，确认都记住了，便将竹简放回箱子，重新合上樟木箱，并把上面的绢制标签归回原来的地方。

"我们下去看看你找的《论语》。"不待刀刀开口，郭嘉当先迈下楼梯。

刀刀恍惚了一下，人才回神跟上他。她现在比他重，动作也毛糙，下楼梯的声音比上楼梯时还要响，可是，当她目光触及郭嘉笔直的背影时，又不由自主地收住脚步，然后像郭嘉一样，她也挺直了背脊，暗暗收住下脚的力气，然后那落下的脚步声便也如郭嘉一样，变得轻巧悦耳起来。

郭嘉走在前面，觉察到了刀刀的变化，嘴角不觉翘起了一丝弧度。等他快要走到一楼时，刀刀才想起来要给他看她找到的标着《论语》的箱子，她一连跳下三级楼梯，抢先一步落到一楼，然后连跑带跳地来到西面的一堆箱子前，指着其中几个道："这些都是你要的《论语》，我数了一共有五个箱子。"

"你找得很对，数得也没错。"郭嘉一边夸她，一边踱步到其中一个箱子前面，打开取出一卷递给刀刀，"拿着"。刀刀顺势接过。

郭嘉又递来一卷，刀刀又接过去。一来二去，刀刀手里一下抱了三卷，就算她长得壮实，也不过是一个八岁的女娃娃，顿时就有点儿吃不消了。

"还真当我是苦力啊！"刀刀埋怨道，眉头已经微微蹙起，见郭嘉又拿起一卷。她眉梢一挑，张口就要拒绝，却见郭嘉没把那卷竹简递过来而是夹到腋下。他冲她看了眼："走吧。"

两个人一齐走出藏书楼，郭嘉掏出钥匙，转身重新将门锁上，回过身又从刀刀怀里拿过一卷竹简到自己这边。一人两卷，各自都觉得轻松且趁手，不由得相视一笑。

郭嘉道："现在可以跟你说说《小杜律》了。"

刀刀收住笑容，表情变得认真，洗耳恭听。

"《小杜律》是我朝名士杜延年所著，他的父亲杜周是武帝时的酷吏，写了《大杜律》。这两本书对朝廷施行的法律做了详尽注释。世人为了区分他们，因此在前面加上大和小。两个人还在书中阐述了各自对立法执法的观点，杜周坚持严刑重罚，而杜延年认为施法应以社稷大局为重，符合当时当地的情况，在公平宽仁的前提下灵活变通。至于我说的先祖，那是我祖上列祖的意思。"

"你的祖上也对《小杜律》写了自己的理解？"刀刀不解地问道。

郭嘉耐心地解释道："是这个意思。我的先祖郭弘，曾任颍川曹掾，掌管刑律，断案执法公道，为人称道，其子郭躬深受影响，酷爱研究律法，深受郭弘真传，后来在颍川书院开堂授课，与弟子讲《小杜律》。方才箱子中的《小杜律》上就有郭躬的批注。"

刀刀听得有趣，眨眨眼问道："那你的先祖在上面批注了什么？"

"这些说起来就复杂了。"郭嘉想了想，"我还是给你讲些故事吧。"

刀刀眉开眼笑，她自然最喜欢故事："你快说！"

"先祖郭躬授课之后，又被朝廷任命，支持律法公断。当时发生了一个案子，是兄弟二人一起杀人，无从判定应该给谁更重的惩罚。当时的陛下认为身为兄长的人有管教弟弟的责任，而如今两个人一起杀人，兄长既没有管教好弟弟，阐明不能杀人的道理，又杀了人给弟弟做出了不好的表率，因此应该重罚兄长。随后便由陛下身边的近臣中常侍将这个判决传达下去，没想到中常侍在传达的过程中传递错了旨意，导致弟弟被处死，而兄长却还活着。"

"哇哦，这是一个案中案！"刀刀惊呼道。

说话间，两个人已经看见郭嘉的住处，不觉都加快脚步往房间走去。一人两卷竹简，虽然不至于压垮人，可他们到底还是孩子，又走了这些路，不觉都热出了一身薄汗，只想快点把怀里的竹简放下，甩一甩酸痛的手臂才好。

尤其是郭嘉，他本来身体就单薄一些，再加上还要给刀刀说故事，声音都已开始带着颤音了。尽管如此，郭嘉还是调整了一下呼吸，一面加快脚步，一面继续给刀刀说道："弟弟已经被处死，人死不能复生。但中常侍传错旨意，自然有人上报到陛下那里。陛下便请郭躬来评判，要怎么处理中常侍。郭躬听完原委，回禀陛下道：'应该罚金。'陛下便非常意外，道：'他致人死去，为何只是罚钱这么简单？'"

"对啊！就算不是一命抵一命，也应该好好打他一顿才行。"大概是最初在老黄头那边被打得狠了，刀刀觉得这算是非常严厉的惩罚。

两个人一边说，一边步入房间，把竹简放置在沿墙的矮几上。郭嘉这才空出手来，对刀刀摆了摆手，"非也非也！"他道："郭躬说法律上有故意杀人和误杀人之分，中常侍传达命令有误导致弟弟被斩，这属于误杀，误杀本来应该比故意杀人要判罚得轻一些。陛下这时候说，他知道中常侍和那对兄弟是同乡，因此怀疑中常侍与弟弟有私人恩怨，故意传错旨意。郭躬闻言，指正陛下说我们不应该随意揣测，君王以天为法，刑不可以委曲生意。"

刀刀心头闪过一些东西，她好像明白了什么，但又无法捕捉到，来不及仔细辨别。

郭嘉耐心等待了一会儿，听见她说："可是……不是什么都那么容易找到证据啊，有时候就是只能靠揣度才行……"

"你说得也有道理。"郭嘉沉吟了一下，给她解释，"但是秉公执法，断人罪名，明确惩罚，是非常严肃的事情，容不得一点点的揣度妄为。你想若是厨房丢了吃的，厨子二话不说就因为你长得比较壮，又是新来书院的人，他就认定你是那个小偷，你会服气吗"？

刀刀眼睛一瞪，觉得不可置信："当然不！"

郭嘉继续发问："可是厨子说出这两个理由，听起来也似乎很有道理。很多人不坚持执法应当用证据来说话，而只是根据这个揣测就下定义，那就冤枉了你，不是吗？"

刀刀心头那一团捉不住、讲不明的迷雾，似乎一下消散大半，她虽然还有一些地方不是那么明白，但是这些已经不足以影响她的情绪，而且她还明白了一个道理："所以，我们要找出把你卖出去的那个人，也不能用揣测，而是要真真切切地找到真凭实据，对吗？"

郭嘉未料她想到这件事，不禁微微怔愣。很快，他目光四顾，确认没有其他人在。郭嘉屈指在她的脑壳上飞快弹了弹："你啊，也不知道隔墙有耳！"说完才想到这家伙怕是根本不知道"隔墙有耳"的意思。

果然，刀刀露出疑惑地问："这墙壁有隔层？还有耳朵？"

郭嘉抱起胳膊道："今天讲的故事已经太多了，下次再跟你说'隔墙有耳'的故事。"

刀刀有些意犹未尽。耳听族学里琅琅读书声四起，她知道郭嘉应该要去学堂里面上课了，但她舍不得他和他脑袋瓜里源源不断的有趣的东西。她灵机一动，端起矮几上新灌了水的小桶："走了这么多路，又说了这么多话，你一定渴了吧，我给你倒碗水喝。"

这地方原本只有郭嘉一个人住，他向来都是直接就着小桶喝水，哪里有碗可以用啊。刀刀说完这句话，才想到没有碗，不由得冲郭嘉干笑，把手里的桶往他面前举了举："喏，你喝水。"

郭嘉拿过小桶沿着桶沿喝水，他确实口渴，但不想多喝，以免等会儿在学堂上要经常跑茅房。因此，他只克制地喝了两口水，缓解口喉之间的哑意，便把水桶递给刀刀，示意她也喝。

好家伙！刀刀可没那么多想法，仰起脖子，咕咚咕咚直接把剩余的水都喝了。

郭嘉看看时间，再不去学堂，早课便要结束了，郭夫子进学堂发现他不在，定会生气的。他示意刀刀休息一下再去水井打水，道："我得走了，还有好些故事，等放学回来说给你听。"

刀刀的脸上露出笑容："说话可要算数！"

郭嘉点点头："自然！"

郭嘉往外走，刀刀抱着水桶跟在他身后，想着一会儿郭嘉不在身边，她无所事事，今日又起得那么早赶来学校，倦意不由得袭来，刀刀打了个哈欠，暗暗决定打水回来就在屋里好好睡上一觉。她正想着，前面郭嘉不知怎么回事，打开了门扉不走出去，反而停了下来。

刀刀一个不留神，撞在郭嘉身上。"怎么了呀？"刀刀惊呼，说罢，看到郭嘉看着前方的目光与平时大为不同。

刀刀顺着郭嘉的目光向前看过去，只见不远处的大树底下站着两个人。其中一个仆从打扮的人正猴急地说着什么，而原本要往学堂去的郭夫子闻之脸色一变，疾步往外跑去。

第五章

不是影子

刀刀不认识站在郭夫子身边的仆从是谁，郭嘉却一眼认出那是郭达府上的人。这一大清早，郭达府上的人来找郭夫子不符合常理，肯定是发生了什么事情，眼见郭夫子往外走，郭嘉不作犹豫，也跟了上去。

郭氏族学建造在郭达府后，郭嘉跟在郭夫子身后绕过几条小路，就见郭达府邸的后门出现在眼前。人还没进去，府里嘈杂的吵闹声已经传入耳来。

郭夫子本就着急，一听见声响，更是心头一跳，立刻冲入门内，迎接他的是郭达的一声怒吼："什么混账东西！你以为在上面我就奈何不了你了？"

郭达府邸的后花园花团锦簇，绿树茵茵，楼宇环绕，但与这华丽格格不入的是，此时站在其中的郭达正双手掐腰，一脸铁青。而在郭达身边的一位锦衣妇人，正拉着郭达的衣袖，好声劝他道："康儿还是个孩子，老爷消消气，不要吼他了！"

这话不说还好，一说郭达更气。

"都13岁了还是孩子吗？又不是三岁小儿，就是你成日里护着他，他才这般！简直是妇人之仁！你知不知道，比他小的孩子都能把《论语》倒过来背！"

"别提其他人，父亲您能把《论语》倒过来背吗？"一声反驳从上方传下来，不服、愤怒，因为痛哭过，那声音里还带着难以掩盖的嘶哑。

郭达闻声抬头，郭夫子和郭嘉也循声看过去。

一个又高又大的黑壮小子攀在大树高处，手脚并用地环抱着枝干，不知道是经历了什么，他头顶的发髻歪了，头发飞散，脸上满是泪痕鼻涕，这正是郭达的儿子郭康。

"郭康，你在上面做什么？"郭夫子询问，仆从说不清楚具体缘由，他只知道郭达又发狠地教训了郭康，还把郭康逼到了大树顶上，可上树又不解决问题，这个犟郭康啊，牛脾气又犯了，和他父亲一模一样！

郭达的正夫人过世得早，留下两个孩子，偏偏优秀出众的长子在前几年也不幸过世，郭达膝下只剩下郭康这个次子。郭康与聪慧好学的兄长不同，自幼顽劣，不爱读书。如今，他是家里的独苗，郭达的姜室可不敢严苛管教，就算知道郭康贪玩不去族学，也不会同郭达说。

郭夫子猜测这次郭康上树，八成是因为他贪玩被郭达抓了个正着。

"夫子来得正好！"郭达见郭夫子来，大步把郭夫子拉到大树底下，指着上面的小子，道："郭康，你看看，你的夫子现在来了。你有没有胆量说你为什么在树上？我又为什么要骂你？"

郭康心里不服气："你想骂就骂了，还有什么缘由！"

"好，你不说，我说！郭夫子，族学的早课早就开始了，现在都快结束了吧？这小子让我发现他根本没有去族学，而是在后花园里抓蛐蛐。"话音刚落，郭康在树顶上伸直了脖子说道："你瞎说，你昨晚上说过我若背出《宪问篇》，就让我今日不用去早读，可以找蛐蛐！"

郭达深吸一口气，喝道："好，那你到底能不能背出《宪问篇》来？"

"我怎么不能！我昨晚上真的背出来了，只是睡了一晚，今天又不记得了！"

郭夫子从对话中明白了原委与心中猜测的差不离，正要开口相劝。旁边的郭达耳听儿子顶嘴，已经怒极反笑，拉起袖子就要亲自爬上树去抓郭康。

郭夫子忙拉住郭达劝道："郭康虽然顽劣，却从不说谎，我相信他昨晚上一定是真的能背出来。可能是还不够熟练，今早才又忘记不少。"

郭达固然生气，但是身为父亲，哪里有不疼爱儿子的道理，他也不是不知道郭康是什么性子。郭康不喜欢读书，喜欢舞枪弄棒，可是看到郭康在花园里抓蛐蛐的时候，郭达还是克制不住的暴怒，暴怒之后又被无法克制的无力感包围。如若他没有失去长子，失去那个自幼谦让、才学出众的儿子，那放任郭康这个小儿子玩一玩也不碍事，可如今郭康是他唯一的子嗣，更是他唯一的希望，肩负郭家未来的重任，郭达是多么希望郭康能够明白这份责任并为之努力啊！

可是，郭康完全就是没有长大的孩子，玩心太重。许是期望太高，郭达现在充满失望，被深深的无力感所包围，这种感觉如同冬日里漫天的大雪般，令他周身彻骨冰寒。郭康甚至不知道他这个父亲为了让他这个唯一的希望，为了给他铺平道路，都做了什么事情。

"哼！多亏夫子为你说情，你瞧瞧你的学业可对得起夫子如此厚爱你，罢了，你要在树上那就永远别下来了！"郭达猛一甩袖，不再看儿子一眼，决意把他晾在树上。

郭达转身离开，目光一瞥扫到边上的郭嘉。郭嘉见状，双臂抬起，对他无声行一礼。这匆匆一瞥并没有影响郭达迈出去的脚步，他此刻完全没有心思想旁的事情。

郭嘉对此也完全理解，更何况他本就是郭氏家族里的一个普通子弟，便是换到郭达心情不错的时候，也不足以耽搁一族之长的时间。

此刻还在大树上的郭康眼见父亲头也不回地径直离开，不禁失魂落魄。他昨天晚上是真的能背出书来，自从兄长过世，父亲几乎一夜白头，他也决心要努力成为一个像兄长一般优秀的人来令父亲高兴，可是……今天早上父亲撞见他抓蛐蛐的时候，他满心想把昨晚上背的内容统统脱口而出，赢得父亲的夸奖，可是一张口，脑子里竟然一片空白，什么都记不清了……

一股委屈从心间升腾而出，瞬间笼罩住郭康，他想向父亲解释。看着郭达坚决离去的背影，郭康张了张嘴，喉咙间翻滚的解释凝结到一起，只发出两个字来："父亲！"

郭达正在气头上拂袖而去，身后"轰——"的一声，紧接着，周围惊呼声四起，竟是郭康从树上摔了下来。

在场众人谁都不敢怠慢，纷纷上前探看的探看，转身去找大夫的找大夫。郭达大步冲入人群，看到郭夫子抱着郭康，郭康脸色煞白如纸，左脚小腿以一种奇怪的角度扭曲着。

"康儿！"郭达的声音里充满了颤抖。

郭康在恍恍惚惚间听见父亲的声音，然后被拥入一个怀抱，里面有久违的温暖，令他想起以前母亲、兄长都还在的时候，一家人围坐在这个花园里，母亲抚琴，兄长习字，而父亲怀抱着他，手把手地教他练剑……

可一眨眼，又出现了素白的灵堂，世界颠覆，牌位上一会儿出现母亲的名字，一会儿又是兄长的名字，而父亲看过来的眼神也骤然不同以往。郭康的心猛然收紧，再怎么样他也只是一个十来岁的孩子，憋闷多时的委屈、难过、伤心汹涌而出，他忍不住张开双臂，试图抱住眼前牌位上的亲人。

"娘！哥哥！康儿好想你们啊……爹爹如今不在乎孩儿了，所有人都嫌弃孩儿……你们不要丢下我啊……带我走吧……呜呜呜呜……"郭康在昏迷前大哭，哽咽的呼喊令闻者肝肠寸断。

郭达抱着儿子，埋首一言不发，他的妾室在旁也不敢作声，仆从们面面相觑，还是郭夫子没有失了主意，一面叮嘱人去请大夫，一面招呼一个力壮的仆从与他一起把郭达连同郭康扶入房间。

随着众人散去，一柄青锋匕首无声地躺在原本郭康攀爬的树下。郭嘉将匕首捡起，略一思索，便跟在郭夫子身后。

阳翟最好的大夫很快被请入府来。房间里，郭康折断的腿被复位固定包扎，大夫又开了内服的药方。郭达立刻命人去取药煎药。

郭夫子知道郭达一时走不开，便代他送大夫出门。等再折返回来时，看到房间里的郭达坐在郭康床边，脸上已恢复到往日的神色来。

郭夫子看了看郭康的脸色也比方才多了一点血色，叹口气，这才对郭达开口道："我没有子嗣，因此没有为人父的经验可以拿出来说。但为人师表数载，我看到的孩子没有几百也有几十，郭康虽然顽劣，却不是一个愚笨的孩子，甚至他看似跳脱，内心也有他独有的敏感。今日他背不出书来，你怒不可遏，谁都能理解。但你若忍住了，康儿也许自知理亏，就回头用功去了。你了解康儿的性格，若一上来就说他，他哪里肯认错，本来心里的愧疚也就被骂散了，只剩下倔强。"

郭达看着儿子，半晌未语。郭夫子以为他听不进去，也不好再多说话，正准备先行离开，等日后再寻机会看能不能帮这对父子解开心结，这时却听郭达开口："若不是孝儿忽然早逝，我也不至于会对康儿这般苛刻。"郭孝便是郭达的长子。

方才郭夫子说得很慢，斟字酌句，就是担心提及郭孝，触碰到郭达的痛处。如今郭达先说起长子来，郭夫子也放开了，劝道："你以孝儿为荣，孝儿也以你为榜样，他时常与我说，长大要继承你的衣钵，带我们郭氏越来越好，没准在你们父子的努力之下，我族还能再出位列三公之人。他离开的突然，你痛心疾首，把对他的希望转到了康儿身上这是正常的事。可是，康儿和孝儿性格完全不同，因材施教，方为上策。恕我说句不好听的，郭家上下人口之多，内外事情之杂，你都处理有度，这到了亲生骨肉身上，反而关心则乱，有些失了分寸啊。"郭达沉默不语，若有所思。

第六章

一碗汤药

大亮之际，郭康悠悠转醒，发现屋里没有人，他觉得口渴难耐，支撑着身体想要坐起来。结果身体一动，伤腿的疼痛传来，令郭康倒吸一口凉气。他缓了一下，觉出那疼痛已经比从树上摔下来的时候好太多了，咬一咬牙还能忍受。

寂静而空荡的房间让郭康更加沉闷，他还未从先前与父亲争吵的情绪中走出来，又回想到昏迷时仿若见到了母亲和兄长，再联想此时此刻，自己断了腿，却一个人孤零零地躺在屋子里，连个倒水的人都没有，不觉又气又悲，两行热泪顺着脸颊流了下来。

正在这时，门开了，一个小厮端着碗热汤药进来。

见到郭康已醒，小厮声音带喜："二少爷您醒了，快把药喝了。"回答他的竟是郭康丢过来的一个枕头。

幸得郭康刚醒，脑子昏昏沉沉，手里也没劲道，那枕头丢过来的速度不快，小厮灵巧地躲开了，求饶道："您可消消气，吃了药，把腿养好……"

"滚！"郭康现在的心情可谓是糟糕透顶。

小厮并没有因为郭康的态度就离开房间，反而继续劝道："能蹦能跳比什么都强。要是不吃药啊，等会儿大人问起来，可怎么是好！"

郭康清醒了一些，耳听小厮还喋喋不休，他猛地坐起来，怒目而视："父亲就没觉得我有一处是好的，你去告状吧，他知道了又能拿我怎么样？大不了我再断一条腿，你以为我会怕吗？"枕头已经丢出去了，手边没有称手的东西可丢，郭康抓起被子，双手一掀飞甩向小厮。

可惜被子还不如枕头，飘出去半路就掉在地上。小厮没料到被子会失力落地，见那么大个东西飞起就急急后退，手里的汤药端得一个不稳当，眼见就要泼出去，好在一只手伸上来及时地扶住了他。深褐色的汤汁顺着碗沿儿画了个半弧，落回到碗中，在其中荡起一圈一圈的涟漪。

郭嘉扶住小厮手里的碗，轻道了声："我来吧。"

小厮一见这位也是郭家的子弟，论关系，和郭康还是堂兄弟，他自然是忙说好，把这送药的烫手山芋送出去，夺门而逃。

那头郭康见是郭嘉进来了，却更加郁闷，冷哼一声："你来干什么？"

"药要凉了，快喝吧。"郭嘉不疾不徐地说道。

"你叫喝，小爷我就喝，你以为你是谁？"毫无疑问，这两个人平时关系并不好，简单来说是郭康看郭嘉不顺眼，处处与他作对。

郭嘉年纪要比郭康小好几岁，却一路和他同处学习，而且还深得郭夫子的喜欢，郭达也时常夸赞郭嘉，甚至连郭康的兄长郭孝在世时，也经常和郭嘉有说有笑，感情很好。这些原本都没什么，但是郭孝去世之后，很多东西在悄然之间都变了。郭康开始见不得父亲一边夸赞郭嘉，一边却转头对他投来失望的眼神。长此以往，郭康看郭嘉不顺眼起来。偏偏这两个人还每日在一处读书，郭嘉就像根刺一样，扎在郭康的眼睛里，郭康浑身难受，不时就对他冷嘲热讽。

而今，在郭康最落魄的时候，郭嘉又来了。郭康的自尊心很强，他觉得郭嘉一定是趁此机会来看自己的笑话。

郭康这点儿心思，郭嘉多少能猜到一些，他抬了抬手里的药碗："你若不喝药，这辈子都得在床上躺着，骑马、舞剑、玩弹弓、斗蛐蛐，一样都不成。我要是你，肯定会爽快地把药喝了。"

郭康一脸不屑道："激将法对我没有用。"

"那是当然，你怎么可能上当。"郭嘉顺着郭康的话，点了点头，忽然话音一转，"但是，你站起来对我好像也没有什么好处，只有坏处。所以我根本就不应该把这碗药递给你才是。"

"你！"郭康完全没想到郭嘉会说出这种话来，气得他指着郭嘉的手都在颤抖，再加上郭康刚刚哭过，少年的两腮上还挂着泪，脸上一阵青白，模样看起来异常狼狈。

郭嘉本就生得瘦弱，平时在高大的孩子王郭康面前就是一棵弱不禁风的小树苗，可此时郭嘉站着，郭康只能在床上半坐着，两人视线齐平，气势上反而是郭嘉更胜一筹。

"我不给你，这是称了你的心意，有什么不好吗？"郭嘉的脸上看不出什么情绪，但是在郭康眼里，便是赤裸裸地瞧不起："臭小子，你就是来奚落我，嘲笑我的，我不会如你愿，我偏不生气！这碗药你爱怎么处置，怎么处置！"

郭嘉微微一笑，走上去，把药放在郭康床畔，手背在身后退回到原处。郭康冷眼看着，就当没他存在。

郭嘉一言不发地看了他一会儿，出声问："族长因为你背不出《宪问篇》而生气？"

"难道你背得出吗？"郭康反驳道，他虽然贪玩，还经常逃学，但也知道郭嘉先前失踪，后来被人送回来就在家养病。这段时间，郭嘉不在学堂，也就压根儿听不到郭夫子授课。郭康得意地想，他背不出，郭嘉也背不出，说明郭嘉这小子也没那么优秀嘛，他凭什么得到父亲和郭夫子的夸奖？

郭嘉仍背着手："我若背出来，你能喝药吗？你不会是怕苦吧？"

"喝药而已，有什么不敢！"郭康差点脱口而出，"你要能背出来，小爷我喝尿。"不过他到底还存着理智，没说出这等胡话来。

郭嘉看着郭康："君子一言，驷马难追！"

"当然！"郭康也不傻，说罢，他一昂头，"你背出来，我喝药，若是你背不出呢？"

郭嘉自信地答道："自然是我喝药。"

"好！"

"击掌为誓？"郭嘉提议道。

"行！"

屋里两个小子各自伸出手来，"啪——啪——啪——"清脆的三声击掌声落下，郭嘉便开口："《论语》第十四篇《宪问》：宪问耻。子曰：'邦有道，谷；邦无道，谷，耻也。''克、伐、怨、欲不行焉，可以为仁矣？'子曰：'可以为难矣，仁则吾不知也。'……"

郭嘉每背出一个字，郭康的心头就跳一下。乖乖，这小子是练过的呀！竟然上了他的当！

"阙党童子将命。或问之曰：'益者与？'子曰：'吾见其居于位也，见其与先生并行也，非求益者也，欲速成者也。'"直到《宪问篇》最后一个字背完，一直望着窗棂处背诵的郭嘉转回目光，看向郭康，"我背得可对？"

看这个比自己还小上几岁的堂弟一口气背完，中间连个停顿迟疑都不带，郭康脸上一阵青一阵红，虽然他不能通篇背诵出来，但是郭嘉每说出一字，他脑子里对应的记忆就会被唤醒，郭康知道这一轮是他输了。

君子坦荡荡，输了就认，也没什么丢脸的。郭康举起药碗"咕咚咕咚"一口气喝完，一个半大少年，竟把药喝出了几分酒的豪爽来。

郭嘉等他喝完药，也不迟疑，欠身一礼："堂弟告退了，你好好休息。"也不等郭康再做反应，郭嘉快步走了出去。

郭康见郭嘉毫不留恋地转身离开房间，没有任何的讥讽，反而一阵怅然，这小子过来闹这一出，难道就是为了让他喝药这么简单？这郭嘉好像也没有那么讨厌……

他想到兄长在世时，给他买什么小玩意儿也总会想到要给郭嘉带一份，还与他说以后他们兄弟再加上这个堂弟，定能令郭家更上一层楼。兄长过世之后，再没有人跟他说这样的话。但郭康清楚地记得，有一次父亲气他不成器，脱口而出说："你看看人家郭嘉，比你还小几岁，哪一门功课学的不比你好？他身体不好，骑射也没输你多少！你哪里像是做人兄长的人！"郭康对郭嘉的讨厌，好像就是从那一次开始。

郭康皱了皱眉，猛然想起一件事来，手往腰间摸去："完了！匕首呢！"

一惊之下，郭康差点从床上跳起来，下一刻，他的目光落在房间内的桌上，那柄兄长留给他的青锋匕首正悄无声息地躺着。

不对啊，他早上出门时明明把匕首拴在了腰上。

郭康捉摸不透，匕首怎会到桌上去了，但是这把匕首没丢，他的心就安稳了，没再细想。

窗棂之外，刀刀的身影从一株盆栽后挪出来，她一路跟着郭嘉，看他守在外面，等郭夫子走了，等族长大人走了，他还守在这个门外，一直到刚刚小厮送药进去，他又进去劝里面的人喝药。这看起来比她还矮小半个头的人啊，脑子里怎么装了这么多事……

刀刀蹲的腿都酸了，走出来一瘸一拐的，眼看郭嘉已经消失在视线里，急得她跺脚想要追上去。可人刚站起来，却看见另一个窗户外面赫然立着那个去而复返的族长大人。

郭达也未料到盆栽后面忽然冒出个小毛孩，待定睛一看，认出她来："你是嘉儿的丫鬟？"话虽然是问，但那语气是笃定的。

刀刀只能认下："是，大人。"她心想：这下好了，走也不好，不走也不好。

先前跟着郭嘉看到这位大人对亲生儿子那么凶，刀刀现在生怕自己成为被殃及的池鱼。人家打骂亲生儿子总是会心疼的，可打骂她一个丫鬟就完全不用不忍心呀。再者，万一他把对儿子的不快发泄到她身上，到时候再把她卖去什么地方，那她就再没有见到郭嘉的可能了。

郭达完全不知道眼前的小丫头看着缩手缩脚的，实际上脑子里转得飞快，正在想着怎么从他眼皮子底下溜走。

透过窗棂，郭达看到屋内的郭康不仅喝完了药，而且拉过床头的书在看，多半是被郭嘉刚刚通篇背出《宪问篇》刺激到了，这小子也开始努力了。

郭达失笑，其实正如郭夫子所说，他是当局者迷，唯有学会跳出情绪，才能找到对待郭康的正确方式。想不到自己活了这么多年，自诩教导出了郭孝那么出色的孩子，最终却搞不定郭康，还是郭嘉这个小娃娃解决了问题。

郭达冲刀刀招手说道："你来，把这个东西带给嘉儿。"

第七章

如此珍贵

"郭嘉！郭嘉！"刀刀怀抱着一个小包，奔进学生们的住所，人刚进门就整个呆住了。

不光刀刀呆住，房间里睡着大通铺的学生们，此时在换衣服的换衣服，说闲话的说闲话，也被这忽然闯进来的陌生人惊住了。

刀刀头梳一个小髻，一身宽大的灰色衣服，再加上她跑来跑去晒成黑红色的脸，活脱脱是个书童模样，倒是没被人看出来是个女娃娃。只是这书童长着一双又大又圆的眼睛，灿若繁星，分外引人。郭嘉生得俊朗，他有个俊俏些的书童，倒也不叫人意外。只是这个喊郭嘉名字的人，真的是书童吗？谁家书童敢如此大胆地直呼少爷的名讳？

刀刀猛然想起郭嘉之前跟她提过，在书院之中不可以喊他名讳。她当时还奇怪："为什么那位族长大人可以？"

郭嘉告诉她："因为那是长辈。"

刀刀继续追问："那其他人怎么喊你？"

"若是朋友，平辈，同学，相互喊字。我字奉孝。"

刀刀天真地说道："那我也喊你奉孝？"当时，郭嘉浅笑着摇头。

一阵诡异的安静之后，刀刀把嘴张得老大："少爷！少爷！我回来了！"郭嘉面无表情地从他的小隔间里走出来，拉住刀刀往里走。那些学生们也如同打开了机关一样，继续换衣服和说闲话。但若是谁仔细听的话，定会发现，刀刀喊的是"少爷我回来了"。这刀刀呀，是个鬼灵精！

"哎呀，可把我渴死了，千万别一口水都没留给我喝呀！"刀刀一进隔间就找装水的小桶。

郭嘉翻了个白眼，找出小水桶塞给她："满着呢，够你牛饮好几回。"刀刀早料到如此，也有样学样地把怀里的小包塞过去："这是族长大人给你的。"

郭嘉挑眉表示疑惑。刀刀却故意压低声音吊他胃口："你想得没错，就是那个族长大人，郭康他爹！"

郭嘉掂量了一下小包，不重，摸起来像一块布，又不似布般柔软。他打开小包，两层麻布下面是一叠橙黄色的、裁成两个手掌大小的东西，每一层都很薄，摸上去细腻干燥，如帛一样几乎没有杂色，又比帛轻薄。

刀刀小大人般晃着她的小脑袋说道："我看族长大人很高兴你让他儿子喝药了，所以让我把这东西给你，是要奖励你的意思呢！这是什么好东西呀？"

郭嘉答道："蔡侯纸。"至于蔡侯纸是什么，郭嘉示意她先不要问，隔着单薄的木板，小隔间里的声音很容易传到通铺那边去，就如同此时通铺那边的聊天、搬东西的声音都清清楚楚地传进小隔间一样。

郭嘉小心翼翼地把小包原模原样地包回去，放在吊着的篮子底下，上面用吃食盖住。他留了小包外面的那层布没包回去，而是裹住了爷爷给刀刀准备的小木枕头，那木头枕头恰好也是个不大的长条木块。做完这些，郭嘉略提高了一些声音道："你带回来的这个枕头不错，我之前那个睡得不舒服，就给你用吧。"

刀刀会意，应声道："少爷，你倒也喜新厌旧，我反而还喜欢你那圆圆的枕头呢，这个扁扁的睡得太矮。"

这族学里人多嘴杂，时时刻刻得提高警觉，刀刀实在不喜欢这种说话要处处小心注意的情况，她扬声道："我饿死了，我们去吃饭吧，你不是说族学的饭特别好吃吗？"

郭嘉本就在等她一同去吃饭，两个人一前一后出了住处，踩着傍晚的霞光往饭堂走去。

其他学生都已经吃过了，因此一路上除了郭嘉和刀刀，几乎没有其他人，只有零散几个速度慢的，慢吞吞地与他们擦身而过。到了饭堂里，其实已经没什么饭菜，学生们都是半大小子，统统是长身体、胃口好的时候，甚至比大人还能吃。

幸得里面的人认得郭嘉，把剩的一些拿了出来。郭嘉谢过，分了大半给刀刀。她的胃口比他大得多。

君子讲究食不言寝不语，刀刀虽然喜欢说话，也知道不能坏了学堂的规矩，于是埋头认真吃起来。

一会儿的工夫，两个人扶着圆滚滚的肚子，踏上回住所的路，刀刀这才想到追问："那蔡侯纸到底是什么呀？那么小小的，摸着倒是很舒服，可惜不能做衣裳。"

郭嘉告诉她："纸是竹简的替代品，但比竹简轻便。如果所有的书都能用蔡侯纸，那学富五车这个词语就要改一改了。"

"真的？它是用来写字制书的？"刀刀觉得这太神奇了，郭嘉点头，"最开始是麻纸，在我朝开国之初便有了，但是没有这么白净细腻，柔韧性也差很多。到和帝时，有位蔡伦大人兼任尚方令，主管宫中制造，他改良了麻纸的配方，将树皮、麻布等浸在水中，成为做麻纸的原料，不光令麻纸的制作变得简单，花费更低，也令麻纸有如今你见到的白净细腻。和帝大悦，令天下推广此纸。后来蔡伦被封为龙亭侯，大家就把这纸称为蔡侯纸。"

刀刀有些想不通："那我们怎么还在用那么沉重的竹简啊？"

郭嘉解释说："自古以来，一直沿用的东西，要想改变总非轻而易举之事。"

"那你把蔡侯纸收藏得那么小心，是不是它现在还是很贵重？"刀刀追问。

"官宦之家而言，自然并不贵重。可是天底下，非官宦之家者，多如牛毛啊。"郭嘉感叹道。

"我明白了，我们爷爷还在务农，虽然年年有所结余，但不会把钱用在买纸上。万一遇到灾年收成不好，用过的纸也不能拿来当饭吃，我们家的钱要留在更重要的地方。"

郭嘉点点头："是这个道理。"

"但现在你用自己的本事，赚到了蔡侯纸，以后你可以用它书写了。"

郭嘉倒没想到这个，一时有些怔愣，竹简、纸张对他而言是奢侈之物，他一直以来都习惯于用心去记忆，甚至要练字也是用树枝和沙地，也许以后是该有所改变了。

在郭嘉陷入沉思的时候，刀刀的心思又跳到了白天的事上去："我看你追着郭夫子出去，便也追着你。后来你跟郭康背的那个宪什么问的，太长了，我都听得差点打瞌睡。"

"那是《论语》的一篇，你觉得无趣，是因为你根本没有听懂其中的意思。"

刀刀两眼放光："那你倒是给我说说啊。"

"孔子是夫子，他也收了很多学生，这《宪问篇》记录的是孔子的学生原宪、曾子、子贡等人向孔子问问题以及孔子回答他们的话。"郭嘉随意挑了一段，仔细地说给刀刀听，"比如，学生子贡问孔子：'管仲不能算是仁人吧？他本来是公子纠的人，后来齐桓公杀了公子纠，管仲不能为公子纠殉死，反而做了齐桓公的宰相。'孔子回子贡说：'管仲辅佐齐桓公，齐桓公后来称霸诸侯，匡正天下，百姓的生活变得更好。如果没有管仲，如今的人还要披散着头发，衣襟左开呢。'"

郭嘉知道刀刀多半听得一头雾水，继而解释道："管仲并非我们这时候的人。很早很早以前周朝的时候，周天子将天下封给有功之人，其中有一片地方叫齐国。齐国传了很多代国君之后，发生内乱导致当时的国君被杀，那个国君逃亡在外的儿子公子纠和公子小白都打算回国继承国君之位。管仲是公子纠的师父，他下令半路截杀公子小白。公子小白靠诈死才逃过一劫，并抢先赶回齐国，成为新任国君，便是齐桓公。"

"唔，也就是说管仲算是齐桓公的敌人了。但是，这个齐桓公不计前嫌，愿意任用管仲。而管仲也不是个死脑筋，真心实意地辅佐齐桓公，后来他们令齐国变得很厉害，很多事影响到后来的孔子，也影响到了现在的我们。"刀刀不禁感叹道，"这《论语》它就像故事书啊！"

郭嘉赞许地点头："不错，你悟出来了。"

"那是当然，我要是个笨蛋，可活不到今天。"刀刀很得意，又想到郭康，"听你说来，这《宪问篇》很是简单，怎么郭康就背不出来呢？"

郭嘉想了想，道："这事一时半会儿说不明白，有时候是学的方法不对，有时候是学的兴趣不在于此，也有可能是其他我们想不到的缘故。是人都有优点和缺点，每个人的经历也都不同，没有人能面面俱到，处处完美。再说，世间万物瞬息变化，人也一直在变。说不定明天一早，他就想明白了，能背得一字不差呢。"

"我知道，你其实是想说，别在背后说人闲话。"刀刀翻了个白眼，"你倒是脾气好，说不定别人正说你坏话呢。你看你那一屋子的同学，哪个看你的眼神不是怪怪的，他们都不同你说话吧。你说人无完人，你就不是完人啊，读书读得好，可是根本不会与同学相处吧。"

郭嘉淡淡一笑，没有与她争辩。

能在这间族学里读书的都是郭家子弟，血缘可能有所亲疏，但无一例外都仰仗着郭达这一脉。郭康是郭达的独子，为人又霸道，他不喜欢郭嘉，其他人看在眼里，自然不敢和郭嘉亲近。若郭康真要为难他，这些人不落井下石，跟着做帮凶便已经很好了。

郭嘉又一次想到那碗清甜的井水，到底是谁要让他永远消失在郭家呢？

第八章

招惹祸端

郭达无疑是位严父，第二日就让郭康瘸着腿去学堂上课。郭康的断腿用木板固定着，人坐在竹子编的软兜里，由四个小厮抬着，在众人的注视中进了屋子，坐到自个儿的座位上。

郭夫子还未到，众同学伸长脖子，或站或立，统统盯着郭康看。

郭康眉梢一挑道："看什么看？没见过小爷我？再看把你们眼珠子挖出来！"他虽不过13岁，不是这群学生之中年岁最长的，却生得人高马大，又从小霸道，就算现在支着一条短腿，整个人看起来也霸气十足。

不过这霸气因为郭夫子的到来，便烟消云散，郭康犹如老鼠见了猫，缩起脖子，祈祷夫子点名不要点到他，抽背书也不要抽到他，最好能忘记他的存在。

郭嘉在一旁，把这一切看在眼里，嘴角露出一丝弧度。

郭康一个凌厉的眼神扫射过来，旁的学生见状都正襟危坐，只有郭嘉依然故我，他波澜不惊，始终保持着似笑非笑的模样。

郭康除了干瞪眼，拿郭嘉也没有办法。倒不是说他这会儿断着腿，没法收拾郭嘉，就是他好着的时候，也大多时候是把郭嘉当空气，无视他罢了。真让郭康出馊点子欺负郭嘉，郭康还做不出，他比郭嘉岁数大，做哥哥的欺负弟弟，他还要脸呢。

时光平顺地往前流淌，郭嘉在郭夫子跟前刻苦用功的时候，刀刀则在四处玩耍，她上树掏鸟窝，草丛里逮蛐蛐，小日子过得逍遥又自在。

族学里有一些年纪小的学童，学业没有那么重，经常在族学后面的操场上玩耍。操场东边有马厩，南面竖着一排箭靶，外围栽的李子树树龄已近百年，时值盛夏，枝叶间挂着一个个小灯笼似的李子，刀刀时常爬到树上乘凉，一来二去，与那些来此玩耍的学童有了照面，彼此混个脸熟。

那些学童有兄长在郭嘉的班级里的，多多少少都从各自的兄长那边听闻了郭康看不惯郭嘉的八卦。郭康是什么人？族长唯一的儿子啊，有些非常待遇是再寻常不过的事。可这郭嘉又凭什么？无非是他仗着学业好，被郭夫子另眼相待，住单独的小隔间。兄长们心底也有了不忿，只是明面上没做什么出格的事情。可弟弟们便没顾忌了，这群小学童晓得刀刀是郭嘉的书童，说白了，她跟他们不一样，不但不是郭氏子弟，而且是外面买来的下人，他们便是欺负欺负她，郭嘉也没地方说理。

只是，刀刀看起来要比他们几个高壮，怎么才能对付得了她？几个小学童交头接耳嘀咕了一番，笑着散开了。

这日，刀刀将郭嘉的衣服洗好，水桶里换上新鲜的水，便已无事。她背着手四处溜达。她刚刚走进操场，就看见那群小学童聚在那棵她经常上去乘凉的李子树那，闹哄哄的，不晓得在做什么。

一个胖头胖脑的小学童立在操场中间，一见到她便大叫一声："他来了！"那李子树周围的小学童们听见，呼啦一下都停了动作，树上的几个三下两下爬下树，在刀刀前面一字排开，抱着胸。为首的学童个头最高，也不过是与刀刀差不多身量，他上下打量了刀刀一番，忽然扯着嗓子道："这是我们郭家的地盘，郭家的族学，郭家的树，以后，除了郭家的人，其他人都不能在这儿玩了！"

刀刀双手抱胸，也不跟他客气道："我也是郭家的人。"

"滚你爷爷的，你就是个下人，也不知道哪儿买来的，爹妈姓甚都说不出来，也好意思冒充郭家的人。你也不撒泡尿照照自己的脸，想跟郭家沾亲带故，你还嫩了点儿。我要是你，就下辈子投胎投好一些吧！"

这帮孩子平时在郭夫子面前背着之乎者也，背地里也是什么浑话都敢说的主儿，张口那问候爷爷奶奶的话都出来了，没有半点正形。

其实，他们要是跟刀刀来一篇文绉绉的之乎者也，就是把她骂成个猪头，她也听不出来。可这满口难听的谩骂一出，打小在各处流浪，城里乡下混过的刀刀那可就太熟悉，太清楚其中的道道了。

刀刀冷笑道："不就是几棵树吗？有它们的时候，你们都还没从娘胎里钻出来呢。在这儿论你的我的，我不管你姓什么，这树我想上就上，想下就下，你不服气就来打。少在这废话！"

此话一出，可来本事了。

对面那群小学童平日里打架还真不多，个子也大多比刀刀矮，听到刀刀这么一喊，他们多少都有点露怯，纷纷拿眼看为首最高的那人。

此时此刻，为首的学童成了众望所归，他想到刀刀孤身一人，他们人多势众，心头一硬，道："怕他怎的，这郭家的地头还容他人窥视吗？

那我们还有什么脸面在这儿上学。"

"对！"其他人一想是这道理，"今天我们就要让这小子知道知道厉害！"他们并不知道对面其实是个女娃娃。

一群孩子，高的、矮的、胖的、瘦的，纷纷撸起袖子往刀刀的方向冲过来。因为都是没有打架经验的人，也不知道顺路捡一些瓦片、石头等称手的工具，这倒叫刀刀看出了门道。她低头就抓起地上一根小臂粗的木棍，在身前甩起来，呼呼作响。

跑在最前面的小子见状，堪堪收住脚步想避开她的棍子，没想到身后的小学童们没有留意到前面人已经停了脚，一股脑儿地全都撞上来，刀刀的棍子没砸上去，他们几个倒先团在一起，摔了个狗啃泥。

刀刀咯咯地笑："好呀，这么快就来给你爷爷我磕头了，都是乖孙。"她不想给郭嘉惹麻烦，这棍子真打身上，都是伤筋动骨的事儿，遂决定讲个"武德"，她反手把棍子插在腰带里，伸手抓向那个为首的小子。兵书上说，擒贼先擒王，虽然刀刀没有读讨，但是真真地听过。何况，实践出真知，她早在摸爬滚打的实战里得出了经验。眼见这小子是这群学童的领头人，刀刀便想着，只要让这小子服了软，其他小毛头也就不攻自破了。

不想那为首的小子也鸡贼，被刀刀一把抓住衣襟后，他咬牙一用力，顺势抱住刀刀的手，就地一滚。刀刀没提防他还有后招，被他拦腰撞倒在地，耳边听见风声，对方抡起拳头毫不犹豫地向她砸过来。刀刀在慌乱之中，也顾不得"武德"了，伸手直捣对方裤裆。那小子"嗷呜"一声，像被咬住了要害的狼崽儿一般，当下从刀刀身上滚了下去，捂着裤裆满地翻滚。

刀刀趁机爬起来，离开了三尺远，才回神"呸"了一口："不长眼的，算计我，你也不看看自己有多少斤两。空长了个头，不长脑子，哼！"
但见那小子，脸色忽红忽白，疼得在地上起不来。刀刀当下心虚，别是
被她打坏了，那对方计较起来，她就是给郭嘉惹祸了呀！刀刀如此一想，
再不管其他，脚底抹油，遁了。

　　其他小学童一看老大疼得站不起来，也都吓坏了，一个两个眼睛都
红了，还有个胆大些的说："别愣着了，抬他去找他哥啊！"

　　这被刀刀掏了裤裆的小子不是别人，正是郭达二弟郭图的儿子郭宏。
郭图在太守底下任功曹，为门下五吏之一，也是个有头有脸的人物。他
常年在外忙公务，就把郭宏托在郭达府里养。这些孩童嘴里的"他哥"
不是别人，正是郭康。

　　正所谓伤筋动骨一百天，郭康的腿伤虽然已经大好，但还没好到以
前那般利索。郭达的小妾日日都盯着他，要他小心。郭康烦不胜烦，宁
愿躲在郭夫子这边背书，也不想回家里去。

　　郭宏被一群小子扶过来的时候，郭康倒乐了，一扫读书的烦闷，他
打趣道："这是太阳从西边出来了，从来只有你欺负别人的，还有人能打
得了你？"

　　郭宏的气儿已经缓了过来，坐到郭康对面探头一看，郭康边上不远
处不正是郭嘉。郭宏眼睛一转，捂着裤裆又叫起了疼，道："哥哥你别笑，
人家把我打坏了是小，实际上是冲你去的，这一拳头是打你身上呢。"

　　"哦？我怎么不觉得有结下这等仇的仇人，你倒说说是谁把你打成这
样。"

　　"还能是谁啊，不就是你的好同窗。"郭宏抬手指向郭嘉，"就是
他！"郭康虽然想给郭嘉制造点儿麻烦，但也不至于这么瞎眼，他道：
"他一天都与我在一起听夫子的课，哪里有空去逮你啊？你跟个兔子似

的，在族学里不知道有几个窝点，一般人能抓你揍你？快别丢我的人了，把你那手放下！"

郭宏气急地说："就是他！是他的书童打的我！"一干小学童也都点头附和："真的是他的书童，拿了好大好粗的棍子追着我们打。"

"是啊，康大哥，你看我这膝盖都青紫了，就是被他追着的时候，摔地上磕的。"

"我们没有骗你，今天本来好好在操场玩的，是那书童死皮赖脸要来爬我们的树。"几张小嘴叽叽喳喳、颠倒黑白地一顿乱说，郭康原本还有三分疑惑，被他们这么一说，也认定是郭嘉的书童先挑起的事端，他回头看向郭嘉："喂！冤有头，债有主，让我们去寻个下人报复就没意思了，既是你的人，你得说说该怎么处理。你可别忘了，这些也都是你的弟弟，而他不过是个下人而已，你要是包庇他，伤了兄弟之间的和气，就不好了。"

郭嘉听郭康上来就不分青红皂白定了好赖，心里道："他本性不坏，就是做事不深思熟虑，容易被人左右了想法，做事还冲动，以后一定会在这上头吃大亏。"

郭嘉站起身，端正神色道："我的书童不是这样的人，若她真的欺辱了郭宏，我自然会让她道歉。但他两个人平时并无往来，想来也不会平白无故结怨，也许是其中有什么误会。不如让我的书童过来，大家把话说开来，再下定论。"

郭宏跟郭康告状的时候，鼻涕一把泪一把的，鼻子下两条小虫一样的鼻涕，让他看起来像个闹脾气的小花猫。此刻，他并不想给刀刀说话的机会，抽了抽鼻涕道："他一个下人，难道我还有污蔑他的必要？"又转头扯着郭康的衣摆道："哥，你要给我做主。反正是个下人，听说还是大伯给他的，不听话就打断腿赶出去，也别留在家里浪费粮食了。"

别看这孩子才七岁，这说出来的话却如刀子般，竟然也有了定人生死的狠意。

郭嘉知道这郭宏还分不清楚轻重，也难怪郭图要把儿子送到郭达这边教养。郭图的夫人出身不高，平日里只知道与小妾争风吃醋，不但不能教养好郭宏，还成了郭宏身边活生生的坏榜样。只听郭宏刚才说的那几句话，就完全不可能是普通孩童的言语，分明是郭宏从他母亲那边学样学来的。

这话不光郭嘉听着不合适，连郭康都皱起了眉头。

"宏儿，既然是下人做得不对，就不怕叫他来对质。要是小错，让他道歉。若是大错，要赶出家门，应当上报给父亲大人知道，由父亲大人裁决，我们不应擅作主张。"

郭嘉听到郭康的话，眉眼间得到一丝舒展，心里对他有了一些赏识，可算在大是大非面前还没有糊涂得彻底。

"既然如此，那我去把我的书童喊来，有什么事，当面说清楚。"郭嘉正要转身寻人，便见刀刀从门口走进来，原来她早就过来找郭嘉，听见了前面郭宏的告状，只是在等郭嘉一个反应。若郭嘉也听信郭宏的一面之词，错怪她，那她便决定离开族学，出城找爷爷去。幸好，郭嘉没有让她失望。

刀刀大踏步走进屋，环视了屋中众人，一群小学童见到她，除了郭宏以外，都多少不敢正视她的眼睛。等她看向郭嘉时，对上他的眼睛，郭嘉冲她轻轻点头，刀刀的心里更加踏实起来，她不露惧色，把她怎么去操场乘凉，这群孩子说的话，都一五一十地说出来："我看他们倒地不起，就收了棍子，想把这个带头的孩子拉起来。控制了他，其他人就不会打我了。结果，他又把我扑倒，我才不得不反击。在当时的情况下，我若落了下风，肯定会被他们'群起而攻之'。"

郭康听她这话，十分惊讶道："你这小书童，连群起而攻之都知道？平时在学堂外面偷听夫子上课了？"说完他就觉得不对劲，难道最近夫子讲了这些他没听见？他怎么一点印象都没有。

刀刀把头一昂道："我干吗要偷偷摸摸听课，少爷有空可以给我讲啊。《论语》的《先进篇》里说：季氏富于周公，而求也为之聚敛而附益之。子曰：'非吾徒也，小子鸣鼓而攻之可也。'这季氏比周天子还富有，可是冉求帮他搜刮财富。孔子说：'冉求不是我的学生，大家都可以大张旗鼓地去攻击他。'这故事你们没听过吗？"

郭宏和一干小学童眨巴着眼睛，露出懵懂的神色，他们确实还没听过《论语》，都是才开始学一些启蒙书。郭康倒是听过，但他也还没有到把《论语》熟稔到这般脱口而出的程度，他略一思索，问郭宏："他方才说是你们先惹的事，还聚众要打他，可是如此？"

郭宏不想承认，但他身边的小学童们禁不住郭康这么问，再加上几人的兄长闻讯已到门外，正探头探脑地往里看，几个小的顿时都低头不敢抬眼。

郭康见状，猛然板起脸来喝道："说不说实话？"

郭宏被唬的一哆嗦，不等他开口，其中几个小学童觉得躲不过这一回了，赶紧坦白起实情。

"我们就是想吓唬吓唬他，不让他再去操场玩。"

"那李子树上的李子都熟了，怕给他都偷吃了，分不到我们。"

"宏哥说，康哥看不惯他，我们帮忙出出气。"

"只是吓唬吓唬他，没想别的。"

“没想到他特别能打。”

郭康听着都要笑了，他能看不惯一个小书童？还争着帮他出气？这人要不是今天出来，他都不知道这人的存在。所谓的“看不惯他”是另有其人吧。

郭康看郭嘉神色如常，自己先尴尬一笑道：“这事算是说清楚了，一场误会。”

“也许是误会，但毕竟是几个人欺负一个。”郭嘉缓声道，“大家应当给刀刀道歉。”

除了郭宏，其他几个小学童都着急顺着台阶下，但郭宏不乐意，依然自持身份，他下不去脸给一个书童道歉。不过，不等他开口，郭康就按着他给刀刀鞠了个躬。另外几个小学童也有样学样，给刀刀道了歉，然后由各自兄长领着离开。

郭宏满脸的不高兴，郭康瞪了他一眼说道：“还不服气呢？人家毕竟是良家子，又不是入了奴籍。你才多大点儿人，管这么宽，要管到我的事上来？谁跟你说我看不惯人了？你有这心思，多用在读书上，二叔何至于为你发愁。”

郭康这头在教育郭宏，郭嘉那边和刀刀一前一后往住所走，路上还与几个学童和同学同行，两个人一路沉默，但刀刀越走越快，一下超过了郭嘉，接着脚步一转，往操场的方向去了。

那片地方白天的时候，小孩子们去得多，这会儿天要黑了，已经没有人了。空旷的操场被高大的李子树包围，夏风一吹，一片片树叶的沙沙声，伴随着马厩里马匹偶尔的嘶鸣。

刀刀一直到她熟悉的那棵李子树底下，才停下脚步。她低着头，脸上涌现出难得一见的哀伤，仿佛要一股脑儿地把心头的情绪倒出去，她吐字飞快地说道:"他们凭什么看不起我,就因为我是一个下人吗?甚至可以什么都不说,就把我喊出去。"郭嘉摇头。

"可是,如果不是你阻止,他们就能这么做。人的出身可以选择吗?如果可以选择大家都会选择做大家少爷,谁又愿意在夏日里种田,在冬雪中捕鱼,穿着寒衣为富人织布刺绣,他们想过他们口中的食物,身上的衣服,都是穷人劳动的成果吗?他们喝的水,他们睡的床,他们生活的点点滴滴都是下人伺候的。他们离不开下人,那么他们又有什么资格看不起我呢?"

刀刀说到这里,仿佛恍然大悟,带着自嘲道:"是啊,因为下人很便宜,没有了这个,还可以再买那个,只要他们有钱有权,想要多少下人、奴仆都很容易。"

郭嘉明白她在气头上,尽管郭宏道歉了,但是郭宏不愿意道歉的态度和他先前说的话,都深深地刺痛了刀刀。刀刀在来到郭家之前的生活也许是很辛苦,颠沛流离,吃了上顿没有下顿,甚至要被人买卖,但是她的心是自由的,她不需要顾及任何人,想怒就怒,想跑就跑,而今她吃饱了饭,有屋檐遮风挡雨,可她也失去了一部分的自由——她需要顾及郭嘉和爷爷,因此她的行为都被无形地束缚了起来。

郭嘉走过去,轻轻地拍了拍她的肩膀,希望能够给她些许的安慰,帮助她平复下来,他缓缓说道:"人虽然生下来就有富贵和贫穷之分,但是以后的发展却有着无限的可能性,因为有这种可能,我们才会不断地努力、不断地前进。农民耕种,希望有所收成而不论晴雨的努力;渔夫捕鱼,希望能丰收而顶着风浪前进;学子学习,渴望着有朝一日,报效天子,造福百姓。可是努力不一定都会有好结果,农民也会遇到歉收,渔夫也会失望而归,学子还可能因为所写的文章得罪人而落狱。但是,我们不能因此就怨天尤人，不再下田，不再撒网，不再提笔，对吗？"

郭嘉说的话，刀刀心里明白，况且郭嘉现在与她算是一条船上的，最重要的是郭嘉信她，并不会因为郭宏和郭康的态度而动摇，这么看的话，郭嘉是值得她失去那些自由的。

她长出了一口气，抬起头，呆呆地看着树上挂的李子，确实快成熟了，她每天来乘凉，每天看着它们，舍不得吃，因为要等到它们最美味的时候……可是那群孩子这么欺负她，以后显然不能好好相处了，让她把这些李子让出去，真是不甘心啊，但她又不想每天来跟他们照面，和他们打架闹事，"我应该怎么办呢？"她问郭嘉，"并不是每一次，都会像今天这样幸运啊。就算我不觉得我低他们一等，可在他们眼里，我仍然是一个可以随便欺负的下人啊。"

"我不这么觉得，任何人，都是可以凭本事被其他人尊重的。"郭嘉冲她眨眨眼，"对付一群孩子，我觉得这是你的强项啊。"

刀刀看着郭嘉，眼睛里重新有了光彩。

"不过……"郭嘉话音一转，"你一个女孩子，怎么能掏郭宏的裤裆，以后可不能再做这事。"

刀刀"扑哧"一声笑出来："这有什么！"她不以为然，"打架要的是赢，手段不重要。"

郭嘉强调道："但你是个女娃啊。"

反倒是刀刀，理直气壮道："他们也没有因为我是女娃，不来打我啊。"

郭嘉有些无奈，让刀刀以书童身份来书院是为了行事方便，现在倒先体现出了不方便。他道："你呀，要再有下次，就跑来找我，干吗非要去打架。"

"靠别人不如靠自己，这不是你教我的吗？"刀刀哼了哼，知道这事要是不翻过去，定会被郭嘉啰唆个不停，她机灵地扯开话题，"我饿了，咱们吃饭去吧。"

郭嘉哪里看不出刀刀心里还有气没出，以她争强好胜的性子，日后肯定还会有事发生。但他知道她虽然做出了掏郭宏裤裆这种事，却不会在大是大非面前出错。与其压着她，不如静观其变。如此一想，郭嘉便也随她去了。

第九章

竟是知了

在闹了那一出之后，郭宏和刀刀很长一段时间都没有照面。白天，郭宏和一群小学童霸着操场，刀刀就在饭堂里给伙夫打下手。到夜间，刀刀到李子树上纳凉，郭宏已经到了回家的时间，这时候就是给他十个胆子，他也不敢从郭达府里跑出来。两个人倒有点王不见王的意思。

给伙夫打下手是刀刀自己的主意，她和郭嘉说："这样比在族学里晃悠，让大家觉得多了个闲人好。"

"知道不露头，长大了。"郭嘉欣慰地拍拍她的脑袋，被刀刀闪电一般地躲开。

刀刀努努嘴："怎么像拍小狗一样拍我，我可比你还高一个头呢。"

"我大你小。"郭嘉微笑道。

"那也等你长得比我高时再说。"刀刀做了个鬼脸，逃出屋去。

随着天气慢慢变热，每到做饭的时候，厨房里又闷又热，像蒸笼一般。伙夫赤膊上阵，在灶头前忙碌，刀刀帮他看火添柴。她人机灵，嘴巴也甜，伙夫乐得平白多一个小帮手，他暗地里手松一松，刀刀和郭嘉的伙食就提升了一个档次。

这些在族学里学习的郭家子弟，出身好的一般都住各自家中，日常一餐二餐的不好吃，若跟家里说，自然有家里人额外为他们加餐加饭。而那些吃住都在族学的则大多是家境平常，甚至困难的子弟，他们忙于学业，注意不到这些细小地方的人情往来。

郭嘉和刀刀的伙食变好了，人也随之发生变化。刀刀只比郭嘉小20天的样子，却又长高了半个头，连郭嘉一向消瘦的脸也添了红润。

一眨眼，盛夏来临，满耳蝉鸣。

这日，郭宏和几个小学童又聚在操场玩。小孩子玩到疯时，完全不在意当头的烈日，一个两个都是晒得皮肤发红，黑亮亮的，仿佛能滴出油来。

郭宏忽一抬眼，发现李子树那边立了个人影。他定睛一看，嘿，这不是上回掏他裤裆的那小子，郭嘉的书童刀刀吗！

这会儿，刀刀头顶戴了一个用柳枝编的草帽，身上挂着一个竹编小兜，她手持一根长长的竹竿，远的那头在李子树的枝叶间点来点去，没过一会儿，便把竹竿收回来，从上面摸下什么丢进竹编小兜里。

郭宏拉住一个小学童问："你看他是在摘李子吗？"

小学童揉揉眼道："不像啊，什么竹竿这么能耐能钩李子下来，李子还不掉地上，他还不用捡？"

郭宏一想也对，如果竹竿那头挂个小弯刀去削枝上的李子，李子也该落在地上，人得弯腰去捡才行，哪里像刀刀这样，直着腰，昂着头，就能有东西收，这小子一定有古怪。

身边的小孩子们都不够机灵，郭宏舍了他们，独自摸过去偷看。只见刀刀那根竹竿上粘了一团东西，她并非是冲着李子去的，而是用那团东西在树的枝条枝干上点来点去，似乎是粘什么东西下来，然后装在身上的竹编小兜里。

现在正是天气炎热的时候，刀刀粘了一会儿，便满头大汗，她忍着脖子的酸疼，又粘了好几棵树才转身往回走。躲在草丛里的郭宏情况比她糟糕多了，脖子、脸蛋等露出来的地方被蚊虫咬了好些个包，他一边挠痒，一边跟在刀刀身后，只见刀刀跑到族学后面，把竹竿往院墙上一倚，人跳进了厨房。

郭宏跟上去，拿过那根竹竿一看，上头什么也没有，连那粘东西的团团也没有了。他眼珠一转，立刻矮身到厨房敞开的窗户下头，偷偷往厨房里面看。

只见厨房里，刀刀正把竹编小兜打开给伙夫看。

"好家伙，这么多，来，我们中午加个菜。"伙夫蒲扇般的大手一挥，示意刀刀把火烧旺，他拿出个大碗把那兜里的东西倒出来清洗，都是些黑乎乎的东西，郭宏也看不清楚。

伙夫往碗里撒上盐粒，觉着锅已热了，便往锅里一倒。一股奇香瞬间扑鼻，郭宏闻了都忍不住咽下口水。

伙夫从大锅里盛出那些黑褐色的东西，和刀刀两个人往临窗的桌子来。郭宏忙躲到底下，他听见这两个人开吃了，嘴里发出咬脆物的声响。

"嗯，香！"伙夫边吃边说。

"叔，等会儿您再喝上一口，这东西下酒最舒服，一口一个，爽。"刀刀在一旁吃得津津有味。

"你小子有脑子，抓这些挺费事的吧。"

刀刀摆摆手，有些小得意地说道："有叔给的面团，捉起来一下一个，可快了。"

伙夫手里抓着吃的说道："我小时候也捉，嗨，这几年懒了，老胳膊老腿不爱动了。"

"您喜欢，明天我还捉。"刀刀笑笑道。

郭宏听得口水直流，却不知道他们吃的是什么，心里格外痒，再加上身上都是蚊子咬的包，整个人抓耳挠腮的难受，而听着伙夫喝起了老酒，正愉快地哼着小调。他也不知道在窗户下面蹲了多久，刀刀才放下筷子："叔，我吃饱了，我回少爷屋歇一会儿。"

"去吧去吧。等等，这么一大碗，叔我一个人也吃不完。你带点回去，一会儿你家少爷回屋，让他也尝尝。"伙夫边说，边放下手里的酒，把碗递给刀刀，让她装些回去。

"好嘞，谢谢叔，叔手艺好，我家少爷吃了一准儿难忘！"刀刀从案上找来一片荷叶，包了一包揣在怀里，出了厨房，往她的住所走去。

郭宏立刻跟了上去，过了拐弯，眼前却是一片白花花的被烈日烫着的路面，上面半条人影都没有。

郭宏心里一奇：刀刀那厮跑哪儿去了？

肩膀上忽然被谁一拍，惊得郭宏原地蹦了有三尺高。

"你跟着我干什么呀？"刀刀把郭宏的糗样尽收眼底，她早知道这小子一路从操场上跟到厨房，竟然还在外面守了小半个时辰，还真是有耐心。

郭宏见到是刀刀，板起他晒得又黑又红的小脸道："你们刚刚在厨房吃什么好吃的，拿来给小爷我尝尝。"

"有好吃的都被你知道了？"刀刀装出很惊讶的样子。

"那是自然！"郭宏做出一副大人的样子，"这厨房里的东西全族学的人都要尝试，要是有什么差池，你俩都担待不起。还是让小爷我先验证一下好坏，免得回头不好吃，被我伯伯抓过去吃苦头。"

"好吧。"刀刀一脸不情愿地把荷叶包拿出来，等郭宏手都伸出来了，她忽然神色一变，神秘地道，"吃这东西有一个规矩。"

郭宏不解道："什么规矩？"

"你得把眼睛闭上了吃，才格外好吃。"

"这么奇怪的规矩？"郭宏狐疑，"你可不许骗人啊！"

"我怎么敢骗宏少爷您啊！"刀刀谄媚地笑道。

郭宏端详着刀刀，见她当真郑重地点头，这才小心翼翼地闭上眼睛。刀刀从荷叶包里拿出一只什么，飞快地塞进他嘴里。

郭宏只觉得一个半个拇指大小的东西含在嘴里，触感略硬，有股油汪汪的香气，咀嚼起来脆脆的，鲜香无比，不禁就吞咽了下去，还勾得肚里馋虫更痒起来。郭宏睁开眼，往刀刀怀里的荷叶包看去，还想再要一个，口中道："这是什么呀？"

刀刀把荷叶打开了，往他面前一送："知了啊，你看这不都是吗。"

"什么？"那黑乎乎、蜷着小腿的知了出现在眼前，郭宏像刚吞了千百只蛆一般，一阵头皮发麻。

刀刀捏起其中一只就要往他嘴里送："你不是还想吃吗？来呀，张嘴！"

见那知了刚到跟前，郭宏飞快地往后退开："拿走！拿走！"

"不是吧，你还怕知了？"刀刀故作惊讶道。

郭宏平时倒不怕知了，甚至还抓过，可是一想到刚才吃下去的是虫子，他就浑身难受，胃里一阵翻江倒海。

刀刀偏偏还火上浇油："哎呀，这在乡下可是百里挑一的好东西，不光好吃，还很补呢。你说说你一个郭家少爷，一表人才，竟然不敢吃知了！"

郭宏最不能容忍别人说他不行，硬着头皮道："我不是不敢吃，我是午饭还在肚子里，根本吃不下！"

那只油里滚过的知了在阳光下还泛着光，由刀刀的两根手指捏着。

郭宏死死地盯着它，一颗心犹如也在油锅里翻滚，要是这小书童一定要他吃知了，他为了面子也绝对不能退缩，可他又实在说服不了自己张开嘴……

刀刀早把这小学童难看的脸色尽收眼底，她爽快地把那只知了放下，收起荷叶，道："既然宏少爷很饱，那就不要勉强了。下回有别的好吃的，我再叫您哈！"

郭宏心想，绝没有下回！下回就是让他吃珍珠黄金，他都不来！郭宏看着刀刀蹦蹦跳跳远去的背影，恶狠狠地想，丝毫还没觉得自个儿上了刀刀的套。

打这日之后，刀刀又提了竹竿去操场粘知了，郭宏眼睛都不抬一下。

其他小学童推推郭宏问道："你看那小书童，在李子树那边捣鼓什么呢？"

"他捉知了吃，这你们都看不出？"

"啊？知了也能吃啊！"

郭宏哼哼，不仅能吃，味道还不错呢，就是每每想来都怪恶心的。这会儿，耳边充斥着知了的叫声，郭宏已经觉得喉咙不舒服，肚子不舒服，仿佛身体里躲了一只小虫子。但是吧，难受之余，嘴巴里的口水也丰富得很，令他忍不住又想：其实，也不是没进过嘴，就是再吃也没那么可怕吧。如此一想，郭宏便挺起胸膛，若是下次那小书童再让他吃，他就是吃个百八十个，眼睛都不带眨一下的，定不让他暗地里小瞧。

可是，刀刀并没有再主动邀请郭宏吃知了。郭宏失望之余，盯着刀刀的背影，使劲地甩着手里的野草，就好似甩的是一根能落在刀刀身上的鞭子一般。"哼，就是你求小爷我吃，小爷我也不稀罕。"郭宏如是想着，见刀刀又肩扛竹竿，腰挎竹编小兜，往操场这走来，径直去了李子树那边。

郭宏以为刀刀又是去粘知了。

然而，刀刀却把竹竿往树上一倚，人利索地爬上树，借着树高跳上族学的院墙，然后把竖起的竹竿一抽，连人带竿翻出了族学的高墙。

第十章

一击即中

郭宏看着刀刀一系列的举动，呆若木鸡，他完全没想到这小书童还有本事翻墙而出，这可是他们这些小学童一直以来想做却不敢做的事。

郭宏忍不住地跟到了刀刀借力攀爬的那棵李子树下面，跃跃欲试。一来是他好奇刀刀出去干什么，二来是他真的很想看看外头。偷溜出去这事儿郭康常干，可郭康每次都是自己出去，从来不带他！不带他也就罢了，每次郭康回来还要与他说外面遇到的开心事，什么在外面与人斗了鸡，什么跟谁下了馆子，什么路边的胡饼子多好吃，什么到庙会的时候那各色各样的杂耍多好看，听得郭宏分外向往。

实际上，郭宏也不是没出过门，可那都是偶尔过节的时候，而且有下人跟着，怎么能玩得尽兴？

身边的小学童们看出了郭宏的心思，七嘴八舌地发表起意见来。

“你可别干傻事啊，被夫子知道了，一准打板子。”

“我爹说外面乱着呢，还有人专门吃小孩。”

“你们就是胆小，康哥说外面好玩着呢。”

“那你有胆子出去吗？”

“不敢！”

郭宏环视他们，道：“我就是想上去看看，也不一定是要翻出去，你们急什么？”

“要不我们去跟夫子说，那小书童私自翻出去玩，让夫子狠狠地惩罚他。”其中一个小学童建议道。

郭宏瞥过去一眼道：“你什么身份，我什么身份，盯着他一个小书童屁股后面？我看，外面八成也没什么好玩的。我们还是玩打仗吧。”他一招手带着大伙儿重新玩开，决定不再好奇刀刀的去向。

天色渐晚，郭宏和小学童们分了手，回郭达的府邸去找郭康玩儿，被郭康不耐烦地赶了出来。郭宏只能摸到自己房内，等着人来喊他吃饭。郭宏心不在焉地躺在床上，一会儿想到今天大家玩打仗的时候，没有称手的小木剑，一会儿想到白天夫子上课说的东西他都记不起来了，不知道明天夫子检查功课，会不会打他手掌心，一会儿又突然想到郭嘉那书童翻墙出去，是在外面玩了什么……

郭宏就这样在胡思乱想间，不知不觉地睡去。

第二日，天刚亮，郭宏便醒了。因为昨晚上没吃饭，郭宏饥肠辘辘，他怕喊下人拿吃的来，会让郭达知道，郭宏最怕这位严厉的大伯了。他不敢弄出声响，偷偷摸摸地出门，想去找些吃的，竟然神不知鬼不觉地又绕去了族学后面的操场。

远远地看见前面有一个人影，郭宏揉了揉眼睛，那不是郭嘉的那个小书童吗？

刀刀和昨日一样，扛着竹竿，挎着竹编小兜，迈着轻快的步伐，走到李子树下，手脚麻利地上了树。

"他竟然又要出去玩了！"郭宏眼见刀刀又翻墙出去，再不做他想，顺着刀刀攀爬的路线，先上树，再跳上院墙。院墙外面是族学的夹道，堆了一堆新买的柴火，暂时还没有搬入府库，正好可以用来落脚。

郭宏有样学样，从院墙跳到柴堆上，再跳落到地上。前面刀刀已经闪出了夹道尽头的小门，郭宏三步并作两步小跑着跟上去。只见刀刀左拐右拐，竟然穿过街头巷尾，来到一条小河前面。

河流不宽，水流湍急，刀刀顺着河边往前走，约莫是走了一里地，前方的河面突然变宽，出现了一个河滩，水流也缓了许多。

刀刀踢了鞋子，跑到河滩上的乱石之间，弯腰摸索着什么。

郭宏抓住时机，冲上去一把扼住刀刀的手腕道："可让我抓住你了，你在这里干什么？"

刀刀被抓住手腕，倒不惊慌，她这几天可踩着点在郭宏面前晃悠，故意让他看见自己翻墙出来，就是想看看能不能引这小子出来。郭嘉说要用本事令人信服，而她现在使的就是自己的本事。

"你看不出来我在做什么吗？"刀刀把手掌一翻，露出石头缝里的空间。原来那边藏着一只竹编小兜，比她身上的小上一些，正是昨晚上刀刀放在这里的陷阱。此刻刀刀把小兜提出来，水从竹编小兜的缝隙间流出来，里面有不少蹦蹦跳跳的小鱼小虾。

郭宏眼睛一亮道："这些都是你捉的？"

刀刀不回他，把鱼虾尽数倒在挎着的小兜里，再把陷阱埋回去，口中问："你跟着我出来干什么呀？"

"我才不是跟你出来的!"郭宏不肯承认,随口道,"天气这么好,我出来晃晃。"

"那你就去别处晃呗。"刀刀不以为然道。

"这河又不是你家的,你能来,我就不能来?"

刀刀看了他一眼,不再说话,低头专心收剩余陷阱里的小鱼小虾。

郭宏眼看她的小兜越来越满,眼睛亮了起来道:"你捉这么多,吃得完吗?"

刀刀猛一回头,盯着他的脚:"你的鞋湿了,回家不会被骂?"

郭宏这才发现人在浅水里站着,不光鞋子湿了,裤脚也湿了。他倒不怕大人骂,只是这么一来,回头回家的路上,多半走得极不舒服。但是这点小不舒服,很快就散了,郭宏看到脚边不远处有一条肥美的大鱼。他摸了摸扁扁的肚子,心想:小爷正饿着,你就送上门来,真是好样的。

郭宏轻手轻脚往大鱼边逼近,双手张大,做出爪子的样子,准备向鱼扑去。人影子还没沾到鱼边儿,大鱼已经尾巴一甩溜了。

郭宏猛一跺脚,目光追着那鱼,身体倾过去就要再扑,忽然听见刀刀开口道:"就你那样,捉不到鱼的。"

郭宏不服气道:"我这样捉不到,难道你捉得到?"

说时迟那时快,话音刚落,郭宏眼前一道黑影闪过,是刀刀的长竹竿从他面前飞过。等郭宏再定睛一看,他追着的大鱼已经歪在水里,身体被竹竿的尖头穿过。

刀刀越过郭宏,提起竹竿,把鱼从竹竿上拔下来。她的小兜已经满了,只能提着鱼往岸边走。

郭宏整个人都被震慑住了,竟然还能这样,他追上刀刀,道:"你刚刚那招怎么要的,教教我!"

刀刀看都没看他一眼，说道："这是山野乡夫的把戏，你这种读书的大官人，有什么好学的！"

"不不不，你那个特别厉害，一点不比族学里面的射箭师父差。"郭宏已经被刀刀刚才捕鱼的架势征服了。

刀刀看了他一眼道："我就是个下人，一个书童，怎么能跟你们的箭射师父比。"

"孔子说：'三人行必有我师焉，择其善者而从之，其不善者而改之。'我们就只有两个人，我都找到了你的长处了呢。"郭宏赶忙说道。

刀刀摇摇头，说："孔子也说：'道不同，不相为谋。'"

郭宏听了，颇为意外："你还知道这话，郭嘉教你的吧。"

刀刀忽然抬头，上下打量郭宏道："你这个人怎么没大没小。"

"嘿，你说什么没大没小，我是主，你是仆，有你这样和主人说话的吗？"

"对哦，你为尊，我低贱。"刀刀眼睛一转道，"那按资排辈，你与郭嘉少爷同辈，他岁数比你大，你应该尊他为兄长，怎可直呼他姓名？这不是没大没小是什么"！

郭宏被呛得一时说不出话来，刀刀也不理会，径直拔草搓成绳子，穿过鱼鳃，她提溜了这条大鱼往回走。

郭宏明明想要反驳这个书童，肚子里一阵搜刮，却找不到合适的话来，让他就此回头，他又舍不得刀刀刚才一竿子插死鱼的本事，真心想要学来。郭宏也不知道自己怎么回事，忍不住亦步亦趋地跟着刀刀。

此时，天已大亮。刀刀离开河流，往大路上走，街上的人多了起来，有支摊子卖早点的，有贩卖蔬菜瓜果的，小摊小贩们张嘴揽生意，各种不同的吆喝声回荡在耳边，还有来自不同摊点的香气，好像生了钩子一样，吸引着郭宏肚子里的馋虫。

郭宏在一个饼摊前驻足，摊主立刻热情地招呼他："小哥，来个饼不？刚出锅的，热乎着呢，肯定好吃。"

"小爷我看起来像要吃你饼子的人吗？"郭宏不想被人看出来身上没有带钱，可肚子偏偏在这时又不争气地咕咕作响。

摊主原本看这小娃穿得不错，这时才注意到郭宏下半身和鞋都湿漉漉的，颇有几分落魄。摊主不禁收了笑意："不知哪里来的野孩子。"

郭宏可没受过这等气，待要发作，那摊主已经转头去招呼新来的客人。

"给我一个饼。"是刀刀的声音。

"好嘞，给你拿一个热乎的。"

郭宏瞪着刀刀，刀刀从摊主手里接过饼，转头掰了一半递给郭宏说道："吃吧。"

郭宏内心是不想接的，可是手已经不争气地接了过来，把饼子往嘴里塞。那香甜的麦香充斥着口腔，没一会儿就吃了大半。

郭宏一边嚼，一边问："你哪儿来的钱买饼？"郭嘉家里穷得叮当响，可不像是能给书童打赏的人。

刀刀不答，指了指腰间的竹编小兜。

郭宏这才发现，那小兜空了，还有刀刀刚才提的大鱼也没了："你捉它们，就是为了把它们卖了？"

"不是卖了，就是吃了，难道还有别的用处？"刀刀没好气地说道，"我本来是准备卖了攒钱的，看你在街上饿的肚子叫，才给你买饼，你可不要不识好歹。"

郭宏听了却不生气，他好奇地问道："你要攒钱做什么？赎身？不想再做郭嘉的书童了？"

不过他到底还是孩子心性，不等刀刀回答，就又旧事重提："教教我你那捉鱼的本事吧！你怎么把竹竿射那么准的？"

刀刀不理会他，他便一直央着，不知不觉跟刀刀回到了族学夹道里的那堆柴火前。刀刀爬上柴堆，翻到院墙上，回头看郭宏在下面昂着头，一脸的期待。

"你当真想学？"

郭宏连连点头："当然！"

"那你……"刀刀原本想让郭宏拜个师，出一出之前被他欺负的恶气。转念一想，那恶气早就在骗郭宏吃知了时出了。郭嘉说过，要用本事让人服气，那捉鱼算不算一门本事？

刀刀转了转眼睛，换了主意，她道："要学也不是不行，不过你得答应我一个条件。"

郭宏连忙问道："什么条件？"

"你该去学堂了，今日可别迟到，等下了学来告诉我，夫子教了什么。只要你每日都能好好地回答出来，我就教你捉鱼。"

郭宏没想到是这等简单的要求，一拍大腿爽快地说道："这有何难，你等着！"

第十一章

为她保密

　　郭嘉下学回到小隔间，刀刀正蔫蔫地抱着枕头愣神，失了平日生龙活虎的气势。郭嘉故意当作没有觉察她的反常，张口打趣她道："这是午饭吃撑了？在消食呢？"

　　刀刀叹了口气："我是不知道有些事做得对不对啊。"

　　"什么事让你如此神伤？"难得见到刀刀如此神情，郭嘉认真地问道。

　　刀刀把这几日发生的事一五一十地告诉了郭嘉，郭嘉越听越有趣，难怪这几日不见刀刀的踪迹，原来是争骨气、露本事去了。郭宏被诓吃了知了，竟然也没恼刀刀，还想跟刀刀学捉鱼。

　　郭宏的脾气像极了郭康，软硬不吃，寻常人根本入不了他们的眼，阿谀奉承也只会被他们轻视。没想到，刀刀凭着自己的本事，竟能让郭宏主动求教，真是难得。

刀刀心里之所以会有些犯嘀咕，不是她没有真本事，而是她能教好一个人吗？况且她我行我素惯了，但是现在情况不同了，她要考虑到郭嘉的处境，她怕因为她的一时逞能，给郭嘉带来不必要的麻烦。

郭嘉怎会不明白刀刀心里所想。的确，刀刀教郭宏捕鱼这事儿本身没有什么问题，但是他们现在身处族学，郭宏又身份特殊，那么这件事就有问题了。郭嘉并没有把心里的忧虑告诉刀刀，他想在这一方天地中，给她些许的自由，郭嘉善解人意地说道："你既已答应了郭宏，那便教就是了。只是，爬树翻墙的时候要注意安全，不要人没教成，回头再变成个伤残人士。"

"我才没有那么笨呢！"刀刀还是有些不放心，"可是，我们要偷跑到族学外面，要是被夫子或者其他人知道了怎么办？"

郭嘉打趣道："以你的身手，难道还会被逮？"

刀刀翻了个白眼，抱着枕头，仰面倒在床上，随即翻了个身，背对郭嘉，嘴角却有了一丝的弧度，她似乎也有了依靠。没过多久，刀刀便进入梦乡了。

郭嘉坐在桌子前，眼睛盯着手里的书，思绪却不知飘到了哪里。

刀刀这一觉睡得那叫一个香，等她醒过来，桌子前早已没有了郭嘉的身影。她见天色已晚，一骨碌爬起来，奔着操场的李子树而去。刚走到操场上，远远地就看见树下坐着一个人，正是郭宏。

郭宏见到刀刀，赶紧站起身说道："我把今天夫子讲课的内容都告诉你，你明天是不是就会教我捉鱼？"

"当然，一言既出，驷马难追。"刀刀昂头应着。

只见郭宏左手背于后背，右手捡起一根树枝，煞有介事地学着夫子的语气，开始讲授起来：“今日我们来学习《论语》中的《泰伯篇》。子曰：‘泰伯，其可谓至德也已矣。三以天下让，民无得而称焉。’子曰：‘恭而无礼则劳；慎而无礼则葸；勇而无礼则乱；直而无礼则绞。君子笃于亲，则民兴于仁；故旧不遗，则民不偷。’……子曰：‘兴于《诗》，立于礼，成于乐。’”

这是郭宏长这么大，第一次在下学之后，还能记得夫子当天在课上讲过的内容，于他而言，实属难得。

反观刀刀，却听得迷迷糊糊，本着不耻下问的学习精神，刀刀不得不打断郭宏：“泰伯是谁？”

郭宏片刻地愣神：“就是一个非常出名的人。”

“出名？有多出名？为什么会出名？”刀刀继续问道。

“厉害呗！”郭宏越答越心虚，因为他对泰伯是谁，也是一知半解。

“有多厉害？”刀刀是真不知道，所以才会问个不停，在郭嘉给她讲知识的时候，她也是这般。每每如此，郭嘉都会为她解释清楚。让她没想到的是，虽然郭宏勉强记住了夫子讲的内容，但是其中的意义，人物的经历，他自己都没搞明白，更别说解释给刀刀听了。

郭宏怕刀刀发现他其实会的就这么点儿，怕刀刀会嘲笑他，更怕刀刀因此不教他捉鱼了。于是，郭宏有些不耐烦地说道：“你问题怎么那么多！真是够笨的！”说着，郭宏将竹简装入自己的布兜里，随后直起腰身看着刀刀道：“喏，我已经守信，把夫子今天讲的内容都告诉你了，你也要守信，明早教我捉鱼。”说罢，他不等刀刀回复，一溜烟儿跑了。

刀刀坐在李子树下，看着郭宏跑远的身影，心想：这小子是闹哪般？她觉得自己听了，但又好像没听。

郭嘉下了学之后，向夫子请教了几个问题，等到食堂的时候，天色已晚，很多学生都吃完饭散去了，食堂里寥寥几人，郭嘉环视一圈，没有看到刀刀，心想这丫头肯定早早吃完，不知道跑哪去消食了。简单吃了几口，郭嘉便放下碗筷，起身朝小隔间走去。

今夜虽不是满月，但月光仍旧照亮了小路。吹着夜晚凉爽的风，郭嘉的脚步也轻快了许多，思绪也从白日里的浑浊慢慢变得清晰。自从安然地从老黄头那里回到家的那一刻开始，他无时无刻不在思索，想要他永久消失的人究竟会是谁。

可以肯定的是，他被卖这件事绝不是偶然，是早就预谋好的，并且将他卖了的这个人，即便不在族学里，也是能自由出入族学的人。否则，他怎么会在族学里巧合地喝下那碗被下了药的水呢。如果他的推测是对的，那么这个人一定已经知道他安全回到了族学。既然想置他于死地，定不会轻易罢手。接下来又会用什么样的手段来加害于他呢？刀刀现在跟着他，会不会也身陷险境之中，还是也成了那个人的目标。越想，郭嘉的脑子就越乱，他倒是不担心自己，而是担心刀刀，他不愿把她带入这场旋涡之中。事到如今，郭嘉唯一能做的就是尽快查出那个人的身份，知己知彼才能摆脱这个险境，问题才能迎刃而解。

不知不觉，郭嘉已经走到学生住所，他推开住所的房门径直朝小隔间走去。住所里的学生也习惯了郭嘉的独来独往，甚至没给他过多的关注。

郭嘉推开小隔间的门，就看到刀刀一手托腮，一手的手指有节奏地敲着桌面，看这架势，这丫头肯定是又遇到烦心事儿了，这要是在平日，她早叽叽喳喳地拉着郭嘉说个不停了。

郭嘉这回倒没有打趣她，也没有主动询问她，而是在她旁边坐下，安静地等着她先开口。

刀刀心里藏不住事儿，尤其是对着郭嘉，恨不得芝麻大点儿的事儿都要跟他分享，刀刀看着郭嘉问道："你怎么不问问我为什么不开心了？"

郭嘉学着刀刀的动作，一手托腮，一手有节奏地敲着桌子说道："你这不是要说了吗？"

刀刀撇撇嘴，便一股脑儿地把郭宏下学之后，讲给她的内容复述了一遍，其中，也有很多不精准的地方，她边说边数落郭宏："讲了一大通，也不管我听没听明白。我有不明白的地方问他，他还不耐烦，直接撂挑子跑了。你们族学里的学生都是这样学习的吗？怪不得那么多学业不精的学生。我要是夫子，会被气得头顶冒烟的。"

"夫子可没你这么小家子气。"郭嘉笑笑，耐心地给刀刀解释，"泰伯，是周朝祖先古公亶父的长子。古公有三个儿子，泰伯、仲雍、季历。季历有一个儿子叫姬昌。相传古公预见到姬昌的圣德，便想打破惯例把君位传给幼子季历，因为只有这样季历才能够把君位传给姬昌。泰伯为了实现父亲的愿望，便和仲雍远走他国，将君位让给了季历和姬昌，后来姬昌之子统一了天下。泰伯是位道德高尚的人，孔子对这种美德非常推崇及赞美。"

"天啊，君位都不要了，白白送人？"刀刀惊叹道，"如果君主的儿子都如泰伯这般，那岂不是天下太平了。"

"是啊，但是随着时代的变迁和发展，君主位高权重，掌握着巨大的权力和财富，谁都想把这至高无上的权力和无尽的财富掌握在自己手里，禅让的事情基本上就不存在了。"郭嘉就是有这样的本事，听他讲知识就像是在听故事，让人很快就能理解并听得津津有味。

刀刀察觉出郭嘉的语气里有一丝丝的哀叹，为了缓解郭嘉的情绪，便打趣道："我家少爷学问就是好，将来定是一位了不起的大学问家。"

郭嘉岂会不知刀刀是故意打趣他的，随即微微一笑道："我这点本事可不敢跟你这捉鱼小高手比啊。"

"我还没想好明天要不要赴约呢。"想起郭宏，刀刀筋筋鼻子。

"出尔反尔可不是你的做事风格啊。"

"是郭宏耍滑在先。"刀刀不服气道。

郭嘉无奈地摇摇头，对刀刀认真地说："郭宏确实有不足的地方。但从另一个角度看，他今天能够把夫子所讲的内容，一字不落地说给你听，于他而言，已经是难得之举。若换作平时，他可能不会这么上心，由此也能看出对待你们拜师这件事，他是认真的。"郭嘉观察着刀刀的神情，知道她是听进去了，继续说道："你也是要做师父的人了，对待徒弟，要多一点耐心，说教要讲究方法，自然能够让他信服。孔子曰：'不愤不启，不悱不发。'"

"什么意思？"刀刀瞪圆眼睛，向郭嘉求教道。

"意思是教育的时机很重要，弟子若是真心向学，到了急得抓耳挠腮的地步，只要稍微点拨一下，就会有事半功倍的效果。所以，你要对症下药才行。"

刀刀了然于心，脑袋里似乎已经有了想法，便高高兴兴地抱着枕头睡去。

而郭宏这边就没那么舒心了，他躺在床上，翻来覆去地怎么也睡不着。脑袋周围好像有好多个小人儿在说话："明天偷摸去捉鱼，一定惊险又刺激。""刀刀明天肯定不会教你，谁让你的学问不好呢。""如果被夫子逮到怎么办？""若是学会了抓鱼，一定很神气，身边的学童一定会很崇拜我"……在胡思乱想中，郭宏勉强地进入梦乡。

第二天天还没亮，郭宏顶着两个黑黑的眼圈从床铺上爬起来，悄悄地、快速地从郭府后门溜出去，直奔族学夹道的小门而去。

远远地，郭宏看见小门那有个人影，看那身形，是刀刀没错了。

郭宏既惊喜，又有点儿内疚，想到自己昨天的行为，顿时觉得怪不好意思的。刀刀倒是没有再纠结昨晚的事情，大大方方地跟郭宏打招呼，便朝小河边走去。两个人一路沉默，似有默契一般，谁都没有再提昨晚的不愉快。

到了河边，刀刀把事先做好的一根竹竿递给郭宏："来，双腿打开。"郭宏听令，一下将双腿打开，只是开度有点儿大，像在劈叉。刀刀给他一记白眼："咋的？要劈叉呀？这我可不会。"

"不是你让我打开双腿的吗？"

"我也没让你开这么大啊！微微打开！"郭宏继续照着刀刀的话去做，"右腿向后稍微侧一点儿，往下半蹲……"刀刀话没说完，就听"哎哟"一声，刀刀歪着脑袋看着坐在地上的郭宏，"唉，谁让你坐下了"。

郭宏坐在地上，揉着屁股："不是我想坐啊，是我的腿支撑不住我的屁股啊。"

刀刀摇头："你这腿是用来当摆件的？"

"扔竹竿用的是手，你跟我的腿叫什么劲呢？"

"下盘不稳，你哪来的准头扔竹竿啊。"刀刀绕着郭宏看了一圈说道，"还是先从体力开始练习吧，不然你连竿子都掷不出去。"

郭宏听这话，不服气了："谁说的，我掷给你看。"说着，郭宏使劲儿甩着胳膊，把竹竿掷了出去，结果竹竿直接掉进不远处的水里，连河水宽度的一半都没到。郭宏的脸有些热，挠挠头说道："要不，就按师父说的来，先练体力。"

"那你先从扎马步开始练习吧。"刀刀手拿竹竿，在一旁指挥郭宏。

郭宏老老实实地蹲马步，没一会儿腿就酸了，两腿控制不住地抖动。在郭宏扎马步的空档，刀刀已经用竹竿捉了两条鱼塞进了竹篓里，她看见郭宏颤抖的腿，摇摇头："今日就到此为止吧。"

郭宏仿佛得了特赦令，一屁股坐在地上，用手使劲儿地捶腿。

刀刀背上竹篓准备去市集上把鱼卖了，郭宏赶紧起身陪着刀刀一起去市集。卖了鱼之后，刀刀又买了张饼，分给郭宏一半："喏，垫垫肚子。"

"谢谢师父。"郭宏欢快地接过饼说道。

两个人一边吃，一边朝族学走去。这时，刀刀看见街旁有个老阿婆双手合十，向一个男人在乞求什么，只见男人从腰带中抽出一道黄色的、三角形的东西递给老阿婆，老阿婆双手接过那个东西，向男人弯腰致谢，高高兴兴地离开了。

"他们在干吗？"郭宏没见过这场面，好奇地问道。

"嘘。"刀刀伸出一根手指放在嘴唇上，拽着郭宏赶紧离开，任凭郭宏怎么反抗，刀刀也不理他，越走越快，直到族学夹道的小门门口，才松了一口气，"太平道。"

郭宏的双腿还没缓和过来，又被刀刀拖着跑了这么远，早就上气不接下气了："什……么……"

"刚才那个男人是太平道的人，老阿婆求的是一道符，应该是回去化符水喝。"

"啊？！"郭宏听得云里雾里的。

"别告诉我你没听说过太平道。"刀刀用一种看着傻子的目光看着郭宏。

"你那是什么眼神！"郭宏悻悻地说道，"遇到你之前，我都是族学、大伯家两点一线的，连门都很少出。哪像你似的，可以到处走，到处逛。"

刀刀双手抱胸，看着郭宏摇摇头："啧啧。来，我给你传道一下。太平道，简单来说就是一个布教传道的组织。据说他们的首领，是为人布符治病的，现下十分流行。很多人生了病，都想方设法地求一道太平道的符，化成水喝了，病就好了。就因为这样，太平道的信徒很多很多。"

"这么厉害呀！"郭宏惊得嘴巴都圆了。

在不久之前，刀刀跟郭宏的想法一样，也认为太平道很厉害，符到病除，他们像活菩萨一样，治病救人，行善积德。可是郭嘉的一番话，却转变了她的想法，还记得郭嘉给她详细地说过太平道的发展史："太平道的奠基者是巨鹿人张角。由于他信奉黄帝、老子，所以用法术咒语来教授弟子，并自称'太平道'。据说他有个习惯，给人治病的时候，总是先让病人跪下说出自己曾经犯过的错，然后将自己研制的符化成水，命病人喝下，有些病人本身并没有很重的疾病，适当休息，自会痊愈，但大多数都喝过张角的符水，从而把他当作神明一样崇拜。自此，张角便派他的弟子周游四方，传播教义，信徒也就慢慢地开始变多。然而，我们的所见所闻，大多是太平道又救了几个人，治好了几个人的病。那么没救活的呢？他们不会说，我们无处问，自然而然也就没人知道在我们看不到的地方，死去了多少人，毕竟神明不是真正的大夫啊……"

刀刀继续对郭宏说："这就见仁见智了，谁知道里面有什么道道。"说罢，她拍拍郭宏的肩膀说道："赶紧回族学吧，一会儿早课该开始了。"

一提早课，郭宏瞬间精神起来，随着刀刀麻利地往柴火垛上爬，孰料郭宏双腿虚弱无力，一个不小心，从柴火垛上滑落下来，刀刀眼疾手快，揽住郭宏一个急转身，她的后背贴着柴火垛滑落下来，好在有刀刀在身后护着，郭宏一点儿也没伤着。但是刀刀就没那么幸运了，此刻，她的后背像是被火燎一般，阵阵刺痛。

郭宏站起身，赶紧看向身后的刀刀，只见她抿着嘴唇，眉头微微皱起，郭宏急忙问她："你伤着哪儿了？"

眼看早课时间要到了，若是郭宏没有赶到，势必会引起夫子的注意，到时就麻烦了。刀刀只得忍着疼痛，摇摇头："小伤，不碍事，你赶紧爬上去吧。"

郭宏见状，却不肯爬柴火垛了，背起刀刀就朝族学的前院大门跑去。

刀刀意识到郭宏这是要走正门，急忙阻拦他道："都说了我没事儿，赶紧把我放下。"

"你受伤了，得赶紧医治。"说着，郭宏真把刀刀给放下了，喘着气，"我稍微缓会儿啊。"到底是比刀刀小，背着她没走两步，郭宏便走不动了。

刀刀忍不住笑了出来，只是这个笑容在她的脸上看上去有点儿扭曲："听我的，我们翻墙回去。放心，这点儿小伤对我来说不算什么。但是你再不快点儿，怕是要挨板子了。"

郭宏想再坚持一下，怎奈自己的实力不允许。他只好跟着刀刀返回柴火垛，这次，郭宏打起了十二分精神，生怕一个不留神再滑下去，那可真是无路可返了。

还好，他俩顺利地翻过院墙，跳到李子树下面，两个人的脚刚落地，郭宏就对刀刀说："我背你！"

"算了吧，你背我还没我自己走得快呢，你赶紧去学堂吧，我自己可以回去。"

"不行，我必须送你回去，还要给你请大夫呢。"郭宏说什么都不肯让刀刀自己回小隔间。

刀刀哪里会让郭宏给她请大夫，她是女娃的身份岂不是会暴露了，她急忙说道："你去学堂的时候，告诉我家少爷一声就可以，他自然会为我请大夫的。"

"那不行，你是因我而伤的啊。大夫自然是我去请。"

刀刀扶额道："若是你不按我说的去做，那么以后就不要再来找我教你捉鱼了。"

"为什么？"郭宏执拗得很。

"你想过没有，假如你去请大夫，我们翻墙出族学这件事必定会让人知道。且不说到时你大伯会罚你，还有可能把我赶出族学，而我家少爷也会被牵连、责罚。这不是我想看到的，你明白吗！"刀刀急得语气很重。

郭宏见刀刀的脸色已经愠怒，便不敢再多说什么："那你回去的路上小心，我这就去告诉郭嘉。"

刀刀点点头，便往小隔间走去，只是步伐有些缓慢，若是仔细看，会发现她后背的衣服上已经渗透出血丝。

郭嘉刚到学堂坐定，就看到郭宏匆匆地闯进门急急说道："郭嘉，你出来一下。"

郭嘉看到郭宏来找自己，心里便有不好的预感，怕是刀刀那丫头出事了，便起身快步朝学堂外走去。学堂里已经三三两两地坐着好几个学生，见郭宏来找郭嘉，都想趴窗户瞧瞧，可碍于郭宏的身份，又不敢明目张胆地看热闹，只能老老实实地坐在学堂里，竖着耳朵，想听听他们到底有什么事儿。

众所周知，郭宏是郭康的弟弟，郭康向来看郭嘉不顺眼，郭宏气势汹汹地来找郭嘉，没准儿是郭康的授意呢。在这些学生的脑子里，已经联想了一出大戏。

"刀刀怎么了？"郭嘉开门见山地问郭宏。

"呃。"郭宏觉得理亏，声音不自觉地小了很多，"刀刀为了救我，受伤了。"

"什么？"郭嘉快步走向小隔间。郭宏见状，紧紧跟在郭嘉身后，嘴里还不停地解释："我不是故意弄伤刀刀的，我要给他请大夫瞧瞧的，可他说什么都不肯，让我来找你……"

郭嘉停下脚步，转头睨了郭宏一眼，郭宏立刻噤声，不敢再多说一句话。

郭嘉第一次觉得从学堂到宿舍的距离这么远，如果可以，他现在就想长大，这样他的步伐会迈得大一些。他一路狂奔，终于到了小隔间。

"伤哪儿了？"郭嘉焦急地问。

"后背。"刀刀可怜兮兮地趴在床上。

郭嘉刚要伸手去看一下刀刀的伤口，手却停在了半空中。这时，从郭嘉的胳膊旁边又伸出一只手："我瞧瞧……"郭宏话没说完，就被郭嘉一巴掌把手拍了下去："哎，你打我干什么？"

"郭宏，去将照顾你的嬷嬷找来给刀刀上药。"

"我们给他上药就是了，为什么要找嬷嬷。"

"让你去就去！快！"郭嘉的语气不容置疑。

郭宏见状，转身冲出去，回郭府找嬷嬷去了。好在郭府离族学很近，没一会儿工夫，郭宏就带着嬷嬷回到小隔间，还带着治疗外伤的药。

郭嘉看了郭宏一眼，郭宏心领神会地跟着郭嘉走出小隔间。

"刀刀受伤，是意外还是你有意为之？"

"你说什么呢？我怎么会是这种人！"郭宏气得不行，"真的是意外，但确实是因我而起。我们爬柴火垛的时候，我不小心从上面滑落下来，刀刀为了护着我，后背才伤的。我没有故意害他！"

"好，我信你！"郭嘉盯着郭宏，那眼神并不是一个9岁孩童该有的沉稳和锐利，"有件事我要告诉你，希望你可以为了刀刀，守口如瓶。"

"好！我保证！"

"刀刀是女娃。"

在郭嘉让郭宏回去找嬷嬷的时候，他在心里已经有了盘算，刀刀是女娃的身份，怕是瞒不住郭宏了，就算他们不说，给刀刀上药的嬷嬷也一定会说，那么不如换他们主动，这样，郭宏才有可能保守这个秘密。郭嘉看着刀刀，对她说："我不方便给你换药，为了不让旁人知道你的身份，现在只能让郭宏回府去找照顾他的嬷嬷来给你敷药了，他自小养在族长身边，族长念他父母不在身旁，自然多一些疼爱，所以，也只有他的嬷嬷能够出府了。我会把你的身份告诉郭宏，化被动为主动，这样才有可能继续瞒下去。可好？"刀刀当然知道郭嘉这是在为她考虑，当即说道："嗯，就按你说的办。"

郭宏听到这个消息，愣愣地站在那儿。郭嘉也不着急，在旁边耐心地等他慢慢消化。

"他不是你的书童吗，怎么成女娃了。"

"女娃难道就不能做书童？"

"对啊，你看谁身边跟着个女书童了？"

"我！"

郭宏被郭嘉的坦率噎得半天也就说了个"你"！

"言归正传。刀刀是因你受伤，这是事实，所以要求你为她保密，也不为过。你要嘱咐身边的嬷嬷，一定不能乱说，若是被夫子或者族长知道刀刀是女娃，她便没有落脚之地了，你可明白？"

别看郭宏还是个孩童，这里面的利害关系，他还是拎得清的："你放心，我定为她保密。"

小隔间里，嬷嬷麻利地为刀刀敷了药，换上了干净的衣服。这时，郭嘉和郭宏也回到了小隔间。

郭嘉向嬷嬷作揖致谢，并询问刀刀的伤势如何，嬷嬷赶紧欠身回礼："少爷放心，姑娘的伤势并无大碍，敷几天药，伤口便会愈合。只是这几日，姑娘不宜走动，怕是只能趴着了。"

"还要劳烦嬷嬷这几日过来为刀刀换药。"

"这是奴婢应该做的。"

郭宏上前拽着嬷嬷的衣袖："嬷嬷，有件事儿想求您，您能答应我吗？"

"公子有事吩咐便是，奴婢可担不起一个求字啊。"

"哎呀嬷嬷，必须是求！"郭宏晃着嬷嬷的衣袖，"现在除了你我，旁人并不知道刀刀的真实身份，所以……您能保密吗？"

郭宏是嬷嬷亲自带大的，对他的要求，基本都是有求必应。嬷嬷早就听闻郭嘉少爷少年睿智、正直，如今隐瞒刀刀的身份，定是有什么苦衷，这个忙她自然是愿意帮的："二位少爷放心，奴婢自会管住自己的嘴。"

郭嘉再次双手抬起作揖道："多谢嬷嬷！"

嬷嬷欠身回礼，便准备和郭宏离开。谁知，宿舍房门还没迈出去呢，迎面进来了郭康。郭康看见郭宏和嬷嬷在这儿也愣住了："你们怎么在这儿？"这话问的是嬷嬷，看的却是郭宏。

郭嘉听见门口的声音，赶忙出来，并顺手把小隔间的门给关上了。

郭康看郭嘉出来，又看看郭宏和嬷嬷，意思是"你们谁能给我解释一下"。

郭宏早就被这突如其来的状况给吓傻了。还好郭嘉反应快："郭宏早上来的时候说自己有些不舒服，我便带他到这里休息一下，让刀刀去请嬷嬷来接他回家。正好你来了，那就由你送他们回府吧。"

郭宏在一旁使劲儿地点头，生怕点晚了郭康不信："哥，我身体不舒服。"

"不舒服你不直接找我，找郭嘉干什么。要不是听学童说你来找郭嘉，我都不知道你在这儿。"郭康上前扶着郭宏往外走。

"我不是没看着你吗。"郭宏委屈巴巴地说道。另一只空闲的手悄悄地背到背后，冲郭嘉竖起了大拇指。

郭嘉见他们走远，才返回小隔间，看着可怜兮兮的刀刀，关切地问道："是不是很疼。"

"涂了药，好多了，没有那么疼了。"

"嗯，那你能自己待会儿吗？我得去跟夫子请假。"

"别呀，你去上课吧，不用请假。我自己可以的。"

"不行，你乖乖趴着，我很快回来。"

"你会耽误功课的。"

"这点儿功课对我来说，没有难度，我去去就回。"郭嘉还是不放心刀刀一个人，脚步越走越快。

郭嘉平时很少请假，除非是特殊情况，夫子没有多问，还让他带了两卷竹简回去看，郭嘉谢过夫子后，便匆匆离开。回宿舍的路上，他转了个弯，先去了食堂，替刀刀跟大厨请假，顺便请大厨为刀刀做些清淡的吃食，午饭时，他会过来取。

等郭嘉回到小隔间的时候，刀刀已经睡去，鸡飞狗跳的一早上终于过去，可以有片刻的安静，他便拿出竹简，坐在桌子前读起来。直到刀刀睁眼，郭嘉都没有动过地方，刀刀就这么看着郭嘉的背影，心想：怎么还是这么瘦呢，得让他多吃点儿好的补补才行。

刀刀一个姿势睡得太久，脖子、胳膊都麻了，"嘶。"她慢慢转头，想换个方向趴着，郭嘉听到动静，转身看刀刀，只见她龇牙咧嘴地转头，郭嘉赶忙起身去帮她翻身："你可以喊我的。"

"不想打扰你看书啊。"

"不会打扰。"郭嘉就势坐到床边，"好点儿没？还有哪里不舒服的吗？"

"我有点儿趴腻歪了，想起来活动活动。"刀刀声音闷闷的。以刀刀活蹦乱跳的性格，趴了这么长时间，已经是种折磨了。

"我扶你起来坐会儿吧，正好要吃午饭了，我去食堂取饭。"

刀刀坐在桌了前，看着摊开的竹简，她很好奇郭嘉在读什么，怎奈她认识的字有限，索性放弃了，不如一会儿让郭嘉读给她听，这样想着，刀刀的脸上露出了狡黠的笑容。

郭嘉很快便将饭菜带了回来，两个人安静地吃起饭："少爷……"只要刀刀叫郭嘉少爷，准是有事儿求他。

"嗯。"郭嘉倒也答应得坦然。

"你在读什么？吃完饭能给我讲讲吗？"

"《礼记·月令》，我刚读的是其中的孟春之月。"

刀刀来了精神，使劲儿往嘴里扒拉饭，吃完老老实实地坐在那儿，等郭嘉开讲。

"孟春之月，日在营室，昏参中，旦尾中。其日甲乙，其帝大皞，其神句芒，其虫鳞，其音角，律中太蔟。其数八，其味酸，其臭膻，其祀户，祭先脾。东风解冻，蛰虫始振，鱼上冰，獭祭鱼，鸿雁来。……是月也，命乐正入学习舞，乃修祭典。命祀山林川泽，牺牲毋用牝。禁止伐木，毋覆巢，毋杀孩虫、胎夭、飞鸟，毋麛毋卵。毋聚大众，毋置城郭。掩骼埋胔。"郭嘉有模有样地清了清嗓子，继续说道，"意思就是，孟春正月，在室宿的位置上，黄昏时参星宿在南天中的位置，清晨时尾星宿在南天中的位置。此时的日名是甲乙，主宰是大皞，神明是句芒，动物是有鳞类，声音是角音，音律正当太蔟。而数目是八，口味是酸味，气味是膻味，祭祀对象是门户，祭品以脾脏为先。一般在这个时节，东风消除了寒冷，冬眠的动物开始觉醒，鱼儿会上游到冰面下，水獭会驱鱼举行鱼祭，这时的鸿雁也从南方飞了回来。……在这个月，命令乐正进入国学教授舞蹈，要修订祭祀的典则，祭祀山林川泽的牺牲祭品不要用雌的。而且规定禁止砍伐树木，不要毁坏鸟巢，不要杀死幼兽、胎兽，还有刚出生的动物、初飞的小鸟，切勿捕杀小兽、掏取鸟卵。不要聚集大众、建置城郭，而是要掩埋枯骨腐肉。"

见郭嘉收声，刀刀赶忙递给他小水桶，示意他润润嗓子。郭嘉笑着接过，喝了一口，继续补充道："月令是上古一种文章体裁，是按照一轮十二个月的时令，记述政府的祭祀礼仪、职务、法令、禁令，并把它们归纳在五行相生的编制中，描绘成为一个多层次的结构，结构基本是同向制约，其中特别是人事，都要受到太阳、四时、月、神、五行各种力量的制约。"

在郭嘉不疾不徐的语调中，刀刀听得入迷，甚至忘记了后背的伤。不知不觉一下午的时光就这样过去了。即便是在很多年以后，刀刀仍然清晰地记着这个下午，阳光透过窗户照进小隔间，少年安静地坐在桌子前，眉眼温柔，声音缓缓地如溪水般沁入她的心田，在她的心里埋下了一颗种子。

郭宏悻悻地跟着郭康回到了郭府，郭康二话不说，直接送他回房间，按在床上不让他乱动，并让嬷嬷赶紧去请大夫过来给他瞧瞧，又命自己的书童去禀告郭达。

郭宏心里暗暗叫苦：这下完了，自己的小命不保了呀。大伯若是知道他装病，还偷跑出去捉鱼，定打得他屁股开花节节高啊。现在的他，真真的是欲哭无泪了。

郭达听闻郭宏身体不舒服，连忙放下手中的竹简，直奔郭宏的房间。虽然不是亲儿子，却是亲侄子，弟弟把唯一的骨肉放在他身边养着，他可马虎不得，要不怎么对得起弟弟的一番信任呢。郭达到的时候，正巧大夫在为郭宏把脉："小少爷的脉搏平稳，并无异样。"

郭达上前，看到郭宏的脑门上全是汗，有些不放心地问大夫："可瞧清楚了？我儿脸色看着不好啊，还流了那么多汗。"

此时的郭宏着实不太好，已经被吓得浑身哆嗦了，他多想这时有人能解救他一下啊，嬷嬷左右一看，立刻上前跟郭达说道："禀老爷，小少爷最近因为天气炎热，饭量下降，可能有些暑热，好生调养几天，应该就没事儿了。"

"对，对，这种天气，的确容易造成暑热。我这就给小少爷开些解暑的方子。"大夫生怕族长认为他的医术不行，连忙附和。

"老爷，还请劳烦大夫开些外伤用的药膏，小少爷正值调皮的时段，还是备些外伤药，有备无患。"嬷嬷及时地补充道。

"还是嬷嬷心细啊。"郭达满意地点点头，"那就请大夫拿一些外伤的药膏，小孩子调皮，经常用得到。"

郭宏"虚弱"地躺在床上，心里激动地都想给嬷嬷磕上一个头，嬷嬷真的是太机智了，不仅替自己解了围，还弄到了一些药膏，这下就不怕刀刀没有药膏用了。

送走大夫，郭达交代了嬷嬷几句，便要离开，临走之前，他看着一直站在床边的郭康说道："这几天好好照顾宏儿，不要落下功课。"

"知道了，父亲。"郭康应道。

郭达很想上前拍拍儿子的肩膀，夸赞一下他，终于有了为人兄长的模样，可是话到嘴边，终究还是没有说出口，更别说千斤一般重的胳膊了，终是没有抬起来。

郭康早已习惯了父亲命令式的口吻，即便内心很渴望得到父亲的关心和认可，表面上也不会流露出一星半点儿，他深刻地记得那天他从树上摔下来，眼前最后出现的是父亲的转身离开，而父亲的背影深深地刺痛了他。

为了让郭宏的身体快点好起来，厨房每天换着样儿地给他做吃食。他每次都用食盒将饭菜装起来，偷偷地带到学堂，给刀刀送去。为了给刀刀换药，郭宏还去央求郭达，希望这几天嬷嬷可以送他去族学，郭达无奈，只好答应。有了郭达的首肯，嬷嬷这几天也得以自由地出入郭府和族学。

刚开始，学生们对嬷嬷的到来十分惊讶，私下里七嘴八舌地讨论，几天过去了，大家也就见怪不怪了，早就换了新话题去讨论了，所以，便没有人再注意郭嘉、郭宏的动向了。

旁人是不在意了，但是，郭宏的这些举动，却被郭康尽收眼底。郭康的书童每天都会向他汇报郭宏在族学的情况，包括他去了哪里、跟谁有接触、又闯了什么祸，只是郭宏自己不知道罢了。

这天傍晚，郭宏蹦蹦跳跳地下学回家，刚进郭府大门，就看到郭康双手背于身后，表情严肃地站在院子里。

"哥，你站这里做什么？等大伯吗？"郭宏还不知道大祸临头了，天真地问道。

"等你！"

"等我？可是有什么事？"郭宏没想到郭康等的人是自己，一时间摸不着头脑。

"瞧你这几天的样子，不像是生病啊。"郭康并没有打算给郭宏思考的时间，开门见山地问道，"你跟郭嘉是不是有什么事儿瞒着我。"

"郭……嘉？没，没……有……啊。"听到郭康提到郭嘉的名字，郭宏慌得有点儿结巴了。

郭康见他这副样子，料定他一定有事儿瞒着自己："哦？是吗？那我好好问问嬷嬷去。如果嬷嬷不说，那我就只能让父亲亲自去问了，嗯……不知道父亲若是知道你们撒谎了，后果会是什么……"

"别呀，哥，你不要去找大伯啊。"郭宏急得都快哭了。

到底是个孩子，招架不住郭康的威逼，一股脑儿地把刀刀是女娃的事情全都告诉了郭康。

郭康听后，也被惊呆了："什么？女娃！"

"哥，请收起你惊讶的下巴。"郭宏终于有机会可以藐视一下郭康，虽然是在心里，那也美极了。以至于美得有点儿忘乎所以："这不算什么。你知道吗？刀刀是捕鱼高手！技艺超群！她捕鱼，不用别的，就一根竹竿，瞄准目标，直击要害，那叫一个快狠准！"郭宏心里一美，真是不用郭康费心思问，便什么都交代了。

此时的刀刀坐在桌子前，一连打了好几个喷嚏，郭嘉以为她着凉了，非给她盖上一层毯子，大热天的，腿上盖着毯子，热得刀刀满头大汗。

"当真这么厉害？"郭康双手抱胸，惊讶道。

"当然，我亲眼所见！"现在就算是给郭宏的嘴巴安上一把锁头，也管不住他的嘴巴了。

郭康见他上套，摇摇头，表示自己不信："别诓我了，你上哪儿见去，族学里又没小河。"

郭宏小嘴一撇，小手一摆，用一种略带轻蔑的眼神看着郭康："族学没有，外面有啊。我跟你说，哥，我跟她翻墙去过外面的小河滩抓鱼，你知道吗，刀刀还答应收我为徒，传授我捉鱼的本领。"说着，郭宏的头向上一抬，眉毛一挑，一脸的得意劲儿。

"哟，瞧把你神气的。怎么？不用上学堂了？不怕夫子知道你逃学，来家里告状？"

"嘿嘿，这你就不知道了，我们都是上学之前就回到族学的。我可没有逃学。"

"你没逃学！"郭康有点儿难以置信，凭郭宏贪玩儿的性格，不在外面玩儿够了，怎么可能会乖乖回到族学，好好上课。

"真的！没骗你！我答应过刀刀，每晚下学后，要将夫子当天教的内容讲给她听。不然，她就不教我捉鱼了。"

"哦？"这倒让郭康十分意外，没想到一个女娃，竟然这么爱学习，很有上进心啊，而且还能让郭宏这个调皮的家伙乖乖地听她的话，果真有点儿本事，不愧是郭嘉的人。一想到郭嘉，郭康的心里更舒坦了，有这么大的一个把柄在他手里，若是郭嘉知道了他知道这个秘密，脸上会露出什么表情呢，一定相当的精彩，他已经有点儿迫不及待了。

第十二章

什么身份

经过几天的休养，刀刀的伤口已经愈合结痂，新肉也都长了出来，后背只是偶尔会痒痒的，倒也不妨碍她活动，她终于又恢复到往日活蹦乱跳的样子。这次多亏了郭宏的嬷嬷每天来给她换药，郭宏又送来了好多好吃的，如今伤已经好了，她要继续履行自己的承诺，教郭宏捉鱼。于是，两个人相约，再一次来到小河边。

只是，他们没有发现有个人一直悄悄地跟在他们的身后。

自从郭宏知道刀刀是个女娃后，对她比之前要细心、关照许多，他主动接过刀刀手里的竹竿扛在肩上，还把刀刀后背的竹篓拿下来，背在自己的身上。刀刀见郭宏主动替自己分担，也没有扭捏，全都交给他。二人并肩向河边出发。

跟在他们身后的人，将郭宏的举动看在眼里，露出欣慰的目光。

清晨的河边特别凉爽，初升的阳光照在河水上面，泛着粼粼波光。刀刀和郭宏迎着阳光来到了河边，刀刀帮他解下了后背的竹篓放到一旁，从他手里拿过一根竹竿，准备先试试手，毕竟好些天没练过了，刀刀也怕自己手生了。只见她深吸一口气，右腿微微后侧，右手随着腿部的动作，向后拉伸，她闭起一只眼睛，瞄准河里的鱼，随着"嗖"的一声，竹竿飞出，正中鱼头。

躲在草丛里的人着实被眼前的一幕惊到了，不由得惊呼一声，这时，他想起自己是偷摸地跟着河边的两个人，赶忙捂住嘴巴，以免被发现。心里不免犯起嘀咕，还真是快准狠啊。

郭宏已经不是第一次见识到刀刀的身手了，但还是被她精准的动作给惊艳到了，在旁一个劲儿地拍手叫好："师父威武！师父威武！"说着，摩拳擦掌地也想要试一试。

刀刀养伤的这几天，郭宏一点儿没敢松懈。之前如果不是他体力跟不上，刀刀也不至于为了他受伤。所以，这段时间他一直苦练马步，每天拎水桶来加强臂力，还经常跑步。不管是体力还是力量，都比刚学捉鱼那会儿强多了。他迫不及待地想要展示给刀刀看，想得到她的夸赞。

"师父，师父，让我试试。"郭宏拿起另一根竹竿，回头对刀刀说，"师父，你往旁边挪一挪，我怕力道太大，误伤你。"

"呃，"刀刀看他胸有成竹的架势，鼓励道："你加油……"让刀刀没想到的是，郭宏在掷竹竿前，竟然来了一小段助跑，这可把刀刀看傻了。

只见郭宏往后跑了几步站定，右手执竹竿，腿微微弯曲，一个箭步冲了出来。刀刀想要阻止都来不及，由于助跑的冲劲儿太大，郭宏跑到河边的时候，没能停下，直接冲到了河里，跪倒在了小河中央。

随着一声"哎呀"，刀刀已经笑趴在地。她不想让郭宏觉得自己是在嘲笑他，一直努力忍着不笑出声，但是因为大笑而颤动的肩膀出卖了她。

跪在河水里的郭宏，模样真是要多滑稽有多滑稽。他自己也没想到，之前还自信满满，现在却如此的狼狈，前后模样成了鲜明的对比。

郭宏愤愤地从水里站起来，一步一个趔趄地向河边走来，走到刀刀的身边站定。原本在低头憋笑的刀刀，眼前突然多了一双脚，还是一双脚趾露在鞋子外面的脚，脚趾在她面前不自然地动了动。这下任凭刀刀忍耐力够好，也实在憋不住了："哈哈哈……你，哈哈哈……"刀刀笑得连句完整的话都说不出来。

身后躲藏的人也没能忍住，为了不被发现，只好背对他们半躺在草丛里，肩膀抖个不停，随着他肩膀的抖动，草间发出"簌簌"的声音。

郭宏见刀刀笑成这副模样，又恼又羞。再低头看看自己的狼狈样，终究是没忍住，一屁股坐在地上，"哇"地哭了起来。

听到哭声，刀刀侧头看向郭宏，看着他满脸的泪水，赶忙问道："可是伤着哪儿了？"郭宏哭的那叫一个凄惨，刀刀以为他受伤了。

"我的鞋……我的鞋坏了……脚指头全露出来了……"郭宏哭得一抽一抽的，话都说不利索了。

"脚指头露出来就露出来了呗，回去补补就好了。"

"太丑了……"郭宏仰天哭喊。

"丑？"刀刀以为什么大事儿呢，哭成这样，"你一个男娃儿，竟然怕丑？！再说，这算什么丑。不就是露脚指头吗，有啥的……"说着，刀刀爽快地脱下鞋子。

郭宏见刀刀把鞋子脱了，收了哭声："可是我的鞋子破了。"

"哟，还挺委屈。跟你说啊，我在遇到我家少爷之前就没穿过鞋，穿的话顶多也是草鞋。鞋子破了就不穿，回头补好再穿呗。又不是什么大事儿，至于你哭成那样。"说着，刀刀站起身朝河水走去，在离河水很近的地方坐下，把双脚放进了河水里，"哇，好凉快。你也来试试。"

郭宏索性把破的鞋子扔到了一边，也学着刀刀，把脚放在河水里："还真是凉快。"说话间，郭宏偷瞄了一下刀刀，"其实，我也不全是因为鞋子破了。我就是觉得……就是觉得有点儿没面子。"

"你一个小孩子，那么要面子干吗？能当饭吃？还是能当鞋子穿？"

郭宏低头不语，看着刀刀浸在河水里的双脚，虽然白皙，但是脚板上厚厚的茧子尤为引人注意。郭宏之前只当刀刀是个男娃，皮糙肉厚的，没承想，她竟然是个女娃。回想起她爬树捉知了、下河捕鱼，甚至还没有鞋穿，定是吃了很多的苦。怪不得郭嘉让他保守刀刀是女娃的秘密，如果不在郭嘉的身边，她还能去哪儿啊……

"想什么呢？眼睛都直了，不会还在想鞋子破了的事儿吧。"刀刀见郭宏愣神，揶揄了他一下。

"才没有……"郭宏将头转向另一侧，不去看刀刀。

"我刚才看了，你的动作很标准，看得出来，这些日子你是苦练了。只是，前面的助跑属实有些多余了，下次好好掷竹竿就行。"刀刀点评得认真，但是郭宏心里不服气，心想：我那不是为了让你刮目相看吗？

刀刀盯着河水里的鱼，没工夫理会郭宏的心理活动，此刻她的脑子里全是郭嘉之前给她讲的《礼记·月令》，自顾自说道："呀，这鱼有子。不能让我家少爷知道我要抓肚里有子的鱼，要不他又该啰唆什么'禁止伐木，毋覆巢，毋杀孩虫、胎夭、飞鸟，毋麛毋卵……'"

"你在嘟囔什么呢？"

"《礼记·月令》啊。你不知道吗？"

刀刀确实没想过郭宏不知道《礼记·月令》，但是她的神情在郭宏眼里，仿佛就是在嘲笑他学问不好："我哪有你知道得多啊。"说出的话酸溜溜的。

"我以前也不知道，是我家少爷教我的。"刀刀根本没发现郭宏的情绪变化，心思还在那篇文章上，"说起我家少爷，他真的很厉害。讲学问就像讲故事一样，让人一下子就能听懂。"

郭宏本就是个希望大家都关注他的孩子，加上今天出了这么大笑话，心里比平时要敏感几分，现在听到刀刀只夸赞郭嘉，加上刀刀没上过几天学堂的人都比他知道得多，有点儿控制不住自己的情绪，语气中带着几分讥讽："就你家少爷厉害。无非是在你面前卖弄学问罢了。"

"怎么说话呢。我家少爷才不是卖弄学问的人。"刀刀直接反驳郭宏。

"不是卖弄学问是什么？天天给你一个丫鬟讲孔子、讲《礼记》，不就是想在你身上找到点儿优越感吗？"郭宏不依不饶，"再者说，你一个丫鬟，学那么多干什么？难不成还想考颍川书院？我告诉你，就郭嘉那水平，都考不上颍川书院。"

"你以为我家少爷跟你似的呢，没学会走就想跑了。天天想显摆，卖弄这个卖弄那个的。你不过就是仗着出身好罢了，还不是不学无术的富家子弟，肚子里半点儿墨水都没有。我家少爷考不上，你难道就能考上？我可没听说你们郭家谁考上了什么颍川书院啊。"刀刀没想到郭宏变脸这么快，刚才还哭丧个脸，这会儿又变回他那少爷脸了，脾气也跟着上来了，"再说，我是丫鬟怎么了，你现在不跟丫鬟一样，都是光脚的。你说别人之前，最好是先看看自己什么模样。'人有不完备，而勤补之者可以得无穷之功。'"

"你！"

"怎么听不明白？那让我这个丫鬟来教你，就是告诉你做人要谦虚，别得意忘形。"郭嘉就是刀刀的逆鳞，她见不得任何人诋毁、贬低郭嘉。

刀刀是真的恼了，她可以容忍郭宏的少爷脾气，包容他的口无遮拦，但是他这么说郭嘉，绝对不行！

郭宏听见她这么说，也来劲儿了："你知道郭嘉为什么这么落魄吗？因为他有个赌鬼爹。他那个赌鬼爹把家产都败光了。要是没败光家产，你当真以为郭嘉不会像我似的，是个肚子里没墨水的富家子弟，有可能还不如我呢。别管他现在怎么努力，学问怎么好，就凭他的出身，也别想考上颍川书院。他这辈子，只能是赌鬼的儿子了。"

"就你出身好，就你爹好！"

"当然！我爹是功曹！"郭宏已经口无遮拦了，话说得也很过分，"还有，要不是我帮你保密，你早就被赶出族学了。还能在这教本少爷"。

"就你还少爷呢，智商喂了狗吧。我可没见过吃知了的少爷。"

刀刀的嘴是真厉害，句句扎在郭宏的痛处。郭宏听这话，立马急了，抬手照着刀刀肩膀就推了一下，边动手边说："你再说一个试试！"

刀刀是人若犯我，我必犯人的主，见郭宏动手，毫不示弱地推回去。两个人就这样你推我一下，我推你一下，来回推搡。

眼瞅着情况不妙，两个人快要打起来了，草丛里的人再也顾不上躲藏，冲出来将二人拉开："住手！"

两个人同时看向来人，都愣住了，异口同声道："郭康！""哥！"

"嗯。谁让你们打架的？"郭康先发制人。

"哥，你怎么在这儿？"郭宏没回答郭康的问题，反倒是先问出自己的疑惑，他可不记得什么时候告诉过郭康要来这里捉鱼。

"我，我出来散步，碰巧路过这里。"郭康只能随便扯个理由来掩饰自己跟踪的尴尬。

"鬼才信呢。"刀刀以三个人都能听得到的音量嘟囔着。

"咳……"郭康右手半握拳放嘴边轻咳一下，看着刀刀说道，"时间不早了，你赶紧回族学吧。"

"哥，那我呢？"郭宏拽拽郭康的衣袖，一脸委屈。

"你跟我回家换身衣服。"

"我不。要是被大伯看着了，我就完蛋了。再说，我要是迟到，先生又得罚我。"

"那你就以现在的丑样子去族学。"说完，郭康转身就要走。

郭宏怕郭康真不管自己了，赶紧跟上："哥，哥，你等等我。我跟你回家……哎，哥，等我一下啊，我这鞋……"

郭宏的声音越来越小，直到听不见，刀刀才动了动身子，但是她并没有立刻回族学，而是在河边找了块儿大点儿的石头，坐在了上面。

第十三章

一颗种子

刀刀想自己静静地待一会儿，刚才郭宏的话给了她不小的冲击。之前是她忽略了，堂堂的郭氏家族人，怎么会和爷爷住在乡下，没想到郭嘉身上背负了这样的伤心事。刀刀从未在郭嘉的口中听到过半点埋怨父亲的字眼，他只是自己默默承受，他不像她，不管发生什么事儿都有他在身前为她庇护，而他却只能一个人偷偷地舔舐伤口。

仔细想想，从鸡窝的初识开始，一直都是郭嘉在帮她收拾烂摊子。她高兴的时候，郭嘉会陪她一起开心；她不高兴的时候，郭嘉会安静地做个倾听者，会安抚她的情绪。不管对与错，郭嘉从没严厉地批评过她，只是耐着性子给她讲道理。而她呢，好像还没有为郭嘉做过什么，来族学之前答应过爷爷要照顾好郭嘉的饮食，连这一点点的小事，她都没能做好。刀刀陷入了深深的自责。

日头越来越烈，晃得刀刀有些睁不开眼睛，她拿手遮挡了一下，看向太阳，这才意识到在河边已经坐了很久。她赶紧收拾好自己的情绪，慌忙起身，拍拍衣服上的灰尘，刀刀想在午饭前赶回族学，这样才能拜托伙夫大叔给郭嘉留点儿好的饭食。她今后一定要照顾好郭嘉，饭食便是第一件要做好的事。

她转身一想，空手去厨房，总归是不好的。刀刀又拿起竹竿，瞄准了一条肚子里没有子的鱼，一竿掷去，正中鱼头。刀刀将鱼装在竹篓里，还轻轻地拍了两下，对今天的收获很满意，便脚步轻快地朝族学走去。

回到族学，刀刀直接奔向厨房。

"叔，您瞧我带了什么好东西。"刀刀献宝一样把竹篓递给伙夫，伙夫朝竹篓里一瞧，两眼直放光："哪儿来的？"

"捉的呗。"

"你小子身手不错啊！"伙夫已经摩拳擦掌，准备美餐一顿了，"等着，叔中午给你加菜。"

刀刀连忙将竹篓搂过怀里："叔，有个事儿得求您。"

"啥事儿，说！"伙夫直直地盯着竹篓里的鱼，生怕鱼跑了。

"您看您能行个方便不，给我家少爷改善改善伙食。您放心，食材方面，我尽我所能地配合。叔，您看行吗？"

"行啊！那有啥不行的！"伙夫也是爽快之人，答应得痛快，"小子，你放心啊。以后有叔的一口，肯定就有你和你家少爷的一口"。

"好嘞！谢谢叔！您真是大好人！"刀刀嘿嘿一笑，露出几分憨样儿。

伙夫接过竹篓，手脚麻利地把鱼收拾干净，没一会儿工夫，一锅香气飘飘的鱼汤就出锅了。伙夫给自己盛出一碗，又给刀刀盛了一碗，剩下的都给郭嘉留着。

"叔，这碗也给您，您怪辛苦的，多喝点儿。"刀刀把自己的鱼汤端给伙夫。

"你小子快喝吧，叔够喝。再说光喝汤能管饱吗。来，这还有别的吃食呢。"伙夫是打心眼儿里喜欢刀刀这孩子，能吃苦、会干活、嘴还甜，"你也是长身体的时候，多吃点儿。放心，少不了你家少爷的。"

"叔，真的谢谢您！"刀刀这句感谢是真心实意的，除了郭嘉和爷爷，已经很久没有旁人对她这么好了。

"行了，快吃。"伙夫憨憨一笑道。

下学后，郭嘉拿着竹简上前询问夫子问题，等他从学堂出来的时候，已经过饭点儿了。他怕耽误伙夫中午休息，三步并作两步地朝食堂走去。等他到食堂的时候，整个食堂就他一个人。伙夫见郭嘉来了，端出给他留的饭菜和鱼汤，让他慢慢吃。

郭嘉向伙夫微微欠身道："实在不好意思，今天来晚了，耽误您休息了。"

伙夫摆摆手道："不打紧。快吃吧，再不吃饭菜都凉了。"

郭嘉坐下，看着菜品十分丰富的碗盘，还有那碗鱼汤，心想：这丫头今天收获不小啊，没想到还能喝上她亲手捉的鱼做的汤。

为了不浪费刀刀的一片心意，郭嘉将饭菜吃个精光。确切地说，是吃撑了。

回去的路上，郭嘉没有像往常一样慢慢悠悠的。他想着：现在刀刀一定是在桌子前坐着等他，然后一脸得意地问他，她捉的鱼味道如何。这样一想，郭嘉脸上不禁露出了几分笑容，脚步也快了起来。

推开小隔间的门，郭嘉果然看到刀刀坐在桌子前，像个等待被教育的乖学生一样。

郭嘉心里一奇：气氛好像不太对呢。这丫头伤好后第一次出门，就遇到事情了？不是还捉鱼回来了吗？

"你回来啦。吃饱了吗？"

"嗯，吃撑了。"

"真的呀，太好了！"刀刀原本平静的脸瞬间乐开了花。

"好吗？撑得我走路都费劲呢。"郭嘉顺势坐到了刀刀旁边。

"你走路费劲那是体质不行，得加强锻炼。"刀刀一本正经地说道。

"怎么，有郭宏一个徒弟还不够，连我也想带上一起教啊。"郭嘉打趣道。

"别跟我提他。我可不配做人家郭少爷的师父。"一提到郭宏，刀刀的好心情一下子都没了。

"这是闹别扭了？"

"哎呀，不是什么大事儿。就他总仗着自己出身好，有个做功曹的爹，就瞧不起这个，瞧不起那个的。真讨人厌！"刀刀知道跟郭宏吵架这事儿肯定瞒不住，她只是不想让郭嘉知道郭宏提到了他爹，更不想让郭嘉知道郭宏都说了哪些浑话。

"郭宏小孩子心性，被家里从小宠到大，不用跟他置气，气坏的可是自己。"

"我看他就是被宠坏了！他爹不就是个功曹吗，有什么可骄傲的？"

"可不要小看功曹这个职位啊。郡守有功曹史，功曹就是功曹史的简称；县有主吏，主吏即为功曹。功曹的职权除了掌管人事外，还可以参与一郡或县的政务，是有一定权力的。"郭嘉继续说道，"在任职功曹的人中，有一位很出名的人，就是桥玄。桥玄年轻时曾任县里的功曹。当时的豫州刺史周景带领官属巡察到梁国，桥玄前往拜见周景，列数陈相羊昌的罪恶，请求周景任命自己为陈国从事，以彻查羊昌的罪行。周景认为桥玄勇气可嘉，便派他去了。桥玄上任以后，收捕了羊昌的食客，详细地核查羊昌的罪行。但羊昌一直被掌权的大将军梁冀优待，梁冀为救羊昌，特派快马传文书赦免他。周景按照梁冀的意思欲召回桥玄，但是桥玄没有妥协，并且加快速度核查羊昌的罪名，最终将其用囚车押解进京。桥玄因此而出名，后来还被举荐为孝廉，又被任命为洛阳左尉，是个很出色的人。"

"桥玄出色，又不代表郭宏他爹出色。"刀刀还是有些不服气。

"能担任这个职务，总是有过人之处的。我们看人，不能总是看对方的缺点，不是吗？"

"以后你一定比郭宏他爹出色，不，比他们郭家任何一个人都出色。"

"我好像也姓郭啊。"郭嘉扶额，语气略显无奈道。

"此郭非彼郭。"刀刀双手抱胸，煞有介事的样子。

郭嘉点点头，表示赞许道："语句用的没毛病。呵呵。"

"我能问你个问题吗？"

"嗯。"

"你想考颍川书院吗？"刀刀忽闪着两只眼睛。

"颍川书院啊。"看来今天俩孩子吵架的内容还挺有深度，郭嘉继续道，"颍川书院，是我们颍川的最高学府，也是我们这些学子梦寐以求的地方，更是实现我们理想抱负的必经之路。能考上颍川书院的学子，不仅仅需要学问好，更多的是需要智慧。"

"能考上就已经很厉害了好不好？"

"是很厉害。可我说的智慧不单单是指这个。有很多人学问好，但只会死读书，读死书，他们只是单纯地把知识死记硬背地记在脑子里。有智慧的人，就会活学活用，举一反三，他们不需要死记硬背，只需理解其意便可轻而易举地获取学问中的精髓，而且会将学到的知识用在生活中。"说到自己的理想书院，郭嘉仿佛打开了话匣子，"我听闻颍川书院中有个很厉害的学生，名叫荀彧。听闻他自小熟读诗文，七八岁时就能吟诗作赋，颇有其祖父'神君'荀淑的风范，十三四岁时，便承了其祖父的名号，被称为'小神君'。"

"小神君？"刀刀不解地问道。

"嗯，他处事正直，贤良方正，一身才气，十分优秀。"郭嘉是发自内心地欣赏荀彧，"若是将来有机会，一定要认识他一下。如果可以，很想和他成为朋友。"说完，郭嘉有些不好意思地挠挠头。

"郭嘉，你一定能考上颍川书院的！"刀刀从郭嘉的眼睛里看到了光芒，那是对未来的憧憬，她相信郭嘉一定会实现心中的理想，只要是他想做的事，就一定能成。

"好！我努力！"郭嘉笑笑。

"没准儿你还是郭家唯一一个考上颍川书院的呢。"

郭嘉只当是刀刀的玩笑话，没有往心里去。殊不知刀刀一语成谶，五年后，郭嘉如愿考入颍川书院，也是郭氏家族唯一一个考上颍川书院的人。

正午的阳光正烈，照在小隔间里，有些闷热。刀刀起身，去把窗户开到最大，让风能够吹进来。这时，身后再次响起郭嘉的声音："鱼汤很好喝。"

刀刀转身看着郭嘉："真的呀。那以后我天天给你捉条鱼回来炖。听人说，多吃鱼，人就变得聪明，正好可以给你补补脑。"

"不用那么麻烦的。你还要捉鱼到集市上卖，已经很辛苦了。"

"一点也不辛苦，顺带手的事儿。你等着吃就行，我定将你养的白白胖胖的。"

"我就是这种体质，跟吃食没有太大关系。你不用考虑我。"郭嘉暖心安慰道，"如果有什么事做着不开心，那就放一放，跟着自己心意走便是。"

刀刀知道郭嘉是在说她跟郭宏之间的事，心里一阵暖流流过，同时又觉得很内疚。她很正经地问郭嘉："郭嘉，你会不会觉得我是个累赘？"

望着刀刀那双满是真诚的眼睛，郭嘉也很正式地回答："不会！"

郭嘉从来没有觉得刀刀是自己的累赘，她也不过是个孩子，经历的事情却不比自己少。郭嘉对她更多的是心疼，打心底里心疼她。看来今天发生的事真的困扰到她了，否则她怎么会问出这样的话呢？

郭嘉温柔地说道："刀刀，你无需理会别人说了什么，做了什么，那都只是别人的想法，我们无法阻拦，更没办法左右。我们只要遵循自己的内心，做我们认为该做的事就行。若要说累赘，我倒觉得自己是那个累赘。自从我们相识开始，你一直在照顾我。如今有你的陪伴，我才不再是一个人。"

两行清澈的泪水流下，刀刀赶紧抬手拭去流下的眼泪，她已经记不得上次哭是什么时候了。她在心里默默地感谢上苍，让她遇见了郭嘉。

相比小隔间的温馨，郭宏的处境就凄惨了点儿。

郭康双手背后，一言不发地走在前面，从他的脚步频率，那一脸的怒色，还有周身散发的寒意可以看出他正强忍着怒气。郭宏跟在他屁股后面，大气都不敢出。郭宏太了解他的哥哥了，他敢保证若是现在敢说点儿什么，郭康一定会跟他动手。

郭府门口的小厮老远见到自家少爷，刚想上前问安，就被郭康的冰块脸吓回来了，老老实实地站在门口，目不斜视，直到郭康从身边走过，小厮才松了口气。

郭康迈进大门，径直走到郭宏的房间。照顾郭宏的嬷嬷见到郭康，满是惊讶："康少爷怎么这个时间过来了？"郭康理也没理嬷嬷，直接坐到郭宏的书桌前。

这时嬷嬷才看到跟在郭康身后的郭宏："哎呀，小少爷，这是怎么了？浑身都湿了呢？快，奴婢这就帮你换身衣服。"说着，嬷嬷转身向衣柜走去。

"你自己没长手吗？"郭康语气严肃地说道。

嬷嬷心下了然，肯定是小少爷惹了祸，便停下手里的动作，默默地退出房间，关上房门，将空间留给兄弟二人。

郭宏心里还有些不服气，心想：为了一个丫鬟，至于生这么大气吗。我还没气你跟踪我呢。虽然心里不服气，但郭宏的动作却是乖乖走到衣柜前，拿出干净的衣服换上。换好后站定，等着郭康训话。

"跟女娃儿动手，你可真出息啊！"

"她也伸手推我了啊！"

"是你先动手的吧。你还有理了！"郭康真是被气到了。

"她……"

郭康直接打断郭宏，道："她什么她。你就说说你自己！"

"我……我错了……可是她不该嘲笑我，还说我！"郭宏哭哭唧唧地说道。

"今天河边发生的事情，我都看到了。是你自以为是，出丑在先；技不如人，嘲笑人在后。你还觉得自己有理吗？夫子是怎么教你的，教你拿别人的家世来嘲笑别人了吗？教你揭人伤疤了吗？你的家世好，那是叔父努力的成果，跟你有什么关系。而你这样的行为，不仅丢夫子的脸面，更是丢郭家的脸面！"郭康是第一次对郭宏说这么重的话，以前只觉得郭宏还小，有些任性，但不至于犯浑。但是郭宏今天的行为，特别是说到郭嘉的家事，真的是把他气极了，他能忍到家里才对郭宏发火，已经很不错了。

其实，郭宏已经意识到自己今天的所作所为确实过分了，只是碍于面子，少爷脾气作祟。刚到家那会儿的那点不服气，早就被郭康骂得烟消云散了。

郭康见郭宏耷拉个脑袋，站在那儿一声不吭，应该是知道自己错了，便放缓了语气，接着说道："郭嘉的确把刀刀教得很好。人家一女娃儿，都知道上进，你真得跟人家好好学学。今天的事，我希望你能深刻地反省一下。之后该怎么做，不必我多说了。"

郭康起身离开，打开房门时，见嬷嬷在门口候着，便嘱咐道："吩咐厨房给他熬碗姜汤。"

"好的，康少爷。"嬷嬷微微颔首，送走郭康后，赶紧进去看郭宏怎么样了。只见郭宏直直地躺在床榻上，两眼盯着上方，不知道在想什么。

"小少爷，是哪儿不舒服了吗？"嬷嬷关心地说道。

"这儿！"郭宏指指自己的胸口。

"老奴听过一句话，知错能改，就是好样儿的。"

"嬷嬷，是知错能改善莫大焉吧。"

"哎哟，瞧我这记性。还是小少爷聪慧。"

郭宏知道嬷嬷是在安慰自己："嬷嬷，你放心，我知道该怎么做。"

"奴婢去看看康少爷吩咐厨房给你熬的姜汤好了没。"

郭宏的脸上终于不再表情凝重，心里顿时舒服了不少：哥哥并没有因为我犯错就真不管我了，还是关心我的。

郭康回到房间，脑子里全是今天河边的场景，心中不免感叹：这郭嘉确实厉害啊，能把一个女娃娃教得这般好。看来真的要跟他多学学才是，这样以后也能好好教教郭宏。

这一晚，注定大家睡得都不踏实，有人想该如何道歉想了一晚；有人想该怎么偷师想了一晚；有人想怎么搭配饭食想了一晚；有人想怎么才能平安度日想了一晚；有人想该如何解决郭嘉想了一晚……

次日清晨，刀刀顶着两个黑眼圈奔赴她的"战场"，一路上不知打了多少个哈欠，她决定今天要速战速决，中午必须好好补一觉，不然下午就没有力气去粘知了了。

郭宏同样顶着两个黑眼圈，来到膳厅，准备吃完早饭跟郭康一起去族学，他看到已经在桌前坐好的郭康时"扑哧"笑出了声："哥，你是夜里又去跟踪人了吗？"

郭康当然知道这小子是在笑话自己的黑眼圈："你就别五十步笑百步了吧。"

郭宏嘴上没讨到便宜，只能乖乖地坐下吃早饭。

去族学的路上，郭宏的速度比蜗牛还慢，恨不得走两步退一步。郭康看出来他是在故意磨蹭，揶揄道："怎么了小男子汉，怕见人？"

"我才没有！"郭宏撇撇嘴，"我就是还没想好怎么跟刀刀道歉。"

"有什么可想的，真心实意便可。"

到了族学，郭宏第一件事就是去找刀刀，找了一圈也没找到，猜想她一定是去捉鱼了。想着中午的时候，再去向她道歉也不迟，便回学堂上课去了。

找刀刀的可不止郭宏一人，郭康也在留意她的身影。

郭康装作无意地问郭嘉道："你那书童天天神龙见首不见尾，你也不管管。"

"她自有分寸。"郭康为什么这么问，郭嘉了然于心。依郭宏的性子，刀刀是女娃这事儿，肯定瞒不过郭康。郭嘉清楚郭康的为人，倒也不怕郭康难为他。

郭康点点头，没再说话，心想：还得从刀刀那入手啊。

给自己定了目标后，刀刀是干劲儿十足。一早上的工夫，收获颇丰，正美滋滋地背着捉来的鱼虾到集市上卖，哪里晓得自己正被好几个人惦记着。摊主想把她竹篓里的鱼虾都收了，但是刀刀没有全卖，留了一些给郭嘉。回到族学后，献宝似的把鱼虾给了伙夫，伙夫乐得嘴角都咧到耳根下面了。他快速起火生灶，加工了食材，不一会儿的工夫，香气飘满了整个厨房。伙夫先是把郭嘉的餐食单独留了出来，剩下的和刀刀两个人美美地解决掉了。

"叔，下午我准备再去粘点儿知了。眼瞅着天儿转凉了，再不来一回，怕是今年就吃不上了。等我粘完给您送来，您晚上带回家配点儿小酒吃。"

"还是你小子懂我呀。"伙夫爱吃，听着这话美滋滋的。

"叔，我先回了。补个觉去。"刀刀拍拍手，抹抹嘴。

"行，回吧。要是太累就别去粘知了了。"

"没事儿，不累。"刀刀刚推开厨房的门，就看到郭宏站在阳光下。刀刀跟没看见他似的，径直从他身边走了过去。

郭宏见刀刀不理自己，赶忙上前，又是赔不是又是赔笑脸的。还从书兜里拿出一卷竹简使劲儿往刀刀手上送。

"你这是做甚？"刀刀不解地问道。

"这是我抄的《论语·泰伯篇》，送给你。我抄了一夜呢。"

"为何送我？"

"这是道歉的诚意。刀刀，对不起！我真知道错了！我不该那样说你，更不该提郭嘉的家事。你就原谅我吧。"

刀刀握着竹简，轻轻地掂量了一下，竹简很重，重到她感受得到郭宏深深的歉意。

"好，原谅你了！"刀刀拿竹简的手置于背后，郑重地说道，"但是丑话说到前头，以后如果你再说那些不着四六的浑话，我绝不原谅你。仅此一次，下不为例。"

"我保证绝对没有下次！"郭宏举起三根手指起誓道。

刀刀点点头："明早小门见。"转身朝小隔间走去。

郭宏听到"明早见"，高兴地跳了起来。

远处树下的郭康看着两个人的举动，点点头，转身抄小路，准备去堵刀刀。

刀刀见郭康挡住自己的去路，心想：这家伙该不会是要替他弟报仇吧。眼神充满警惕地看向郭康。

"我不是来替郭宏出气的啊。"郭康怕刀刀误会，开门见山地说出来意，"我就是想问问你，郭嘉是怎么教你的，让你这么信服他，但是又有自己的主见。还有，他是怎么做到给你讲知识的时候，一下子就能让你明白的。"

"他值得我信服，我便信服啊。"刀刀的眼神仿佛在说郭康问的这个问题有点儿不聪明，"至于我一点就通，会不会是因为我聪明呢？"没等郭康反应过来，刀刀已经从他身旁的土路离开了。

"这主仆俩骄傲的性子倒是有点儿像啊。"郭康自言自语道。

郭宏终于如愿跟刀刀来到了小河边，心里别提多高兴了。两个人互帮互助，配合默契。一大早的成果颇丰，也是相处最愉快的一次。照例郭宏陪刀刀到集市上卖鱼卖虾。结束之后本应该两人一起回族学的，但是刀刀突然对郭宏说："你先回去。我有事。"说完，飞快转身，跑得不见踪影。

郭宏只能自己先回族学。

刚才跟卖鱼摊主讨价还价时，刀刀隐约见到一个熟悉的身影。没想到他还敢在阳翟出现，为了保证郭宏的安全，刀刀只能让他先回去，自己则偷偷地跟上那个身影。

这个时段集市上的人特别多，刀刀没敢跟得太紧，怕被对方发现。只见那人两步一回头，左右一顿瞄，警惕得很，一看就不是干好事儿的样子。刀刀一边注意对方的一举一动，一边在心里咒骂：挨千刀的。看你要干啥，定不能再让你祸害人去。

不知是不是那人听到了刀刀的心声，还是察觉出身后有人在跟踪他，突然站在一个小巷子口不动了。这时，迎面来了一群人，刀刀定睛一看，原来是太平道的信徒正在大肆宣扬太平道以善道教化天下，符水到病痛除……

刀刀嗤之以鼻。再回头去看那人时，哪里还有那人的影子了。刀刀跑到巷子口，左右趸摸了一圈，没找到，便朝巷子里走去。窄窄的巷子也就一人宽，根本没有可以藏身的地方。出了巷子，是另一条相对安静的街道。一眼望去，寥寥几人。那人已经无影无踪。

眨眼的工夫，能跑到哪儿去呢？刀刀垂头丧气地回到族学。

午饭过后，刀刀也没心思去消食，准备回小隔间等郭嘉。

"师父，师父。"郭宏在后面喊刀刀。

"干吗？"

"你那么着急干吗去了？"郭宏好奇地问。

"有事儿。"

"啥事儿？你要是有事儿，就吩咐我啊。我一定能办好！"郭宏拍着胸脯保证。

"行。用得到你的地方，定少不了你的。"刀刀被郭宏的样子逗笑，心想：一个小屁孩儿，能办啥呀，回头再让人卖了。

"那明天还是老时间老地方呗。"

"这两天先不去河边了。什么时候去，等我通知。"

"为何？"

"小孩子家家，不要那么多问题。听指挥便可。"

郭宏努努嘴。这时，他的那些小伙伴在操场上招呼他去玩儿。

"快去玩儿吧。等我忙完，再找你。"

"那好吧。"郭宏蹦蹦跳跳地去找小伙伴了。

刀刀有些心神不宁，那人突然出现，肯定没啥好事儿。不知道下个遭殃的是谁。许是想得太入神，郭嘉回来了她都没发现。

"刀刀师父入定了？"郭嘉打趣道。

"你知道我今天看见谁了吗？"

郭嘉摇摇头，表示自己不知道。刀刀趴在他耳边悄悄地告诉他。

"什么？！"郭嘉大惊，"当真没看错？"

"他化成灰我都认得！"刀刀笃定道。

郭嘉微微皱眉，沉默不语。刀刀没敢打扰他，在一旁等他吩咐。

"刀刀，这两天你先不要去河边了。直接到集市上，看看还能不能再见到他。如果看见他了，想办法弄清他去见了什么人。若真的是我猜想的那样，只要我出现就会打草惊蛇。所以，这个任务只能交给你了。切记，一定注意安全。"

"放心交给我吧！"刀刀爽快地应下。

第十四章

提防郭嘉

"咯噔咯噔"，一匹马从路口向郭府疾驰而来。来人飞身下马，将马交给小厮便匆匆入府。来人正是郭图。

"兄长可在府中？"郭图问正面迎来的管家郭兴。

"老爷知道二老爷要来，特意提前赶回来，正在书房等您呢。"郭兴回答道。

郭图大步流星地朝书房走去，一进门，郭达忙上前问道："可有波及我们郭家？"

"无碍，无碍。兄长放心。"郭图摆摆手，端起桌上的茶杯猛地灌了几口，用衣袖擦干嘴角的茶渍，继续说道，"我打听过了。朝中压根儿没人查此事。现在政局不安稳，大家力求自保，哪里有闲工夫管这档子事儿。只要陛下想除的人不在了，其他的不会有人追究。你且安心。"

三年前，永昌太守曹鸾上书为"党人"鸣冤，请求陛下解除对士人的禁锢。陛下不但没有听取曹鸾的建议，反而将其收捕并处死。这还没有结束，紧接着陛下又下诏书，凡是党人门生、故吏、父子、兄弟中任官的，一律罢免，禁锢终身，并牵连五族。党锢的范围越来越大，波及的人很多。

　　郭达之所以这么担心会波及郭家，是因为他与曹鸾算是故交。二人相识于偶然，一见如故，称得上老友。虽然不常见面，但心中彼此挂念。曹鸾上书前，曾书信告诉郭达。郭达劝说无用，曹鸾一意孤行，导致杀身之祸。曹鸾死后，郭达一直偷偷地帮助曹鸾的家人。最近风声又紧，他怕郭家会受到影响，便让郭图时刻注意着，以防万一。

　　"兄长，有句话不知当讲不当讲。"

　　"你说。"

　　"你对曹家，也算仁至义尽了。如今这个局面，还是不要再来往的好。"郭图也是为了郭达考虑。

　　党锢之祸以来，朝中政局发生了翻天覆地的变化，以曹节、王甫为首的宦官当道。谁能想到，就连曾经英勇善战，与士卒同甘共苦，百战百胜的太尉段颎，为了保全官位，也会依附宦官，甘为中常侍王甫党羽。

　　随着宦官势力的不断扩大，任职高位的皆是曹节、王甫的父兄子弟。文臣百官敢怒不敢言，即便是高压之下的勇夫，这一路的劾奏，也是异常艰辛。

　　现在这个世道着实不好。多事之秋啊，人人自保，倒也无可厚非。

　　"嗯。是该取舍了。"郭达当然知道郭图的劝说不无道理，于公于私他都不该再与曹家有任何联系，郭达叹道，"我们郭家不比颍川四大家族，多亏了有你的周旋，才会有我们郭家的一席之地。"

"兄长这是说的什么话，若是没有你的引领，我们郭氏怎么会有今天的地位。如果没有你，哪来今天的我。我们荣辱与共。"郭图的眼眶微红，他永远不会忘记兄长是怎样从马匪手里救回自己的。堂堂的功曹，难得真情流露。

"好！好！"郭达最近总是患得患失。

"对了，兄长。郭嘉……"

"在可控范围内，暂时不需要为他分神。再说，就是一个娃娃，能成什么气候。"郭达摆摆手说道。

"还是有备无患的好。我们郭家未来的希望，只能是康儿。"郭图眼露凶光道。

"这个自然。但是郭嘉回来后，反而激励了康儿。康儿最近的表现，比之前好很多，上进许多。唉！也不知道是好事儿还是坏事儿。"郭达望着窗外，不知道他所指的是郭康进步了，还是郭嘉回来了。

"不管怎么样，还得时刻盯紧郭嘉才行。"

"放心吧。我派人盯着呢。不说这个了，你难得回来一趟，等宏儿下学，好好陪陪他吧。为人父亲的，都多久没见自己的儿子了。"

"小兔崽子没惹祸吧？"到底是自己的儿子，郭图还是惦记得紧。

"这小子可出息了，还拜了师父呢。"

"啊？师父？"郭图不解地问道。

"他们小孩子的事儿，不用太在意。"郭达摆摆手。原来郭嘉他们几个的一举一动，都在郭达的掌控之中。这几个孩子还以为瞒得天衣无缝呢。

"对了，最近太平道发展势头很猛，据说信民众多。你可有所耳闻？"如今世道不太平，郭达时刻留意着外面的动静。

“不过是一群乌合之众。眼下重要的是朝中，暗流涌动，稍有不慎，便会马失前蹄。”

“你身为功曹，要时刻保持警惕，千万别出什么岔子。”郭达嘱咐道。

郭达的担忧不无道理，此时的朝廷内部已经开始腐化，郭图身在要位，如行走在刀尖上，稍有不慎，可能粉身碎骨。

郭宏下学，先去找郭康，等他一起回家。一路上，郭康不知道在想什么，一会儿笑笑，一会儿皱眉。郭宏看得摸不着头脑，凑上前，贱兮兮地说道：“哥，想啥好事儿呢？”

“不告诉你。”

“小气！”郭宏努努嘴，也不等郭康了，自己走在前面。

郭康也没叫住郭宏，继续思考，该怎么安排才能让郭嘉和刀刀住进郭府。刀刀是女娃，显然再住族学不合适，若是哪天被人发现，岂不坏哉。郭康可不想郭嘉因为这件事被赶出族学。让他俩搬到外面住？也不合适。毕竟郭嘉的家里不富裕，怎么可能在外面再找间房子呢。思来想去，还是郭府最合适。一来方便向郭嘉偷师，二来也算保住郭家的声誉，何乐而不为呢。

只是，要怎么说服郭嘉住进来呢？还有，要怎么跟父亲开口呢？

郭康想了一路，也没想出个所以然，他决定明天先去探探郭嘉的口风。

郭兴出来迎两位少爷，看见郭宏气哄哄地进门，刚想上前知会一声，结果郭宏理都没理他。

郭宏走进前堂，毫无防备地看到了自己的父亲正跟大伯有说有笑，便傻傻地站在门口，不知所措。

郭图转头，一下子看见了门口站着的郭宏，高兴地起身上前，想好好看看儿子。谁知并没有得到儿子热情的回应，仅是一声拘谨的问安："父亲好。"

郭图知道他这个父亲做得不合格，也没有怪郭宏，原本想抱抱郭宏的双手最终落在他的肩膀上，轻轻拍了一下，说道："长高了啊。"

还是郭康打破了他们两父子的生疏："叔父，您来啦。"与郭康的热情相比，他们确实是生疏的。

"哟，康儿。男子汉了啊！"郭图上前捏捏郭康的肩膀，"又壮实不少。没少练功夫吧。"

"那是。而且是苦练呢。"郭康得意地握握拳头。

"行了，都别在门口站着了。过来吃饭。"郭达招呼大家道。

饭桌上除了郭康的侃侃而谈，就是郭图的大笑声。反观郭达、郭宏伯侄俩，倒像个外人。

"好了康儿。让你叔父好生吃饭。"

郭康并非有意要拉着郭图说话，他只是想缓和一下尴尬的气氛。

"宏儿，听大伯说你拜了师父。"郭图转向郭宏，试图跟儿子说说话。而郭图的这句话，如晴天霹雳，吓得郭宏坐直了身体，不知该如何回答。郭宏没想到大伯知道他拜刀刀为师的事儿，那刀刀是女娃……

"叔父，就是小孩子间的玩笑话，当真不得。"郭康故作冷静地说。他也被郭图的话吓了一跳，但是，没有知道郭嘉的想法之前，他不可以自乱阵脚。

郭达看郭康的眼神里有了些许的赞赏，没想到关键时刻，这小子倒很冷静。

一顿饭吃得心惊胆战，终于撂下碗筷，郭宏以最快的速度逃回了房间。

小隔间内。刀刀正跟郭嘉讲述郭康堵她的事情："还好我机灵，一个闪身，从旁边跑了。哼，想堵我，可没那么容易。"

"身手不错。"

"那是。"刀刀得意地说，"也不看看我是谁的书童。"

"还是我比较厉害。不然怎么有你这么厉害的书童呢。"郭嘉配合道。

"话说回来，郭康为什么要问我那些问题啊？"

"我可能明白一点儿。"郭嘉用两根手指比画一点儿，"族长给的蔡侯纸呢？"

刀刀起身，从篮子底下拿出一个包袱。之前郭嘉用最外层的布给刀刀包了枕头，后来刀刀又找来一块儿布，把蔡侯纸小心翼翼地包裹好几层。刀刀打开一层又一层，最里面正是郭达上次给郭嘉的蔡侯纸。

"你要这纸做什么？"

"写点东西。"郭嘉接过蔡侯纸，正襟坐在桌子前，准备好笔墨，开始动笔。刀刀不知道郭嘉在写什么，只是在一旁静静地看着。

郭嘉的字迹很漂亮，飘逸中带着一丝洒脱，跟他这个人完全相反。他清秀的眉目似乎长开了一些，不浓不淡的剑眉下，狭长的眼眸似涓涓春水，薄薄的嘴唇颜色偏淡，嘴角微微勾起，整个人温文尔雅。但是他的字，刚劲有力，气势磅礴，透露着与他长相不符的胸怀和霸气。

最后一个字写完，郭嘉把笔放到砚台边，就看见刀刀直勾勾地盯着自己，伸出手掌在她眼前晃了晃，刀刀终于回神问道："写完了？"

"嗯。写完了。"

"我认识这两个字，论语。"

"对。这是《宪问篇》的注解。"郭嘉将蔡侯纸仔细折好，"明日你将这个交给郭康。"

"他那么坏，处处跟你作对，你还帮他。"刀刀心疼这好不容易得来的蔡侯纸，就这么给郭康，真是便宜那小子了。

"其实郭康本性不坏。他只是因为被拿来跟我作比较，才会视我为假想敌，总想跟我争个高低。"

"知人知面不知心。"

"还记得我们刚回族学那会儿，夫子把藏书楼的钥匙借给我。不知道是谁知道了夫子对我的关照，趁我不注意的时候，偷偷地将钥匙偷了去。正巧被郭康碰上了，他二话不说就把钥匙抢了回来还给我。你看他平时跟我处处作对，那只是他反抗被拿来比较的一种表现。他为人很正直，也很讲义气。他早就知道你是女娃了，可他从来没有说过。这点足以证明他的人品。况且，蔡侯纸是族长给的，这会儿给郭康，也是应该的，就当还给族长了。"

"原来是这样。是哪个混蛋敢偷你钥匙，等我把他找出来，非狠狠地揍他一顿才能解气。"刀刀故意大声喊道，就是为了让隔墙之耳能够听到。

第二日清晨，刀刀在小门口没有等到郭宏，只好自己奔向小河边。此时，郭宏正在房间里来回踱步，任他再着急，也不敢当着父亲的面儿跑出去。只能失约了。

等刀刀忙活完厨房的事情，才倒出工夫去找郭康。

郭康看着满是注解的蔡侯纸，连连称赞。不愧是郭嘉，看了他的注解，郭康这种天生对文字不敏感的人都被深深吸引住了。厉害！果真厉害！

正好，郭康也想找郭嘉聊一聊，蔡侯纸便是最好的契机。

"蔡侯纸收到了，谢了。这么厚的礼，我该如何还。"郭康性格爽朗，有什么说什么。

"它的用途便是还礼。"郭嘉知道郭康找自己，不仅仅是蔡侯纸的事，他在等着郭康开口。

"如果让你住进郭府，作为还礼，你觉得如何？"

"你确定是在还礼？"

"啧。我家也没那么可怕吧。"

"为何让我住进郭府？"

"我爹可能知道刀刀是女娃了。"

其实族长第一次见刀刀时，就知道她是女娃，所以当时才会让刀刀做郭嘉的丫鬟。郭嘉知道带刀刀进族学，肯定瞒不过族长，只是不想有太多风言风语，才不想让旁人知道刀刀的身份。眼下这么看，他跟刀刀的一举一动，应该都在族长的监视下。所谓最危险的地方就是最安全的地方，只有住进郭府，才能暂时保证他和刀刀的安全，他才有机会确认幕后之人。

"我爹那边你放心，我能说服他。现在就看你怎么决定了。"郭康以为郭嘉是在犹豫怎么跟郭达说这事儿。

"那就劳烦你了。帮了我这么多，到我还礼的时候了。"郭嘉真诚地感谢郭康道。

"不计前嫌便是还礼。"郭康学郭嘉说话的样子。

两人相视一笑，冰释前嫌。

荀府内。荀彧跪坐在桌前，听父亲荀绲说话："你已成亲三月有余，为父不是催你，但事关我们荀家的香火，你还是要抓紧才行。"

"儿子心中有数。"荀彧从小到大循规蹈矩，虽然他的思想较为灵活，不拘泥于死板，但是人生大事方面，基本都按照荀绲的决定。不管是学业，还是婚姻，荀绲怎么安排，他就怎么做。荀彧知道这是身为荀家男子该承担的责任。

"你很快便要任职颍川太守阴修的主簿，可都准备好了？"

"嗯。儿子已经做好准备了。"荀彧即将离开颍川书院，心里生出几分不舍。

"父亲，听闻郭氏族学的郭夫子博古通今，我想拜访一下。还要去趟郭府，以答谢郭族长来参加儿子婚宴。"荀彧想在任职前，去见见郭夫子。

"好，好。还是你想得周到。"荀绲满脸赞赏地说道。

荀彧的堂弟荀悦在门口偷听到哥哥要出门，冲进来拽着荀彧的衣袖，嚷着要跟他一起去。荀悦年纪尚小，正是爱玩儿的时候，每天待在府里，憋闷坏了。荀彧性格本就温和，自然答应。

去郭家之前，荀彧遣人送去了一张拜访帖。郭达见上面写着荀彧要来，心情十分愉悦。以荀家现在的地位，若是跟他们建立关系，那对郭家的发展是很有利的。

"荀家荀彧要来拜访咱们家。"郭达把荀彧要来的消息告诉郭图。

"他为何要来？"

"荀彧的婚宴，我去观礼了。应该是来答谢。"

"哦，你要不提这事儿，我都忘了。荀家的婚宴，肯定热闹。那荀家娶的可是当朝的宦官中常侍唐衡的女儿。能被邀请参加婚宴的非富即贵。可惜我当时要务在身。"郭图没去成婚宴，他对此还有点儿遗憾。

"确实，场面很大。"提到荀彧的婚宴，郭达打开了话匣子，给郭图细细地描述了一番，"通往荀府的街道两侧被百姓挤得水泄不通。不愧是唐家女儿出阁，嫁妆足足的，光樟木箱子就摆了一堵墙那么高。前来贺喜的宾客更是络绎不绝。就凭荀绲济南相的身份，济南王刘康都派管家送上了一份厚礼。更不用提与荀绲同朝为官的同僚，颍川的乡绅大户了。值得一提的是南阳何颙也来参加婚宴了。何颙位居长史，他年轻时游学京师，显名于太学，若是得到他的提点，那仕途之路就顺畅多了。"荀彧的婚宴让郭达羡慕不已。心里已经开始谋划着郭康的婚事，誓要给他寻一门门当户对的姻亲。

"兄长不用羡慕，以后给康儿寻一门更好的婚事。康儿眼看要 15 岁了，可以开始考虑婚事了。"郭图哪里看不来郭达的羡慕之意呢。

"可是康儿的性子，顽劣不堪。唉，他要是有孝儿一半的沉稳，我都不至于这般头痛。"

说起郭孝，郭图也很痛心。

郭图已经在家里待了两天，明早就要离开。他心想去族学接郭宏下学，缓和一下父子间的关系，顺便也可以见见郭宏的"师父"。他提前来到族学，在学堂窗户边偷摸往里瞧，想看看郭宏平时上课什么状态。没想到，郭宏简直像换了个人，令他大吃一惊。只见夫子在前面讲学。郭宏在底下奋笔疾书，将夫子讲的内容全都抄录在竹简上。而且郭宏并不单单是抄录，他还默记，不懂的地方在竹简上标记出来。

直到下学，学堂里的学生陆续走了出来，还迟迟不见郭宏的身影。他拿着做了标记的竹简上前请教夫子，夫子给他做了详细的注解，还夸赞他一番。郭宏满足地笑笑，拿起书兜便往外跑，连站在门口的郭图都没看见。

"郭二爷来了。"夫子走到郭图的身边。

"夫子。"郭图微微颔首说。

"郭宏最近变化很大。比之前乖巧、认真许多。"

"多亏了夫子的悉心教导。"

"我只是授业解惑。主要还得看他有没有上进的心。现在看，您可放心了。"

"多谢夫子，我先告辞。"没有再和夫子寒暄，郭图加快脚步跟了上去。

郭宏兴冲冲地来到李子树下，刀刀正等在那里。

郭宏把竹简递给刀刀，刀刀打开察看，连连点头道："你的字写得越来越好了，终于不像鬼画符了。"郭宏挠挠头，憨笑。

这时，郭图的声音响起"宏儿"。

郭宏瞬间绷直了身体，小声地对刀刀说道："完了，我爹。"

刀刀朝来人看去，郭图身材高大魁梧，两条黑粗黑粗的眉毛下一双凌厉的眼睛，一脸严肃，使整个人看起来都很严厉。

"爹，您怎么来了？"

"来接你回家吃饭。"郭图压根儿没看郭宏，一直在打量刀刀，他还以为何方神圣，没想到是个书童："这就是你的'师父'？"师父两字咬得格外清晰。

刀刀双手作揖行礼："郭二老爷好。"

郭图没应，转身对郭宏说道："不请你师父家里坐坐？"

"爹，她名叫刀刀，是郭嘉的书童。"

"郭嘉？！"郭图心里叨咕，"怎么又是这小子。"

"那不正好，叫上郭嘉一起回家吃饭。我也好久没见到郭嘉了。"

郭宏没有办法，只能硬着头皮去请郭嘉。

"少爷，郭家二老爷请咱们去他家吃饭。"当着郭宏的面，刀刀没有直呼郭嘉的姓名。

郭康跟郭嘉正讨论下午夫子讲的《孙子兵法》，被突如其来的声音给打断了。

"我叔父来了？"郭康问道。

"嗯！"郭宏探出头答道。

郭康看看郭嘉，怕他为难。郭嘉给他个放心的眼神。

郭图出门的时候是一个人，回来的时候是一帮人。守门的小厮见这架势，也是蒙了，赶紧进去通报。郭兴连忙吩咐厨房加菜。一时间，热闹了起来。

"你怎么把郭嘉叫来了？"郭达得知郭图把郭嘉带回来，也很纳闷儿。

"兄长可知郭宏的师父就是郭嘉的书童？"

"嗯。确有此事。"

"那兄长为何不阻止呢？"

"不过是小孩子间的打闹，无需多虑。"

"但那是郭嘉的书童，不得不防。"郭图认为郭达对郭嘉疏于防范。

"没你想得那么复杂。事情的来龙去脉我都了解清楚了。"

"那兄长打算怎么处理郭嘉。自从他安然回来，你就不上心了。"

"我想过了，郭嘉就是个孩子，虽然对康儿是个威胁，但从另一方面看，他又促进了康儿的成长。不如我们先观察看看。"郭达还记得在郭康房间内，郭嘉劝郭康喝药的场景。

在郭达心里，只要郭康不再贪玩儿，学以致用，稳步成长，比什么都重要。郭图便没再说什么。

郭府的膳厅难得有这么多人一起吃饭，郭兴在一旁忙着布菜。孩子们端正地跪坐在桌前，郭达没发话前，没人敢动。

刀刀看着丰富的饭菜，口水都要流下来了，肚子还不争气地叫了两声。坐在她两旁的郭嘉和郭宏都听到了。郭嘉还好，早已习惯。另一边的郭宏差点儿笑出声来。

"宏儿，干什么呢？"郭图厉声道。

"我饿了。"郭宏也讨厌饭前烦琐的规矩。

刀刀第一回在心里默默地感激郭宏，心想：快点儿开饭吧！饿死小爷我了！

郭达一声令下，大家才拿起筷子。

席间，郭达说起荀彧要来拜访一事，他对郭康说："康儿，你们年纪相仿，想必有更多共同语言，到时你作陪，陪荀家公子好好逛一逛。"

"让兴叔陪他逛呗，我不去。跟文绉绉的公子有什么好说的。"郭康的性格就是这样，要是让他陪着骑射打猎，不用郭达吩咐他就会自告奋勇。但是跟文人雅士在一起，免不了讨论文学著作，他可不在行。他身边唯一的文人，就是郭嘉了。

"什么话！人家荀公子像你这么大，已经考入颍川书院了。你再看看你，不学无术。"

"不就颍川书院吗，回头我也给您考一个。"

"就你那点儿墨水。难啊。"

"他不是成亲了吗？怎么还在书院啊？"郭康又是那种不服气的劲儿。

"谁说成亲了就不能读书了。说起他的婚宴，场面是十分热闹……"郭达再次提及荀彧的婚事，就是为了警示一下郭康。

郭嘉对荀彧的婚事也有所耳闻。众所周知，新娘子是宦官唐衡的女儿。据说唐衡本来是要将女儿嫁给汝南傅公明的。那傅公明何许人也？

那可是殷商时期"圣人"傅说的后人，这样的身份地位，怎么可能娶宦官之女。唐衡在傅公明那儿碰了钉子，转身就打上了颍川荀家的主意。荀家掌事人荀绲，因为忌惮宦官的权势，不得不应了下来，以小儿子荀彧求娶。荀彧也算是为家族作了贡献。

难得郭达会给他们这些孩子讲这些，且讲得绘声绘色，大家也都认真地听。郭嘉侧目看看郭达，心下了然。郭达羡慕的哪里是荀彧的婚事啊，更多的是荀家可以凭借这场联姻，在以后的仕途之路上更加平坦。然而，郭康把郭达说的话当新鲜事儿听，并没有听出父亲的言外之意。反倒是郭嘉听得明白，郭康的婚事怕是要提上日程了。

就在郭嘉转过头的时候，正好对上郭图打量他的眼睛。两个人眼神交汇，随即又各自看向别处，心里不知道在盘算什么。

郭达说了一大堆，见儿子也没个反应，不由得叹了一口气。

这顿饭吃的是各怀心思啊。

饭后，郭嘉见时候不早了，谢过郭达后，便起身告辞。

郭康送他们出郭府大门后，直奔郭达的书房。

难得见儿子主动来找自己，郭达有些惊讶，问郭康："康儿，可是有什么事儿？"

"确有一事。但请父亲听后先不要动气。事出有因，还望父亲理解。"郭康把刀刀是女娃的事情一五一十地告诉了郭达，"父亲不要责怪郭嘉，他也是事急从权。"

"那康儿想如何解决此事？"郭达问道，其实他早已知晓刀刀是女娃，只是想看看郭康会想出什么样的办法。

"郭嘉跟刀刀在族学的宿舍里，共用一间房，始终不合适。若是被有心之人知晓，传播出去，会影响书院及郭家的声誉。所以请父亲答应接他们二人进府居住。这样一来，可以免去流言蜚语给郭嘉带来的不利，也可以彰显您作为族长的宽厚仁慈。"郭康并不知道郭达已经知情，极力劝说着。

其实郭达心中早有盘算，就算郭康不来找他，他已有意将郭嘉和刀刀接进郭府。一来他可以更好地监视、提防郭嘉，不能让郭嘉成为郭康族长之路上的绊脚石。二来经过这段时间探子的汇报，郭嘉的确对郭康起到了良性的刺激作用。最重要的一点，郭康难得主动来找他，还提出了解决问题的想法，这个顺水人情定是要做的。不仅可以表示对郭康的肯定，还能从侧面拉近一下父子之间的关系，何乐而不为。

"嗯，你说得很有道理。"郭达状似思考了一番，"就按你说的办吧。你年纪也不小了，是该历练一下，这件事交由你安排。"

"父亲，当真交给我？"郭康难以置信地问道。郭达能够同意他的请求，已经是意外之喜了，没想到会交给他安排。

"自然当真，我相信你能处理好这点小事儿。"

"谢谢父亲，儿子定能办好。"

"好，去吧。"

郭康退出书房，在房门关上的那刻，激动地跳了起来。没想到事情这么顺利，还得到父亲的肯定，他兴奋得仿佛自己打了十场胜仗。

郭兴看到郭康高兴地笑，虽然不知道什么事儿令他这么开心，也跟着笑了起来。

"老爷，什么事儿让康少爷这么高兴啊，在门口又蹦又跳的，可把他乐坏了。"郭兴看着郭康长大，拿他如自家孩子般。

"是吗？呵呵，看来鼓励教育还真有点儿用处。"郭达吩咐郭兴，"郭嘉和他的丫鬟要住进府，这事儿我交给康儿全权处理了。你吩咐下去，都好好配合康儿。"

"好嘞。"郭兴高兴地应下。

夜，挟着凉爽的微风吹过。天空中零零散散地挂着几颗星星，忽明忽暗。街道两旁的商铺，有的伙计正在关门，有的已经关了门，一下子失了白天里的热闹。偶尔有过路的行人，脚步匆匆。只有郭嘉和刀刀两个人，踏着月色，慢悠悠地往族学走去。没人会在意两个孩子为什么这么晚还在外面晃悠。

郭嘉很喜欢在这样寂静的街道上走着，利于他静静地思考，所以他拒绝了郭康用马车送他们回来。他也不想因为身份的不符，被别人在背后议论不断。若是以前，他可以当作没听到。现在不一样了，他不希望刀刀听到那些话，更不希望她为他出气。

"在想什么呢？"刀刀察觉出郭嘉今晚的情绪不高。她大概知道由头，但看着他沉重的神情，更加心疼这个少年了。

"你也知道老黄头去了哪里。不管见的是谁，总归是府里的人。"可谁有这么大的胆子呢？郭嘉并没有把心中所想的人告诉刀刀，因为郭嘉也不确定是他？还是他？

就在前两天，刀刀在集市上撞见了老黄头。郭嘉把跟踪老黄头的任务交给她以后，她在集市上蹲了两天，终于被她等到老黄头。刀刀一身书童打扮，谅老黄头也不能一下子认出自己。这次她跟得紧紧的，一双眼睛，除了老黄头，旁的什么也不看。又到了那条巷子口，刀刀躲在墙后，看着老黄头出了巷子右拐。她跑着跟上去，还好她跑得快，被她看到老黄头进了一个小门。

刀刀追到小门口，小门紧闭，从门缝里只能看到一个院子，正前方是一间屋子，院子中央停着一辆装满蔬菜的小车，有三两个人从屋子里出来把车上的菜搬进屋子。刀刀断定，这应该是个大户人家的厨房，而这个小门就是为了方便送菜开的后门。

可这是哪家大户呢？刀刀每次都是匆匆忙忙到集市，火急火燎回族学，根本没在附近转悠过，压根儿不知道这条街上有哪户大户人家。不过，这也难不倒刀刀。刀刀按照后门的位置，围着这条街道足足转了一圈。

终于转到跟后门对应的正门了，确切地说是斜对应。刀刀看着熟悉又陌生的大门，上方赫然立着"郭府"二字。即便是刀刀不认字，这两个字她也不会认错。不久前，老黄头把她跟郭嘉就是送回这儿的。也是在这个大门前，郭嘉从老黄头手里解救了她。

刀刀站在大门前不远的地方，浑身血液倒灌，仿佛被冻住了一般。聪明如她，看老黄头熟门熟路的样子，又没人阻拦，她料定老黄头不止一次进郭府，其中缘由，不言而喻。

真如刀刀所料，老黄头的确不止一次去过郭府，这都要感谢他的"好运气"，若不是老黄头偶然间发现了一件事儿，现在怎么可能攀上郭家呢？

刀刀还记得那天，她告诉郭嘉老黄头进了郭府。她十分担忧，生怕郭嘉接受不了这个结果。哪承想，郭嘉只是平静地点点头，没有半点儿惊讶。其实，这个结果在郭嘉的意料之中，更加印证了他的猜想。

"刀刀，很抱歉又要让你陷入险境了。"郭嘉继续轻声说道，"我们要住进郭府了。"

"我不怕危险！只是你明知道要害你的人就在郭府，为什么还要住进去呢？"刀刀不解地问道。

"最危险的地方就是最安全的地方。也只有这样，我才能找出那个人。"

刀刀认同地点点头，随即语调轻快地说道："其实住进郭府也挺好的。你知道吗，郭府的厨房有十个小隔间那么大，吃食肯定比族学的食堂强。而且，很有可能我会有一个属于自己的房间。好事儿！好事儿！想想都美呢。"刀刀脚下踢着石子，幻想着进入郭府以后的美好生活。

郭嘉哪会不知道刀刀是想让自己宽心才这么说。她一向无拘无束，自由惯了。可要住进郭府，事事讲规矩，处处讲礼节，她怎么会感到开心呢。眼下郭嘉也没有良策。找出幕后之人，是他现在的唯一所想，眼看离真相越来越近，离那个人越来越近，他怎么能轻易放手。唯有铤而走险。

"郭府不比族学，规矩、礼节只多不少。真的搬进去，你就不能像现在这样自由了。深入险境，更要处处小心，时时警惕才行。"

"放心吧。我这么机灵，保准儿没问题。"

"你的能力我自然是相信的，就是难为你了。"

"少爷呀，您这样说可就折煞奴婢了。"刀刀故意逗郭嘉，"你专注做你想做的事情就好，不用过多地考虑我。你放心，我一定能照顾好咱们两个人。"刀刀认真地说道。

第十五章

入住郭府

清晨的阳光将整个房间照亮。郭嘉缓缓睁开眼睛，映入眼帘的是刀刀收拾行李的身影。

刀刀把柜子里的竹简、笔墨装进一个不知道从哪儿倒腾来的半大的小木箱子里；衣服放到了桌子上用包袱包好；然后起身清点篮子里剩下的吃食，放在桌子上准备带走；又看了看柜子上喝水的小水桶，想了想把小水桶也放到桌子上一并带走。真真的是把能带走的全部带走，生怕落下点儿什么。

"刀刀，这些用品郭府里都有，不用全都带上……""没准儿过些时日我们就搬回来了。"还没说出口，就被刀刀打断了。

"不行，留下了只会便宜那些学生。"

"他们要是能用得上，也挺好的。起码没有浪费啊。"

"好什么好！谁让他们平日里都排挤你。就是扔了，我也不给他们留下。"刀刀双手掐腰，一副要打架的架势。

郭嘉无奈地摇摇头，只能任由刀刀收拾。

"对了，我们住进郭府的事情，还没告诉爷爷呢。"刀刀提醒郭嘉道。

郭嘉点点头："不急，眼看要入秋了，找时间回去一趟，再告诉他老人家。"

提到爷爷，郭嘉心里一慌，他还没有想好怎么跟爷爷说这件事。回族学前，爷爷曾问过他，关于谁要害他是不是心里已经有了判断。现在，他突然决定入住郭府，意图不言而喻。以爷爷的智慧，怎么可能不明白呢。一面是自己最疼爱的孙子，一面是同族同源的侄子，他老人家心里得多难受啊。而最终面对的结果，要么睁一只眼闭一只眼，要么撕破脸。不管是哪一种，都不是爷爷想看到的。最重要的是，住进郭府就代表着离危险更近一步，爷爷肯定每天都提心吊胆，担心他的安危。所以，这事儿能拖便拖，让爷爷少担心一天是一天。

郭府内。郭康吩咐下人把院子西侧，靠近池塘的两间房收拾出来。郭嘉用外侧这间房。刀刀是女娃，用里侧那间，安全点儿。两间房挨着，方便刀刀照顾郭嘉的起居，有个大事小情，他们两个也有个照应。

郭康特意吩咐下人，搬两个大一点儿的柜子到郭嘉的房间内，郭嘉喜爱读书，两个大柜子够他放很多竹简了。郭嘉房间的书桌要临窗放置，白日里，他可以在阳光下读书。郭康还给郭嘉另置了一张床褥，放在临近桌子的书柜下方，以便他看书看累了，可以躺下休息一会儿。他又吩咐下人，在刀刀的房间里安置一个矮柜子，上面给她准备了镜子、梳子，并且给刀刀准备两身新衣服。当然，一身奴婢装扮，一身书童装扮，以备不时之需。郭康办事，可谓是事无巨细，跟他大大咧咧的性格截然相反。

郭宏一大早没找到郭康的身影，在院子里四处转悠。看到下人们搬箱子、抬柜子，忙进忙出，郭宏跟着跑过去看热闹。看到郭康站在房间里，正指挥下人们摆放东西，他凑上前问道："哥，这是做什么？"

"整理房间。"郭康说。

"这间房不是空了好久了吗？干吗要整理啊？难不成有人要搬进来？"

"嗯，确实。还有隔壁的房间也会有人住进来。"郭康边回答边指挥下人，"哎，柜子再往右一点，不要挡阳光。"

"谁要搬进来呀？"郭宏很好奇，能让郭康亲自整理房间的，绝对不是一般人。

"郭嘉和刀刀。"

"谁？！"郭宏的大嗓门差点儿把郭康的耳朵震聋了。

"是你聋了还是我聋了啊？"郭康揉着耳朵骂道。

"对不起，对不起。我有点儿激动了。"郭宏谄笑道，"我师父要住进来，我得好好布置一下她的房间才行。"说着便冲出房间，激动地跑去找嬷嬷，让她赶紧置办一些女娃用的东西。

郭康扶额，这个郭宏真能给自己添乱。于是，吩咐下人摆放好物品，自己则去追赶郭宏。

"郭宏！站住。"郭康大声喊道。

"咋了？哥。"

"你跑那么快干什么？"郭康双手掐腰，跑得上气不接下气。

"我得赶紧让嬷嬷去置办东西啊。不然来不及了。"

"平时上学堂没见你这么积极。刀刀的房间简单干净即可，该置办的都给她置办好了。她是女娃的事现在还不宜声张，府内的人知道就行。还有，不管是郭嘉的房间，还是刀刀的房间，都不可铺张，平平常常就好。若是太张扬，会给他俩带来闲言碎语，也会让他们感到不自在。"郭康还特意嘱咐郭宏道，"你不要有事儿没事儿地总去叨扰刀刀。他们虽然住进来，可终究不是主人。如果你总去打扰他们，会让他们感到尴尬的。"

"哥，我知道了。我保证不做让他们感到不舒服的事情。"

"那就好。"郭康拍拍郭宏的肩膀，"父亲已经跟夫子请过假，今天不用去族学。你自己先玩会儿，我要去忙。他们过了晌午应该就来了。到时我们一起去接他们。"

"好！"郭宏答应着跑开。

郭康转身时，看到郭兴站在身后，上前微微行礼："兴叔，可是父亲有事找我？"

"老爷吩咐我来瞧瞧，看有什么能听您差遣的。"

"劳烦兴叔禀告父亲，这边都已安排妥当，请他放心。"

"好嘞。我这就去回老爷的话。"郭兴一直在旁悄悄地跟着郭康，怕他有事处理不了。没想到郭康做事亲力亲为，井井有条，心思细腻，这下老爷可以放心了。

郭夫子给郭嘉找了一辆马车，虽然不大，但足以装下这些行李。又让几名学生帮着把行李搬到了马车上。郭夫子和郭嘉站在族学门口，刀刀见二人有话要说，便到马车边等着。

郭达找到郭夫子时，郭夫子十分意外。他认识郭达多年，对郭达的品性很是了解。他不会看不出郭达对郭嘉的忌惮。在族学这么多年，多亏了郭夫子的暗中照拂，否则郭嘉的境遇会更加艰难。当郭达说要接郭嘉回郭府住时，他一个慌神，茶杯里的茶水洒了出来。

送走郭达后，郭夫子把郭嘉找来，问道："你可知郭族长要你进府居住？"

"学生知道。"郭嘉不敢隐瞒郭夫子。

"如果你不想去，我可以去推辞掉。"

"夫子，是我自己想去的。"郭嘉直视郭夫子的眼睛。

"为何？"郭夫子满是担忧地问道。

"'岁寒，然后知松柏之后凋也。'夫子，感谢您为学生所想、所忧、所解，但学生心中有个执念，得学生自己才能解开。"郭嘉双手作揖，向郭夫子深深地鞠了一躬，"学生向您保证，定会照顾好自己，保自己万全。"

郭夫子知道拦也拦不住，郭达如此，郭嘉亦是如此，只能点头答应了。

师生二人站在门口，默契地没有再提及之前的谈话。

"有事定要告诉我，不要一个人默默承受。"郭夫子嘱咐道。

"夫子请放心。"

"好了，上车吧，别让他们久等了。"

"夫子请回吧。以后还能天天见到我，不必太过挂念。"郭嘉行过礼，转身向马车走去。

上车前，郭嘉又深深鞠躬，刀刀也跟着给郭夫子行了个大礼。郭夫子摆摆手，示意他们赶紧走。

郭康和郭宏站在大门口等他们。

这时，从街道另一头过来一辆马车。郭宏以为是刀刀和郭嘉到了，拽着郭康的胳膊说道："哥，哥，他们来了，他们来了。"

"你觉得他们会坐这么大的马车？"郭康暗自摇头道。

"哎呀，忘了！"郭宏一巴掌拍上自己的脑门儿。

过了一会儿，见远处有两个人影，郭宏又激动了："这回准是他们。"

"你的脑袋是不是落在房里了？他们二人带着行李，怎么会走过来呢。郭夫子定会给他们找一辆小马车的。"

郭宏吐吐舌头，闭上嘴巴，乖乖地站那继续等。只是一会儿蹲下，一会儿站起来，一会儿蹲下……如此反复，晃得郭康脑袋直晕。

远处再次传来了马蹄声，郭宏直起身子，巴巴地望着。还真被他盼来了，来人正是刀刀和郭嘉。

"师父！"郭宏跑下阶梯。刀刀冲他点点头，微微一笑。

郭康领着他们去认房间，边走边介绍道："那边是我和郭宏的房间。父亲的房间和书房在后面。你们的房间在西侧，房间前有个小池塘。"

"池塘里养鱼了吗？"刀刀探头问道。

"嗯，没养。怕被你捉没了。"郭康逗趣刀刀。

"师父，池塘里养的荷花。只可惜今年的花期已过。不过不打紧，明年你就能看到了，很漂亮的。"郭宏在刀刀身旁低声说道。

"从你们房间出来，绕过前面的小路，就是厨房。如果有什么需要，可以吩咐下人。"郭康继续为郭嘉介绍道。

郭嘉看到房间里的陈设，感觉得到郭康是真的用心在为他布置房间。没有很华丽铺张，却恰到好处，处处透着他的喜好。

"多谢！费心了。"郭嘉真诚道谢。

"收下了。"

两人相视一笑。

就这样，郭嘉和刀刀在郭府住下了。原以为很顺利，没想到第二天就生事端，让郭嘉再次陷入危险之中。

第十六章

身陷险境

刀刀长这么大，第一次拥有一间属于自己的房间，心里有说不出的滋味。既激动，又忐忑，没有十分的高兴，却还有着那么一丝的兴奋。有了自己的房间，换作是谁都会高兴，但这间房是郭家的，她又不那么高兴。她不知道接下来等着她和郭嘉的是什么？或是危险，或是艰难，反正寄人篱下是真真的。她暗下决心，一定要好好表现，万不能给郭嘉丢了脸面。还要时时刻刻地保护郭嘉，把他照顾得更好。想着想着，刀刀慢慢合上双眼，找周公去了。

这一晚心情复杂的又岂止刀刀一人。想必郭府里的人也都是辗转反侧。

迎着清晨第一缕阳光，刀刀缓缓睁开眼睛。在床榻上缓了一会儿，坐起身，穿好衣服，慢慢地打开房门，轻声地朝厨房走去。怎么也是住在别人家，况且她是以郭嘉丫鬟的身份住进来的，当然要履行她丫鬟的职责。最主要的是，她怕厨房给郭嘉的饭食有问题，得盯着点儿才行。

郭府的厨房可不是族学的厨房，光做饭的伙夫就三个，其中一个是伙夫头头，打下手的还有两个，一个厨房有五个人干活，这倒让刀刀震惊了。

管事儿的伙夫见刀刀进来，摆摆手让她赶紧出去，厨房重地，闲杂人等不得入内。

刀刀是谁呀？怎可能凭着管事伙夫一句话就撤退了。凭着她那三寸不烂之舌，一早上的工夫，就混成了自己人。这些下人们大多是势利眼，早在刀刀和郭嘉踏入郭府大门的时候就摸清了他们的来历、背景，根本没把他俩放在眼里。但架不住刀刀嘴甜、眼里有活、手脚麻利，把他们哄得团团转。刀刀心想，看来以后给郭嘉加餐是没问题了。

大家陆续来到膳厅准备用早饭。

郭嘉走到门口，就看到刀刀在里面帮忙摆碗筷。心想：怪不得早上没看见这丫头呢，原来是去厨房帮忙了。

郭宏看见刀刀，总是那么激动。郭康轻轻地碰了碰他，他才有所收敛。待郭达入座后，几个孩子才坐下。

"嘉儿，还住得惯吗？"郭达问道。

"住得惯，族长放心。"郭嘉恭敬地答道。

"若是有什么需要，可以直接告诉康儿，或者找郭兴。"郭达把郭康放在首位不单单因为他们都是孩子，沟通方便。而是在告诉郭嘉，郭康是这个家未来的主人，更是郭氏未来的领头人。郭康的身后有他这个后盾，这便是现实。

郭嘉心思细腻，当然能听懂郭达的言外之意。

"好的，族长，给您添麻烦了。"

"吃饭吧。你们还是要好好读书，做好自己的本分。"

去族学的路上，郭嘉和郭康在前面安静地走着。郭宏跟刀刀跟在后面窃窃私语。

"师父，给你。"郭宏从衣袖里拿出两块用手帕包好的点心，"放心吃，手帕干净着呢。"

"从哪儿弄的。"刀刀接过，也没跟郭宏客气，打开手帕吃起来。早上在厨房只是垫垫肚子，为了跟郭嘉一起去族学，刀刀没来得及吃早饭。郭府的下人是要等主子们吃完，收拾干净了，才能到下人吃饭的小厅用膳。这会儿，刀刀的肚子已经"咕噜咕噜"叫了，还好郭宏的点心拿出的及时。

"我让嬷嬷做的。你爱吃，我天天给你带。"

"不错不错。这个徒儿没白收。"

"郭宏懂得关心人了，这多亏了刀刀。"郭康的声音响起。

"他本性就是善良的孩子，只要用对方法，稍加引导便可。"郭嘉跟郭康走在一起，身高矮了一大截，才刚刚到郭康的耳垂。

"那你是用什么方法让刀刀臣服于你的。"

"我从没想让她臣服于我，你会让你的家人臣服于你吗？"郭嘉反问道。

郭康一愣，微微点头。好像懂了，又好像没懂。他得好好琢磨琢磨郭嘉说的话。

有着郭嘉的关系，刀刀进出族学还是很方便，只是她依旧要一身书童的打扮。到了族学，四个孩子兵分三路。刀刀交代郭宏要认真听夫子讲课。眨眼的工夫，人就不知道跑哪里野去了。郭嘉一点儿也不担心，和郭康去到他们的学堂。

郭夫子早早地坐在学堂里等大家到齐。待大家准备好后，开始讲课。

"今天我们来学习《论语·季氏篇》，先来了解一下该篇的内容。季氏将伐颛臾。冉有、季路见于孔子曰：'季氏将有事于颛臾。'孔子曰：'求！无乃尔是过与？夫颛臾，昔者先王以为东蒙主，且在邦域之中矣，是社稷之臣也。何以伐为？'……孔子曰：'求！君子疾夫舍曰欲之而必为之辞。丘也闻有国有家者，不患寡而患不均，不患贫而患不安。盖均无贫，和无寡，安无倾。夫如是，故远人不服，则修文德以来之。既来之，则安之。今由与求也，相夫子，远人不服而不能来也，邦分崩离析而不能守也，而谋动干戈于邦内。吾恐季孙之忧，不在颛臾，而在萧墙之内也。'"郭夫子一手于胸前，一手背于身后，他将整篇《季氏篇》熟记于心。

郭夫子接着说道："这篇文章的大意是季氏要攻打颛臾。冉有、子路两个人去见孔子，将这事儿告诉孔子。孔子认为该责备的是冉求，冉有却说这是季孙大夫的意思。……孔子说：'冉求，君子痛恨那种回避而又一定要替自己想做的事找个借口的做法。我听说，诸侯和大夫，不担忧贫穷而怕财富分配不均；不担忧人口少而怕社会不安定。财富分配均匀，也就无所谓贫穷；国家上下团结和睦，就无所谓人口少；国家安定，就没有倾覆的危险。如此，仍然有远方的人不归服，就整治礼乐教化使他们归附；已经使他们归附了，就使他们安定。现在，仲由和冉求，辅助季氏，远方的人不信服而不能使他们来归附，国家分裂而你们不能保全，反而策划在国内发动战争。我只怕季孙氏的忧患，不在颛臾，而是在宫廷的内部啊。'"

学生们听得聚精会神。郭夫子问："你们对这篇文章有何看法？"底下鸦雀无声。大家怕说错或是说得不好，都不敢吱声。

"夫子，我认为这篇文章很好地反映出孔子的反战思想。孔子一向不主张通过军事手段来解决问题，而是希望以礼、义、仁、乐的方式处理问题。"说话的正是郭嘉，他不疾不徐地继续说道，"文中的'不患寡而患不均，不患贫而患不安'更是这种思想的代表。均，谓各得其分；安，谓上下相安。所谓'天下有道，则礼乐征伐自天子出；天下无道，则礼乐征伐自诸侯出。自诸侯出，盖十世希不失矣；自大夫出，五世希不失矣；陪臣执国命，三世希不失矣。天下有道，则政不在大夫。天下有道，则庶人不议'。说的正是此意。"

"你可知'天下无道'指的是什么？"郭夫子继续问道。

"其所指应该有三：一是周天子的大权落入诸侯手中；二是诸侯国的大权落入大夫和家臣手中；三是老百姓议论政事。孔子对于这种情况十分不满，认为这种政权很快就会垮台。而'天下有道'的政权才会稳定，百姓也相安无事。"

郭夫子颇为赞赏地点点头，不愧是自己最得意的门生，倍道而进，触类旁通。一直站在门口没敢进去打扰的少年，对郭嘉的回答和看法也暗暗赞赏，让他不得不多看了他几眼，没想到年纪这么小的孩童，对孔子的儒家思想领悟得这么透彻，独具只眼。

这时，郭夫子发现门口站着一个让他既熟悉又陌生的年轻人。年轻人双手作揖向郭夫子行礼，礼貌地报上自己的姓名："晚生荀彧，字文若。特来拜见郭夫子。"

荀彧的大名谁人不知，谁人不晓，他可是闻名颍川的"小神君"。郭嘉在座位上看得清楚，原来他就是荀彧。只见他眉眼秀长，气度温文尔雅，举手投足间透着一股世家大族的公子气派。

荀彧的到来让郭夫子颇为惊喜。随即让学生们熟读今天讲的内容，自己则引荀彧到内间谈话。两个人前脚刚踏出学堂的门口，便噪声四起。学生们都在纷纷议论，哪还有心思完成郭夫子交代给他们的任务。

郭夫子、荀彧两个人在内间谈古论今，相谈甚欢。

"夫子，是否方便告诉晚生刚才回答问题的学生姓名？"

"啊，你说郭嘉啊。"

"原来他是郭嘉。"

"怎么，你听说过？"

"曾听家父提起过，郭氏族学中有个十分出色的学生。"荀彧没有明说这个学生的姓名。毕竟，要顾及一下郭氏族长的面子。

"那就是郭嘉了。郭嘉自小聪慧过人，是我教书这么多年遇到过最让我欣慰的学生。只可惜……"郭夫子摇摇头，没再继续说下去。

荀彧出生于世族大家，怎会不明白这其中的道理。他听说过郭氏族长的长子不幸早夭，郭氏族长把所有的希望都寄托在小儿子身上。任凭郭嘉如何聪慧，未来之路，也会艰辛。这倒让他对郭嘉多了几分关注。

午饭后，刀刀还是老样子去操场消食。虽然她和郭嘉现在不用在族学吃晚饭，但午饭还是要吃的，所以她照旧去厨房帮伙夫大叔的忙。刀刀远远看见李子树上挂满了红彤彤、圆滚滚的李子，心里美滋滋的。她准备把李子摘下来，给伙夫大叔泡上一缸李子酒，味道一定清香。

走到李子树下，刀刀看见地下躺着好多熟透的李子。刀刀先将能吃的捡起来装进竹篓。因为只拿了一个竹篓，不够装。刀刀折回厨房取竹篓，顺便把不能吃的李子拿走扔了。

今天的李子树下格外热闹。刀刀回厨房拿竹篓的时候，郭宏也来到了李子树下，还有郭夫子、荀彧和荀悦。

荀彧跟郭夫子一直聊到晌午才从内间出来。郭夫子带着他们两兄弟去食堂用过午饭，往回走的路上，荀悦怎么也不肯回去听他们继续讨论，非要在外面消消食。郭夫子告诉荀彧，旁边有个小操场，晌午时分孩子很多，荀悦到那玩儿能找到玩伴。

荀彧领着荀悦来到操场。荀悦见远处有棵李子树，想起母亲素爱李子，想摘些回去给母亲吃。

"哥，那边有李子树。我想摘几颗李子拿回去给母亲吃。"

"去吧，去吧。注意安全。"没等荀彧发话，郭夫子抢先道。

荀悦蹦蹦跳跳地去摘李子，荀彧跟郭夫子留在操场另一侧的树下乘凉。

荀悦个子矮小，够不到树上的李子，便拿起旁边的竹竿，在树上打了两下，掉下好几个李子，正巧有一颗砸到了树后蹲地上捡李子的郭宏。

"哎哟！谁呀！敢打本小爷。"郭宏捂着脑袋叫道。

"对不起，我不是故意的。"荀悦稚嫩地答道。

郭宏见是个生面孔，气势汹汹地说道："哪里来的野孩子，竟敢私自摘我们族学种的李子。"

"你才是野孩子呢！我乃颍川荀氏一族子弟。"荀悦不服气，决定亮出身份吓吓郭宏。

"荀氏？我还郭氏呢。"郭宏隐约觉得好像在哪儿听说过荀氏，一时想不起来了。

"区区郭氏还敢跟我们荀氏相较，不自量力。"荀悦被家里宠的有些骄纵，喜欢拿自己的身份来压人一等。

"我不管你是荀氏还是张氏，总之，这李子你不许摘。"

"我偏要摘！"

两个人越吵越凶。争吵之中，郭宏仗着自己块儿头比荀悦大，一把将荀悦推倒在地。荀悦坐在地上哇哇大哭。

"郭宏！干什么呢！"刀刀喝止郭宏。

"不知道哪里来的野孩子，偷摘我们的李子。我不让他摘，他不听话偏要摘。我一时气急，才推了他。"郭宏害怕刀刀生气，赶紧解释道。

"你是哪家的娃娃，为何会在这里？"刀刀把荀悦扶起来，拍拍他身上的灰尘。

"我跟哥哥来这做客，看到有李子树，我母亲特别喜欢吃李子，我想摘几个回去给她。"荀悦发出轻轻的抽泣声。

刀刀用衣袖轻轻拭去荀悦脸上的泪水，转身斥责郭宏："'礼人不答，反其敬。行有不得者，皆反求诸己。'忘了？"

"没忘。"郭宏抿嘴答道。

"道歉！"刀刀厉声道。

郭宏跟荀悦刚吵起来的时候，郭夫子和荀彧就注意到了。郭夫子想上前劝阻，被荀彧轻轻拦下："夫子不必劝阻，小孩子的事情交给他们自己解决。"

没承想，有人替他们解决了。郭夫子、荀彧听到刀刀斥责郭宏，谁都没有吱声。荀彧万万没有想到，一个书童竟能引用孟子的话来教训人，不简单啊。

郭夫子也是看着郭宏长大的，对于这位小少爷的脾性了解得很，他怎么会轻易道歉呢。

"对不起，我不该推你。"郭宏看着荀悦，真诚地向他道歉。

"没关系。"荀悦见哥哥来到身边，乖乖地说道。

郭宏肯道歉，让郭夫子对刀刀刮目相看。不愧是郭嘉身边的人，跟郭嘉一样优秀。

一场小插曲就这样过去了。

荀彧带着荀悦拜别郭夫子，坐上马车，前往郭府。

荀彧安静地坐在位置上，脑袋里想的全是刚才遇见郭嘉的场景，如果有机会可以认识一下他就好了。荀悦可不像荀彧能坐得住，他撩起帷幔，看街上的热闹。

"哥，你看，有人欺负人。"荀悦指着不远处的街角，一个满头白发的老头正给一个头上裹着头巾的男子磕头，男子从衣襟里拿出什么东西交给老头，老头又磕了两个头才起身离开。

"太平道。"荀彧轻声说道。

"什么？"荀悦没听清。

"没什么，快要到郭府了，坐好。"荀彧略显严肃地问道，"你有没有什么想跟我说的"？

"对不起，哥哥。我今天不该拿身份来说事儿。"荀悦知道荀彧一路都在压制心中的怒火。这要是在荀府，荀彧听到荀悦说这样的话，定会罚他跪祠堂。

荀彧没再说什么。荀悦也不敢再乱动，老老实实地坐在那。直到郭府，下车时腿都麻了。

郭达吩咐郭兴早早地就在大门口等着，并交代厨房，家里来了贵客，吃食定要准备最好的。

一辆马车停在郭府门前，郭兴命小厮备好马凳。荀悦先跳下车，站在一旁等荀彧。荀彧下车后，吩咐下人把礼品带上，由郭兴领着去大堂。

"郭伯父好。"荀彧向郭达行礼道。

"贤侄无须多礼，快坐。"郭达一脸亲和地说。

"这是为伯父准备的一点儿心意，还望伯父笑纳。"

"你人来我就很高兴了，还准备什么礼物啊。"

"就一点儿心意，感谢您百忙之中去参加小侄的婚宴。"

"哪儿的话，这么说就见外了。你父亲近来可好？"

"好着呢，时常在家念叨您。"荀彧说到郭达心里了，跟荀家保持良好的交际，是郭达喜闻乐见的。两人寒暄好一阵儿，郭达伺机提起郭康。

"我那小儿子要是有你一半稳重、博学，我就烧高香了。"

"伯父抬举我了，贤弟今年几岁了？"

"13岁了。这不，一直积极备考颍川书院呢。"

"哦？那是好事儿啊。"荀彧听闻郭康要考颍川书院，也替郭达高兴。

"这小子学问不好，还不一定能考上呢。哪像你，年纪轻轻就考上了颍川书院。"

"有目标就是好事儿。颍川书院招收的学生比较少，主要还是看成绩，确实要多付出努力才行。只要贤弟能吃苦、肯努力，问题应该不大。"

荀彧说的都是实在话，要想考进颍川最好的书院，当然得付出最大的努力才是。

太阳慢慢落下，红红的晚霞一道连着一道，一片接着一片，犹如梦幻一般。照进厅堂里，映着整个厅堂都是红色的。这时，门外传来郭康他们几个人的声音。

郭宏最先走进来，看到端坐在桌前的荀彧和荀悦时，脱口而出："你们怎么在这儿？"

"不可无礼。"郭达呵斥他道。

"父亲，来客人了？"郭康忙上前将郭宏挡在身后。

"康儿，快来。这位是荀家公子荀彧，你应称兄长。"郭达转向荀彧，"这就是犬子，郭康。"

"郭贤弟。""荀兄长。"二人互相行礼。

郭达又向荀彧介绍了郭宏："这是我的侄子，郭宏。"郭宏赶紧行礼："荀兄长好。"荀彧看向郭嘉，郭达见状连忙介绍："这是我堂侄，郭嘉。身后跟着的是郭嘉的书童。"

荀彧了然，原来是郭嘉的书童，这主仆俩有点儿意思啊。

几人简单寒暄几句，荀彧起身欲告辞。郭达怎么可能让他就这么走了呢。郭康只是和荀彧打了个照面，还没熟络。于是郭达热情地挽留荀彧在府里用晚膳。荀彧一想，可以借着吃饭的时间，再多了解一下郭嘉，便欣然留下。

"今天在族学发生了何事？"郭达想起郭宏进门时说的话。

"一点儿小误会，郭伯父不必挂心。倒是郭嘉，把书童教得很好。"荀彧看着郭嘉，满眼赞赏地说。

"荀兄长谬赞。"郭嘉谦虚道。

"今天听你对《季氏篇》的理解，很好，很透彻。"

"我理解的只是一些皮毛。"

"哪里是皮毛呀。"郭康抢着郭嘉的话说道，"上次你给我的《宪问篇》注解，写得就很通透，让我一看就能理解，理解后背诵也容易许多。"

"哦？有机会我也想见识一下。"荀彧说道。

他们的对话让郭达心中不是滋味。原本他想让郭康多跟荀彧亲近，拉近彼此的关系，谁想到这孩子却在为郭嘉做嫁衣，当着荀彧的面儿夸赞郭嘉，气得他脑袋冒烟。再看荀彧，更可气，注意力全在郭嘉身上，完全没把郭康放在眼里。奈何郭达是长辈，不好发作，只能忍着，独自生闷气。

送走荀彧，郭达怒甩衣袖，转身大步朝书房走去。郭康和郭宏面面相觑，不明白郭达为何突然不高兴。只有郭嘉清楚郭达此般是为何。

荀彧上车后开始后悔晚饭时的表现。他当时只因自己找到了意气相投之人而高兴，却忘记了郭嘉尴尬的处境。荀彧懊恼地想：唉！定是最近忙昏了头。希望没有给郭嘉带来麻烦。

郭嘉有没有麻烦不好说，但郭达心中再生芥蒂是真。

第十七章

原来是他

转眼几个月过去。人们抵挡住了冬日的白雪皑皑，抵挡住了寒风凛凛，但是抵挡不住心里对元旦的期盼。元，谓始；旦，谓日。元旦即初始之日，是一年中的第一天。为了这一天，家家户户都在忙碌地准备着。有的百姓人家甚至一年里都舍不得吃穿，把省下来的银两用来准备元旦的所需用品。

街道上张灯结彩，热闹非凡。临街的铺子门檐上挂着红红的灯笼，门两侧贴着木制的春联，象征着新的一年里红红火火、福满钵满。街道两旁的空地上被打着大伞抵御寒风的商贩占满，卖鱼的、卖虾的、卖肉的、卖水果的，虽然都是冻了的食材，但百姓们的热情不减，每个摊位前都挤满了办年货的人。

最为热闹的应该就是酒肆了，元旦要喝屠苏酒，已经是不成文的规矩。屠苏酒是亳州神医华佗所创，用大黄、白术、桂枝、防风、花椒、乌头、附子等中药入酒中浸制而成。之所以这么受欢迎，是因为它具有滋补保健、防病疗疾、驱邪避瘴的功效。简直就是家家户户桌上必不可少的。

刀刀早就跃跃欲试，她一大早就敲开郭嘉的房门，说道："我想去街市置办年货，你有什么想吃的我一并买回来。"刀刀准备采购一番，回家跟爷爷过节。

"你看着置办就行。自己能拿得过来吗？等我一下，我跟你一起去。"郭嘉转身，去书桌上拿荷包。

"我自己去就行，你去了反倒碍事儿。"刀刀装作嫌弃郭嘉的样子。实际上是她知道郭嘉不喜欢太热闹的地方。这个时间段，街市上肯定是人挨人、人挤人。

"把这些银两带上，买一些你喜欢的。"郭嘉把荷包放在刀刀手里关切地说道。

"好嘞。"刀刀也没扭捏，拿着荷包走了。

郭府上下，一片忙碌的景象。刀刀穿过走廊，大摇大摆地走出大门。正在打扫院子的婢女见刀刀可以自由出入，心里羡慕得紧。羡慕归羡慕，活儿还得干。扫完院子还得挨个房间打扫呢。仆人们也是忙进忙出，把年久不用的东西整理到一块儿，一并扔掉，换上新的。

郭兴早早安排好了开宗祠的事宜，就等明日一早开宗祠，郭家子孙一齐祭祀先祖。这是祖辈留下的老规矩，在元旦当天，各大家族都会开宗祠，宗祠里供奉的是各家族的历代祖先。

忙完宗祠这边的事儿，郭兴领着两个下人，按照郭达的吩咐，给府里上下每个人都送去了新衣服。

"嘉少爷，这是老爷吩咐给你和刀刀准备的新衣服，这身是给老爷子的。"郭达门面上的功夫做得十分好。

"谢谢兴叔，麻烦代我谢谢族长。"郭嘉双手接过新衣服感谢道。

郭兴点点头，带下人奔赴下一个房间。

郭嘉看着手里的新衣服出神。"看什么呢？"郭康的声音响起。

"族长给我们的新衣服。"

"是按照我报的尺寸给你做的，应该合身。我的眼光可是很准的。"

"谢谢。"

"跟我还客气什么呀。"郭嘉道谢反而让郭康有些不好意思。以前净是他欺负、排挤郭嘉了，没想到两个人现在相处得还不错："对了，这个你回去的时候带上。"

"屠苏酒？"郭嘉接过两坛酒。

"拿回去给爷爷喝，现在去买怕是买不到了。"

"好，收下了。"郭嘉难得跟郭康开玩笑，"等我回来还礼啊。"

一早上郭嘉便收了不少新年礼物，这不，郭宏也来凑热闹。

"那个，这个是给我师父的。你，你们都可以吃。"郭宏这声"哥"就是叫不出口。

"我代刀刀谢谢你。"

"臭小子，没大没小。叫哥。"郭康照着郭宏的脑袋就是一巴掌。郭宏冲他做个鬼脸就跑出去了。

"无妨。"郭嘉说道。

"行。那你收拾一下，我让马车在门口等着，你收拾完随时出发。"说完，郭康就去帮郭兴的忙了。

刀刀没想到集市上的人这么多，挤了半天，才走出半条街。这是她跟郭嘉和爷爷过的第一个元旦，节日气氛一定得有，饭菜必须丰富。她艰难地这个摊看看，那个摊买买，还别说，半条街也收获满满。她看着前面黑压压的一片，决定不再往前走了，原路返回。哪知，她看到酒肆前面有个熟悉的身影。心想：老黄头怎么又来了？难不成也是置办年货？先不管他了，得抓紧时间回去才行。

但是，刀刀看见老黄头又站在了那个巷子口。她心里"咯噔"一下，脚步不听使唤地跟了上去。

许是为了搬运食材方便，这次小厨房的门没有关严实。刀刀趴在门缝处，将里面看得一清二楚。只见郭兴从走廊另一侧拐到厨房的院子里，在老黄头面前站定，丢给老黄头一个荷包，里面装满了银两。老黄头低眉顺眼，嘴巴笑得咧到了耳根子后头。对郭兴点头哈腰、谄媚的样子令刀刀作呕。

回到郭府后，刀刀见马车都为他们备好了，便没有跟郭嘉说起这事儿。毕竟赶马车的车夫是郭府的人，万一被听了去，再对他们不利怎么办。一路上，刀刀都忍着没有说话。还是郭嘉主动找话题，问她街市逛得怎么样，好不好玩儿，刀刀也只是哼哼哈哈地应付过去。

郭嘉索性也不再说话了，双手抱胸，闭目养神。

自入秋他们回来过一次，已经两三个月没回来了。上次回来，主要是因为郭嘉要告诉爷爷他和刀刀住进郭府的事情。还记得爷爷当时担忧的神情，让郭嘉万般内疚。

这段时间，爷爷的确过着担惊受怕的日子。每天食不知味，睡不踏实，生怕郭嘉在郭府有个闪失。好在元旦，孩子们要回家过节。这不，知道孩子们今天回来，爷爷早早地在屋里点好炭盆，烧了热水，准备好热的馒头和肉干。备好这些，爷爷坐不住了，一会儿到院子里转悠两圈，没等着便进屋坐会儿，一会儿又出来瞧瞧。终于听到马车的声音，爷爷高兴地跑出来迎接两个孩子。

"爷爷，我们回来啦！"刀刀开心地喊道。

郭嘉和刀刀把带回来的食物、新衣服和酒一样一样地搬下来。

"怎么买这么多东西回来啊？"爷爷问道。

"爷爷，大部分是族长给我们的。"郭嘉答道。

"哎呀，爷爷。甭管谁给的，快进来试试新衣服合身不？"刀刀拉着爷爷进屋，非让他试一下新衣服。他们爷孙好久没有穿过新的衣服了，郭嘉身上的衣服还能好点儿，爷爷的衣服是破了补，补了破。郭嘉心里很不是滋味儿。所以，不管郭达是真心还是假意，这份恩惠郭嘉是记下了。

"呀，爷爷，您穿上新衣服，真精神，一下子年轻了好几岁呢。"刀刀惯会哄爷爷开心。

"就你嘴甜。来，帮爷爷一起准备晚饭，可好？"从他们进门，爷爷的嘴就没合拢过。

"好咧！"刀刀和爷爷忙着晚饭。

郭嘉从篮子里找出刀刀买的红蜡烛，点上两根，放在柜子上面，屋子里一下明亮了起来。他又到屋外贴上了春联，把院子里的积雪扫了扫。

一家人终于可以整整齐齐地坐下来吃年夜饭了。郭嘉给爷爷的碗里倒满屠苏酒，给刀刀和自己的碗里倒了少许，他俩年纪尚小，不宜过度饮酒。

"爷爷，我敬您！"郭嘉举起碗，一饮而尽。爷爷高兴，把碗里的酒干了。

刀刀学着郭嘉的样子："爷爷，我敬您。"

"好！好！"爷爷高兴，连干了两碗。放下碗，爷爷从袖口里摸出两荷包铜钱，放到郭嘉和刀刀的面前，"喏，给你们的压岁钱。一人一袋。"

"谢谢爷爷！"二人异口同声地道谢。这是爷爷的一片心意，收下了爷爷才会高兴。

"谢什么。"爷爷摆摆手，"跟你们说啊，咱们家今年收成比往年要好。爷爷攒了些银两呢。虽然你们住在郭府，但到底不是自己家，做什么事都会被约束。爷爷告诉你们啊，你们是长身体的时候，吃的方面定不能苛待了自己。"

许是年纪大了，几碗酒下肚，爷爷便有了醉意，他对郭嘉继续说道："嘉儿，回去后，定要好好谢谢族长。爷爷知道你做什么事情，心中都有数。不管你怎么选择，爷爷都支持你。爷爷永远是你的后盾。"

"爷爷，您放心，孙儿知道该怎么做。"

"好好。爷爷真是年纪大了，喝了这么点儿酒，就迷糊了。"

"爷爷，我扶您去休息。"刀刀扶爷爷去里间屋子躺下。

安置好爷爷，刀刀回到饭桌前，见郭嘉又往自己的碗里倒了一点儿酒，但是没有喝，就那么看着。

"你今天去集市，是不是又碰到老黄头了？"郭嘉问刀刀。

"你怎么知道的？"

"你早上走的时候好好的，回来后就闷闷不乐，定是遇到让你不高兴的人或事儿了。你看到郭兴出来送我们，立马把头转到一边装作没看到他，说明跟郭兴有关系。郭兴一直在府内忙，没有出过门，除非是后门。后门……"

"真是什么都瞒不过你。我确实碰到老黄头了，还看他进了郭府，而且接头人竟然是郭兴。最可气的是郭兴还给了他一荷包的铜钱。"刀刀越说越生气。郭嘉反而很平静。

郭嘉之前曾怀疑过那个幕后黑手是郭达。但那次在郭府吃饭，郭嘉感觉出郭图对他的敌意，他以为那个人是郭图。现在看来，容不下他的当真是郭达。

"郭兴跟老黄头有联系，定不是什么好人。回去以后，你得告诉族长啊。没准儿他就是那个想害你的人呢！"

"刀刀，答应我，这件事不要跟任何人提起。"

"为什么？"刀刀不解地问道。

"此事还需从长计议，我自有分寸。"郭嘉的脸色很不好。刀刀没再多问，应下了。

冬天的夜晚，因为有了满地的白雪，显得格外亮堂。郭嘉一个人来到屋外，似乎只有寒冷的风才能抵去他心底的寒冷。他深知，如果没有郭达的指示，郭兴哪里有那个胆量把他卖给老黄头。只是他想不通，郭达为何要除掉自己呢？他好歹也是郭家的旁支，若是家道没有败落，怎会轻易落入郭达手中。难道只是郭达认为他会成为郭康仕途之路的绊脚石吗？为什么郭达不想想，有一天他可能成为郭氏家族的另一道光。

自己一直想查的幕后黑手找到了，可郭嘉怎么也高兴不起来。那可是他一直敬重的族长，是同族的堂伯父啊。现在知道真相了，又能怎样呢？他羽翼尚未丰满，亦无能为力。抛开别的不说，郭康待他的真心，爷爷对同族同源的亲情，他都不能去做任何伤害郭家的事情。他只能默默地把这件事消化掉。

刀刀收拾好碗筷，回到屋子里没见到郭嘉。转身看见郭嘉孤身站在院子里，本就瘦弱的肩膀，不知道是不是承载了太多，显得更加单薄。她从包袱深处拿出一件黑袍，来到院子里。

"你也不怕冻着。"刀刀把黑袍给郭嘉披上，打趣道，"嗯，有点儿像侠客"。

“这是？”郭嘉抬手摸摸黑袍问道。

“送你的新年礼物，不用谢啊。”这件黑袍，是刀刀自己亲手缝制的。手艺很一般，心意却很重。其实这黑袍算不上是新的，因为用的布料是上次回来，刀刀拿小鱼、小虾、野菜跟隔壁织布的大婶换来的布头，东拼西凑缝起来的。说是黑色，若要仔细看，就会发现黑中还夹杂着深蓝和灰色。

还记得回郭府的路上，刀刀怕被郭嘉发现，把这些布头藏在了包袱的最里面。当时郭嘉还问她里面装了什么，鼓鼓囊囊的。打那以后，好长一段时间里，刀刀房里的烛火总是亮到深夜。好在郭嘉是个孩子，没有长得很高。不然以刀刀的手艺，怕是缝制不出一件袍子。

“还是要谢谢你。每天晚上都要赶工，很辛苦吧。”郭嘉笑道。

“你又知道？”刀刀歪着脑袋，看向郭嘉。

“这，还真不知道。我又不是神通，怎么会事事知晓呢。”郭嘉的语气中夹杂着自嘲。

“在我心里，你就是神通。你学问好，记性好，脑袋好，人品好，心眼好。不是神通是什么？”

“多谢夸奖。”郭嘉笑笑，并没有当真。

“郭嘉，我不知道你有什么烦心事儿，也做不到感同身受。但用你的话说，你可以随你的心走，去做你想做的事，不用顾虑那么多。我和爷爷都是你的后盾。”刀刀拍拍郭嘉的肩膀，学着大人的模样说道，“你要记住你就是个娃娃，首要任务是吃好、学好，就很好啦。”

郭嘉听了刀刀的话，抬头望向天空，嘴角微微扬起，哪怕是漆黑的夜晚，在他的心里，也有了一丝星光。

第十八章

心之所向

过了元旦，日子又恢复到往常。劳作的劳作，做生意的做生意，官场的人照旧承上启下，百姓们仍旧艰难度日。元旦的喧嚣仿佛就在昨日，又好像过去了很久。

经过一段时日的沉淀，郭嘉学会了跟自己和解，不再执念郭达要害他一事。终究是同族，顾及得太多，只能暂时妥协。他想明白了一个道理，只有自己不断强大，才能保护想保护的一切。

刀刀现在整日里研究有营养的饭食，很少去族学。她天天到街边的药材铺去取经，学习药材的用途，然后再用中药材熬汤。这一招还是在族学的厨房做饭时想到的。郭嘉体质不好，动不动就伤风感冒。这不，元旦刚过不久，人就病倒了，到现在还咳嗽个没完。整日里汤药不离口，喝的郭嘉吃饭都没有胃口，所以刀刀就想到了把中药放进汤里熬，营养又滋补。

只是这里面的学问大着呢，每样药材对应的疗效不一样。刀刀每天都到药材铺跟着掣药先生学习。当然，不是白白让她学习的。她很早就要到药材铺帮忙，搬药、晾药，再将晾好的药整理好，装进药斗子里。一天下来，能学到不少知识。

对此，郭宏总是抱怨刀刀现在对他不管不顾，哪里配得上师父之位。

"师父得学点儿新本领啊，不能总教你捉鱼吧。"刀刀安抚郭宏道，"你在学堂里好好读书、识字，等过些时日，我再教你点儿新本领"。

"此话当真？不是骗我？"

"为师什么时候骗过你。"刀刀向郭宏保证，才把郭宏安抚住。

刀刀为了记住药材的名称和用途，经常拿树枝在地上写写画画。

郭嘉见状，便寻来一些木牍。闲暇时，到药材铺帮刀刀把药材的形状、名称、用途记录在木牍上面。

"麻黄，辛、微苦，温，外感风寒表实证。紫苏，辛温，发表散寒，行气宽中，解鱼蟹毒。桂枝，辛甘温，发汗解表，温经通阳。羌活，辛苦温，解表散寒，祛风胜湿，止痛。生姜，辛微温，发汗解表，温中止呕，温肺止渴。嗯，汤里可以多加点儿生姜。桑叶，苦甘寒，疏散风热，清肺润燥，平肝明目。这个对应你现在的症状，可以加到汤里面。"刀刀一边说着药性，还不忘想着用什么药熬汤。郭嘉站在她旁边，她每说一种药材，郭嘉都认真记录下来。

木牍的数量越积越多，刀刀把它们装到一个樟木箱子里，每晚都要拿出来看一遍，以便加深对药材的记忆。

"这是什么？我瞧瞧。"郭宏来找刀刀，见她对着手里的木牍愣神，上前一把抢过。

刀刀反应极快，没等郭宏看清上面的内容，就被她抢了回去，装进箱子，将箱子护于胳膊之下，动作一气呵成，郭宏目瞪口呆。

"师父，你是在防贼？"

"嗯，跟贼差不多。"

郭宏气哄哄地回自己房间了。

自郭嘉搬到郭府后，郭康不再形单影只。每天上学、下学，两个人都结伴同行，有说不完的话，唠不完的嗑。郭宏只能乖乖地跟在他俩的后屁股，现在他不仅被哥哥抛弃，还被师父嫌弃，心里窝火得很。

不知道是不是跟郭嘉在一起久了，郭康慢慢收起了玩世不恭、嚣张跋扈的脾气，性格变得沉稳内敛，颇有点儿兄长郭孝的影子。学习方面，他不再为了面子硬撑，只要有不明白的地方就会问郭嘉。郭嘉真是个不错的老师，只要经他稍许点拨，郭康就能理解明白。

郭嘉体质不好，虽然骑射方面不差，但跟郭康相比，还是逊色许多。郭康没有再因此骄傲，而是经常陪郭嘉到骑射场练习。两人互相帮助，倒是互补。

转眼迎来了春天，府里的仆人们有的在花园里翻地、除草、播种、浇水，为了新一轮的花在夏季盛开。有的爬到树上，修剪枯枝，以便树木按照修剪的形状生长。

在这万物复苏之际，颍川书院迎来了一年一度的招生考试。郭康没日没夜地埋头苦读。郭达看在眼里，疼在心里。但是没有办法，事关家族的荣耀，郭康的未来，现在的苦就是未来的甜。他能做的就是吩咐厨房，夜里给郭康加餐，不让郭康饿着肚子看书。

考试这日，郭达想亲自送郭康去考场，却被郭康果断拒绝。

"父亲，儿子可以自己去。"见郭康态度坚决，郭达也没再坚持。再三叮嘱车夫，路上定注意安全。

事实证明，有些人不管再怎么努力，对于自己不感兴趣、不合适的事，终究没办法做好。考试成绩很快被贴到颍川书院门口的告示墙上。结果在所有人的意料之中，期盼之外。郭康落榜了。

这个结果，当然也在郭康的预判中，考成什么样儿，他自己再清楚不过。结果出来以后，他每日沉默不语，一副心事重重的样子。大家都以为郭康是因为落榜，心情低迷。郭达见他这副样子，连句重话都没舍得说，只是鼓励他明年再考。

事实是郭康在暗自庆幸。通过参考颍川书院，郭康认清了自己内心真实的想法。他不想再为了讨父亲欢心，强装热爱读书；不想再为了与郭嘉比肩，去做自己讨厌的事情；更不想为了成为兄长的影子，放弃自己的理想。

郭康来到郭嘉门前的小池塘边，倚靠在长廊的柱子上。他没有敲响郭嘉的房门，只是那么静静地站着。这时，身后响起开门的声音，郭嘉走了出来。

"看风景呢？"郭嘉走到郭康的旁边，站定。

"说出来你可能不信。我很庆幸自己落榜。"

"我信！"郭嘉知道郭康有心事。

"我很羡慕天上飞的大雁，可以自由翱翔；也羡慕水里的小鱼，可以自由自在地游来游去；更羡慕大漠里的雄鹰，俯视大地，搏击长空。"

"不用羡慕它们，你也可以的。"

"可以吗……自从兄长走后，我爹把所有的希望都寄托在我的身上。我知道他是望子成龙，可我不是兄长！做不到兄长那样优秀。我也努力过，但结果摆在这儿。如果是兄长，一定不会让我爹失望。"

"郭孝兄长的确很优秀，智慧出众，有很多值得我们向他学习的地方。你也有很多出色的地方，只是方向不同而已，你无需否定自己。"

"方向？我所向往的方向，跟我爹为我规划的方向背道而驰，我还谈何方向啊。"郭康虽然找到自己的目标，但是家族的责任是他一生要背负的。按照自己的想法走未来的路，谈何容易。

"你可以试着告诉族长你的想法。"

"他不会听的。从小到大，我的理想就是能成为一名战功赫赫的将军。像霍去病那样，18岁便位居剽姚校尉，率领八百骑兵深入大漠，两次功冠全军，封冠军侯。19岁升任骠骑将军，指挥两次河西之战，歼灭和招降的河西匈奴近10万人，直取祁连山。还有卫青，在抵抗匈奴入侵的每场战役中，都大获全胜。即便是面临敌强我弱的情况下，他也能抓住敌方的弱点，乘夜奔袭，一举击败敌军。"郭康说起自己的理想，眼睛里都是光，"比起尔虞我诈、明争暗斗的官场，我更喜欢旌旗飘飘、呐喊阵阵的军营。"

"恭喜你找到了自己的心之所向。"郭嘉由衷地说道。

"这只是我的想法罢了。"

"想当将军是好事。只要你能分得清好坏即可。历史中，不是所有的将军都是好的。就拿大将吴起来说，他一生历仕鲁、魏、楚三国，通晓兵家、法家、儒家思想，曾大败秦军。他料敌合变，爱兵如子，可以说是军事天才，但是他的人品却被后人诟病，因为他太过贪恋功名，为了取得成功不择手段；母亲亡故，他却不奔丧；杀死发妻，以获取将军之位，文人墨士对他非议很多。还有李广，秦时名将李信的后代。还有名将陈汤，学识渊博，通达事理；他的那句'犯强汉者，虽远必诛'至今广为流传，但就是因为太过贪财，中饱私囊，恃才傲物，毁了一世英名。

这些都是我们引以为戒的例子。要做到一名真正的好将军，也不是那么简单的。"郭嘉建议道，"你平时可以多读读兵书，比如《孙子兵法》《孙膑兵法》，有了坚实的理论知识，才能更好地运用到军事实践当中。"

听郭嘉一席话，郭康心中豁然开朗。他看着蓝湛湛的天空，眼前仿佛出现了尘土飞扬、旌旗呐喊。只见他身披铠甲，手执长枪，身坐骏马，后面跟着千千万万健硕的身影，他们斗志昂扬、势如破竹；他们口中，发出了震动天地的喊声。空中箭矢狂飞，拖着长声的箭雨如蝗虫过境般纷纷划破晴空，疯狂地冲杀，炽热的烽火，两翼骑兵呼啸迎击，重甲步兵亦是无可阻挡地阔步前行，宛如黑色海潮平地卷起。两军交战，战况愈演愈烈……

此刻的郭康，眼里有光，心中有梦。整个身体好似被点燃一般，激励着他向梦想前行。

郭达站在长廊的拐角处，把这一切都看在眼里。他陷入沉思，郭夫子曾跟他提到过"因材施教"，郭嘉的话便是最好的范本。郭夫子说得对，郭康不是郭孝，是他太过执拗。他是该好好想想郭康未来的路该究竟怎么走了。

没想到郭嘉的短短几句话，让郭达父子两个人心里产生了重大变化，如梦初醒。静者心多妙，郭嘉便是如此。

"府中是不是还剩下些蔡侯纸？"郭达问道。

"回老爷，是还剩下点儿，但不多。"郭兴回道。

"全都拿去给郭嘉吧。"郭达回去的路上，吩咐郭兴道。

第十九章

一起救人

老黄头的身影又出现在街市上，身边还跟着一个看上去十来岁的男娃。男娃脸色蜡黄、骨瘦如柴、衣衫褴褛，一双眼睛滴溜溜地观察周围的情况，手腕上拴着一根麻绳，麻绳的另一头拴在老黄头的手腕上。

郭嘉今天没有走平时去族学的路，而是先绕道药材铺，把刀刀送到药材铺，才折返回去。在回去的路上，郭嘉竟然见到老黄头靠墙站在路口的犄角旮旯里，他双手插在袖子里，贼眉鼠眼地四处张望。他见到一个衣着不凡的男子，便招呼人家，在耳边低语，眼神瞄着身边站着的男娃，男子瞧瞧男娃，摇摇头、摆摆手走开了。老黄头继续张望着。依照男娃的破衣破衫和不太好的脸色，郭嘉判断男娃应该就是老黄头叫卖的物品。

郭嘉心中气愤：现在世道破败，世风日下，致使没有人上前喝止、报官。否则老黄头怎敢如此猖狂，明目张胆地在街上干起买卖人口的生意。别人不管，但他不能坐视不理，郭嘉决定跟着老黄头，找机会把那个男娃救出来。

"嘿，在这儿干吗呢？"一只手拍在了郭嘉的肩膀上，吓了他一跳。说话的正是郭康。

"嘘，小点儿声。"郭嘉把食指放在嘴唇上，示意郭康安静。

没想到，这么一点儿动静就惊动了老黄头。许是做贼心虚，老黄头朝郭嘉和郭康的方向看来，发现有两个公子在嘀嘀咕咕，其中一个用眼神瞄向他这边，老黄头心里害怕，万一这两个人是官府派来的，岂不是对自己不利。于是拽着男娃就朝城门口快步走去。

郭嘉见老黄头要溜，来不及跟郭康多做解释，拽着他一起快步跟上老黄头。

老黄头带着男娃直奔家中。途中，两三步一回头，警惕得很，生怕被人跟上。郭嘉第一次跟踪人，没有经验，好几次险些被发现，幸亏郭康反应快，在老黄头回头之际，迅速地拽着郭嘉躲在草丛里。

"这老头是什么人？警惕性这么高。"郭康问道。

"回头再跟你细说。我知道他家大致的方向，要不要换条路线。"郭嘉提议道。

"行。知道他的老窝在哪儿就好办。我们来个守株待兔。"两个人悄悄地从后面换条小路，直奔老黄头家。

老婆子正在打扫鸡窝，见老黄头气喘吁吁地回来，忙上前问道："咋这么早就回来了？"再看看身边的男娃，凑近老黄头的耳朵说道："没人相中？"

"屋里说。"老黄头把绳子递给老婆子，让她把男娃再关进鸡窝。老婆子处理好一切后，回到屋中。

"我在街上发现两个富家子弟，在那儿鬼鬼祟祟的，没敢多留就回来了。"老黄头端起桌上的茶碗，将杯中的茶一饮而尽，"不行，我还是不放心。得把那娃子捆到屋里来。"说着，老黄头来到鸡窝，把那男娃牵进屋里。

郭嘉和郭康在院子门前的草丛里，将这一切看在眼里。

"我们回去吧。"郭嘉知道今天是没有机会救出男娃了，得回去从长计议。

"你到院子里看看周围有什么情况没？"老黄头嘱咐他家老婆子。他眼皮跳个不停，总感觉不安。

老婆子出去的时候，郭嘉和郭康早就撤退了。

"放心吧。连个鬼影儿都没见着。"老婆子回屋对老黄头说道，"你啊，就是太疑神疑鬼了，自己吓自己。你说，那俩公子哥儿能不能是想从你手里买人啊？"

老黄头一拍脑门，懊悔道："对啊！我当时怎么没想到呢。我看那两个人年岁不大，不像能买的样子，压根儿没想到他们家还有大人啊，大人有钱啊！你说我这脑子，最近不灵光了呢。不行，明天我还得去趟街市。这小子得尽快出手，免得生出事端。"

"你明天还带这娃子一起去啊？"老婆子问道。

"带！一手交钱一手交货，可不能再拖了。如果领来家里交易，老窝岂不是被人知道了；换作其他地方交易，万一真出现什么状况，反而对我不利。街上人多，若是有突发情况，有利于我逃跑。"老黄头坚决地说道。

"现在能说说怎么回事儿了吧？"郭康出声问道。

"那个老头儿，人称老黄头，是个做人口买卖的。那个男娃就是他叫卖的物品。"郭嘉眼神冷冽地说道。

"你怎么知道？"

"因为我和刀刀曾落在他的手里。若不是我骗他把我送回来，现在早就不知身在何处了。"郭嘉知道瞒着郭康不是那么回事儿，而且救出那个男娃，还得需要郭康的配合。

"啊？！就你上次失踪那事儿，是那老头干的！"郭康嗓门一下子提了上来。

郭嘉点点头。

"走，我们去报官。"郭康气愤地说。

"没用的。眼下官府内部一片混乱，哪里有空管人贩子。若是官府真的有作为，老黄头敢明目张胆地到街市上叫卖吗？"

"那也不能这么便宜了那老头。"郭康心中不服，"我们总不能什么都不做，任由那老头猖狂吧。"

"我们回去好好商议一下解决他的办法。对了，这事儿不要告诉旁人，特别是族长。"郭嘉嘱咐道。

"为何不能告诉我爹？我爹知道了，定不会饶过那老头。"郭康不解道。

"上次我诓老黄头送我回来，为了不再招惹事端，给族长添麻烦，并没有告诉族长实情。而且若是族长知道了，不会放过老黄头是真，但也会打草惊蛇，危及那个男娃的性命。"郭嘉心中一直在想怎么劝郭康瞒下此事。

"要是把男娃救出来呢？"

"等救出来以后，我们再商议。"郭嘉暂时没有想好理由。

郭嘉和郭康回到郭府时，已是傍晚。

"你怎么才回来？"刀刀的房门一直开着，生怕郭嘉回来自己没有看到。听到郭嘉回来的动静，刀刀跑出来。

"有事耽搁了。"郭嘉走进房间淡淡地说。

"给你留了饭菜，我去给你端来。"刀刀转身向厨房走去。

郭嘉从柜子里拿出那天郭达给他的蔡侯纸，平铺在桌上，拿起毛笔，聚精会神地写着字。

刀刀把饭菜准备好，好奇地问道："写什么呢？先吃饭吧。吃完再写。"

"《孙子兵法》。"郭嘉把笔放下，起身走到桌前坐下。

郭康回到房间，桌上已经摆好了饭菜，他风卷残云、狼吞虎咽地将饭菜一扫而光。用袖口擦了擦嘴角的油渍，起身去找郭嘉。

"多吃点儿，尝尝这个汤，是新配方。"刀刀坐在郭嘉旁边陪着他。

郭嘉一边吃，一边把今天发生的事情告诉了刀刀。

"什么？！这个老黄头，真是死性不改。"一提到老黄头，刀刀心里气极了。

"这件事，郭康也知道……"没等郭嘉把话说完，敲门声响起，是郭康来了。

"郭嘉，说说有什么计划？"郭康急不可耐地问道。

"我想过了，兵分三路会稳妥一些。你装扮成要买男娃的人，跟老黄头周旋，刀刀负责制造混乱，我趁乱救出男娃。"

"不行不行，通过观察，我发现老黄头把男娃拴在了自己的手腕上，而且用的是麻绳，麻绳很坚固，要想割断需要费些时力。"郭康反驳道。

"我们需要准备一把锋利的小刀。在刀刀制造混乱的时候，你趁机拽住老黄头，以争取些时间。现在就差一个手脚快的人把绳子割断。"郭嘉提议道。

"这个任务交给我！"刀刀自告奋勇，她的身手没的说。

"我有一点不明白，那个男娃看着有十来岁，为什么不想办法自己逃走，而是甘愿被老黄头买卖呢？"郭康不解道。

"像你这种富家子弟怎么会明白，若是能逃，谁不想逃。如果那男娃没有逃脱成功，等待他的有可能就是屠刀了！"刀刀对此深有体会。

"明天要不要多找些人手，可以找我爹。"郭康为了缓和一下气氛提议道。他不说还好，一说刀刀更生气。

"告诉你爹不就等于告诉老黄头了吗！"

"你什么意思？！"

"就是你们郭府的人把郭嘉卖给老黄头的！"刀刀气极了，全然忘记了郭嘉的嘱咐。话一出口，刀刀也意识到不对，但为时已晚。

"刀刀！"郭嘉厉声道。

"什么叫我们郭府的人把郭嘉卖了？你把话说清楚！"郭康也来了脾气。

"误会，这都是误会。"郭嘉忙劝道。

"白日里，你让我瞒着我爹此事。现在刀刀又说你的失踪跟我家有关。今儿你必须给我说清楚，不然我们现在就去找我爹对质。"郭康岂是一个"误会"就能搪塞过去的人。

"这的确是个误会。我确实是在族学里失踪的。我还记得昏迷之前喝了一碗井水，之后的事我就不知道了，再醒来后，便是在老黄头家的鸡窝里。"郭嘉见瞒下去不是办法，但又不能全盘托出，只能取其表象来安抚郭康。

"族学里的人？谁会这么大胆？可这跟我郭府又有何干？"

"我回到族学后，曾暗中调查过，没有发现可疑之人。之后刀刀曾在街上碰到老黄头，发现他跟一个穿着郭府家仆服饰的人在说话。我住进郭府这段时间，也留意过，并没有发现任何异常。所以，这根本就是一个误会。如果害我之人真的在郭府或者族学，我现在怎会安然无恙？"

"那为何要瞒着我爹呢？"郭康继续追问道。

"既然是误会，就没有必要尽人皆知。何况族长平时忙于公务，还要为整个家族劳心劳力，何必为一个误会去叨扰他呢。再弄得人心惶惶，反而不好。"

郭康点点头，认为郭嘉说得有道理。

"所以，之前的事我们不要再去追究。今天的事，我们自己处理就好。"郭嘉继续说道。

"好！就按你说的办。"郭康同意郭嘉的提议，只是心中还有疑惑并未说出。

三个人继续讨论解救男娃的计划，直到深夜才散去。临走前，郭嘉将一张蔡侯纸折好，交给郭康。郭康高兴地双手接过。

回到房间，郭康迫不及待地打开蔡侯纸，上面写道："《孙子兵法·计篇第一》：兵者，诡道也。故能而示之不能，用而示之不用，近而示之远，远而示之近。利而诱之，乱而取之，实而备之，强而避之，怒而挠之，卑而骄之，佚而劳之，亲而离之，攻其无备，出其不意。此兵家之胜，不可先传也。大意是：用兵作战，实乃比拼的是计谋。自己的实力不要让对方轻易看出，攻打的方向不能让对方猜出。要以虚虚实实来迷惑对方。若对方十分强大，则要避其锋芒，权且忍让；若对方疏于防范，则要抓住时机攻打对方。对方暴躁易怒就要扰乱对方；对方小心谨慎则要装腔作势，使对方丧失判断能力。总之，要攻打对方没有防备的地方，要在对方没有料到的时机发动进攻。"

次日一早，郭嘉、郭康和刀刀早早地来到街市，准备速战速决。

等了好半天，也没见到老黄头的身影。郭康有些按捺不住地说道："老黄头该不会不来了吧？"

"不会。他太过贪婪，怎舍得放过任何一个赚取钱财的机会呢。"郭嘉笃定老黄头今日必来。

果不其然，只见老黄头牵着男娃疾步地走到那个犄角旮旯儿。郭嘉、郭康和刀刀立刻分散开，走到自己的位置，伺机行动。待准备就绪，郭嘉用眼神示意郭康行动。

郭康佯装买家走到老黄头身边，老黄头见这少年，衣着不凡，看着还有点儿眼熟，打量了好一会儿。

"昨儿我就见你在这儿。我想买个仆人，却被我那书童拦下了。转眼的工夫，你就没了踪影。"还是郭康先开的口。

"我说瞧着您眼熟呢。嘻！昨儿您那闹出动静，我以为是官府来抓我呢，就撤了。"老黄头见对方直接说出昨天的事儿，心想若是真冲自己来的，应该不会撂底儿，看来这公子是真要买人。而且冲这打扮，定不会差了银两，可以狠赚一笔。

"说说价吧。"

老黄头心里正美呢，听到郭康问话，赶紧回话："三两银子。"并举起三根手指。

"这么贵，你抢钱啊。"郭康摇摇头道。

"公子，这价钱已经很公道了。你想啊，我冒多大的风险呢。"

"不行，再便宜点儿。"

刀刀一直观察着郭康这边的动向，见他们正讨价还价呢。刀刀突然大声喊道："来人啊！太平道放药了！"街市上的百姓一听太平道放药，放下手里的事儿，一拥而上。

没看到放药的人，就看到百姓们你挤我，我挤你，推来推去。刀刀挤过人群，朝郭康和老黄头这边走来。郭康见时机成熟，猛地一用力将老黄头撞到墙上。只听"哎哟"一声，老黄头还没反应过来呢，又觉手腕一轻，心想不好，破口大骂："哪个龟孙儿啊！"

郭嘉见麻绳断开，伸手抓着男娃的手腕撒腿就跑。刀刀给他们断后。老黄头见一个书童打扮的人站在眼前，骂道："原来是你这个狗养的书童抢我的人。"说着奋力爬起来要抓刀刀，郭康见状，从后面又给了老黄头重重一击，老黄头趴在地上，半天没缓过来。郭康拉着刀刀奔城门方向跑去。

三人在城门口会合，片刻都没有耽搁，坐上郭康事先安排好的马车，奔爷爷家而去。

"还好你事先准备好了马车。不然我们的腿就要跑断了。"刀刀看着郭康说道。

"有备无患。"

"你叫什么，家住哪儿？"郭嘉问男娃道。

"回恩人的话，我叫邵恒。我没有家，是个孤儿。"

"你先吃点儿东西填填肚子吧。老黄头定叫你饿着肚子。"刀刀从怀里掏出一个烧饼给邵恒。

邵恒迟迟没有接，还是郭嘉说："你拿着吃吧。"邵恒才接过烧饼，大口大口吃起来。

"打算怎么安排他？"郭康问郭嘉。

"先让他留在家里养好身体，再作打算。"

爷爷正在田里耕种呢，远远看见一辆马车朝他家小院而去，赶忙扔下锄头跑回家。

一看刀刀从车上蹦下来，一阵儿慌神，以为郭嘉出了什么事儿："刀刀，你怎么……"又看见郭嘉和郭康陆续下车，还有一个男娃。

郭康向爷爷双手作揖，弯腰行礼："爷爷好。"

"好好，快起快起。"爷爷双手扶着郭康的胳膊，"康儿都长这般高了，嗯，有男子汉的模样，你们这是……"

郭嘉把邵恒带到爷爷身边，说道："爷爷，这是邵恒，我们刚从老黄头手里救下的。这些日子要辛苦您照看他一下。"

"好好好。"爷爷一听是从老黄头手里救下的，不用多问，也大概知道是怎么一回事儿，"有我在，你们放心。"

"爷爷，我们得马上赶回去。若旁人问起，就说我们家的远房亲戚便可。"

"好，放心交给我吧。你们赶紧回吧，晚了再让族长担心。"

三人跟爷爷道别后，坐上马车赶回阳翟。

郭嘉、郭康和刀刀回到郭府，老远就听到郭达发怒的声音："这个逆子竟然敢逃学，回来看我不打折他的腿。"

刀刀听到郭达发火，溜之大吉。

"哎呀，你不要动不动就打折腿的，打折了你不心疼啊。"郭夫子在一旁劝说道。

"哼！我才不心疼呢。"郭达嘴硬道。

"你总得先问清楚缘由吧。"

郭达没再说话，一脸怒气地坐在桌前。他还以为郭康找到奋斗目标就可以上进些，没承想，他竟敢逃学。

郭嘉和郭康面面相觑。两个人为了老黄头一事，早把学堂一事忘于脑后，孰料郭夫子竟找上门了，这可如何是好？

"父亲，夫子。"

"族长，夫子。"

郭康和郭嘉硬着头皮进入前厅。

"你个逆子，这两天干吗去了？"郭达怒吼道，"若不是郭夫子来询问，我竟不知你们两天没去族学！"随即一个茶杯滚落到郭康脚下。

"族长……"郭嘉刚想解释，身后响起郭图的声音，"兄长，兄长……"

"贤弟，发生何事？"郭达听到郭图的声音，脸色缓和了许多。

"我即将调任计吏一职。"

"哦？这当中可是有什么说道？"事关郭图的仕途之路，郭达十分紧张。

"就是正常调动，兄长无需担心。"

"之前听闻曹操因堂妹夫濦强侯宋奇被宦官诛杀，受到牵连，被免去官职。我这心终日里忐忑不安啊。"郭达始终对暗助曹鸾家人耿耿于怀。

"兄长，我就是怕您挂心，拿到调令第一时间就来告诉您了。"

"曹操可是任职洛阳北部尉的那位？"郭夫子问道。

"正是他。夫子对他有所耳闻？"郭图问郭夫子。

"略有耳闻。曹操曾被举为孝廉，入京都洛阳为郎。没过多久，便被任命为洛阳北部尉。洛阳乃皇亲贵戚聚居之地，治理起来十分困难。但是曹操一到职，就申明禁令、严肃法纪，命人制造了五色大棒十余根，悬于衙门左右。凡有犯禁者，皆棒杀之。据说宦官蹇硕的叔父违禁夜行，曹操毫不留情，将蹇硕的叔父用五色棒处死。于是京师敛迹，无敢犯者。然而，曹操此举也得罪了一些当朝权贵，碍于其父曹嵩的关系，曹操被明升暗降，调任顿丘令。他可是被士者许邵评为'治世之能臣，乱世之奸雄'之人。"郭夫子娓娓道来。

这是郭嘉第一次听到曹操这个名字，却在心里留下了深深的烙印。"治世之能臣，乱世之奸雄"像是咒语一般，挥之不去。

伴随着郭达等人的交谈声，太阳渐渐落下。郭夫子起身告辞，郭达说什么也要留郭夫子用过晚膳再走。

"族学里一大堆事儿等着我呢。改天，我们再把酒言欢。"郭夫子起身向外走去，到门口时，看着郭嘉、郭康说道："有事要告诉长辈，免得我们担忧。"

"谨记夫子教诲。"二人一同答道。郭夫子也没有想为难他们，出于关心才会到郭府走这一趟。

送走郭夫子后，郭图见郭康和郭嘉还站在门口，问道："你们犯什么事儿了？"

"叔父，这话听着怎么这么别扭呢。"郭康不乐意郭图这么说他们。

"他们逃学。"郭达语气微怒道。

"男娃，贪玩儿正常。兄长且放他们一马。"郭图为他俩求情。若不是为了郭康，郭图定不会管郭嘉的闲事，碍于兄长非留着他，出于面子，才捎带为他说情。

郭达因郭图调任的事，心情大好，便说道："你们回房间好好反省，下不为例。"

"谢父亲。"

"谢族长。"

两个人赶紧溜回房间。

这边，老黄头因为邵恒被郭嘉他们救走，气急攻心，到家后便一病不起。

"不就丢个人吗，回头再整一个回来就是，你这何必呢。"老婆子劝道。

"你懂什么！这其中的利害关系是要人命的。"老黄头捂着胸口，深呼吸了两口气，接着说道，"我现在难受得紧，明儿赶紧去找大贤良师来给我瞧瞧。"这大贤良师可不是一般人物，他是太平道的创始人——张角。张角乃巨鹿人，自创办了太平道后，为了传教布道，便来了颍川郡。而阳翟就是他在颍川郡的落脚点。

次日清晨，老婆子早早起来，去请张角来给老黄头看病。

郭嘉担心老黄头不安分守己，决定到老黄头家走一趟，观察一下有没有什么状况。于是跟郭康谎称回家一趟，晚些时候回来，让郭康帮他跟郭夫子请假。郭康以为郭嘉是担心爷爷和邵恒，二话没说便应下了。

"我准备去趟老黄头家。"郭嘉悄悄告诉刀刀。

"我跟你一起去。"刀刀不放心郭嘉一个人。

郭嘉想着两个人总比一个人强，万一出现什么状况，也有个照应，于是和刀刀一同前往老黄头家。

到了老黄头家，郭嘉带着刀刀藏在之前他跟郭康藏的位置，院子对面的草丛，这样观察起来容易些。他们老远听见说话声。

"大贤良师，您可给我们家老头好好瞧瞧。"老婆子边说边抹泪。

"放心吧。有我们大贤良师在，就没有治不了的病。"张角身边的随从出声道。

郭嘉没想到老黄头信奉太平道，竟然能请得动张角亲自来给他看病，心里犯起嘀咕，事情怕是没有那么简单。

"走。"郭嘉轻声说。

"不盯着老黄头了？太平道的人怎么还来了呢？"

"计划有变，我们先离开这儿。"郭嘉带着刀刀顺小路离开。在半路上，郭嘉停下脚步，他对刀刀说："我们在这儿等等。"

"等谁？"刀刀不解地问。

"等给老黄头看病的人。他就是太平道的创始人张角。老黄头竟能请得动他，定不简单。这条是回城必经之路，他们定会走这条路。我要在这儿会会他。"

"那岂不是很危险。我得拾掇个顺手的武器才行。"刀刀四处转悠。

"刀刀，一会儿你先藏起来……"

"不行！万一他们对你不利呢？"

"就是为了以防万一，才叫你躲起来。"郭嘉从袖子里掏出一个荷包，打开放到刀刀眼前。刀刀一看，惊讶道："三七？！"

"我最近总是喝中药熬的汤，身上多多少少有些中药味儿。所以你刚才连三七的味道都没闻出来。如果他们把我带走，三七就是我们的暗号，你可以顺着三七找到我。这样我不就获救了。"

"可是……"刀刀心里害怕，她怕自己救不出郭嘉，反而害了他。

"刀刀，我们两个总得有一个人是安全的，才能确保我们两个都会安全。而且，我这么聪明，自会与他们周旋。"郭嘉还是第一次这么不谦虚。

"好吧，你万事小心。"刀刀说完，便找藏身之处去了。

如郭嘉所料，没过多久，张角和随从的身影便出现在郭嘉的眼前。

"师父，这有个娃娃，我们要不要……"随从趴在张角的耳边低语。

"唉，不要因小失大。"张角呵斥道，他端着大贤良师的架势走上前对郭嘉说道："小公子，你为何一人在此？是要出城？还是回城？"

"回城。"

"公子可是身体有什么不舒服？"张角闻到郭嘉身上隐隐约约有股中药的味道。

"先生好眼力，我确实有病在身。家父为了我出城采药，让我先回家中等候。走累了，我便在这儿歇歇脚。"

"有病不要紧，赶紧给我们大贤良师磕个头，没准儿一高兴，赏你一道符水。"随从语气轻蔑地说道。

"大贤良师是啥？"郭嘉装着没有听过的样子。

"你这臭小子有眼不识泰山啊，大贤良师就在你跟前儿。"

郭嘉瞅瞅张角，又瞅瞅随从："不明白你说什么？"

"太平道知道吗？这位，就是太平道的创始人，大贤良师。"随从伸手介绍张角。

"哦，就是那个必须得下跪才能取得符水的太平道？"郭嘉恍然大悟地说道。

"小公子，让信徒下跪是为了让他们表达对我们的忠诚。赐符救人才是我们的目的。"张角出声道。

"为何要对太平道忠诚？百姓可跪自己的长辈，对守护他们的官员忠诚。而你们，既不是家人长辈，又不是达官显宦，为何要跪你们，忠于你们？"

"你这小子，找打是不是？"随从撸起袖子，准备动手，却被张角喝止住。

"唉，无知者无畏。我们太平道主张的是善道教化，治病救人，使得百姓免于困难之中。信之，心诚则灵。不信，我也愿保佑一方之土。这就是太平道的伟大之处。"

"如何保佑？保卫国土的是军中将士，保护百姓的是郡守官员。"

"你岂知你说的这些我们太平道做不到？"张角用高傲的眼神看着郭嘉，"当今世道，可不是只有陛下、百官才能接受朝拜。"说罢，张角带着随从朝城门走去。

郭嘉望着张角甩袖而去的背影，站了良久。他从张角的身上看到了对朝廷的反意。还有，他和老黄头之间存在的联系，让他联想到了一些不好的事情。

"想什么呢？又皱眉头。"刀刀从郭嘉身后蹦出来。

"如今人人信奉太平道，对张角的话深信不疑，那么，他们还信陛下，还信大汉吗？"郭嘉感叹道。

郭府内，郭图正和郭达讨论天下形势。

郭嘉走进厅堂，向他们两个人行礼问安："族长，郭二爷。"正巧郭康也在，他见到郭嘉显得格外激动："你回来了，爷爷可好？"

"放心，一切安好。"郭嘉当然知道郭康问的是爷爷和邵恒两个人，可他没真的回去，只能说着谎言。在郭康旁边的郭宏见大家的注意力都在郭嘉身上，心里有些不是滋味儿，默默地坐在那里不吭声。

"你最近总回去，可是堂叔身体有什么不是？"郭达问道。刚刚的谈话中，郭康对战事的理解让他很满意，问了才知道是郭嘉给他的注解，他才这般明白。郭达这才会关心郭嘉爷孙俩。

"回族长，爷爷身体很好。就是最近芒种，我总是放心不下。"

"嗯，这时节正是地里忙的时候。我会跟郭夫子打个招呼，你可以回去待些时日，帮帮堂叔。"

"嘉儿谢过族长。"郭嘉深深鞠了一躬。

"无需多礼。过来坐下，准备开饭了。"

郭嘉应声坐到郭康的身边。

饭桌上，郭达和郭图再次讨论起朝中的形势。

"贵人何氏生下皇子，母凭子贵，何氏一族更是满门荣耀。其父被封为车骑将军；其母被接入宫中居住；其大哥何进和二哥何苗也被招入朝廷担任要职。"

"朝中局势时时变化，今儿能荣极一时，明儿有可能就一落千丈。所谓伴君如伴虎，都是在刀尖上行走度日。"郭达感叹道。

"如今宦官受宠，何氏家族新兴崛起，两股势力势必要有一番争斗。无论谁输谁赢，都不是一件好事儿。"在不太平的世道，郭图的仕途之路也是举步维艰。

听到郭达和郭图对此时政局的讨论，郭嘉受益良多。他耳濡目染，对天下大事也有了些许的了解。

"族长，二爷，可曾听说过太平道？"这是郭嘉第一次参与他们的谈话，让郭达颇感意外。

"确实有所耳闻。太平道最近越来越盛行，规模也越来越大。"郭达答道。

"听说他们的信徒增至十几万人。街市上随处能看到他们宣扬太平道，还给百姓们发符水。好多生病的百姓因此有了病都不去看大夫。"郭嘉想以此来提醒一下郭达，注意和太平道的距离。通过老黄头贩卖人口，与张角相熟，他怀疑太平道里有做不法勾当的人。而老黄头与郭达之间还有道不清的联系，他怕万一东窗事发，会连累到郭家。

"太平道不过是一群乌合之众而已，掀不起什么风浪。"郭图不屑地说道。

"可他们发展之迅速，确有强人之处。若是他们当中有谁存在反意，加以煽动，后果不堪设想。"郭嘉继续说道。

"信奉太平道的都是百姓，百姓能成什么事儿。最后靠的还不是朝廷吗？"郭图一副郭嘉啥也不懂的表情。但是郭达看郭嘉的眼神，却略带深意。

郭嘉见郭图和郭达并不认为太平道会出什么差错，也没再说什么。他心想：百姓才是一切之根本啊！

第二十章

参天大树

微风轻轻地吹过，暖暖的阳光覆盖着大地。趁着好天气，郭嘉决定带着刀刀去爬山。

"我们现在爬的这座山叫伏牛山，是我们颍川最高的山。传说秦朝时期，人多地少，很多地方在石板上堆满土，在上面耕种，但收成远远不能满足人们的需求，很多人要忍饥挨饿。一个大臣想出了一个歪主意，他奏请秦始皇，把刁民杀了，这样人口就会减少，粮食便会够吃。秦始皇采纳了这个大臣的建议，于是派人铸造了一头万斤铁牛，命士兵把铁牛拉到百姓家，并规定铁牛到谁家，谁家就得在三天之内将铁牛推到别家去，否则会惹来杀身之祸。这铁牛成了吃人兽，到哪儿，哪儿就哭声一片。有一天，铁牛被推到了一个寡妇家的门口。寡妇家中只有她和未满月的娃娃，寡妇哭诉无门，只能以泪洗面。突然身后有人拍了她一下，原来是个白胡子老头，给了她一件宝物——赶山鞭，并嘱咐她到了晚上三更天，用赶山鞭对着铁牛打三下，便能保命。到了三更天，寡妇拿起赶山鞭，对着铁牛身上就打，铁牛果真晃动起来。寡妇十分惊喜，又是几鞭下去，铁牛一摇三晃，越走越快。不过，最后这赶山鞭落入秦始皇的手中，但是任他怎么抽打铁牛，铁牛就是纹丝不动。秦始皇认为这是上天在警戒他，于是他拿着赶山鞭将许多大山赶进了大海，填海造田，也算功德一件。自此铁牛留在了这里，年深日久，就变成了伏牛山。"郭嘉边走边给刀刀讲伏牛山的来历。刀刀听得津津有味，不知不觉，两个人已经爬到了半山腰。

"瞧，那有条小溪，我们过去歇歇。"刀刀指着不远处的小溪道。

郭嘉到小溪边，缓缓坐下，轻轻地捶打着双腿。刀刀坐在旁边问道："你这体质，真是够差的。才爬半座山，腿就疼了。"

"我只是太久没有爬了而已。要是多来几次，你未必能赶上我呢。"

"呦呦呦，瞧把你能耐的。"

在溪边小憩了一会儿，两个人便登顶而去。随着山势越来越陡，路越来越少，只能靠双手抓着树枝，双脚踩着石缝，一寸一寸地往上挪。迈前脚，拖后脚，两个人终于爬上山顶，顿时眼前一片开阔。刀刀张开双臂，用力呼吸山顶的新鲜空气，一种豪迈、勇毅、征服的快感涌于胸间。

"郭嘉，快看！整个颍川都在我们脚下。"刀刀兴奋地喊道。

"颍川郡，以颍水得名，治所在我们阳翟。相传颍川郡是大禹的故乡，也是夏朝的首都。阳翟作为秦朝三十六郡之一——颍川郡的郡邑，十分繁华，管辖范围内就有十七城，人口数量更是过百万。自夏始，经商、西周、春秋战国，曾三次为夏韩古都；黄帝生于此，夏禹建都于此，颍川因此成为众多姓氏的发祥地。颍阴荀氏；阳翟薛氏、原氏、褚氏、赵氏、李氏、郭氏；颍阳王氏、姚氏；舞阳韩氏；长社钟氏；党锢之祸那段时日，许多名士回归故里，颍川便成为士人游学的首选之地，好多名士大儒在此设馆授徒。就像郭躬家世衣冠，其父弘，习《小杜律》，郭躬少传父业，讲授徒众数百人。还有钟皓世善刑律，以诗律教授门徒千余人。他们大都善于论辩，博通而不专一经。士人不仅能学到精深的法家、儒家知识，也能从这些名士大家身上学到很多政治经验。这便是我们颍川得天独厚的学习条件，更是成就了颍川郡深厚的文化底蕴……"郭嘉给刀刀讲述着关于颍川的一切，他看着远处豌豆大的颍川，继续说道，"这就是我的家乡。有我最向往的书院，最想认识的朋友，最想守护的家。"

"郭嘉，我相信你，一定能考上颍川书院。"刀刀摸着下巴，"不过你的朋友不该是我吗？"

"你怎么能算我的朋友呢？"郭嘉打算逗逗刀刀。

"什么意思？难不成我只能做你的丫鬟？"刀刀有些不高兴道。

"刀刀，你是我的家人。我从未视你为丫鬟，你知道的。"郭嘉真挚地说道，"再说，我想认识的朋友是颍川书院的荀彧。"

"你们不是已经认识了吗？"

"认识跟成为朋友是两回事儿。"郭嘉解释道。

郭嘉和刀刀找了一块大石头坐下，吹着微风，看着美景，好不自在。

"郭嘉，你明知道老黄头跟郭兴有联系，为何不告诉族长，让他为你做主呢？还有郭康，为何也要瞒着？哪怕让他帮你收拾郭兴也是好的，起码不会让旁人再有胆量害你。"刀刀心里始终不明白，憋了好久，还是问出口了。

郭嘉摇摇头，指着旁边的大树说道："家族，就如同这棵大树。主干雄壮，旁支依附，二者不可分割、紧密相连。若主干不幸被雷劈死，新生的幼苗便会吸取先前主干留下的养分成长，直至长成新的主干。这时，旁支所依附的便是新的主干。虽然是先前的主干成就了新的主干，但是它也需要依附新的主干，才能确保留下的残干继续屹立不倒。这是自然法则。树木尚且如此，更何况我们呢？"郭嘉眼神坚定地看着远方，继续说道，"我们现在能做的只有不断强大自己。当我们足够强壮，才会变成新的主干，那时不再依附于其他的主干，而是自己成为一棵参天大树，庇荫后代。"

郭嘉心中坚信，等到自己成为参天大树的那一天，也就是有能力改写家族命运的那一天。郭达对他的恩，他会记着；郭达想要害他的命，他亦不会忘。他做不到恩将仇报，更不会感恩戴德。他要以自己的德行令人起敬，以自己的才智让众人心悦诚服。他要让郭家在他的手中踵事增华，名垂千古。

刀刀静静地看着郭嘉，他瘦弱的身体背后似乎蕴藏着一股强大的力量。即便现在还很渺小，就像那脱胎于主干的幼枝，在未来的某·天，会成为一棵能够经受得住任何风雨的大树。

"啪啪啪"他们身后响起了鼓掌的声音，一个男声道："说得好！"只见这个男人，身长七尺，细眼长髯，一双深邃的眼睛仿佛能穿透人心。此人便是一直在郭嘉脑海里挥之不去的人——曹操。

被免职后，曹操整日里无所事事，就像一只没有翅膀的鸟，想飞飞不起来，心中有方向，脚下却没路。这不是他想要的，他的心中慢慢地被不甘填满，小小的谯县怎么能困住志在四方的他。在朝中任职时，他曾听闻颍川多出名士，便前来碰碰运气，看是否能遇到志同道合之人，共谋前程。他刚刚听到这个男娃提到荀彧，正是他到颍川后耳闻的第一个人，于是他停下脚步，听了起来。没想到这个男娃，年纪不大，却有着不是一般人的通透。他也身在世家大族，怎会不明白家族中所牵扯到的利益，生存的艰辛，这个男娃子，很有智慧，他十分欣赏。

"你是谁？！干吗偷听我们说话？！"刀刀站起身，一副防贼的眼神盯着曹操。郭嘉听到声音，也随刀刀站起身，转过头。

"路人！"

刀刀附在郭嘉耳边低声道："该不会是张角派来的人吧？"郭嘉微微摇头，用眼神安抚刀刀。

曹操来到郭嘉面前，问道："不知小公子贵姓？"

"晚辈郭嘉，字奉孝。"郭嘉回道。

"郭氏子弟？"

"正是。"

"小公子悟性很高，颇有见地。"曹操称赞道。

"哪里。不过都是拙见而已。"

"你还挺谦虚。"曹操走到郭嘉的身边，极目远望，颍川城的风貌尽收眼底。曹操若有所思地问道："若是一个人，被眼前的窘境所困，该如何破解呢？"曹操问完，暗自笑道：曹操啊曹操，看来是最近闲太久了，竟然和一个素不相识的孩子讨论这个。

"人之所以出类拔萃，就是看你在困境中能否想到策略。成功与否，看的不只是你有多少才华，而是看你富有多少智慧。"

"如果有智慧，有心中所向，有理想抱负，却没有办法付诸行动，岂不是坐而论道？"

"正如孔子曰：'学而不思则罔，思而不学则殆。'所谓一分耕耘，一分收获。若是没有实际的行动、辛勤的付出，当然只是空谈。但是，若能在困境中找到出路，一切便迎刃而解。"

"找到出路？之后又该去如何做呢？"曹操继续问道。

"言而必有信，期而必当，天下之高行也。"郭嘉缓缓说道。

曹操做梦都没想到，有朝一日会向一个娃子请教问题。而且这个娃子句句说到他的心坎儿里，着实令他赞赏："小公子，果真天资卓越。"曹操豁然开朗，心情大好，拉起郭嘉的胳膊，朝着下山的方向便走，"走，我请你吃饭。"

"不不不。"郭嘉赶忙向后扯，"我不饿。"说着，他的肚子却叫起来，"咕噜咕噜"的声音出卖了郭嘉，郭嘉羞得脸微微泛红。

"你的肚子比你诚实多了。走吧，无需跟我客气，当是我的答谢。"曹操大笑道。

于是，曹操带着郭嘉和刀刀来到山脚下的茶肆，大方地说道："掌柜，来三个馒头，一碟牛肉，一壶茶。"

掌柜的连忙端来曹操所要的食物，心里乐开了花儿，难得见到这么大方的客人。

看着端上来的牛肉和馒头，刀刀两眼放光，馋得直咽口水。

"两位小公子，请。"曹操伸手示意道。

从曹操的言谈举止中，郭嘉能看出这人不是一般人物，让他意外的是，曹操并没有因为刀刀书童的身份而轻视她，这让郭嘉对他好感倍增。虽然两个人相差十几岁，但是曹操没有视郭嘉为什么都不懂的孩子，郭嘉也没有当曹操是严厉的长辈，两个人相谈甚欢，都没怎么吃东西，反倒是刀刀一边吃一边听他们谈话，吃得那叫一个欢快。见吃得差不多，郭嘉起身去掌柜的那里买了一包茶作为回礼，送给曹操，曹操没有拒绝郭嘉的一番好意。两个人在茶肆别过。

此时的郭嘉并不知道，与曹操偶然初遇会改变他的一生。

第二十一章

危机四起

时光匆匆，如白驹过隙般飞逝，转眼间到了中平元年正月，百姓们还沉浸在元旦的喜悦中，谁都没有注意到灾难正悄悄来临。

颍川城郊外的一户人家，家里的爷们儿正在院中劈柴，刚劈两块儿就感觉身上没劲儿，有些发冷、发晕，于是，他进屋告诉他娘子："我可能是感染风寒了，给我煮点儿姜水吧。"

"快去躺着歇会儿，我这就去给你煮姜水。"妇人赶忙跑到厨房忙活起来。一会儿的工夫，她就端着一碗姜水回到里屋，给自家相公喝下去。妇人以为她相公喝了姜水，睡上一觉便会好起来，怎知到了晚上，她相公不但没见好，反而烫得厉害。妇人端来一盆冷水，将巾帕用冷水浸透，拧干敷在相公的额头上，以此来降低温度。反复多次，却依旧不见效果。

妇人一脸担忧，欲起身去请大夫，却被她相公拦下："天色已晚，你一个人出去我不放心，明早再去吧，没准儿我睡一晚就好了呢。"她相公有气无力地说道。

妇人看她相公这般虚弱，留他一个人在家也是不放心，说道："明早天一亮我就去请大夫。"说着，妇人把她相公扶起，"来，趁热把粥喝了，喝完再睡。"她相公勉强喝了点粥，便躺下昏睡过去。

终于熬到天亮，妇人伸手去探相公的额头，还是烫得吓人。妇人连忙起身进城去请大夫。

适值正月，大部分医馆都没有开门。妇人跑遍了半个颍川城，找到了几家开门的医馆，但是郊外脚程远，大夫都不愿出诊。妇人只能求着大夫开个药方，哪知现下世道不好，连大夫都是明哲保身，没见到病患，说什么也不肯开药方，怕吃坏了摊上责任。妇人没有办法，只能去药材铺，请药材铺的坐堂大夫给抓些治疗风寒的草药。

刀刀拿抹布正擦拭药柜子上面的灰尘，突然跑进来一个妇人，只见她跪在坐堂大夫的跟前，哭着说道："请大夫救救我家相公。"

"使不得，使不得。究竟发生何事？"坐堂大夫上前扶起妇人。

刀刀从凳子上跳下来，也来到妇人面前。如今的刀刀已经13岁，身高却跟眼前的妇人差不多，若仔细瞧，甚至比这妇人还要高出一点儿。真真地长成亭亭玉立的大姑娘了，只是这一身书童打扮，看不出半点儿女孩子的娇羞。

"大夫，我家相公昨日开始浑身无力，发烧头晕，我给他喝过姜水，用冷巾帕给他敷额头，但额头还是很烫。我跑遍了半个颍川，可是没有大夫愿意随我去看看我家相公。还请大夫给我抓点儿草药，让我带回去给我家相公熬。"妇人哭诉道。

"可……没有药方我怎么给你抓药啊？"坐堂大夫有心帮忙却无能为

力。他们当坐堂大夫的，都是看方抓药。有很多人来抓药，方子里会有病人经受不起的烈药，甚至有十八反，伙计就会拿给坐堂大夫看，由他们决定是否给病人抓药。这也是对病人负责的一种表现，再者药材铺也怕吃死了人惹是非。

刀刀急忙上前劝道："大夫，您给她开个方子不就得了。您是杏林高手，经验丰富，保准儿药到病除。"

药材铺的坐堂大夫远不及医馆里的大夫那般备受尊重，刀刀这话，说到坐堂大夫的心坎里了，谁学医不是奔着悬壶济世啊。

"可是……"

"您就别可是了，救人一命，那是多大的恩德啊。"刀刀见坐堂大夫有些动摇，继续劝道。

"是啊，大夫，求您救救我家相公。再这么烧下去，人怕是要烧没了……"妇人连连哭求。

坐堂大夫转身走到桌前坐下，拿起笔，问道："你相公有何症状？"

"他感觉四肢无力，身上很烫，浑身酸痛，吃不进东西，整个人都很虚弱。"妇人用衣袖将眼泪擦干说道。

"桂枝 2 钱，白芍 2 钱，炙甘草 1 钱，黑附子 1 钱。"坐堂大夫将药方开好，交给刀刀，"刀刀抓药。"

"好嘞。"刀刀很快便把药方上的药备齐交给妇人。

"回去配上生姜、大枣，一起熬制，喝两天差不多就会见疗效。"坐堂大夫特意交代妇人。

"谢谢！谢谢你们。"妇人一边鞠躬一边道谢，十分感激刀刀和坐堂大夫。

回到家中，妇人匆忙将药熬好，给她相公喝下。经过妇人的悉心照顾，过了两天她相公果然好转，能够下地自由活动。这时，妇人却感觉身体不适，症状跟她相公一样，浑身无力，发烫、酸痛，情况要比她相公严重得多。这次换她相公为她奔走，但是，谁能想到仅仅两天的时间，她相公也走不出村子了呢……

药材铺内，刀刀正盘点药材。掌柜的从门外走进来，唉声叹气道："最近也不知怎么了，治疗风寒、发热的药材严重缺货。"

"掌柜的，我们的药材也所剩不多了。"刀刀上前说道。

"最近风寒发热之人很多，今早又来一个给她家相公抓药的，也是感染风寒。掌柜的，还是得想想办法啊。"坐堂大夫在一旁补充道。

"我到陈掌柜那里瞧瞧，看看什么情况。怕是要变天啊……"掌柜的边说边往外走。屋外刮起了阵阵寒风，零星飘着几朵雪花。

可能是天气突然转冷，百姓们都不喜出门，街上的人寥寥无几。街边的很多店铺早早地关了门。刀刀整理好药材之后，跟坐堂大夫说了一声，准备早点儿回家。眼见天儿越来越沉，爷爷跟郤恒估计这会儿也该收摊回家了。

前年春天，郭家迎来一桩喜事，郭达与颍川陆氏结成亲家。

起先郭康怎么也不同意这门亲事，一心想进入军营，为自己的将军梦想放手一搏。郭达怎么可能同意郭康的想法，虽然对郭康的学业不再强求，但是也不能放任他参军。为此，父子二人闹得不可开交。

眼看成亲之日越来越近，郭康仍旧宁死不从，郭达急得如热锅上的蚂蚁。没办法，只好派郭兴去把郭图找来，试图劝说郭康。

"康儿，有什么事儿慢慢商量，你先把门打开让叔父进去，行不行？"没想到郭图一到，就吃了个闭门羹。

"叔父，您回去吧，不用在我这儿浪费口舌。您给我爹带个话，若是不同意我参军，就等着抬我的尸体去成亲吧。"

"你个混账小子，反了你！简直大逆不道！不用你自己动手，看我今天不打死你！"站在一旁的郭达没有忍住心中的怒火，手拎木棍冲房门就砸。郭图看了郭兴一眼，郭兴立刻心领神会，两个人冲上去一边一个，架起郭达的胳膊直奔书房。郭达被架住动弹不得，只得随着他们往前走，还不忘回头骂郭康，叫骂声响彻整个郭府，就连郭嘉想上前劝说都无从下口。

"你们两个拦着我做甚！就应该让我打死那个不孝子！"郭达生气道。

"兄长，你冷静点儿，冲动解决不了问题。"郭图劝说道。

"眼看婚宴之日就要到了，我怎么冷静！我费了多大劲儿才结下这门亲事，那个小兔崽子倒好！这是要生生断了我的念想啊！"郭达气得捶桌子。

"老爷，您先别急。我倒是有个想法，不知当讲不当讲。"郭兴出声道。

"你说。"

"不如找嘉少爷去试试。"郭兴提议。

"对啊！还有郭嘉。被那个小兔崽子气的，我都忘了这茬儿。"郭达一拍大腿，现成的人选就在眼前，愣是没想到，"快，快去把郭嘉找来。"

"兄长，我都没见着康儿，郭嘉能行吗？"郭图见郭达过于重视郭嘉，心里有些气恼。

"贤弟有所不知，这两年康儿进步如此之大，多半是郭嘉的功劳。且让他试试，没准儿康儿就听他的呢。"

"兄长，那更不能让他去劝说康儿。若是真被他劝动，岂不是提高了他在我们郭家的地位吗。我们郭家的公子，何时需要听他一个旁支的话了？"郭图气愤道。

"现在顾不了那么多了。我知道你的顾忌，放心，通过这两年我对郭嘉的观察，他并没有旁的心思。若是他真有旁的心思，到时再处理掉就好了，无需担忧。"眼下最要紧的就是让郭康乖乖成亲，其他的郭达已经无心去考虑。

郭宏趁着长辈们都在书房，悄悄地捧着装满点心的盒子，来到郭康房间的窗户底下，小声喊道："哥，是我。我给你送吃的来了。"

"谢了！"郭康从房间里面把窗户打开一条缝隙，接过点心盒子。

"跟我还客气。哥，你真要去参军啊？"

"自然。当将军可是我的奋斗目标。"只要提到参军，郭康的眼睛里充满了光。

"我支持你！"郭宏郑重地说道。

"我若是参军，咱们郭氏未来的责任便要落在你的肩上了。你可要挺住啊！"郭康拍拍郭宏的肩膀。

"可是，我的目标也不在学问上啊。我想学医……"郭宏越说声越小。

"学医？是不是看你师父天天研究药材，你投其所好啊？"

"才不是呢。刚开始的时候，确实是师父教我什么，我就学什么，可学着学着就发现，我是真挺喜欢的。有些人不喜欢闻中药的味道，我偏偏觉得好闻极了！"郭宏越说越兴奋，好像自己明天就要成为大夫了一般。

郭康见郭宏开心的模样，心里很欣慰，真是长大了，能够找到自己喜欢做的事情，何等幸运，他这个做哥哥的，打心底为弟弟高兴。郭康很认真地对郭宏说道："既然喜欢，就好好钻研，不能再三天打鱼两天晒网，要做到持之以恒。至于将来的事情，将来再说。"

"那我们郭氏家族怎么办？"

"傻呀，郭氏家族多少子弟呢，家族的荣耀会交给更合适的人。"郭康轻轻地拍拍郭宏的脑袋。在郭康心里，早就找到最适合的人了。

郭达书房内，郭嘉面对郭达、郭图和郭兴而站。

"嘉儿，想必你也知道最近家里发生的事情。唉，郭康他……我就直说了吧，此次找你来，其实是想让你劝劝康儿，你意下如何？"郭达没有时间拐弯抹角，开门见山地问道。

"族长，嘉儿愿意去劝郭康。只是，希望您能答应嘉儿一件事。"

"你小子长本事了是吧，还敢跟族长提条件？"郭图厉声道。郭达抬手阻拦。

"若是族长不答应，嘉儿也没有其他法子了。"郭嘉不卑不亢地说道。

"嘉儿，有什么事，你尽管说。除了让我同意康儿参军，其他都不是问题。"

"那就请族长应允郭康离开族学。"

"什么？！"

"什么？！"

郭图和郭兴异口同声道。反观郭达，他脸上很平静，只是眼神里的审视出卖了他内心的活动：难道是我看错人了？郭嘉为何想让康儿离开族学？难不成他想做我们郭氏未来的族长？那他这两年未免隐藏得太好了，我竟没看出他的野心。

"族长，您知道郭康志在军中，族学乃至颍川这一方小小的天地，困不住他的雄心壮志。您之所以给他安排这门亲事，无非就是为他的将来铺路。但并不是您认为对的路就是适合他的路。依郭康的性子，不可能乖乖就范，反而适得其反。"郭嘉见郭达听进去他说的话了，便继续说，"如今朝中动荡，太平道又虎视眈眈，绝不是参军的最佳时机。虽不能参军，但可以从政，以政从军，既能得到历练，又可确保他的安全。若将来真的踏上参军之路，只会事半功倍。以他的才智，在军中必定会大放异彩，同样可以荣宗耀祖。不如应了他，离开族学。然后请郭二爷在衙内为郭康安排一个职位，这样既能满足郭康所求，也能如族长所愿。"

听郭嘉一席话，郭达茅塞顿开，频频点头。就连郭图都认为郭嘉说得在理，可行。

"好，按嘉儿说的办。郭康就交给你了！"郭达的脸上终于露出久违的笑容，他听郭嘉提起太平道，继续问郭嘉，"嘉儿刚刚说太平道虎视眈眈，是何意？"

"我曾遇到过张角传教，从他的话中可以明显感觉到他对朝廷的反意。而且，现在太平道的规模发展得如此之大，信徒如此之多，于朝廷而言，终究不是什么好事。"郭嘉终于把之前想说的话说了出来，此前提起太平道，郭达、郭图都不放在心上，如今该有所警醒了吧。

郭嘉一语点醒梦中人。郭达回想起之前与张角接触的场景，发现自己确实忽略了张角话中的含义。作为一族之长，郭达并不把张角这种胸无点墨的人放在眼里，更没有细想张角话中的深意。当初之所以和太平道的人扯上关系，是因为处理郭嘉一事。否则，以郭达自恃过高的性格，怎会与他们为伍。这已经不是郭嘉第一次提醒他了，看来必须得与太平道的人断得干干净净。

郭康的房门再次被敲响。听着轻轻的敲门声，郭康知道他等的人到了。

"终于等到你了。"郭康从里面打开房门，让郭嘉进来。

"怎么知道是我？"

"所有人都来了一遍，偏偏不见你来。这会儿再不是你，我就要跟你割袍断义了。"郭嘉的到来，让郭康心里放松许多，"你现在才来，可是有什么好消息带给我？"郭康满怀期待地问。

"如兄长所愿。"

"真的？！太好了！"郭康激动地握住郭嘉的胳膊。

"兄长先别激动。族长是同意你参军，但不是现在。"

"为何？！"郭康不解地说。

"眼下朝中混乱，并不是参军最好的时机。不如先让郭二爷给你安排一个职位，你对政局有了深入了解之后，慢慢地再考虑如何入军营，会稳妥一些。"

"你知道我不喜欢为官。"郭康紧锁眉头。

"只是暂时的，郭二爷会在府衙给你谋个职位。待局势明朗化，你再按照自己的想法去做自己想做的事，为时不晚。"

"可是……"郭康心里还是有些不情愿。

"兄长，在府衙当差，看似容易，实则艰难。面对的是百姓，承接的却是朝堂，是一个历练人的地方。虽然你志在成为一名将军，但是，百姓才是万事的根本，而你日后要做的事，离不开这根本。若想成为一名将军，不单单要有智谋、懂谋略，还要学会体恤你的将士及他们身后的一个家庭。只有看过人间百态，了解其中之不易，才能解决其苦难，才能做到真正的精诚团结，风雨同舟。"郭嘉始终认为，人才是一切之根本。

"兄长，无论如何，你始终肩负着郭氏家族的责任。有些事情，真的很难做到从心，只能取舍。"郭嘉见郭康沉默不语，继续说道。郭康知道郭嘉指的是联姻之事。的确如此，像他们这种世族大家的子弟，有多少姻缘是可以自己决定的呢？不都是听从家中长辈的安排。郭康认命道："我明白，就这么办吧。"

郭康的婚宴在春季如期举行。成亲当晚，郭康喝得酩酊大醉，内心无比酸楚，他不愿被家庭束缚，不愿被家族捆绑，只想做一只自由的雄鹰，遨游天空。奈何，身不由己。

郭康成亲没多久，郭嘉找到郭达说道："族长，如今兄长已成亲，我和刀刀再住在府里，有诸多不便。而且爷爷年岁已高，我想把他接来身边照顾，所以还请族长同意，让我们搬出府。"

"好，此事我来安排。"郭达对郭嘉说服郭康一事很满意，一直想找机会答谢郭嘉，正好郭嘉主动来找他。郭达派郭兴在城里寻了一处房子，不是很大，但也是独门独院，郭嘉一家人住起来很方便。

郭达将房契交给郭嘉那天，他怎么也不肯收："族长，这万万不可，您已经很照顾我和爷爷了，我十分感激。但这房子我坚决不能要。"

"嘉儿，这也不全是给你的。收下吧，当是我孝敬堂叔的。"郭达仿佛放下了心里对郭嘉的芥蒂，"这几年有你在，康儿的变化我看在眼里，因为你的帮助，他才变得越来越好。不管是孝心也好，还是感谢也罢，一处院子代表不了什么，顶多算是我的一点心意。"

"族长……"郭嘉还想推辞。郭达摆摆手："莫要说什么感谢的话，如果真想谢谢我，就好好照顾堂叔，努力学习。"

"谢谢族长。"郭嘉给郭达行了一个大礼。

就这样，郭嘉带着刀刀离开了郭府。爷爷将留给自己种的两亩三分地和房屋也租给了农户，还有很多地已租出去了，租地会有一些收入。

家里人口少，但也是四口之家，其中三个是半大的孩子，正是长身体的时候，为了改善生活，爷爷总想着赚些银两。正好这处院子离街边很近，穿过一个胡同就到了，于是爷爷决定在街边摆茶肆。

郭嘉、刀刀和邵恒都不同意，爷爷年岁已高，身体大不如从前。

"爷爷，您放心，我出去务工，保证让您跟少爷还有刀刀不愁吃穿。"邵恒拍着胸脯说。

"不行不行，我同意搬进城，是为了送你去私塾，你还年轻，不能这么荒废了年华。出力的工作交给我，你只管好好读书。"爷爷一边摇头一边摆手。

"爷爷，我在药材铺帮忙，掌柜的对我很好，还给我工钱呢。我们省着点儿，怎么都是够生活的。"刀刀也在一旁劝说。

爷爷还是摇头摆手。

"爷爷，如果您非要摆摊干茶肆也行，但是得允许我们去帮忙。您同意不？"郭嘉太了解爷爷了，他知道爷爷住下这个房子，心里一定不踏实，这么着急赚银两就是怕哪天他跟郭达闹翻，一家人会流落街头，有些银两傍身，爷爷能觉得踏实点儿，他真的是穷怕了。再者，爷爷在家也闲不住，总是要找些事情来做的，好在干茶肆也不会很辛苦，郭嘉索性就同意了。

"行，但是你们也得保证，不能耽误你们的正事儿。"爷爷说道。

"保证！"三个人异口同声应道。

说是三个人帮忙，其实大部分的时间都是邵恒在帮爷爷。邵恒始终没有去私塾读书，他一边帮衬爷爷，一边捕鱼卖，捕鱼的本领还是刀刀教给他的。他还经常接送郭嘉上下学。只有天气不好或者有什么事情的时候，他才会让郭嘉自己走。郭嘉拒绝过很多次，但他执意要送郭嘉，担心老黄头会来找郭嘉麻烦。郭嘉无奈，只好同意。

这下郭嘉上下学的路上又有伴儿了，郭嘉也会利用这个时间，给邵恒讲《论语》、讲《礼记》，郭嘉讲得用心，邵恒听得认真。郭嘉确实有当夫子的天赋，久而久之，邵恒比好些个上了私塾的人懂得都多。

每天傍晚，都会听到从院子里传来的笑声。一家四口，生活安稳，其乐融融，就这样过了两年安稳无忧的生活。而这两年的时光，成为郭嘉此生最幸福、最难忘的时光。

刀刀回到家里，见爷爷跟邵恒还没回来，便生火、起灶，准备晚饭。刚把汤熬上，就听到外面有动静，是爷爷跟邵恒回来了。

"爷爷，你们怎么才回来呀？今儿多冷呀，街上都没什么人，怎么不早点儿回来啊。"刀刀边帮爷爷跟邵恒搬桌、凳子边说道。

"我寻思天冷，能多卖几杯热茶呢，谁承想，没人啊。"爷爷唉声叹气道。

"可能最近这儿大大气太冷，街上的人比平时少了许多。隔壁卖馄饨的陈大妈，都染上风寒了。"邵恒在一旁说道。

"最近感染风寒的人怎么这么多呢……"刀刀自言自语道。

"刀刀，你说啥？"邵恒没听清。

"没什么，可能天儿太冷，冻的。"

"嗯，可不是吗？这天儿，哪有要开春的样子啊。"邵恒把板车归置好，拍拍身上的灰尘，同刀刀一起进屋。

"爷爷，我给您烫壶酒吧，暖暖身子。"刀刀冲屋里喊道。

"好，喝上点儿也行。"爷爷乐呵呵地应道。

邵恒跟刀刀把晚饭准备好，正好郭嘉进门，刀刀打趣郭嘉道："回来得真及时，再晚一点儿我们就吃完了。"

"我这掐算着时间往回赶的。"郭嘉把书兜放在一旁，坐下。

"少爷，明儿你得多穿点儿啊，这天儿一会儿冷一会儿热的，好多人生病呢。"邵恒时时刻刻注意郭嘉的身体，只怪郭嘉身子骨太弱，是全家保护的对象。

"嗯，知道了。族学里最近也好多学生生病呢。你们也得注意点儿。爷爷，这两天要不先别出摊了，在家歇歇吧。"郭嘉有些不放心地劝道。

爷爷一小壶酒下肚，身子暖了，头也晕了，迷迷糊糊地说道："明天再出一天看看，如果人还是这么少，我们就歇着。"

"邵恒，我上次拿回来的碎药渣你收哪儿了？"刀刀问道。

"就在厨房的柜子里面，上面那层。"

"一定收好。最近治疗风寒的药材缺得紧，这点儿药渣虽起不到什么作用，也比没有强。"

"是因为染病的人多，所以药材紧缺吗？"郭嘉状似无意地问刀刀，但心里总有种不好的感觉。不管什么时候，即便是染病的人数偶有增多，一般药材的存储量是不会出现紧缺的，除非是染病的人数超出了一定范围。这可不是什么好兆头。

"不太清楚。今天我们掌柜的都没进到货，他说要去打听打听。"

"这几天能不出门，就别出去了。爷爷，明天你跟邵恒就在家待着吧。"没有得到爷爷的回复，三个人朝爷爷看去，爷爷竟在那打盹儿呢。

"爷爷，我扶您回屋休息吧。"刀刀轻轻碰碰爷爷胳膊。

"嗯？不用，我自己能走。"爷爷晃晃悠悠地站起身，朝自己屋走去，"岁数大了，动不动就感到乏累，老咯……"

三个人听着爷爷的碎碎念，都低笑不语。

次日清晨，刀刀早早地来到药材铺，看见掌柜的脸色沉重，心里咯噔一下。

"掌柜的，您脸色不太好，是不是没休息好啊？"刀刀关心地问道。

"唉……刀刀啊，你整理一下现有的药材，主要是治疗风寒、发热的还有多少。"

"我昨天整理过了。桂枝剩余的多些，白芍剩的比较少，黑附子也余少量，只有炙甘草，所剩无几了。"

"当归可以暂代白芍，肉桂能够代替黑附子，这两种药材重新整理一下。至于炙甘草，现在紧缺得很，基本是进不到货了……"

"掌柜的，炙甘草不就是很普通的一味药材吗，为何会这般紧缺？"刀刀不理解，怎么突然就进不到货。

"听说前几天就有人大量购买炙甘草。等到我们得到消息的时候，炙甘草早就被人买走了。"掌柜的心里气愤，有人要无事生非啊。

"掌柜的，那我们怎么办？"

"这样，让大夫开个方子，你按照方子，把药一包一包装好……哎，大夫怎么还没来呢？"坐堂大夫的桌子后面空空如也。

"是啊，往常这个时候，大夫早就到了。"坐堂大夫一向守时，每日与刀刀都是前后脚到达药材铺，今天却没有准时到，刀刀有些担心，"该不会也染病了吧？"

"你还记得大夫给那个妇人开的药方吗？"

"记得。"

"好，抓药。"掌柜的吩咐道。

太平道分部内。张角正吩咐二弟张宝："符咒要用药材处理好。最近求符水的百姓越来越多，不仅仅是我们增加人手的绝佳机会，还是我们拿下颍川的突破口。"大量购买药材的不是别人，正是张角。

"大哥放心，所有的符咒都已用药水泡制过，保证让那些百姓喝下之后症状减轻，到时候就不怕他们再怀疑我们。"

当初太平道是以符水治病而出名，只有张角和他的两个兄弟知道，符水根本没有一点治病的作用。若一定要说符水有什么作用，那便是心理作用吧，其中还夹杂着张角仅有的一点儿医术，他用蘸过药汁的毛笔写符咒，当然这药汁不是万能的，无非就是些清热解火的。

他们在发放符水之前，之所以让百姓们跪在地上说出自己以往的过错，不仅仅是因为信奉"黄帝"和"老子"，在他们的认知里，只有黄帝时的天下才是太平世界，而在太平世界里，既无剥削压迫，也无饥寒病灾。有很多百姓在描述自己罪过的同时，往往会说出自己或者家人的病症。这时，他们会选择一些病症较轻的人发放符咒，这也增加了符咒的神秘感、紧缺感。百姓们能否求到符水，全凭造化。慢慢地，太平道被传得神乎其神。而病症较轻的人，服用过清热解火的符水之后，便会痊愈。其实就算不服用符水，也会痊愈。渐渐地，求符之人越来越多，信服太平道的人也越来越多。

然而欺骗就是欺骗，太平道治不好的人越来越多。有些人甚至因为相信太平道，哪怕病得再重也不肯去看大夫，最后导致死亡。久而久之，质疑的声音四起。为此，张角是绞尽脑汁地想办法解决。

"还是你机灵，要不是你敏锐地察觉到此次病情没那么简单，我们怎么会独占先机。没想到让你说着了，按照这个传播速度，肯定是疫病。简直是天助我也啊！等我们大事一成，定不亏待你！"张角看向身旁的手下唐周，一手拍在他的肩膀上，眼神里透露出赞赏。

"谢过首领。"唐周恭谦道。

"要不是大哥懂医术，我们怎么知道提前购买炙甘草呢。"张宝一直看不惯唐周，认为自己才是张角的亲弟弟，更应该得到重用。

"二爷说得是，要不是首领博学，我们还发蒙呢。"唐周附和道。

"只要事成，你们都是功臣。"张角脸上露出得意的笑容。

"二弟，给各地的兄弟发消息，近段时间要确保人数。只有人够多，我们的胜算才大。"

"放心吧，大哥。我这就安排去。"张宝向门外匆匆走去。

"唐周，把我们的旗帜准备好。还有，挑选几个机灵的、会写字的手下，待时机一到，便派他们去府衙的大门上写字。"

"好的首领，我这就去办。"

张角朝身后的椅子走去，慢悠悠地坐下，轻轻地抚平膝盖上的长袍，嘴角一直挂着意味深长的笑容。

郊外染病的那对夫妇所在的村子，陆陆续续很多人都出现了病症。有的村民，到城里求了太平道的符水，喝下后病症得以减轻，便在村里宣扬人平道。情况严重点儿的村民则是进城请大夫，但是大夫难请，没办法只能求符水，病症虽得以缓解，但仍不见好。一来二去，颍川城里出现症状的人也越来越多，甚至府衙里的官员也有染病的，这才引起郡守的重视。

"郭图，你找一位靠得住的大夫，进村看看情况如何？"郡守吩咐身边的郭图。

"目前这个情况，城门的出入管理也应加强，如此才能更稳妥。"郭图提议道。

"有道理。传令下去，加强城门管理，尤其是染病的村民，暂时不得进入城内，城内之人，不得擅自出城。"

"好，属下这就去办。"郭图心想：得找时间去通知兄长一声。还有康儿，现在负责的是城内的治安，得让他做好防范才是。唉，多事之秋啊！

郭图找到陈都尉，跟他说明情况，让他多派几名精兵勇士陪着大夫一同前往郊外的村子，若是该村子真的闹疫，当场就要控制住，不能让村里的人再出村。安排好一切，回来的路上郭图拐到郭府。小厮见郭图行色匆匆，赶紧跑上前接过马匹。郭图直奔郭达的书房，连门都没来得及敲，推开门直接大声说道："兄长，不好了！"

"发生何事？"郭达起身问道。

"颍川可能闹疫了！"

"什么？！可是近来的风寒所致？"

"八九不离十。府中可有储备药材？"

"二爷，谁没事儿能储备药材啊……"郭兴抢在郭达前面说道。

"快！赶紧派人去买。有多少，买多少。"郭图对郭兴说道。郭兴连跑带颠地带着仆人奔着药材铺、医馆就去了。

"你们府衙内可有人染病？"

"有几个。兄长放心，是底下的人，跟我们没接触。"

"你们当差，千万得注意啊！康儿他……"郭达十分担心郭康，又不好说出让郭康在家躲躲的话。

"兄长，郡守已经派大夫前往疫村，疫病很快就能解决。现在是关键时候，不好让郭康留守家中。不过兄长放心，我尽量拦着不让他出城办差就是。"

"难为你了。"郭达拍拍郭图的肩膀。

"最近你们还是少外出的好，以免染病。"

"嗯，我这就下令，不得擅自出府。宏儿就在家待段时日吧，族学那边我会去跟夫子知会一声。"

"行，兄长安排吧。我得赶回去跟郡守汇报情况，近日应该回不来了。"

"你放心，家里有我。你也要注意身体。"

郭图从郭府出来，匆匆赶回郡守府衙。

大夫来到疫村。进村前，将一块儿巾帕系在脑后，挡住口鼻，以免被传染。十几名精兵勇士分别站在村口两侧，等待大夫的指令。

有眼尖的村民，看到大夫背着药箱进村，立马站在村子中央，大声呼喊："大夫来了！大家快出来啊！大夫来了！我们有救了！"村民们听到呼喊声，纷纷走出家门，来迎接他们的救世主。

村民们看着大夫怪异的打扮，刚刚的热情化为乌有，取而代之的是恐慌、担忧、敌意、愤怒……

"大夫，你这是什么意思？"其中一个村民忍不住问道。

"不要误会，我是来为你们诊治的。"说着，大夫找个凳子坐下，摆放好药箱，等待着村民们上前把脉。

有的村民刚刚染病，没来得及到城里去抓药，这倒好，大夫上门诊脉，便小心地上前，询问道："大夫，我头晕、没力气，能给我瞧瞧不？"

"当然。"大夫示意村民伸出手臂，手在脉搏上轻轻一弹，微微点头，从药箱里拿出一包配置好的草药给村民，"回去三碗水煎成一碗，服下即可。"村民拿到药，高高兴兴地跑回家。

其他村民见状，也大胆地上前请大夫把脉。村中信奉太平道的几个村民在一旁露出不屑的表情，酸溜溜地说道："跟你们说了，符水好用，还不信。"村民们没理会那几个人，站好排，继续等大夫诊治。

没一会儿的工夫，大夫带来的药便都给村民了，但是能治疗的还是少数，毕竟药量有限。大夫心中已有定论，便收拾药箱准备回去向郡守复命。

"大夫，您就这么走了。我们怎么办啊？"村民们说道。

"你们也看到了，今日我带来的药已经都发给你们了，现在没有药，我也没办法再诊治。待我回去多配些药，再来为你们治疗。"

"多谢大夫。"村民们一齐向大夫鞠躬。大夫双手微抬，说道："大家不必客气，各自回家吧。尽量不要出来，避免交叉感染。"说罢，大夫背着药箱，向村口走去。

走到村口时，大夫看了一眼领队，微微点了一下头。领队立刻会意，一挥手，两侧士兵将事先准备好的拒马置于村口处以封锁村子，并拿出别在腰间的巾帕，像大夫那样系于脑后，以遮挡口鼻。

有些在自家院子里熬药的村民看见士兵封住村口，顿时慌乱起来，出来询问士兵，为什么要封村。

"这是上头的命令。你们在里面老实待着就行。"领队说道。

"谁下的命令！凭什么把我们封在里面。"

"对啊对啊！我们还要出去看病呢！"

"你们这也不讲道理啊！"

村民们越来越激动，甚至有村民带头要冲出去。这时，领队和士兵们纷纷拔出佩剑，领队大声喝道："违令者，斩！"村民们被吓住了，谁都不敢再造次。妇人们哭泣的声音响遍整个村子。

大夫回到郡守府衙，把村子里的情况告诉了郡守，已经确定是疫病，现已将村子封锁，等待郡守接下来的指示。

郡守召开紧急会议，部下们议论纷纷，各抒己见。郭图说出自己的想法："目前这个情况，我认为最有效的办法是将所有染病之人都送到那个村子，将村子继续封锁，直到里面的人病好为止。"

"眼下首要解决的问题是药材。现在贸然将所有染病之人送到疫村，必会引起慌乱。暂且不说那么大点儿的村子能不能装下这么多人，此举对村子里病愈的村民存在不公。如果将染病之人送到疫村，是不是可以让病愈的村民离村呢？"说话的正是荀彧。此时荀彧已在府衙内任主簿一职。

"当然不可。如其中有人谎称痊愈，岂不是闹出更大的乱子。"

"如果将染病之人送进村里，村里已经痊愈的人岂不是会再次感染？"

"如果不把这些人放在一起，我们怎么控制疫病？"

"可以小范围控制。同时，抓紧时间弄到药才是当务之急。"荀彧和郭图争论不休，僵持不下。荀彧对郡守说："我已让人调查过，是太平道的人大量购买药材。郡守，我们不仅要防止疫病，还要防止太平道趁乱胡来。"

"太平道不过是蜂营蚁队，不足为惧。"

"如今朝中宦官外戚争斗不断，边疆战事不止；加上去年大旱，颗粒不收而赋税不减，百姓本就苦不堪言，现在又闹疫病，很容易引起大乱。太平道趁机购买大量药材，动机已经很明显，我们不得不防。"荀彧言道。

郡守认为荀彧说得有道理，目前形势并不乐观："我会上报朝廷。文若，疫病的事交由你处理，一定想办法尽快弄到草药。分一队士兵和大夫任你调遣，要确保村子的百姓无恙。"

荀彧扣拳说道："郡守放心，文若定当竭尽全力。"

郡守又吩咐郭图："公则，你负责城内及城外的安全。都尉、兵士由你统领，要确保百姓安全。还有，定要留意太平道的动向。"

郭图扣拳道："郡守放心。"

会议散去，大家各自忙了起来。

掌柜的分了一点儿药材渣给刀刀，让她这几天先不要出门。刀刀捧着无比珍贵的药材渣回到家，将此事告诉了爷爷、郭嘉和邵恒。四个人围坐在桌子前，表情沉重。

"看掌柜的神情，应该是发生什么不好的事情了。"刀刀一只手托腮，消沉地说道。

"先别急，明儿我去打听打听。"郭嘉在一旁安抚大家。听刀刀之前的描述，周围生病的人越来越多，郭嘉心里隐约有了几分猜测，加上之前在街上，偶然听到过有人谈论起郊外的村子，大概已经猜出了七八分，剩下的二三分，他得找个人求证一下。

这时，爷爷在一旁咳嗽起来。刀刀赶紧去探爷爷的额头，好在没有发烫。刀刀问爷爷："爷爷，您是不是不舒服？"

"没事儿，年纪大了，身子骨不比从前了。"爷爷感觉身体乏力，以为是自己年岁高了，并没有在意。

"爷爷，今晚我跟您一屋吧。要是晚上有什么不舒服的地方，您可以喊我。"郭嘉有些不放心。

"少爷，还是我陪爷爷吧。您明天要去学堂，还要去打听事儿，且忙呢。"

"嘉儿啊，让邵恒陪我吧，正事儿要紧。"爷爷知道孩子们担心他的身体，没有拒绝孩子们的好意。爷爷这么说了，郭嘉只好点头同意。

幸好有邵恒陪着爷爷。夜半三更时，爷爷发热，整个人都烧糊涂了。

邵恒起来熬药，郭嘉和刀刀听到动静，立马起来，跟着邵恒一起照顾爷爷。三个孩子又是熬药，又是端水，又是给爷爷用巾帕敷额头，折腾了一夜，好在爷爷不再继续发热，挺了过来。

郭嘉一夜未睡，天亮后便急促出门，刚走到巷子口，就看到迎面匆匆而来的郭康，两个人会心一笑。

"爷爷、刀刀和邵恒可好？"

"爷爷染病了。"

"什么？！我随你去看看爷爷。"郭康一听爷爷染病，心里焦急。

"放心，吃过药了，今早刚刚退热，这会儿正睡着呢。"

"那就好。我想办法再弄点儿草药给你们送来。"

"家里还有点儿药渣，能对付一阵儿。府里人多，比我们更需要。"

"嗯，现在府衙上下，都在想办法弄草药。"郭康的声音听着无精打采。

"你经常在外面，更要注意。"郭嘉有些担心郭康。

"放心吧。好歹我是官府的人，若真染了病，朝廷定会管的。"郭康看了下四周，见没有旁人，便直截了当地对郭嘉说，"这是疫病。"

"可找到源头了？"郭嘉听后，眉头紧锁，真的被他猜中了。

"郊外的一个村子，目前已被封锁。"

"可有大夫进村？村里的百姓将如何？"

"听说已经派去了，但是目前这个情况，没有哪个大夫是心甘情愿地进村。百姓日子难熬啊！"

"总会熬过去的。只要找到药，所有的问题都会迎刃而解。我听说有人大量购买了一种药材，导致治疗这次疫病受阻。应该是有人想浑水摸鱼，趁乱搞事情。"

"你竟跟荀彧想到一块儿去了。郡守刚召集大家商讨疫病一事，荀彧当时就提出了疑惑，跟你所想的一样。"郭康吃惊道。

"嗯，如果我没猜错的话，买药的人应该是太平道的人。"郭嘉并不惊讶他跟荀彧想到一块儿，以荀彧的智慧，想到这点并不难。

"郭嘉，你真神啊！这都被你猜中了！"

"天下大势，分久必合，合久必分。况且这些年，太平道发展之迅猛，大家有目共睹。如今世道不好，他们难免会起异心。只是，我们都能看透的道理，朝廷却参不透啊。"

"唉，谁说不是呢。当今陛下只宠信宦官，听说太监张让、赵忠、封谞、段珪、曹节、侯览、蹇硕、程旷、夏恽、郭胜这 10 人朋比为奸，官员们给他们起了一个称号叫'十常侍'。尤其是张让，你能想象得到陛下竟称他为'阿父'吗，陛下把朝中大事全都交给他料理，陛下自己则安居深宫，每日享乐，不问政事。"郭康感觉心中燃起熊熊怒火，恨不能手刃了"十常侍"，还百姓们一个安居乐业的世道。

"有些事是我们现在无力改变的，只能尽人事听天命。"郭嘉心中悲叹，如此的大汉，要如何去坚守……

郭康见过郭嘉后，赶回家中。

"康儿回来了。"自从郭康在府衙当值以后，在家的日子屈指可数，大部分时间都在府衙忙碌。最近疫病流行，郭达很担心，这会儿见到郭康格外激动。

"父亲，我回来是有要事告诉您。太平道趁这次病乱，有起义之势。您务必要远离太平道之人，做好完全的准备，保证家里还有郭嘉的安全。"

郭达心里一颤，真的被郭嘉说中了，想起郭嘉不止一次在他面前提起太平道，警醒之意显而易见，他当时有过顾虑，只是没有想到一个十几岁的孩子，看问题竟看得如此透彻，他心中不免感叹。

"父亲？您有没有听到我说话？"郭康看郭达眼睛直了，不知在想什么。

"听到了，听到了。康儿，你放心，家里一切有我，你只管照顾好自己。"

"嗯。我去看一眼陆英就得回府衙了。等事情告一段落，我再回来。"郭康一直忙于公务，没时间陪伴妻子，这又赶上疫病，事情一大堆，更没办法好好照顾她，他想起怀有身孕的妻子，愧疚感涌上心头。

"郭兴啊，真的被郭嘉说中了。"郭达叹道。

"老爷，嘉少爷的确聪慧过人，您也别太过忧虑。如今少爷在郡守府当差，给咱们郭家争了不少脸面呢。"

"罢了，罢了。康儿的话你也听到了，吩咐下去，该怎么办就怎么办吧。"

郡守将疫病一事上报朝廷，好在朝廷为保颍川之安宁，调拨了很多药材到颍川，颍川才得以度过这次疫病。然而，百姓们还没从疫病的伤痛中喘息过来，张角那边就吹响了起义的号角。

这一年的三月，没有往年的微风细雨、春暖花开，那吝啬的雨和狂怒的风占据了月初的一个清晨。百姓们还沉浸在自己编织的美梦中，偶尔能感受到狂风从耳边呼啸而过，想睁眼瞧瞧，却怎么也睁不开眼，仿佛梦魇一般。

殊不知，等待他们的是满街的黄色旗帜，每面旗帜上面都写着"苍天已死，黄天当立，岁在甲子，天下大吉"的口号，各地的府衙大门上不知何时被写上了"甲子"二字。张角私造黄旗，约期举事。

此时太平道的徒众已达 40 余万人，被张角划分为三十六方，大方有万余人，小方则六七千人，并且每方各立统帅。张角派部下马元义到荆州、扬州召集数万人，到邺城准备。不仅如此，张角还勾结了朝中宦官封谞、徐奉，想要来个里应外合，一举更代换主。从张角一系列的安排，不难看出他的反意并非一朝一夕。若不是张角的部下唐周告密，想必朝廷还被蒙在鼓里，安然自乐呢。

唐周为人自恃过高，本可凭着聪明才智谋取更好的生活，奈何世道不公，没有钱财根本买不到官，更不要说仕途之路了，连个门槛都进不去。最后被生活所迫，只能投奔于张角门下。但是在唐周的眼里，张角三兄弟愚昧无知、愚不可及，就连这种人都能成为一方首领，揭竿起义，自己为什么不能？于是，他趁着张角让他到洛阳联络内应的机会，向朝廷告密。

刚开始，朝廷并没有将唐周的话放在心里，直到张角自称"天公将军"，张宝称"地公将军"，张梁称"人公将军"，四方百姓头裹黄巾追随张角，兵锋所及，焚烧各地府衙，劫掠城镇村落，各州府衙和郡守府衙无力抵抗，许多官兵甚至弃职逃命，不到一个月的时间，天下响应，而张角发起的这场起义被称为"黄巾起义"。直到这时，才震动京师。

大将军何进意识到危险已逼近，天刚亮，便赶到嘉德殿等候汉灵帝刘宏，向汉灵帝奏请火速降诏。汉灵帝听到消息后，心里十分害怕，立刻召集御前会议，与群臣商讨对策。

"臣以为，首先可以大赦天下，召回那些因党锢之祸而被放逐到边疆的罪犯及其妻儿。当然，张角不在赦令之内。然后，征调精兵，讨伐黄巾军。"何进提议道。群臣附议，汉灵帝最终采纳了大家的意见，被迫取消党禁，大赦天下党人，并将平定叛乱一事全权交给何进。而与何进私交甚好的袁氏袁绍，这才答应何进的辟召。

袁绍体格健壮，仪容雄伟，喜爱结交天下贤才，加上显赫的家世，宾客们从四面八方前来依附。他一直对当朝宦官不满，有意借何进之力除掉宦官，而何进一直不满宦官的专政，因袁氏门第显赫，也很信任袁绍，所以两个人关系非同一般。

陛下既已下令，何进不敢怠慢，命各处加紧防备，并调遣中郎将卢植、皇甫嵩、朱儁，各率领一队精兵，分三路讨伐黄巾军。首先要征讨的便是颍川郡的黄巾军，因为颍川郡距离洛阳只有100公里，可以说黄巾军已经打到皇城根儿下了，情势十分危急。

巧的是，何进派去颍川支援皇甫嵩等人的正是之前被免职的曹操。曹操被拜为骑都尉，受命与皇甫嵩等人合军进攻颍川的黄巾军。

黄巾军虽阵势浩大，但其中有个致命的弊端，就是一个不懂用兵之道的首领带着一群百姓挑战数万精兵，除了人数上的优势，再无其他。谁能想到张角竟然下令用草做帐篷呢？这时恰好刮起了大风，皇甫嵩便登上城墙，他命士兵举着火把，组成一队先锋，直扑黄巾军的阵地，喊声震天，纵火烧营，整个天际被漫天大火照亮。营内的黄巾军惊慌失措，四处逃窜，溃不成军。

就在张角束手无策的时候，曹操率领的援军适时抵达，他与皇甫嵩、朱儁会合以后，再次对黄巾军发起猛烈攻击，并大破黄巾军，斩杀数万人。无奈之下，张角只好逃奔冀州。而其他地方的黄巾军，也遭到政府军的打击。

黄巾军从颍川败逃之后，卢植、皇甫嵩和朱儁继续带兵追击黄巾军残部，曹操则暂时留在颍川驻守，以防黄巾军余党再次祸乱。

颍川郡守阴修带着主簿荀彧，计吏郭图，站在府衙门口一起迎接曹操。

"曹都尉有礼。"郡守双手作揖。

"郡守有礼。"曹操亦双手作揖。

"荀彧、郭图，拜见曹都尉。"荀彧和郭图在一旁行礼。曹操眼睛一亮，上下打量着荀彧，心想：原来他就是荀彧，果然一表人才，不错不错。郭图在一旁看到曹操对荀彧一脸的欣赏之情，心中极其不痛快，碍于郡守在场，不好发作。

"早就听闻荀文若大名，百闻不如一见啊！"曹操直接唤荀彧的字，显然没有把荀彧当作外人，欣赏之情溢于言表。

"曹都尉谬赞了。"荀彧谦虚道。

"好了，都别在这儿站着了，快进府，我已让人备好酒菜，就等着曹都尉呢。"郡守适时开口说道。

酒席上，众人讨论起黄巾起义。

"曹都尉，我敬您一杯。若是没有你们奋力平乱，我颍川百姓不知何时才能过上安稳日子。"阴修举杯说道。

"在其位谋其职。我们只是做我们该做的事情，郡守无需这么客气。"曹操也举起手中的酒杯，一饮而尽。

"谁能想到这群乌合之众竟如此胆大包天，趁乱起义，真应该把他们都千刀万剐了！"郭图愤愤地说道。

"张角之所以起义，百姓之所以拥护他，都是因为宦官当道，民不聊生，民怨四起所致，并非一朝一夕之事。"曹操摇摇头，哀叹道。

在座的都是地方官员，只有曹操是朝廷派来的，他的话让大家很惊讶，没想到他可以毫无顾忌地说出大家心中所想、不敢明说的话。曹操在众人心中的形象顿时高大起来。当然，除了郭图。

郭图一直看不上曹操，不光是因为曹操其貌不扬，他认为曹操敢这么肆意就是仗着自己的家世，跟那些靠着陛下把握政权的宦官没啥区别。然而，郭图大错特错。在不久的将来，他就真真正正地体会到曹操的厉害之处了，却为时已晚。

"但愿陛下能够体会到百姓之苦，理解百姓之愿，那才是百姓之幸。"荀彧叹道。

众人沉默不语，大家心知肚明，若当今陛下真的能够参透这个道理，何来的黄巾起义呢？百姓之哀啊！

就在张角如火如荼搞起义的时候，一位英雄脱颖而出，此人便是刘备，曹操半生的宿敌。

刘备之所以能够崭露头角，还得谢谢幽州太守刘焉。刘焉听闻黄巾军就要打到幽州来，惊慌之下，深感手下兵力单薄难以抵敌，急忙派人四处张榜招募义兵。

榜文行到涿县，被刘备看到。此时的刘备已经28岁，他不好读书，性情宽和，少言寡语，喜愠不形于色；他一向胸怀大志，喜好结交豪杰志士；刘备生得身长七尺五寸，两耳垂肩，双手过膝，目能自顾其耳；是汉景帝玄孙，中山靖王刘胜的后裔。刘备幼年丧父，对母亲特别孝顺，家中贫穷，以贩履织席为生计，家就住在涿县楼桑村。十几岁时，曾奉母亲之命外出游学，师从郑玄、卢植，与都督公孙瓒是好友，可见刘备的人脉很广。

刘备带着榜文，来到幽州找到刘焉，在刘备的帮助下，刘焉得以对抗黄巾军。然而，没过多久，刘焉便前往益州整饬吏治。刘备与其辞别后，回老家待了一阵儿。

黄巾军可谓是一败再败，溃散不堪，大多残余部众纷纷向朝廷投降。

而张角，早已在政府军的捕杀下而亡。

这时，朱儁率军包围宛县，围困城内的黄巾军将领韩忠。韩忠张皇失措，自知抵抗不过朱儁带领的精兵强将，于是要求投降。将士们听到韩忠要降的消息，都很高兴，欣然同意。但是朱儁却说："不可纳降。从前，在秦末楚汉之际，百姓并不固定地隶属于某一位君王，所以通常用奖赏来号令大家归附。而今，全国统一，唯独黄巾军掀起了叛乱。如果我们现在接受了他们的投降，就无法鞭策那些安分守己的百姓。只有将他们诛杀，才可以惩治罪恶。最重要的一点，如果我们接受了他们投降，就等于是放任了他们，对他们有利时他们就进攻，对他们不利时他们就投降保命，这绝对不是上上之策。"

属下们听了朱儁的话，恍然大悟，都认为他说得有道理。于是，在朱儁的指挥下，一连发动了几次对黄巾军的急攻，却没能取胜。

战况陷入僵局，朱儁愁眉不展，没有想出哪里出了问题。按理说，韩忠及其手下撑不了这么久的，为了找出答案，朱儁登山眺望，茅塞顿开。

"原来如此。"朱儁对身旁的部下说道："看到了吗？现在他们被紧紧包围，这种情况下，根本没办法突围，又投降无望，所以他们决定死战到底。一万个人一条心就不可抵挡了，何况这是数万条人心。这样，我们先佯装撤退，韩忠看到城外解围，自然会逃出来。只要他们一出这座小城，士气便会低落。这个时候，我们可以发动突袭，打他个措手不及，定能攻破城池。"

属下得令，带着将士们拔营撤退，结果不出朱儁所料。韩忠在城门上见朝廷的军队撤退，果然出城。到了城门口，韩忠发现中计，四面而来的朱儁军势如破竹，一举拿下韩忠等人。朱儁下令乘势追击，大败黄巾军。

三郡的黄巾军都被平定，黄巾军从此瓦解，各地州郡对黄巾军残余展开大肆搜捕。然而，黄巾军只是一个开始，各地农民纷纷效仿张角起事。这边被镇压了，那边又再起来，可谓是这边摁倒葫芦那边瓢又起来，此起彼伏，不可胜数。

尽管经历了黄巾起义，可是当今陛下并没有吸取教训。这时的十常侍大权在握。他们权力过大，就开始想如何敛财，几人聚到一起互相商议，凡是不依附他们的官员，统统被这些宦官杀掉。赵忠、张让更是派手下向击败黄巾军的将士索要财物，有不服的当即奏请陛下罢免其官职。陛下还加封赵忠等人为车骑将军，张让等 13 人并封为侯。

这无疑加剧了朝廷与百姓之间关系的恶化，百姓怨声载道。长沙有区星作乱，渔阳有张举、张纯造反，这些叛乱之事都被十常侍隐瞒下来，没有告诉陛下，却假传陛下的诏令，命孙坚镇压区星，又封刘虞为幽州牧，领兵征讨张举、张纯。

任职于代州牧的刘恢听说此事，向刘虞举荐了刘备。刘虞正是用人之际，心里自然欢喜，便委任刘备为都尉，率兵平定渔阳。刘备出色地完成了这次平定渔阳的任务。

刘虞为刘备向陛下奏请大功，陛下这才下令赦免了刘备鞭打督邮的罪过，任命他为下密县丞，转升高堂县尉。好友公孙瓒借机继续为刘备上表，列举他此前平定黄巾军的功劳，并举荐他为别部司马，代理平原县令。刘备的仕途之路，迎来新的气象。

随着黄巾起义的瓦解，颍川又恢复到往日的平静。大家熬过了疫病，经历了起义，郭家终于在丰收的季节，迎来了两大喜事：一是郭达的长孙、郭康的儿子出生；二是郭嘉作为郭氏家族的代表，考上了多少学子梦寐以求的颖川书院。由于黄巾起义引来的暴乱，颖川书院这一年的招生一直延迟到秋季才举行。而这段时间，郭嘉在家里刻苦读书，皇天不负有心人，作为郭氏家族唯一一个考上颖川书院之人，为家族增添了很多光彩。

再看郭达，对郭嘉的顾虑已然消失了，眼前只剩下家族的荣耀。这份荣耀确确实实是郭嘉争得的，郭家现在的安稳也多亏郭嘉。若没有郭嘉的提醒，郭达断不能与张角断了联系。那么，黄巾起义带来的后果将不堪设想，恐怕他们郭家早就被株连了。这一桩桩、一件件，让郭达对郭嘉暂时放下了防御和加害之心。直到后来发生的一件事，让郭达对郭嘉痛下杀心。

郭达此刻的心情，不能单单用激动二字来形容了，若是背后长出一对翅膀，他绝对是飞得最欢的那一个。为了庆祝长孙出生和郭嘉考上颖川书院，郭府内，又是一片忙碌的景象。

院子里张灯结彩，到处都是红火喜庆的景象，门廊上挂满了灯笼，门柱两侧挂满了红绸缎，厅堂前摆放两排整整齐齐的桌子，桌子上满是丰富美味的菜肴。郭达正在郭府的门口迎候宾客。

"郭伯父，恭喜恭喜！"来人正是荀彧，"家父最近身体不便，特派我来道喜，还望伯父包涵。"

"贤侄能来我已经很高兴，快请快请。"如今荀绲慢慢隐退，府中大小事宜均交由三个儿子处理，能派荀彧前来贺喜，还是很给郭家长门面的。

郭康和郭嘉一同将荀彧引进内堂，这时，颖川郡守派人前来道贺，郭康只得出去接见。内堂里只剩下荀彧和郭嘉，还有几个下人。

"恭喜奉孝如愿考入书院。"荀彧开口道。

"谢谢文若兄。"

"以后我们能经常见面了，有什么需要我相助的地方，尽管开口，不要跟我客气。"

"文若兄不是在府衙任职吗？还会回书院吗？"

"嗯。闲暇时我便会回书院。"

"那就麻烦文若兄了。"郭嘉双手作揖，脸上露出笑容地说道。

郭嘉成为颍川书院年纪最小的学生。正因为年纪小，学问好，郭嘉经常会被比他大的学生们排挤、欺负。书包里经常会发现虫子，竹简上经常被人乱涂乱画，午休时学生们经常围在一起嬉笑打闹，唯独郭嘉形单影只。这些郭嘉都置之不理，没有放在心上，他似乎早就习惯了。他会在学问方面让欺负他的人闭嘴，每次夫子提出难题的时候，也只有郭嘉能够不慌不忙地答上来。这也让那些自视过高的学生对郭嘉的敌意更深。

荀彧偶尔会跟夫子打听郭嘉的情况，夫子说得隐晦："郭嘉是个好苗子，聪慧得很，就是性格过于内向。"

荀彧明白，书院里的学生，都是博学多才，且家世较好。像郭嘉这样年纪小，又是旁支，自然会遭到大家的嫉妒和排挤。

自从荀彧在府衙当值，这些学生基本没有再在书院里见过荀彧。直到郭嘉的到来，他们时不时地就能看到荀彧的身影出现在书院。而且每次都是跟郭嘉在一块儿，两个人有说有笑。慢慢的，大家似乎明白了荀彧的用意，也就不再那么欺负郭嘉了。

郭嘉在荀彧的帮助之下，在书院的日子过得也比较舒心。两个人经常一起讨论天下大事，别看郭嘉年纪小，想问题总能想到深处，看问题总是看得长远。

此时的曹操，已迁为济南相。任期内，曹操治事如初。济南国有县十余个，各县长吏大多依附权贵，贪赃枉法，嚣张跋扈。之前历任国相对此皆置之不问。曹操到职后，便大力整改，向朝廷奏免多个长吏，使济南震动。那些贪官污吏闻讯纷纷逃窜。所谓"政教大行，一郡清平"。朝廷为了笼络曹操，徵还其为东郡太守，拜为议郎，但是曹操却果断拒绝了。他并不是一个愿意迎合权贵之人，于是托病回归乡里，暂时隐居。

北中郎将卢植被朝廷罢免后，改拜董卓为东中郎将，接管冀州事务。但是董卓却放弃了围剿黄巾残余的最佳机会，于是朝廷令中郎将皇甫嵩北上冀州，董卓被罢免至廷尉受审，被判减死罪一等。

这些朝中发生的变动，都是荀彧讲给郭嘉听的。慢慢的，郭嘉对朝局越来越了解。郭嘉、荀彧、曹操、袁绍、刘备，等等，谁能想到看似没有联系的几个人，在以后的岁月里，命运却交织在一起。

第二十二章

迫于无奈

转眼间，两年的时间过去了。四季依然交替，百姓依然残喘。

因为之前疫病的缘故，爷爷的身体大不如从前，只能在家里静养。这天，爷爷像往常一样坐在院子里的藤椅上晒太阳，突然响起敲门声，刀刀跑去开门，见来人是一位陌生的老爷爷，身边跟着一个不认识的大叔，便问道："您找谁？"

"我姓陈，来探望故友。"老爷爷笑呵呵地说道。

爷爷闻声坐起身，步履蹒跚地走到门口，看见来人，惊讶得说不出话，两眼微红。老爷爷见到爷爷，眼眶也有些湿润。

"郭兄啊，许久未见啊！"

"陈兄！快请快请。"爷爷的声音有些颤抖。原来此人正是颍川陈氏陈老爷。

爷爷和陈老爷年轻时是十分要好的朋友。后来因郭嘉父亲的缘故，郭嘉这一支败落。而陈老爷为了在家族中站稳脚跟，也是举步维艰。生活无奈，导致两位老人失去联络，但在二人的心中，彼此还是好兄弟。

"陈兄多年未见，此次前来，是为何事？"爷爷不解地问道。

"趁着还有一口气在，来看看你，叙叙旧。"

"陈兄这是什么话！"爷爷有些激动地说。

"唉，我们都老了，身子骨什么样儿，自己最清楚。我啊，就是想在走之前，了一桩心事，还望郭兄成全啊！"陈老爷哀声道。

"是啊，我们都老咯。陈兄有什么事儿，不妨直说。"

"我来啊，是向你提亲的。听闻你的孙儿郭嘉，才智过人，眉清目秀，一表人才。我特来为我那小孙女求上一求，望两个孩子能够喜结连理，我们哥俩儿亲上加亲。"陈老爷脸上堆满了笑容。

刀刀正为两位老人家斟茶，听到这话，一个激灵，茶水洒了出来。爷爷看在眼里，心中惆怅，他对陈老爷说道："陈兄啊，恕我直言，依你孙女的条件，可以寻一门更好的亲事。你瞧我这，家徒四壁，怕是会委屈了孩子。"

"郭兄，你这么说就见外了。虽然现在这个世道，做什么事情都看家世背景，讲究门当户对。可我只想为孩子找一个信得过、靠得住的夫婿。虽然你这一支光辉不再，但是，我相信以郭嘉的智慧，终有荣耀的那一天。"

"我还是不明白，以陈家现在的地位，不应该上我这来提这门亲事啊。"

"郭兄，不瞒你说，陈家的旁支一直虎视眈眈地盯着族长之位，犬子能力倒也不差，就是身子骨还没我硬朗呢。再看孙子这辈儿，难成气候啊！"陈老爷唉声叹气道，"我闭眼之前，一定得找到可以托付陈家未来之人"。

"你的意思是让嘉儿当上门女婿？！这可使不得！"爷爷严肃地拒绝了陈老爷。

"不不不，我怎么可能委屈郭嘉呢。若是这门亲事真的成了，我会让两个孩子单独生活，不必参与陈家的纷争。只要郭嘉念着岳父家，时刻警醒着，我就心满意足了。"

爷爷看着茶杯中的茶水，久久未语。

陈老爷见爷爷许久未说话，继续说道："郭兄，你我深知家族中的纷乱，不比在朝廷为官轻松多少。郭嘉是郭氏唯一考上颖川书院之人，给郭家带来了荣耀，同时也给自己带来了艰难，想必郭兄心里明白。我们所处并非我们所愿，奈何现实如此。我们也只能为后辈找个可以依靠之人，互相成就吧。你不必有心理负担。若成了，我们高高兴兴地喝上一顿。若不成，你我依然是好兄弟。"

陈老爷把话都说到这份儿上了，爷爷不好再沉默："陈兄，待我问问嘉儿，看看他的意思吧。"

"好，那我等你的答复。"管家扶着陈老爷离开了。剩下爷爷坐在桌前，久久未动。刀刀也呆坐在屋里，脑子一片空白。爷孙两个人就这么坐到天黑。

"爷爷，天都黑了，怎么还在这儿坐着呀。"是邵恒回来了。

"邵恒回来了，快来歇歇。"

邵恒看刀刀从屋里走出来，愣了一下："你在家呢。"

"嗯，我去做晚饭。"刀刀一脸不高兴地说。邵恒犯起嘀咕：爷爷和刀刀的神情不太对啊，有古怪。

吃饭的时候，爷爷和刀刀很默契，谁都没有提起陈老爷一事，沉默得让郭嘉和邵恒很不自在。郭嘉看向邵恒，挑眉：怎么回事儿？邵恒瘪嘴，微微摇头：我也不知道啊。爷爷和刀刀权当没有看到两个人的小动作，一顿饭吃得各怀心思。

　　爷爷这两天夜里几乎没怎么睡，脑子里想的全是郭嘉和刀刀。爷爷早就知道当初卖掉郭嘉的人是郭达；也知道郭达与张角一直有联系，要是没有郭嘉的警醒，恐怕郭家这棵大树早就倒了；还知道刀刀对郭嘉有情，郭嘉对刀刀有意；更加知道如果有一天自己不在了，郭嘉就没有了依靠。他活着，郭达都敢卖掉郭嘉，他要是死了呢，郭达还有什么顾忌的吗？爷爷越想心里越堵得慌，一面是郭嘉和刀刀的两情相悦，一面是他们的安危。怪就怪自己的身子骨太弱，不能再多照顾他们几年，哪怕是再给他两年的时间，待郭嘉可以独当一面，他再倒下，也不至于像现在这样困苦。

　　爷爷始终没有跟郭嘉提及亲事，只是自己为难着自己，身体越来越不好，终日里没什么精神头儿。刀刀这些日子也好不到哪里去，脑海里都是那天陈老爷说的话。这些年，郭嘉的努力，对她的爱护，她都记在心里。因为这些，她更加觉得陈老爷的话在理儿。

　　看着爷爷消瘦的脸庞，精神不振的样子，却又闭口不提郭嘉婚事的模样，刀刀心里难过。天刚蒙蒙亮，刀刀就起来，到集市上买了很多食材。整整准备了一天，做了一桌子郭嘉爱吃的菜。

　　晚上郭嘉和邵恒回来看到满桌子的菜，不由得惊呼："今儿过节呀？"

　　刀刀手里端着一大碗汤从厨房走出来，笑呵呵地说道："不是过节。但有好事儿。"

　　"什么好事儿，说出来让咱高兴高兴。"邵恒好奇地问道，最近也没啥特殊的事儿发生啊。

"一会儿你就知道了。"刀刀卖起了关子。

一家人就座，刀刀给每个人都倒上一点儿酒，清清嗓子，说道："我有件重要的事情要宣布。说之前呢，还得爷爷先点头才成。"

"这丫头，什么事儿得我点头啊？"爷爷的脸上终于有了笑容。

"好事儿，您点头就成。"

"好，好。我点头。"难得见刀刀又恢复以往的笑容，甭管啥事儿，爷爷都会答应。

"我正式宣布，认爷爷做我的亲爷爷，郭嘉为我的兄长，以后我就有姓氏了，我叫郭刀刀。"刀刀的脸上挂着灿烂的笑容，心里却生疼生疼的。

此话一出，爷爷颤颤巍巍地放下酒杯，邵恒愣在那不知如何是好，只有郭嘉举着酒杯，笑容僵在脸上。郭嘉深吸一口气，盯着刀刀，言语认真地问道："刀刀，你是认真的吗？"

"当然，认亲怎会有假。"刀刀故作轻松答道。

"你跟我出来。"郭嘉愠怒，将酒杯重重放下，起身朝屋外走去。刀刀只得跟在他身后走出去，在心里默默地告诉自己要挺住，定不能让他瞧出异样。

"为什么？"

"我想认你做兄长，还需要原因吗？"

"你明知道我对你……"刀刀打断郭嘉的话，她怕自己听到后会动摇："郭嘉，我知道你对我很好，从小到大都很爱护我，所以我很珍惜你，在我心里，早就把你当成兄长一般，现在我们结为兄妹，成为真正的一家人，不好吗？"

"只是兄长吗？"郭嘉盯着刀刀，想从她的表情里看到别的情绪。

"是的，只是兄长。"刀刀坚定地回视郭嘉。

"好，如你所愿。"郭嘉的话中充满了挫败感，说完，他头也不回地走了。他想不明白，究竟发生了什么？难道真的是自己会错意，以为刀刀对他有男女之间的喜欢？难道一直都是自己自作多情？

这一晚，注定是难眠的夜。

爷爷的身体越来越糟糕，他感觉到自己的时日不多了，于是找来郭嘉，跟他说了与陈家的亲事。郭嘉看着爷爷，第一次觉得一直以来疼爱自己的爷爷有点儿陌生。爷爷看到郭嘉的表情，就明白郭嘉心里是怎么想的，他像小时候那样摸摸郭嘉的头，慈爱地说道："嘉儿，如你心中所想，请不要怪爷爷。你现在还没有办法体会爷爷此刻的心情。当然，爷爷希望你永远不要有懂的这一天。好生地活着，不再有后顾之忧地活着，活出你想要的，这便是爷爷最大的期望。爷爷能为你做的很少，以后就要靠你自己了。"

"爷爷，嘉儿怎么会不明白啊。"郭嘉趴在爷爷身上，低声哭泣。他在心里问爷爷：难道不能再等等我吗？等我长成一棵参天大树，等我有能力可以庇佑你们。郭嘉第一次觉得自己特别的无能，什么都做不了，满是无力感。

爷爷仿佛能够听到郭嘉心里的声音，老泪纵横道："嘉儿，如果可以，我也想跟老天爷再要一些时间，但是老天爷要收了爷爷，爷爷没有办法啊。爷爷知道你心里的痛，时间会慢慢抚平一切。爷爷相信，一切都会好起来的。"

"爷爷，您放心。我是爷爷的孙儿，定不会让爷爷失望。"郭嘉擦干眼泪说。爷爷为他操碎了心，刀刀为了让他没有后顾之忧，甘愿做他的妹妹。所以，他必须收起无用的多愁善感，让自己强大才是硬道理。

郭嘉与陈氏之女陈曦的婚事算是定了下来，接下来就是筹备婚宴等事宜。

爷爷坚持要去趟郭府，亲自告诉郭达这个消息。郭嘉阻拦不住，只得陪着爷爷来到郭府。

郭达得知爷爷来了，亲自出来迎接。郭达上前搀扶爷爷："堂叔，有事儿您知会一声便可，还亲自过来。"

"许久未见族长了，趁着现在还能走动，过来看看你。再过些时日，怕是想看都看不到咯。"

"堂叔别瞎说，您定能长命百岁。"郭达把爷爷搀扶到书房，吩咐郭兴去泡壶上好的茶。

"哈哈，借你吉言了。"爷爷坐定，开门见山道，"我今天来，有个好消息要告诉族长。"

"哦？堂叔请说。"

"我啊，为嘉儿寻了一门亲事。"

"啊，好事儿好事儿，不知是哪家的姑娘被嘉儿看中了？"郭达惊讶道。

"是我们颍川陈氏家的孙女，年纪与嘉儿相仿，各方面都很合适。"

"陈氏？"到底是族长，就算心里再不高兴，面儿上还是笑呵呵的，"配得上我们嘉儿。何时办婚宴？我定为嘉儿好好筹办。"

"老身先谢过族长。这些年要不是族长的照顾，我们的日子难过哦。如今我这身子骨是不行了，就想着临走前，定要为嘉儿寻个安稳。虽然嘉儿是郭家子弟，终究没能作出什么贡献，还望族长多担待。若是日后我不在了，还请族长多加照拂。我们这一支，只剩下嘉儿一人，不求他大富大贵，但求他安稳无恙。这样，我才能有脸面下去见郭氏的列祖列宗啊！"

爷爷话中的深意，郭达听得明白，他点点头说道："堂叔，您放心，有我护着嘉儿，他定能安然。"

"有族长这句话，我就放心了。"

爷爷跟郭达在书房谈话，郭嘉和郭康在池塘边聊天。

"奕儿又长胖了。"郭嘉伸手逗弄了一下嬷嬷怀里的小娃娃，小娃娃用手紧紧攥住郭嘉的手指，使劲儿往嘴里送。

"这小娃子，能吃能睡的。"自己的儿子，咋看咋顺眼。谁能想到以前的混世小魔王，竟然当爹了，而且还是一个十分温柔的爹。

"跟你倒是很像。"郭嘉拿出一个荷包递给郭康，"这是刀刀用艾草缝制的荷包，让我带来送给奕儿。说艾草对小孩子身体好，放在身边，可解毒驱邪。"

"替我谢谢那丫头，有心了啊！"郭康翻看手里的荷包，凑到鼻子前闻了闻，"还得是姑娘家，手巧、心细。好久没见刀刀了，又长俊俏了吧。郭宏那小子总念叨刀刀。"

"嗯。俊俏不少，脾气也见长，做事还很有主见，从不问旁人的意愿。"

"哟，了不得啊！以后得是什么样的男子才能镇得住她啊。"

"是啊，得是什么样的男子啊。"

"你正当少年，怎么感觉有点儿沧桑呢？有心事儿啊？"

"我要成亲了。"郭嘉的话宛如一记重拳，使得郭康半天没发出声音，但是他的表情仿佛又说了很多话。郭嘉无奈地笑笑，"是陈家的孙女陈曦。"

"恭喜！"郭康就算再迟钝，也能明白其中的缘由。他不愿郭嘉这样为难自己，但是劝他的话又说不出口，最后只能化作"恭喜"二字。

送走郭嘉爷孙俩以后，郭康准备为郭嘉办一场热闹的婚宴，他来到郭达的书房，准备与父亲商量一下。刚走到门口，就听见里面传来茶杯摔碎的声音。

"这根本是在为郭嘉铺路！他们一定是觊觎族长的位置！我当初就不该把郭嘉送给太平道的人，应该直接处理掉。不然怎么会有现在的后患。"

"老爷……"郭兴的话没说完，被郭康推开门的声音打断。

"少爷。"

"康儿。"

郭达和郭兴没想到，他俩的对话被郭康听到了。

"是您把郭嘉送给人贩子的？为什么？为什么这么做？"郭康质问郭达道。

郭达本就在气头上，郭康这么质问他，更让他恼火："为什么？你说为什么？是为了你！为了郭家的未来！为了郭家的未来在你的手里！所以我要解决掉郭嘉这块绊脚石，他会阻碍你的族长之路。"

"父亲，难道我在您的眼里就这么无能吗？需要您用这么肮脏的手段去除掉郭嘉。您怎么下得去手呢？他是您的亲人啊！"郭康既悲愤又痛心。

"你觉得我卑鄙无情。可我做这一切，是为了谁！"

"我不需要您为我做这些。我最需要的就是您的信任！从小到大，您没给过我一分的肯定，您总是觉得我成不了才，成不了兄长那样的人。但你有没有想过，我是一个人，不是谁的替代品，我有自己的思想！即便是没有您的操作，我同样可以光明正大地为家族争得荣耀。而您，从来都没相信过。"郭康转身离开。郭达一屁股瘫坐在凳子上，郭兴眼疾手快上前扶住。

直到此刻，郭康才明白当初郭嘉为何阻拦自己把老黄头贩卖人口的事情告诉父亲，原来那时郭嘉已经知道是谁把他卖掉了。郭康的心情糟透了。

郭嘉和陈曦的婚宴筹办得差不多了。爷爷变卖了田地和老房子，用所有的积蓄，加上郭康的倾囊相助，为郭嘉置办了一套更大的院子。爷爷不想叫旁人觉得是郭嘉高攀了陈家。但是在外人眼里，可不就是郭嘉高攀吗，只有真正了解郭嘉的人才知道是陈家高攀了郭嘉。

郭嘉成亲之日，没有郭康那时排场大，但有陈氏、郭氏、荀氏三大家族捧场，也算热闹。郭嘉身穿刀刀亲手为他缝制的喜服，脸上挂着淡淡疏离的笑容。当置身于这场让所有人都满意的婚宴中，新郎官却成了看客。此刻的郭嘉，被内心复杂的情绪覆盖，他告诉自己要笑，要开心地笑。每多笑一分，他的心里就寒冷一分。他现在好像能够体会荀彧、郭康成亲时的心情了，没想到如今自己也成了局中人。

几家欢喜几家愁，难受的不止郭嘉一人。只有爷爷的脸上堆满了真诚的笑容。他能够在闭眼之前看到郭嘉成家，已无憾了。

第二十三章

爷爷病逝

　　日子平平淡淡地继续着，郭嘉每天照例去书院读书，他更加少言寡语。刀刀和陈曦每天负责家里的起居。当然，基本都是刀刀在干，陈曦旁观，毕竟成亲之前，陈曦是十指不沾阳春水的大小姐。对此，大家都没什么怨言，反而陈曦很喜欢跟在刀刀身边，跟她学熬汤。

　　"嫂嫂，你看，食材下锅之前，最好用热水烫一下，这样熬出来的汤就没有那么多杂质了。"刀刀很乐意教陈曦，她清楚地知道，以后照顾郭嘉的责任是要交给陈曦的。

　　"那药材什么时候放？"陈曦柔声地问道。

　　"跟食材一起放进锅里就行。每味药材滋补的疗效不一样，等我整理出来常用的几味再告诉你。"

　　"谢谢你，刀刀。要是没有你教我，我什么都不会。我连自己都照顾不好，怎么照顾郭嘉啊。"陈曦沮丧道。

"嫂嫂，慢慢来。让你学这些，是我哥委屈你了。"刀刀轻轻拍了拍陈曦的臂膀，以示安慰。

"不委屈。嫁给他，我很开心。"一抹红晕出现在陈曦的脸上。

平淡的日子没有持续几天，随着一日清晨邵恒的嘶喊声打破了宁静。

爷爷强挺着身体，熬过了郭嘉成亲，却没能熬到这一年的元旦。爷爷永远地闭上了眼睛。

院子里哭声一片，唯独郭嘉没有落泪，这就是大悲无泪吧。郭嘉有条不紊地安排爷爷的后事，三日礼、迎宾送客、安葬。所有的一切结束之后，郭嘉一个人来到爷爷的坟前，为爷爷斟上一杯酒，自己则拿着一壶酒喝起来。没有任何的言语，只是无声地落泪。郭嘉甚至不敢放声大哭，他怕躺在这儿的爷爷不能安息。

刀刀不放心，一直跟着郭嘉。她躲在树后面，看着郭嘉掩面而泣，还有抖得厉害的肩膀，心如刀绞，但她不敢上前安慰，只能在身后默默地陪伴。

爷爷的葬礼过去了一段时间，大家还沉浸在悲痛中无法走出。而郭嘉的变化，却让大家忧心忡忡。

郭嘉不再似从前般文雅、低调，每日里不修边幅。不穿鞋子就出门；头上插根草，没事儿就拔下来斗蛐蛐；有人来看他，他端着饭碗一边吃一边跟人聊天；这些都是常有的事儿。身边的人开始对郭嘉议论纷纷，讥讽、嘲笑的声音不断，郭嘉置若罔闻。

荀彧实在看不下去，找到郭嘉，质问道："你还要消沉多久？"郭嘉嘴里叼着树枝，一副吊儿郎当的模样，荀彧气不打一处来，伸手把树枝从郭嘉的嘴里抠出来，扔到地上："没完了！"

"我这样不挺好吗？潇洒、恣意。"郭嘉的语气中带着些许自嘲。

"当今陛下已经昏庸到了极致，他命人设置了西园官邸，正式公开售卖官爵：郡长2000万钱，中下级官员400万钱。而走正常途径升迁的官员，只录用半数，乃至三分之一，剩下的名额全部用来出卖。有人曾到宫门上书，指定要买某县的县长一职，陛下便按此县的大小、贫富决定县长的价格。不差银两的人买官，一次性把银两给足。没有银两怎么办？也可以买到官位。可以先赊欠，到任以后再用贪赃枉法的手段敛财，然后按照原定的价格，双倍偿还。陛下宠爱宦官，尽人皆知，在这种情势下，宦官的权势已达顶峰。他们毫无顾忌地四处敛财，百姓们的日子一天比一天难过。这是现在我们所生存的世道。"

"跟我说这些做什么。"

"郭嘉，我们生逢乱世，注定一生不会平坦、顺遂。难道就因为这样，我们就不活命了吗？你看看，现在谁不是在努力地活着，谁又活得容易？"荀彧见郭嘉低头不语，继续道，"爷爷会想看到你现在的样子吗？"

荀彧的话，轻而易举地触动了郭嘉心里的那根儿弦："兄长，我知道该怎么做，再给我点儿时间。"

自从荀彧找过郭嘉，郭嘉的行为恢复以往，行事却比以往更加低调，仿佛透明人一般。他的耳边时常萦绕着爷爷临走前说的那句话："嘉儿，木秀于林，风必摧之。"

就这样，郭嘉沉寂三年。直到中平六年，各郡举孝廉。郭嘉原本以为，作为郭氏唯一考上颍川书院之人，理应成为郭家的代表。然而，郭达的做法彻底让郭嘉不再对郭家抱有任何期望，郭达举荐的竟是郭康。

郭康也没有想到，多年过去，父亲依然没有改变，还是这么的在意族长之位，还是这么的不择手段。

恰逢此时陛下去世，政局动荡。皇子刘辩是嫡子，在大将军何进的拥立下，顺利登基。何皇后晋升为何太后，临朝执政。自此，何进大权在握。这时，何进的好友袁绍，劝何进乘机把宦官们一网打尽。何进本就倚重袁绍，自然接受了他的建议。

因为袁绍家世显赫，他的爷爷是太尉，叔叔袁逢、袁隗都有清高的声誉，在朝中担任重要官职。寝殿侍奉宦官袁赦认为自己与袁逢、袁隗同姓，所以想依靠他们做自己的外援，十分讨好袁家。当时的袁姓家族，尊贵无比，荣耀一时。但是，不管袁赦怎么讨好，袁绍也只跟何进走得近。

何进打算先从自己的妹妹下手，游说她把在寝殿侍奉的宦官全部免职，改用三署郎，没承想却遭到了何太后的拒绝。何进实在拗不过妹妹，只得退而求其次，诛杀了几个特别跋扈的宦官，以儆效尤。

袁绍得知何进只是杀了几个宦官，心中不平，找到何进说："宦官跟皇太后和皇帝至为亲近，是传达奏章、转述诏令的唯一渠道。如果不能彻底铲除，后患无穷啊。"

"我何尝不知呢。但是太后阻拦，我有何办法？"何进也很苦恼。他突然被擢升到高位，还没适应地位上的变化。而且他一向畏惧宦官，即便是有好的名声，但是做事不能当机立断，是他致命的弱点。

袁绍看得出何进的犹豫，提议道："我们可以征召四方的军事将领，还有各地的英雄豪杰。如果他们率兵向京师挺进，太后一定重视，就不会再加以阻拦。"何进听后心里高兴，欣然采纳了袁绍的建议。

就在何进准备征召时，部下陈琳提出反对意见："将军身负皇家威望，手握兵权，想做什么就可以做什么，但是不能用欺诈的手段来决断国家大事。若想对付宦官，您只要立即采取行动即可，到时为民除害，谁不归心？如果一旦集结各路兵马挺进京师，反而会适得其反。到那时力量强大的人才是首领，你要如何控制局面？如何自处？若被有心之人夺去了主导权，会招致祸乱啊。"陈琳言辞恳切，但是何进却不相信他的话。

此时的曹操，任职于典军校尉。听到何进要征召四方讨伐宦官的消息，不禁失笑道："自古便有宦官的存在，宦官拥有的权力在于君王对他们的宠信度，而非其他。若要惩治，诛杀元凶即可。何至于要劳师动众地征召四方，消息一旦走漏，不仅威胁不到中央，还有可能搬起石头砸自己的脚。可笑！"

如果何进把他的执拗劲儿转化成果断杀伐，可能不会使事情发展到不可收拾的地步，更不会因此而丧命。何进下令并州牧、河东郡郡守董卓进逼京师，属下劝阻说："董卓这个人一向薄情寡义，欲壑难填。如果我们倚重他，他定会为所欲为，反而是我们最大的威胁。"

然而，何进谁的话也听不进去。关键时候，袁绍又来扰乱他的心智，并威胁他说："争斗已然开始，消息已经走漏出去，将军还是趁早决断为妙！否则定会引起变数。"

袁绍一面派人监视宦官的一举一动，一面暗中联络董卓，让董卓在奏章上扬言要进逼洛阳西门外的平乐观。董卓正愁没有机会进京，袁绍的消息让他喜出望外，乐意至极。于是，董卓大张旗鼓地递奏章，挥师进京。

何太后后知后觉，发现时危险逼近，已经没有后路可退，为了保全自己，只得把宦官们全体罢黜，并将他们遣回故乡。宫里只留下一批何进的亲信。

袁绍见形势对他们很有利，便提出建议，乘此机会将宦官一网打尽。没想到何进拒绝了袁绍的建议。袁绍除掉宦官的决心十分坚定，他假借何进的名义，命各地州郡府衙，要他们逮捕那些宦官的家属。

这时，心太软的何太后做了一个间接害死何进的决定。她同意张让的请求，让这些宦官再次进宫服侍。何进得知后，赶到长乐宫，劝阻他的妹妹何太后，并请求何太后诛杀全体寝殿侍奉的宦官。没想到何进的建议被张让偷听到，为了保命，张让联合其他宦官，率领数十人，手执武器，埋伏在殿门口。待何进出来以后，张让假传诏令，说太后再度召见何进，何进毫无防备地再度入宫。然而，何进有进无出，在嘉德殿前，命丧于宦官之手。

事出突然，袁绍收到消息后，立刻率兵攻入北宫，并下令严防宫门，开始对宫里的宦官进行搜捕绞杀。宫里神号鬼哭，尸横遍野。不论老幼，无一幸免。袁绍没有就此收手，他命将士爬上北宫正南门，攻入寝殿。

张让等人正困守在寝殿里，束手无策。实在没有办法，他们只能裹挟陛下刘辩和陈留王刘协，数十人一起逃出洛阳北面东门，奔往北方逃命。直到深夜，他们逃到了小平津。这时卢植和闵贡赶到，厉声斥责张让等人，喝道："快点自行了断，否则我们就要动手了！"张让等人害怕至极，最后选择投河自尽。

卢植和闵贡护着陛下刘辩和陈留王刘协在深夜里徒步向南摸索。夜色漆黑，仿佛无边无际的厚重墨水大量涂抹在地平线上，连星星和月亮都吝啬地收起了光芒，他们只能靠着萤火虫的微光辨识脚下的小路。就这样走了好几里路，终于从路旁的一户人家要了一辆牛车，一齐挤到上面，继续奔走到洛舍。

卢植好不容易要来两匹马，陛下自己骑一匹，刘协和闵贡合骑一匹。他们从洛舍继续南下，直到这个时候司徒王允、太尉杨彪才率领援军赶来护驾。

第二十四章

时局动荡

　　董卓率领大军，已达显阳苑。他老远望见洛阳城内大火冲天，知道定是发生了变故，立刻下令，全军快速前进。终于在天亮以前，抵达洛阳城西。这时探子来报，说陛下此时正在北郊。董卓眼睛一转，马上率领精兵强将，直奔北郊。就在北邙阪下，董卓与陛下相遇。

　　陛下刘辩年仅 14 岁，还是个半大孩子，突遇变故，他被吓得不轻，又看到董卓率领大军，以为是来害他的，不停地哭泣。随行的官员对董卓说道："还请将军下令，军队向后撤退。"

　　"就你们还称为国之栋梁呢，什么忙都帮不上，竟让天子流落在外，一群饭桶，还有脸叫军队撤退！"董卓不耐烦地说道，然后径直走到陛下面前参拜。

　　陛下惊吓过度，已然不能正常交流，说话语无伦次，董卓耐心尽失，眼看要发火，陈留王刘协适时出声。别看刘协年纪小，回答问题，有条有理，毫无遗漏。董卓目光深邃地打量着刘协，心里盘算起了其他念头。

陛下终于安全地回到宫里。但是最重要的传国玉玺却在一片混乱之中不见了。

为了不叫人生疑，董卓把大军驻扎在洛阳城外，只带了3000名步骑兵进入洛阳。实际上，董卓早有自己的计划，为了威慑朝廷，他每隔四五天，就命士兵悄悄地溜出洛阳，再于第二日早上，战鼓震天、旌旗招展地进入首都。百姓们以为这是陆续抵达的董卓军队，没有人知道真实情况。

宦官刚除，没消停两天，董卓的狼子野心便昭然若揭。他每日带铁甲军马横行街市，出入宫廷毫无忌惮。文武百官都看出了他的野心，奈何刚刚安定，谁也不愿意出来多事。然而，百官的沉默加速了董卓夺权的步伐。

担任执金吾一职的丁原，被部下吕布所杀，董卓趁机吞并了丁原带领的所有将士，实力大为膨胀。然后，董卓罢免司空刘宏，改由自己接任。

接下来就是最关键的了，改立皇帝。

董卓把袁绍找来，说道："天下之主，应由贤者担任。陈留王刘协很是贤明，我打算改立他做皇帝。"

"皇帝尚且年幼，没有天下皆知的恶行。将军如果要强行罢黜嫡子，改立庶子，恐怕没有人会支持你。"袁绍坚决不同意。

"你算什么东西，敢用这种态度对我说话。如今天下都在我的掌控之中，何人敢反抗？如果没人同意刘协成帝也行，我大可亲自上场，到那时他们也就没有存在的必要了。"董卓手按剑柄，大声喝道。

"天下的英雄好汉可不是只有你董卓一人！休得猖狂！"袁绍也勃然大怒。说罢，袁绍拔出佩刀，向在场的官员做了一个半圆的揖，便昂首而出。

董卓的眼里充满杀气，但现在还不是对袁绍动手的时候。袁绍背景雄厚，世家贵族，他初到京师，若现在诛杀袁绍，必定会节外生枝，不利于他改立皇帝一事。于是，袁绍才得以平安离开洛阳，投奔于冀州。

京师没有了袁绍，董卓便没有了顾忌。文武百官没人敢质疑他的决定。于是，董卓正式宣布，由刘协登基为皇，同时毒杀了何太后。

没过多久，董卓便被擢升为相国，权倾朝野，一人之下万人之上。他在奏章上不用再写自己的名字，入朝时也不用像其他官员那般神色匆匆，上殿面见陛下时更不用解下佩剑、不用脱下木屐，处处彰显着谋权篡位的意思，毫无收敛。

董卓是出了名的残暴，人权刚握在手中，就控制了兵权及财政大权。随着权力的增长，他的欲望也跟着膨胀，甚至扬言："我乃全天下最尊贵之人！"

自此，洛阳成了一座恐怖之城，人心惶惶，朝不保夕。

这场政治闹剧看似结束，实则真正的动荡才刚刚开始。在董卓的暴政之下，百姓们依然暗无天日。而各州郡举孝廉一事也尘埃落定，最终由荀彧所得。

郭康因为郭达的所作所为，跟郭达大吵一架，不欢而散。思来想去，郭康决定离开颍川，要凭自己的实力闯出一番天地。临走前，他找到郭嘉，一肚子话却不知如何开口，最后化作一句"对不起！"

"兄长不必道歉，你没有错。"

"怎会没有？若不是我无能，我爹怎会如此做。"郭康垂头丧气，不知该怎么面对郭嘉。

"孰对孰错，哪有那么绝对。不过都是为了自己所愿而已。"郭嘉转身看向郭康，"兄长真的要离开颍川吗？"

"嗯，我想出去闯一闯，不想什么都靠我爹。"

"好，那我愿兄长一路顺风！多多保重！"郭嘉没有像其他人那样劝阻郭康，他相信以郭康的能力，不管到哪儿，都是当将军的好苗子。

跟郭康辞别以后，郭嘉来到爷爷的坟前，呆呆地坐了许久。天色昏暗，狂风席卷着乌云，眼看一场大雨就要来临。树枝被狂风吹得摇晃不止，树叶沙沙作响，这声音在树林里听起来尤其恐怖。郭嘉依然平静地坐在那，他很喜欢暴雨来临之前灰暗如墨的天色，因为只有暴雨过后，才能迎来更艳的阳光。

郭嘉回到家时，身上已被雨水浇透，同时浇透的还有他的心。陈曦见郭嘉这副狼狈的模样，赶紧拿巾帕为郭嘉擦拭。郭嘉顺势握住陈曦的手，严肃地说道："我有一个请求，希望娘子可以答应我。"

陈曦深情款款地看着郭嘉，柔声道："相公，你说。"

"我想去外面走一走，看一看。"郭嘉盯着陈曦的眼睛，怕她会觉得委屈。

"好，那我在家等你回来。"陈曦的眼神温柔得可以化作水了。

"不问问我原因吗？"郭嘉轻声道。

陈曦摇摇头说道："你想做的便去做。我只希望你记得，家里有我在等你，足矣。"

郭嘉将陈曦轻轻地揽入怀中。

第二十五章

游历四海

郭嘉带着邵恒悄无声息地离开了颍川，就连荀彧都是过了好一阵子才得知的消息。他没有责怪郭嘉的不辞而别，反而满是牵挂。如今他们荀家也是摇摇欲坠，实在没有能力再为郭嘉打算。

而朝廷在这期间也是瞬息万变。董卓专政后，封韩馥为冀州牧。韩馥也是颍川人士，在上任之前，征召郭图、辛评等人一同前往冀州共谋大事。

郭图回郭府与郭达商议前往冀州一事。

"康儿走了，你也要走。唉……"

"兄长，我们又不是不回来了。我此去冀州，还可以顾上康儿，听说他现在在冀州呢。"

"也好。有你在他身边，我也能安心了。"自郭康走后，郭达一下子老了许多，头发白了，背驼了，往日的神采已不复存在。

"如今董卓专政，我们总要有退路才行。"郭图安抚郭达道。

"好，走之前好好陪一下宏儿。这些年，你们父子相处的时间越发的少了。还有，宏儿已经长大成人，是该考虑考虑他的终身大事了。"

郭图认为郭达说得有道理，走之前是应该先物色好儿媳妇的人选，哪怕是先把亲事定下，回头等他从冀州回来再办婚宴也不迟。郭图让人打听颍川名士还有谁家的女儿待字闺中。

郭宏强烈反对郭图为他定亲，因为他已有了心仪之人。

"小兔崽子，我知道你心里怎么想。我告诉你，赶紧断了念想，你的亲事，我说了算！"郭图怒道。

"独裁、专政！凭什么你说了算，我的婚事我自己做主！"说着，郭宏跑了出去。心中越想越郁闷，他觉得是时候让刀刀了解他的心意了。于是，郭宏鼓起勇气，去找刀刀表明心意。

"师父，我有话跟你说。"

"何事？"刀刀随郭宏来到大门口。

"刀刀，我心悦于你，想娶你为妻，你可愿意？"郭宏紧张到手微微颤抖，脸涨得通红，甚至不敢大声呼吸。

"我不愿意。"刀刀回答得干脆利落。郭宏没想到刀刀回绝得这么痛快，愣在原地好一会儿，大脑一片空白，他不死心地问道："你心里有中意之人，是吗？"刀刀没有回答。郭宏继续追问："是郭嘉，对吗？"刀刀仍不作声。

没有否定，便是肯定，郭宏怀揣着最后的希望，问道："我还有机会吗？"

"没有。"刀刀回绝得彻底。这便是她，不喜欢就是不喜欢，绝不会给别人虚幻的妄想，"郭宏，我一直把你当作弟弟看待，以前是，现在是，将来也是"。

"好，我知道了。"郭宏失落地离开。

刀刀转身之际，看到陈曦站在门口，一时间慌了神。陈曦将郭宏和刀刀的对话全都听了去，现在也有些不知所措。刀刀觉得这么干站着也不是办法，于是先开口道："嫂嫂，你听我解释。不是你想的那样。"

"我想的哪样？"陈曦一脸严肃，故作刁难刀刀的模样。

"你别误会，我跟兄长没有任何逾矩的感情。"虽然刀刀以前为了生存，经常要撒些小谎，但这绝对是最违心的一次。

陈曦真是一位不错的女子，她没有像一般妇人那样歇斯底里、嫉妒发狂、心生怨恨，而是跟刀刀敞开心扉，说起了体己话："你知道吗？在很小的时候，我就听说过郭嘉的名字。起初并没有在意，但是随着年龄的增长，郭嘉这个名字好像在我心里生了根、发了芽。不管是谁提起这个名字，我都会偷偷留意。我还偷偷问过我哥哥，郭嘉长什么样子，我哥告诉我郭嘉瘦得跟萝卜头似的。但是我不信。我勾勒出的郭嘉，是一位翩翩公子。后来，家里准备为我挑选夫婿，我第一次感觉到慌乱。我很怕那个人不是郭嘉，那我该怎么办呀？于是，我去求爷爷，希望他老人家能够成全我，我还威胁爷爷说：我非郭嘉不嫁。这才有了后面的提亲、婚宴。我是不是很勇敢？"陈曦在说这些的时候，脸上始终挂着温柔的笑容。

"嗯，你很勇敢，是真正的勇士。"这话没有半点儿虚假，是刀刀由心而发。

"刀刀，我很羡慕你，可以跟郭嘉一起长大，走过那么长、无人能够替代的岁月。"

"嫂嫂，你跟兄长以后的日子更长呢。"

"不对，是我们一家人以后的日子长着呢。"陈曦笑着挽住刀刀的胳膊。

相较于郭嘉家里的温情，朝廷的混乱就让人脚底生寒了。这时，荀彧做出了一个令人震惊的举动，便是举家迁往冀州投靠韩馥。

做这个决定之前，荀彧征求过荀绲的意见，荀绲摆摆手，说道："如今朝中混乱，离开这是非之地也非坏事。你既然已经考虑好，按你说的办便是，无需顾虑太多。"

正是因为现在的朝局，让荀彧看不到任何希望，他才会举家搬迁。只是不知道何时才能再见到郭嘉。

董卓在朝中弄权跋扈、张狂妄行的情形传到了袁绍的耳朵里。袁绍怒火中烧，派人给司徒王允送了一封密信。袁绍在信中直接表明，自己愿意随时听候差遣，只希望王允可以寻找机会除掉董卓，并表示会去参加王允的生日宴会。

王允看过信后，沉思很久。

这天，王允像往常一样上朝。待退朝后，王允来到内阁，对值班的亲信老臣说道："今天是老夫的生日，想邀请各位晚上来寒舍喝杯水酒。"

大家一听是王允的生日，纷纷答应道："一定前去祝寿。"

王允吩咐下人，备好酒菜，在家中后堂设宴款待公卿大臣。酒过数巡，王允突然掩面而哭。

"司徒诞辰，本该高兴才是，为何突然哭泣？"众官惊讶地问道。

"其实，今日并非我诞辰。我只是想跟大家说说心里话，又怕董卓疑心，只好找了这样一个借口。"王允用衣袖拭干脸上的泪，继续说道："董卓独揽政权，欺凌陛下，残害百官，眼看汉室的宗庙社稷就要保不住了。

想当年，高祖皇帝灭秦诛楚，好不容易打下的江山，谁承想竟要断送在董卓的手里，我心里难受啊！"王允悲叹道。

众人听了王允的话，都是一脸愁容。这时，一个声音突然出现："满朝公卿，只会愁容哭泣，难不成能哭死董卓？还是能愁死董卓？"众人纷纷朝那人看去，原来是曹操。

谁知王允听到曹操此话，怒从心中来，厉声道："你身为大汉之臣，不想着报精忠，反倒嘲笑我们，怕不是别有用心。"

"旁的想法我倒是没有，但是我愿意以身犯险，去除掉董卓，解我大汉之危机，救百姓于水火。"曹操字字铿锵有力。

"孟德果然是真英雄啊！可有对策？"王允走到曹操面前，恭敬地问道。

"虽然我现在效力于董卓，实际上，我一直在寻找机会，除掉这个老贼。如今他对我还算信任，我可以随时接近他。听闻司徒藏有一把七宝刀，希望能借我一用，待我进相府，用此刀解决董卓，哪怕是搭上我这条命，也要除掉他！"曹操愤愤地说道。

"孟德此心，真是天下之福啊！"王允一边说，一边为曹操斟酒，并命人把宝刀取来给曹操。

曹操佩着宝刀，早早地来到相府。下人告诉曹操，董卓正在阁中小憩，曹操一听，暗自窃喜这可是个好机会，便径直走了进去。只见董卓在床榻上，吕布在一旁守卫。

"孟德，今天为何来得这么晚？"董卓见到曹操，开口询问道。

"回相国，我的马过于老弱，跑得不快，所以耽搁了些时间。"曹操恭谦地说道。

"正好有批西凉进献来的好马，你去挑一匹送给孟德。"董卓对一旁的吕布说道。

吕布得令去挑选马匹，这可给了曹操拔刀的机会。曹操刚想拔刀，犹豫了一下，他害怕董卓力气大，决定再观望一下。董卓坐了一会儿，感觉乏累，便倒身面朝里躺下了。曹操心里暗想：机会来了！果断拔出宝刀擎在手中，刚要刺下去，不想董卓在这时抬头，恰巧从镜中看见曹操在背后拔刀，猛地回身呵斥道："你要干什么！"

曹操紧张得开始冒汗，而吕布已经牵着马回来了。慌乱之中，曹操急中生智，顺势把刀举过头顶，跪下对董卓说道："昨日得宝刀一把，特来献给相国。"

董卓将信将疑地接过宝刀，仔细察看，点头说道："确实是好刀啊！"说着，让吕布收起宝刀，看向曹操，"走，带你去看看马匹。"

曹操走到马的跟前，抚摸着鬃毛，叹道："真是好马。相国，微臣可以骑上试试吗？"

"当然可以。"董卓就叫人备好鞍辔。曹操牵马走出相府，毫不犹豫地跳上马背，狠抽几鞭，飞快地朝着东南方向奔逃了。

吕布心中生疑，对董卓说道："曹操有些不对劲啊。"正巧这时李儒来了，董卓把刚才的事情跟李儒说了一遍。

"曹操的家人不在京城，自己一个人住在客栈里。可以现在派人去召请他，如果他敢回来，就是献刀；如不敢，那便是行刺。"李儒提议道。

董卓当即派了四名士兵去召唤曹操。过了很久，士兵才回来汇报说曹操压根儿就没回过客栈，而是骑马飞奔出东门，已经不知去向。

"看来是行刺了。"李儒说道。董卓勃然大怒，下令捉拿曹操，并发布文书到各州郡：有谁抓住曹操，赏千金，封万户侯；胆敢窝藏者，与曹操同罪。

岂料，曹操才刚逃出城外，就在中牟县被抓。曹操被守关军士押着去见县令，"我是一名商人，为何要抓我？"曹操大声喊道。

"姓名？打哪儿来？到哪儿去？"县令亲自盘问曹操。

"我姓皇甫，准备到谯县去做生意，途经此处，被你的人抓来了。"

"我曾在洛阳求官，认得你是曹操。先把他送到牢里监押，待明日解送到京师去请赏。"县令吩咐狱卒，狱卒一听有赏，双眼放光。

到了夜半时分，一个人来到狱中，举起令牌，对狱卒说道："县令有令，要提此人到后堂详细盘问。"狱卒一看，是县令的亲信，手持令牌，立刻让他带走曹操。

曹操的双手捆于背后，昂首挺胸来到县令面前。

"我听说相国待你不薄，为何要刺杀他呢？"县令问曹操。

"你既然已经拿住我，直接请赏便是，何必多问。"

"还挺硬气。曹操，你不要小瞧了我，我可不是俗吏。"县令屏退左右，看着曹操。

"董卓乃乱臣贼子，人人得以诛之。我杀他，那是为民除害。然事情败露，要杀要剐随你们！"曹操愤愤地说道。

"那你为何到此处呢？准备逃往哪里？"县令追问道。

"只是途经此处罢了。我准备回到家乡，借天子的名义征召四方诸侯，一同起兵讨伐董卓。"曹操现在是虎落平阳，没什么可顾忌的了。

谁知，听到曹操的话，县令没有为难，反而为他松绑，并上前作揖行礼，恭敬地说道："您是忠义之士啊！"

曹操心里有些发蒙，连忙回礼，问道："敢问兄台姓名？"

"在下姓陈，名宫，字公台。一直在寻觅明主，今见您忠肝义胆，我愿意放下官位追随于您。"

"好！公台，让我们一起共图大事！"曹操欣喜地说道。

两个人骑上马匹，连夜向谯县出发。跑了三天三夜，来到成皋地界。眼见天色已晚，两个人几日来也没能好好休息，身体甚是乏累。于是，曹操提议说："这里有一户吕姓人家，是我父亲的结义兄弟，我们可以去他家借住一宿，顺便打听一下我家中的消息。"

"听您安排。"陈宫说道。

"我听说朝廷现在四处抓捕你，你父亲已经到陈留躲避去了。"伯奢见到曹操很是意外。

曹操把事情的经过给伯奢讲了一遍，伯奢很感激陈宫的搭救之恩，让两个人安心在家里住下，自己则去为他们准备酒菜。

曹操和陈宫在院中坐了很久，突然听到后院有对话声，好像在说什么"绑起来"，"捆住再杀"，曹操心想不妙，忽然又听到了磨刀的声音。说时迟那时快，曹操拔剑冲进后院，一顿挥剑，后院的人倒在了血泊之中。这时，曹操和陈宫才发现院中有一头待宰的猪，"您多心了。这可如何是好？"陈宫埋怨道。曹操后悔不已，懊恼道："先走。"两个人知道闯下大祸，匆匆而逃。

两个人没走多远，就看到不远处伯奢牵着驴，驴鞍前鞒上还挂着两瓶酒，手里提着瓜果蔬菜朝他们走来，伯奢问道："你们怎么出来了？"

"戴罪之人，不敢久留，怕给你们添麻烦。"曹操的额头渗出汗水。

"那也吃了饭再走啊。都准备好了。"伯奢还不知道自己的处境有多危险。

曹操深吸一口气，微微皱眉，对伯奢说道："伯父，对不起了！"然后，拔剑、挥剑，一气呵成。

陈宫见此场景，大惊道："刚才还可算作误杀，现在这算什么？"

"如果我不这么做，他回到家里，看到家里的场景，我们的下场会如何？"曹操悔恨当初的鲁莽，可事已至此，他选择了先保全自己。他看着陈宫，眼神坚定地说道："宁我负人，毋人负我！我为民除害，落得这般下场，而朝廷中的官员，有谁在这个时候帮过我？如果我现在不保全自己，将来怎么图大事！"

陈宫听后默然无语。曹操落得现在这般，当初依仗曹操的官员无一人为他发声，这是不争的事实。但是，曹操做事的方法，陈宫不敢苟同。于是，陈宫在深夜离开了曹操，二人自此分道扬镳。

曹操醒来，发现陈宫已经离开，心中悲叹：为何我真心相待的朋友会弃我而去呢，难道我就不可以犯错？现在没有时间继续自怨自艾了，曹操连夜赶赴陈留。

曹操见到父亲后，命人伪造了陛下的诏令，派快马送往各州郡，号召各路诸侯联合起兵，共讨董卓。并在家乡立起"忠义"的大旗，招兵买马，应征的人络绎不绝。

在这段时间里，曹操征收了好几名大将：乐进、李典、夏侯惇和夏侯渊兄弟，为他日后的事业作出了很大的贡献。随着这几名大将的到来，曹操的队伍迅速扩大，加上曹氏一族的兄弟曹仁、曹洪，也各率千余人马赶来襄助。当地的富商得知曹操要伐董卓，自愿捐献银两，供曹操的军队置办衣甲旗幡，百姓们纷纷送上粮食。曹操的军队已形成一定规模。

在曹操的号召下，各州郡诸侯纷纷起兵响应，一齐向洛阳进发。

令人意外的是，发动大家讨伐董卓的是曹操，但是最后大家选举的盟主竟是袁绍。天下英雄豪杰，全都归心袁绍。袁绍自称车骑将军，而其他将领都由他以朝廷的名义颁授官职。

在进攻董卓之前，袁绍做了详细的战略布局，他跟王匡，驻军河内郡；韩馥，留守邺城，主要负责粮秣的供应；鲍信和曹操，率领部众驻扎酸枣；袁术则驻扎鲁阳。每个地方均有数万人。

本是发起人，现在却只能听人安排，曹操心中不平。鲍信看出来曹操的苦恼，来到他的营帐，语重心长地对他说道："有些人的高位看似众心所向，背后看的其实都是家世背景。并不是每一个领导者都有智谋，我坚信能够平定战乱、恢复秩序的人非你莫属。才能和地位如果不能互相匹配，即便是再强大，最后也会以失败告终。你且当这些人都是为你来开路的。"

原本心中郁结，听过鲍信一番话，曹操又重拾信心，充满斗志。

各路诸侯纷纷起兵，如此大的阵势，董卓自然收到风声，他大肆征调各地军队，准备主动出击，讨伐叛军。

"不管是军事还是政局，成败从不取决于武力的强弱，而是在于恩德的多少。"部下郑泰劝阻道。

"按你这么说，军队就没有用了？"董卓的脸沉下来。

"微臣没有这个意思。袁绍从小生活无忧，是一个没有上过战场的公子，更别说有什么军事方面的才能。您看他和跟随他的人，都是没有接触过军事的人。若真的沙场相见，他的能力不能与您相比。况且，您拥有的是军事力量强大的军队，而他们不过是手无缚鸡之力。如果能用招降解决的问题却要动武，损害的是您的威严。"郑泰分析得头头是道。

听了郑泰的话，董卓沾沾自喜，但他仍然顾忌声势浩大的叛军，于是计划把首都从洛阳迁至长安。

说办就办，董卓下令，正式迁都。

在离开洛阳之前，董卓把洛阳城中的富豪们召唤到一起，并下令将他们全部诛杀，侵吞了他们的全部财产。他又命人纵火焚烧了洛阳的皇宫、庙宇、官舍、民宅。洛阳城一夜之间变为废墟。

　　傍晚时分，一个身影出现在皇宫的废墟中，只见此人从古井里捡了一个东西，用布包裹好，藏进怀里……

第二十六章

相隔两地

"求求官爷放过我们吧！我们身上真的没有银两啊！求求你们了！"

"您也瞧见了，我们这儿连个客人都没有，哪来的银两啊……"不远处传来求饶的声音。

郭嘉带着邵恒来爬山，没想到刚到山脚下，就碰到几个穿官服的士兵在跟茶肆掌柜的要钱。掌柜的跟伙计跪在地上求饶，但几个士兵并没有要放过他们的意思。

"世风日下啊！"郭嘉叹道，"邵恒，过去帮帮他们。"别看邵恒没读过书，没学过武术，但是身子骨强健，在集市上摆摊时，跟着表演杂技的大叔学过两下子，防身足够。

"嘿！干吗呢？"邵恒喝道。

"少管闲事！哪凉快哪儿待着去。"带头的士兵一脸不屑地瞅着邵恒。

邵恒趁其不备，冲上去就是一记猛拳，打得领头的嘴角流血，其他士兵见状一拥而上。郭嘉见他们围攻邵恒，眼疾手快地搬起凳子，朝士兵砸去。没想到从林子里又冒出好几个士兵，十几个人围着他俩，邵恒把郭嘉护在身后，郭嘉小声说道："寡不敌众！见机行事。"

"少爷，我拖住他们，你先跑。"邵恒警惕地盯着士兵。

正在双方僵持之际，士兵的后面出现一人。这人面如美玉，唇若点朱，仪容秀丽，气度非凡。只见此人右手拔剑，双眼如鹰，动作行云流水，很快将这些人打跑了。

"多谢公子出手相助。"郭嘉双手作揖，行礼。

"路见不平，自然要出手，不必客气。"此人回礼道。

"多谢三位公子。要不是你们出手，我们还不知会落得什么下场呢。"掌柜的跪在地上哭诉道。

邵恒过去把掌柜的和伙计扶起来。掌柜的为了感谢他们，特意煮了一壶上好的茶。

"掌柜的，刚才那些人可是山匪假冒的士兵？"郭嘉问道。

"不是，他们是正儿八经的官爷。这不，听说袁绍征召各路诸侯起兵打董卓呢。唉，好多军马来到咱们这儿。原本百姓们还以为可算有人替天行道了，哪承想，他们来了以后，百姓们好吃好喝地供着，可就是不办事儿啊。他们当中有很多都不是受过将军训练的，说白了，就是一些百姓自愿加入军队，成了将士。"

"怪不得呢。"郭嘉端起茶杯，轻轻吹了两口气，缓缓喝下。

"袁绍赢不了，你们也别抱希望了。"对面的人开口道。

"公子何意？"郭嘉眼睛一亮，问道。

"'势者，因利而制权也。'在瞬息万变的战争中，抓住最为有利的时机从而采取恰当的应变行动，最为关键。袁绍虽集结数万精兵，但是没有立刻进攻，打董卓个措手不及，而是驻兵不前，已然错失良机。"

"所谓'用兵之法，十则围之，五则攻之，倍则分之，敌则能战之，少则能逃之，不若则能避之'。在军队力量上，袁绍还是有些优势的，有可能他在等待一个时机。"郭嘉说道。

"战争不是靠将士的数量来定输赢的。他的时机已过，再无赢的可能。董卓所带领的是凉州大军，凉州大军以勇猛而出名。反观袁绍的手下，多数是没有上过沙场之人。没有实战经验，注定是场败仗。不过，'不可胜者，守也；可胜者，攻也。守则不足，攻则有余。善守者藏于九地之下，善攻者动于九天之上，故能自保而全胜也'。在力量相差悬殊之时，守也，未必是件坏事。就看袁绍能不能坚持住，能够坚持多久了……"

"诸侯群起，这一路我听到过不少。只可惜啊，他们推举的盟主并非明主。袁绍既非攻之人，也非守之人，充其量是个坐享其成之人。"郭嘉放下茶杯，看向远处。

"哈哈，公子倒是和我想到一起去了。敢问公子姓名？"

"在下郭嘉，字奉孝。"

"周瑜，字公瑾。"

"久闻周公子大名，幸会幸会。"

"奉孝何必这么客气呢。"周瑜和郭嘉相视一笑。

"公瑾为何会来冀州？"郭嘉听闻周瑜是江东周氏家族的公子，博学多才，志向远大。

"我是跟我的朋友孙策，还有他的父亲孙坚来这边的，本想着可以见见世面，谁知袁绍大军让我大失所望。反正都出来了，索性游历一番。"

周瑜继续说道，"听闻颍川郭氏出了一位十分聪慧的少年，年纪轻轻便考入颍川书院。想必就是奉孝吧。"

"都是大家谬赞。你也看到了，不过如此而已。"郭嘉自嘲道。

"很多人看到的表象未必真实，但是，眼神不会出卖一个人。奉孝何必自我贬低呢。"

"他人总是讥笑我太过疯癫。"

"那是他们没有看穿过你。奉孝，你表面看似在乎旁人的看法，其实内心是不屑于他人的想法。"

"哦？此话怎讲？"周瑜的话勾起了郭嘉的兴趣。

"如果我没看错，奉孝绝非池中之人，你只是在等，至于等什么，你心里比谁都清楚。"

"哈哈，没想到，公瑾仅仅见过我一面，就这般了解我。"

"一见如故。"

"那么公瑾呢？可有等到自己要等的人？"

"应该是等到了。"

"祝贺公瑾兄。你所等终会成为你所愿。"

"邵恒，是时候回去了。"回客栈的路上，郭嘉对邵恒说道。

"夫人和刀刀知道我们回去，定会欢喜。"

"我看欢喜的人是你吧。终于不用再四处找住的地方，不用再为我的一日三餐操心了。"

"少爷，不是我说你，你那聪明劲儿能用在正地方不，总盯着我干吗？"邵恒筋筋鼻子、撇撇嘴。

"这不有劲没地儿使嘛。"

"少爷！"

两个人有说有笑地回了客栈。当晚，邵恒便收拾好行李，准备第二天起早回颍川。

陈曦见到郭嘉，一下子扑在他的怀里，哭了出来。"这是多大的委屈啊？"郭嘉无奈地笑笑，替陈曦擦拭泪水。他看了一眼站在后面的刀刀，对她点点头，笑着说道："谢谢。"只是，这句谢谢是无声的，除了刀刀听得见，其他人看不见、听不着。刀刀以微笑回之。

晚饭是刀刀和陈曦两个人一起忙活的，做了一桌子菜。

"不行了，太撑了。"邵恒一边说着，一边往嘴里送食物，胳膊旁边已经摞着好几个空碗了。

"你可以放下筷子的。"郭嘉一脸无奈地说。

"少爷，出去这么久，你不想家里的饭菜啊？"邵恒的嘴里全是饭，说话乌拉乌拉的。

"想啊。但我更怕撑死。"难得郭嘉会在饭桌上开玩笑。坐在邵恒旁边的刀刀乐出了声："哥，你在外面是虐待他了吗？"

"我敢保证，绝对没有。是他自虐。"

"少爷！"

一顿饭吃得其乐融融。看着郭嘉终于放下了心中的郁结，恢复以前的样子，甚至比从前更加开朗，刀刀心里别提多高兴了。只有郭嘉好了，她才能放心地离开。

"董贼火烧洛阳的时候，你们没害怕吧。"邵恒问刀刀。颍川离洛阳百余里，现在想想都后怕，很容易被殃及。

"还好吧。我是谁呀，能怕吗？"

"哟哟，瞧把你能耐的。少爷，您瞅她，都大姑娘了，还跟小时候似的，没个沉稳的样子。"

"好了。我们走以后，郭家可曾派人来过？颍川发生过何事？"

"郭兴来过，问你怎么突然就离开书院了呢？我说书院没意思呗，告诉他你出去玩儿了。郭夫子也来过，他倒是没问问题，就是看你在不在。哦，对了，荀彧举家搬到冀州了。"刀刀回答。

"嗯，我知道了。刀刀，你明天跟我回趟族学，去看看夫子。"郭嘉没想到荀彧会搬往冀州投靠韩馥。韩馥为人刁钻，无勇无谋，荀彧到了冀州会舒坦吗？郭嘉心里担忧。

"学生拜见夫子。"郭嘉弯腰行礼。

"郭嘉啊！快来快来。让夫子好好瞧瞧，都多长时间没见了。"郭嘉离开族学后，跟郭夫子很少见面。自从爷爷去世后，便再也没见过。一晃儿，几年过去了，郭夫子的头发都白了，看得郭嘉心里很酸楚。

"夫子好！"刀刀声音洪亮，生怕郭夫子听不见。

"好好好。你这丫头，我耳朵还没聋呢。"郭夫子慈爱地看着两个孩子。

刀刀拽拽郭嘉的衣袖，小声说道："你跟夫子聊吧，我四处转转。"说着，朝厨房走去。郭夫子和郭嘉看着刀刀的背影，"这丫头，跟小时候一样，待不住。"郭夫子说道。

"是啊，她就这性子。夫子身体可还好？"郭嘉询问。

"好着呢。倒是你，还好吗？"郭嘉是郭夫子最中意的学生。从小过得就很艰难，因为聪慧，惹来各种烦扰。举孝廉一事，郭夫子是知道的，还记得他当时也很气愤，找郭达理论了一番。

"夫子放心，一切都好。"

"唉……不容易啊，现在凡事只能靠你自己了。无论何时何地，别忘了你是家里的顶梁柱。要好好的才行，旁的都是过眼云烟，不必放在心上。"

把郭夫子送回房间，郭嘉来到小操场，老远就看见坐在李子树下的刀刀，仿佛一下子回到了小时候。那时虽然窘迫，但很欢乐。如今，物是人非，可能这就是成长的代价吧。

"怎么坐在这里？"郭嘉顺势坐到刀刀旁边。

"还记得那会儿我刚来族学，最喜欢的就是这棵李子树了。夏天我经常爬到上面粘知了，烤了吃特别香，伙夫大叔很喜欢，每次烤知了都会喝上一口。可惜呀，以后大叔再也吃不着了。我们也离开了族学，这棵李子树也不归我管了……"刀刀说着说着，就红了眼眶。伙夫大叔是在朝廷内乱那会儿没的，已经几年了。而她跟郭嘉，也回不到过去了。

"如果你喜欢，在咱家院子里可以种上一棵。"

"外面的世界好看吗？"刀刀问郭嘉。

"嗯。丰富多彩，包罗万象，冷暖自知。"郭嘉发自肺腑地说道，"刀刀，谢谢你，一直替我守护这个家。现在，换我来守护你们。"

"不公平啊。你去外面见过世面，我还没见过呢。"

"刀刀……"郭嘉转头看着刀刀，知道她接下来要说的话。

"郭嘉，我也想去外面看看。"两行泪水随着话音落下。

"现在世道不好……不安全……"郭嘉开口阻拦道，却发现自己找不到立场，难道真的以兄长的身份阻挠她吗？不能。如果是称职的兄长，现在就应该考虑妹妹的未来，而不是自私地绝口不提。

"我可是刀刀啊！一身本领呢。我一定能照顾好自己。"

"可以不走吗？"郭嘉小心地问道。

"不可以。"刀刀去意已决。她怕自己在这儿管不住自己的心，对陈曦的歉意已经让她很难受了，她想让所有人的生活都回归正常。

"你可有想过将来？"

"嗯，想过。愿得一人心，白首不相离。若是遇不到，宁愿孑然一身。"

"刀刀……"郭嘉不想因为自己，误了她的一生。刀刀打断郭嘉，"郭嘉，我以为你我之间，无需多言。"

郭嘉点点头，深吸一口气，劝道："让邵恒陪着你吧。你一个女孩子家，出门在外，总是不安全的。"

"我只想一个人。你放心，出门在外，我还是懂得怎么保护自己的。回头我做身男子衣服便可。"

"什么时候回来？"

"那可说不准。说不定我找到个好地方，便扎根他乡了呢。"

"好。记得写信回来，时常报平安。"郭嘉心有不舍，终究没有强留。

陈曦知道刀刀要游历四方，死活不同意。她不放心刀刀自己出门，劝说得嘴都要磨破了皮，就是没有让刀刀回心转意。

刀刀走的这天，陈曦哭成泪人。

"刀刀，别走太远，玩儿够了就赶紧回家。有危险一定要跑，不要再傻傻地出头。一日三餐要按时吃，不要担心银两的问题，我现在可会赚银子了。"邵恒强忍泪水嘱咐道。

"知道了，放心吧。我哥哥、嫂嫂就交给你了。要是少根头发，我回来拿你是问。"

郭嘉走到刀刀面前，从袖口里拿出一把精致的匕首，小巧而锋利，是郭嘉特意找人给刀刀打造的。郭嘉轻声说道："这个要收好，以备不时之需。"

"谢啦！"刀刀把匕首放到自己的袖口里，挥手跟大家告别。转身之际，刀刀已是泪流满面。

　　自此，郭嘉和刀刀二人天各一方，成为彼此心中的牵挂。

第二十七章

兄长战死

此时，袁绍所率领的各路诸侯，因为惧怕董卓的凉州军队，谁也不敢率先发动攻击。

曹操为此愤恨不已，怒道："我们起兵讨伐董贼，是为民除害。如今大军已经集结，为何还迟迟不动手，大家在迟疑什么？现在是除掉董卓的最好时机，定可一举拿下他。"

然而，各路诸侯为求自保，都在等着其他诸侯先发兵自己再出兵。曹操愤然离开。

郭康此刻正身处于曹操的军营之中。离开颍川之后，他听说曹操征召四方，准备讨伐董卓。机缘巧合之下，他成为曹操的将士。跟随曹操之后，郭康斗志满满，正准备大显身手，孰料诸侯们个个胆小怕事，拒不出兵。曹操实在忍不下去了，便去质问他们。看着曹操铁青的脸色，郭康知道并不顺利，他对曹操说道："主公，他们是不是不肯出兵？"

"那帮鼠辈，聚到一起，只知道贪图享乐，早把大业抛之脑后。一群酒囊饭袋。"曹操大怒道。

"主公莫气。兵家讲究五事，正所谓：'道者，令民与上同意也，故可以与之死，可以与之生，而不畏危也；将者，智、信、仁、勇、严也。'校之以计，而索其情。从实际情况看，袁绍既不占民心，也没有智谋才能，更别说果断勇敢了。五事现在有两事不成，我们的大事就很难成功。"郭康分析道。

"你说得对！我们的确不能再指望袁绍和这些诸侯了，得另谋出路。"郭康的一番分析，让曹操对他刮目相看，认为他很有才能，曹操便让郭康跟在自己身边。

曹操的肯定对郭康来说，十分珍贵，他下定决心，定要好好跟随曹操干出一番大事业。可惜，天不遂人愿……

曹操独自率军西上，欲夺取成皋。没承想，就在他跟将士抵达荥阳汴水时，遭遇了董卓的凉州军，双方展开激烈的战斗。然曹操寡不敌众，在凶猛如虎的凉州军面前，曹军不堪一击。混战中，曹操被流矢射中，身下的马也中箭受伤。曹洪见曹操受伤，大惊，立刻骑马朝曹操的方向奔去，并把自己的马让给曹操。

"不行。马给我，你怎么办！"曹操拒不接受。

"天下可以没有曹洪，但不可以没有曹操。"话音刚落，曹洪就从马上一跃而下，只身保护曹操逃走。郭康带领其他将士为他们断后。

"不行。还有将士在那奋战，我不可逃跑。"曹操准备掉转马头杀回去。这时，却见郭康带领几个受伤的将士朝他而来。曹操下马察看将士的伤情，一时间心中愤然。若不是袁绍他们，自己岂会孤军奋战。

"兄长，现在不是意气用事的时候。我们先带着大家撤退到安全的地方，再做打算。"曹洪劝慰曹操道。

就在曹操率领部下撤退的时候，凉州军的将领也率领部队撤退了。凉州军的将军发现曹军形如猛兽，竟然以这么少的兵力，奋战一天。如此看来，函谷关以东地区的诸侯联军恐怕是不容易攻克，于是，决定撤退。

可笑的是，凉州军认为同样勇猛的诸侯联军，此刻正饮酒作乐，无人图谋大事。而有心之人图的只是个人的蝇头小利。

韩馥见天下英雄豪杰都归心袁绍，心中不平，满是妒火。他必须想办法扭转局面。于是他找来部下麴义，悄声吩咐道："暗中减少对诸侯军的粮秣供应，这样他们便会因为没有粮食而各自散去。"

麴义早就对韩馥有异心，准备起兵反叛，对他来说，眼下就是个绝佳的机会。麴义暗中联系了袁绍。

袁绍收到密信，找来逢纪商议该如何处理此事。

"将军身为盟主，是做大事业之人，可如今粮秣供应却要看别人的脸色。如果不能谋取一个州作为领地，恐怕难以自保。"逢纪提醒道。

"但是冀州兵强将勇，而我们的军队食不果腹、人困马乏、疲惫不堪。如果不能一举拿下韩馥，便无处立足了。"袁绍担忧地说道。

"韩馥平庸无能，乃碌碌庸才。我们可以秘密联系公孙瓒，请他南下进攻冀州。到时韩馥定吓得惊慌失措，我们再派使臣去为他分析祸福，从而说服他让出冀州牧之位，由您来顶替。韩馥迫于危机，一定会交出大权。"逢纪献计。

果然不出逢纪所料，在辛评、许攸等人的劝说下，韩馥交出官位，并让他的儿子把冀州牧的印信送去给袁绍。袁绍正式以车骑将军的身份兼任冀州牧一职。袁绍任命沮授为奋武将军，让他统率所有的将领。审配、田丰分别任职别驾、治中，许攸、逢纪、荀谌、郭图则作为谋士伴其左右，而袁绍众多谋士之中，唯有一人被袁绍视为座上宾，那便是荀彧。

荀彧原本投靠的是韩馥，哪知刚刚安定下来，韩馥就把冀州牧一职让给了袁绍。荀彧顺理成章地成为袁绍手底下的人。他从小便以智慧而闻名，所以袁绍对他尤为倚重。

每每见荀彧，袁绍都会赐座，让荀彧挨着他坐；凡事会先问荀彧的意见；恨不能倾之所有来讨好荀彧。但是荀彧并非热络之人，加上他始终觉得袁绍不是良主，所以没有很热情地回应袁绍。慢慢地，对荀彧心怀不满之人便找到机会打压他。

营帐中，曹操勃然大怒，一把将桌子掀翻，桌上的茶杯碎落成片，茶水洒了一地。

"虽然袁绍是盟主，却为了一己私利滥用职权，他跟董卓没什么区别，只会让天下更乱。现在想要压制他，我们的实力尚不具备，只会徒增敌人，带来麻烦。不如先保存实力，撤到黄河以南，静观其变，等待机会。"鲍信在旁劝慰曹操。曹操陷入沉思，认为鲍信分析得有道理。

恰好此时东郡正遭遇民变，郡守抵御能力不足，曹操决定以援助的名义，率军前往东郡。

曹操来到郭康的营帐，郭康勉强坐起身子，虚弱地说道："将军。"曹操轻拍郭康的手臂让他不要动，他坐在郭康的床榻边说道："现在我要带领将士们前往东郡，去东郡之前，先把你送回颍川，好好养伤。"

"将军，我没事儿！我可以跟你一起前往东郡。"郭康激动道。

"东郡遭遇民变，你伤势严重，先回家静养。待我们平定叛乱，你再回来。"

"将军！"

"这是军令！"

郭康被抬进郭府的时候，郭达差点儿没站住，还好一旁的郭兴扶住了他。郭达伸出颤抖的双手："康儿！这……出去的时候还好好的，怎么还受伤了呢？"

"老爷，先让少爷回房。"郭兴拉开郭达。随行的军医安置好郭康后，示意郭达出去说，郭达跟着大夫来到门外，大夫说道："郭老爷，郭公子的伤势已经基本控制住。但是，他腿上的伤势比较严重，就算日后养好，恐怕也会落下腿疾。"

"什么？！腿疾？！"郭达一个踉跄。

"郭公子中箭的位置伤了筋骨，恐难恢复到活动自如。"

"我就说不让他出去，这个逆子偏偏不听，这下好了……以后可怎么办啊？"郭达掩面而泣。

"老爷，眼下最重要的是先把少爷的伤养好，以后的事，以后再说。"郭兴安慰道。

"是啊。郭公子现在需要静养，还是先不要告诉他的好，以免影响他伤势的恢复。"大夫交代好便离开了郭府。

"郭兴，去请颍川最好的大夫来给康儿医治。定不能让他落下病根儿。"

郭嘉知道郭康受伤，让邵恒先去打听一下郭康的伤势如何。邵恒不明白为什么少爷不自己去看看康少爷。郭嘉只告诉他，现在去探望郭康不合适。

邵恒把郭康会落下腿疾的事情告诉郭嘉，郭嘉心情沉重。郭康一直想成为一名厉害的将军，这个愿望怕是落空了……

"滚！都给我滚出去！"郭康掀翻药碗，药汤洒落一地。

"相公……"陆英流着泪水。

"康儿……"郭达一脸愁容。

然而，郭康现在谁的话都听不进去，说什么都不肯喝药，心如死寂一般。若以后上不了战场，他的人生还有何意义，他这么多年的努力又有什么用，他还能干什么……

郭达见郭康这副模样，心如刀割。他找到郭嘉，希望郭嘉可以帮忙劝劝郭康。"康儿这次受的打击太大，只有你的话他能听进几分。所以，请你帮忙劝劝他。"这是郭达对郭嘉第一次用这个"请"字，里面包含了太多。

"我定当尽力。"没有过多的客套，也没有虚假的废话，郭嘉直接答应郭达的请求，不为别的，只为郭康。

"你上次不肯吃药，是多少年前了？"郭嘉手里端着药碗，进入郭康的房间，把药放在凳子上，自己在床边坐下。

"我爹让你来的？"郭康抬起胳膊，手臂放在额头，挡住眼睛。

"是我自己想来。你刚回来那会儿就想来看看，时机不太对。"

"把药端走吧，对我来说没用。"

"这药是给你治疗外伤的。内伤得靠你自己了。"

"呵，好不了了。"郭康完全丧失了信心。

"谁说的。起码你还有双脚，还能走路。"

"但是我上不了战场了！"郭康激动地坐起身。

"战国时期的孙膑，你应该知道，他的故事想必不用我多说了。我不是想借着他的故事来劝导你，而是想告诉你，就算你成不了将军，还可以在其他方面取得成就。"

"其他？都不是我所追求的。"

"董卓入主洛阳，欺压百官，凌虐百姓，离开的时候掠夺无数财物，诛杀万民。如今迁都长安，长安百姓再次陷入水火之中。袁绍虽集结了数万诸侯联军，可到头来还是为了自己升官发财而图谋，置百姓于不顾。官员人人自保，百姓只能听天命。现在的世道，岂是一个乱字能够诠释的。我不能说自己有多高的觉悟，多远大的抱负，但是我知道眼下什么是紧要的。我也曾迷茫过、逃避过、离开过，但是我回来了，因为我有我的责任。我始终相信绳锯木断的道理。"郭嘉把凳子往郭康的身边挪了挪，继续说道，"你应该能想明白。"说完，郭嘉起身走出了房间，把房门关上，朝一直站在门口守候的郭达微微点头，便离开了郭府。

良药苦口，而对于郭康来说，郭嘉就是良药。从那以后，郭康每天都按时服药，按时吃饭，脸色比之前红润了，精神头儿也强不少。可是，上天似乎没有垂怜这位心怀志向的公子。

郭康陪儿子郭奕在池塘边玩耍时，郭奕不小心掉进池塘，情急之下，郭康扔掉手里的拐杖，奋身而跃将郭奕救起，却导致伤口感染，病情恶化。来了很多大夫，离开的时候都是面色沉重。郭康知道自己快要不行了，开始安排自己的后事。他对妻子说道："我有个不情之请，希望你能答应。"

"相公，你说。"陆英一边擦着眼泪一边听郭康说话。

"我走以后，把郭奕过继给郭嘉抚养。"

"好，我知道了。"陆英答应得很爽快。虽然他们两个人的婚事是家族安排的，郭康还很排斥这段联姻，但是成亲之后，郭康对她很好，真心待她，没有让她受过一点儿委屈。除了忙于公务陪伴她的时间很少。郭康是一个很完美的夫婿，她很知足，对郭康的感情深入骨髓。若是郭康走了，她怎会独活。现在为儿子找了一个好去处，陆英也很放心，她可以安心地跟他一起走了。

"如果我爹不同意，你就想办法把奕儿带走。"郭康太了解郭达了。

"嗯。你安心，我定会办妥。"

"把这个交给郭嘉。"郭康从枕头底下拿出一封书信交到陆英手里，"帮我把爹叫来吧。"

郭达一路小跑来到郭康房间："康儿！"

"爹，以后我不会再惹您生气了！"

"康儿，爹什么时候跟你真生气过，我那是希望你成才啊。"郭达的眼泪止不住地流下来。

"爹，希望你不会后悔有我这样一个儿子。"

"怎么会……"

"以后，怕是不能再孝敬您了。不过还好有郭宏那个臭小子，他能替我照看你。"

"康儿，别说丧气话。我派人去京城请名医了，你一定会没事儿的。"

"别白费工夫了。我跟陆英说过了，我走以后将奕儿过继给郭嘉抚养。"

"什么？！我不同意，奕儿是我郭家的长孙！为何过继给郭嘉？"郭达怒道。

"这是我们郭家亏欠他的！"郭康看着郭达，质问道，"为何郭嘉成亲这么长时间，还没有子嗣，您比谁都清楚！"郭康的话让郭达僵在那里，脸无血色，"我对不起这个真心待我的弟弟。谁叫我是您的儿子呢，这个秘密就让我带到棺材里吧。希望他不会怪我。"郭康握着郭达的手，"爹，我们是同族。以后别再伤害郭嘉了，这是儿子最后的请求。"

郭达的手颤抖不止，好似一下子老了几十岁，浑身的力气都被抽走。他抚摸着棺材，里面躺着的是他的儿子啊！老天为何要这么对他呢？白发人送黑发人，还要经历两次，难道他真的做错了吗？

来吊唁的人，没有人不为郭康感到惋惜，在年轻有为的年纪，就这样离开，实属可悲。

陆英牵着郭奕的手，来到郭嘉面前。她蹲下对郭奕说道："好孩子。以后这便是你的父亲，你要听话。"

"娘亲，孩儿知道。"郭奕哭着说。陆英把郭奕的手交到郭嘉手里，强忍着眼里的泪，始终没有流下："就拜托你了。"

"嫂嫂安心。我定不负所托。"郭嘉承诺道。

离开时，郭奕跪在灵牌前，给郭康磕了三个响头，又走到郭达面前，磕了三个响头。起身牵着郭嘉的手离开了郭府。

在郭康下葬这天，陆英随他一起去了……

郭府一下子变得安静了，安静得让人喘不过气。

夜里，郭嘉听到开门的声响，便出来看看。原来是郭奕，只见他坐在门口的台阶上，仰头看着天上的月亮。

"奕儿，是想家了吗？"郭嘉在郭奕的身边坐下。

"娘亲说，以后这就是我的家。"

"那你可还喜欢这个新家？"

"嗯。喜欢。"

"小的时候，我也喜欢看月亮，总觉得我爹我娘就住在那上面。"

"你也没有爹娘吗？"

"嗯。很小的时候他们就不在了。"

"跟我一样啊。真可怜。"郭奕双手托着下巴。

"可怜？都是别人的想法，我从不觉得自己可怜。我的记忆中有爹娘的身影，身边有爷爷无微不至的照顾，心中有着自己的理想抱负，还有好友知己的相知相伴，已经很幸运了。"

"以后我再也见不到爹娘了。"郭奕委屈道。

"但是他们永远在你心里啊。奕儿，人生总要面临很多难题。孟子云：'天将降大任于是人也，必先苦其心志，劳其筋骨，饿其体肤，空乏其身，行拂乱其所为，所以动心忍性，曾益其所不能。'上天要把重要的任务交给一个人，就一定会先磨炼他，以此来改变他的心性，提高他的才能。你现在的难过我深有体会，随着时间的推移，你会明白这世上还有很多值得在意的人和事，还有你要背负的责任。"郭嘉摸摸郭奕的头，"你还有我们呢。"

次日清晨，郭嘉拿着一个小包裹来到郭奕的房间。"这是什么？"郭奕问道。

"是你爹最喜欢的书籍，我誊抄下来的。"郭嘉将包裹一层一层地打开，里面是厚厚的一摞蔡侯纸，每张蔡侯纸上面都密密麻麻地写着字，从字迹便可看出，撰写的人在书写的时候是多么认真、用心。

"《孙子兵法》……我爹的志向是成为一名骁勇善战的将军。我长大以后，也要成为一名将军。"郭奕用尚且稚嫩的声音说道。

"奕儿喜欢沙场？"郭嘉一双眼睛仿佛能看穿人心。

"喜……欢……"郭奕嘴上说着喜欢，但是眼神却出卖了他。

"奕儿，你爹的志向不是你的志向。每个人都有自己的所思所想，你不需要把你爹的梦想强加于你的身上。我看得出你喜欢读书，但是对兵法之书兴趣缺缺，之所以给你此书，就是为了让你留个念想。你明白吗？"郭嘉耐心道。

"我明白了。"郭奕小心翼翼地把《孙子兵法》包裹好，抱在怀里。

郭嘉

长篇历史小说系列

张前 著

下

辽宁人民出版社

第二十八章

初到冀州

郭图正在看冀州的地形。这时，属下来报："先生，有您的信件。"郭图接过，看完上面的内容后，用手扶在沙盘的边缘，缓了好一会儿才对属下说道："准备马匹！我要回颍川。"

郭图日夜兼程不敢松懈，中途不知换了几匹马，终于回到了颍川，可已经是郭康下葬的几天后。郭图来到宗祠，在郭康的灵牌前痛哭："康儿……叔父来晚了！"郭达颤颤巍巍地拍拍郭图的肩膀，哀声道："康儿走之前还念叨你，问你在那边还好吗？你啊，没白疼他。"

"不是说康儿的伤势见好吗？怎么会突然就……"郭图抬手擦去脸上的泪水。

"为了救奕儿，伤口感染了。唉……可能这就是命。"郭达叹道。

"对了，怎么没见着奕儿呢？"郭图回来就直奔宗祠，按道理郭奕应该跟着郭达一起过来的。郭图朝郭达身后望了望。

"没来得及告诉你，奕儿过继给郭嘉了。"

"什么？！为什么给郭嘉呀，那是我们郭家的孙子啊！"郭图怒道。

"是康儿的意思，临走之前他特意嘱咐我，让郭嘉照顾奕儿。这是康儿最后的心愿，我不能拒绝。"

"兄长，糊涂啊！"郭图搀扶着郭达，朝宗祠外走去，边走边说，"得把奕儿要回来，不能给郭嘉！"

"这事儿以后再说吧。对了，一直没找着机会问你，康儿为何会遭遇凉州军呢？你们不是没跟董卓正面交战吗？"

"别提了，若不是那个曹操自以为是、乱逞英雄，非要率军夺取成皋，也不会发生这样的事。就因为他的一意孤行，害得整支军队败于凉州军。凉州军作战凶猛，人人皆知。遭遇强敌，曹操不但没用缓兵之计、避其锋芒，反而迎面而上、正面较量，导致军队损失惨重，致使康儿身受重伤。"

"愚蠢！愚蠢至极！难怪坐不了盟主之位。康儿有眼无珠，跟随一个如此愚昧执拗之人，可悲啊！"郭达怒火中烧，恨透了曹操。

"此人注定难堪大任！经此一战，他倒是拍拍屁股逃到东郡。只是可怜了康儿，年纪轻轻就撒手人寰。"郭图一脸哀怨道。

"我一定不能放过曹操！"郭达咬牙切齿地说道。

"兄长，事已至此，您不要太过伤心，还是保重身体为先。"为了多陪郭达些时日，郭图决定多留几日。

晚饭时，郭宏见到了许久未见的父亲。自从上次因婚事两父子闹得不欢而散，直到现在才见面，郭宏双手作揖，道："父亲回来了。"

"嗯，坐吧。"

打过招呼后，大家安静地吃饭，谁都没有再说话，气氛让人感到压抑。郭宏从小就惧怕自己的父亲，更不知道该如何跟他相处。他除了告诉郭宏这不行、那可以之外，从没有给郭宏讲过这为什么不行，那又为什么可以的道理，只是一味地命令郭宏该做什么不该做什么，就像命令他的属下一样。在郭宏的印象里，他没有陪郭宏放过风筝，没有陪郭宏逛过街市，没有辅导过郭宏的学问。好像不管发生什么事，郭宏只能找兄长、找大伯，就是不能找他，也找不到他。就是这样一位专制的父亲，如今非要定一门郭宏很抗拒的婚事，致使郭宏更加抵触自己的父亲。

饭后，郭图把郭宏叫到房间，直截了当地说道："婚事已经给你定好，就差选一个好日子了。"

"父亲，您觉得现在提我的婚事，合时宜吗？"

"我这不是把你叫房间来才说的吗？有什么不合适的？"郭图眉头微皱。

"我兄长刚刚去世，现在说这个不适合，以后再说吧。"郭宏转身想要离开。

"你什么态度？这是应该对父亲说的话吗！"郭图大声说道。

"我要为我哥守孝三年。三年之内，不考虑婚事。"郭宏回过头看着郭图，坚决地说道。

"混账东西！何时需要你来守孝了！你只是康儿的弟弟！"郭图怒上心头。

"长兄如父，我只知道，从小到大，我犯了错是我哥替我求情；我挨罚是我哥偷偷给我送饭；我学问不好是我哥鼓励我、教我；我想做自己喜欢的事情，是我哥支持我。他待我这般好，我不应该守孝吗？"

"那也轮不到你！康儿有儿子，自然是他儿子为他守孝。我知道你一直对我这个父亲心存不满，但是不要拿此事来表达对我的不满。我明确地告诉你，婚事定了，日期定好以后，如期举行！你听也得听，不听也得听！"郭图说一不二的性格在他对待郭宏时展现得淋漓尽致。

"父亲，您为何会这般专制！为什么从来不问问我的意愿？"郭宏喊道。

"因为你是我的儿子。"两父子再一次不欢而散。

郭宏站在院子的长廊上，周围一片寂静，唯有月色给漆黑的夜晚增添了一抹光亮。风吹过，几片树叶飘落在地上。郭宏抬起头，看着孤独的月亮，心中郁结难解：是不是只有我登上高处，才能摆脱父亲的桎梏，才能让你看得见我呢……

袁绍任职冀州牧后，各路诸侯纷纷效仿，相互吞并，一味地扩充自己的地盘，讨伐董卓这件事早就被他们抛之脑后了。袁绍的堂兄弟袁术见袁绍的实力得以扩充，心里开始盘算如何打压袁绍，强大自己的实力。

袁术派孙坚攻击董卓时，袁绍借机任命周昂当豫州牧，并突袭孙坚的根据地阳城。孙坚没想到袁绍会来这一招，至为痛心，叹惜道："大家联合起来同时起兵，为的是大义，目的在于拯救国家。现在却自己人打自己人，我还为谁效力？"于是，孙坚回军对战，逐走了周昂。

袁术收到消息，立刻派公孙越援助孙坚，在与周昂交战中，公孙越不幸被流矢射中而死。

公孙瓒得知弟弟战死沙场，咆哮道："害我弟弟丧命，袁绍乃罪魁祸首，我定与他血战到底，为弟报仇！"于是，公孙瓒率兵攻打袁绍。这时，隶属于冀州的很多县郡纷纷起兵，背叛袁绍，归附于公孙瓒。

刘备知道公孙瓒攻打袁绍的消息，便领着关羽、张飞前来投靠。关羽作战勇猛，在刘备的指挥下，顺利夺取青州。于是刘备被任命为平原国宰相。

而这时，曹操也开始扩充自己的势力范围，他率领部下，一举攻下兖州，作为自己的大本营，并任职兖州牧。

曹操的部下，治中从事毛玠向曹操建议道："如今天下分崩离析，陛下流离在外，百姓弃家逃亡，百业荒废。但是这种混乱的形势不可能持续太久，所谓分久必合。如果想要在这种割据的局势下成就霸业，需以仁义治军，善待百姓，丰富财源，推广农桑，囤积粮草。这样才能巩固地位，无后顾之忧，从而取得胜利。而尊奉天子，便是首要一步，这样才有资格号令群雄。"曹操听后，认为毛玠说得很有道理，十分欣喜，对未来充满希望，完全采纳毛玠的建议。

至此，大汉王朝已然四分五裂。

袁绍来信，命郭图赶快回到冀州。郭图不得不提前离开颍川，走之前，郭图在心里谋划了一件事。

"兄长，冀州那边发生叛乱，我得速速赶回冀州。"郭图告诉郭达。

"正事要紧，赶紧回吧。"郭达催促道。

"我有一个想法……"郭图趴在郭达的耳边悄声说道。郭达震惊地看着郭图，沉思了一会儿，便点头答应。两个人出门之前，郭达先回房间，从柜子深处拿出一个小罐子，从里面取出一串金丝楠木手串，小心翼翼地用巾帕擦拭干净，放入袖口中。

郭达和郭图二人来到郭嘉的家。郭嘉将二人迎进前堂，让邵恒把郭奕叫来。他们两个人到这儿来，多半是为了看郭奕。

"郭嘉，我们这次来，是准备把郭奕带回去。"郭图面色不善地说道。

"不行！"郭嘉果断拒绝。

"郭奕是我们郭家的子嗣，有何缘由让你抚养？"郭图一拍桌子，怒道。

"郭奕是兄长托付于我的，我断不能把他交给旁人！"

"旁人？！你可瞧好了！站在你面前的可是他的亲爷爷！"郭图起身冲向郭嘉面前，没等靠近，就被赶来的邵恒挡下。到底不是年轻人，郭图在邵恒凌厉的眼神中，败下阵来，没敢再往前冲。

"族长，您是不是该说句话呢？"郭嘉没有理会郭图的暴躁，直直地看着端坐在旁的郭达。

"贤弟，此事确是康儿临终遗愿。"郭达握住郭奕的双手，提起郭康心中不免一阵酸楚，眼眶含泪道："奕儿长高了。"

"兄长，不能糊涂啊。以郭嘉现在的状况，有什么能力照顾奕儿，他自己都在家里闲着，能给奕儿起到什么好榜样。"

"二爷爷，父亲他会教奕儿读书、写字，母亲会给奕儿做喜欢的食物，我在这儿过得很好。请两位爷爷放心。"郭奕一声声的"父亲""母亲"击碎了郭达最后的理智。自己的孙儿，怎可唤郭嘉为父！郭嘉这是要取代郭康、取代郭家、取代他这个族长啊！

"遇到合适的机会，我会谋到差事。"郭嘉不卑不亢道。

"难不成差事会从天上掉下来？"郭图不屑道，"我正要赶回冀州。你可以跟我一起回去，我为你引见袁绍，他可是这次诸侯联军的盟主。"

听到袁绍的名字，郭嘉的眼神中充满敌意，不过很快就被他掩盖下去，他翘起一侧的嘴角，说道："这不就从天上掉下来了吗。"语气要多轻蔑有多轻蔑。郭图真正的目的就是带走郭嘉，把他放在自己眼皮子底下，才好掌控。这样，也增加了郭达跟郭奕的相处机会，一举两得。郭图的用意明显，郭嘉怎么会看不出，他问郭图："何时起程？"

"明日一早。"

"好，明早城门口见。"

"嘉儿，你要去冀州谋出路，我没什么好送你的，这个给你，保平安的，一定要时刻戴着。"郭达适时出声，拿出金丝楠木手串，交到郭嘉的手上。郭嘉看了一眼手串，直接套在手腕上，带着郭奕头也不回地朝屋外走去，留下郭达、郭图和邵恒，逐客之意十分明显，郭达和郭图也不好再待下去，便起身离开。

"陈曦，对不起，我又要离开一阵子了。"郭嘉伸手握住陈曦的手，满是歉意。

"没关系，我知道你有想做还没有做成的事情。你安心去便是，家里有我呢。"陈曦善解人意地安慰郭嘉，心中满是不舍。

"自从你与我成亲后，这个家多半都是你在操持，而我又经常不在家，难为你了。"

"不为难，我很愿意。"陈曦轻轻靠在郭嘉的臂膀上。

次日清晨，邵恒背着收拾好的行李，喊站在李子树下的郭嘉，这棵李子树是刀刀走的那年种下的，郭嘉日日都会在树下站一会儿，邵恒问过郭嘉，为何要种李子树，记得当时郭嘉告诉他，那是家的味道。

郭嘉回神，带着邵恒再次离家。郭嘉嘱咐郭奕："奕儿，你是男子汉了，家里就靠你了！要听母亲话，好好读书，莫要贪玩。"

"父亲放心！"郭嘉摸摸郭奕的脑袋，看了看站在身后的陈曦，便和邵恒出发。

"少爷，您为何会答应郭图投靠袁绍呢？您不是说他不是明主吗？"邵恒不明白，上次郭嘉和周瑜一起讨论诸侯伐董卓的时候，明明说过袁绍不是明主的，他为何还非要跟郭图去冀州。

"就是想看看袁绍的样貌。"

"啊？"邵恒忍不住翻白眼，"少爷，您不是不知道跟郭图一起会让自己陷入险境吧，他可是一直视您为眼中钉呢。"

"不入虎穴，焉得虎子。"郭嘉不以为然道。

"我怎么觉着您是因为他说您不会赚银两，意气用事才跟他去冀州呢？"邵恒安慰郭嘉，"没事儿少爷，我会赚银两啊！我可以养活您啊。而且，我也答应刀刀要好好保护您的，这下可好，直接入虎口了。"

"邵恒，你现在越发的话多啊。沉稳劲儿哪儿去了？"提起刀刀，郭嘉的心就会被揪一下，那应该就是思念的痛。

"随风飘走了……"邵恒故作惆怅道。郭嘉无奈地摇摇头，邵恒的性子倒是越来越像刀刀，也不知道那丫头现在身在何处，可还安好？会不会也时常地想起家里……

第二十九章

各自为营

"知道为什么我们要在今天团拜吗？"董卓腰间挂剑，傲然地站在高台上，眼神冷冷地看着寒风中冻得瑟瑟发抖的百官，"因为袁绍他们太猖狂，使得国无宁日。还有，孙坚此前攻进洛阳，在宫里的枯井中得到传国玉玺。我曾下令彻查，是谁为其提供的线索？又是谁里应外合，引其入城？过去这么久了，毫无头绪。如今孙坚被刘表的部将黄祖杀死，而传国玉玺却下落不明，你们查出来了吗？"

台下鸦雀无声，百官个个低头不敢看董卓。

孙坚拿到传国玉玺后便离开了洛阳。他率领的军队是在讨伐董卓的诸侯联军中，唯一与董卓的凉州军数次交战的军队。在其他诸侯军迟疑不前、曹操兵败的情势下，他却有崛起之势，这也是董卓为何忌惮他，视他为眼中钉的原因。但是，这样一位让董卓心生忌恨的将领，在征讨荆州的时候却不幸战死。

袁术为了扩大自己的势力，便打起了荆州的主意。于是召见孙坚，希望他能率领军队攻打刘表，拿下荆州。荆州北据汉、沔，利尽南海，东连吴会，西通巴蜀，绝对是战略要地。孙坚听令，随即率大军向荆州进发。

刘表得知孙坚带兵前来，于是派黄祖率军迎战。两军于樊城与邓县之间展开正面交锋。刚刚经历诸侯联军的瓦解，孙坚所率的军队也受到了损失，还没来得及调整，便再次奋战。孙坚在击败黄祖之后乘胜追击，率军渡过汉水，将襄阳包围。

眼见孙坚已经攻到脚下，刘表慌乱无措。这时黄祖安抚道："请主公放心，我会连夜出城搬救兵，到时再与他孙坚战上一战。"于是，刘表任凭孙坚在城门外如何叫嚣，都闭门不战。

深夜，黄祖悄悄从侧门逃出城，集结兵士，杀了个回马枪。恶战之后，黄祖依然败逃，直奔岘山之中。孙坚怎么会放过这么好的机会，于是在后面紧追不舍。孰料，跑至树林深处时，孙坚中了黄祖设下的埋伏，不慎被暗箭所伤而亡。

在孙坚死后，袁术表奏，举荐孙坚的侄儿孙贲为豫州刺史。而传国玉玺也没了音信。

董卓见没人回话，再次问道："我下令如有举报者定重赏，现在可有人响应？"台下依然没有动静。

"李傕、郭汜，你们查出什么了没有？"董卓怒喊道。

"还在调查。"李傕和郭汜面面相觑，回答道。

"没用的东西！来人，把他俩拖下去斩了！"董卓怒吼。

李傕和郭汜吓得跪倒在地，连连求饶。吕布和牛辅见情况不妙，连忙随他俩一起跪下来。董卓冷笑道："你们两个，别以为是我的义子和女婿，就可以收买人心，要是敢替他们两个说情，我先拿你们开刀。"董卓认为光靠嘴来训斥他们已经没什么作用，必须得用实际行动来以儆效尤。于是命兵士脱下了吕布和牛辅的衣服，露出脊背，并下令李傕和郭汜各执一鞭，狠狠地朝他们的脊背抽下去。

随着鞭子的起起落落，在空中发出了阵阵呼啸声，吕布和牛辅的背上已经满是血水。董卓之所以会这么做，就是为了诈出内奸，只见他冷色问道："知道内奸是谁吗？"吕布和牛辅忍着背上的剧痛，没有出声，李傕、郭汜更不敢言语。

"卫尉可来了？"董卓厉色喝道。

"来了！"任卫尉一职的张温应声出列。

张温资历颇深，很早以前便由曹操的祖父曹腾引入仕途。多年前他任司空一职时，以代理车骑将军的身份率军平叛，当时董卓和孙坚都是他的手下。每次张温召见董卓，董卓都会缓不济急且目中无人，口出狂言。孙坚本就不喜董卓，加上他如此狂妄自大，便在张温耳边低语，建议张温将董卓军法从事，但是张温却不敢治董卓的罪。

董卓之所以会在团拜中找内奸，也是因为这段过往，他认定张温便是跟孙坚里应外合的那个人，而之前鞭打吕布和牛辅都是为了治张温罪责做的铺垫。最后，张温被董卓命人活活打死。

在董卓忙着铲除异己的时候，袁绍却喜气洋洋。有了沮授、田丰等人的谋划，冀州各县的叛乱很快得以平定。袁绍为了奖赏大家，特在府衙的大厅里宴请他们。只见袁绍坐在正中巨大的屏风前，两侧分别是许攸、田丰、郭图、郭嘉、沮授、审配、逢纪和辛评。

"冀州得以振兴，百姓能够安居乐业，多亏了有你们的相助。如此高兴的日子，大家举杯同饮，愿我们将来可以完成霸业。"袁绍高兴得举起酒杯说道。

众人举杯，一饮而尽。这时，沮授站了起来，面向袁绍劝谏道："明公，我有一个想法，不知当讲不当讲？"

"先生但说无妨。"袁绍肃然道。

得到袁绍的首肯，沮授便开始滔滔不绝："明公贤良，弱冠便可入朝为官，闻名远扬；在董卓废立之际，单骑出奔、伸张正义；随后又振盟主之威，集结各州郡之力，挥师东征，讨伐逆贼；如今又平定州内之乱象。若是此时再回北上，扫河朔、吞戎狄，并、幽、青、冀四州便会都在您的掌控之中。之后我们可依四州之地，迎陛下于西京，着人重新修复宗庙，伴驾左右，便可名正言顺地成就千古之霸业。不知明公意下如何？"说罢，沮授命人呈给袁绍一张天下形势图。

沮授长篇大论时，郭嘉的眼神一直停留在他身上。此建议甚好，但是良策未必碰到良人啊。郭嘉在心中暗暗摇头，袁绍可没这个脑子，身边还有这么多的绊脚石，难成啊！

袁绍得此图，十分高兴，命人将图挂于屏风之上。众人纷纷起身聚到图前，开始小声议论。唯独郭嘉，依旧坐在那里，没有靠前的意思，手里把玩儿着花生米。只见郭嘉用手向上抛出一粒花生米，花生米从高处落下，稳稳地掉进他的嘴里，他便乐呵呵地咀嚼起来。反反复复，一会儿一碟子的花生米都被他吃完了，而这些人还在屏风前热烈地讨论着。

这时，从外面跑进来一名士兵，手里握着一封书信，急匆匆地交给袁绍。袁绍的眉头皱得越来越紧，脸色不好地把信传给沮授，沮授看后又把信件传给了许攸。"董卓下令，命吕布率军进攻鲁阳，讨伐袁术；董承率军进攻东郡，讨伐曹操；李傕率军进攻陈留，讨伐张邈；郭汜率军进攻颍川，讨伐孔伷。"许攸大声读道。

原本一直很平静的郭嘉，在听到颍川二字时，眼里起了波澜。他知道董卓虽然做了这么周密的安排，可未必会按照信件上所讲那样，四处讨伐。这很有可能是董卓用来迷惑大家的，其真实用意，怕是想借力打力，挑拨离间吧。但是听到颍川位列当中，他的心里不免有些担忧。

"没我们什么事儿啊。"许攸一脸轻松地说道。而站在一旁的田丰却气愤地说道："董卓真毒啊。"许攸一脸不解地看着田丰。

"明公身为盟主，这种情况下总不能见死不救吧。可是怎么救？如何救？以我们现在的兵力，根本做不到四面一齐出击。"田丰激动地说道，"更何况，鲁阳的路途十分遥远，我们若是出兵相助，需要很长的时间才能抵达战场。而陈留和颍川也是鞭长莫及。从地图上看，眼下我军能够救援的只有距离最近的曹操。但是问题又来了，如果救援曹操，那袁术、张邈、孔伷会觉得明公厚此薄彼，产生异心，显然不可取。但若按兵不动，又会让他们觉得明公作壁上观，导致人心尽失。"

郭嘉朝身边站着的邵恒勾勾手，低声说道："再来一盘花生米。"邵恒了然，很快给他端上来一碟。郭嘉继续边玩儿边吃，好像他们讨论的问题跟他无关一般。在他眼里，田丰所说的问题根本不是问题。要想解决根本，就是拿下董卓。袁绍可举全军之力，于洛阳发起进攻，这样不仅可解四地之围，也可铲除董卓，一举两得，何须这般苦恼。

这些谋士之中，还真有一个人和郭嘉想到一块儿去了，就是沮授。他站出来说了讨伐董卓的想法："表面上看董卓的确派军四面出击，但根据实际情势而言，他的军队需要一齐从长安出发，到了洛阳才会兵分四路：吕布南下，董承东进，李傕和郭汜向东南。如果这时我们举全州之力，于洛阳向其发起进攻，则四地之危可解，而董卓之势力也可消灭。"

随着沮授话音的落下，大厅里安静无声。众人你看看我，我看看你，没人敢发表意见。这无疑是一步险棋，却也是一步妙棋。若赢，便傲立群雄；若输，便一败涂地。大家都在等着袁绍表态。

"如此做，岂不是风险很大，万一失败了呢？"袁绍听了沮授的话，连连摆手道。

"这么做风险着实很大。董卓大军集结在一起，很难攻破。我们不如事先安排好伏军，待他们兵分四路时再逐一击破，这样会更加稳妥一些。"逢纪看出袁绍的犹豫，连忙附和说道，说完还不忘观察一下袁绍的表情。

袁绍陷入沉默，久久不语，在心中盘算着利弊。田丰耐不住性子，想要上前劝说，却被沮授一个眼神制止。即便是大家现在都依附于袁绍，但只有这个时候，才能看出一个人是否真的有能力担起重任，所以，沮授也在观察袁绍。

而袁绍的一句话，彻底暴露了自己难堪大任。只听袁绍问逢纪："该如何逐个攻破呢？"

"我们这儿到鲁阳的道路曲折且距离远，正所谓远水解不了近渴，再者说公路将军也未必会领我们相助的情分。至于颍川和陈留，都是粮草充裕之地，应该能抵挡一阵子，等李催和郭汜的粮草不足时，自然会撤兵。如此看，董卓很有可能只是摆摆样子吓唬我们，未必会真的出兵。"逢纪双手作揖说道。

"那么距我们最近的曹操呢？"审配问道。

"依曹操的个性，定会奋战到底。董承看攻克不下，说不定自行退兵呢。"逢纪说着风凉话。

"按你这么说，就是袖手旁观啊！哪里来的逐个击破？！"田丰难掩心中的怒火，愤然说道。

"世道纷扰，各安天命。"逢纪不屑地说道。

这时，一直没有开口的郭嘉说道："曹操非救不可。"

众人齐齐地向郭嘉看去，除了沮授、田丰，其余人都眼神不善，一副看好戏的模样。

"明公，曹操非池中之物，这可是除掉他的最好时机！"被郭嘉反驳，逢纪心中不快，直接道出袁绍心里的症结。

"听闻明公与曹操私交甚好，如果连好友的生死都不管不顾，天下人该如何看待明公？且不论旁人的眼光，单说东郡，此地的西边便是河内，就算不管东郡之危，难倒也不管荀彧正驻守的河内了吗？"郭嘉简明地说出两点要害。一旁的沮授和田丰投来赞赏的目光。

眼见袁绍有动摇之意，逢纪连忙说道："当初不辞而别的人可是他曹操！如今出了事，也怨不得明公。当然，明公绝不是小肚鸡肠之人，可让荀彧出使曹操，告诉他，我们保不了他的万全，但是可以保证他家人的安全。"逢纪露出阴险狡诈的笑容。

郭嘉听后，有片刻的愣神。他不明白怎么会有如此厚颜无耻、愚昧无知的建议。然而，袁绍竟采纳了逢纪的建议，给荀彧写了一封密信，命人快马加鞭地送去。

此刻，郭嘉才明白当初曹操为何一意孤行，即便是孤军奋战也要攻取成皋。原来所谓的盟主无勇无谋更是无脑，而身边所谓的谋士，不过都是些为自己谋划出路的人。所以，真正导致郭康战死的始作俑者是袁绍而不是曹操。

宴会结束后，众人结伴往外走。郭图路过郭嘉身旁时，用只有他们两个人能听到的声音说："以后莫要再自作聪明。"郭嘉站定，看着郭图的背影，眼神深邃。

回去的路上，郭嘉自言自语道："呵，飞鸟投林……"

"少爷，您说啥？"邵恒没听清楚。

"不知道文若兄怎么样了……"郭嘉叹道。

荀彧收到袁绍的密信，打开一看，上面的内容让他不知所措。袁绍希望他出使东郡，并以曹操家眷的安危来"劝说"曹操去抵抗董卓之军。真是可笑至极！他心中悲叹：荀彧啊荀彧，枉你跋山涉水地来到冀州，结果竟投于这等愚不可及、蒙昧无知的主公，真是可悲可笑！看来到该离开的时候了。

荀彧只身来到东郡。

对荀彧的到来，曹操并不惊讶。董卓兵分四路讨伐盟军的消息早已传开，而袁绍作为盟主，既要不偏不倚，又要保存实力。这倒可以理解，但是曹操不能苟同。

屋漏偏逢连夜雨，就在荀彧到来之际，曹操收到急报，驻扎白马的夏侯惇遭遇兵变，夏侯惇被劫持。将士们要求曹操放他们回家，实则是怕对战董卓的凉州军。

漫天纷飞的大雪，寒风刺骨的冬夜，处处透着薄凉。曹操亲自将荀彧迎进府衙的内堂。炭盆里的炭被烧得滋滋作响，屋里的温度也增加了几分。曹操伸出一只手，对荀彧说道："先生，请坐。"随后，在荀彧对面坐下，脱去外衣，并命下人往炭盆里再加几块炭，然后将备好的热茶倒入荀彧面前的茶杯中。

曹操端起茶杯，轻轻吹去上面漂浮的茶叶，慢慢呷了一口，开门见山地问道："先生此次前来，可是雪中送炭？"荀彧看看曹操，说道："只是一个小小的建议，采纳与否，全凭将军。"

"愿闻其详。"曹操右手握着茶杯，像是一点也感觉不到茶杯太烫。

"董卓大张旗鼓，兴兵讨伐四地，想必将军已经得到消息。据说董卓命吕布攻鲁阳，李傕、郭汜攻陈留和颍川，董承则受命攻打东郡伐将军。这种情势之下，袁冀州很难周全，但是保证将军家人的安全，还是能够做到的。"

"先生这是什么意思？"曹操微眯双眼。

"将军不如让家人随荀彧一起前往冀州。"

"然后呢？"

"将军便再无后顾之忧，可全心全意投入到抗敌之中。到时如若困难，没准儿冀州也会相助。"荀彧完全一副公事公办的样子。

自袁绍夺取冀州之后，与曹操已是渐行渐远。当初冀州会谈，任谁都能看得出是曹操掌控了局面，他的主张得到大家一致认可。而素以兄长自居的袁绍，在那时已经开始对他有所警觉和防范。碍于当时的利弊关系，袁绍只能忍着不好发作。而曹操的不辞而别，却在袁绍心里埋下了一根刺，注定了他与袁绍的决裂。

"袁绍打算如何应对鲁阳、陈留和颍川三地之危？"曹操问道。

"将军所处的东郡距冀州邺城最近。"荀彧回道。

"呵呵，这么说袁绍对我还算不错的了。劳烦先生帮我给袁绍带个话，我的家人我自有能力护住，就不麻烦他了。"曹操神情冷峻地说道。

"将军可知这么做的后果？"荀彧追问。

"我定全力以赴与董承一战。倒是先生，还要多保重才是。"荀彧不明白曹操这话是什么意思，一脸疑惑。曹操继续说道："东郡与河内距离最近。"荀彧恍然大悟，道："将军不必替我担忧，我自有能力脱身。"说罢，荀彧起身告辞，正当往外走时，身后的曹操说道："我正巧要去白马处理点儿事情，可以顺道送先生一程。"白马是荥阳前往濮阳的必经之处，曹操说的顺道，确实就是顺道而已。

到了白马，在众人还没反应过来之际，曹操已经快速地处理了叛军一事。荀彧一直跟在曹操身边，见他处理兵变如此果断机智、仁心大度，对曹操有了改观。于是，荀彧做出一个改变他一生的决定，他只身前往董承的军营，拿自己驻守的河内换取曹操暂时的安定。

"董卓祸乱朝政，我不得已举家搬迁，归于袁绍门下，驻守河内，但袁绍并非我属意之良主。如今董卓兴兵，袁绍借此机会铲除异己，这种做法我不认同。所以，我把河内献给将军，希望换取东郡之安宁。"

"先生这么帮曹操，可是要归附于他？"荀彧此举，董承很是不解。

"并不是。以一城换一城，可免去不必要的争斗，两地百姓方可安稳度日，怎么算都是一笔精明账。不管是董卓的凉州军获胜，还是袁绍的盟军获胜，遭殃的永远是百姓。而且，曹操为人确实有可取之处，我就当做个顺水人情吧。还望将军成全。"

董承被荀彧的大义所感动，承诺道："先生请放心。我既拿了河内，必护河内百姓周全，亦不会发兵攻打东郡。如先生所说，保一方安宁才是明智之举。"

"荀彧谢过将军。"荀彧双手作揖道。

第三十章

图一乐儿

邵恒再次收拾好行李，等待出发的指令："少爷，您这来去匆匆的，图什么呀？"

"图一乐儿呗！"郭嘉打趣道。其他人都是随着年纪的增长，越发地沉稳内敛，郭嘉却恰恰相反。他比小时候要开朗许多，动不动就打趣邵恒。可能是经历的事情太多，心中反而比其他人更容易释怀。

"少爷，您说郭二爷能轻易放咱离开吗？"邵恒双手抱胸，一脸愁容。

"为何不放我们？"

"您想啊，他为什么非要带您来邺城，不就是想把您放眼皮子底下看着吗？如今您要私自离开，依他那小人的性子，定不能让您就这么顺利地走出邺城。"邵恒一副"我全都明白"的表情看着郭嘉，得意地一扬下巴。他的这副表情成功地把郭嘉逗乐了。

"你倒是聪明不少啊。那你说说看，我们该如何应对？"

"他要是敢拦您，我就跟他拼命！"伴随着话音，邵恒撸胳膊挽袖子的。

"拼命倒不至于，他现在巴不得我们赶紧离开邺城呢。"

的确如郭嘉所说。郭嘉在酒宴上的发言，让郭图感到了危险的存在。当然不是怕袁绍怪罪郭嘉从而连累自己，而是郭嘉太聪明了！聪明到仅仅数日的工夫，就已让袁绍、沮授和田丰等人刮目相看。

沮授得知郭嘉欲离开冀州，找到袁绍劝谏："明公，郭嘉是难得一遇的人才，应该挽留才是。"

"让郭图去劝说便是，人是他带来的。"袁绍不以为然，他知道郭嘉聪慧，但是在众目睽睽之下，竟然主张援救曹操，这让他的心里很不高兴。

"明公如果亲自劝说，更显诚意，他肯定会留下的。"沮授深知，如果让郭图去劝说，只会把人越推越远。果不其然，郭图得到袁绍让他去劝说郭嘉不要离开邺城的命令时，脸色瞬间冷了下来。如果再留郭嘉在邺城，恐怕连自己的一足之地都没有。所以，得想办法赶走郭嘉才行。

郭图打了满腹草稿，想好措辞，哪知没有派上用场。他来到郭嘉房间的时候，郭嘉已经把收拾好的行李放在桌上，离开的心意已决。郭图竟有一种如释重负的感觉。

"怎么？想回颍川？"就算心里乐开了花儿，郭图表面仍装作冷酷高傲的样子。

"嗯。担心郭汜真的攻打颍川。"郭嘉漫不经心地答道。

"还是太年轻，所谓兴兵不过是董卓的障眼法，也就骗骗你这种没有参战经验的人。不过你回颍川看看也好，万一有什么事儿，也好照应一下，毕竟郭奕在你那里，要保证他的安全才是最重要的。"郭图一副长辈教训晚辈的模样。邵恒在一旁看了，直翻白眼。

"兄长在天之灵若是知道二爷这么记挂奕儿，一定会感到欣慰的。"郭嘉眼神冰冷地看着郭图。郭图没想到郭嘉会提起郭康，有片刻的愣神。郭嘉继续说道："我一直有个疑惑，还望二爷能够指点迷津。"

"什么疑惑？"

"二爷以为，曹操是救还是不救？"

"救与不救不是你我能够左右的，全凭主公的意愿。"

"如果此时兄长还在曹操的军营呢？二爷是否还这么想？"郭嘉追问道。

"康儿已经不在人世，你莫要勾起大家的伤心事。如果收拾好了，我派人送你们回颍川。"郭图没有正面回答郭嘉的问题。

"让二爷费心了。走之前，晚辈还有一事相求。"郭嘉谦逊地说道。

"何事？"郭图微微皱眉。

"我这里有一封信，劳烦二爷派人送去河内给荀彧。"郭嘉从怀里掏出一封书信。

"里面不会是对主公不利的内容吧？"郭图盯着郭嘉的眼睛说道。

"我来到冀州，本以为有机会能够见到文若兄。谁承想我这么快就要离开，这一走，不知何时才能再见，寄思念于信件，所以劳烦二爷了。"郭嘉双手递上信件。如果郭图拒绝了，有失长辈的身份，于是接过信件，告诉郭嘉，会帮他送到。

"少爷，您为何求他呀？"

"战争一触即发，要是以我的名义派人送信，定会引来不必要的麻烦。所以只有他帮忙送信，才能保证不给文若兄带来麻烦。"

"要是他偷偷拆开信看了怎么办？"

"看与不看，都合我意。"

荀彧把河内的印鉴包裹好，派人送到了董承那里。失去了河内，现在是回不到袁绍那里了，接下来何去何从，他还没想好，不过可以先回阔别已久的颍川看看。这时，属下送来一封信件，荀彧拆开，惊喜之余又有些失落。他一眼就看出信上是郭嘉的笔迹，原来在他驻守河内期间，郭嘉也来到了冀州。郭嘉在信中劝说荀彧另寻明主，不要太过委屈自己。荀彧长叹：知我者奉孝也！

荀彧一个人来到渡口，好不容易才寻到了一条渡船。他站在船头，看着江面随风泛起的波澜，心中不禁悲凉起来，从没想过自己有一天会这么落魄地还乡，唉！渡过洧水便是颍川了，船外面实在太冷，寒风刺骨，于是荀彧弯腰走进船舱，刚站定，便看到了曹操正坐在那里，手里端着一杯热茶。

"先生，可是要回颍川？"曹操明知故问。

"将军何必明知故问呢？"荀彧反问道。

"那先生可否告知一个我不知缘由的问题呢？"曹操慢慢放下茶杯，双手交叉，小臂轻轻放在膝盖上。

"不是所有的问题都要弄明白、理清楚的。"荀彧知道曹操所指河内。

"先生帮了我这么大一个忙，如今不求回报，默默回乡，反倒让我成了那坐收渔翁之利的人，我得问清楚不是？"曹操出现在渡船上，并不是为了为难荀彧，他对荀彧是发自内心的欣赏，希望荀彧能归到自己帐下。

"随心而已。"荀彧帮曹操的原因，已经跟董承说过了，没有必要再在曹操面前说一次，为此来邀功。

"那不知先生可愿追随于我，共谋大事。"曹操的眼睛里充满期待。

"承蒙将军抬爱，我愿一试！"荀彧双手作揖。

曹操高兴得直拍大腿："好！好！太好了！文若，你就是我的张良啊！"曹操当即任命荀彧为奋武将军政官，以此来表达对荀彧的眷顾之情。

此时，董卓的大军已集结完毕，只等董卓下令。然而，没有等到发兵的指令，董卓便已命丧黄泉。

众所周知，董卓为人性情残暴、心胸狭窄、尖酸刻薄，且杀人不眨眼。不仅对百姓压榨，他的属下在言语上稍微有点儿差错，惹他不快，他也会下令诛杀。他手底下的百官每日里胆战心惊，惶惶不安。

将士们在外拼洒热血，百姓们受尽压榨，百官们低眉顺眼，也满足不了董卓及其家族成员不断膨胀的欲望。他的亲戚大量涌进朝局，连他姬妾怀抱中的婴儿，都被他找理由封为侯爵，甚至把侯爵的金印和紫色绶带给婴儿当玩具。

而董卓的生活更是奢靡，权倾朝野，还私自在郿县兴筑巨大的坞，里面储存了足可以供应全城百姓 30 年的谷米。他曾扬言道："大事若成，我便称雄；大事不成，守着它我也可以安度晚年。"

然而，董卓不知道的是，他已经埋下了致命的种子。

众人不堪董卓的暴政，已经开始密谋铲除董卓，领头人便是司徒王允。

吕布告诉过王允一件事。董卓曾因为一件很小的事，对吕布大发雷霆，顺手拿起手戟直直地扔向吕布，要不是吕布身手敏捷，早已丧命。吕布碍于董卓的权势，只能委曲求全、和颜悦色地向董卓道歉，但此事已让吕布心生恨意。

王允本就有意拉拢吕布，加上吕布喜欢王允的养女貂蝉，这给了王允一个挑拨离间的机会。王允先把貂蝉许配给吕布，然后再把她呈献给董卓，转身告诉吕布，是董卓霸占貂蝉的，从而激起了吕布心中的不满和愤恨。

"我有一事，也不瞒你了，我准备诛杀董卓，你可愿助我一臂之力？"王允见时机成熟，直接把自己的计划告诉了吕布。

"他是我义父啊！我与他之间有父子之情。"吕布有些迟疑地说道。

"你与他本就毫无血缘关系，况且以现在的情势看，你的性命都朝不保夕，还谈什么父子之情？董卓掷出手戟扔向你的时候，可曾惦念你是他的义子？强夺你的妻子时，可有念及父子之情？"王允的话，直击吕布的痛处。吕布握紧拳头，两眼冒火。

没过几天，陛下因患病初愈，准备在未央殿召见百官。吕布认为这是下手的绝佳机会。于是征集了十几名忠心跟随自己的将士，命他们身着卫士的服饰埋伏于北掖门，只等董卓现身将其拿下。

只见董卓身穿官服，乘坐马车入朝。一路上，布置警戒，士兵夹道布岗，左侧是步兵，右侧是骑兵，保护得非常严密。而吕布也是全副武装，照例前后巡逻。

董卓前脚刚迈入宫门，埋伏的将士风驰电掣般地举起手中的刀戟，直直刺向董卓的前胸。好在董卓的衣服里穿着铁甲，刀戟没能刺进去，只是下滑的时候伤到了董卓的手臂，划出一条长长的血痕，伤口处的肉向外翻，汩汩冒着血水。董卓因突如其来的变故，从车上跌了下来，惊慌失措地大喊道："吕布？！吕布你在哪儿？"

吕布慢慢悠悠地走到董卓面前，董卓命令道："快！快传御医！赶紧把这些逆贼给我拿下！"

谁知，吕布像是没有听到董卓的命令，不但没管董卓的死活，还趾高气扬地站在董卓的面前，从腰后拿出事先准备好的诏书，大声读道："奉皇帝诏书，诛杀逆贼董卓！"

此话如晴天霹雳一般，震得董卓怒目圆瞪，指着吕布骂道："你个混账东西，竟敢如此对我……"董卓还没骂完，吕布霎时举起铁矛，直刺董卓的胸口，董卓当场倒地不起，一命呜呼。

"少爷，少爷！"邵恒急忙跑进院子，弯腰弓背，双手扶在膝盖上喘着粗气。

"何事如此慌张？"郭嘉在给李子树除去杂草，修剪枝干。

"董卓死了！"邵恒笑着说。

"是吕布动的手？"郭嘉问道。

"您怎么知道？"邵恒瞪着两个圆溜溜的眼睛，一脸惊讶地看着郭嘉。

"猜的。"郭嘉没有停下手上的动作。

"少爷，我有一个想法。您这神机妙算的本领不用亏了，回头在我那茶肆旁边再给您支个相面算卦的摊儿，准能赚到不少银子呢。"邵恒的脑子里已经开始出现收银两的画面了，郭嘉睨了他一眼，说道："吕布势利多变，曾为了巴结董卓而弑父。虽然是义父，对他也是情深义重。此等忘恩负义之人，杀了董卓不足为奇，而且只有吕布近得了董卓的身。当然，吕布背后一定还有人指点，否则依他那有勇无谋的性子，很难诛杀董卓。"

"那他背后之人是谁呢？"邵恒在郭嘉身边蹲下，听得津津有味。

"接下来把握朝政之人，便是为吕布支招的那个人。"郭嘉除掉最后一根杂草，拍拍手上的泥土，站起身。

颍川距长安不远，百姓们很快就知道董卓被杀的消息，高兴得全都跑到街市上大声欢呼。郭嘉和邵恒站在院子里，都能听到外面百姓的欢呼声。

"这下百姓可以安稳过日子了！"邵恒笑着说道。

"但愿吧。"郭嘉没有想象中的那么高兴。董卓死了不代表朝局就稳定了，以后争权夺势的戏码只会愈演愈烈。袁绍、袁术兄弟二人对政局虎视眈眈，各路诸侯也不甘示弱，还有接替董卓之人。各方势力崛起，百姓们想安居乐业，还得等上一阵子。

王允因诛杀董卓有功，陛下命其为录尚书事，擢升吕布为奋威将军，并封为温侯，命吕布与王允同时主持国政。

当初，王允畏惧董卓才不得不委屈低头。如今权力突然的扩大，董卓又被诛杀，王允认为这普天之下已经没有他的对手，慢慢变得趾高气扬，态度也渐渐地傲慢起来。而王允的变化，也导致了他的部下们开始对他离心离德。

董卓生前很尊重高阳侯蔡邕，当蔡邕知道董卓被杀时，正在王允的府邸做客，由于太过惊讶，蔡邕不禁大呼出声："董卓死了？！"而蔡邕这句高呼，生生把自己送进了牢狱。

王允见蔡邕为董卓之死惊讶，立刻翻脸，斥责他为董卓悲痛，当即命人将他逮捕下狱。此时蔡邕正在撰修《东观汉记》，他把一生的精力都倾注在此书。百官纷纷上前为蔡邕求情，却遭到了王允无情的拒绝，甚至下令："若是谁再敢为蔡邕求情，便与他同罪。"百官不敢再发声，对王允更是敬而远之。大家在王允的身上仿佛看到了董卓的影子。

第三十一章

选择明主

　　"主公，不好了！主公，不好了！"曹操正跟荀彧和程昱讨论董卓之死，却见荀攸大喊大叫地跑进大堂。

　　"公达，何事这么慌张！"曹操面有不悦道。

　　"启禀主公，戏志才不好了……"荀攸低声道。

　　"什么？！请大夫了没有？"曹操紧张地站起身。身旁的荀彧放下手里的茶杯，颤抖的手显示着他此刻内心的慌乱。

　　"大夫已经去看过了，让准备后事。"

　　"怎么会这样。快随我去看看。"曹操边说边往外走。到了戏志才家的门口时，听到从里面传出来的哭喊声，曹操心里"咯噔"一下，冲了进去。紧赶慢赶还是没能见到戏志才最后一面。曹操掩面而泣，戏志才于他而言，不单单是为自己出谋划策的人，更像是自己的兄弟。

还记得当初是荀彧向曹操举荐了戏志才："主公，我认识一人，学富五车，足智多谋，若是可以到主公的身边，定当为主公出谋划策，排忧解难。"

"哦？是何人让文若如此夸赞？"曹操一听有贤才可收入门下，自然欣喜。

"戏志才，乃颍川人士。"荀彧恭谦地说道。

"好，若能来助我，我定会优待他。"就这样，戏志才成为曹操的谋士，他在曹操身边时间不长，但为曹操解开了很多困扰。两个人年纪没差多少，曹操待他如自家兄弟。只可惜，戏志才英年早逝。

"天妒英才啊！"曹操悲叹道。

"主公，节哀！"荀攸、荀彧、程昱一齐说道。

自戏志才死后，曹操经常愁眉不展，唉声叹气。

"主公还是放不下戏志才？"荀彧问道。

"是啊！难得遇到志同道合之人，又尽心尽力为我谋划。如今少了这样一位得力的人，总感觉不踏实。"曹操十分低落。

"的确，明主难遇，贤才难得。"荀彧思前想后，考虑了很久才说道，"我有一位非常适合主公的人选，只是不知道他肯不肯出山。"

"何人？"曹操好奇地问道。

"之前在袁绍门下的郭嘉。他是我的故友，也是颍川人。因为一些原因，不得已到了冀州，在冀州逗留数十天便离开，人现在应该在颍川。"

"郭嘉？！"曹操听着名字怎么这么耳熟，一时却想不起来在哪里听过这个名字。

"郭嘉，字奉孝，曾在颍川书院读书。他性格内敛、心思细腻、见多识广、博古通今、料事如神，是当世不可多得的人才。曾因聪明才智，被家族忌惮压制；因家世背景寒酸，被人轻视排挤。但他却是郭氏家族唯一考上颍川书院之人，他的才学毋庸置疑。只因行事低调、刚直不阿，不喜趋炎附势、阿谀奉承，所以在朝局中并不讨喜，更不被大家所熟知。"荀彧说起郭嘉，满脸的骄傲。但是因为太了解郭嘉的性子，又有点儿担忧，"不过，依照他的性子，我没有十足的把握说服他前来为主公效力。"

"我想起来了！"曹操一掌拍向自己的脑门，笑道，"文若，你且安心在兖州守着，我亲自去颍川请郭嘉。"曹操露出了意味深长的笑容。

曹操带着武将乐进来到颍川，直奔郭嘉的家。

"叩叩"的敲门声响起，郭奕跑去开门，见来人不认识，礼貌地问道："您找谁？"

"我找郭嘉。"

郭奕听是找父亲的，就把曹操引进内堂，然后去后院找郭嘉。郭嘉正坐在李子树下读书，郭奕跑到郭嘉面前，恭敬地说道："父亲，有位伯伯带着一位叔叔来找您，我把他们带去内堂了。"

郭嘉把书放在桌上，随郭奕一起去了内堂。走到门后的时候，郭嘉看到了曹操，并一眼就认出曹操是他跟刀刀爬伏牛山时遇到的那个人。他为什么会来找我？如何找到的呢？郭嘉心里嘀咕着。

"郭嘉！郭奉孝！"曹操见郭嘉来了，激动地喊道。

"正是在下。"

"可还记得我？"曹操问道。

"当然记得，那是我吃过最香的牛肉了。"郭嘉笑着说道。

"哈哈哈哈，以后让你天天有牛肉吃，可好？"

"不知先生是何意？"郭嘉不确定曹操这话是不是跟他想的是一个意

思，再说两个人只是有过一面之缘，并不相熟，为何要说这番话呢？

"我忘了自我介绍。我姓曹名操，谯县人，现任兖州刺史。这位是乐进乐将军。"跟在曹操身边的乐进不禁瞪大双眼，这还是主公第一次这么认真详细地自报家门，心中好奇：眼前这位公子何许人也？

"曹操？！"郭嘉惊叫道。

"竟敢直呼主公大名！"乐进拔出腰间佩剑，冷声喝道。

"乐进，休得无礼！"曹操一只手按在乐进的手臂上。

"是我失礼了！还请曹公莫要怪罪！"郭嘉双手作揖向曹操弯腰行礼。

"是我们来的唐突，还请奉孝不要见怪才是。"曹操礼贤下士地说道。

"将军请坐。"郭嘉随即坐下，从桌子下面的茶叶罐子里捏了一点儿茶叶，放进茶壶里，倒上热水，为曹操和乐进泡茶。

"实不相瞒，此番我不请自来，是有事想和奉孝商量。"

"曹公身边不缺能人志士，奉孝不明白，何事需要用到我？"郭嘉不解地问道。他曾听闻曹操身边有很多贤士，为何要来找自己呢？

"早就听说奉孝博学广识，不知现在为何赋闲在家？"曹操没有回答，反而问道。

"不过都是大家的谬赞罢了。"郭嘉端起一杯热茶，放到曹操面前，端起另一杯放到乐进面前，动作不慌不忙，神情自若。

"不会觉得荒废了毕生所学吗？"曹操端起茶杯，抿了一小口。

"学以致用，便不会荒废。至于怎么用？用在何处？全凭内心。"郭嘉不疾不徐地说道。

"不知奉孝心之所向？准备将自己的才华施展于何处？"

"将军留下吃晚饭吧，我让内子多准备几个菜。"郭嘉见天色渐晚，出声道。

"那就麻烦奉孝了。"曹操见郭嘉没有回答自己的问题，没再继续追问。反正有的是时间，他对郭嘉势在必得。

郭嘉起身朝厨房走去，独留曹操和乐进在内堂。乐进忍不住嘟囔："主公，这位郭公子未免太清高了一些。"就差明说曹操这张热脸贴了冷屁股了。

"奉孝清高那是因为他有清高的资本。他这种性格的人，一旦诚服于谁，就不用疑虑他会有异心，也不用担忧在遇到分水岭的时候不知所措。不知道我有没有这个福气，可以说服他跟我回东郡。"

"主公放心，他要是不肯跟咱们走，绑我也给他绑回去。"乐进说着撸起衣袖，跃跃欲试。曹操扶额道："乐进啊乐进，咱能不能不要这么粗鲁。"乐进撇撇嘴，乖乖把衣袖放下。

"哟，家里来客人了。少爷，我去打壶酒。"邵恒刚进家门，就见内堂坐着两个面生的人，他不知道对方身份，直接站在门口叫嚷道，然后转身出门去酒肆打酒了。

邵恒把饭菜摆放好，退到一旁。郭嘉做出"请"的手势："曹公，请入座。"随着郭嘉坐下，陈曦、郭奕和邵恒也都在他旁边坐下了。陈曦原本不想上桌吃饭的，她知道曹操的身份，对郭嘉说道："我在房里吃就行，曹操是贵客，我上桌会坏了规矩。"郭嘉却说："不碍事儿，一家人吃饭哪来那么多规矩。"

大家都坐好了，乐进见陈曦和邵恒也上桌吃饭，有些惊讶。要知道，在他们家女人和随从都是不允许与主人同桌吃饭的，不只他家，好多官宦之家都是如此。郭嘉看乐进的眼神总往他这瞟，问道："乐将军还需要什么吗？"

"啊？没有，没有。"乐进连连摆手。曹操看他一眼：瞧你那没见过世面的样子，眼神中透露着嫌弃。乐进心中嘟囔：就您见多识广行了吧。这话他不敢明说，只能暗暗地撇嘴。

"曹公多吃点儿，不知道合不合您的胃口。"郭嘉对曹操说道。

"好，好。"曹操看看郭奕，"时间过得真快，没想到奉孝的儿子都这么大了。"郭嘉给郭奕夹菜的手微微停顿："是啊，光阴似箭。"

吃到最后，就剩下郭嘉、曹操、乐进和邵恒。推杯换盏，曹操和郭嘉都喝了不少，但是两个人的脸上都没有醉意。

"奉孝，可愿跟我回东郡？"曹操开门见山地问道。

"曹公，可还记得郭康？"郭嘉不答反问。

"郭康，乃我部下一名干将。唉！说来惭愧，要不是我一意孤行，夺取成皋，中途遭遇凉州军团，结果损失惨重，郭康因此受伤不治，最后……"曹操用手捂住脸，眼泪悄无声息地顺着脸颊滑下。

"郭康回到家后，得到了很好的医治，但就算伤势全好，也会落下腿疾，他因此郁结很长时间。好在他生性坚强，不肯服输，很快就振作起来。之后，因为一次意外，导致伤势恶化，最后身亡。"郭嘉端起酒杯，仰头一饮而尽，两颗眼泪顺着眼角滑落到头发里，没人看见。郭嘉在心中呐喊：兄长，你看到了吗？你效忠之人没有把你忘记，你的眼光很好！

"奉孝怎么会……"曹操抬头，惊讶地看着郭嘉。郭嘉平静地说道："他是我的兄长。"

"颍川郭氏……原来如此。"曹操这才知道，荀彧口中所说的家世背景寒酸原来指的是郭嘉出自旁支。曹操想起第一次与郭嘉见面的情景，怪不得那时他会提到家族……是他愚钝了，这都没有发现。曹操举起酒杯，郑重地向郭嘉道歉："是我没能照顾好郭康，对不住！今晚的话当我没有说过。"说着，曹操喝下杯中的酒。郭康的死他难辞其咎，眼下是真没有脸面再让郭嘉跟随自己了。

曹操准备带着乐进告辞。这时，郭嘉出声道："我们这有一条小河，河里盛产小鱼，曹公可有兴趣明日同我一起去捕鱼？"

"当真？！"曹操一脸惊喜之色。

"明日一早，河边恭候曹公。"郭嘉起身双手作揖说道。

次日清晨，曹操早早来到河边，郭嘉已经坐在岸边了。

"奉孝来得真早。"曹操在郭嘉旁边坐下。

"好久没来了，想先来看看。曹公昨晚休息的怎么样？"

"还不错。"昨天知道郭嘉是郭康的弟弟以后，曹操心情复杂。既没有脸面让郭嘉跟随自己，又觉得错失郭嘉是天大的损失。辗转了一夜，终于等到大亮。现在曹操就像在等待宣判的人，这也是他生平第一次这么受煎熬。

"曹公以前捉过鱼吗？"郭嘉看着河面问道。

"捉过，孩童时比较顽皮，经常和家中兄弟偷摸跑到河边捉鱼，那会儿我可是抓鱼高手。"曹操想起童年的时光，不觉露出了笑容。

"我曾听说捉鱼的学问可大了，需要集中精力，出手要快准狠。可惜，我始终没能学会，做不到心无旁骛，精力集中。"其实郭嘉等待这么多年，所期盼的明主，不就是曹操吗。当曹操抛出橄榄枝时，他在心里动摇过，但常年的不得志，好像有点儿消磨了他的心气儿，而且现在郭奕来了，他不能总是让陈曦承担他该负的责任。再者，如果郭达知道他跟随曹操，以郭达的性子，定不能让陈曦过得安稳了，时不时地就会来找麻烦、抢郭奕。这些，郭嘉不能不考虑。

曹操怎会听不出郭嘉的言外之意，心里一沉，转而说道："谁说捉鱼得亲自动手了？"曹操言辞恳切地继续说道："奉孝应该了解当下的情势，王允刚刚接替了董卓之位，朝局尚未稳定，我想趁机可以拥有一席之地，成就一番大业，但苦于身边没有真正懂我之人啊！你可理解我的求贤若渴？"

"曹公心中有抱负，奉孝钦佩。王允现在虽是执掌大权，但是在权力过大的情况下，欲望就会不断膨胀，难保他不是下一个董卓，强压之下，必有反弹，朝局很快就会迎来新的变化，曹公可静观其变，顺势而为，自然占得一席之地。其中不能忽视的还有吕布一方的势力，任谁都不想甘于人下。"郭嘉看着曹操，语气微沉，"这可能是我唯一能提醒曹公的地方了。"

曹操微微愣神，便没再说什么，两个人又闲谈了几句，便各自散去。

与曹操辞别后，郭嘉带着邵恒去了伏牛山。两个人费劲巴力地爬到山顶，在上面整整坐了一天，眼见就要日落，邵恒催促道："少爷，咱都坐山顶喝一天的风了，不能晚上还要在这儿喂野兽吧。"

"嗯，有你我倒是不怕。"邵恒还没来得及得意，就听郭嘉说，"野兽要吃也是吃你，你肉多。"郭嘉打趣道，说着起身，拍了拍身上的泥土，往山下走去。邵恒在后面快步追上郭嘉，侧身问道："少爷，您真的不打算去东郡吗？"

"嗯。"

"这么多年，您不就在等一个可以让自己信服的明公吗？等到了，为什么还要拒绝人家呢？放心不下家里吗？"之前在袁绍那的不得志，邵恒可是记得一清二楚。

"嗯，如果郭达趁我不在颍川，来抢郭奕怎么办？陈曦该如何应对？

以郭家两兄弟的性子，知道我跟随了曹操，定不会善罢甘休，到时候来找麻烦怎么办……"郭嘉太了解郭达和郭图的为人了，他不想给陈曦带来麻烦。

"郭康少爷的死，也不能完全怪曹公啊。再说，您是您，他们是他们，没必要为了他们放弃自己的仕途吧。您要是担心夫人，大可问问曹公能不能把夫人和小少爷也带去东郡？"邵恒提议道。

"若是我们真去了，都未必有固定的住所，何必让他们跟着吃苦。"郭嘉摇摇头。

郭嘉和邵恒走到家时，天已经黑了。郭嘉远远望见门口有一个人影，走近一看，竟是乐进。郭嘉走过去问道："乐将军为何在此？"

"主公命我在此等候，带先生去一个地方。"乐进伸手，"先生，请。"

郭嘉只好跟乐进去见曹操，邵恒在后面一副快哭出来的表情："少爷，咱能先吃点儿东西吗？"

"你留下，我自己去就行。"

"那不行，我得保护您。"说着，邵恒挺直腰板，拽拽腰带。

乐进侧目看了看邵恒，转过头脸上露出了一丝怜悯的笑来。三个人来到一处宅院门口，"哇！气派！"邵恒感叹道。当郭嘉看清门上挂着的"郭府"二字时，愣在原地。

只见曹操从里面走出来，满脸笑意地问道："奉孝可满意？"

"曹公这是何意？"郭嘉不解地问道。

"奉孝，这是我最大的诚意。"

"曹公，您是不是误会了，我不是……"郭嘉的话没说完，就被曹操抬手打断，"我知道你的后顾之忧，要想让你心无旁骛地随我去东郡，为你解忧便是我的诚意。我知道你在担忧什么，你搬到这座宅院，以后跟郭家就毫无关联。放心，周围的安全保障我已做好，并安排人在周围护着，既不会打扰了你的家人，有什么事你也可第一时间得知。这下，你可以放心了。"

"曹公，我何德何能让您如此对待。"郭嘉双手作揖向曹操深深地鞠了一躬。

曹操上前扶起郭嘉，问道："不知奉孝可愿随我去东郡，共图大业？"

第三十二章

料事如神

曹操带着郭嘉刚回到东郡，荀彧就把李傕、郭汜逼死王允的消息告诉了曹操，曹操震惊道："奉孝料事如神啊！"

"主公过誉。"郭嘉谦逊道。

荀彧听到"奉孝"二字，侧目看去，眼前之人不是郭嘉还能是谁，荀彧激动地一时间没有言语，还是郭嘉先开口道："文若兄，许久不见，别来无恙。"

荀彧的眼眶微微湿润，欣喜道："奉孝，真的是你！太好了！主公得了奉孝，大业指日可待啊！"曹操难得见荀彧这么开怀，可见郭嘉的才能，连荀彧都深深佩服。

曹操为了欢迎郭嘉的到来，大摆筵席，将郭嘉引见给众人。筵席上，曹操让郭嘉坐在自己的身旁，荀彧则在另一侧。众人看了，不明白曹操为何这么重视郭嘉。荀彧从小就闻名在外，以智慧出众，而郭嘉，大家基本上没怎么听说过，看他顶多就是个清秀的公子，实在看不出有什么过人之处。

然而，在不久的将来，郭嘉就用自己的智谋告诉众人，曹操的眼光是多么的独到。

镇压董卓麾下的凉州军时，李傕、郭汜异常英勇，不免让人怀疑他们奋战的劲头里都是对董卓的欺辱之恨。以凶猛如虎而闻名的凉州军在李傕、郭汜的强攻之下，兵败而逃。因此，两个人成了名副其实的有功之臣。

没有了董卓的压制，李傕、郭汜二人变得更加飞扬跋扈，甚至不把其他的诸侯放在眼里。好在他们身边还有一个比较明事理的人，就是贾诩，他常常劝谏他们要仁心仁德、安抚百姓，谦虚谨慎、结纳贤豪，这两个人才有所收敛。但是并不代表他们没有野心。李傕、郭汜率领大军攻回长安，吕布得到消息，带着家眷逃出城。而王允自认当朝上下，唯他独尊，没有逃跑，反而呵斥李傕、郭汜两个人，令两个人听命于自己。

李傕、郭汜怎会听一个文官摆布，就在攻入长安皇宫时，直接将王允诛杀。从此，朝中大小事务便由李傕、郭汜两个人说了算。陛下为求自保，只能维持现状。不过，此时的朝局算是迎来一个短暂的稳定期，一切好像都在朝着好的方向发展，可意外状况又出现了。张角的余部打着太平道的旗号，聚众数十万，于青州再次发起黄巾起义。这让李傕、郭汜深感不安。

"要破山东黄巾，非曹孟德不可。"朱儁建议道。

"曹操现在身在何处？"李傕如抓住一根救命稻草，连忙问道。

"曹操现在任职东郡太守，兵力充足，若他肯出手攻打黄巾军，定能将他们一网打尽。"朱儁答道。李催十分欢喜，立刻起草诏命，派人送给曹操，命他即刻起兵，征讨黄巾军。

此时青州黄巾军已攻入兖州，兖州牧刘岱率军与他们对抗，不敌，战败而亡。曹操带领众部赶到兖州时，刘岱已经战死，兖州群龙无首。这时，曹操的旧识鲍信提议，由曹操接任兖州刺史，却遭到了边让的极力反对。这时，当初抛下曹操离开的陈宫站出来说道："为大局着想，眼下曹操的确是最合适的人选。"曹操没有想到陈宫会为自己说话，心里十分感激，但他没有表现出来。曾经陈宫的抛弃，对他人格的不认可，他都历历在目，曹操明白和陈宫道不同，索性放弃同谋的想法。

边让只能少数服从多数，不再阻挠。曹操正式接管兖州，成为兖州牧。

曹操与郭嘉、荀彧、程昱和满宠商讨征伐黄巾军的对策。

"主公，此番黄巾起义，未必全是太平道旧党。董卓虽死，但是各方势力仍在为自己谋划，征战不断，全然不顾百姓死活，重压之下，势必有反。如果这次伐剿黄巾军，采取剿抚并用的策略，不仅可以招安降兵，在一定程度上更是安抚了百姓，不会留下残暴的骂名。"郭嘉提议道，身边的荀彧和程昱连连点头，同意郭嘉的主张。

"如果降兵之中有人不服，存在异心，找机会再起兵变该怎么办？还是全部剿灭的好。"满宠说道。

"自古军营里就存在叛军，招安的降兵也好，征召的将士也罢，这个问题不是今天才出现，以后也不会消失。我们不能怕兵变就不建设军营，不能怕背叛就绞杀所有的士兵。这样做只会激化问题，让人胆寒，起不到什么好的效果。"郭嘉不疾不徐地说道。

"但是叛军带来的损失是无法预估的。"满宠仍坚持自己的主张。

"如果能够使心存异心的士兵心悦诚服，那么他们带来的军事力量也是无法估量的，这就要看将领的本事了。"郭嘉始终认为诛杀起义军不是最好的策略。

早在郭嘉刚刚说出自己的主张时，曹操心里已经有了判断，他问道："文若、仲德有何看法？"

"我认为奉孝说的策略更能安抚人心，人心才是最重要的，只有使百兵百姓同心同德，才能更好地发挥作用。"荀彧说道。

"臣附议。"程昱在一旁附和道。

"好，就按奉孝说的办。"曹操拍板儿，随即与鲍信合兵，一同出兵。曹操率领军队一路向前，势如破竹，黄巾军根本招架不住曹军的勇猛。黄巾军为了拖延时间可以逃亡，便设计埋伏鲍信所领的一支分队。鲍信及其部下不幸掉入陷阱，被黄巾军所杀。曹操闻讯赶来时，为时已晚，他抱着鲍信的尸体痛哭的场景，令在场的每一个将士都为之动容。

这时，黄巾军已经快要逃到境外，曹操追击至此已算尽责。但是他没有下令立刻撤兵，而是陷入两难。郭嘉一直跟在曹操的身边，明白他在为难什么，眼下这种局势：进，胜算小；退，损失大。

"此时撤军绝非上策，且不说功亏一篑，也对不起牺牲的将士和战亡的鲍信，而黄巾军若遁回青州，仍是心腹之患。但就目前的形势看，影响我们作战的难题是粮秣，这使得我们的胜算变小。主公何不趁着夜晚，到敌营探探虚实，我们粮秣短缺，他们未必富余。"郭嘉给出小小的建议，曹操立刻领会，眼睛一转，叫来乐进，命其夜半三更时，陪自己到敌营察看。

"主公，我随您一道去吧。"郭嘉说道。

"不行，你得留守，这样我出门在外才会安心。"曹操又派曹洪跟郭嘉一同留守。

等曹操和乐进到了对方营地时，已经夜深人静，只有几个巡逻的士兵来回走动。曹操跟乐进潜入敌营，直奔他们放粮秣的地方，曹操私下察看，心下了然。这时，巡逻的士兵举着火把朝放置粮秣的地方走来，曹操和乐进身手敏捷地逃出营帐，飞奔到外面。

回到军营后，曹操把大家聚到一起，连夜商议该如何进行下一步。

"我发现敌方现在也处于弹尽粮绝的状态。"曹操闭目沉思。

"这就好办了，主公。"郭嘉轻快地说道。

"奉孝是有主意了？"曹操睁开眼睛，满怀期待地看着郭嘉。

"主公可派人前去与此次起义的首领谈判，而谈判之关键，就在于粮秣。"郭嘉建议道。

"嗯，但是谈判的人选……"曹操犯起了犹豫。

"属下愿意一试。"郭嘉自告奋勇道。

"不可，他们都是蛮野之夫，若是伤了你怎么办。"曹操不可能让郭嘉以身犯险，"还是我去！"

"主公，万万不可！"大家齐声道。

"军不可一日无将，主公，这件事就交由我去办吧，若主公实在不放心，可安排一位将军随我同去，派兵在外接应即可，谅他们也不敢胡来。"这是郭嘉第一次真真正正地参与到军事当中，自此便一发不可收。

曹操看郭嘉坚持，便交由他去谈判，乐进随行。

"你们是何人？敢擅闯我们营地。"士兵拔剑指向郭嘉和乐进。同时，乐进也拔出腰间佩剑，将郭嘉护在身后，大声喝道："大胆！我们是曹公派来见你们首领的，识相的赶紧去通报，不识相的送你们下黄泉！"营帐门口守卫的几个士兵被乐进的架势镇住了，慌忙跑到营帐里通报。没一会儿的工夫，就有人出来接迎郭嘉和乐进进去。

"怎么，曹操派你们前来是向我求和的？"此次起义的首领程响大言不惭道。

"恰恰相反，我们是来招降的。"郭嘉开门见山地说道。

"好大的胆子，不怕我拿你们的人头去见曹操？"

"你要是有这能耐，那证明我们主公没有看错人。"郭嘉笑程响心无半点城府，真真的无勇无谋，看来这次谈判成了。

"我劝你们回吧，我们是不会投降的。"

"哦？是吗？想必你们的粮仓不允许你们继续抵抗吧。据我所知，你手下的将士已经填不饱肚子，吃不饱，哪来的力气作战，慢慢士气就会低落，随时随地可能出现兵变的状况。到那时，即便你还顽强抵抗，又有什么用呢？所谓孤掌难鸣，你不会以为凭你一己之力就可跟我数万曹军对战吧？"郭嘉看程响面色有些松动，眉头微皱，继续说道，"我这次来是春风送暖，你们现在若是乖乖缴械投降，曹公不仅不会责罚，还会保你们性命，并收纳一批英勇的士兵进入帐下。不知程首领如何抉择？"

"此话当真？！"这种情势之下，程响自知无胜算的可能，就算让他逃出去，也未必会安全，何况手底下还有这么多士兵呢，总不能撇下他们不管。

"当然！"郭嘉耐心地等程响作出决定。乐进始终护在他身边，不禁对这个文弱翩翩的公子心生佩服，短短几句话，直击对方要害，快速果断地解决了问题。

"好！我们投降！"程响耷拉着脑袋，低声说道。

曹操得以快速收复黄巾军，平定这场叛乱，多亏了郭嘉没有跟别人一样，劝谏曹操撤军。自此曹操更加看重郭嘉的建议，也愿意听取采纳。

平定黄巾起义后，曹操招安到数十万的降兵。曹操在他们当中挑选出精锐，组建成一支青州兵队伍，其余的降兵都被他遣回乡务农。朝廷收到曹操大捷的喜报，当即加封曹操为镇东将军。

这时，郭嘉建议曹操："主公，我们可以将兖州作为我们的大后方，广纳贤士，扩充兵力，壮大势力，以备大事所需。"

曹操认为郭嘉说得很有道理，便派人在城门张贴诏文，招贤纳士。曹操平定黄巾之乱，扬名在外，闻名而来的谋士将领络绎不绝。此时曹操的身边：文有郭嘉、荀彧、荀攸、程昱、刘晔、满宠等人，武有于禁、典韦、吕虔、毛玠前来投效，一时人才济济，势力迅速壮大起来。

第三十三章

血海深仇

如今，曹操在兖州站稳了脚跟，他决定把家人接到身边，好有个照应。于是派部下应劭到琅琊郡去迎接他的父亲曹嵩及家眷。

应劭领命去往琅琊郡，见到曹嵩后递上曹操的亲笔书信。曹嵩看后便和弟弟曹德及一家老小40余人，带着仆从和装满行李的车辆，径奔兖州而来。

徐州太守陶谦一直想结交曹操，苦于没有合适的机会。正巧应劭带着曹嵩他们途经徐州，陶谦乘坐马车亲自到城门口迎接曹嵩他们，把一行人请进城去，大摆筵席，盛情款待了他们两天。

曹嵩一行人离开徐州的那天，陶谦亲自将人送到城外，为了显示诚意，特意派都尉张闿带领百名士兵护送他们。不料张闿见财起意，起了歹心。在一个狂风暴雨的黑夜，连同手下将曹嵩一家尽数杀死，并将财物掠劫一空，随即逃往淮南。应劭侥幸逃过一劫，但是却不敢回去见曹操，只能投奔袁绍。

应劭的一个士兵从张闿手里逃脱出来，拼命跑回兖州，把此事告诉了曹操。曹操听此噩耗，哭倒在地，认为陶谦是始作俑者，誓要血洗徐州，为家人报仇。当天夜里，曹操便集合大军，以夏侯惇、于禁、典韦为先锋，杀气腾腾地向徐州进发。

曹操此时已被仇恨占据了理智，他下令："凡是路上攻下的城池，城中百姓一个不留。"他要一路血洗到徐州。

陈宫听说此事，连夜赶来劝阻曹操。曹操本不想接见陈宫，又碍于旧日的情面，无奈之下只好请他到帐中相见。

"陶谦是个正人君子，宅心仁厚，绝非好利忘义之辈。是张闿杀害令尊，跟陶谦没有半点儿关系，你不应该找他报仇。再者，你为何要杀光沿途州县的百姓，他们和你有什么冤仇？"陈宫一见曹操就劈头盖脸地说道。

"当年你不辞而别，弃我而去，如今又有何脸面来跟我说这些？我家人被杀，陶谦是始作俑者，我找他报仇与你何干，你又有什么立场在这儿跟我为陶谦说情！"曹操满腔怒火地说道。

陈宫哑口无言，知道曹操不会听自己的话，失望地离开。走出曹操营帐外，陈宫仰天长叹道："我再无脸面见陶谦！"骑上马，投奔陈留太守张邈去了。

此时吕布正好在陈留。自从吕布逃出长安后，先后投奔袁术、袁绍，孰料袁术、袁绍都不肯收留吕布，他只好去投奔上党太守张杨。刚在上党落脚，吕布便通知他的家眷从长安赶去与他会合，没承想却被李傕知道。李傕给张杨写信，命张杨杀掉吕布。没有办法，吕布只得带着家眷到陈留投奔张邈。

陈宫在张邈这里见到了吕布，认为吕布是当世的勇士，于是陈宫对张邈建议道："如今曹操率大军攻打徐州，兖州处于空虚，可叫吕布率军袭取兖州，从而强大势力。"

"公台，此主意甚好！"张邈立刻清点了人马，命吕布和陈宫领军攻打兖州。

自陈宫走后，郭嘉、荀彧、荀攸等人看得出曹操心情不佳，一时间也不知该如何相劝，只能给曹操一些时间自己慢慢消化。天亮以后，大军继续前行。又到了一个县城，曹操站在城门门口沉思，郭嘉见状上前说道："主公，既然您心里不想杀戮百姓，又何须逼迫自己呢？想让陶谦畏惧、认错，不是只有这一种办法。"

郭嘉的话说到了曹操心坎儿里，他现在确实是在为难自己，因为失去亲人之痛无处宣泄，只能以此来平复内心。他也知道这样对百姓不公，所以郭嘉稍稍劝说，他便取消杀光百姓的决定。曹操派毛玠接管眼前的县城，大军没有进城，城中百姓安然度过一劫。

陶谦属下来报："禀太守，曹操已经率大军向我们进发，我们要不要做好准备迎敌。"

"曹操大军气势汹汹，我们拿什么与之对抗。唉！都是我不好，做错一个决定，却连累了徐州城的百姓。"陶谦不禁仰天恸哭道。

"敌兵已经近在眼前，我们不能就这么束手等死，总要去拼搏一番。我愿率军为先锋，与他们对战！"大将曹豹铿锵有力地说道。陶谦见状，只好引兵出城迎敌。

放眼望去，曹军上下一身缟素，仿佛在大地上铺了一层厚厚的白雪一般。在军中央，随风飘扬着两面白旗，上面写着"报仇雪恨"四个大字。

双方摆开阵势，只等击鼓鸣金。这时曹操纵马出阵，一身白衣，扬鞭大骂："陶谦你这个龟孙子！杀害我家人！此仇不共戴天！"

"我本意是想与明公交好，为显诚意特派张闿护送明公家眷。岂知张闿见财起意，造成这样的结果，属实与我无关，还请明公明察。"陶谦也走到阵前，欠身赔礼道。陶谦的这些话，在曹操听来就是辩解，怒道："事到如今，你还在狡辩！"曹操右手一挥，夏侯惇得令，飞马出阵，与曹豹战成一团。

就在两军混战之时，忽然狂风大作，天昏地暗，落土飞岩，两军只好鸣金收兵，各自回营。

"敌强我弱，我们很难抵御，不如将我捆绑，交于曹营，以解徐州百姓之危。"陶谦与属下商议说道。

"太守任职于徐州多年，深受百姓爱戴。曹军虽然势力强大，但一时半会儿也攻不下徐州城。我们可向北海太守孔融、青州太守田楷请求援助，只要坚守不出，等到两路援兵一到，曹操定会退兵。"糜竺提议道，"属下愿意前往北海一试。"

陶谦采纳了糜竺的建议，亲笔写了两封书信，分别派陈登前往青州、糜竺前往北海，自己则带领将士和百姓守城。

糜竺快马加鞭赶到北海，把信交给孔融，说道："还请太守出手相助，速速发兵。"

孔融看过信后，却有些为难。他素知曹军兵精将广、骁勇善战，北海的军力恐难以与其对抗。左右为难之际，孔融忽然想到一人，应该能解徐州之围，此人便是刘备。

此时刘备正在平原县。收到孔融的书信，刘备颇感意外，得知徐州正被曹军围困，不由得感叹道："陶太守乃仁厚君子，没想到会受此无辜之冤。"当即答应出兵相助。

刘备也惧怕强大的曹军，感觉自己势单力薄，于是他先去向公孙瓒借调士兵。借兵跟借钱不一样，借兵是有借无还。公孙瓒慷慨借调给刘备千余人马，并让小将赵云与他们同去。刘备与关羽和张飞率领3000军马为先锋，从平原县赶往徐州。赵云带领2000军马紧随其后，从北海向徐州进发。

这时，青州田楷也率领援兵直奔徐州。陶谦得知有两路援军，才把心放到肚子里。

四方势力形成互相牵制的局面。孔融、田楷两路军马因惧怕曹军势猛，远远地依山扎寨，不敢冒进。陶谦率领军民坚持守城，不敢轻易出城迎敌。曹操见来了两路援军，命众将士兵分三路，两路防御援军，一路驻守在徐州城前，没有轻易出兵攻城。

刘备率军赶到时，见田楷按兵不动，说道："过了这么多天，城中恐怕粮草短缺，难以继续坚持。不如让关羽、赵云率领部分人马留在你部下相助，我和张飞冲进徐州城，与陶谦会合，好商量下一步的对策。"田楷认为此法可行，于是援军形成联防之势。

刘备和张飞要想进入徐州城，首先就要穿过曹营。于禁见敌方来人，率军出营阻敌，与张飞展开激烈对决，几个回合之后，刘备亮出双股剑，命士兵掩杀过去。张飞过于勇猛，后又有大批士兵，于禁抵御不住，掉头逃回营中。

张飞紧追不舍，率领众士兵直杀到徐州城下。陶谦听到城外有厮杀的动静，匆匆来到城墙上观望，远远望见刘军所扛红旗上绣着"平原刘玄德"几个大字，赶忙下令打开城门，让刘备与张飞进城。

陶谦把刘备等人迎接到府衙，并设宴款待。

陶谦见刘备气宇轩昂，仁心豁达，在心里暗自作出一个决定。他让麋竺把徐州太守的印信拿来，双手捧着来到刘备面前，交到刘备手中。刘备大惊道："太守这是何意？"

"如今天下局势动荡，朝纲不振，你作为汉室宗亲，理应扶持社稷。老夫年迈无能，愿将徐州让给玄德，希望徐州在你的统领之下，安然渡过难关，稳步发展，还请你不要推辞。我这就奏请朝廷批准。"陶谦语重心长地说道。

"我虽是宗亲后裔，但功微德薄。这次出兵相助，完全是出于大义。您把徐州让给我，难道是怀疑我有吞并徐州之心吗？我刘备在此向天起誓，对徐州我绝对没有这个念头！"刘备义正词严地说道。

"玄德，不要误会。我不是这个意思。"陶谦有嘴说不清，只一味地与刘备推让，还是一旁的麋竺劝解道："眼下兵临城下，商议御敌之策要紧。等局势稳定以后，再让也不迟。"陶谦这才暂且作罢。

"我打算先写一封劝和信给曹操，曹操若是不答应撤兵，我们再倾全城之力与其对战到底，你们意下如何？"刘备说道。

"好，就按玄德的意思办。"陶谦答道。

于是刘备写了一封书信，命人送去给曹操。

曹操正在营帐中和众将商议攻城之事，士兵忽然来报，说徐州送来战书。曹操大怒，拆开一看，原来是刘备写的劝和信。

看过信后，曹操拍案怒道："刘备算什么东西，竟借着劝和的名义来讽刺我！谁借他的胆子！现在就制订攻城计划，我倒要看看他刘备有什么本事。"刘备在信中讽刺曹操心无大义、小肚鸡肠，曹操哪能忍得了这个。

"主公三思，刘备远道而来出兵援助陶谦，我们还是先礼后兵为上策，这样才不会落人口实。若是好言回复，没准儿可以让他放松警惕，我们就有机会出其不意攻其不备。"郭嘉上前劝阻道。

曹操觉得郭嘉说得有理，便吩咐属下好生款待来送信的使者，让他等候回信。这时，门外又传来疾呼，一名士兵神色匆匆地告诉曹操："禀主公，吕布突袭兖州，进据濮阳，曹仁将军抵挡不住，特来告急。"

"若是失了兖州，我们该何去何从？！眼下该如何是好！"曹操听后大惊失色，后悔不已地继续说道，"奉孝，当初我该听你的话，不应该举全城之军力攻打徐州啊！现在可倒好，家要保不住了……"

"主公，现在不是后悔伤神的时候。我们可借着劝和这个机会，撤军回去收复兖州，正好做个顺水人情给刘备。"郭嘉提议道。于是曹操给刘备写了一封回信，交给使者送回给刘备，随即拔寨撤军。

第三十四章

身入虎口

陶谦在城墙上看见曹军拔营撤退，心中大喜，连忙请田楷、关羽、赵云等人进城相会。

为了表示感激，陶谦大摆筵席。在酒宴上，陶谦请刘备上座，当着众人的面双手作揖说道："老夫年岁已高，家中两子不成气候，难以担负朝之重任。刘公乃汉室宗亲，德才兼备、宅心仁厚，老夫甘愿让出徐州城，托付给刘公，从此在家休养生息。"

"太守为何又提及此事。此前我已表明心意，并非来徐州邀功。援助徐州完全出于大义。若我现在无端将徐州据为己有，天下人会怎么看待我刘备？"刘备摆手推辞道。

陶谦眼含热泪，再三相让，刘备拒不肯收下徐州。糜竺上前劝说："徐州物产丰富，百姓颇多，是建立大后方的绝佳地方，可依此建立一番大事业。"陈登等人也在一旁附和。只有刘备坚决不肯答应,没有办法,陶谦只好以保护徐州为由,请刘备在离徐州不远的小沛暂时驻扎一段时间,刘备这才勉强答应。

酒宴散去,各路援军纷纷向陶谦告辞。刘备很舍不得赵云,看着赵云远去的背影,偷偷地抹眼泪儿。大家各自散去,刘备带着关羽和张飞到小沛驻防去了。

吕布收到消息,得知曹操已率领大军赶回兖州,随即令副将李封和薛兰率军坚守兖州,自己则率主力军队屯驻濮阳,想与曹军拼个你死我活。

"曹军从徐州回来,路途遥远,军队肯定疲惫不堪。我们应该趁此时机,与曹操对决。若是等他们恢复体力,就不好对付了。"陈宫在吕布一旁劝谏道。

"我孤军奋战,独步天下,何愁他曹操。且让他安营扎寨,恢复体力,你看我怎么降服他。"吕布自负地说道。

曹操大军抵达濮阳城外,安好营,扎好寨,将士们得以好好睡上一觉。次日,曹操亲自率领部众出营摆好阵势,他身骑骏马立于门旗下面,远远地望见吕布率领军队冲出城门。两阵对势,兵戎相见。只见吕布首当其冲,两边分别有将领助阵。曹操身后有三名大将护着。战事一触即发。

"吕布!我和你无冤无仇,你为何趁我不在夺我州郡?"曹操指责道。

"汉家的城池见者有份,谁说兖州城只能姓曹了?"吕布高声喊道,话音刚落便命臧霸出马挑战。

曹操派乐进迎战。只见两马相交,双枪齐举,战况激烈,胜负不分。

这时，夏侯惇驾马出来助阵乐进。吕布赶紧派张辽截住夏侯惇，夏侯惇与张辽展开厮杀。看他们在阵前打得难舍难分，吕布兴起，挺戟纵马冲出阵来。说时迟那时快，乐进和夏侯惇连忙掉头逃走。吕布大手一挥，众将紧随其后，拼命追击曹军。此回合曹军大败。

吕布率军胜利而归，喜不自胜。陈宫见状，在一旁提醒道："西寨是关键之处，要多派人严守，以防曹操偷袭。"

"他今天战败，没有胆量再来。"吕布得意地说道。

"曹操善于用兵之道，还是要防备些才稳妥。"陈宫不放心，于是吕布便派侯成、高顺、魏续三名大将领兵到西寨协助防守。

这时的曹营里，曹操脸色低沉，一脸怒容，没想到第一天就败得这么难看。

"主公无需动气，众人皆知吕布作战勇猛，但也深知他不谙兵道。西寨乃至关重要，可作为我们袭取的首要之地。"郭嘉提议道。

现在郭嘉的建议，曹操都会认真考虑、采纳，他不想再发生兖州被占这样的事情。

"奉孝说得有道理，吕布就是莽夫，他能想到趁我们后方空虚，突袭兖州，背后一定有人指点。趁现在吕布还没有加强防守，是袭取的好时机。"荀彧在一旁说道。

"好，就这么办。于禁，清点一队人马，我们趁夜出发。"曹操吩咐道。

"得令！"于禁转身走出营帐，集合人马，曹操亲自率兵，连夜夺取西寨。

曹军直接攻入西寨，没想到正好遇上高顺的援军，双方混战在一块儿。突然，西面鼓声大震，曹军士兵匆匆来报曹操，吕布亲率援军赶来支援西寨，曹操赶忙弃寨撤军。

此刻，曹操的境遇并不好。后有侯成、高顺、魏续紧追不舍，前有吕布引军阻截，只能硬着头皮，奋力抵御。乐进和于禁为保曹操安全，二人主动迎战吕布，但是根本打不过吕布。曹操只得向后撤退，经过一座小山时，从林中杀出一路军马，分别是臧霸和张辽率军堵截，曹操派曹洪和吕虔迎战。混战中，曹操向西面逃跑，却又被吕布的手下宋宪、成廉、郝萌、曹性四名大将拦住去路。曹操带领众将士拼死抵御四将。只见曹操首当其冲，冲出包围圈。这时，却见像骤雨一般的箭向他射来。前进不得，后退不能，曹操无法脱身，陷入险境。就在千钧一发之际，典韦出现，手挺一对铁戟，大喊道："主公莫慌！"飞快赶到曹操的身边。

只见典韦跳下战马，勇猛异常，奋力杀散敌军，成功救出曹操。众将士在后面陆续赶到。曹操等人正要寻路回营，背后忽然喊声大起，原来是吕布追上来。经过刚刚的激战，曹军上下已是疲惫不堪，听到吕布的喊叫声，大家欲各自逃生。好在夏侯惇率领一路人马及时赶到，拦住吕布。就在双方激战的时候，天空忽然下起倾盆大雨，双方只好收兵，各自回营。

然而，这还没算完。陈宫又出主意，指使濮阳城的富户田氏，假意向曹操投降，把曹操引进城内，来个瓮中捉鳖。吕布觉得这个主意甚好，立刻召来田氏，说出自己的计划。

曹操刚回到营帐中，就收到田氏的来信。田氏在信中谎称吕布已经移兵黎阳，城中只留很少的兵马驻守，田氏愿作为内应，帮助曹操进城，收复兖州。

曹操刚刚战败，正愁没有好法子夺回兖州，田氏的书信就到了。曹操不由得大喜过望，当即命令将士准备起兵。郭嘉总觉得事有蹊跷："吕布虽然有勇无谋，但是他身后的陈宫老奸巨猾，怕是其中有诈，所以主公要做好防范才是。最好可以兵分三路，两路人马埋伏于城外接应，一队人马随主公入城，这样一旦事情有变，主公也可安全脱身。"曹操采纳了郭嘉的建议，并说道："我此番前去，危险重重，你和文若要把军营守好了。"

"主公放心。"郭嘉安抚道。

曹操率军来到濮阳城门处，只有高顺和侯成领兵出战，果然不见吕布。曹操令典韦出战，直取侯成。侯成抵挡不住典韦的攻击，转身往城中逃去。典韦紧追其后，在城门口遇到高顺，高顺也连连败退，回到城中。

混战中有几个士兵趁机混入到曹军的队伍当中，佯装是田氏派来送信的。曹操信以为真，等待田氏鸣锣为号，便可进兵。

曹操随即命令夏侯惇领兵为左翼，曹洪为右翼，留在城外做接应。自己则亲自率领典韦、乐进、夏侯渊、李典四名大将进城。

"主公还是让我们先进城，您留在城外吧，万一情况有变……"乐进的话还没说完，就被曹操打断："我作为统帅，躲在后方，谁还会奋力向前。"听曹操这么说，其他人不敢再劝。

初更时分，月亮还没升起，大地漆黑一片。这时，号角声响起，紧跟着是一阵锣响，只见城墙上火把缭乱，城门大开，吊桥落下。曹操忽地狠拍坐骑，一马当先，直冲进城。直到府衙门前，一路上连个人影都没见着，曹操恍然大悟，中计了！曹操慌忙掉转马头，大喊道："撤军！撤军！撤军！"

突然，府衙中一声炮响，烈火冲天而起，电光石火间喊杀声四起。原来吕布早在四门安排好伏兵，只为活捉曹操。

张辽与臧霸两面夹击曹操，曹操只好奔北门而逃，然而北门等着他的也是伏兵。很快，曹操便四面楚歌。典韦怒火中烧，奋力冲杀，侯成和高顺抵挡不住，且战且退。当典韦冲杀到吊桥时，发现身后的曹操不见了，于是转身又杀回城中，正巧在门口遇到李典，典韦问李典："可有见到主公？"

"我也没找到。"李典一脸担忧。

"我回城去找主公，你速去搬救兵。要快！"说罢，典韦就杀入城中寻找曹操。

曹操见前方的典韦杀出重围，自己则被吕布的兵马拦截，情势危险，曹操根本冲不到南门，只好转头又奔北门逃跑。好巧不巧地正面撞见吕布从火光里跃马而来。曹操慌忙用手遮住脸部，与吕布擦肩而过。本以为顺利脱险，岂料，吕布追了上来，问道："可有见到曹操？"

"那个身骑白马的就是。"曹操反手一指答道。吕布一听，纵马向前追赶那匹白马。

曹操舒出一口气，急忙掉转马头，又奔东门，遇到了典韦。典韦将曹操护在身后，杀出了一条血路，二人终于来到城门边。这时火光四起，城墙上的吕军将点着的干草扔下来，导致遍地是火。典韦只能用手中的戟拨开火堆，在前面为曹操开路，曹操紧随其后。两个人好不容易来到城门洞口，没承想一根冒火的梁木从城门上崩塌下来，正好打在曹操所骑战马的后胯上，马匹顺势倒地。曹操只得用双手将梁木推放到地上，胳膊、手臂、头发、胡须都被大火所伤。典韦快步跑过来把曹操救起，恰好夏侯渊也赶到了，两个人合力救起曹操，冲出火堆，拼命逃回曹营。

此时，天已经大亮。城中百姓出门看到遍地的大火，都被吓得不轻。

大夫刚给曹操包扎好伤口，只听曹操咬牙切齿道："没想到我会中了吕布那个匹夫的奸计，此仇不报非君子！"

"主公，我们可趁你受伤，将计就计。所需用品我已经着人准备好了，就等吕布自投罗网。"郭嘉献计。原来天快亮的时候，郭嘉见曹操他们还没回营，就已经感到不妙，于是找到荀彧，商量道："主公他们此时未归，恐遭变故。我们得有两手准备，才能确保万无一失。"

"奉孝说得是，你有什么想法？"荀彧问道。

"我们可提前准备主公的'丧事'。"郭嘉眼露狡黠道。

"奉孝，你……"荀彧吃惊地看着郭嘉，以为郭嘉对曹操产生异心。

"文若兄，你误会了。我已提前通知夏侯将军领兵前往城门处接应主公了，主公会安然无恙地回来。不过，我反倒认为这是一次擒住吕布的好机会。即便是主公安然回营，我们也可假称主公已阵亡，为主公举办丧礼。当然，一切都是假的。以吕布鲁莽的个性，定会亲自前来探个究竟，而且他容易沾沾自喜，定不会率领大批军马前来，这便是我们擒他的好机会。"

"妙啊！此法可行。"荀彧赞叹不已。

"好，那我这就叫邵恒去置办东西。"郭嘉快步回到营帐，让邵恒赶紧准备丧事所用的白旗等物品。

曹操听了郭嘉的计策，双眼露出抓捕猎物的光芒，将此事交由郭嘉去办。于是郭嘉传令军中，挂孝发丧，诈称曹操因被大火烧伤，回到军营后伤重不治而亡。而曹操忍着伤口的剧痛，亲自带领一路军队，埋伏于马陵山中。

吕布沉浸在胜利的喜悦中无法自拔。这时，士兵来报，说曹营内挂满白色旗帜，曹操重伤不治而亡。吕布已然被胜利冲昏了头脑，立刻清点军马，向马陵山进发。

岂料刚到曹营外，就听见一声鼓响，伏兵四起。吕布拼死抵抗，才侥幸杀出重围，可手下的士兵死伤大半。吕布兵败逃回濮阳，发誓坚守不出。

吕布以为只要坚守不出，曹操等不下去，攻不进来，就可以安稳度日。但是好景不长，这时却闹起了蝗灾，田地的庄稼被蝗虫吃得一干二净。吕布只得移师山阳，那里还有补给可供一阵子，趁这时候正好可以整顿军队。

曹操的处境也没好到哪里去，遇到天灾，人人都一样。为了确保军队的粮食供应，曹操只好率领大军撤回鄄城。

陶谦由于年岁已高，染上重病，眼看自己大限将至，便把糜竺、陈登叫来商议后事。

"有一事我们要考虑周详，曹操退兵，是因吕布袭取兖州，而后因为蝗灾，才没有再起进犯。如果灾荒一过，保不齐曹操会再次兴兵攻打徐州，到时府君身体不堪重任，徐州百姓该如何保全？我有一个建议，不如把徐州让给刘备，在这个节骨眼上他一定不会再推辞了。"糜竺建议道。

"糜竺说得有理，我这身子怕是没有几日了，去把刘备请来吧。"陶谦吩咐道。

于是糜竺派人到小沛请刘备。关羽和张飞陪着刘备一起来到徐州，探望病重的陶谦。

"明公，我的时日已经不多，唯一放心不下的就是徐州城内的百姓，我不能让他们因我而遭遇灭顶之灾，还请明公能以国家的城池为重，接收徐州印信，老夫也算瞑目了。"陶谦将刘备请到病榻前，言辞恳切地说道。

"我怕难以担当重任啊！"刘备推辞道。

"明公一代仁杰，你要好好辅佐他。"陶谦颤颤巍巍地抬起右手，指着糜竺说道。随即咽下了最后一口气。刘备、糜竺等人伤心悲泣。

料理完陶谦的后事，糜竺双手捧着徐州的印信，呈给刘备。刘备露出为难之色，糜竺说道："北海人孙乾是位贤良、仁心、博学之人，若是请他来同我一起辅佐您，定会为您分担许多。"

刘备见糜竺这么说，知道推辞不掉，只得答应暂且代理徐州政事，并任命糜竺和还未到来的孙乾为从事，陈登为幕官，同他一起治理徐州。刘备嘱咐关羽将手下将士全部从小沛调到徐州来。

陶谦死了的消息，很快传到曹操这里。曹操得知现在徐州归属刘备，怒不可遏，随即传令集结重兵去攻打徐州。众人面面相觑，不知该如何劝谏曹操。

"主公，兖州是您成就霸业的大后方。若是现在兴兵去攻打徐州，又会面临之前的问题。如果留守的将士太多，那前线将士的数量就会缩减，导致很难攻下徐州城；如果留守的将士太少，倘若此时吕布再来犯，又当如何应对？万一没有攻取徐州，又失了兖州，我们又该何去何从呢？况且兖州是您刚刚带伤收复回来的。再者，我听闻徐州百姓十分拥护刘备，假如我们现在攻打徐州城，面临的不单单是徐州的兵力，还有满城百姓凝聚在一起的力量。这无异于舍本逐末，风险过大。还请主公三思啊！"郭嘉适时地劝解道。

"奉孝，你说的我都懂，只是我们现在面临的状况，实在是不容乐观啊。连年的饥荒，我们粮秣已经短缺，再这样下去，就是坐吃山空了。如果攻取徐州，我们军粮的问题便迎刃而解。"曹操叹道。

"主公，不如我们暂时移兵颍川一带，一路可以讨伐盘踞在那里的黄巾军残余势力。这样不仅我们的粮草问题得以解决，还可乘机扩大版图，强大势力。您看如何？"曹操认为郭嘉说的此法可行，既不劳民也不伤财，还能扩充军力，一举两得。于是曹操亲自率军出征，颍川一带很快被曹操收为己有，这期间，曹操还得到了一名猛将，就是许褚。

第三十五章

好久不见

　　郭嘉跟着大军回到颍川，他向曹操告假，想回家看看家眷。曹操欣然允许："奉孝许久未回家，可在家中多留些时日，无需着急回营。"曹操又对一旁的荀彧说道："文若可有故人想要探望，也可自行安排。"

　　郭嘉、荀彧谢过曹操，便各自散去。郭嘉带着邵恒回到家中，站在门口，看着临走之前曹操为自己置办的新府邸。两扇檀木色的大门，显得沉稳霸气，门顶上挂着一块牌子，上面赫然写着"郭府"二字，这是颍川郡第二家郭府，被称为"城西郭府"，与在东面的郭府近在咫尺却遥遥相对。

　　邵恒上前敲门，开门的是管家陈伯。自陈曦的父亲病逝后，就让陈伯到了郭嘉家里，照顾府里的一切大小事物。郭嘉的家里人员本来就少，更没有那么多复杂琐碎的事情，说是让陈伯照顾郭嘉一家，不如说郭嘉一家给了陈伯晚年的一个安定之所。

"哎呀，老爷回来了！"陈伯见到郭嘉激动道。

"陈伯，叫少爷就行，老爷都把他喊老了。"邵恒用开玩笑的语气让陈伯换个称呼，郭嘉可不会喜欢被人唤作"老爷"。

"好好，我口误、口误。我这就去告诉小姐。"陈伯赶紧跑进内堂找陈曦。

郭嘉缓缓向里走去。院子两旁分别种了几棵竹子，鞭子似的多节的竹根从墙垣间垂下来，竹子周围种满了各式各样的花草，如此布置倒是陈曦的喜好。中间是用苍色的石头铺成的地面，直通前堂。郭嘉拐向前堂左侧的庭廊，走进一个拱形的木质圆门，便来到内堂，一眼就看到了那棵李子树，树下摆放着一张木桌，还有榻垫。桌子旁是一个小炭盆，上面是冒着热气的茶壶。只见一个女子慢条斯理地拿起茶壶，往桌上放着的两个茶杯里倒上热茶，她不经意间抬头看向拱门这边，发现郭嘉站在庭廊上面，手里的茶壶一时没拿稳，茶水溢了出来。女子赶忙拿起手边的巾帕擦拭茶渍，郭嘉也走到桌前，他不敢相信自己的眼睛，不确定地出声道："刀刀……"

"兄长……"刀刀起身，有些不知所措。她是跟师父来到颖川，本不想回家的，是师父一个劲儿地劝导她，她才肯回来看看。原本想着见上郭嘉一面也是好的，只是没想到，家里只有陈曦带着郭奕，还有管家和两个下人，这两个下人不是什么普通穷苦人家出来务工的，而是有些身手傍身的壮力，是曹操特意为郭嘉精挑细选留下来照顾家眷的。在陈曦的挽留之下，刀刀在家里住了两日，原想今日离开的，没承想郭嘉却突然回来了。许久未见，一时间刀刀反而不知该怎么做出反应。

"好久不见，还好吗？"郭嘉也没有想到会见到刀刀，内心泛起涟漪。这时，另一个声音在他们身后响起："刀刀！你回来了！"邵恒的大嗓门打破了郭嘉和刀刀之间片刻的宁静。

"是啊。回来看看。"刀刀看着邵恒应道。她能感觉到从旁边射来的一道视线，一直停留在她身上。

"太好了。我和少爷也刚回来，今晚定要畅快喝一通，一醉方休。"说话间邵恒已经走到他俩面前。郭嘉只好别开目光，淡淡地说道："你们安排就好。"

"郭嘉！"陈曦从后宅里面跑过来，一点儿大家闺秀的模样都没有。这也怪不得她，她都多久没见着自己的相公了，当然激动。

"陈曦，我回来了。"郭嘉微微一笑道。

"能待几天？"陈曦问得直接，郭嘉回答得也爽快："三日。"

"我去让陈伯准备晚饭。"陈曦笑着说道。虽然她嘴上没说什么，可落寞的背影还是出卖了她此刻的心酸。郭嘉满心愧疚，却也无奈。生逢乱世，谁又能独善其身呢？

一家子已经几年没有聚到一个饭桌上吃饭了，这顿晚饭等得太久，来之不易。邵恒看出大家的情绪都不高，于是带头举起酒杯："少爷，今天这个机会多难得啊，让我们共同举杯，畅饮一番。"

"你确定你的酒量可以畅饮吗？"郭嘉打趣道。邵恒是出了名的一杯倒，跟在郭嘉身边，身处军营，按理说应该是海量。可是每每与将士们同饮时，他都是最先倒下被抬回去的那个。提起这个，邵恒自己都暗自腹诽。

"少爷，您怎么就揭人短儿呢。"

"畅饮，畅饮。"郭嘉一饮而下，其他人都跟着将杯里的酒喝下。

酒过三巡，邵恒开始说起醉话："刀刀啊，你这个没良心的丫头。知不知道你走的这些年，我们是怎么过的。别看少爷比以前开朗许多，那都是迫于无奈啊，心里甭提多委屈呢。嗝嗝……"邵恒打了个酒嗝继续说道："夫人每次进厨房，都会说：'这是刀刀常用的罐子，那是刀刀喜欢的，刀刀告诉是这样做的，刀刀……'你说你一个女孩子家家，总在外面飘着算怎么回事儿……"说着说着，邵恒就没了声音。转眼的工夫，趴在桌子上睡着了，脸上还挂着未干的泪水。陈伯和两个下人合力把邵恒抬回房间。

邵恒刚才的话，惹得大家心情都很沉重。刀刀的眼泪不争气地流下来。她怎么会不知道郭嘉对她的心思，从进入家门看到李子树的那一刻，她什么都知道，什么都明白，可那又能如何呢？如今郭嘉和陈曦已经是夫妻，而且感情很稳定，陈曦对她又这么好，她怎么可能对郭嘉还有非分之想呢。纵使陈曦希望她嫁给郭嘉，可依她的性格，是绝对不会与其他人同享他的，就算她同意，郭嘉也不会愿她受这般委屈。两个人注定遗憾至此，彼此间的心意，只能藏于心中。

"刀刀，这几年你都去哪儿了？可有心仪之人？"陈曦问道。

"我离开颍川以后，先去了汝南，正好赶上那里闹灾，就被困在那儿了。幸运的是，在那儿我碰到了师父，是他救了我。"

"师父？！"陈曦惊讶道。

"嗯。是一位很有名的大夫，医术精湛，我本来对药材就有些了解，他看我有慧根，便把我收在了门下。"刀刀回想起当初认识师父时的场景，这应该就是郭嘉常说的"有失必有得"吧。她没了家人，不过有师父、师娘对她好，还有两位师兄的照顾，她的日子算是很好了。

"下次请你师父到家里来吃顿便饭，让我们好好感谢一下他老人家啊。"陈曦想得比较周到。

"还走吗？"郭嘉问道。

"嗯，要走的。我现在是跟师父还有一位师兄到处游历，一路上可以帮助百姓看病诊治，就是回来颖川了，才回家看看的。"

"你们一个两个都是这样，想让你们在家多住些时日，都成了一种奢望。"陈曦心里难受，端起酒杯一饮而下，继续叹道，"唉，走吧走吧，不管你们走到哪儿，只要记得回家的路就行。"两行清泪从她的眼角滑落。

郭嘉轻轻握住陈曦的手，柔声说道："陈曦，我送你回房吧。"转而看向郭奕："奕儿，时间不早了，你也该回房歇息了。"又对刀刀说道："你坐着等我一下，我先把陈曦送回房间。"刀刀应声微微点头。

回房间的路上，郭奕对郭嘉说道："父亲，母亲很想念您。"

"你怎么知道？"

"母亲每口里都拿个小板凳坐在前堂摆弄花草，并且让小厮把府上的大门开着。只要听到门口有动静，就期待地朝门外看去，见不是父亲，又失落地继续摆弄花草。我看得出那是母亲在思念您。"郭嘉不在家的这段时日，郭奕长高不少，性子也越来越沉稳，倒颇有几分像郭嘉。

"人小鬼大。"郭嘉空出左手，摸摸郭奕的头，"我经常不在家，你是家里唯一的男子汉，要懂事听话，多帮你母亲分担一些家里的事情。你是家里的一分子，出一份力也是应当，不能总觉得自己是小孩子，就为所欲为。学习文化，修养德行，忠诚不渝，言行一致，要记在心里。"郭嘉轻声地对郭奕说道。

"父亲放心，儿子定谨记在心。"郭奕拍拍胸脯道。

郭嘉将陈曦扶到床榻上，为她盖好被子，在床边坐下，为她擦去眼角的泪水，满怀内疚地说道："对不起，让你受委屈了。"陈曦再也控制不住自己的情绪，泪如雨下："不委屈，郭嘉，对不起。成亲这多年，我没有为你生下一男半女。该委屈的是你，如果你想纳妾，我不会阻拦。只要你愿意，我能接受的。如果……如果你想休了我也可以，我绝没有一句怨言。"陈曦双手捂着脸，已经泣不成声。

"陈曦，这不是你的错，你不要怪自己，要怪就怪我吧。因为我的缘故，你没能成为一名母亲，我除了说抱歉，不知该怎么弥补这个缺憾……"郭嘉起身拿来一条巾帕，为陈曦擦眼泪，轻声道，"此生，你都是我郭嘉的妻子。莫要再胡思乱想，如果真的要责怪一个人，怪我就好，不要难为自己，知道吗？"

陈曦坐起身，紧紧抱住郭嘉，趴在他肩上哭了一会儿，哭累了才安静下来。郭嘉托着她的头，轻轻地把她放躺下，给她掖了掖被角，见她熟睡过去，才离开房间。

郭嘉沿着庭廊向内堂走去，本以为刀刀不会在那儿等他了，没想到却看见刀刀一只手拄着腮坐在李子树下，另一只手把玩着酒杯，旁边还放着一个酒壶。

"我以为你回房间了呢。"郭嘉轻声道，顺势在她旁边坐下，拿起酒壶灌了一口酒。

"唉，你这人，要喝自己去拿一壶啊，喝我的干吗？"酒劲儿上来，刀刀说话也不再拘谨。

"你别再喝了，剩下的给我喝。"

"郭嘉，你变了，变得贪杯了……"

"呵呵，我贪得岂止是杯啊……"郭嘉又灌一口酒，心中悲叹道：我贪念家的温暖，可从小我只有爷爷的陪伴；我贪念成为一个有用之人，可却遭太多人妒忌；我贪念可以与你长守，结果却伤了两个人；也许我的贪念太多，惹恼了老天，才会这般对我吧。郭嘉轻抚酒壶，说道，"这几年，过得好吗？"

"刚离开你……们的时候，不好。慢慢习惯了，就好了。"刀刀盯着眼前的酒杯。

"这几年，家里也发生了很多事。不过，好像都在平稳地往前走。我现在在曹公手下谋事，主公待我极好，这处宅子也是他安排的，为了让我安心。"

"曹公？"刀刀只听说过曹操，但不确定是不是郭嘉口中的曹公。

"曹操。"郭嘉答道，"你还记得我们去爬伏牛山遇到的那个人吗？"

"啊？！他就是曹操？！"刀刀惊讶道。

"嗯，是的。"

"真是没有想到，你说这算不算是注定了的？"刀刀伸手想拿酒壶再倒点儿酒，酒壶却被郭嘉按着："别喝了。"

"你以前都不会这么管着我的。"刀刀低声道。

"你以前都不会这么小心翼翼地跟我说话。"郭嘉直直地看着刀刀。刀刀沉默不语。

"刀刀，我不希望因为距离或者其他的原因，我们变得生疏。有些事情，今生已再无办法改变，但是我希望你能过得好，活得肆意自在，把我的那份帮我活出来。"郭嘉拿起酒壶一饮而尽，深深地叹口气，"人生之幸与不幸，真的是说不清道不明。如今我们都已这般年岁，该是放下心中执念的时候了，你也应该朝前看。"刀刀只比郭嘉小一岁，现在还是一个人在外漂着，郭嘉于心不忍，认为她应该找到属于自己的幸福。

"我的心就这么大，能装下的东西就这么少。郭嘉，你知道我最感谢你的地方是什么吗？"刀刀的眼神明亮起来，仿佛刚才有醉意的不是她，

"就是你从来不会逼迫我去做我不喜欢的事情。如你所说，我们都这般年岁了，我更加清楚自己想走的路，想要的人生。"

"如果我也能像你这样就好了。还是兄长呢，都不如自家妹子活得明白。"郭嘉自嘲道。

"你身上背负的责任太多，担子太重。瞅瞅你，多少年了，看上去还是这么弱不禁风。"这还是郭嘉进家门以后，刀刀头一回认真仔细地打量了他。郭嘉笑笑："就这体质了。再说，常年在外，餐食不定，想胖都胖不起来。"

"对了，你怎么还没给邵恒寻门亲事呢？"邵恒不像她心里有记挂，却还是一个人，让她有点儿意外。

"他不肯啊，也没有太合适的人家，我俩现在基本生活在军营，能认识的姑娘家寥寥无几。而且，我也不想勉强他。什么时候他遇到了缘分，自己就该着急了。"

"也是，缘分可遇不可求。"

"时间不早了，回去早些歇息吧。"

"嗯，你也早点儿休息吧，得回去看着点儿嫂嫂，她喝了不少酒。"刀刀回房前不忘嘱咐郭嘉。郭嘉冲她点点头，让她安心。

刀刀走后，郭嘉一个人在李子树卜又坐了很久……

次日清晨，大家被敲门声吵醒。下人去开门，见是乐进，忙请乐进进屋，自己跑去找郭嘉。郭嘉匆匆来到内堂："乐将军，可是军中有事？"

"夏侯将军来报，驻守兖州的李封、薛兰出城抢粮，城中空虚，是我们夺回兖州的好机会。主公着急班师，特令我来接先生回去。"

"好，容我跟家里人说一声。"郭嘉转身回到房间，告诉陈曦自己马上就要回兖州，待稳定之后再回来。正要出门之际，看到从厨房走出来的刀刀，两个人对望，没有过多的言语，就能明白彼此心中所想，两个人点点头，郭嘉便带着邵恒跟乐进出发了。

郭嘉和刀刀没有想到的是，这匆匆一别，再见时，却是要永远分别之时。

第三十六章

势头正盛

"奉孝，此事你怎么看？"曹操问道。

"的确是我们收复兖州的好机会，但还是要留守一队人马在鄄城，以防万一。如果我们能够顺利袭取兖州，最好乘胜，连同濮阳一起收复。这就需要将士们辛苦作战了。"郭嘉建议道。

"好。"曹操开始排兵布阵，率大军直奔兖州。李封和薛兰被打得措手不及，仓促应战，结果大败，曹操不费吹灰之力便将兖州收回，接着他组织大军，继续杀向濮阳，并命荀彧和于禁率领一队人马留守兖州。

曹操大军兵临濮阳城下。此时张辽和高顺等将领并没有在城内，而是在外催粮未归，只有吕布和陈宫两个人留守。吕布见曹操领兵而来，拿起画戟就要出城与曹操决战。陈宫上前劝阻："你孤军奋战，难敌四手。何不坚守不出，等张辽、高顺他们回来，再动手也不迟。"

"曹操乃我手下败将，打他，我还需要旁人相助吗？"吕布骄傲地说道。吕布没有听陈宫的劝阻，亲自领兵出城迎战。

两军摆开阵势，大战一触即发。只见吕布率先出阵，一手紧握缰绳，一手执画戟。曹操随即派出虎将许褚纵马一跃而出，两个人混战，一时间不分胜负。于是曹操一声令下，乐进、典韦、李典、夏侯惇、夏侯渊一齐纵马而出，将吕布团团围住。正如陈宫所言，双拳难敌四手，更何况是六员大将。吕布很快败下阵来，为了保命，吕布领兵逃往定陶。陈宫则带着吕布家眷，赶去定陶和吕布会合。

曹操就这么轻而易举地拿下濮阳。为了一举歼灭吕布，曹操留下刘晔领兵驻守濮阳，自己则率军直扑定陶。快要到定陶的时候，曹操下令安营扎寨。

正巧赶上麦子成熟的季节，曹操命士兵们就地收割小麦，以作粮秣。吕布在定陶城内，得知曹操正领兵在收割麦了，便带人马赶来偷袭。快要到曹营时，吕布望见侧面有一片茂密的树林，害怕里面藏有伏兵，于是带兵撤了回去。

"这吕布，真是莽夫，一点儿也不假，索性我就遂了他的意。"于是曹操将计就计，命人在树林里插上了不少曹军旗帜，从而引诱吕布来放火焚烧树林。他自己则率领精兵强将埋伏于寨西的长堤后面，以阻断吕布的后路。

"我准备放火烧林，除掉林中的伏兵。"吕布对陈宫说道。正如曹操所料，吕布果真要放火烧林。

"曹操老奸巨猾，我们还是不要轻敌的好。"陈宫担忧地说道。但是吕布根本不听陈宫的建议，第二天便亲自率领大军来到树林前面，远远看见曹军的旗帜还在林中飘扬，他嘴角不自觉地上扬，立刻下令士兵四面放火，并挥军杀入树林，岂料连个人影都没看到。

吕布心想：难道他们收到风声，提前逃跑了？随即下令掉转马头，直接杀向曹军大营。这时，突然鼓声大震，一队精兵从寨后杀出。吕布纵马上前，只听得一声炮响，堤后所有伏兵一齐杀出，奔他而来。又是那几名大将，吕布自知不是他们的对手，率兵落荒而逃。然而，他们已经被重重包围，人马损折大半，只有吕布带着一些身手敏捷的士兵逃过此劫。

吕布见大势已去，没有逃回定陶城中，而是率败兵逃往徐州，投奔刘备。陈宫得知吕布大败，便和高顺带着吕布家眷弃城逃走，准备去寻找吕布会合。而将军张邈为求自保，投奔袁术去了。

曹操则率领大军奋勇向前，势如破竹，一举攻取定陶。自此，曹操占领山东全境，势力得到一定规模的扩张。曹操十分高兴，回兖州大摆筵席，宴请众人。

而另一边朝堂之中也不安稳，李傕和郭汜合谋逼死王允之后，完全掌控了朝政。在权力欲望的驱使下，两个人发生了内斗。他们两个人互相猜忌，争权夺势，反目成仇。双方各自集结了数万士兵，在长安城展开激烈的混战。李傕更是把皇帝刘协和皇后劫持到了自己的军营，作为自己手中的王牌。而郭汜则扣留了数十名朝廷大臣，作为人质。双方谁都不肯停手，一连厮杀了数十天，伤亡者不计其数。不仅如此，双方势力还乘机掳掠百姓，纵火焚烧宫殿。长安城一片狼藉，形同废墟，每天都被城中百姓哭天喊地的声音所笼盖。

直到镇东将军张济率领大军赶到长安，以武力胁迫，才迫使李傕与郭汜讲和。皇帝和被扣押的大臣们才得以恢复自由。张济想要接皇帝前往弘农郡，但是这一路，郭汜三番几次地想要劫持皇帝去往别处，张济艰难应对，无奈之下只能让董承和将军杨奉等人保护皇帝，逃往东都洛阳。而一行人在到达安邑的时候，就已筋疲力尽。

此时的冀州牧府衙的大堂已经被重新修缮，相较于之前显得更加高雅华贵，屏风上却依旧挂着那幅天下形势图。

眼下皇帝被困于安邑，无法动弹，只好派使者四处发诏敦促各州前来勤王。

袁绍得到诏令，召集部下开会商议此事，征求大家的意见，看看如何应对。

这时，仍是沮授第一个站出来说明自己的建议，跟之前的主张一样，他建议："奉诏、护驾、伴驾。"

"眼下天子可是在安邑。你知道从我们这里到安邑，路途有多遥远吗？而且还得从安邑绕道把天子送到洛阳，这途中万一有个什么变化，我们得不偿失。费时费力不说，还有危险。"逢纪持反对意见。

"谁说要送去洛阳了？我们可以接天子来邺城。"沮授义正词严地继续说道，"之前我曾提议过，明公乃众望所归，若是迎天子于西京，复宗庙于洛邑，必定成尊王攘夷、安邦定国之美誉。但此时非彼时，若在此刻迎天子于邺城，乃大义上的明智之举，时机上的契机。倘若还是悬而不决，必定会有人抢先下手，挟天子以令诸侯。"在沮授的话音落下后，大堂里鸦雀无声。

事关重大，大家都在观望。说不动心是假，谁人不想称王称霸，成为那万人之上，袁绍亦是如此。

"尊王攘夷，说的是抵御北方游牧民族以及南方楚蛮的大举入侵。而今还哪有什么蛮夷，没有夷那尊王自然也就没了意义。"郭图见袁绍有些动摇，立即出声反驳。

"凡事总是要有人开天辟地，不是吗？"沮授亦反驳道。

"现在天子只是诏令大家勤王，可有表明他想迁都邺城之意？诏文上面可有详细表述？"郭图反问道。这下换沮授沉默不语了，因为郭图所说也是事实。郭图见沮授被自己问得哑口无言，怎么会放过打击沮授的好机会，他喋喋不休地继续说道："如果明公按你所说的行事，那在天下人眼里，可就不是奉迎，而是劫持了，那时明公的罪过可就大了！"

"我们在奉迎天子之前，当然不会贸然行动，定会先奏请天子的。你口中的劫持，根本不存在。"田丰为沮授辩驳道。

"倘若天子不准呢？到时如何？难不成要绑架天子来邺城吗？那我们尊王的意义又何在？"郭图还是第一次这么有底气地跟沮授、田丰辩论，以往他都是被说得理屈词穷的那一个。此话一出，田丰也变得沉默不语。

"如果我们静观其变，也未尝不可，没有必要非得奉迎天子。"许攸适时上前说道。

"此话在理，退一万步来说，天子乃董卓所立，并无人望，奉迎之事完全是多此一举，大可不必。眼下汉室已经衰落，匡扶之日可谓是遥遥无期，而各路诸侯也没有勤王的，大家都在各自为政，着重于扩大自己的势力，我们又何必蹚这浑水呢。"郭图十分赞同许攸的话。

"不奉迎天子，难道还想要另立吗？！"沮授难掩怒火，大声吼道。郭图没想到沮授敢将此话明说，这下换成他沉默不语了。

此时袁绍的脸色已经跟锅底一样黑了，众人在底下七嘴八舌，交头接耳，就是没有一个能为袁绍分忧的。沮授看向众人，心里哀叹：要是奉孝那小子还在这儿，定会和我想到一块儿去，唉！可惜啊，懂我之人怕是再也遇不着了。

就在众人越讨论越激烈的时候，审配出声道："遥尊如何？"袁绍一听，这不说到自己心坎里了吗？他顿时眼睛一亮，脸上露出笑容。见其他人都沉默，袁绍假模假样地问道："各位觉得此法如何？"大家都是看袁绍脸色行事，眼见他的脸色因为这个提议而有所缓和，再傻的人也明白此刻什么该说，什么不该说。于是众人齐声道："附议。"只有沮授和田丰冷眼看着众人。

最后，袁绍大手一挥，做了最后的决定："遥尊。"

皇帝、皇后和杨彪等一些随行的大臣，在董承和杨奉等将士的护卫下，终于平安地回到洛阳。刚刚到达洛阳的时候，皇帝没有立即进城，而是先绕路去了北邙谒陵。皇帝来到修缮好的帝陵前行跪拜礼，起身后，他转身问杨彪："修复帝陵的可是袁术的部将孙坚？"

"回陛下，正是此人。"杨彪双手作揖，继续道，"传国玉玺也是孙坚在城南井中找到的。之后他与刘表发生争斗，被刘表部下黄祖所杀，传国玉玺应该是在他儿子手里。"

"皇帝之玺在袁绍那里。袁氏兄弟兵多将广，却没有一人有勤王之举啊！"皇帝悲愤交加地说，"如此，还算得上是我大汉之臣吗？"

离开谒陵后，皇帝由董承和杨奉等人继续护送，来到杨彪的旧宅安身。因为宫室被烧尽，宫院中只有颓墙残壁，所以皇帝只能命杨彪寻找临时能住的地方，杨彪只好带着一行人前往自己的旧宅。

一路上，皇帝看着已经被董卓焚毁的洛阳城，内心悲戚。放眼望去，荒无人烟，断壁残垣，满目皆是蒿草。洛阳城往日的繁华已不复存在，仿佛是一座死城。一行人终于到了杨彪的旧宅，映入眼帘的却是破破烂烂、年久失修的宅子。

"还请陛下见谅，这里年久失修，过于简陋。"杨彪的话语中充满歉意。

"无妨，无妨。眼下能有一处安身之所，已是不易，还讲究什么呢……"皇帝摆摆手，大步迈进院子。

一行人，跟在皇帝后面，没人能体会到皇帝此刻的心情，皇帝的内心无比苦楚，堂堂一朝天子，竟沦落至此，实在是悲矣！

皇帝不知道的是，杨彪居住的杨府偏房，比他所住的正房还要破败不堪。这时，董承来到杨彪的房间，看着这么破乱的房间不禁感慨道："唉！没想到我们会落得如此下场。"

"起码不再颠沛流离，无需时刻警惕郭汜来犯，已经很不错了，何况天子跟我们居住的环境一样，也是十分简陋，哪里还能有怨言？"杨彪淡然地说道。听到此话，董承当然无话可说，于是坐定后，直奔主题："天子还都，进城之前先去谒陵，您事先可知道陛下这么安排？"

"将军以为呢？"杨彪不答反问。董承望向窗外，深深地叹了口气。杨彪见状继续说道："将军倒也不必多虑。毕竟天子经历了太多波折，先是被董卓威逼，后又被郭汜和李傕劫持，难免对拥兵自重的人心存防范。"杨彪看着董承，诚恳地说道："将军何不命大军驻扎在梁县，只留少数亲兵在洛阳，这样陛下便不会多疑，将军的处境也会好一些，不知将军意下如何？"

董承听取杨彪的建议，当即命杨奉率领大军离开洛阳，驻屯梁县。而董承自己则留在洛阳，以护皇帝安全。

如今居住的地方解决了，接下来又是一个难题，这么多人总是需要吃食的，而洛阳已被焚毁一空，哪里还有粮食供给皇帝等人呢？况且现在各州郡县也不进贡，官员们只能饿着肚子，把仅有的口粮留给皇帝所用。实在饥饿难忍，他们就到郊外采摘野菜，拿来充饥，有时甚至陛下也要跟着大家掘草根吃，不然真的会被饿死。

这天，忽然狂风大作，吹得残垣瓦片到处掉落，一行人只能躲在屋子里不敢出去。大雨随之来临，屋顶的瓦片根本抵挡不住倾盆的大雨，没一会儿的工夫，房间里的地面上便被雨水覆盖。在这里居住，实在是太过艰苦，杨彪看着眼前的场景，陷入沉思。只见他冒雨来到皇帝所住的正房，对皇帝说道："陛下，这里实在是无法居住。而且我们现在食不果腹，饥饿难忍，还要时刻防范李傕、郭汜带兵再犯。以上种种，如今的我们很难有办法解决，不如派人到山东召曹操入朝保驾，以保万全。"杨彪建议道。

第三十七章

迎奉天子

吕布自与曹操一战败逃后，一直逃到海边才得以喘息。他的众将及陈宫和家眷随后便赶到海边与他会合。人一到齐，吕布立即清点了剩下的残兵败马，准备再与曹操决战，却被陈宫竭力劝阻："现在不是反击的时候。我们刚经历大败，士气上就已经输了一大截，如果你执意要战，最后的结果不用我说，你也知道。不如我们先找个安身之地，将来再作打算。"

"安身之地……袁绍那里怎么样？"吕布想到的第一人选就是袁绍。陈宫却摇头说道："袁绍那里不行。在城里的时候我就听说袁绍派大将颜良率领精兵，前来援助曹操擒你。"

"什么？！这个匹夫，我一定让他好看！"吕布气极道，可又立马垂头丧气地说，"那我们能去哪儿啊？"就在吕布以为他们已经走投无路之时，陈宫提议道："可以投奔徐州刘备。听闻他宅心仁厚，讲究仁义，应该会收留我们。"吕布觉得陈宫说得有道理，于是一行人向徐州逃奔。

在吕布一行人踏上去往徐州之路的时候，刘备已经知道吕布要奔徐州而来，立即召集部署，商议迎接吕布的事宜。

"主公，此人忘恩负义、如狼似虎，若是收留他恐怕日后会有祸端。"糜竺反对道。

"如果不是吕布袭取兖州，曹操怎会退兵？如果曹操不退兵，恐怕徐州城都难以保住。而今他遇到困难，穷途末路来投奔于我，我怎可袖手旁观？"刘备认为可迎吕布进城。

"吕布为人，是出了名的有奶就是娘，迟早会转过头来伤害我们的。兄长要三思而行啊！丁原、董卓都是最好的例子。"张飞在一旁不乐意地说道。

刘备没有听取大家的意见，一意孤行要收留吕布，更是率领众人，亲自出城迎接吕布。

刘备在府衙内厅宴请吕布，并请吕布上座。一旁的糜竺、陈登、关羽和张飞见状，暗自摇头。吕布声情并茂、楚楚可怜地把自己的遭遇跟刘备大致讲了一遍，见刘备面有同情之色，他厚颜无耻地说道："当初我是为了解徐州之围，不得已才出兵偷袭兖州，岂料竟然中了曹操的奸计，大败亏输。如今来投奔玄德，就是想与你一同干一番大事业，不知玄德意下如何？"

糜竺他们听到此话，在心中嗤之以鼻，明明是他自己想占领曹操的地盘，现在说得好像自己牺牲很大一样，脸皮真是够厚的。而接下来刘备的举动，更是让所有人都目瞪口呆。只听刘备说道："我之所以暂时接管徐州是因为陶太守刚刚去世不久，无人管理徐州，如今将军来了，理应把太守的位置让给将军。"说着，便叫人把徐州的印信等物品一并交给了吕布。

吕布看见印信眼睛一亮，刚想伸手去接，余光瞟到站在刘备身后的关羽和张飞，两个人正怒容满面地盯着他。于是吕布不得不装出一副笑脸推辞的样子，说道："我不过是一介武夫，哪里有能耐坐这一州之主的位置呢？"

"将军英勇无敌，怎会治理不了徐州一城呢？还请将军不要推辞。"刘备却一让再让。最后，还是陈宫在一旁劝阻道："刘太守，我们充其量算是宾客，怎敢在此喧宾夺主呢，请刘太守不要多心，我家将军是真没有易主的心思。"

刘备只好作罢，随即命人收拾宅院安置吕布他们住下。

"你怎么会伸手去接印信呢？"陈宫指责吕布道。

"那是刘备主动给我的，又不是我去讨要的。"吕布不以为然地说道。

"刘备只是客气客气，你难道看不出他身后的关羽和张飞已经要动手了吗？"陈宫扶额责怪道。

"我不是没要吗？何须这般严厉。"吕布心中不快，他才是主公，而陈宫就是一个谋士而已，竟敢这么跟自己说话。

"如果你真拿了印信，怕是我们所有人都得命丧于此。"陈宫一脸严肃地继续说，"我知道你心里所想，即便是有这个意图，此时此景也要收敛一下，毕竟我们只是来投奔刘备，如果刚到这儿就喧宾夺主，只会给自己造成腹背受敌的局面，那时你还能投奔谁？"

陈宫说中了吕布的心思，让他哑口无言。陈宫叹了口气继续道："徐州我们是不能再逗留了，为了安全起见，明日就向刘备辞行吧。日后……再寻机会……"

吕布听从陈宫的提议，早早地来到府衙，向刘备辞行，说要改投别处。刘备面露为难之色，说道："将军要是就这么离开，那我岂不成小人了。距离徐州不远处有个叫小沛的城邑，我曾在那屯兵驻扎过。若是将军不嫌弃，可暂且安住到小沛。生活所需、军粮供应由我按时供给。你看这样如何？"刘备提议道。

"玄德此恩我铭记于心，将来我定涌泉相报。"随后，吕布便带领众人去往小沛。

此时，曹操已经驻军许县，得知皇帝已经回到洛阳，并没有过多的想法。谁知皇帝派的使者却在这时来到许县，求见曹操。当使者说明来意，并拿出皇帝诏书时，曹操在心里一直盘算应该如何应对。曹操接过诏书，命人带使者先做休息。随即将众人叫到一起，商议勤王事宜。

"你们有何想法，说说看。"曹操坐在中间上座，看向众人。

"我们刚收复兖州和定陶不久，随即又扩张势力，如今好不容易在许县立足，军心尚未稳定，若此时兴兵勤王，恐怕会造成将士疲乏不堪，不利于作战。"程昱率先说道。

"自从天子蒙尘，主公是第一个兴兵起义，若不是因为崤山不断发生叛乱，主公早就去救护天子了。如今天子回都，生活在一片荒凉之地，若是主公能够抓住这个机会迎奉主上，便可安定人心，到时大权自然在握。以主公一心为民的行事作风，到时谁人不服？倘若放弃了这个机会，被有心人捷足先登，那可就没我们什么事儿了。"郭嘉说道。

"倘若现在奉主，也会惹来旁人猜忌。"荀彧说道。

"旁人猜忌那便是嫉妒主公抢占先机。"郭嘉应道。

最后，曹操决定采纳郭嘉的意见，并亲率大军抵达洛阳。临行前，郭嘉再次进言："主公，洛阳人员复杂，各执己见，您入朝辅佐天子，他们未必会服从您的安排。最好的办法就是迁都，请陛下移驾许都。但是皇帝刚刚回到故都，此时迁都，必定会遇到各方的阻拦，若要成就大业，就必须有与他们对抗的决心，只要迁到许都，一切问题便可迎刃而解。"

曹操高兴地说道："奉孝跟我想到一块儿去了，我就是想迎天子来许都。"随后曹操便传令出兵，以夏侯惇为先锋，自己亲率大军为后路，向洛阳进发。

曹操的大军刚刚抵达洛阳城外，便遭遇李傕和郭汜派来的追兵，曹操下令夏侯惇领兵出战，顺利获胜，随即曹操入城拜见皇帝。

经过曹操一番苦口婆心的劝说，皇帝下令迁都许都，并擢升曹操为大将军，封武平侯。

不久之后，曹操得到消息，说在外逃亡的李傕、郭汜已被部将所杀，并将他们的首级献到许都。

把皇帝迎到许都之后，曹操便下令建造宫室殿宇，缮修城郭府库，还加封荀彧为侍中尚书令，郭嘉为司马祭酒，荀攸为军师，其余文臣武将也都各有官职，从此曹操便掌控朝局。

袁绍得知曹操挟天子以令诸侯，嗤之以鼻，说道："不过惺惺作态。"

"若是当初明公不让郭嘉离开，现在挟天子以令诸侯的就是明公您了。郭嘉乃是治世之才，可惜不再为明公所用。"沮授感慨道。

"怎么，没有郭嘉明公大业就不成了吗？"郭图话语中满是怒气，他最听不得别人夸赞郭嘉。这时，属下来报，说有一个黄巾军残部来归降，郭图便建议袁绍收留降兵，以扩充军力。本就不是什么大事儿，袁绍自然同意。沮授刚想反对，就被袁绍打断："我累了，今日散了吧。"

郭图回去后，把黄巾军残部找来，一番盘问，心里盘算着……

第三十八章

一箭三雕

　　如今曹操已经大权在握，为了奖赏众人，便在后堂设宴。酒过三巡，曹操突然放下手里的酒杯对众人说道："如今吕布投奔了刘备，刘备占了徐州。这一人一地始终是我心中郁结啊！"

　　"主公，我愿率领精兵去斩了吕布，拿下刘备，夺取徐州。"许褚自告奋勇道。

　　这时郭嘉也放下手中酒杯，不缓不慢地说道："许将军果真骁勇。但攻取徐州一事，还需从长计议才是。刘备现在虽然任徐州牧一职，但是并没有得到朝廷的正式任命。主公不如奏请陛下，正式任命刘备为徐州牧，再派人另外给他送去一封密信，让他找机会除掉吕布。倘若此事办成，刘备以后就是孤军奋战。万一不成，吕布若是知道刘备对他已起杀心，一定会下手杀掉刘备。成与不成，我们都可静观其变，坐收渔翁之利。”

“只怕刘备不会轻易听命于我们。”荀彧出声道。

“那我们对他的立场便了然于心了。是敌是友，看他如何抉择。”荀彧认为郭嘉的话也不无道理，凡事总是要试一试，于是连连点头。曹操最后采纳了郭嘉的建议，立即奏请皇帝，封刘备为征东将军宜城亭侯领徐州牧。同时附密书一封，派使者送往徐州。

使者来到徐州，刘备盛情款待。待接过诏书时，发现里面还藏有一封密信，刘备表面故作镇定，命人带使者去安歇，自己则悄悄打开密信，看过以后，面露沉色，随即召集大家来商量。刘备把曹操信中的内容告诉大家，并征求大家的意见。

“吕布一向背信弃义，除掉他也未尝不可。”张飞最先表态，他早就看吕布不顺眼了。刘备一脸犹豫，为难地说道：“可是现在杀他，岂不是不讲仁义。”

“主公，那天吕布的行为，无不彰显着对徐州的野心，此人确实留不得。而且现在我们还要供养吕布一行人，本就很难了！”糜竺上前说道。

“我已经答应供养他们了，若现在反悔，就是言而无信啊。”刘备左右为难。

“自古好人难做，两全其美难求。”张飞不满地说道。就在众人极力劝说之下，刘备最终做出了与大家意见相悖的决定，不杀吕布。

吕布得知刘备被朝廷正式任命的消息，特意从小沛赶来向刘备道贺。

刘备将吕布迎入前堂，并命人上茶。正当两个人说话之际，张飞手握长剑突然闯入前堂，大声喊道：“曹操说你是无义之人，叫我兄长杀你，看剑！”张飞直直地杀向吕布，吕布反应极快，拿起画戟便迎张飞而上。这时，刘备挡在两个人中间，生生将两个人分开，并大声呵斥张飞：“翼德！你这是做甚！退下！"张飞心中不服，把剑往地上一扔，转身便冲了出去。

刘备回头一脸歉意地对吕布说道："将军息怒，请上座。"吕布一脸怒容地坐到座位上，但是手里的画戟没有放下。刘备走到吕布旁边坐下，并从袖口里拿出一封密信递给吕布。吕布看完密信，怒不可遏，愤然地对刘备道："玄德，这是曹操的奸计啊，他就是想要挑拨你我二人不和！玄德莫要听信信中的谗言。"

"将军无需多虑，我刘备绝对不会做出此等不义之事。"刘备劝慰吕布，"你且安心在小沛住下，一切有我！"吕布这才放心。为了安抚吕布的情绪，刘备盛情款待了吕布，直到很晚才叫人把吕布送回小沛。

吕布前脚刚走，关羽和张飞就来到刘备面前，责问刘备："兄长明知吕布为人，为何不杀他？"刘备出声安抚两位兄弟："你们仔细想想，曹操为何不自己征讨吕布，反而叫我动手杀吕布。他是怕我跟吕布联合起来讨伐他，所以故意用此计来离间我跟吕布，让我和吕布自相吞并。而他只要坐收渔翁之利便可。况且曹操对徐州一直虎视眈眈，如今他更是把持朝政，我们不能上了他的当！"

关羽听了刘备的话连连点头，确实如此，刘备分析得有道理。但是张飞依然心中不快，嘟囔道："无论如何，我迟早要除了吕布！免除后患！"

使者从徐州回来，上报曹操，并交给曹操一封信。曹操打开来一看，是刘备的回信，刘备在信上说除掉吕布一事，还需从长计议。曹操把信递给郭嘉，郭嘉看后，不慌不忙地说道："刘备不会杀吕布，是意料之中的事儿。"

"奉孝，你早就料定刘备不会杀吕布？那为何会出此主意呢？岂不是叫刘备和吕布知道了我们的意图。"曹操不解地问道。

"主公莫急。刘备在外一直以圣贤仁德之名树立榜样，断然不会在吕布困难之际出手相害，这是情理之中，符合刘备的性格。我们通过此事也清楚了刘备的立场，那就是他也想保住一方天地，图谋大事。不管他如何与主公周旋，主公在心里清楚便可，现在还不是与他撕破脸的时候。"郭嘉继续说道，"至于吕布，以他的性格，定不会安分守己。他与刘备之间，可不是刘备想要交好，吕布就能真诚以待的。二人迟早会分道扬镳，只是差了一个契机。我们可以派人去告诉袁术，刘备秘密上书朝廷要求征讨南郡。袁术定然不会坐以待毙，一定会先发制人起兵攻打刘备。到时主公再公开发布诏命，命刘备率军讨伐袁术，只要双方开战，吕布就会从中找到时机，吞并徐州，那时吕布与刘备自然就各自为营。"

"奉孝好计谋，这样就是一箭三雕啊。"听了郭嘉详细的分析，曹操十分高兴，心里的那点儿疑惑也随之消散，立即依计而行。

第三十九章

激战不断

刘备接到诏书，一脸茫然，头疼不已，于是召集众人商议。

"这应该又是曹操的计谋，他一定是记恨主公没有除掉吕布。"糜竺在一旁愤愤地说道。

"那又如何？如今他有天子在手，即便是知道他假借天子的名义下诏，我们也只能听从安排，不能抗命。"刘备无奈地说，当即下令清点军马，如期出征。

这时孙乾提议道："主公，我们出兵之前，还是先确定一下留守徐州的人选，更为稳妥。"刘备恍然，便问众人："谁愿意留下守城？"

"兄长，我愿意留下。"关羽自告奋勇道。

"不可，每日我都要与你商议军务，若是你留守徐州，我们怎么商议呢？"刘备摇摇头，拒绝道。

"兄长，我留下守城！"张飞上前说道。

"那更使不得，你本就好酒，每次喝醉都会无故伤人，而且做事轻率，不动脑思考，不行，不行。"刘备一边摇头，一边摆手道。

"我保证，从今以后不再饮酒，不再乱打人，凡事多听别人意见。兄长，您看行吗？"张飞拍着胸脯信誓旦旦地说道。

"只怕三将军口是心非啊。"糜竺插嘴道。

"你算什么东西，竟然敢质疑我。我兄长还没说什么呢！"张飞最痛恨别人不相信他，他气急败坏地指责糜竺。

"翼德，你看看你，说的什么话！三句话不到就动怒，还怪糜竺不信你吗？"刘备批评道。

"先生，对不起我错了，我不该如此说你，还请你原谅。"张飞性子急，犯错快，承认错误也快，看上去倒是能屈能伸。糜竺微微点头，以示原谅。

"好了，既然翼德想留守，让他留下便是。但是只留他一人，我放心不下，陈登，你一同留下协助翼德，定要守好徐州。"刘备不放心，回头又叮嘱陈登，"定看好翼德，莫叫他饮酒。"陈登连声答应。

一切安排妥当，刘备便率领三万大军从徐州出发，向南阳进发。

此时袁术已经得知刘备向朝廷奏请讨伐他，欲吞并他的城池，怒火中烧，气愤地骂道："刘备只不过是一介下等人，除了织竹席编草鞋一无是处。如今竟敢公然与我作对，不就是占领个徐州吗，难不成还真以为自己够资格跟我平起平坐？！我没说征讨他，他倒是先来打我的主意！这口气叫我怎么咽得下。"随即他派大将纪灵率领 10 万大军，向徐州进发，定要刘备好看！

两军同时向对方所在州郡进发，最终于盱眙相遇，当即便排开阵势。

袁术大将纪灵是山东人，长得高大魁梧，只见他一双鹰眼紧盯刘备，伺机而动。而刘备这边，有关羽在他身后，既是先锋又是后盾，没有一丝胆怯之意。

还是纪灵率先跃马冲出阵营，直取刘备，关羽见状，一手提起偃月刀，一手握紧缰绳，英勇迎敌。两位将军于阵前展开激烈交战，一时难以分出胜负。

二人久战，纪灵感觉到自己的体力有些跟不上了，反观关羽却越战越勇，纪灵知道若是再打下去，自己肯定败下阵来，于是冲着关羽大声喊道："停战！停战！你我皆去歇息一会儿再打。"于是关羽掉转马头回到自己的阵队中，立于门旗前等候。

岂料纪灵却改派副将荀正出马。关羽见状，勃然大怒，一刀下去就把荀正斩于马下。将士们见关羽将敌方大将斩于马下，士气高涨，势如破竹地掩杀过去。纪灵大军不敌，只好退守淮阴河口，不敢再正面与刘军交战，只是不时地派出小队人马到刘军阵营中骚扰，都被刘军拿下。一时间，两军僵持不下。

自从刘备领兵出发后，张飞把州中事务都交由陈登管理，自己只管军务。

这天，张飞兴致大好，设宴款待大小官员。众人入座后，张飞站起身说道："兄长临走时曾吩咐我不要饮酒，怕我误事。但是今天例外，我们痛饮一番，明日开始大家都要戒酒，尽心尽力帮我守城，可好？！"说完，亲自为众人一一倒酒。

当张飞走到曹豹面前准备为他倒酒之时，谁料曹豹却伸手挡住酒杯，推辞说道："将军见谅，我从不饮酒。"

"我们都是在沙场上拼杀之人，哪有不喝酒的，来来，满上一杯。"

张飞把曹豹的手扒拉一边，欲倒酒。曹豹为难地继续求情："将军，我是真的喝不了。"

张飞一脸不高兴地看着曹豹，言语中带着威胁说道："如果我非要让你喝呢！"曹豹惧怕张飞发怒，只得勉强喝了一杯。

张飞的脸色这才缓和，继续跟大家痛饮起来。数杯下肚，纵是张飞海量，也有些醉意了。他迷迷糊糊地又站起来给大家倒酒，又轮到曹豹，曹豹一脸愁容道："将军，我身体不适，实在是喝不下去了。"

"刚刚才喝过，怎么这么一会儿身体就不舒服了？唬谁呢，喝！"张飞眼见话都说不利索了。

"属下就因为刚刚喝过一杯，难受得紧，实在不能再喝了。"曹豹已经满脸通红，甚至有些站不稳了。无论张飞怎么推劝，曹豹就是不肯再喝。

曹豹这下是真真地把张飞惹恼了。张飞借着酒劲怒吼道："不喝，你就是违抗将令。违抗军令者，打一百军棍！"随即便喝令士兵将曹豹拿下。

陈登暗自摇头，赶忙上前劝阻道："主公临走时，不是嘱咐将军莫要饮酒，莫要打人吗？"

"陈登，你就一文官，文官就该管文官的事，我还轮不到你来管！再说，我连你一起处罚。"张飞跋扈地说道。曹豹见状，不想旁人为了自己受罚，便上前求饶道："将军，您能否看在我女婿的情面上，放过我一回呢？"张飞双眼疑惑地看着曹豹，问道："你女婿是何人？"

"回将军，我女婿是吕布。"曹豹如实说道，他不知道张飞一直看不惯吕布，一心想要除掉他。果然，张飞一听是吕布，怒不可遏，勃然大怒道："我本来可以不打你，但是你拿吕布来威震我，那我就偏偏打你。

我倒是要看看吕布有没有拿我是问的本事。"众人听罢，纷纷上前劝阻。张飞酒劲儿上来，十头牛都拦不住，最终还是打了曹豹五十鞭子，才肯罢手。

曹豹年岁已高，这五十鞭子不仅仅是带来身体上无法承受的痛，更是让他颜面尽失。酒席散后，曹豹终于回到家中，此时，他的心里恨透了张飞，于是便写了一封书信，派人连夜送到小沛交给吕布。他在信中诉说了张飞是如何折辱他的，还透露刘备此刻正率大军远征淮南，徐州正处空虚之际，可乘张飞酒醉之机，袭取徐州。

看过信后，吕布派人把陈宫找来商议。

"小沛本非久居之地，如今徐州既已空虚，这是天赐良机，我们应该抓住这次机会。有了徐州，我们便有了大后方，以后才能谋大事。"陈宫双眼如鹰，无不彰显着勃勃野心。于是吕布采纳陈宫的意见，立刻清点军马，亲自披挂上阵，率领一队精兵为先锋直奔徐州，并命陈宫和高顺带领大军随后跟进。

徐州距小沛很近，不过四五十里的路程，转眼便到。吕布领兵到了徐州城下，等待接应。月色澄清，四野一片寂静，这时一个人见吕布已到，来到城门处，悄悄地打开城门，放吕布及其将士进城。此人正是曹豹的心腹孟飞，被曹豹派来城门接应。

吕布看着大开的城门，大手一挥，众军齐入，喊声大作。

此时的张飞还在府中酣睡，被手下匆忙摇醒，手下慌乱地告诉张飞："吕布带兵打开城门，已经杀进来了！"

张飞怒气冲天，急忙披上铠甲，操起丈八蛇矛，一跃而起，冲出府门。刚准备跨上战马，就见吕布率军杀到眼前，两个人打了个照面。张飞还在酒醉中，冲跑出来已是不易，这会儿体力尚未恢复，若是跟吕布正面交锋，绝对占不了优势。于是张飞与随身的十八骑军且战且退，伺机从东门突围而出。此时逃命要紧，张飞连在府中的刘备家眷都来不及顾了。而吕布知道张飞向来勇猛，也不敢逼迫太紧，没有苦苦追击。

在城门处守着的曹豹，见张飞败逃于城门，只带了随身的将士，知道张飞还没醒酒，便带着百十来名士兵出来围住张飞。待张飞看清楚前面围堵者是曹豹，不由得怒火中烧，迎曹豹而上。曹豹哪里抵得过张飞，没打多久，曹豹便带领士兵朝城中奔逃。说时迟那时快，张飞一记猛箭，将曹豹射死，自己则带领将士朝城外逃去，直奔淮南去找刘备。

吕布接管徐州后，先是安抚了城中百姓，叫百姓们放心，他只是接管徐州而已，不会对百姓造成任何伤害。随后又派将士把守刘备的家宅，不许闲人擅自闯入。

身在盱眙的刘备见到张飞带着十几名随身将士出现在自己眼前，不由得大惊。张飞跪扑到刘备脚下，哭诉曹豹与吕布如何里应外合，趁后方空虚连夜袭取了徐州。众人无不大惊失色，沉默不语。

关羽急忙上前追问刘备家眷的下落，张飞惭愧地说道："被困在城里了。"众人更加沉默，都看向刘备。只见刘备紧握双拳，默然无语。

关羽气极了，拽着张飞的衣领把他从地上拎起来，埋怨道："当初你要守城时是怎么承诺的？兄长又是怎么嘱咐你的？如今徐州城丢了，嫂子也被你丢在城里，你说怎么办！如何是好！"张飞无地自容，掣出宝剑架在脖子上就要自刎。刘备眼疾手快，上前抱住张飞的胳膊，夺过宝剑扔在地上。自始至终，刘备一句埋怨张飞的话都没有说。

第四十章

战火依旧

吕布袭占了徐州的消息很快传开。袁术派人连夜来见吕布，告诉吕布若是他肯出兵，与袁术一起夹击刘备，袁术便许诺给吕布粮食数千石，军马数百匹，金银万两，绸缎千匹。

灾荒连年，吕布正愁吃穿用度，袁术便许诺这么丰厚的条件，吕布十分爽快地应承下来。为表心意，当着袁术派来的使者的面儿，就命令高顺率军从后方袭击刘备。

刘备事先收到消息，连忙下令全军撤退，放弃盱眙，向东去攻取广陵。等高顺带着军马赶到盱眙时，刘备早已撤兵，连半个人影都没见着。高顺气极，竟然扑了个空，但是就这么空手而归，岂不是白跑一趟。于是高顺去找纪灵，向他索要袁术允诺的财物。

纪灵手里哪有这么多财物，再说，没有袁术的同意，他哪敢轻易交出这些财物，于是，他推托说道："眼下我手里没有这些物品，你先带兵回徐州，容我回去见到主公，跟他商量一下再说。你看这样如何？"

高顺一想也对，谁出来打仗还带这些东西啊，于是带兵回到了徐州，并把纪灵的话向吕布描述了一遍。正当吕布犹疑之际，手下突然送来一封袁术的书信，吕布打开来看，信中大意是袁术认为高顺虽然领兵前来，但并未与刘备开战，除掉刘备。等什么时候擒获了刘备，再把许诺吕布的财物送到徐州来。

吕布气得把信直接甩在了地上，当即就要率兵攻打袁术。陈宫急忙上前劝阻道："万万不可意气用事，袁术盘踞寿春，地广粮多，身边都是精兵强将，我们不可轻敌。不如先把刘备请回来，让他驻守小沛，这样便和我们互为羽翼。若日后以刘备为先锋，先攻打袁术，再袭取袁绍，那么你便可以纵横天下。"

吕布听到可以纵横天下，顿时觉得现在受点儿窝囊气不算什么。于是他听取陈宫的建议，命人带着他的书信去找刘备，欲迎请刘备回来。

刘备正率领大军攻取广陵，岂料袁术派兵偷营劫寨，刘备抵敌不住，人员损失惨重。正在进退两难之际，收到了吕布的亲笔信，看过信后，刘备不由得喜出望外，将吕布要迎请他们回小沛的消息告诉众人。

"主公，吕布刚刚趁乱偷取徐州，已与我们存在异心，如今又要迎请我们，怕是没安什么好心。"糜竺劝阻道。

"糜竺说得对，我与那吕布早晚会有一战，定报他抢占徐州之仇。"张飞愤怒地说道。关羽也上前劝说："兄长，吕布这种背信弃义之人，还是不要相信的好。"

然而，刘备却说道："他既然已经向我示好，定会善意待我的。"于是，率领众人风尘仆仆地回到徐州。对于刘备的这个决定，大家都是心有不甘。

吕布在府衙的前堂坐着等待刘备一行人，见刘备进来了才起身说道："玄德，终于把你盼回来了。"想当初吕布落难，刘备亲自出城相迎。而今城池被吕布霸占不说，还要看他高人一等的嘴脸，在场除了刘备，其他人的心中都憋着一团火，无处宣泄。尤其是张飞，恨不得拆了吕布的骨，抽了他的筋。

短暂的寒暄过后，刘备与吕布冰释前嫌。吕布更是打发刘备去小沛驻扎，并承诺会让人按时送去粮食和缎匹。关羽和张飞在刘备身后被吕布小人得志的模样气得咬牙切齿，而刘备却在那再三感谢，便带着众人前往小沛。次日，吕布就派人把刘备的家眷送还给刘备。

刘备从盱眙撤兵后，袁术大喜，便大摆筵席庆祝胜利。这时有人来报，孙策讨伐庐江太守陆康，胜利而归。袁术喜不自胜，命人赶紧把孙策招入大堂，赞赏一番后，便让他入座饮酒。

自父亲孙坚死后，孙策就带领余部退回到江南。为了积攒力量为父报仇，孙策将母亲和家眷送到了曲阿，托付给舅父吴璟。自己则带着余部来淮南投靠袁术。

袁术十分欣赏孙策，时常说道："我要是有像伯符这样的儿子，此生也便无憾了。"并任命孙策为怀义校尉，经常派他征讨邻近州县，孙策也从未让袁术失望过，每次都是得胜归来。

菜羹已尽酒席散，大家都很尽兴，唯独孙策沉闷地回到营寨。他的脑海里总是浮现着刚才酒席上袁术趾高气扬的模样，心中郁闷难解，他随即走出营房，漫无目的地走在月光之下。他回想起父亲的英勇才智，再看看自己现在却沦落到这个地步，自惭形秽。这时，身后忽然有人哈哈大笑，孙策转身看去，原来是父亲曾经的部下朱治，如今他也归附于袁术。

孙策连忙把朱治请入自己的营帐中，两个人围坐在桌子旁，孙策为朱治倒上热茶，并慢慢说出自己的心事。朱治听罢，劝道："你还年轻，大可向袁术借些人马，重返江南，建立自己的一番事业。"

正在两个人商议之际，营帐中突然闯入一人，开门见山地对孙策说道："我听到了你们刚刚的谈话。"孙策一看，来人正是袁术的谋士吕范。吕范见孙策神情略显紧张，于是继续说："无需紧张，我并无恶意。现在我帐下有百名精兵，愿意借你，助你一臂之力。"听到吕范这么说，孙策急忙请他坐下，一同商议。

"袁术欣赏你的智勇，但不代表他会放心地把兵马借于你。"吕范说出他心中的担忧。

"若是我拿先父留下的传国玉玺作为抵押，袁术应该能同意了吧？"孙策说道。朱治看看吕范，吕范瞅瞅朱治，两个人纷纷点头，认为此法可行。

随后，孙策便去找袁术，苦诉刘繇进犯曲阿，而今自己家中老母及家眷身处险境，想跟袁术借调几千精兵，渡江救家人于水火，他晓之以理，动之以情。说罢，孙策当即拿出传国玉玺，表示愿意抵押。

袁术眼前一亮，连忙接过玉玺，小心翼翼地端详着，满心欢喜地说道："伯符，我可不是要霸占你的玉玺。就是暂时替你保管而已。"孙策心中嗤笑：明明眼睛都移不开玉玺了，还说得这么冠冕堂皇。袁术得了玉玺高兴得不得了，当即借给孙策3000士兵和500匹战马。

孙策谢过袁术后，便集合所有人马，带着吕范和朱治，还有孙坚曾经的旧将黄盖、韩当、程普等人，一齐向曲阿进发。

途经历阳时，孙策远远望见对面走来一队人马，只见当先之人仪容秀丽，资质风流。当此人看到孙策时，急忙跳下马跑过来向孙策行礼。孙策定睛一看，原来是自己的好友周瑜。还记得当年孙坚率军讨伐董卓，为了家人的安全，便把家人留在了舒城，孙策和周瑜因此而相识相知，并结拜为异姓兄弟。周瑜本想去探望任职于丹阳的叔父周尚，没承想会在半路上遇到孙策。

两个人许久未见，孙策见到周瑜十分高兴，便一股脑儿地把自己的计划说给他听，周瑜听后，欣然答应帮助孙策共图大事。他当即向孙策推荐了两位智慧过人的名士，一个叫张昭，一个叫张纮，两个人皆有经天纬地之才，被众人称为"江东二张"。

为了躲避战乱，两个人便隐居在这附近。孙策激动地说道："公瑾，现在能否带我去见见二位贤士？"

"当然，走。"周瑜爽快地答应道。于是一行人便向林中深处走去。

孙策来到张昭、张纮家中，亲自上前叩门拜访，盛情邀请二人出山，并与二人商议如何攻打刘繇。

刘繇收到消息，得知孙策已经率军向曲阿进发，立即召集部下商议对策。张英自告奋勇道："我愿率领一队军马驻守牛渚，以截住险要来阻挡孙策前进。"

张英的话音未落，一个人高声叫道："我愿为前部先锋！"众人循声望去，叫喊的原来是小将太史慈。

"你年纪尚轻，作战经验不足，难以担任大将，还是留在这里听候指令吧。"刘繇不以为然地笑道。太史慈一脸不高兴地退到了帐外，看着满营的将士，太史慈撇撇嘴，心想：早晚有你们求小爷的时候。

张英率领精兵来到牛渚，将大量粮草屯积于邸阁。

不久之后，孙策便领兵到达牛渚，两军在牛渚滩上摆开阵势，剑拔弩张。张英率先出马，而孙策军中最先派出的是黄盖，二人激战中，张英军中突然大乱，士兵告诉张英寨中有人放火。于是张英慌忙收兵，而孙策则乘势掩杀。无奈之下，张英只好放弃了牛渚，逃进深山。

在张英寨中放火的是蒋钦和周泰。这两个人原来在扬子江中以劫掠为生，后来听说孙策正招贤纳士，便带着手底下的300余人前来投奔。孙策非常高兴，并任命二人为军前校尉。

孙策将牛渚邸阁的粮食和军需用品以及投降的士兵都收为己有，并率军乘胜进兵神亭。

刘繇正率军在神亭岭南扎营。孙策的军马则在岭北安下营寨。

孙策想去岭上查探一下对方的虚实，于是带着黄盖、韩当和程普等十多名随身将士出寨上岭。众人翻过山头，来到岭南，向下遥望刘繇营寨。而他们的行踪，早就被伏路小兵告诉了刘繇。谁知刘繇竟然认为这是孙策的诱敌之策，坚决不肯带兵出击。

此时，太史慈早已按捺不住，急得直跳脚："此时不拿孙策，要待何时？"话音刚落，人便披挂上马，提枪出营，并冲营中大叫道："胆大的都跟我来！"刘繇不下令，谁人敢轻易动弹。只有一个年轻的小将，跟在太史慈的身后冲了出去。

孙策察看了一会儿，便调转马头想要下山。这时，忽然听到岭上有人大喊："孙策不要走！"

孙策应声回头望去，见两匹马向他飞奔而来。孙策当即命众人将战马一字排开，自己则手持长枪，立于岭下，等待后面的追兵。

太史慈站在众人面前，不知道谁是孙策，便大叫道："谁是孙策？"

"你是何人？"孙策不答反问道。

"我乃东莱人太史慈，今天前来只为活捉孙策。"太史慈一脸骄傲地说道。

"哦？那就要看你的本事了。"孙策笑道，"我便是你要找的孙策，放马过来吧。"

孙策话音刚落，太史慈便冲向孙策，二人展开激战。两个人都是个中好手，交战许久，不分胜负。两个人一直打到远处的山脚下，只见孙策一把抽出太史慈背上的短戟，直取太史慈。太史慈反应灵敏，就势扯下孙策的头盔用来遮挡。二人打得激烈之时，远处忽然传来一阵呐喊声，原来是刘繇派的援军到了。正当孙策不知所措时，黄盖等人也赶到了。孙策和太史慈这才收手，各自上马。

黄盖等人与刘繇派来的援军混战在一起，一直拼杀到神亭岭下。这时，周瑜带兵赶到，而对面刘繇也亲自率军杀下岭来。突然刮起狂风，下起暴雨，双方只好各自收兵。

一夜的暴雨没有浇灭孙策的怒火，天一亮，他便领军到刘繇的营前挑战，刘繇闻声率军迎战。这时，太史慈跃马而出，要与孙策一决高下，孙策刚要迎敌，就被程普拦住："主公无需理他，我来擒他。"程普挺枪直取太史慈。两马相交，激烈对战。

突然，刘繇下令鸣金收兵。太史慈气愤地回到营中，不满地问道："我正奋战呢，为何突然收兵？"

"刚刚有人来报，周瑜已经被一个叫陈武的人接应进入曲阿。我们已然失去了大后方，不可再在这久留，以免全军覆没。"刘繇严肃地说道，并当即下令全军退往秣陵。

张昭建议分兵五路，孙策予以采纳，领兵在刘繇大军后面紧追不舍，最后刘繇大败，士兵四分五裂。太史慈独力难当，连夜逃奔泾县。

孙策率军与周瑜会合后，还没来得及歇息，就得到消息，说是刘繇转身又去袭取了牛渚。

孙策心中大怒，亲自率领大军来到牛渚，欲与刘繇决战。刘繇领兵迎战，两军于牛渚列开阵势。

孙策劝说刘繇投降，谁知话音未落，从刘繇身后杀出一名猛将于糜，他挺枪直取孙策。眨眼间的工夫，于糜就被孙策生擒。这时，刘繇的部将樊能，挺枪来救于糜，没等近孙策的身，就被孙策猛喝一声，樊能吓了一跳，不小心翻身掉下马来，头破身死。而这时孙策所擒的于糜也死于孙策手中。一霎时，孙策挟死一将，喝死一将，由此便得了一个"小霸王"的称号。

最终孙策大获全胜。刘繇惨败，只得逃往豫章投奔刘表去了。

收复牛渚，孙策立即回师攻取秣陵。

来到城壕边，孙策大声劝薛礼交城投降。岂料城墙上放出一支冷箭，射中孙策的左腿。孙策难忍疼痛，翻身落马。众将见状，急忙跑到孙策身边将他救起并护送回营。

回到营中，孙策决定将计就计，命众将士拔寨退兵，诈称他已中箭身死，以此来引薛礼主动出击。果然如孙策所料，薛礼得知孙策已死，立刻率军出城追击孙策残部，岂料被孙策的伏兵包围，全军覆灭。

得了秣陵后，孙策准备乘胜追击，挥师泾县，直取太史慈。

"我们可以分三个方向攻打泾县，留下一处东门放太史慈逃走。在此之前，我们要在城东50里的地方埋下伏兵。他逃到这里的时候，定会人困马乏，这便是我们活捉他的最佳时机。"周瑜建议道。

如周瑜所料，太史慈逃到这里时，已是疲惫不堪。突然伏兵尽起，用绊马索绊倒了太史慈的坐骑，太史慈慌乱无措，最终被生擒。太史慈被五花大绑押送到孙策的大营。

孙策亲自到帐外相迎，却看到太史慈被捆绑着，当场呵斥手下士兵，并上前为太史慈松绑，又把自己的外袍脱下给太史慈披上，还迎请他入帐。

"我看得出你骁勇善战，是刘繇蠢笨没能好好重用你，才会让你受此磨难。"孙策诚心实意地说道。太史慈没想到孙策如此看重他，心里十分感激，于是太史慈主动投降。孙策非常高兴，并盛情款待了太史慈。

"主公，您可先放我回去，待我收集完刘繇的残部，带他们一起来向主公投降，可好？"太史慈认真地说道。

"若真是如此，我还要感谢你呢。"孙策慨然答应。于是两个人相约，第二日正午之前，太史慈一定会带兵返回。

众将都说太史慈这一走，定不会再回来。唯有孙策对太史慈深信不疑，并命士兵在营门外竖起一根竹竿，以便察看日影。到了第二日正午时分，太史慈果真带着千余人马飞奔到寨。大家对孙策的独具慧眼十分佩服。

至此，孙策已拥有数万之众，还有很多人听闻孙策的英明前来投奔。孙策借此声势，率军直取吴郡，占领会稽，称霸江东。

第四十一章

损失惨重

在平定了江南全境后，孙策向曹操示好，想与他结交。同时，孙策不忘派人送给袁术一封信，信中表明了他要讨回传国玉玺之意。而袁术并非善类，早有称帝的野心，难得玉玺到手，怎会轻易归还，只是回信推托。

袁术为了占玉玺为己有，急召众部商议对策。

"如今孙策势头正猛，有长江天险为屏障，兵精粮广，很难攻克。不如先讨伐刘备。若是我们先对付刘备，首要任务就是与吕布和好，以此来拖住吕布，让他按兵不动，然后起兵攻打小沛，拿下刘备以后，便可乘势打击吕布，攻取徐州。到时，我们的势力范围有所扩张，就不怕孙策来讨要玉玺了。"杨大将献计道。

袁术觉得此计甚好，于是派韩胤带着密信和粮食去见吕布。吕布见到粮食，笑得合不拢嘴，他盛情款待了韩胤，而袁术的要求吕布自然答应下来。

得到吕布的答复，袁术立即派纪灵为大将，雷薄、陈兰为副将，率领大军直奔小沛。

刘备得知袁术派兵来犯，赶忙和众人商量对策。

"我愿率兵迎战！"张飞自告奋勇道。

"主公，我们可一边自己应付，一边派人向吕布求救。"孙乾建议道。

"就吕布那小人，怎会出手相助？"张飞怒道。

"我们可以把其中的利害关系说明，想必吕布身边的陈宫会想明白。"孙乾还是主张向吕布求救。

于是刘备亲自写好书信，派人送去给吕布。吕布见信，果然把陈宫找来一同商议。陈宫想了一会儿，说道："刘备说得没错，他驻兵小沛，对我们来说没什么威胁，若是真有危害，他早就动手了。但是袁术就不一样了，倘若他击败刘备吞并了小沛，下一步定会打徐州的主意。权衡利弊，我们不如援助刘备。"吕布觉得陈宫说得有道理，便领兵前往小沛。

纪灵已经率大军在小沛的东南方向扎下营寨。眼下刘备手里的士兵少得可怜，但是敌人已经到家门口了，没办法，刘备只能勉强出城、布阵、安营。这时，吕布带着援军也到达小沛，在西南方向安营扎寨。

纪灵看见吕布带兵前来援助刘备，火冒三丈，当即给吕布写信谴责他不守信用，并讨还吕布收下的粮食。

"给了人的东西还想要回去，真是可笑。"吕布嗤笑，随即又说道，"刘备和袁术，我还不想都得罪了。我有一个办法，能让他们打不起来，这样我夹在中间也不再为难。"于是便派人分别请刘备和纪灵到自己的营寨中喝酒。

刘备带着关羽和张飞来到吕布的营帐门口，恰巧碰到了纪灵带着随从正往吕布的营帐走来。刘备和纪灵站定，两个人怒目圆睁，各自身后的将领把手放在剑柄之上，以备随时动手。

这时，吕布从营帐中走出，赔笑道："两位将军少安毋躁，少安毋躁。还请到帐中说话。"

吕布将众人迎入帐中，笑着对刘备和纪灵说道："我今天特意安排你们二人在这里会面，没别的意思，无需多虑。"并命人为他们倒茶。刘备和纪灵猜不透吕布打的什么主意，心里忐忑不安。

吕布见两个人都很拘谨，这才对他们说道："玄德和我是好兄弟，袁术跟我又是朋友。你们两家看在我的面子上，都应该立即收手罢兵。"

"我奉主公之命，率军前来就是为了捉拿刘备，怎么能说罢兵就罢兵呢？"纪灵不服气地说道。

张飞听到纪灵这么说，顿时急了，拔出剑指着纪灵呵斥道："你们有那本事吗？我们虽然军马少，但也没把你们放在眼里。不服就跟我大战个三百回合，谁输谁赢还不知道呢？！"关羽在一旁急忙拦住张飞劝道："且听吕将军有什么主意，我们回营再战也不迟。"

"我既然把你们两家都请来，就是专门为你们两家调解的。自然不会叫你们厮杀起来。"吕布镇定地说道。

"将军想如何调解？"纪灵警惕地问道。

"我自有妙法。"吕布微微一笑，喝令部下，"把我的画戟拿来！"

刘备和纪灵见吕布把画戟拿在手里，顿时变了脸色。吕布却神情自若地说："至于我能不能劝和你们两家，全凭我这支画戟。"说罢，吕布便叫人接过画戟，拿到辕门外面，插在地上。

吕布转头面露肃色，对刘备和纪灵说道："辕门距离中军有一百五十步，若是我一箭射中了画戟上的小枝，你们两家就此收兵；若是没有射中，你们便各自回营，准备决战。倘若你们其中有谁不按我说得做，那么就不要怪我联合另一方一齐攻打他。"

纪灵没办法，只能同意。刘备本就不想开战，自然赞成。

只见吕布挽起衣袖，拉弓上箭，"嗖"的一声，箭如流星般落地。众人定睛一看，吕布的箭正中画戟小枝。刘备暗自松了一口气，反观纪灵却闷闷不乐，随即他问吕布道："将军的话，在下不敢不听，但是我回去该如何向主公交代？"

"这有何难，我会亲自书信一封，告诉你家主公便是了。"吕布不以为然地说道。于是纪灵只好带着吕布的书信，回去见袁术。

刘备也准备起身告辞，不想吕布却说道："若是没有我，玄德的性命可就堪忧了。"刘备闻声，赶紧上前连连拜谢，身后的关羽和张飞满眼怒火，却不能发作，郁结得很。

纪灵回到淮南，将吕布的书信交给袁术，并把吕布辕门射戟的经过详细地给袁术说了一遍。

袁术被气得浑身颤抖，怒骂道："吕布这个狗贼！拿了我那么多粮草，反过来敢戏耍我！我定要他知道惹怒我的后果！"袁术当即决定要亲自率军出征。

纪灵赶忙上前劝阻道："主公莫要冲动，对付吕布这等小人何需您亲自出征。我听闻吕布有一女儿，年龄与公子相仿，不如派人去向吕布提亲。如果吕布和我们结成亲家，到时还怕他不杀刘备吗？"袁术连连点头，觉得纪灵说得有道理，当即派韩胤带着聘礼，去向吕布求亲。

韩胤见到吕布，说明来意，吕布一时拿不定主意，让韩胤先去休息，待有了决定，再去找他。韩胤回到驿馆安歇。吕布赶紧找来陈宫商议此事。

陈宫了解了来龙去脉，便识破了袁术的意图，提议道："袁术此举乃是跟你示好，想联合你一齐消灭刘备。"

"那我应该拒绝他啊。如你所说，他吞并了刘备，下一个不就是我了吗？"吕布说道。

"非也。你想啊，你们已结成亲家，那便是一家人，可以联合起来共谋大事，要比你孤军奋战容易得多。不如早日把小姐送到袁术那里，以免夜长梦多。"吕布认为陈宫此话有道理，于是连夜置办妆奁，拾掇宝马香车，派魏续和宋宪随同韩胤，把女儿送往淮南。

吕布女儿起程的那天，锣鼓喧天，热闹非凡。陈登的父亲陈珪正在老家中休养，忽听外面敲锣打鼓，便问身旁的人发生什么喜事了？身旁的人告诉陈珪，是吕布要把女儿嫁到淮南。陈珪不由得惊呼，连忙抱病来见吕布。

陈珪直截了当地说道："将军不可将女儿嫁到淮南！"

"您为什么这么说？"吕布一脸不解道。

"将军，您想啊，若是这门亲事成了，那么将军的女儿就是袁术手里最好的人质。今后无论袁术要求将军做什么，将军只能唯命是从。倘若将军违背了袁术的意愿，那么您的女儿就会面临危险。到时，您可就无所适从了。"陈珪把袁术的用意分析给吕布听。

吕布恍然大悟，连声呵斥陈宫差点儿害了自己，当即派张辽领兵追赶上魏续和宋宪，把女儿抢了回来，还把韩胤也绑了回来，扣在徐州。

吕布本以为可以消停几日了，不想手下来报，说刘备此时正在小沛招兵买马。吕布根本没放在心上，不料说话间魏续又进来报告，说他和宋宪去买马回来时，途经小沛边界，被张飞抢去一半的好马。

吕布一下子就急了，当即清点兵马，亲自带兵到小沛找张飞算账。

刘备得知吕布率兵前来，不明所以，只能慌忙领兵出迎。

两军对峙，吕布骑马立于阵前，指着刘备，破口大骂道："刘备！你个忘恩负义之人！亏我待你那么好，你却暗地里让张飞抢我军马，你是何用意！"

刘备一脸茫然，正要出声辩解，张飞却从身后冲出，手握长矛冲着吕布大叫道："夺了你的马匹又如何！几匹马而已，你就恼成这副样子，那你趁机夺了徐州，这笔账又该怎么算！"霎时间，两个人冲向对方，两马相交，激烈对战。

刘备担心张飞不是吕布的对手，急忙鸣金收兵，退入城中。吕布见状，领众部将小沛团团包围。

"翼德啊翼德，你去抢吕布的马匹做甚，这不是胡闹吗？都是你惹出这场事端！"刘备责备道。

张飞默不作声，他就是看不惯吕布小人得志的模样，咽不下这口气。刘备让张飞交代清楚马匹的下落，并派人到吕布的军营中跟他赔罪，表示愿意送还马匹，希望两军就此罢兵。

吕布原本就是为了马匹而来，如今刘备答应归还，吕布也乐意收兵。但是陈宫却阻拦吕布收兵："这是除掉刘备的绝佳机会，不可收兵。若还让刘备留在人世，日后定会成为祸害。"吕布听取了陈宫的意见，不仅不同意讲和，反而加派军马，誓要攻城拿下刘备。

刘备站在城墙之上，看着紧锣密鼓的吕布大军，心中犯愁，急忙找来孙乾和糜竺商议应对之策。

"主公，不如我们弃城突围，投奔曹操。曹操一直视吕布为眼中钉，定会借兵给我们。到时，我们再回来反击吕布也不迟。"孙乾提出建议。

刘备觉得此法可行，于是命张飞领一队人马为先锋，在前开路。关羽率兵断后，而刘备自己则领一队军马居中，以保护家小安全。众人于夜半时分，乘着月色突围，从北门冲出。

而吕布见刘备一行人逃走，没有领兵追击，而是进城安抚百姓，留高顺率军驻守小沛，自己则回到徐州。陈宫叹道："你为何不领兵追击刘备，而让他逃走了呢？"

"逃了就逃了，反正小沛在我手里，我还怕他不成。"吕布得意地说道。

"唉！日后要有一场硬仗了！"陈宫心中哀怨。

自郭嘉从颍川回来后，心情一直不好，这不曹操为了安抚他，特意把他叫来把酒言欢。两个人正谈话之际，忽然手下士兵来报，说是刘备率领家人前来许都投靠，已经抵达许都城门处，曹操眉头微皱。

刘备先派孙乾进城去见曹操。孙乾向曹操行礼之后，就把如何被吕布围困的经过告诉了曹操。曹操微微点头说道："玄德是我的好兄弟，我不会不管他。"于是命人先安排他们入城。

刘备让关羽和张飞在城外保护家小，自己则带着糜竺和孙乾进城与曹操相见。曹操以上宾之礼款待刘备。刘备又把吕布相逼的事情哭诉了一遍。曹操劝慰道："吕布就是一个无情无义的小人，玄德不必挂于心上。我定和玄德同心协力，一齐铲除掉吕布！"刘备听到曹操这么说，终于可以把心放到肚子里，于是连连道谢。两个人把酒言欢，直到天黑曹操才命人把刘备送回去。

待刘备走后，荀彧上前说道："主公，刘备素有壮志雄心，曾在黄巾起义时立下过不少功劳，此人必须趁早解决掉，否则日后必定会成为祸患。"

曹操点头，沉吟不语。等荀彧离开后，曹操派人把郭嘉找来，问道："文若说刘备志在天下，建议我趁现在把刘备除掉，你怎么看？"

"文若说得是，刘备雄才大略，且深得民心，尤其身边还有关羽和张飞两员大将，所以他不会甘心久居他人之下。但是现在并不是除去刘备最佳的时机。主公此前兴兵为的是除暴安良，还百姓一片太平，更是以信义招揽天下豪杰，广罗人才。刘备素有英雄之名，如今因走投无路来投靠您，您若是在这个时候除掉他，那么就会背上杀害贤才的恶名。到时只怕人人自危，另选明主，您还与谁去平定天下呢？此事关系到今后安危的大计，还请主公仔细考虑这中间的利害关系。"

曹操听后，哈哈大笑起来："奉孝果然了解我的心意。"郭嘉的一番话，成功地打消了曹操的疑虑，他决定收留刘备，并上表朝廷，举荐刘备为豫州牧，还派人给他送去人马粮食，让他先去豫州招兵买马，等待时机。

刘备去往豫州后，曹操召集大家商议接下来的行动。

郭嘉提出自己的看法："虽然暂时笼络住了刘备，但我们现在的处境并不是很乐观。"并为曹操分析了现在的形势，指着他绘制的形势图继续说道，"您看，我们现在所处许都，南有袁术、刘表、孙策、张鲁，北有袁绍、公孙瓒，东有吕布，西有马腾、韩遂、张扬，兖、豫二州又处在四方争斗之地，如今我们着实是四面受敌。所以，目前能少一个敌人便是多一分安全。而且我们所面临的是敌强我弱的态势，必须打破四方势力的平衡，才能确保自己的势力不被破坏。"于是郭嘉建议，"还是先讨伐吕布，再逐个击破。"

曹操听后，认为郭嘉说得很有道理，便询问众人意见，大家对郭嘉的提议都表示赞成。于是曹操决定起兵攻打吕布。

正当曹操欲清点军马之时，士兵忽然来报，说盘踞在关中的张济已死，他的侄子张绣收缴了他的部下，并联合刘表，正屯兵于宛城，打算攻打许都。

曹操听后勃然大怒，当即便要率兵征讨张绣，但是又担心吕布趁他们不在，偷袭许都，左右危难之际，荀彧建议道："可派人到徐州为吕布加官封赏，让他与刘备和解，这样便可解除后顾之忧。"曹操采纳了荀彧的意见，随后亲率十五万大军，兵分三路，以夏侯惇为先锋，向宛城进发。

曹操大军刚到达淯水边，张绣便听取贾诩的建议，率部前来投降。

曹操看张绣来投降，自然欣喜，好言抚慰一番，便带领一部分人马随张绣进入宛城，其余军马则在城外驻扎。

自曹操进城，张绣每日都会大摆筵席来款待曹操，曹操这一住便是多日。

让大家没有想到的是，曹操因酒醉，贪图了张济的遗孀邹氏。为了避免张绣起疑，曹操偷偷带着邹氏找借口迁到城外。天下没有不透风的墙，张绣很快知道了这事儿，怒道："曹操辱我太甚！我定要报仇。"于是请来贾诩商议。贾诩提议让张绣找借口把人马也迁出城外，驻扎在曹营周围，伺机而动。

夜里，正当大家要安歇时，忽然大火四起，整个曹营被大火包围。张绣趁慌乱之际，直取曹操。幸而有典韦冲出护住曹操，但是双拳难敌四手，张绣的人马源源不断地杀来，长枪似芦苇一般密密麻麻地朝他们刺杀而来，典韦没有铠甲的庇护，身上已是千疮百孔，但他仍然拼死抵抗。

就在典韦拼死守住寨门的时候，曹操趁机上马从寨后奔逃。奈何敌军太多，曹操右臂中箭，但此时已经顾不上那么多了，曹操奋力向清水河边奔逃。刚到清水河边，张绣的叛军就已追上，曹安民让曹操先跑，自己断后，最终曹安民被叛军杀死。

曹操慌忙纵马过河，刚上岸，马匹便中箭倒下。曹操的长子曹昂见状，连忙把自己的坐骑让给曹操，自己却被乱箭射死。

曹操侥幸逃得性命，与于禁和夏侯惇等将会合后，掉转马头杀了回去。此时的曹操怒火中烧，将自己的恨意全部发泄出来，把张绣的人马杀得片甲不留。张绣见曹操杀红了眼，趁乱逃走，投奔刘表去了。

虽然，曹操侥幸活了下来，但是儿子和典韦的死，是他心里永远无法抚平的伤痛。他第一次这么痛恨自己！众将为曹昂和典韦祭奠上香，曹操泪流满面，久久不能平静。他仰天长叹："悲矣！悲矣！"众人见状，也纷纷落泪。

而另一边，曹操派的使者来到徐州，宣读了诏书，吕布升任为平东将军。正当吕布高兴之际，袁术派来的使者也到了徐州，告诉吕布，袁术即将登基称帝，让吕布赶紧把女儿送往寿春。

吕布听了，怒发冲冠，大骂袁术存心造反，当即命人把袁术派来的使者杀了，又令人将韩胤用了枷钉，派陈登把韩胤押送到许都，让曹操处置，同时上表谢恩，还给曹操写了一封书信，要求曹操任命他为徐州牧。

陈登告诉曹操："吕布与袁术已取消了婚约，两个人关系决裂。"曹操听后十分高兴，陈登继续说道："吕布为人如豺狼一般，有勇无谋且见利忘义，还是请明公尽早把他除掉。我愿和我父亲作内应，助明公一臂之力。"

曹操见陈登依附自己，自然欣喜，当即上表举荐陈登为广陵太守，并为其父陈珪请求高官厚禄。

陈登回到徐州，去见吕布。吕布听说他们父子都得到了封赏，反而自己一无所获，十分生气，当场拔剑指向陈登，要杀了他。不想陈登却放声大笑，随后一番长篇大论，说得吕布心服口服。正当二人说话间，士兵来报，说袁术亲自率军来攻取徐州。吕布听后嗤笑一声，立即清点军马准备迎战。

袁术自从得到了传国玉玺，便一心想坐上皇帝的宝座，最终不顾众人的劝阻，自立为帝。然而，袁术刚刚称帝，就收到了吕布把韩胤押送许都，韩胤被曹操杀了的消息，袁术勃然大怒，随即率领二十余万大军，气势汹汹、浩浩荡荡地向徐州进发，一是为韩胤报仇，二是拿吕布性命。

而吕布在陈登父子的谋划之下，且战且胜，袁术大军损失惨重，不得不撤兵回到寿春。

第四十二章

化解危机

曹操和郭嘉、荀彧、程昱等人在商讨攻打吕布一事，突然探子来报，说现在袁术粮草紧缺，正到处劫掠。

"主公，这是一个拿下袁术的好机会。"荀彧建议道。曹操认为确实如此，于是便命夏侯惇清点军马，曹操亲自率领十余万大军，前往寿春，讨伐袁术。

大军出发前，曹操把郭嘉找来，关切地对郭嘉说道："奉孝，你最近身体不好，这次就不要跟着我去寿春了。此去路途遥远，得折腾一阵儿呢。"

"多谢主公关心。"说着，郭嘉捂嘴咳嗽起来。前几日郭嘉不小心着了凉，本就心中郁结，加上感染风寒，让郭嘉整个人看上去又瘦弱不少。

"你和乐进一同留下，好好守着许都。"说着，曹操拍了拍郭嘉的肩膀。

"主公放心，奉孝定当守好许都。还有一事请主公警惕，此番您亲率大军，遥征寿春，还是要速战速决得好。若是袁术采取拖延战术，那么粮秣的供应就是我们面对的最大问题。"郭嘉忧虑道。曹操连连点头："还好我有奉孝啊！"

曹操率领大军如日出发。孙策、刘备和吕布得到曹操领兵征讨袁术的消息，纷纷出兵响应。

纵使袁术兵力再强，也无法与多军对战。袁术整日里愁眉不展，不知该如何应对。这时身边之人提议，曹操远征而来，就算粮草储备得再多，也架不住军营里士兵众多，只要保证士兵坚守不出，就能以此来消耗曹操的军粮，曹操定会不战而退。袁术觉得此计可行，就命令手下众将死守寿春，闭城不出。而袁术自己却带着搜刮来的金银财宝，躲往淮南。

曹操大军将寿春团团围住，但是袁军始终不出城迎战。曹军大营每天都在耗费着大量的粮草，才一个多月的时间，曹军带来的粮食已经寥寥无几。无奈之下，曹操只好向孙策借粮。孙策慨然借出10万斛粮米，但曹军仍入不敷出。

这天，掌管粮草的仓官王垕来到曹操营帐中，向曹操禀告，说粮食眼瞅着要吃完了，但是后方供应的粮草还迟迟未到。曹操沉思了一会儿，命王垕改用小斛发放军粮，可缓一时之急。

"主公，若是用小斛发放军粮，怕是底下的士兵会有抱怨。"王垕担心道。曹操摆摆手，说道："我自有办法。"

于是王垕便按照曹操的指示，每日用小斛给士兵们分发军粮。曹操则暗中派人到营寨中探听，看看底下士兵有没有抱怨。没想到士兵们哀怨连天，都说曹操每天拿这么点儿粮食糊弄士兵。

曹操也是一脸愁容，看来临行前郭嘉对自己说的话，不无道理，只怪当时大意了，才会造成现在军粮短缺的局面。就在曹操一筹莫展之时，程昱趴在曹操耳边耳语几句。只见曹操深吸一口气，皱着眉头，派人悄悄把王垕找来，并对王垕说道："我想问你借一样东西，用以安抚军心。"

"主公想要借什么？"王垕一脸疑惑，自己能有什么东西可以借给曹操呢？他想半天也没想出个所以然。

"我想借你的项上人头一用。"曹操语气冰冷地说道。王垕吓得连忙跪地求饶，哭着说道："主公，我对天发誓，绝对没有犯一点儿错误，更没有加害您的心思。我对主公一片赤诚，还请主公饶了我吧！"

"王垕，我知道你没有过错。但是我现在真是黔驴技穷了，如果不以你的人头来安抚军心，恐怕军队会发生哗变。我知道这样做对不住你。我答应你，你死以后，我定会派人好生照顾你的家小，你安心就好！"曹操无奈地说道。

王垕的嘴微微张开，还想再说些什么，但是曹操没再给他开口的机会，他命早就在门外等候的刀斧手把王垕推出门外，斩杀于刀下，并命人将王垕的头颅挑在竹竿上示众，随即又贴出告示，晓谕全军，称王垕故意以小斛发放军粮，以此盗窃余下的军粮，现已按军法将王垕处死。

士兵们恍然大悟，原来是仓官私吞粮草，并非曹操有意克扣，大家的怨气慢慢地也都化解了。

为了使众将一鼓作气，速战速决，曹操又传令各营将领，限三天之内攻取寿春，否则一律按军法处置。

曹操为了鼓舞士气，与将士们共同进退，亲自来到城下，督促士卒搬运土石，填塞城壕。这时有两个临阵畏避的偏将被曹操发现，曹操愤怒地拔剑相向，斩杀了这两名偏将。一时间，整个军队中的大小将士无不奋勇向前。军威大振后的曹军更是势如破竹，一举攻克了寿春。

曹操正要乘胜而上，挥师渡过淮河继续追赶袁术，突然接到驻守南阳的曹洪的急报，说张绣在刘表的支持下，重整旗鼓，率军袭取了南阳和江陵等地。敌军力量强大，曹洪抵敌不住，连连败北，特来告急，请求援助。

曹操只得放弃追击袁术，立即班师回许都，准备讨伐张绣。

回许都之前，曹操把从征袁术的刘备和吕布叫来，劝说他们二人重归于好，又让刘备继续回到小沛驻扎，与吕布相互支援。当着曹操的面，就算吕布再不情愿，也没办法，只能答应曹操的安排。至于刘备，不管曹操现在如何安排，都当成是自己的过渡。

吕布一脸不高兴地走出营帐后，曹操悄悄叫住刘备，嘱咐道："我让你回小沛驻扎，为的是牵制吕布。遇到事情，可多和陈珪父子商量商量。待我忙完手里的事，自会对付吕布。"

浩浩荡荡的曹军终于回到许都。曹操刚进城，就看见前来迎接他们的郭嘉和乐进。

"恭迎主公凯旋。"郭嘉和乐进双手作揖行礼，齐声说道。

"哈哈哈哈，好！"曹操带着众人回到府衙。坐定后，曹操看向郭嘉，问道："奉孝身体痊愈了吗？"

"谢主公惦念，已经好了。"郭嘉答道。

"这次能够攻下寿春，是险中求胜啊！尤其是你提到的粮秣供应，这是一个值得深思的问题。眼下张绣那边又起事，多事之秋啊！"曹操叹道。

"主公，现在面临粮草问题的不光是我们，大家都一样，补给线拉长，势必会影响粮秣供应。我们会途经很多田地，如果可以跟农夫协商，就地取材，或多或少对此问题都是一种帮助。"郭嘉建议道。

"就地取材……"曹操嘴里念叨着，手指一下一下地在膝盖上敲，"这个主意不错，起码将士们不用再忍饥挨饿。"

经过短暂的休息，曹操再次清点军马，亲率大军再次出发，讨伐张绣。

行军途中，曹操大军路过一片麦子地，小麦已经成熟，但是却无人收割。都是因为大军过境，百姓害怕，纷纷逃避在外，没人敢来割麦。曹操见状，为了安抚百姓，便派人到附近的村庄晓谕地方官吏及百姓，说明自己是奉皇帝诏命出兵征讨叛逆，为民除害，让地方官吏不用过度警惕，抚慰百姓们不要恐惧逃避。同时传令全军不得骚扰地方："凡有恶意践踏麦田的，无论官职大小，一律斩首。"百姓听闻后都欢喜称颂，纷纷跑来迎送将士。

曹操率军要穿过一片麦田，只能骑马从田垄上走过，谁知麦田中突然惊起一只斑鸠，惊吓到曹操所骑之马，只见那马一下子蹿到麦田里，惊慌之中踩踏坏了一大片麦子。

"把主簿叫来。"曹操吩咐于禁去把行军主簿找来，并让他制定自己的罪责。主簿连忙低下头，颤颤巍巍地说道："哪有给主公定罪之理？微臣不敢。"

"法令是我自己定下的，现在我确实违犯了法令，如果我带头违犯，还不治罪，如何能约束众人？"曹操严肃道，说罢，便抽出宝剑准备自刎。

众人见状，急忙上前抱住曹操的胳膊，将他拦下。

这时，郭嘉走到曹操的身边劝说："《礼记·曲礼上》中曾云：'礼不下庶人，刑不上大夫。'就是刑罚不能上加于尊贵之人。如今主公身为丞相，更是全军之统帅，怎么能轻易伤害自己呢？'无心为恶，虽恶不罚。'况且您踩踏麦田，是因为马匹受到惊吓，而非您故意踩踏，又何罪之有呢？"

众人听了郭嘉一番话后，都悄悄地呼出一口气，曹操应该不会再拔剑了。没想到就在众人松掉曹操胳膊的时候，曹操突然向自己的头顶挥剑，众人的心都提到了嗓子眼儿，好在曹操只是割下了自己的头发扔在地上，他看向众人说道："就用割发代替斩首吧。"众人这才放下心来。行军主簿的衣衫都被汗水打湿了，随即将此事传告全军。全军上下得知曹操以身作则，无不肃然起敬，大家都严格要求自己遵守军令。

曹操率领大军气势汹汹地抵达南阳城下，张绣站在城墙上往远处一瞧，黑压压的一片，中间飘着几面墨绿色的军旗。大军压境，张绣知道自己与曹操势力悬殊，如果正面迎战，拼死硬抗，只怕后果惨重。于是张绣决定做一次缩头乌龟，闭城不出，严防死守南阳。

无论曹操如何叫骂，曹军如何挑衅，张绣权当没看见、没听见，只是下令做好防守。希望以此来拖延时间，等待刘表的援军，消耗曹军的粮秣。

"主公，张绣选择坚守不出，定是在拖延时间，我们要做好后方的布防，以防刘表派来的援军偷袭。"郭嘉提醒曹操道。

"嗯，几天过去了，刘表的援军应该差不多要到了。"曹操紧皱眉头，吩咐道，"许褚，你率一队人马，堵截刘表援军。夏侯惇，你带一队人马，负责军营外围的巡察，防止敌人入侵。大营被毁之事决不能再度发生。"曹操想起了典韦之死，心中悲愤，"我们还得想办法攻下南阳。"

"主公，不如放刘表的援军进来。"郭嘉此话一出，引来一片哗然。

"那我们岂不是要与两军之力开战？"程昱质疑道。

"张绣只有看到刘表的援军才会出城，只要他出城，我们才有攻克南阳的机会。"郭嘉冷静地继续说，"刘表援军到达南阳后，不会主动出击，他们会在离南阳不远的地方安营扎寨，与我们形成鼎立之势。我们可兵分三路，一路人马绕到刘表援军后方，即便是他们出兵，我们也可在后面包抄。一路人马埋伏于侧翼，以确保我们的退路畅通无阻。剩下的军马，全力以赴，与他们对战。"

众人听后，纷纷点头，就连程昱都觉得这样安排更加周全。曹操采纳了郭嘉的建议，分别派许褚从后面包围刘表援军，夏侯惇在侧翼埋伏，而曹操自己则领兵正面进攻张绣。一切安排妥当，就等鱼儿上钩。

岂料这时又出现突发状况，荀彧派人送来急报，禀告曹操，袁绍正在冀州整顿军马。荀彧认为袁绍有进犯许都的意思，请曹操率领大军回许都。

曹操气得捶胸顿足，怒道："只差一步，就能手刃张绣为典韦报仇，唉！"

"主公，来日方长。保住大后方才是重中之重。"郭嘉在一旁劝慰道。无奈之下，曹操只好下令撤军，返回许都。

张绣见曹操突然撤军，心里终于松了一口气，这时身边的贾诩上前劝谏："曹操突然撤军，一定是许都突发变故，如果我们现在追击曹操，必会全胜。"张绣摆摆手："好不容易盼到他撤兵，还是不要冒这个险了。"

贾诩一边叹气，一边摇头。

正在冀州清点人马的袁绍，得知曹操率军已回到许都，立刻命手下将领停止准备，放弃攻打许都。

"主公，曹操大军刚回许都，长途跋涉，定人困马乏，正是我们袭取的好时机啊。"田丰上前劝谏道。

"从冀州到许都的距离可比许都到南阳的距离远多了，我们不更是长途跋涉吗？"郭图反驳道。

"曹军在南阳已有些时日，只是久攻不下。不管是粮草，还是军力，都有一定的消耗。"田丰辩解道。

"众所周知，许都是曹操的大本营，难不成还能让他手底下的士兵饿着肚子打仗？"郭图一副高傲的表情看着田丰，就差明说田丰想得太天真了。

"好了，别吵了。各自有各自的道理。但是曹操已经回去，现在攻打许都，我们不一定能占到什么便宜，此事还需从长计议。"袁绍表明了自己的想法。田丰心中愤然，眼中带怒地看向郭图，而郭图耸耸肩，一脸挑衅。

大家各自散去后，田丰追上走在前面的沮授，质问道："先生刚才为何不出声？"

"元皓难道还看不出吗？"沮授问道。

"您此话是何意？"

"他可不是会让自己身陷险境之人。而且身边还有那么几个曲意逢迎之人，就算我们说得再多，也无益啊。"沮授口中的"他"不言而喻。田丰纵然心中气愤，也只能化作一口长气"唉……"

第四十三章

十胜十败

曹操率大军回到许都，留守的荀彧等人出城相迎。这时，荀彧从衣袖里掏出一封书信，交给曹操，说道："主公，袁绍派人送来一封信，说他将要出兵征讨公孙瓒，来向主公借粮借兵。"

曹操冷笑道："袁绍这匹夫，本想偷袭我们许都，不料我突然率军回师，他只能另作打算了。"说着，曹操把信打开，仔仔细细看了一遍，袁绍在信中措辞傲慢，目中无人。这让曹操很是生气，但是他没有表现出来，而是给袁绍回了一封信，答应袁绍会出兵帮他一齐攻打公孙瓒。

曹操精明得很，心里有自己的算盘，兵在他手里，还不是他说什么时候出兵才出兵，怎会听袁绍的指令。随即又写了一封密信，派人连夜送给刘备。

为了犒赏将士，曹操设酒宴请大家吃酒，席上曹操想起袁绍在信中的态度，愤愤不平，便对郭嘉和荀彧说道："如今袁绍坐拥冀州之众兵，而青州和并州也在他的掌控之中，可谓是兵精粮广，与我们相比略胜一筹。眼见他态度如此傲慢，我是真心想要起兵征伐他。但是我怕万一抵敌不过，我们将会损失惨重，该如何是好呢？"可以说袁绍是曹操在北方最大的威胁，这让曹操很苦恼。

"主公，何须过虑。袁绍与您相比，有十败，您大可不必把他放在心上。"郭嘉认真地说道。

"哦？愿闻其详。"曹操不解郭嘉是何意，满眼期待着郭嘉的分析。

"高祖跟项羽之间也存在力量上的悬殊，这个您应该知道，高祖战胜项羽全靠谋略。如今袁绍看似力量强大，但他有十个导致失败的弊端，而您则拥有十个可以胜利的因素，即便是袁绍再强大，也无济于事。"只见郭嘉一手背于身后，认真严肃地继续说道，"其一，袁绍为人注重繁文缛节，虚情假意；而主公您不拘小节，豁然大度，顺乎自然。正所谓'令民与上同意也'，这便是战争胜负的'五事'之首，而您正是拥有的道胜。其二，袁绍身为官僚，倒行逆施，如果兴师动众，就成了叛逆之臣；而您上奉天子，顺应时代潮流，下治国家，表率于天下，在大义上便胜过了袁绍。其三，自桓帝、灵帝以来，政令松弛，但袁绍的政令又以宽济宽，并且厚待豪强，致使豪强擅乱侵扰，凌压百姓，更甚者广营田地，而下民贫弱却要代出租赋，他所管辖的范围内犹如一盘散沙；而您以严厉的手段令上下恪尽职守，此乃治理方法上的胜出。其四，袁绍外表宽厚，实则内心猜忌，用人而又疑人，只信任亲戚子弟，不识贤愚，刚愎自用；而您简单朴实，外表平易，但内心充满睿智，用人不疑，只看才干，不论关系的亲疏远近，这就在胸襟气度上胜过了袁绍。其五，袁绍谋略不少但缺乏决断，总是一个计划接一个计划，没有办法把握时机，事后才醒悟；而您能看准时机，随时付诸行动，懂得随机应变，在谋略的果断上胜过了袁绍。其六，袁绍凭借自身世代名门的资本，极力维护自己的形象，大力提倡尊崇人才以博得好名声，只会高谈阔论，虚张声势，那些所谓的只会纸上谈兵的人才都归向他；而您对待人才能够推心置腹，以诚相待，不虚情假意，不贪图虚名，奖赏有功者从不吝啬，有远见的博学之人都愿意投奔您，无疑是在品德上胜过了袁绍。其七，袁绍只看到眼前有人饥寒交迫，就流露出怜惜的表情，但没有实际行动，缺乏远见，不过妇人之仁罢了；而您对眼前的琐碎小事常常疏忽，但对于国家大家考虑得周详细致，并且重视安定百姓，大仁大义，惠泽下民，这便在仁义、统御能力上胜过袁绍。其八，袁绍身边的官员争权夺势，派系林立，谣言诽谤不绝于耳，一团混乱；而您治理部下有一定的法则，谗言诽谤在您这里根本行不通，这就是智慧上的胜出。其九，袁绍是非不分，做事没有标准，更是纵容部下临阵叛乱；而您明断是非，对'是'的人，尊敬擢升，对'非'的人，以法律制裁他，可谓是赏罚分明，这是在公平制法上胜过了袁绍。其十，袁绍喜欢虚张声势，不知道军事行动的真正意义，不懂用兵机要；而您善于以少胜多，在您的英明指挥下，部下信赖，敌人畏惧，作战神武，在军事才干上胜过袁绍。以上就是臣的分析对比，语挚情长，一片至诚。"

曹操先是目瞪口呆，随即惊喜万分，最后大喜过望。现在已经没有词语能形容曹操此刻高兴的心情了，他只是笑着说道："如卿所言，我怎么担得起？"听完郭嘉这一席话，他的嘴就没合拢过。不是没有人夸过曹操，他身边的谋士、武将都曾从不同的角度赞美过他，但是像郭嘉这么全方面的分析、赞扬，他还是头一次听到。

"主公无需过谦。您现在不必再介怀袁绍强大与否，对袁绍采取军事行动之前，还是要先攻破吕布，并与韩遂和马腾相交，只有消除了后顾之忧，我们才能肆意地前进。"郭嘉向曹操陈述了自己的建议。曹操听后，信心倍增，随即采纳了郭嘉的意见。

自从吕布回到徐州后，每日里沾沾自喜，加上他每次宴请众人时，陈珪、陈登父子总是吹捧他多么的骁勇善战，雷厉风行，创造了很多不败的战绩，等等，把吕布夸得只应天上有，这使得吕布更加得意忘形。

一直在吕布身边的陈宫实在看不过去了，便找机会提醒吕布，他语重心长地说道："将军不要总是听陈珪父子不着边际的吹捧之话，他们表面上奉承你，可是在心里指不定怎么想你呢。人心是很复杂的，尤其是只会说好话的这种人最是要小心提防。"

吕布听到陈宫这么说陈珪父子，顿时火冒三丈，呵斥道："你凭什么这么说？只因嫉妒别人比你会说话？还是因为他们比你更尊敬我？平日里你对我吆三喝四的，我都不与你一般见识，而今你平白无故地说旁人坏话，怎么？是想陷害好人？还是在你心里，我没有他们说得那般好？！"吕布盯着陈宫，质问道。

陈宫被吕布问得无言以对，他比谁都清楚，吕布在他心里，确实没有那么好，论智谋不及曹操，论人品不及刘备，而今他还跟在吕布身边，或多或少是因为此处只有他这么一个有些智谋的人，若是在其他地方谋职，他也不过如此。

两个人相对无言，陈宫不想再留在这自讨没趣，便悻悻地退了出来。走到府衙门口时，陈宫不由得仰天长叹："忠言逆耳啊！我等就要大祸临头了！"

陈宫和吕布吵完架后，整日里闷闷不乐，一直心绪不宁。这天，陈宫带着几个随从，来到小沛这边打猎，顺便散散心。正准备拉弓射箭时，突然看见道上有匹快马飞奔而过，看骑马之人的穿着打扮，像是送信的驿使。陈宫心中起疑，便带着随从偷偷地从小路赶上去，截住驿使询问。那使者认出他们是吕布的部下，吓得冷汗从额头上流下来。陈宫见驿使如此慌张，断定其中定有蹊跷，便让随从搜查驿使的身上，果然搜出一封密信。陈宫一把夺过来，打开一看，竟是刘备写给曹操的密信。

陈宫直接把人带回来交给吕布，同时还有那封密信。吕布拆开后仔仔细细地看，这封信的大意是刘备已经接到要进攻吕布的命令了，正在紧锣密鼓地准备，碍于兵力太弱，没敢轻举妄动，希望曹操可以早日率大军前来。

原来刘备和曹操两个人暗中联络，要联合起来攻打他，吕布反反复复看了多遍，又惊又怒，当即下令斩杀了驿使。随后派陈宫和臧霸联合身处泰山的土匪，向东进发攻取兖州，派张辽和高顺领兵去攻打身在小沛的刘备，又派魏续和宋宪率军向西进发袭取颍川、汝南。吕布自己则作为中军，策应三路兵马。

刘备得到消息，张辽和高顺正领兵向小沛进发，大惊道："怎么会这么突然。"

"主公，吕布为人本就三心二意，眼下还是先想办法应对才是。"糜竺在一旁提醒道。

"简雍，你速速赶往许都，请丞相支援。"刘备吩咐道。

"得令！"说着，简雍就冲了出去。

"我们兵分四路，分别守住四个……"刘备的话还没说完，就被张飞打断："兄长，且让我率一队精兵出城，与他们战上一战，定杀他们个片甲不留。"张飞怒气冲冲，提起丈八蛇矛就要往外冲。

"翼德莫要冲动，先听听兄长怎么说。"关羽上前拉住张飞，两个人一齐看向刘备。

"我们兵分四路，孙乾领一队人马驻守北门，关羽率军驻守西门，张飞率军驻守东门，我会亲自镇守南门，糜竺和糜芳守护中军保护家小。大家切记，要守住，坚持到援军抵达后，再正面迎战。"刘备仔细地安排好大家的位置，让大家赶紧清点军马，准备抗敌。

这时，张辽和高顺的军马已经来到小沛城。高顺一再挑衅，刘备就是闭城不出。

"高将军，他们坚守不出，我们很难攻进去。不如我们兵分两路，我从侧翼进攻，然后两面夹击他们。"张辽说道。

"张将军好计策，听你的。"于是张辽领兵攻打西门，高顺继续攻打南门。

关羽看到城下是张辽领军，便在城墙上大声对张辽说道："张将军身英气，骁勇善战，为何会委身在那吕贼手下？"

张辽听了关羽的话，心有惭愧，默默低头不语，他知道吕布的行为堪比小人。奈何时势，自己也只是守着作为将领的本分。关羽见到张辽的样子，知道他一定是个有情有义的真汉子，便收起了自己的恶言恶语，但是也没有要迎战的意思。

张辽只好带兵来到东门。驻守东门的张飞早就按捺不住，他全然不记得刘备的叮嘱，命人打开城门，提着丈八蛇矛直奔张辽。张辽现在根本无心恋战，于是率兵撤退。谁知张飞却不依不饶，刚要挥手追击，就被关羽拦下。

"翼德，他已经领兵撤退了，你为什么还要去追击？"关羽问道。

"我能让他这么轻易地就跑了吗？吕布的手下，跟他一样，都不是什么好东西。"张飞愤愤地说道。

"这位张将军是个忠义之人，只是没有跟到良主，他生性不坏。"关羽劝道，"他既已退兵，就说明真心悔改，不要追了。"

"哼！谁知道张辽是不是真心悔改？"张飞还是心有不甘。

"你可还记得之前兄长说过的话？他是不是叮嘱我们坚守不出？而你将城门大开……"关羽没有把话说完，而是睨了张飞一眼。张飞用手猛地拍了自己脑门一下："是我不好，是我不好。二哥莫气，一定别告诉兄长啊！"张飞笑呵呵地讨好关羽。关羽没再理他，回到西门继续驻守。张飞当即命令士兵关好城门，不再出战。

简雍赶到许都时已是傍晚。

曹操正和郭嘉、荀彧、荀攸、程昱等人在大堂议事。"主公，听说吕布和袁术又有了联络。"荀彧说道。

"怎会有如此厚颜无耻的小人！"曹操怒骂道。这时，手下士兵慌张来报，说刘备部下简雍前来求援。

简雍见到曹操，跪下说道："还请丞相救救我家主公。吕布突然派兵攻打小沛，此刻已抵达小沛。"听到这话，气得曹操一把将手里的茶杯摔在了地上，茶杯瞬间四分五裂："我说吕布怎么跟袁术又有了联络，原来是想起兵造反！"

"主公莫要为了吕布这种人动气。"荀彧劝道。

这时，又有手下来报，说吕布的部下陈宫和臧霸正向兖州的方向前进，魏续和宋宪正往颍川、汝南一带进发。

"看来东征吕布一事迫在眉睫了！"曹操一脸肃容地说。

"主公，我愿率一路精兵赶往小沛支援刘备。"夏侯惇自告奋勇道。曹操点头应允，命夏侯渊与夏侯惇一同前去支援刘备。

此时的刘备也是慌乱得不知所措，他对糜竺说道："我给吕布写一封求和信吧，希望他能收兵。"

"主公，吕布既已发兵，不会那么轻易地撤军，除非我们又要委身于他。"糜竺说道。

糜竺话音刚落，士兵便跑进来禀报，说曹操已经派援军，在来小沛的路上。

刘备听到有援军前来，顿时松了一口气。"我们要在援军抵达之前，守住小沛。"刘备坚毅地说道。

夏侯惇和夏侯渊率军刚到小沛，就与高顺的军马相遇。两个人当即纵马挺枪，展开激战。几个回合之后，高顺便抵挡不住夏侯惇的攻击，败下阵来。高顺见势不妙，趁夏侯惇一个不注意，掉转马头就跑。夏侯惇随即纵马追赶，高顺不敢回阵营，便绕营而跑，夏侯惇跟在高顺后面，紧追不舍。这时，高顺的部下看见夏侯惇离自己越来越近，暗地里拈弓搭箭，朝夏侯惇一箭射去，正中他的左眼。夏侯惇瞬间大叫一声，但是他没有顾得上受伤的眼睛，朝放暗箭之人直扑过去，将那人斩杀。两边的士兵都看傻眼了，一时间被夏侯惇的架势震慑住。但是夏侯惇的伤势太严重了，他渐渐地感觉体力不支，强撑着身体纵马回营。

高顺趁机挥动战马，率兵从背后追击，结果曹军大败。夏侯惇在夏侯渊的拼死保护之下，率军退到济北去了。

高顺见曹军已经败退，立即掉转马头回击刘备。

刘备看到援军来到时，就下令所有将士出城扎营，与高顺他们正面对决。谁知曹军败走，恰好此时吕布率领大军也赶到小沛。关羽和张飞率领的军马较少，最先败下阵来，剩下刘备独木难支，只好带着数名随从奔回沛城。

吕布怎么可能放过拿下刘备的好机会，领兵在后面紧紧追赶。

驻守城门的士兵见是刘备往城门这边逃亡，赶紧放下吊桥，不料吕布马快，紧随刘备之后也到了城门下。城墙上的士兵想要放箭阻止吕布，又怕误伤刘备，最后被吕布乘机杀入城门，驻守城门的士兵抵挡不住吕布的攻势，都各自散去逃命。

刘备见情势紧张，已经顾不上回家，只得弃了妻小，从西门直冲出去，一个人骑马奔逃。

吕布进城以后，直奔刘备家中。糜竺见来人是吕布，心里"咯噔"一下，知道大事不妙，他表面上强装镇定，为保护刘备家小的安全，不得已恭谦地对吕布说道："玄德十分感念将军辕门射戟之恩，所以绝对不会有背叛将军之心。眼下是不得已才投靠曹操，还望将军能够仁心可怜他的妻小，不要怪罪。"

"我和玄德是多年的兄弟，又怎会忍心伤害他的家小呢？"吕布宽慰道，"这样，你且带着玄德的家小到徐州安心住下，我也能替玄德照应着。"

"多谢将军。"糜竺怎会不知吕布用意，但是没有办法，保住一家人的性命才是重要的。于是他让刘备家眷收拾好行李，跟他一起随吕布的部下到徐州。

吕布安排好送刘备家眷到徐州的人选后，就下令让张辽和高顺留在小沛镇守，自己则率领大军向兖州奔去。

逃亡中的刘备，在半路上遇到了孙乾，两个人商议了一下，还是去许都投奔曹操更稳妥，于是两个人便朝许都奔去。

第四十四章

铲除隐患

此前曹操想攻打袁绍时，郭嘉和荀彧都主张先攻吕布。曹操就一直在心里盘算，如今吕布起兵，所以曹操认为攻打吕布一事要抓紧时间行动。郭嘉也认为现在的确是攻打吕布的好时机："如今袁绍正在北方围攻公孙瓒，无暇趁我们出兵攻取吕布时来偷袭。但若是不先拿下吕布，一旦袁绍打起许都的主意，以吕布为人，定会跟袁绍一同向我们进攻，那就糟糕了！"

荀攸也觉得郭嘉说得有道理："吕布虽然无脑但是骁勇，现在又有了袁术这个依靠，如果放任他继续于泗水和淮水之间发展势力，想必一定会有豪杰响应。到时想要攻取他，会更难。不如趁着现在他的羽翼未丰，内部尚且众心不一，立即行动，定能成功。"荀攸的话音刚落，荀彧满眼赞赏地看着这个侄子。荀攸经荀彧的推荐，跟随曹操已有一段时日。荀或是看着他从懵懂一路跌跌撞撞地成为智囊，心中满是欣慰，荀家总算是后继有人了。

"眼下张绣和刘表就在我们的背后，如果大军东征吕布，他们趁着我们后方空虚，向我们偷袭该怎么办？"程昱表示反对东征，其他人都跟着附议，认为东征还需从长计议。

"张绣和刘表刚刚遭遇战败，暂时不会有所举动。"郭嘉说道。

曹操最后采纳了郭嘉、荀彧、荀攸的建议，亲自率领大军出征。

大军行至一半时，曹操与正逃往许都的刘备相遇了。"丞相！多亏遇见您了！"刘备抹着眼泪说道。曹操拍拍刘备的肩膀，抚慰道："玄德莫要悲伤，我此次就是要攻下吕布那狗贼。你随我同去便是。"

刘备跟随曹操来到了彭城。刘备不明白为何不直抵徐州，便问道："丞相为何先到彭城？不直接攻取徐州呢？"

"玄德有所不知，彭城乃吕布的重要县城。我们要从彭城开始，一点一点地攻取吕布的城池，让他再没有容身之所。"曹操为刘备解释道。

驻守彭城的士兵哪里是曹军的对手，曹操轻而易举便得了彭城，并俘获了彭城相侯楷。

刚刚到达兖州的吕布，还没等喘口气，就收到属下急报，说彭城已被曹操占领。吕布气得大骂道："曹贼！敢袭取我彭城！"

"现在不是生气的时候，你还是率领主力先回徐州。若是曹操大军此时攻打徐州，那么徐州就危险了。"陈宫提出建议。吕布觉得陈宫的话有道理，便率领主力赶回徐州。

而曹操大军下一个目标可不单单是下邳。在准备攻打下邳的同时，曹操兵分三路，令曹仁带领数千兵马向小沛进发，自己则亲率大军去攻打兖州，剩下的由许褚带领直攻下邳。

曹操大军很快就抵达萧关城下，孰料只有陈宫驻守在兖州，吕布早已率领主力奔回徐州去了。

吕布在回徐州的路上就打算好了，带着陈登一起去救援小沛，让陈珪留守徐州。

陈登得到命令，准备出发，这时陈珪上前提醒陈登说道："丞相把徐州的事交给你，你不要忘了。眼下吕布的好日子是要到头了，你要寻得机会早做打算。"

"父亲无需担心，儿子自会处理好这些事情。您切记如果吕布战败逃回，还请您与糜竺一起守住徐州，千万不能让吕布进入城中。"陈登叮嘱陈珪。

"徐州城内到处都是吕布的心腹，这事儿办起来有些难啊，况且吕布的家眷还在这里，到时又如何处置？"陈珪有些顾虑。

"让您怎么做就怎么做便是，其他的事情我自有办法。"陈登说罢便急匆匆地去见吕布。

"现在情势如何？"吕布着急地问道。

"眼下徐州是四面受敌，依照此情势来看，曹操定会全力来攻打我们。为了安全起见，还是要先想好退路，不如先把金银财宝、粮食等物资转移到下邳，以防万一。"陈登故意没有提及吕布的家眷，等着吕布来问他。

"那我的家小该怎么办？"吕布果然问道。

"那就派魏续和宋宪保护夫人和小姐，将她们与钱粮一起送往下邳。"陈登建议道。吕布一想，这法子可行，正好魏续和宋宪已经被他从颍川叫回来，正等着他发布号令。安排好家眷后，吕布带着陈登，亲率大军，赶往小沛。

吕布一行人刚走到半路，就接到急报，说曹操率大军已到达萧关。吕布立即下令，掉转马头赶往萧关。这时，陈登提出："不如我先行一步，可以到萧关探探曹军的虚实。"吕布点头应允。

　　陈登来到萧关，并没有打探什么曹军的虚实，而是先找到陈宫，对他厉声说道："将军得知你们不肯出战，十分愤怒，现已在来的路上，你们等着领罚吧。"

　　"曹军势强，我们硬碰硬只会输得一败涂地。"陈宫连忙解释道，"还请你转告将军，定要守住沛城，与徐州遥相呼应，才是上策。"陈登连连答应道："放心，我定会把话带给将军。"

　　到了夜晚，月光之下有个人影鬼鬼祟祟地溜到萧关的城墙之上。只见黑影拉弓搭箭，将箭头上系着三封书信的一支箭，直直射进萧关城下的曹军大营中。

　　次日一早，陈登便与陈宫辞别，快马加鞭地回去见吕布，陈登一边抹着额头上的汗水一边对吕布说道："将军，关上孙观等人都有把萧关献给曹操的想法，陈宫独力难支，情况紧急，还请将军速去救援。"

　　吕布急忙让陈登再回到萧关做他的内应，两个人约定举火为号，趁夜夹击曹军。陈登连口水都没喝上，便又快马加鞭地回到萧关，对陈宫说道："曹军已经从小路绕道关内，徐州怕是要有闪失，将军让你赶紧率兵回去增援徐州。"陈宫听罢，当即便弃了萧关，率领众将退回徐州。

　　只见陈登步伐稳健地往城墙上走去，眼神深邃地点燃了火把。

　　吕布老远望见萧关城上起火，随即带兵奔赴而来，好巧不巧地与陈宫所率领的军马相遇，由于夜太黑，双方都没有看清来人，只是在黑暗里拼命地厮杀。

　　而正在萧关城下安营扎寨的曹操望见号火，一声令下，曹军齐发，势如破竹，攻向萧关。仍在萧关驻守的孙观等人见状，都各自逃命去了。

终于等到天亮，待看清来人时，吕布和陈宫才知道中计了，两个人急忙合兵一处，奔徐州而逃。

孰料，吕布一行人到达徐州城下，还没来得及叫开城门，就被城上射下的乱箭挡住了去路。只见糜竺在城墙上呵斥道："吕布，你乘虚而入夺了我主公的城池，如今是时候还给我们了！"

吕布勃然大怒，急忙回头寻找陈登的身影，想要问个究竟，而陈登早已不见踪影。

"我们还是先退回小沛再作打算吧。"陈宫劝告吕布，这也是目前吕布唯一的去处，一行人便朝小沛奔去，不想走到半路，迎面撞见驻守小沛的张辽和高顺带领一队军马赶来。吕布上前询问才知道，陈登趁他们回徐州时，已经先到达小沛，并告诉张辽和高顺，吕布此时正被曹军所围，让他们前来救援。

吕布恨得咬牙切齿："陈登！我定将你碎尸万段！"

没办法，一行人只能再次返回小沛。快到城下时，吕布远远望见小沛的城墙上插满了曹军的旗号，原来曹仁早就袭取了小沛。

这时，吕布见到城墙上有一个熟悉的身影，便破口大骂。站在城墙上的不是别人，正是诓骗了吕布的陈登。陈登此刻已不再是吕布的部下，自然不把他放在眼里，站在城墙上指着吕布回骂。

吕布见陈登如此放肆，当即下令攻城，突然听到背后响起一阵嘶喊声，吕布回头一看，这不正是张飞带着一队军马冲自己而来吗？随即派出高顺迎战。高顺根本不是张飞的对手，吕布深吸一口气，纵马冲出军阵，手中的画戟直取张飞，张飞一个转身灵活躲过，回手拿着蛇矛刺向吕布，吕布头一歪，轻松躲过。就在两个人厮杀时，曹操领军，直奔他们杀来。

正所谓寡不敌众，更何况是有勇无谋的吕布呢，在这种情势下更是不知所措，只能率军向东逃去。而曹操大军在后面奋起追赶。

跑了没多远，吕布已经体力不支，将士们也都人困马乏，正想就地休整一下时，又被一队军马拦住了去路。只见对方首将立马横刀，大声喝道："吕布哪里逃！关云长在此，还不缴械投降！"

"你们人多势众，胜之不武。"吕布回骂道。这时，关羽的后面又响起嘶喊声，原来是张飞领兵追了过来。

陈宫见吕布握着缰绳的手越攥越紧，上前劝道："将军，留得青山在，不怕没柴烧，还是先撤吧。"吕布只好听从陈宫的建议，奋力与陈宫等人冲了出去，径直奔向下邳。

原来，自从在小沛被吕布大军杀散，关羽和张飞便各自逃散，途中听说曹操率军讨伐吕布，就都领着自己的队伍赶来与刘备会合。

吕布已经奔逃，徐州自然被曹军攻取。曹操率大军进入徐州，刘备在一旁跟随，这时糜竺匆匆跑来迎接，并告诉刘备他的家小平安无事，刘备眼眶一红，露出了久违的笑容。

为了庆祝胜利，曹操大摆筵席犒赏众将，在席间特别奖赏了陈珪父子，加封陈珪俸禄，并任命陈登为付波将军。

"虽然得了徐州和小沛，但是让吕布跑了，遗憾啊！"曹操叹道。

"主公，如今吕布只剩下邳一座孤城，若是太过紧逼，他一定会拼死突围，去投奔袁术。他们之间一直有联络，如果这时再联合起来，就不好对付了。不如派一位得力的将军，领兵守住通往淮南的要道，既可外挡袁术，又可内防吕布。还有山东一带仍存在孙观和臧霸等吕布的余党，眼下他们并没有归顺，也不可忽视防卫。"郭嘉上前建议道。

曹操等人听了郭嘉的话，都觉有道理。曹操思考了一会儿，转头对刘备说道："玄德，淮南要道的重任就交给你了，你作战经验丰富，又有两位神勇的将军，交给你，我放心。至于山东各路，就由我来负责，可好？"

"全听丞相安排。"刘备一口答应。

临行前，刘备让糜竺和简雍留守徐州，自己带着关羽、张飞和孙乾去镇守淮南要道，并嘱咐糜竺，定要守好徐州，如果有突变，定要急报。

曹操则亲自率领大军向下邳进发。浩浩荡荡的曹军压近下邳，在离城不远处的地方安营扎寨。

陈宫站在城墙上看着连绵不断的营帐，暗自摇头，他随即来见吕布，建议道："将军可趁曹军刚刚抵达下邳，立足未稳，士兵疲劳，立刻领兵突袭，以逸击劳，定可一举拿下曹操。"

孰料，吕布自恃聪明，完全不听陈宫的意见，态度敷衍地说道："你是不是太过紧张了。我们粮食充足，大可安心坐守，何必非要一战？等曹操他们的粮食消耗光了，到时，不用我动手他自然就退兵了。"

"主公，我们风尘仆仆地刚到下邳，若是吕布此刻出兵突击，我们的胜算不大。定要做好布防，安排好退路，以防万一。"郭嘉提醒道。

"吕布会趁现在出兵吗？"曹操对吕布的智谋充满怀疑。

"主公别忘了吕布身边还有个陈宫，如果吕布没有听从陈宫的建议，我们就高枕无忧。但凡事只怕万一，我们还是要做足准备的好。"

"还是奉孝想得周全。"有了郭嘉，曹操省了不少心，郭嘉总是把事情想在前面。

吕布没有采纳陈宫的建议，这样曹军有了休整的时间。曹军经过几天的整顿，个个士气十足，只等曹操的号令。

曹操来到城下，大声喊道："让吕布来答话。"

在城头巡察的士兵匆匆去报。只见吕布耀武扬威地来到城头，曹操忍着心中的怒气劝他投降，对吕布说道："你过去有诛灭董卓的功劳，如果现在投降，不失封侯之位。"

听到"封侯"二字，吕布眼睛一转，不觉有些心动。陈宫见状，冲曹操大骂"奸贼"！随即一箭朝曹操射去，正中曹操的麾盖。

曹操怎么也没想到陈宫会对他放箭，这下，他恨透了陈宫，发誓定要杀了他以报一箭之仇，于是下令抓紧攻城。

"将军还是率领主力到城外驻扎，我留守城内，这样便形成掎角之势，可以互相救应。只要我们坚守住，用不了多久，待曹操粮草用尽，自然退兵。"陈宫劝谏道。

吕布听取了陈宫建议，回家收拾行装。严氏觉得奇怪，问吕布这是要去哪里，吕布便把陈宫的建议告诉了严氏。

"相公，如果你出城，万一出了什么变故，那我们一家老小谁来保护？"严氏担心地问道。

"有陈宫留守，有事他会随机应变的。"

"陈宫到底是外人，怎么可能像相公保护我们那样尽心呢？再说，为什么不让他出城，你留守呢？"严氏不依不饶，就是不想让吕布出城。吕布听了，顿时也没了主意，索性拖延时间，一连几天不出家门。

陈宫急得像热锅上的蚂蚁，赶来催促吕布："如今下邳城已经被曹操大军团团围住，若再不抓紧时间出城扎营，怕是要被困在城里了。"

"坚守不出也未尝不可啊。"吕布试探性地说道。

陈宫十分了解吕布，说出此话就是他不想出城。随即陈宫又献一计："我听闻曹操的粮秣出现短缺的情况，已经派人回许都取粮草，不如将军率领一支精兵去截断曹操的粮道，便可不战而胜，这可是千载难逢的好机会。"吕布觉得此计可行，便与严氏和貂蝉商量。谁知这两妇人一听吕布要出城去截粮道，又哭又闹，说什么都不肯让吕布出城。

吕布一向宠溺妻妾，见她们这样，心烦意乱，只好对陈宫说道："曹操善于诡计，运输粮草的事儿很有可能是他设计想要诱我出城，我们不能轻举妄动，还是要谨慎些才行，暂时静观其变吧。"

此时的陈宫心里愤恨，恨的不是吕布，而是自己，为何当初会选择跟随吕布这样的人，他仰天长叹道："我们的时日无多了！"

既然已经决定坚守不出，吕布从此终日里与妻妾在家饮酒作乐，足不出户。

这天，许汜来见吕布，献计道："将军曾与袁术有过儿女婚约，不如写信向他求救，倘若袁术肯出兵相助，与我们联合起来，内外夹击，就可一举拿下曹操。"吕布认为此计甚好，自己不用再被困于城里，还能省去一半的兵力，于是立即写好书信，派许汜去往淮南求救，又令张辽和郝萌领兵将许汜送至隘口。到了隘口，张辽便率军返回，而郝萌则一路护送许汜。

许汜来到寿春见到袁术，把吕布写的书信交给袁术。

袁术看过信后，心中嗤笑，一脸怒容地问道："吕布不是拒绝了与我联姻，并且还杀了我的使者，现在为何又来求我？"

"那都是受曹操的挑唆，还请明公详察。明公应该清楚，淮南和徐州辅车相依，若是曹操真的攻取下邳，恐怕对明公也不利。"许汜态度谦卑地说道。

袁术冷笑一声，随即说道："不如等吕布什么时候把他女儿送来淮南，我再出兵也不迟。"许汜见袁术态度坚决，不好再说什么，只能回下邳去问吕布。

许汜出城的时候还挺顺利，没想到回去时，竟然被张飞发现了。为了护住许汜，一直跟在许汜身边的郝萌只能硬着头皮与张飞对战，可是他哪里是张飞的对手啊，三两下就被张飞所擒。而许汜在这时趁乱逃回了下邳。

张飞押着郝萌去见刘备，刘备又连夜把他送到曹操的大营中。郝萌跪在曹操和刘备的面前，把吕布向袁术许婚求救的事详细地说了一遍。曹操听后，大发雷霆，直接命人斩杀了郝萌，并传令各营定要小心防守，若是再走漏吕布的人马，便以军法处置。

"将军，袁术说只要你先把女儿送到淮南，他便立刻出兵。"许汜把袁术说的话告诉吕布。吕布听了，面露为难之色，他不知道怎么才能把女儿安全送到淮南去。许汜继续说道："现在郝萌被张飞所擒，想必曹操肯定知道了我们的计划，必定加强防范，能冲出曹操的层层包围，想必只有将军自己了。"

吕布想了想，为了确保女儿的安全，袁术能够兑现承诺，他决定亲自护送女儿到淮南。趁着黑夜，吕布让女儿裹上重甲，便带着女儿悄悄出城，高顺和张辽领兵跟在后面。

马上就要到刘备扎营的地方，此时突然一声鼓响，关羽和张飞出现在吕布面前，拦住他的去路。张飞大喊道："休走！"

吕布带着女儿无心恋战，于是往侧面而行。这时刘备又率军赶来，霎时间两军便展开激战。

纵然吕布非常勇猛，但是唯恐女儿受到伤害，始终不敢强行突围。正在进退两难之际，许褚和徐晃又带兵直奔吕布。吕布见情势危急，只得带着女儿退回城去。刘备和许褚他们见吕布已经逃回城中，便各自收兵回营。

而吕布回到城中后，束手无策，心中烦闷，每天都借酒消愁。

曹操大军已经围困下邳两月有余，所谓疲师远征，本为兵家大忌，而久攻不克，则尤为不利。如今不管是曹操，还是吕布都已疲惫不堪。而曹操还要面临粮秣的供应问题，心中忧闷，不时便冒出暂且休战，撤兵回许都的想法。为此，众人极力劝阻。

"众所周知，吕布有勇无谋，他现在连打了几个败仗，锐气大减。所谓'三军可夺气，将军可夺心'。三军以主将为主，主将都没了锐气，士兵还哪里来的斗志？而吕布身边的陈宫，虽然足智多谋，但是吕布刚愎自用，加上陈宫遇事不够果断，主意一向来得慢，如今正好可趁吕布的锐气尚未恢复，陈宫还没有想出好的计策，抓紧进攻，定能活捉吕布。"郭嘉分析说道。

见曹操沉默不语，郭嘉继续说道："项羽一生曾作战多场，未曾败北，但是一朝失势于垓下，便身死国亡。究其原因，就如同现在的吕布。"

"但是下邳无法攻克，也是我们现在难以解决的。"曹操烦躁地说道。突然，外面电闪雷鸣，狂风大作，军营的帐篷被吹得呼呼作响。没一会儿的工夫，就下起了暴雨。

郭嘉听着外面的雨声，盯着地面不知道在想什么。曹操以为是自己刚才的语气重了一些，刚想宽慰一下郭嘉，就听郭嘉说道："主公，可否给我一天的时间，您再决定是否撤兵。"曹操点头应允。

郭嘉转身离开曹操的营帐，叫上邵恒跟他一起骑着马出了军营。在大雨的侵袭下，身上的蓑笠形同虚设，等两个人到达山顶时，衣服已被雨水打湿。

"少爷，大雨天儿的，我们来这干吗？"邵恒一边用手擦去脸上的雨水，一边冲郭嘉喊道。许是雨水的声音盖过了邵恒的声音，邵恒见郭嘉没有反应，直直地盯着山下看，就伸手碰碰郭嘉的肩膀，郭嘉这才反应过来，大声说道："邵恒，你看到没有，下邳在泗水、沂水的下游。"

邵恒抻着脖子向下看去，点点头。只听郭嘉又喊道："我们回去吧，我想到办法了！"

"少爷，雨太大了，现在下山不安全，不如我们先找个地方避一避吧。"

"这里树木太多，如果再打雷，我们留在这里更危险，还是尽快下山吧。"郭嘉骑上马走在邵恒的前面。

夜里的山路本就不好走，加上又是大雨天，地下湿滑。走到半山腰时，郭嘉骑的马蹄子打滑，一个趔趄，马向前倒去，马背上的郭嘉也从马背上摔了下来，向山坡下滚去。邵恒在后面大叫："少爷！"他直接从马上跳下来，一路跟在郭嘉后面。好在有一棵树挡住了郭嘉，不然后果不堪设想。邵恒踉踉跄跄地追上郭嘉，察看他身上的伤。郭嘉摆摆手，道："没事儿，还能动。"邵恒蹲在郭嘉面前，让他趴在自己身上，顺势背起郭嘉，朝山下走去。

次日清晨，大家都聚在曹操的营帐中，继续商议是否撤军。曹操扫视了一圈，没有见到郭嘉，便问道："奉孝何在？"

众人你看看我，我看看你，都不知道郭嘉的去向。荀彧上前说道："禀主公，奉孝昨夜带着邵恒出了军营，尚未归来。"

曹操心里"咯噔"一下：难道奉孝生我气，走了？不应该啊，奉孝不是那么没有交代的人啊。还是遇到什么急事？险况？曹操越想越不安，连忙命许褚带兵出营寻找郭嘉。

"主公，奉孝一定是有什么紧急情况才会擅自离营。"荀彧有些担忧道。

"现在就怕是他遇到了什么险境，不行，我也得去看看。"曹操实在放心不下，说着就要起身。

还没走出军营的许褚老远就望见一个人背着一个人朝曹营奔来，他上前一看，正是邵恒跟郭嘉。许褚见郭嘉一身的伤，忙问道："先生这是怎么了？"

"少爷从山上滚下去了。"邵恒的声音越来越弱，突然只觉眼前一黑，便晕倒在地。许褚忙叫士兵跟他一起把两个人抬进营帐中。

曹操刚出营帐门口，就看到了军营门前的混乱，他立即上前询问。看着昏迷中的郭嘉，曹操一时也慌了神，还是荀彧喊着："军医！军医！"才把曹操从失神中唤醒。

"丞相放心，郭先生身上都是皮外伤，没有伤到筋骨，只需敷几天药便可。只是先生的身子本就虚弱，又被雨淋，寒气入体，需得调养一阵子。"

"你来负责奉孝的身体，必须给他养好。"曹操命令道。

"丞相放心。"军医领命。

"行了，都散了吧。先让奉孝好好休息。"曹操也回到了自己的营帐，继续惆怅。如今粮秣短缺、士气低落、奉孝生病，一团混乱。曹操扶额，暗自叹气。

郭嘉缓缓睁开眼睛，环视一圈，发现身处自己的营帐中，松了一口气，这时军医走进营帐："先生您醒了。"

郭嘉看向军医，却没有看到邵恒的影子，赶紧坐起来问道："邵恒呢？"郭嘉一着急忘记了自己的一身伤，疼得他倒吸一口凉气。

"先生放心，他在给您熬药。"说着，邵恒端着药碗走进来："少爷，您醒了，快把药喝了。"邵恒对着药碗吹了一吹，才递给郭嘉。

"扶我去见主公。"郭嘉把空碗给邵恒，掀起被子就要下床。

"少爷，您现在需要静养！"郭嘉哪肯听劝，邵恒只能陪着。

"主公，臣有一计。"郭嘉径直走到沙盘前，指向泗水、沂水，"水攻，以水代兵。用泗水、沂水淹灌下邳城，定可攻取下邳。"

曹操听后，眼睛一亮，欣喜若狂，立即下令把营寨移到高地上，随后派人挖掘泗水和沂水，掘开了几个豁口，沂水、泗水滚滚冲向下邳城。

手下士兵匆忙向吕布禀告，吕布却不以为然地说道："我有赤兔马，渡水如走平地，有什么可怕的？"他便继续饮酒作乐。直到吕布看到镜中的自己，被自己的模样吓了一跳。由于饮酒过度，吕布整个人看起来又瘦又黄，像骷髅一般。于是他下令全军禁酒，违令者斩，其中也包括他自己。

这天，吕布的部将侯成向他敬献酒肉，因为他刚刚丢失的一匹好马找回来了，手下为他凑了礼物送来，他没有独享，而是献给吕布一部分。岂料吕布却勃然大怒："我下令禁酒，而你们却违令饮酒，是纯心跟我作对？还是想趁我喝醉想共同算计我？"

侯成听后，心里又气又怕，连忙道歉："属下没有这个意思啊！"吕布可不听侯成的辩解，当即喝令左右把侯成拉下去斩了。

魏续和宋宪等人连忙上前为侯成求情，吕布为了给众人一个面子，便道："看在众将的情面上，就饶你不死，但是军法难逃，下去领一百军棍吧。"众人一听，一百军棍，这不是还是要侯成的命吗？于是又纷纷哀求，吕布不耐烦地打发走众人，最后打了侯成五十大棍，这事儿才算作罢。

趁夜，魏续和宋宪悄悄来到侯成家探望，侯成哀声道："若不是你们，恐怕我早已命丧于吕布的棍下。"

"现在吕布待我们如草芥一般。大水都已冲城，他却只顾自己，不如我们离开下邳吧。"宋宪愤恨地说。

"临阵脱逃，非将领所为。要不我们把吕布擒了献给曹操？"魏续提议道。

于是三人暗中商议，由侯成去偷赤兔马献给曹操，以示他们的诚意。魏续和宋宪则留在城中做内应，伺机擒获吕布。

当天夜里，侯成便来到马房，盗出赤兔马，飞奔至东门。魏续早已在城门处接应，见侯成得手，就给侯成打开城门，将他放了出去。

侯成带着赤兔马来到曹操大营，献上马匹，并把魏续和宋宪愿为内应告诉了曹操，曹操心中大喜。如今泗水、沂水已经冲城月余，现在又有了内应，攻取下邳指日可待。

让曹操没有想到的是，不等他挥动大军攻城，吕布就自己投降了。

大清早，吕布还在睡梦中，就被手下吵醒："将军，您的赤兔马丢了……"士兵颤颤巍巍地说出几个字，吕布怒道："怎么会丢！一群没用的东西，把你们全斩了！"说着提上鞋子匆匆来到马房，哪里还有赤兔马的影子了。吕布急忙提戟上城，却发现赤兔马正在城下的曹军之阵中。

吕布如梦初醒，他们被困于城中已经坚持了月余，本就难以为继，如今内有叛徒，外有曹军兵临城下，吕布知道自己的情势不妙，为了保全一条性命，他不得不亲自到城墙上向曹操大军喊话："不要再逼迫我了，我要向明公自首。"一旁的陈宫恨铁不成钢地说道："曹操不过是个逆贼，怎配得上明公二字，你就算现在投降，也性命难保。"说完，陈宫怒甩衣袖，愤然而去。然而，陈宫还没走到城下，便被兵变的士兵绑了去，被一起绑了的还有高顺等人。

吕布掩面而泣，自知性命难保便让身边的士兵砍下自己的头献给曹操，换取功勋。士兵们终是不忍下手，吕布最后自行走下城楼，出城投降。

曹操坐于白门楼之上，身旁是刘备，另一侧是魏续和宋宪。

吕布被捆缚于曹操面前，为自己争取最后的机会："从今日起，天下大事定矣。"

"此话何意？"曹操在吕布面前站定。

"让你感到是个威胁的，不过就我吕布一人而已，如今我已向你臣服。倘若你命我领兵与你一处，那这天下谁还能与我们为敌？"吕布大言不惭地答道。

这时吕布看见侯成、魏续和宋宪都站在曹操的身旁，质问道："我待你们不薄，你们为何要背叛我？"

"怎么算不薄？不合你的心意就随意打骂，自己不是一个称职的将军，还要拿军法来压制我们。一个只知道听妻妾的话，听不进将领意见的将军，这就是对我们好了？"吕布被宋宪说得哑口无言。

不一会儿，士兵把高顺押了上来，曹操直接右手一挥，下令斩了高顺。随后徐晃又把陈宫押送到曹操面前，曹操冷哼一声，道："公台，别来无恙。"

"哼！你无需在我面前惺惺作态，当初我没有跟随你，就是看出你心术不正！"陈宫一脸不服气地说。

"我心术不正？吕布这种见利忘义之人心术就正？而你明知吕布不讲信义，还为他谋事，心术就正了？"曹操不怒反笑。

"吕布虽然没有智谋，但不像你那样奸险诡诈。"

"公台，你这一生，自以为有取之不尽、用之不竭的智谋，结果又如何呢？"曹操的心里感慨万分。

"要不是这个人不听我的话，我哪会落得这般田地。如果他听我的劝告，现在也未必会被你抓住。"陈宫愤怒地指着吕布说道。

"事已至此，你想如何安排你的老母亲？"曹操又问。

"我曾听闻'以孝治天下者，不害人之亲'，我的母亲是生是死，在你而不在我。"陈宫不卑不亢地说道。

"那你的妻子儿女呢？"曹操再问。

"我曾听闻'施仁政于天下者，不绝人之祀'。我的妻子儿女是生是死，还是在你而不在我。"说罢，陈宫便要求服刑，他挺直腰杆，直出辕门，头也不回。曹操见状，忍不住落泪。

吕布身材高大，被捆得太紧，有些不舒服，便对曹操身旁的刘备说道："玄德，你我好歹兄弟一场，如今你是座上客，我是阶下囚。怎么，看到我被绳索绑得这么紧，你也不出言解救？"

曹操抬手抹去眼角的泪水，收起情绪，转而对吕布说道："捆绑老虎，不得不紧。"于是让人替吕布松绑。刘备却连忙阻止说："不可，丁原、董卓的结局，丞相不记得了吗？"刘备一语惊醒曹操，曹操当即命人将吕布带到楼下行刑。

吕布拼尽全身力气挣扎着，大骂刘备："背恩忘义的大耳贼！难道你忘记了辕门射戟的恩惠吗？"

这时，突然听到有人大叫："吕布！死就死，有什么可怕的！"曹操循声而去，原来是手下把张辽押了过来。

吕布这才噤声，被兵士拉了下去。

士兵把张辽押到曹操面前，曹操看着张辽说道："这人好生面熟，在哪见过呢？"曹操一时间没想起来。

"濮阳城中碰过面，可惜那天火太小，让你逃了。怎么丞相这么快就忘记了？"张辽言语中充满了讽刺。

曹操恼羞成怒，当即拔出佩剑，直奔张辽。只见张辽盯着曹操，眼睛都没眨一下，毫无惧色。刘备见状，冲上前攀住曹操的臂膊，劝谏道："如此赤胆忠心之人，正当留用。"

关羽也冲到曹操面前，跪在地上为张辽求情："丞相，张将军乃忠义之士，我愿意用自己的性命为他担保。"

曹操随即扔掉宝剑，大笑道："我知道他是一个忠肝义胆之人，故意和他开个玩笑。"说着，曹操亲手为张辽解开绑绳，脱下自己的长袍给张辽披上，并请张辽上座。张辽没想到曹操待他这般重视，深受感动，于是便归附曹操。曹操又得一员猛将，自然大喜，当即封张辽为中郎将，赐爵关内侯。

尘埃落定，一行人进入徐州城中，曹操当即下令堵住河堤，同时出榜抚民，又派人招降了孙观和臧霸等人。随后命车骑将军车胄留守徐州，自己则带领大军，刘备随行，一众人班师回许都。至此，黄河以南的大片土地都在曹操的掌控范围内。

第四十五章

衣带血书

回许都的路上，曹操把马车让给郭嘉，郭嘉推辞不肯："主公，哪有臣下坐车，您骑马的道理。"

"奉孝跟我无需见外。如今你身体尚未恢复，得仔细一些。"

郭嘉自那日受伤后，身体一直没好利索，连曹操带兵拿下吕布都没能在场，他一直在军营里养病，可还是时好时坏。曹操每日里都要问上一问，每当这时，随行的军医恨不得立刻回到许都。

在曹操的坚持下，郭嘉还是坐上了马车，邵恒和军医在他身边照顾着。

刘备骑着马跟在曹操的身边，说道："丞相待郭先生真好。"曹操笑道："奉孝可是我们的宝啊！自然要对他好，哈哈哈哈！"

刘备心里羡慕：我要是也有此等智囊在身侧，该多好啊！殊不知，多年以后的刘备也拥有了一颗智囊，只是这颗智囊等着郭嘉死后才肯出山。这都是后话……

曹操带领一众人回到许都，设宴盛情款待了所有人，并在酒宴上封赏了出征人员。随后，又上表陈奏刘备之军功，还带着刘备上朝觐见皇帝。

闲话中，皇帝突然问起刘备的家世，刘备如实回答自己是中山靖王的后裔。皇帝命人取来宗族世谱查看，一代一代排下来，按照辈分，皇帝应该称刘备为叔父。皇帝心中大喜，他正苦于曹操大权在握，难以掌控，在曹操的权威之下，国家大事他都做不得主，这下好了，有了刘备他便有了帮手。于是皇帝当即在朝堂上拜刘备为左将军，封宜城亭侯，从此人称"刘皇叔"。

退朝后，曹操如往常一般回到相府。刚下马车，管家说道："先生们在大堂等候丞相呢。"果然，曹操刚迈进大堂，就看着荀彧、荀攸、程昱还有应该在家养病的郭嘉在等他，曹操连忙问道："出了什么事儿？你们怎么在这儿候着？"

荀彧、荀攸他们几个人早已得到刘备封侯被称为刘皇叔一事，荀攸上前说道："主公，如今皇帝认了刘备为皇叔，恐怕会对您不利。"

"就算刘备做了皇叔又如何，我以皇帝的诏命命令他，他还敢不从？"曹操不以为然地说道，"我还以为出了什么大事儿呢，你们大惊小怪了啊。还把奉孝折腾来。"

"主公，刘备心怀大志，势力也在增长，如今又做了皇叔，不得不防啊。"郭嘉劝道。

"如今丞相的威名在外，实力与日俱增，何不趁此时机，完成大业？"程昱劝谏道。

"朝中还有很多忠于汉室的大臣，如果主公现在成就霸业，岂不要背负逆贼的骂名？"郭嘉不赞成程昱的建议，"而且我们只是刚刚消灭了吕布，还有其他势力尚存，若是主公强行称霸，万一他们联合起来，那我们今日之收获就付诸东流了。"

"此事得从长计议，不可轻举妄动。正好过两天我邀请陛下出城打猎，看看动静再说。"曹操说罢，便让大家各自散去。他看着众人离去的背影，眼神深邃。

打猎前夕，曹操去马房挑选出几匹好马，还有鹰犬，又备齐弓箭，还事先安排了兵士到城外巡视围场。一切准备就绪后，才进宫请皇帝。皇帝心里并不情愿，但是表面上还要顺从曹操，因为他现在不敢逆了曹操的决定，只得骑上曹操备好的逍遥马，与曹操排驾出城。

刘备则带着关羽和张飞在后面跟随。

曹操与皇帝并马而行，率先进入围场，后面跟着的都是曹操的心腹还有刘备一行，而文武百官则远远地跟在后面。饶是皇帝见过大场面的人，也被这十万大军排开的围场给震慑住了。这时，皇帝回头对刘备说道："皇叔可否射一箭让我开开眼？"

刘备领命，双腿夹住坐骑，一手持弓，一手拉弓，恰巧前方草丛中惊起一只兔子，刘备瞄准后一箭射去，兔子应声倒地。皇帝连连拍手叫好，大声喝彩。

曹操见状，心中嗤笑。随后，一行人绕过一个小山丘，发现荆棘中出现一只鹿。皇帝兴起，连射三箭，可惜没有一箭是射中的，于是回头对曹操说道："丞相射一箭看看。"

曹操从皇帝手中接过宝雕弓、金鈚箭，拉满弓弦，扬手射去，正中鹿身，鹿向侧面倒去。站在后面的大臣们只见到金鈚箭，便以为是皇帝射中的鹿，都高呼"万岁"。

而纵马冲出，迎接欢呼的竟是曹操。大臣们见状，都惊慌失措。

关羽见状勃然大怒，提刀拍马，眼看就要向曹操冲杀过去。刘备慌忙向关羽使眼色，关羽这才忍住。

"丞相箭法如神，天下少有。"刘备双手作揖向曹操贺道。

曹操大笑道："多亏了天子的洪福啊。"说着，把宝雕弓别在身上，掉转马头向皇帝称贺。

一场暗流涌动的围猎终于落幕，大家各自归去。

回去的路上，关羽耿直地问道："曹操目无天子，兄长为什么要阻止我杀他？"

"他与陛下相隔那么近，周围又都是他的心腹，你若真动起手来，万一误伤了陛下，反而会害得我们自己背上罪过。"刘备说道。关羽愤愤地说道："今天没能除掉他，定后患无穷。"刘备急忙捂住关羽的嘴，告诫他："不要乱说！宁可烂在肚子里。"

皇帝回到宫中，把围猎的事情说给伏皇后听，说着说着，不禁掩面而泣。伏皇后也是一脸忧愁："满朝文武百官，难道竟没有一人……"伏皇后话音未落，就从外面走来一人，说道："皇上不必担忧，我熟知一人，他可为国除害。"说这话的正是伏皇后的父亲伏完。

皇帝听伏完这么说，忙问道："何人？"

"董承，是个可以托付之人。"伏完答道。

皇帝当即就想把董承请进宫来，伏完连忙阻止道："陛下，曹操在宫中的耳目众多，怕是董承一到，曹操就会立刻知道，那我们就什么都办不成了。陛下不如先写好密诏，暗地里交给董承，让他回家再看，更为稳妥。"

皇帝认为此法可行，待伏完走后。皇帝咬破自己的手指，用血写了一道诏书，然后取来一条玉带，让伏皇后拆开并把血诏书放在锦衬内，再重新缝好，系在腰间。随后派人去请董承入宫。

皇帝终于等到董承，把他带到太庙的功臣阁上，两个人走到正中间的汉高祖画像前，皇帝长叹一声："先祖英雄气概，而子孙却这样懦弱。"随后，他又指向两旁的画像问道："想必这两位就是萧何和张良吧？"

董承应着，忽然听皇帝低声说道："国舅也该像他们一样，将来立在我的身旁。"

"臣惶恐，怎么担当得起如此厚待？"董承惊恐地说道。

皇帝随即脱下身上的锦袍，解下玉带，递给董承："你把我的这身袍带穿上，就如同在我身边了。"

董承立即跪下，叩头拜谢。皇帝用手轻轻抚摸玉带，悄声说道："回去后定要仔细看看，千万不要辜负我的一片心意。"董承心下了然，穿上锦袍，系上玉带，便拜辞回府。

从董承踏入宫门的那一刻，曹操便收到消息，他不放心，决定亲自来会会董承。刚走到宫门口，就遇到迎面走来的董承。董承心里一片慌乱，根本来不及躲避，只得上前行礼问候。

"国舅这是从哪里来？"曹操明知故问。

"回丞相，陛下念我当年在洛阳救驾有功，此次特召我进宫，赐我一身袍带，以示奖赏。"董承如实作答。

曹操佯装惊讶道："哦？！好一条玉带，可否解下来让我欣赏一下？"玉带中必有乾坤，董承哪里敢解下，又不知如何作答，急得额头上直冒冷汗。曹操见董承迟迟不敢解下玉带，双眼微眯，对着身边的随从喝道："还不快去帮国舅解带！"

随从赶忙上前解下玉带，交给曹操，曹操拿在手里看了半天，没发现有什么不对劲的地方，又对董承说道："锦袍能否借我一看？"董承在心里哭天喊地，又不敢不从，只得乖乖脱下锦袍交给曹操。

曹操双手提起锦袍，对着太阳仔细查看。随后披在自己身上，还把玉带也系在腰间，回过头问道："合适吗？"随从们都说合适极了。曹操笑道："不如国舅把这身袍带转赠给我，如何？"

"此乃陛下所赠，我哪有那个权力转赠呢？还请丞相高抬贵手。"董承恭谦地说道。

"怕是这里面别有文章吧？"曹操讥笑道。

"丞相说笑了，我哪有那个胆量敢在丞相面前做文章。若是丞相喜欢，留下便是。"董承慌忙答道。

"国舅不必这么紧张，我就是和你开个玩笑。这是陛下所赐，我怎好夺人之美。"曹操大笑道，随即脱下锦袍玉带，还给了董承。董承双手接过，道谢之后，匆匆赶回家中。

终于等到了深夜，董承独自坐在书房中，拿出玉带反复查看，最后在玉带的衬缝中看出一点异样。他当即用刀挑开，在里面找到皇帝亲手写的血诏。

皇帝在诏书上让董承设法集结忠于汉室的义士，歼灭曹操一党，以安天下。

董承看罢，热血沸腾，每日里在群臣中留意都有谁忠于汉室，很快便联合了西凉太守马腾、侍郎王子服、校尉种辑等人。几人秘密在董承家的书房于皇帝的血诏前立下义状，发誓同心协力，安定国家。

这时，马腾说道："还有一人，值得托付大事。就是刘皇叔，此人重情重义，可堪重任。"董承高兴地道："太好了，哪天我去探探他的口风。"

董承怀揣血诏于次日夜里去见了刘备。

"不知国舅此番前来是为何事？"刘备对董承的到来表示不解。

"之前在围场围猎，关羽要杀曹操，将军为何阻止？"董承不答反问。

"国舅如何知道？！"刘备大惊失色道。

"我都看在眼里了。"

"实不相瞒，云长见曹操僭越无礼，一时没能忍住胸中怒火。"刘备不好再隐瞒着，如实答道。

"朝中大臣，若都能像云长这般忠肝义胆，还怕没有太平之日吗？"董承感叹道。

"丞相治理国家有方，哪里还有什么不太平？"刘备怕董承是曹操派来试探自己的，便谨慎地问道。

董承听闻刘备这么说，顿时脸色一变，起身怒道："我看你是皇叔，才以诚相见，你却满嘴胡话！"

"还请国舅不要动怒，我也是怕其中有诈，不得不防。"刘备一边道歉，一边双手作揖向董承行礼。

董承伸出双手把刘备扶起，从怀里取出衣带诏递给刘备。刘备不明所以，拆开来看，被满篇的血书震惊到，读完后，心中愤恨，当即在义状上签下了自己的名字。两个人商议该如何铲除曹操，一直到五更天，董承才起身告辞。

刘备为了不让曹操起疑，从在义状上签了字的那天起，便足不出户，在所住之地的后院开垦了一片空地种菜，每天都会提着水桶，一棵一棵菜苗地浇。

"兄长为何不关心天下大事，反而在这儿种上菜了？"张飞不解，跟在刘备的后面问道。

"我自有安排。"刘备笑道。

第四十六章

执迷不悟

"少爷，少爷。"邵恒手里拿着一把锄头跑到郭嘉房间。郭嘉放下手中的竹简，抬起头看向他："你啊，是越发不沉稳了。"

"少爷，颍川来人了。"邵恒放下锄头，说道。郭嘉一愣，起身往大堂走去，邵恒快步跟在郭嘉的后面。

坐在大堂里的人见到郭嘉进来，连忙起身施礼："嘉少爷，叨扰了。"

"兴叔，许久未见，快坐。"郭嘉请郭兴入座，让邵恒准备茶水，随即问道，"不知兴叔此次前来，是为何事？"

"嘉少爷，我这次来是特意请您回颍川走一趟。"

"叫人稍信给我便是，何需您亲自跑一趟。"郭嘉将茶水递到郭兴面前，他看郭兴的满头白发，不忍心让老人家舟车劳顿。

"嘉少爷，是老爷吩咐我来的。他怕您忙于政务，没时间回去，但是想见见您，所以派我来了，希望您能看在我的薄面，跟我回去一趟。"郭兴谦卑地说道。

郭嘉却泛起了犹豫，如今曹操刚平定了吕布，势力如日中天，袁绍等人岂能甘心，定想方设法地来滋扰，况且若是郭图想借郭达之手除掉他，最好的办法就是引他回颖川。郭嘉对郭兴说道："兴叔，眼下我刚刚回到许都，事务确实繁多。不如等我空闲一些了，再回去探望族长。"

郭兴"扑通"一下跪在郭嘉面前，老泪纵横道："嘉少爷，老爷要不行了。他临走之前，想见您一面，还望嘉少爷成全啊！"郭嘉连忙起身把郭兴扶起来："兴叔，您先去休息，我得告假后才能出发。"

"少爷……"邵恒在一旁干着急，却被郭嘉一个眼神制止，生生憋下了后面的话。

"你先带兴叔去休息，我去趟丞相府。"郭嘉交代好后，便离开。

"郭先生，您来了，快请。丞相还没回来，我带您到大堂等丞相。"仆人将郭嘉迎进丞相府。

"不用了，我在院子里等着就行，正好可以赏赏花。"郭嘉走到侧面的小亭子里，坐下。下人为郭嘉送来了茶水，在一旁随侍。这时，一名年轻的女子从大堂一侧的长廊蹦蹦跳跳地跑过来，身后的侍女边追边喊："小姐，您慢点儿。今儿可不敢再往外跑了，小姐……"

这位女子就是曹操最宠爱的小女儿曹廷。曹廷见亭子下坐着一位陌生的公子，便走过去，问道："你是何人？"见郭嘉没有要回话的意思，仆人紧忙上前回道："小姐，这位是郭先生。"

"郭嘉？你是郭嘉？"曹廷圆溜溜的大眼睛，盯着郭嘉问道。

"正是。"郭嘉答道。

"总听我父亲说起你，没想到你长这个样子。"仆人在一旁听到小姐上来就评论人家的外貌，吓得直咳嗽。

"小姐以为，我应该长成什么模样？"郭嘉看着曹廷，眼神清冷。

曹廷被郭嘉清冷的眼神吓一跳，忙解释道："我没有别的意思，就是印象中的先生都像荀先生那样，留着胡须，双鬓微白，一板一眼……"曹廷越说声音越小，郭嘉顺着曹廷的话继续说道："老气横秋。"曹廷吐吐舌头，没再言语。

这时郭嘉看见曹操回来了，站起身向曹操走去。

"奉孝，怎么这个时辰来了？"曹操见郭嘉，惊讶道。"爹爹，您回来了。"曹廷小跑到曹操身边，挽住他的胳膊。曹操一见曹廷，就换了个人似的，眉开眼笑，宠溺道："这么大还没个正形。"

"主公，臣有一事。"郭嘉不得不打断曹操父女的温馨时刻，上前行礼道。

"何事？"说着，他让曹廷自己玩儿去，带着郭嘉直奔内堂。曹廷盯着郭嘉的背影，直到看不见了，才回神。

"颍川郭氏族长生命垂危，特派他的家仆来找我，希望我能回颍川与他见上一面。"郭嘉直截了当地说道。

"奉孝，你们家族的事情我多少了解一些，旁人我不管，我只听你的想法。"

"主公，我想回去见他最后一面。"郭嘉正色道。

"好，回去便是。郭氏族长之亲弟是袁绍身边的郭图吧，你一个人回去我不放心。许都距颍川虽然不远，但是他们万一对你不利，我终究来不及援救。我让乐进率一万大军跟你回去，护你周全。"曹操担心郭图会对郭嘉不利。

"主公，使不得。您刚刚稳住脚跟，若我率大军回颍川，太过招摇，势必会招来风言风语，到时有心者便会借题发挥，带来不好的影响。"郭嘉不想因为自己的私事影响到曹操的大事，"让乐将军带一小队人马陪我回去就行。"

"不怕君子，只怕小人。我担心他们会使阴招儿，况且你的家眷还在颍川，总要让她们无忧才是。"曹操想了一会儿，说道，"让乐进率一队人马陪你进城，城外留守一队精兵，以备不时之需，这样可好？也可让颍川郡守明白你郭嘉现在的身份地位，做什么事之前都得掂量一下。"郭嘉在曹操心中的分量，不言而喻。

"奉孝谢过主公。"郭嘉双手作揖感激道。

"你我之间，不必言谢。"曹操拍拍郭嘉的肩膀。

郭嘉突然想到了什么，对曹操说道："主公，还有一事。如今刘备正在许都，身边还跟着关羽和张飞，主公要多留心，不可轻易放走他们。"

"刘备在许都待得好好的，应该不能离开。倒是董承，陛下召见了他。"曹操皱眉道。

"以董承的实力，恐难以掀起什么风浪，反倒是不能让他与刘备联合。若是刘备有旁的想法，仅凭刘皇叔的身份，就比我们要师出有名，所以还是把他放在眼皮子底下更为稳妥。不怕一万，就怕万一。如果刘备出了许都，想再让他回来，就难办了。"郭嘉建议道。

"嗯，奉孝言之有理。"曹操点头说道，看来这刘备还是得防啊。

"少爷，万一郭氏族长是故意骗您回去的呢？"邵恒对郭达的人品抱有怀疑。

"如果要以自己的生死来骗取他人，那么他应该真是穷途末路了吧。不管怎么样，总是要见一见的。有些事儿，是该有个了断。"郭嘉叹道，"对了，把给奕儿的书带上，这次正好可以回家看看。"

"少爷，要不咱们请丞相把夫人和小少爷都接来许都吧，反正现在住的地方也够大。"

"颍川是陈曦的家，若是来许都了，怕她想念家乡。"

"那还能有想您重要？"邵恒打趣道。

"就算把他们接来许都，我们也是常年不在，没什么意义。"郭嘉叹道。

"少爷，一家人在一起，就是意义。"

郭嘉看向窗外，他们这一家子何时才能凑齐……

出发那天，郭兴看着郭嘉身边跟随的士兵，感叹道："嘉少爷现在真是风光啊！"

"那是，这还得多谢郭老爷一直以来的关照呢！""关照"二字邵恒咬得格外清晰，郭兴惭愧地低下头，沉默不语。

颍川郡守老早听说郭嘉要回颍川，特派亲信出城迎接，恰好此时，从冀州赶回颍川的郭图也到了城门口，他身后跟着十几名随从，相较于郭嘉身后的两队军马，属实寒碜了些。

郡守亲信上前供应郭嘉，郭嘉坐在马车里，掀起帷幔，礼貌地说道："请代我谢过郡守，找时间我一定去拜访。"说罢，放下帷幔。郭图骑着马，看着郭嘉的一举一动，郭嘉始终没有给郭图一个眼神。只见郭图握缰绳的手越收越紧，牙根咬得吱吱作响。

"二爷也回来了，需要我下车跟二爷一道吗？"郭兴小心翼翼地问郭嘉。郭嘉看着曾经在自己面前趾高气扬的人，如今这么卑微地跟自己说话，觉得可笑至极，他轻声道："兴叔，安心坐着吧，快到了。"郭兴连连道谢。

郭宏知道父亲郭图今天回来，老早就在门口等着，远远地望见一辆马车，旁边跟着一队军马，以为是父亲回来了，赶忙上前迎接，却看到郭兴率先从马车上下来，郭宏喊道："兴叔，您怎么跟父亲一道回来了？"

"宏少爷，是嘉少爷带我一起回来的。"郭兴侧过身子，让郭嘉下来。郭嘉抬头看门上的牌子，还是多年前的"郭府"二字，可如今物是人非。

"郭嘉！"郭宏惊道。郭嘉看看他，微微点头示意，便径直朝府里走去，乐进和邵恒寸步不离地跟在他身边，其余的士兵在郭府门口一字排开，等候郭嘉。

郭宏见这架势，心头涌上一阵酸意，不自觉望向天空，真不知道老天是公平的还是不公平的。他曾经也很努力，可总也得不到自己想要的，而郭嘉不费吹灰之力便能拥有顺畅的仕途，人人羡慕的高位，还有那过人的智谋。

"宏儿，看什么呢？"郭图走到郭宏的面前叫道。

"父亲，您回来了。"郭宏向郭图行礼。

"嗯，大伯怎么样了？"郭图对待郭宏一脸严肃。

"大夫在里面陪着呢，也就这两三日了。"郭宏难过地答道。

"嘉儿来了。"郭达强撑着身体，在大夫的搀扶下坐了起来。

"族长。"郭嘉双手作揖行礼，在床榻边的凳子上坐了下来。

"你们都出去吧，我想和嘉儿单独说说话。"郭达让旁人都退出去，邵恒和乐进却站在郭嘉身后没有动。郭达看看郭嘉，欲言又止，郭嘉转身对两个人说道："在门口等我吧。"邵恒和乐进这才出去，将房门关上，一边一个站定。

这时，郭图走过来欲进房间，被邵恒拦下，郭图大骂："你算什么东西？敢拦我去路。"忽然，乐进抬起手中宝剑，犀利地盯着郭图。郭宏哪见过这阵势，拉住郭图要把他拽走。郭图也被乐进吓到了，没敢再硬闯，只能骂骂咧咧地离开了。

"嘉儿，我大限将至，在我闭眼之前能否将奕儿还给我们？"郭达乞求道。

"不能。"郭嘉斩钉截铁地答道。郭达深吸一口气，继续说："你想要孩子，你们自己生一个不就好了，干吗非占着奕儿呢？"

"族长以为这么多年我为什么没有子嗣？"关于郭嘉子嗣的问题，早就流言满天飞了，他只当没有听到过，只要不影响陈曦的生活，他可以睁一只眼闭一只眼。而他常年不回颍川，也是为了让所有人都认为问题出在他身上。

"这……我怎么好说，那是你们……"郭达的话还没说完，就被郭嘉冰冷的眼神震慑住，郭达甚至不敢再说下去，因为郭嘉的眼里充满了杀气。郭嘉冷笑道："怎么不说了？我们夫妻怎么了？"郭达紧张地咽了咽口水，不再言语。

"古言道：'人之将死其言也善。'但是族长做得真是极致，一点儿悔过之意都没有啊！"郭嘉把玩着手腕上的檀木手串，"成，你不说，我来说。我们之所以没有子嗣，是因为你买通了她身边的侍女，给她喝的汤水里加了东西，我说得对吧？"

郭嘉还记得当时他打发掉那个侍女时，陈曦很舍不得，说那个侍女跟在自己身边很多年了，有些怪郭嘉为什么一定要赶她走。郭嘉已经记不清当时找的是什么理由，人是被他赶走了，但是陈曦的身子也伤了，导致一直没有子嗣，而这一切都是因郭嘉而起，郭嘉的心里满是自责、内疚。为了不让陈曦胡思乱想，他只能常年奔波在外，这也为陈曦挡下了不少的流言蜚语。可是，做这一切的罪魁祸首却一点儿悔意也没有，实在让他感到悲愤！

"郭奕，是你们郭家欠陈曦的，所以，你们要不回去。"郭嘉冷冷地说道，"有些事，我不说不代表我不知道，我不追究不代表我仁慈。如果不是兄长临终前嘱托，你以为你的族长之位会坐得这么顺利，还是你以为仅凭你自己就能保全郭家？"郭嘉嗤笑道，"我从没想过要取代你们郭家，如果可以我愿意做那棵能够庇佑你们的大树。可结果呢？"说着，郭嘉冲郭达晃了晃手中的檀木手串，"这是我替爷爷报你当年出手相救之恩。从此，你我两不相欠。如果郭氏再有人敢伤我身边之人，我定让郭家陪葬。"

郭嘉站起身往门口走了几步，忽然停下脚步，对郭达说道："当年兄长受伤，始作俑者是郭图效忠之人，并非曹操之责。"说完，他打开房门，头也不回地走了出去。

而郭达此时早已泪流满面，哑口无言。

当日夜里，邵恒来到书房门口，敲了两下，轻声道："少爷，郭老爷走了。"屋内的郭嘉有片刻的愣神，随后神色恢复往常。陈曦见他这副模样，悄声退出了房间，让他静静地待一会儿。

第四十七章

何为英雄

　　另一边，关羽和张飞出门了，只留刘备一人在家。闲来无事，刘备便来到后院打水、浇菜，突然张辽和许褚带着士兵闯进院中，说道："丞相有命，请将军过去一叙。"

　　刘备手里的瓢还在滴水，而那只微微颤抖的手出卖了他此刻的紧张。许褚、张辽正等着，没办法他只得乖乖跟随两个人到相府去见曹操。

　　曹操见刘备到来，一脸严肃地说道："听闻你最近正在做件大事！"曹操一句话，吓得刘备面如土色，紧张得说不出话来。孰知曹操竟上前一把拉住刘备的手，吓得刘备往后退了一步，颤颤巍巍地说："丞相这是要做什么？"

　　曹操一脸不解地看着刘备，拉住他的手往后花园走，并说道："你天天不务正业，竟在家里种起菜，岂不荒废了大好前程。"

"不过是消遣罢了。"刘备暗暗松了一口气，附和着答道。

"我之前见树上长出了青青的梅子，便想起征讨张绣时，曾遭遇缺水的情况，记得那时将士们口渴得很。"曹操感慨万千地说道。

"环境这么恶劣？那后来呢？"刘备顺势问道。

"我指着前方，告诉将士们前面有座梅林。他们听到有梅子，顿时口中发酸，生出许多唾液，这样便止住了口渴。"

"既然有梅林，为何不去摘些来吃？"

曹操大笑道："哪有什么梅林啊，我为了止住大家的口渴，扯的谎。如今倒是梅子初熟、烧酒新酿的好时节。这不特意请你过来小聚，可饮酒畅聊。"刘备听到曹操这么说，心才落地。

曹操把刘备带到一座小亭子，桌上备好了食具和丰富的菜肴，还有一盘青梅，一樽梅子酒。两个人坐下，刘备起身先为曹操斟满一杯酒，才把自己的酒杯倒满。正当两个人开心畅聊之际，天空一下子暗了下来，阴云密布，眼看一场暴雨就要来临。

阴郁的天气没有影响两个人的兴致，曹操举起酒杯问道："玄德见多识广，你认为当今世上，有谁称得上'英雄'二字？"

"丞相谬赞，我眼拙哪里识得什么英雄。"刘备谦逊地答道。

"总有过耳闻的。"曹操追问道。

"淮南袁术，地广粮多，兵精将勇，可算得上英雄？"刘备试探着说道。

"袁术外强中干，我迟早要除掉他。"曹操不以为然地笑道。

"河北袁绍，名门望族，此人盘踞冀州，闻名天下，手下谋士众多，将领英勇，可算英雄？"刘备又说。

"袁绍徒有虚名，优柔寡断，干大事而惜身，见小利而忘义，担不起

'英雄'二字。"曹操摇摇头，说道。

"那人称'小霸王'，独霸江东的孙策呢？"刘备继而问道。

"若是没有他父亲孙坚打下的基石，谁人会知孙策？"曹操反问道。

刘备又列举出韩遂、张绣等人的名字，恨不能把所有听说过的人都说上一遍，没等刘备说完，曹操便摆手笑道："都是些碌碌无能之辈，不值一提。"

"我也就只知道这些人了。"刘备说道。

曹操大笑，随即从容地对刘备说道："而今，只有你我二人称得上英雄。"刘备听到曹操这么说，以为是自己的阴谋泄露了，吓得顿时慌乱，双手一震，筷子落到了地上。好在这时响了一声惊雷，刘备就此掩饰了自己的惊慌，他稳住气息对曹操说道："'急雷暴风，使人改容。'圣人这话，一点儿也不错。"

曹操看看刘备，倒也没有起疑。

夏天的雷雨来得快，去得也快，转眼间便雨过天晴。刘备见时候差不多了，正要起身告辞，突然看到两个人手持宝剑，向他这边走来。待看清来人，刘备的神色有些许的慌张，他在心里默念：现在可不是动手的时候啊。

曹操见刘备神色不对，侧目一看，来人竟是关羽和张飞，便命人再拿上来些食具和酒，与他们同饮。

原来关羽和张飞是到城外射箭去了，回来见刘备不在家，又听士兵说是被曹操请走了，心中实在放心不下，于是慌忙赶来。

从相府出来后，刘备一言不发，关羽和张飞面面相觑，不知道刘备这是闹哪样。直到回到府中，刘备才把刚才发生的事情详细地说给关羽和张飞听，两个人这才明白刘备闭门不出、一心种菜的用心。

曹操觉得没有喝尽兴，第二日又把刘备请去喝酒。

酒喝到一半时，士兵送来急报，说袁绍大破公孙瓒，公孙瓒举家灭亡，袁绍现在已经吞并了公孙瓒的势力，袁术见袁绍的声势强大，打算放弃淮南，去投奔袁绍。

刘备听到公孙瓒死去的消息，大脑一片空白，不禁想起两个人的友情，但是在曹操面前，他只能强忍心中的悲愤。这时，刘备的脑中突然灵光一闪，站起来对曹操说道："丞相，袁术如果去投奔袁绍，定会途经徐州。不如让我领一队军马，前去截击袁术，把他抓回来献给丞相。"曹操觉得刘备说得可行，便点头应允了。

出发前，曹操调了数万人马，让刘备统率，又派路昭和朱灵为副将，协助刘备去截击袁术。

有了曹操的许可，刘备连夜收拾军需用具，清点人马，当即起程。

董承趁夜骑马赶到郊外，并悄悄嘱咐刘备："一定多加小心，别辜负了陛下的重托。"刘备安抚道："国舅放心，代我转告陛下，我定不负重托。"说罢，便催促着士兵出发了。

行至半路，关羽和张飞不解地问道："兄长，为何这次出征如此匆忙？"

"此番得以离开许都，远离曹操，我们便如同被困的鱼儿重入大海，自此山高水远，我们便再无羁绊，终于到了大展拳脚的时候。"刘备十分激动地说道。

郭图为郭达安排好丧礼后，正在答谢前来吊唁的宾客。这时，属下来报，说公孙瓒已被袁绍大破，袁术有心投奔袁绍。郭图心中大喜：如今以袁绍的势力，天下能与之对抗的人寥寥无几，现在又有了袁术的加入，岂不如日中天，大业将成，到时自己就是云巅之人啊！

"二爷，嘉少爷来了。"郭兴在一旁提醒道。

"他还敢来！"郭图火冒三丈，如果不是郭嘉言语上刺激了郭达，郭达怎么会这么快就撒手人寰。郭图怒气冲冲地走到郭嘉面前，怒道："我们郭家不欢迎你！"

乐进眼疾，见郭图直奔郭嘉而来，早就挡在郭嘉身前。郭嘉看着郭图没有说话，反而是站在郭嘉身后的郭奕，上前行礼道："二爷爷，父亲是陪我来祭奠爷爷的。"

郭图的声音太大，引得很多宾客朝他这边张望，他不好再发作，只好让郭嘉他们进去吊唁。

待郭嘉准备离开之时，郭图走到郭嘉的身旁，用只有他们两个人能听到的声音说道："郭奕你先好生照顾着，我很快就能把他接回来。郭嘉，都说你神机妙算，不如替自己算算还能得意多久。"说罢，郭图冷笑着走开了。

郭嘉盯着郭图的背影，眉头微皱，转身对邵恒说道："去打听一下袁绍最近有什么动静？"邵恒立即去外打听。

"先生，发生何事？"乐进见邵恒匆匆离开，担心道。

"如果没猜错的话，袁绍应该是有大动作了。我们尽快赶回许都。"郭嘉对乐进说道。

如郭嘉所料，袁绍闹得动静确实很大，所以才让郭图有了底气。

回到府中，郭嘉充满歉意地看着陈曦，陈曦了然于心，笑着安慰郭嘉："正事要紧。现在有奕儿陪着我，你还有什么不放心的。"

"陈曦，要不要跟我去许都看看？"郭嘉轻声道。

"可以吗？"陈曦惊喜道。

"当然。"

第四十八章

放虎归山

郭嘉带着陈曦和郭奕，回到许都的家中，他让邵恒带着陈曦和郭奕熟悉一下，自己便和乐进赶往相府去见曹操。

"爹，最近这几日怎么没见郭嘉来相府呢？"曹廷状似无意地问道。

"廷儿，怎么这般无礼。按辈分，奉孝可算你叔父，整日里直呼叔父大名，你的礼仪是白学了。"曹操训斥道。

"谁让他做叔父啊。"曹廷一脸不乐意。曹操听到女儿这么说，好像察觉到什么，刚想问问女儿这话是什么意思，下人便来报，说郭嘉和乐进来了。曹廷听到郭嘉来了，立即正襟乖乖坐好。

"臣拜见主公。"郭嘉和乐进齐声道。

"回来了，快坐。"曹操招呼两个人坐下，随即问道，"此次回颍川，可还顺利？"

"挺顺利的，我把家小接来许都小住几日。"郭嘉回道。一旁的曹廷听到郭嘉有妻子和孩子，一时没控制住出声问道："你成亲了？"郭嘉不明所以，点头示意。

"廷儿！回房去！"曹操厉声道，现在他是明白女儿的心思了。曹廷愤愤地回到房间，暗自伤心。

郭嘉权当曹廷是小姐脾气，并没往心里去，继续跟曹操说话："主公，听闻袁绍破了公孙瓒，袁术要投奔袁绍。"

"你不提还好，提起这事儿我就生气。没想到让袁绍得了便宜，不过奉孝也别太紧张，我已经派刘备率军去截击袁术，不会让他们两个人顺利联合的。"

"刘备离开许都了？何时走的？"郭嘉惊讶道，"主公，绝不可以放走刘备。刘备带兵出征，堪比猛虎归山，蛟龙入海，以后就难以控制了，必定后患无穷。"

曹操得到提醒，立即派乐进率领精兵前去追赶，但为时已晚，乐进回报说刘备声称自己奉旨出征，不肯带兵回来。

"刘备此番行为，说明他早有异心。"郭嘉说道。

"没关系，还有路昭和朱灵在刘备军中，若出现意外，能及时禀报。"曹操沉吟道。

郭嘉走后，曹操扶额，真是一波未平一波又起，曹操起身朝曹廷的房间走去。

听到敲门声，曹廷知道一定是父亲，不情不愿地打开房门。曹操从曹廷身边径直走过，坐到桌子前，严肃地说道："说说吧，怎么回事儿？"

"我想嫁给郭嘉。"曹廷认真地说道。

"你不是不知道郭嘉已经成亲，有了妻子！"曹操怒拍桌子。

"您也有妻子，没见妨碍您再娶妾室。"

"混账！我平时是不是太宠溺你了！让你敢这么和我说话！"曹操恨不能走上去扇曹廷一巴掌，"你是我最宝贵的女儿，怎么能去给人做妾室！"见曹廷沉默不语，曹操缓和一下语气，继续劝说，"我熟识很多有名家的公子，都尚未娶亲，我会为你挑选最合适的人选……"曹廷打断曹操："可是我只想嫁给他。"

"你跟他不过才一面之缘，怎么就认定了他呢？"

"一眼便可定终生。"曹廷的眼神十分坚定，她问曹操，"您不喜欢他？还是心里过不去妾室这个坎儿？"

"奉孝是我见过最聪慧之人，也是最值得托付之人。但是你要做人妾室，我这个做父亲的，心有不甘啊！"曹操露出悲伤之色，有哪个父亲愿意让最宠爱的女儿居人之下呢？

"将心比心，我那些姨娘是不是也很苦？爹，生逢乱世，能遇到一个真心想嫁的人多不容易啊，正因为有您这样一位好父亲，我才有了自己选择夫婿的资格，我在心里感激您。嫁给郭嘉，不管是妻子也好，还是妾室也罢，都不委屈，他值得。"

曹操从没想过，有朝一日会从自己刁蛮任性的女儿口中说出这些话来，也明白了女儿的决心，郭嘉的确很好，对家人甚至是不相干的人，都有一颗大义之心。

"罢了，我会跟他谈一谈。"曹操起身走出去。

刘备率军抵达徐州，车胄亲自出城把刘备一行迎入城中，并设宴款待。糜竺和孙乾闻讯赶来，见到刘备都热泪盈眶。宴席中，有探子回报，说袁术如今众叛亲离，实力大减，只好主动把皇帝的称号让给袁绍，并带着传国玉玺和御用物品离开淮南，应该很快就会到达徐州。

刘备即刻命令关羽、张飞、路昭和朱灵，清点军马，去堵截袁术大军。

几员大将出发没多久，便与袁术的先锋纪灵所领的兵马相遇。张飞率先出马，直取纪灵。纪灵抵挡不住张飞的攻击，被刺于马下。这时，袁术率领大军赶到，前来营救纪灵，却被关羽、路昭和朱灵三路军马围击。袁军损失惨重，士兵们甚至连钱粮都顾不上，四处逃散。

袁术带着所剩无几的老弱残兵，被围困在小城江亭。由于逃命时粮草都丢弃了，将士们和随军同行的将士家小好多都被饿死了，处境十分凄惨。

屋漏偏逢连夜雨，这时袁术又病倒了。他嫌弃麦饭粗糙，难以下咽，便命伙夫给他拿一些蜜水来止渴，伙夫冷声说道："哪里有什么蜜水，全军上下只剩血水了！"袁术听到伙夫这么跟自己说话，气得坐在床上大吼一声，便一头栽倒在地上，吐血而亡。

袁术已死，刘备便写表上报朝廷，同时给曹操写了一封信，让路昭和朱灵先回许都，把军马留给自己，驻守徐州，并亲自出城，招抚因战乱流散的百姓。

曹操见只有路昭和朱灵两个人回到了许都，全然不见军马，顿时勃然大怒，下令将路昭和朱灵斩了，郭嘉急忙劝阻道："刘备掌握着大权，他二人也无可奈何。不如先写封信给车胄，让他寻找机会除掉刘备。"曹操这才饶了二人。

车胄收到曹操的密信，一下子没了主意，便找来陈登一起商议此事。

"此事简单，眼下刘备正在城外招抚难民，估摸着一两天就该回来了，将军可在城门内安排好伏兵，只要刘备一进城，就能把他拿下。"陈登提出建议。车胄听后，认为这办法可行，立即去安排。

而陈登却转身飞奔出城，给刘备通风报信。正巧半路上遇到了关羽和张飞，将车胄设计要害刘备的事情告诉了他们。

　　张飞火冒三丈，要冲进城杀车胄，却被关羽连忙拉住，并在张飞的耳边悄声说出应对之策。

　　当夜，关羽让兵士们换上曹军的服装，打着曹军的旗号，到城下大喊，说是张将军奉曹丞相之命前来接应。车胄怕被刘备发觉，亲自披挂上马，领兵出城去见张辽。到了城门外，哪有什么张将军，车胄从火光中看到的是关羽，提刀纵马正向自己杀来。车胄大惊，知道计划败露，拨马便逃。不料，这时城墙上有无数乱箭向车胄射来，车胄借着火把的光亮，隐约看见站在城墙上指挥士兵放箭的，正是陈登。

　　就在车胄愣神之际，被关羽从后面手起刀落，砍于马下。士兵们见主将已死，纷纷倒戈投降。

　　刘备得知关羽将车胄斩杀，大惊道："若是曹操问罪，可如何是好？"

　　"包在我和三弟身上。"关羽说道。事已至此，刘备也没有再追究，而是进城接管了徐州。

　　自收复徐州后，刘备没有睡过一天好觉，总是心神不宁，他担心曹操会起兵来讨伐自己。陈登在一旁献计道："明公无需担忧。我们可以联合袁绍，一起对抗曹操。"刘备认为陈登的这个建议甚好，便给袁绍写了一封书信，派孙乾去冀州交给袁绍。

　　袁绍看过信后，举棋不定，于是找来众人一同商议。

　　"主公，不如屯兵边界，静观其变，方可坐收渔利。"田丰提出建议。

　　"这可是征讨曹操最好的时机，一定得抓住。我们大可自己兴兵攻打曹操，何须跟他刘备联合。"审配却说道。

　　"只有与刘备联手，我们的胜算才会更大。待拿下曹操后，再收拾刘备也不迟。”郭图主张道。

“现在并不是出兵的好时机，只会给自己树敌。刘备并非善类，从他大败袁术，收复徐州便可知道。而与曹操开战，已错过最佳时机，不如我们先把淮南收于囊中，储存实力。”沮授说道。四人各持己见，争论不断，袁绍被吵得更加没了主意。

这时荀谌和许攸从外面走进来，袁绍像看到救星一般，当即征求两个人的意见。见两个人都主张与刘备联合出兵，袁绍于是下定决心，让孙乾回去告诉刘备，同意出兵。他随即清点精兵三十万，以逢纪与审配为统帅，许攸、荀谌和田丰辅佐，文丑和颜良为将，大张旗鼓地向黎阳进发。

曹操得知刘备与袁绍联合出兵，大怒，当即召集众人商量对应之策。

“如今袁绍势力强大，难以与之正面对抗，求和是唯一出路。”孔融建议道。

郭嘉听到孔融的话，微微摇头，说道：“袁绍不过是一个刚愎自用、碌碌无能之人，为何要向他求和呢？”

“袁绍怎会是一个平庸无能之人呢？文丑、颜良英勇善战，沮授、田丰赤胆忠心，许攸、审配、逢纪、郭图运筹帷幄，更有淳于琼、高览、张郃等名将愿意跟随他，可见他的过人之处。”孔融坚持自己的主张。

“沮授自恃清高、一意孤行，田丰性格倔强、目中无人，许攸目光如豆、贪得无厌，审配张狂妄行、鼠目寸光，逢纪自以为是、固执己见，郭图瞻前顾后、竭泽而渔，这几个人互不相容，暗流涌动，各自为营，内部分裂是迟早的事。而颜良、文丑都是匹夫之勇，其余将领更是不值一提。纵使袁绍兵精将强，不过是外强中干，纸上谈兵罢了。就这样的军队，我们还要求和吗？”郭嘉铿锵有力地说道。一番话，让孔融沉默无语。

"奉孝果真洞若观火。"曹操在一旁笑道。随即命王忠和刘岱领兵五万，向徐州进发，攻打刘备。曹操则亲自率领二十万大军奔赴黎阳，迎战袁绍。

"王忠和刘岱恐怕担任不了如此重任。"荀彧适时提醒道。

"我知道王忠、刘岱不是刘备的对手，只不过是以他们来虚张声势而已。"曹操笑道。

浩浩荡荡的曹军抵达黎阳，与袁绍大军形成对峙局面。两军对阵，却谁也不肯主动出击，就这样对峙了三月余。

袁绍的军营看着平静如常，内里却热闹得很，几位谋臣都忙着钩心斗角，不图进取。曹操见袁绍无心进兵，便命令曹仁统率大军驻扎于官渡，李典和于禁领兵屯于河上，臧霸带兵防守青、徐二州，自己则带着一部分军马返回了许都。

这时王忠和刘岱早已被刘备打败，全军覆灭，两个人也被刘军生擒。刘备没有伤害他们两个，而是把他们放回许都，让他们给曹操传话，自己所做都是为了除掉逆贼。曹操听后怒气冲天，当即就要率军攻打徐州。

"主公，如今正值严寒，不宜作战。我们可以趁这段时日，派人去招安刘表、张绣，这样征讨刘备之际胜算会更大。"郭嘉上前劝道。

曹操应允，随后派刘晔去劝降张绣。

"我之前与曹操有过节，如果这是他对付我的计谋怎么办？"张绣担心地问贾诩。贾诩摇摇头，说道："曹操胸怀大志，不是个计较个人恩怨的人，你大可放心。"张绣听了，便带着贾诩等人来到许都向曹操投降。

张绣的到来，让曹操十分高兴，当即封张绣为扬武将军，贾诩为执金吾使。

接下来轮到刘表了，曹操让张绣给刘表写一封招降信。这时，贾诩提议道："刘表常以名士自居，喜好结交名士文流，如果要招降他，最好是派一个文人雅士前去。"

"孔先生就是最好的人选啊。"荀攸举荐道。

孔融却连连摆手，说道："我有一个更好的人选，就是我的好友祢衡，字正平，他博学多才，见多识广，派他担任使者更为合适。"

曹操当即派人去把祢衡找来。

祢衡这人，曹操早就有所耳闻，听说他恃才傲物，便有心挫挫他的傲气。祢衡来到曹操面前，曹操故意不请他入座，让他在一旁站着。

"天地之大，可是竟然没有一个人才！"祢衡突然大声叹道。

"人才？我这里就有很多。"曹操笑道。

"丞相所说的人才，都称不上真正的人才。不过都是些个仗着自己有几分才能就沾沾自喜的人。"祢衡目中无人地说道。

"那你又有什么才能呢？"曹操克制着心中的怒火，问道。

"我？！上知天文下知地理，三教九流无所不晓；岂能和这些凡夫俗子同日而语。"祢衡骄傲地说道。

张辽站在一旁，听到祢衡的话，实在气愤，掣出宝剑便要上前，却被曹操拦下。曹操对祢衡说道："我正缺少一名鼓吏，就由你来担任这个差事吧。"祢衡没有拒绝，挺着腰杆便离开了。

"主公，此人出言不逊，轻狂无礼，为何还要让他任职？"张辽不解地问道。

"祢衡名气在外，若是我今天把他杀了，一定会被人说我小肚鸡肠，容不下人。他那么自以为是，现在就让他做个鼓吏，看他怎么忍受这番羞辱。"曹操说道。

次日，曹操在公堂上大摆筵席，传令鼓吏擂鼓。按照常规，鼓吏擂鼓时应该换上新衣，祢衡却没有，着一身旧衣便走上堂来，侍从看见了呵斥他更换新衣，他便当着众人的面脱下旧衣服，换上新衣，表情从容自若。

"你以人才自居，却在大庭广众之下做出如此无礼的举动！情何以堪。"曹操忍不住呵斥道。

"欺君罔上才叫无礼，我此举正可以示自己的清白。"祢衡不服气地说道。

"在你眼里难道大家都是污浊的吗？"曹操怒道。

"就你一人而已！你不识贤愚，即是眼浊；不纳忠言，即是耳浊；常怀篡逆，即是心浊。像我这样闻名天下的才能之士，竟用以擂鼓，你心胸狭隘，不识好赖，就你还想成就大业，简直痴人说梦！"祢衡愤愤地说道。

孔融眼见曹操眼里充满杀气，赶紧上前劝谏道："祢衡满嘴胡话，丞相千万别和他一般见识。"

孰料，曹操却冷笑一声，指着祢衡说道："现在就派你出使荆州。招降成功，就任你做公卿。"

祢衡不情愿地被送往荆州，见到刘表后，竟说一些讽刺、贬低之话，刘表十分生气，又不能斩杀了他，便把他打发到黄祖那里去了。部下问刘表为何不杀了祢衡，刘表却说，曹操是想借他之手杀掉祢衡，他才不会上当。但是黄祖没有忍受祢衡的自恃清高、胡言乱语，将祢衡斩杀于江夏。

曹操得知祢衡被杀的消息，叹道："有些文人雅士仗着自己口齿伶俐便四处伤人，最终还是害了自己。"

祢衡一死，就意味着刘表没有投降之意，这让曹操很不高兴，于是便萌生出攻打荆州的想法。

"现在南征，不合时宜，此事需从长计议。"荀彧不建议现在发兵。曹操点点头："我再想想。"

荀彧走后，曹操把郭嘉找来，问他对南征的看法，郭嘉也不赞同现在攻打荆州。曹操这才打消了南征荆州的想法，随即问道："你的家小在许都可还住得惯？"

"谢主公关心，都好。"

"奉孝有没有考虑享齐人之福？"曹操看着郭嘉，试探地问道。

"主公这是何意？"郭嘉不明白曹操为什么突然问这个。

"我就直说了吧。小女曹廷心悦于你，希望我可以成全这件美事。"

"但我已有妻子，若小姐过门，恐委屈了小姐。城中才华横溢的公子有很多，主公大可……"曹操抬手打断郭嘉的话："小女只心悦于你。"

郭嘉在相府与曹操谈论此事时，曹廷所坐的马车停在了郭嘉的大府门口。小厮看这马车绝不是一般人物可以坐的，慌忙进去通报。邵恒陪着郭嘉去了相府，只有陈曦和郭奕他们几个人在家，陈曦听说府里来人，只得出来迎接。

"您是？"陈曦施礼问道。

"我叫曹廷，你就是郭嘉的妻子陈曦吧。"

"不知小姐前来是为何事？"陈曦打量了一下曹廷，同时曹廷也在打量着陈曦。

"我想和姐姐单独说话。"

陈曦便把曹廷引到内堂，曹廷直接说出了来意："我想嫁给郭嘉，妻妾的身份我不会在意，还望姐姐成全。"曹廷的话如晴天霹雳，陈曦一时无法接受，不知该如何面对。曹廷继续说道："姐姐现在就是郭嘉最大的顾虑。只要你应允了，郭嘉就不会再有顾虑，可以放心地跟我成亲。"

"是郭嘉让你来的？"

"不是，是我自己要来的。我只想为自己的幸福努努力。"曹廷微笑道。

"这事儿听他的吧，我没有意见。"陈曦的脑子里一团乱。

"此事还就得听你的，我知道郭嘉很在意你的想法，若是姐姐同意了，以后在许都就有照顾他的人了，你也可以放心地回颍川，不是吗？"

郭嘉回来时，就见到陈曦坐在那出神。

刚进门的时候，小厮跟郭嘉说了曹廷今日到访，而曹操的态度也很明确，就是要他娶了曹廷，他不知该怎么跟陈曦开这个口，就在陈曦旁边坐下了，静静地陪着她。

"娶吧。"陈曦想了一下午曹廷的话，看得出曹廷是真心喜欢郭嘉，正如曹廷所说，有她在，郭嘉才会被照顾得更好。

"陈曦，对不起。让你面对这样的事。"

"这不是很正常的事吗？我看得出，那姑娘是真心喜欢你，有她照顾你，我才能安心地回颍川啊。"

"你要回去？"

"嗯，我还是喜欢我们的那个家。派人送我回去吧，好吗？"在这里到处都是你在外征战的消息，我太怕了……然而这些话，陈曦始终没有说出口。

陈曦带着郭奕回颍川不久，曹廷便嫁给了郭嘉。婚宴那天，文臣武将全来道贺，曹操高兴地喝得大醉。

第四十九章

兴兵东征

　　董承苦于没有良策对付曹操，忧郁成疾。皇帝得知后，便派太医吉平去董承的府上为他医治。

　　吉平在为董承医治完事后，经常看见董承一个人在那里长吁短叹，却也不好多问。直到有一次，吉平听到董承在睡梦中大骂曹操，董承醒来后，一脸惊恐地看着吉平，怕吉平将此事告诉曹操。吉平咬指为誓，绝不会透露给第二人知道，董承这才把衣带诏的原委告诉了吉平。为了表示自己的真诚，吉平还计划毒杀曹操。

　　曹操经常会犯头风病，每次疼起来时，总要吉平为他熬药医治。

　　这天，曹操的头风病又发作，吉平认为这是毒杀曹操的最佳机会，于是让董承在家里坐等好消息，董承欣喜若狂。孰料董承和吉平秘密毒杀曹操一事早就被董承家里的一个家奴告到了曹操那里。曹操只是将计就计，假装头风病发作而已。

此时，吉平浑然不知已经中计，就将准备好的毒药给曹操煎好，端到曹操面前说道："丞相，药好了，趁热喝。"如果仔细看吉平的手，就能发现他的手正微微地颤抖。

"这药闻着有点儿苦啊，可是换药方了？"曹操问道。

"回丞相，还是以前的方子，许是今天煎药时火候大了些。"吉平不敢看曹操的眼睛，低头答道。

"不如你先替我尝尝。"曹操冷声道。

吉平见曹操让自己尝药，知道事情已经败露，于是冲过去要给曹操强灌毒药，只是没等吉平近身，已经被曹操一脚踹飞。吉平的败露，导致衣带诏的事情被揭露出来。参与衣带诏的董承和王子服等人皆被满门抄斩，曹操还在董承家中搜出了衣带诏，见上面竟然还有马腾、刘备的名字，曹操怒不可遏。

曹操准备起兵东征刘备，召集众人前来商议。

程昱上前劝谏："如今马腾远在西凉，手握重兵，不易攻取，可先以书信安抚，慢慢再想办法对付；而刘备分兵驻守徐州、小沛和下邳，形成掎角之势，遥相呼应，很难攻克。眼下袁绍正率军从北方而来，屯兵官渡，对许都虎视眈眈。如果这时我们去东方作战，那便是给了袁绍从后方袭取我们的机会。"程昱这么说不是没有道理，现在势力最盛的就属袁绍，他有刘备作为盟友，又得了淮南，野心更加的膨胀，一心想要消灭曹操，现在更是明目张胆地要攻取许都。

曹操叹道："一日纵敌，万世之患啊。刘备犹如猛虎，现在不消灭他，定会有后患。"在曹操的心里，始终有个结。以前刘备失败来投靠，他收留。之后刘备要领兵出击袁术，他放任。换来的却是刘备的背叛，所以他常常把"恨不用奉孝之言"挂在嘴边，足以证明了他如今想攻打刘备的决心，但是手下的将领却并不理解他的心情。

"袁绍瞻前顾后，在我们东征之时，袁绍很可能先隔岸观火，不会立即出兵，即便是袁绍起兵攻打我们，以他多疑的性格，动作也不会那么快。如此就给了我们征讨刘备的时间。刘备刚刚兴起，如果不趁着军心尚未稳定迅速扑灭他的反叛势力，任其在心腹州郡星火燎原，势必就会导致我们陷入腹背受敌的困境。倘若我们抓住了现在这个进攻的最佳时机，速战速决，快速平定刘备，一定能取得胜利。"郭嘉也赞成先攻打刘备，他的一席话，让众人茅塞顿开。

曹操听了郭嘉的分析，下定决心，亲自率领大军，向东进发。

自刘备重得徐州后，便让孙乾留守徐州，关羽驻守下邳，自己则和张飞驻守小沛。

刘备收到消息，曹操已经率领大军向徐州进发，一时慌乱，急忙派孙乾向袁绍求救。

孙乾来到青州，没有直接去见袁绍，而是先见的田丰，把事情的大概跟田丰说了一遍，田丰心下了然，便带着孙乾去见袁绍。只见袁绍面色憔悴，衣衫不整，孙乾没有多想，双手递给袁绍刘备写的书信。

袁绍拆开信，看了两眼，便放在一边，有气无力地说道："我自己的命都要保不住了，哪还有心思管别人？"

"主公，这话是何意？"田丰惊讶道。

"我最喜爱的小儿子生病了，有性命之忧，万一他有个三长两短，我可怎么办？"袁绍一脸悲伤道。

"此时曹操正与刘备交战，战事恐怕不能很快结束。不如趁着许都空虚，率大军从他的后方而入，可以一战而取得胜利，这是一个绝佳的机会啊。"田丰继续劝说道。

袁绍却不为所动，摆摆手说道："我知道现在是出兵的好时机，但是我没那个精力，也不能离开我的儿子，更不想与任何人对战。"袁绍侧身对孙乾说道："你将我的话回去转告玄德，如他遇到什么意外，可来找我。"说罢，便下了逐客令。

田丰只得带着孙乾退出门外，不禁仰天长叹："为了一个婴孩，放弃了如此难得的机会，无望啊无望啊！"

孙乾想劝慰田丰几句，可是话到嘴边又说不出口，遇到这样的主公，他也替田丰感到惋惜。别无他法，他只能上前拜别田丰，连夜返回小沛告诉刘备，袁绍不肯发兵。

此时曹操率领大军已抵达小沛城下。

刘备满脸愁云，不知所措。这时张飞提出建议："兄长，曹军远道而来，刚刚经历长途跋涉，体力尚未恢复。不如趁此时机，偷袭曹军大营，打他一个措手不及。"刘备认为张飞此计可行，便与张飞兵分两路，趁着月黑风高，偷偷地向曹营出发。

张飞率先领兵冲进曹营，进入曹营后，愣在了原地，只见偌大个军营，零零落落，没有多少军马。正当张飞纳闷之际，他突然被四周亮起的火光晃得睁不开眼睛，耳边充斥着震天的喊声。

张飞知道中了埋伏，捶胸顿足，急忙领兵向营门奔逃，但被张辽、许褚、李典、于禁、乐进、徐晃、夏侯惇和夏侯渊八位将军团团围住，八位将军一齐向张飞奔杀而来。

张飞的部下大多是曹操的旧部，见情势如此紧急，纷纷投降加入了曹军。只剩张飞带着不到百名的士兵，东冲西突，拼命厮杀，才杀出一条血路，顺利逃出曹营。但小沛是回不去了，想去徐州、下邳，又怕遭到曹军的半路拦截，无奈之下，张飞只得逃往芒砀山方向。

　　而刘备率领的这一路军马，才刚到曹营外，就被后面冲出的一队军马截去了半数士兵。刘备只得突围冲出去，声势赫赫的曹军在后面紧追不舍，刘备带着仅剩的数十名骑兵朝小沛奔去，快要到达的时候，远远望见城中漫天大火，刘备无计可施，只得弃了小沛。转而向徐州、下邳方向逃去，却又被曹军拦住去路。一筹莫展之际，刘备想起袁绍的话，便带着残兵败将，向青州方向逃奔袁绍去了。

第五十章

眼见万里

曹操以雷霆之势袭取了小沛，随即攻打徐州。简雍和糜竺哪里是曹操的对手，根本无法抵挡曹军的猛烈攻击，最后弃城逃走。

曹操领军进入徐州城中，并安抚城中百姓，随后便召集众人商议攻取下邳。

"刘备的家小都在下邳，关羽必定死守，我们需快刀斩乱麻。"荀彧适时提醒道。

"关羽为人正直，赤胆忠心，骁勇善战，我一向很欣赏他，如果有人能够劝说他投降，最好不过。"曹操说道。

"关羽是个极其重情重义之人，不可能投降，反而会害了说客的性命。"郭嘉担心关羽意气用事，伤了旁人。

这时，帐下站出一名将军，主动请缨："我曾与关羽有过一面之缘，愿去劝说他。"众人看去，原来是张辽。

"据我观察，关羽并不是能够用言语打动的人。必须想办法先把他逼入绝境，再由张将军去劝说，方能成功。"说着，程昱又献上一计。曹操听后连连点头，立即吩咐依计行事。

曹操派人找来数名徐州的降兵，命他们到下邳投奔关羽，并埋伏在城中做内应。

关羽认得他们是徐州的旧部，毫不犹豫地把他们留在军中。次日，夏侯惇领兵到下邳城外挑衅，关羽充耳不闻，坚守不出。直到夏侯惇让士兵在城下大声叫骂，关羽实在忍无可忍，当即率领三千军马出城，迎战夏侯惇。夏侯惇见久战不下，掉转马头，向郊外逃去。关羽见夏侯惇要逃，奋起追击，直到追出很远，关羽担心下邳的安危，便带兵返回。

行至半路时，突然一声炮响，许褚、徐晃一同出击，打了关羽一个措手不及，关羽被两队军马截住去路，只能奋力厮杀，带兵夺路突围。而在道边埋伏的曹军早已准备好硬弩，箭似流星一般朝关羽飞来。关羽见前路被堵，只好带兵返回，可又被夏侯惇截住厮杀。

最后关羽实在无路可退，只好退避到一座土山上休息，而曹军在山脚下将整座土山团团围住。

此时在下邳城中作内应的诈降兵，趁人不备，偷偷打开城门，放曹操大军入城。曹操进城以后，立即命人在城墙上点起一排火把，以此来扰乱关羽的心神。

关羽在土山顶，远远望见下邳城中火光冲天，顿时乱了心神。为了进城救援刘备的家眷，关羽三番两次地向山下冲来，都被乱箭射了回去。

终于等到天亮，关羽正要再次突围，突然看见一人骑着马向他奔来，关羽认出是张辽，便迎上前去，高声问道："文远是来与我决战的吗？"

"我是来看望故友的。"张辽高声答道，话音刚落，便把手里的刀扔在了地上，从马上跳下来，朝关羽走去。两个人在山顶上找了一块大石头坐了下来。

"你可是来当说客的？"关羽看向张辽问道。

"我是来救云长的。"张辽一脸认真地答道。

"打算怎么救？"关羽又问道。

"丞相已经攻破下邳，进入城中，并派人专门保护刘备的家眷。你可愿跟我回去，丞相绝不会杀你。"张辽说道。

"你不是说客是什么？虽然我现在身处绝境，但绝对不会向曹操投降。大不了就一死，十八年后仍是好汉。你回吧。"关羽怒道。

孰料张辽听了关羽的话，却哈哈大笑："云长你的这个想法难道不怕被天下人耻笑吗？"

"我乃为忠义而死，何来的耻笑？"关羽一脸不解地问道。

"我听闻，当初你和刘备丁桃园结义，曾发誓同生共死，如今刘备不过吃了一场败仗，你便一心求死，倘若他日刘备复出呢？谁来帮他？你想一想，是不是辜负了当年与他的盟誓？再者，刘备将他的家眷托付于你，你要是战死，他的家眷谁来照顾？岂不辜负了刘备的嘱托？云长，不要意气用事，逞一时之勇，这不算是忠义。"张辽见关羽沉默不语，继续说道，"不如暂且投降，再慢慢打听刘备的音信，待知道他的下落，再去寻他也不迟。"张辽的话句句说中了关羽的心思。

关羽沉吟道："要我投降，得答应我三件事。其一，我只降汉朝，不降曹操；其二，按照我兄长皇叔的俸禄赡养他的家眷，并且保证不被外人滋扰；其三，一旦得知我兄长下落，我就会离开，丞相不可阻拦。若是丞相答应这三件事，我便投降。"

张辽回去向曹操说明了关羽提出的三个条件。曹操听到"降汉不降曹"时，高声笑道："我乃汉朝之相，降汉降曹，有何分别？真是矫情。第二个条件也没问题，只是这第三个，他一心想要离开，我留他有何用呢？"

　　"刘备待关羽恩重情厚，若是关羽真的当即抛下与刘备的情义，那么，丞相怕是也不会欣赏他。只要丞相加倍厚待他，日子长了，他也会被感动的。"张辽劝说道。

　　"言之有理，这三件事我都应了。"曹操爽快地说道。

　　张辽赶紧回到山上，告诉关羽这个消息，并陪着他一起走下上山。关羽先回下邳看望了刘备的家眷，确定他们安然无恙，才去面见曹操。

　　曹操亲自出辕门迎接关羽，关羽又当着曹操的面把三个条件重新说了一遍，见曹操满口答应，关羽才随曹操一同进入府衙。次日，曹操便下令班师回许都。

　　关羽收拾好车仗，请刘备的家眷坐上马车，他亲自护车而行。到达许都后，曹操慷慨地拨了一座宅院给关羽，关羽让刘备的家眷住在内宅，自己则在外宅居住。

　　休整了两日，曹操就带着关羽去朝见皇帝，皇帝念关羽神勇，当即封他为偏将军。

　　曹操为关羽晋封偏将军设宴，正好把他介绍给自己的谋臣武将，将他当贵宾来礼遇。自关羽来到许都，曹操一直对他很好，三日一小宴，五日一大宴，绫罗绸缎、金银器皿样样俱全，十分慷慨地送给了关羽，关羽全都交给了刘备的家小，一样没留。

　　曹操见关羽身上的绿锦袍十分破旧，便命人用上等的锦缎为他量身定做了一件新的衣袍，送给关羽。关羽换上新的衣袍，却又把旧的衣袍给罩上了。曹操在一旁看着这一幕，以为是关羽节俭，舍不得新衣，没承想关羽却说道："这件旧袍是我兄长送给我的，看见它，就像看见我兄长，所以我把它罩在外面。"

曹操听到关羽这么说，心里万般不是滋味，想着自己也是诚心待他，他却时刻想着刘备，黯然道："云长果真是个重情重义之人。"

待关羽走后，郭嘉走进来看到曹操落寞地坐在那里，他上前轻声说道："不是所有的用心都会换来好的结果，关羽与刘备兄弟情深，并非一朝一夕就能改变的。"

"有时候我还挺羡慕刘备的，身边有这么忠心的兄弟。不过，好在我有奉孝，还有一群忠义的谋臣武将。"曹操一扫之前阴郁的情绪，笑道。

这日曹操又设宴款待关羽，酒宴结束后，送关羽出门，曹操看到关羽骑的马过于瘦小，就派人到马房把当年吕布所骑的赤兔马牵来，送给了关羽。关羽十分高兴，连连拜谢曹操。曹操笑道："看来云长是喜欢马匹啊。"

关羽却说："我早就听闻赤兔马可日行千里，现在有了它，待知道兄长的下落时，就能以最快的速度去见他了。"关羽此话，犹如一盆冰冷的清水，浇在了曹操的心里。

曹操派人把张辽叫来，跟他说了关羽一心想要离开，也把心里的苦恼告诉了张辽。

张辽随即去见了关羽，开门见山地说道："丞相对你的恩情，比刘备有过之无不及，你却天天想着离开，糟践了丞相对你的好啊！大丈夫为人处世，起码得分得清轻重薄厚，你如此行为，叫人生寒！"

"曹公对我的厚爱，我心里清楚，心存感激，但是我与兄长曾发誓要同生共死，你叫我怎么背弃诺言呢？曹公对我的恩情，我一定会报答，待我为他排忧解难，有所贡献后，再离开。"关羽郑重地说道。

张辽知道关羽去意坚决，也不再相劝，转身离开。回去后，张辽把关羽的想法如实地告诉了曹操。曹操赞叹关羽的情深意切，同时又舍不得放走这样一位忠义之士，连连叹气。

"既然关羽说立了功劳才会离开，那么不给他建功的机会，他不就走不了吗？"荀彧提醒道。

曹操眼睛一转，点点头，认为此法倒是可行。

手下匆匆来报，说刘备带着十几名残兵，已经到达青州，此刻正在城门处等候。袁绍赶紧起身，亲自出城迎接。见到刘备后，袁绍连连道歉，说道："由于我那小儿重病，没有及时救援玄德，深感惭愧，还望玄德不要记恨我啊。"

"明公此言差矣，我怎么可能记恨明公呢。"刘备说了一些仰慕袁绍的话，便在这里住下了。

袁绍盛情款待了刘备，每日嘘寒问暖，待刘备也是很好，但是刘备却一脸愁容，总是唉声叹气。一天，袁绍又见刘备唉声叹气，便问他是有何烦心之事。

"我的两位义弟至今下落不明，家小又落在曹操的手里。上不能报国，下不能保家，我简直一无是处啊！"刘备掩面而泣。

"玄德无需忧伤。其实我早就想起兵攻打许都，之前因为小儿的病才耽搁了，如今春暖花开，正是兴兵的好时光。"袁绍拍拍刘备的肩膀劝慰道。

既已决定要征伐许都，袁绍当即召集众人，商议作战计划。

"之前曹操率军进攻徐州，许都处于空虚，但是我们没有抓住机会及时进兵，如今曹操已经占领了徐州，大军班师回到许都，我们不再有乘虚而入的机会。而且，现在曹军士气高涨，曹操又精于用兵，我们万不能轻敌。不如按兵不动，趁这段时间结交天下英雄，加强农耕，充分备战，等待时机。"田丰不建议现在起兵。

袁绍听后，没有言语，转身问刘备的看法。刘备正襟危坐，说道："众所周知，曹操乃欺君盗国的奸贼，明公兴兵讨伐乃是为国除害。如果现在不起兵讨伐曹操，恐怕会让天下人以为明公不讲信义，与曹操是一丘之貉。"袁绍听后，连连拍手称赞，当即决定出兵。

"为国家之大义，也要挑准时机。如今我们据守山川险要，城池固若金汤，且坐拥冀、青、幽、并四州。我们大可组织精锐，突袭曹操的弱点，曹操必定出兵抵抗，我们便可突袭下一个弱点。这样曹军定会疲于奔命，不出三年，我们甚至不用大举进攻，就可轻易拿下许都。"田丰苦苦劝谏道。但袁绍却听不进去，认为田丰重文轻武，妇人之仁。

田丰见袁绍心意已决，不得不跪在地上，放声劝阻："明公，现在我们放弃必胜的计策，却把成败付于一场会战之中，万一出师不利，后悔莫及啊！"

袁绍听罢，认为田丰这是在动摇军心，怒发冲冠，当即命人把田丰拉下去斩首示众。刘备赶忙上前劝阻，袁绍才免了田丰的死罪，但还是命人给他加上了脚镣、手铐，囚入监狱。随即派颜良领兵作为先锋，进攻白马。

"颜良虽然骁勇，但性情焦躁，难堪大任。"沮授上前劝谏道。

"你们这些人岂能知晓我将的真正本领。"袁绍不以为然地说道。沮授在心里暗自悲叹。

袁绍率大军出发时，沮授把族人召集到一起，将自己所有的财产分给了大家，并说道："如果此战取得胜利，我们家族的威望会更加的高，若是此战失败了，我们家族将身家不保啊！大家要做好准备。"

"曹操兵少将寡，势单力薄，兄长在怕什么？"沮授的弟弟不明白沮授为何这么没信心。

"你这么想就大错特错了，曹操智勇双全，又有天子作为征战的资本，反观我军早已疲惫不堪，加上袁绍骄傲自满，将领顽劣，注定了此战的失败。扬雄曾言：'六国纷纷扰扰，只不过是为秦取代周而效劳。'不就是我们的今天吗？"沮授叹道。

就在袁绍准备起兵攻打曹操的时候，孙策对许都亦是虎视眈眈。

自从孙策在江东称霸，又攻取了豫章、庐江两郡，可谓是地广粮多，兵精将强，孙策认为自己的声势如此浩大，却没有相匹配的身份，于是派部下张纮奏请许都，请求封他做大司马。

曹操正和众人商议应对袁绍大军之策时，奴仆进来传报，说是有一位名叫张纮的江东使者前来求见，正在门外等候。郭嘉听到"江东"二字，心中便有了几分猜想，如今孙策势头正盛，这个时候派使者来许都，多半是为了谋个一官半职，当然，还得是品阶高的官位。

曹操命人把张纮请进来。张纮见到曹操双手作揖行礼道："江东张纮拜见丞相。"

"张先生不必多礼。"曹操说道，也没有要问张纮为何而来的意思。

"启禀丞相，下臣此次前来求见，是因为我家主公仁义达道，英勇神武，平会稽，取庐江，夺豫章，成绩斐然，战功赫赫。所以特派我来，上表朝廷，请求册封大司马一职。"张纮开门见山，直截了当地说道。

张纮的请求，一下子让曹操陷入了两难，眼见孙策起势，对自己是个威胁，但他现在属实没有精力去对付江东。郭嘉看出曹操的顾虑，适时上前说道："还请先生先去安歇，待丞相禀明陛下后，自会有答复。"

说着，便命手下士兵带张纮去休息。

张纮见曹操没有言语，只得先行退下，转身往外走时，不自觉地多看了郭嘉一眼，心想：不知此人是何许人也？说话时机恰到好处，不仅为曹操解了围，还很有分量。

"你们也听见了，孙策现在是来邀功请赏了，一求便求个大司马。"曹操紧皱眉头道。

"主公，如今孙策势力正在强大，我们又与袁绍大战在即，实在不宜与孙策产生矛盾，不如就封了他做大司马，先把他安抚住，待我们解决袁绍后，再商议如何拿下江东。"荀彧建议道。

"若是此刻封了孙策为大司马，那将来征讨江东便是名不正言不顺，会惹来非议。"荀攸反对道。

"不如一面安抚，一面拒绝。"郭嘉出声道。

"如何能够做到两全其美呢？"荀攸问道。

曹操看着郭嘉，眼神里透着赞许，他接着郭嘉的建议继续说道："时间过得真快啊，转眼间曹仁的小女儿也到了婚配的年纪，听闻孙策的弟弟孙匡尚未娶亲，不如我们两家结个姻亲，也是一桩美事。"说罢，曹操看向曹仁，问道："不知你意下如何？"

"全凭兄长安排。"曹仁恭敬地说道，心里却喜忧参半。曹仁明白，曹操此举确实有笼络孙策的意图，但是也着实为自家女儿谋了一个好去处。江东势力正旺，而孙匡上有兄长为其遮风挡雨，下有众臣为其出谋划策，既不用率军出征，更没有家族纷争，女儿嫁过去，生活会平稳无忧。可是万一两家没有交好，那女儿的境遇会不会危险呢？

孙策在江东一直等着朝廷的回信，没想到却等来一纸婚书，原来是曹仁的女儿要嫁给自己的弟弟，孙、曹两家结为亲家，孙策也喜闻乐见，毕竟现在朝中曹操独大，但是自己所求的册封却迟迟未有动静，张纮还被留在许都，这就让孙策有些不是滋味了。

为了表示自己心中的不满，孙策常常扬言要率军攻打许都，让曹操也看看他的厉害。说着说着，便传到了许都，也传到了众人的耳朵里。

"主公，还是把大司马职位封给孙策吧，眼看他就要率军攻向许都了，我们现在无法御敌啊！"程昱建议道。

"臣附议。孙策骁勇善战，身边又有周瑜辅佐，如果此时他们兴兵，对我们来说无疑是个极大的威胁。"荀攸说道。

"依臣看，孙策率军攻打许都也只是扬言，行动起来未必顺利，不会对我们构成什么威胁。"郭嘉说出自己的看法，众人对此大惑不解，投来质疑的眼光，郭嘉随即耐心地解释道："孙策之所以能够称霸江东，有一部分原因是诛杀了很多英雄豪杰，而这些豪杰的手下大多是死忠之士，他们一定会想方设法为自己效忠之人报仇，以孙策得意忘形、不善于防备的性格，纵然坐拥百万大军，却形同虚设，若是他遇到埋伏，跟一人抵敌没什么两样。在我看来，孙策将会死于一个平常人之手。"

众人听了郭嘉的分析，仍然心有疑虑，倒不是怀疑郭嘉对孙策的判断，而是不相信像孙策这样一位响当当的大人物，真的会死在一个平常人的手中。然而，接下来所发生的事儿，让大家更加折服于郭嘉的妙算。

吴郡太守许贡得知孙策有攻打许都的想法，立即写了一封密信，派人暗中交给曹操。岂料信使在渡江之时，被驻守岸边的士兵发现，并押送到孙策面前。

士兵把从信使身上搜出来的密信交给孙策，孙策看到信中，许贡劝说曹操设法把孙策召到许都，削弱他的实权，以绝后患。孙策怒不可遏，当即处决了信使，并派人去请许贡，假意说有要事与他商议。

许贡匆匆来见孙策，却看到孙策取出他写的密信，怒气冲冲地掷在他面前，大声喝道："你是要害死我吗？"然而，孙策没有给许贡辩解的机会，当即便命士兵将许贡拉出去处决了。

许贡的家眷、门客得知许贡已死，立即四处逃散，只有三个曾受许贡恩惠的门客，为了给许贡报仇，经常蹲守在孙策的府外，等待时机。

一日，孙策看天气不错，就带着部下去围猎。到了围场，孙策眼尖，发现林子中有一只体型很大的野鹿，立刻纵马追赶。他不知不觉追上山去，身后早已没有了部下的身影，部下都被他远远地抛在后面。

这时，林子里突然出现三个人，手持长枪，手握弓箭，直勾勾地盯着孙策所在的方向。孙策停下，盘问道："你们是何人？"

"禀将军，我们乃韩当手下的士兵，在这里猎射野鹿。"三个人答道。

孙策深信不疑，正准备掉转马头离开，其中一人突然举起长枪，朝着孙策的腿狠狠地刺下去。惊得孙策急忙拔出佩剑，挡住对方的长枪，不料用力过猛，剑刃脱落，手里只剩下剑柄。

而其中的另一个人，早已拈弓搭箭，朝孙策射来，正中他的面颊。孙策强忍疼痛，猛地从脸上拔出那支箭，直接搭在自己的弓上射回去，快速射杀了那个放箭的人。其余两个人见状，纷纷举起长枪，向孙策乱戳，边戳边喊道："我们是来为许贡报仇的！"

孙策手里没有其他兵器，只得以弓挡枪，边战边向树林外退去。两个人紧追不舍，此刻孙策已满身是伤，就连战马也没幸免于难。就在危急时刻，程普带着数名士兵赶到，听到孙策的呼救声，几个人一拥而上，直接将那两名门客斩杀。

此时的孙策，血流满面，伤势严重，程普急忙割下战袍，裹住孙策的伤口，把他送回去医治。

府衙上下，一阵忙乱，房间里的大夫更是满头大汗，生怕稍有不慎，便小命不保。经大夫察看，射中孙策面颊的那支箭的箭头曾被毒药浸泡过，毒性已经深入骨髓，无药可医。

孙策的身体每况愈下，他知道自己行将就木，于是命人把大弟弟孙权和张昭等人召到卧榻前，嘱托自己的后事。

孙策强挺着虚弱的身体，半倚靠在床头，虚弱地说道："当今天下，群雄并起，希望你们在这乱世之中，尽心尽力地辅佐我的弟弟，我相信凭借着我们的人力，长江的天险，定可成就一番事业。"随后取出印绶，颤抖地交给孙权，继续嘱咐道："以后江东的责任要交给你了，在举贤任能方面你已经做得很好，现在只有作战方面，还需要多向公瑾请教。希望你记住父兄建业的艰难，不要怠慢父兄留下的老臣。内事不决，可问张昭；外事不决，可问周瑜。要竭尽全力与众人和衷共济，保住江东。"孙权跪在孙策的病榻前放声大哭，双手颤抖地接过印绶。

孙策交代完孙权，伸手握住坐在一旁的母亲吴太夫人，吴太夫人亦是满脸泪水地回握孙策。孙策撑着最后一口气说道："儿子不能再在您身边侍奉了。还请母亲多多督促弟弟。"又叹道："可惜公瑾没在，恐怕不能当面嘱咐他了。希望他能尽心辅佐弟弟，不负与我相知的情义。"随着话音的落下，孙策永远地闭上了眼睛。众人皆是泪眼汪汪，满脸哀伤。

周瑜正在操场上练兵，突然收到孙策故去的急报，立刻纵马飞奔，日夜兼程，从巴丘赶回吴郡奔丧。周瑜来到灵堂，跪在孙策的牌位前，放声痛哭。吴太夫人一边用巾帕擦拭脸上的泪水，一边把孙策的嘱托转述给他，周瑜紧握双拳，郑重地应下，他发誓定肝脑涂地，尽心竭力，不会辜负孙策的期望。

料理完孙策的丧事，周瑜找到孙权，劝慰道："逝者已矣，我们现在能做的只有不辜负。"他轻轻地拍了拍孙权的肩膀，以示鼓励，继续说道："有一位临淮东川人，名叫鲁肃，此人才学俱佳，可堪大用。"孙权听了周瑜的建议，立刻派人将鲁肃请来，并委以重任。

孙策已死的消息，很快传到了许都。众人听说后，十分佩服郭嘉的料事如神。

"主公，如今江东已由孙权做主，不如趁此时机修好与江东的关系。"荀攸建议道。曹操也觉得是个好时机，便表奏皇帝，封孙权为讨虏将军，兼任会稽太守，还让张纮回到江东任职。

孙权得到册封，十分高兴，从此身边文有张昭、张纮和鲁肃，武有周瑜，在江东更是深得民心，一时风头大起。

江东之危刚刚得以解除，曹操就收到东郡太守刘延派人送来的急报，说袁绍大军已经抵达黎阳。曹操听后，立即准备出兵迎敌。

郭嘉上前建议道："我们现在的兵力不如袁军，恐怕难以取胜，所以需要分散敌人的攻势。您带兵到了延津渡口后，佯装渡黄河北上，袁绍要是知道您准备从后方包抄他们，定会分兵截击。到时您再命骑兵急袭白马，趁他们不备便可击败颜良。"

关羽得知曹操要率兵前往黎阳，心想这是报答曹操的好机会，在大军出发之前，便赶来向曹操请战，他自告奋勇做先锋。曹操却客气地说道："不劳烦云长了，倘若有需要时，我定会请云长出马。"曹操都这么说了，关羽不好再说什么，便怏怏地回府了。

曹操亲率十五万大军，分三队奔赴黎阳。大军行至中途，曹操采取郭嘉的建议，佯装渡黄河北上。袁绍收到探子回报，说曹操正欲北上，他果然派军堵截。袁绍不知已经中计，曹操早就领兵马不停蹄地直扑白马了。

曹操距白马只剩十余里时，发现前方平川旷野之上，布满了颜良的十万精兵。曹操命将士们排开阵势，并派宋宪率先出马挑战。宋宪领命，提枪上马，冲出阵前。颜良见状，纵马而跃，与宋宪战在了一起。没一会儿的工夫，宋宪抵挡不住颜良的攻击，被斩于马下。

　　魏续见宋宪被杀，怒火中烧，持矛纵马，直出阵前，边冲边喊："宋宪！我来为你报仇！"然而，只一个回合，魏续便被颜良所斩。

　　曹操没有想到颜良竟如此勇猛，连斩自己两员大将，大为吃惊，他转头看向身后的众将，怒道："谁敢再去？"

　　"我来！"徐晃应声而出。两马相交，展开激战，结果徐晃战败而归。曹军众将见颜良锐不可当，没有人敢再请战，曹操只好下令收军。

　　连失两将，曹操心中忧闷。这时，程昱来到曹操的营帐，建议道："主公，不如把关羽请来。"

　　"我怕他立了功便要离去。"曹操有些顾虑地说道。

　　"那得是刘备还活着。此刻刘备一定在袁绍那里，若是关羽打败了颜良，以袁绍的性格，定会猜疑刘备并痛下杀手。到时关羽还能去哪里呢？"程昱说道。曹操觉得也不无道理，便派人去请关羽。

　　关羽收到曹操的出战邀请，提着青龙刀，骑上赤兔马，直奔白马。

　　曹操见到关羽，急忙上前说道："颜良锐不可当，连杀我们两员大将，实在是不知该怎么办了，特意请你前来相助。"

　　"曹公莫急，容我先看看情势。"关羽安抚道。

　　这时，士兵忽然来报，说颜良在阵前搦战。曹操听罢，连忙带着关羽登上土山察看。

　　只见山下颜良已经排开阵势，曹操叹道："不承想袁绍的军马能够如此旌旗蔽日，壁垒森严"。

"在我看来，他们都是弱不禁风，手无缚鸡之力。"关羽不以为然道。

"你看那，麾盖之下，金甲绣袍、持刀立马之人，便是颜良。"曹操指着袁军的阵势说道。

关羽抬头看了一眼，对曹操说道："待我过去，取他首级，献给曹公。"在一旁的张辽听到关羽这么说，提醒道："云长万不可轻敌。"

关羽二话不说，一跃而上赤兔马，倒提青龙刀，冲下山去，直奔袁军阵营。袁军见一人骑马奔驰而来，争相向两边退避。关羽望见颜良的元帅大旗，跃马而前，长驱直入，直刺颜良，取了首级，随即拍马回阵，动作如行云流水，十分英勇。袁绍大军在惊愕之间，曹操大军如入无人之境。

袁军见主帅已死，不战自乱。曹军乘势发起攻击，大获全胜。

第五十一章

痛失人才

从白马逃回的败军向袁绍回报，说颜良是被曹军中一位赤面长须的勇将冲入阵中给斩了。袁绍大吃一惊，忙问此人是谁，身旁的沮授说道："赤面长须，除了刘备的义弟关羽，想必也没有别人了。"

袁绍顿时大怒，指着刘备呵斥道："说！你是不是和他串通好了，来害我将领！"当即便命刀斧手把刘备拉出去斩了。

孰料，刘备却大笑道："我以为明公与旁人不同，是位明事理、通人情、深明大义之人，没想到竟会只听一面之词，便诬陷忠良之人。天下形貌相同者甚多，难倒只要是赤面长须的就都是关羽？"

袁绍听刘备这么说，觉得也有道理，一时之间倒是没了主意，转过头看着沮授责备道："就怪你在没有查清楚之前，乱说话，害我差点儿误杀好人。"随即上前请刘备进帐，商议应敌之策。

正在袁绍与刘备商讨之际，文丑突然闯进袁绍的营帐，高声道："主公，请准许我领兵出征，为颜良报仇！"

袁绍被文丑的气势所感染，直接调拨十万大军，命他渡过黄河追击曹军。沮授连忙上前劝阻："我们现在应该固守黄河延津渡口，不可贸然渡河。"

袁绍勃然大怒，认为沮授此举就是在涣散军心，随即把他轰出营帐。沮授仰天长叹："黄河悠悠，我还能不能北返？"于是便称病请辞。

刘备趁机上前劝说："明公莫要动怒，沮先生也是怕我们此番作战会遇到险境，不如让我随文丑将军一同出征，也好有个照应。"袁绍以为刘备请战是为了证明自己的清白，欣然同意，并让文丑拨给刘备三万军马，在后面接应。

曹操见关羽斩了颜良，大喜过望，对关羽更加的敬佩，当即上表朝廷，封关羽为汉寿亭侯，并特地为关羽铸了一个金印送给他。

这时，士兵匆匆来报，说袁绍又派文丑领兵，现已渡过黄河，占据了延津上游。

曹操大惊，当即派人先将延津附近的百姓送往河西安置，随后亲自率军迎战，并传令："以前军为后军，以后军为前军，粮草在前，将士在后。"程昱提醒道："主公，若是将粮草置于大军之前，很容易被敌方劫去。"

曹操却说："等遭遇敌人时，再另想他法。"

曹军快要抵达延津时，忽然听见前方传来一阵呐喊声，曹操连忙派人到前面打探。

士兵回来报告说："我军前锋在前方与袁军相遇，抵敌不过，便弃了粮草，各自逃散。文丑领兵正大张旗鼓地朝我们杀来。"

情势危急，曹操环顾四周，指着南面的一片高地说道："暂时在那边躲避一下。"随即带领将士们奔向高地。到达高地后，曹操命将士们解衣卸甲，抓紧时间休息，并把战马全都牵到北坡上喂养。

转眼间，文丑率军迎面杀来。众将见状，慌忙地对曹操说道："主公，敌军杀来了，快下令把马匹牵回来吧，现在退兵还来得及。"

郭嘉急忙阻止："不可退兵。眼下正是引诱敌人上钩的好机会。"说到这里，郭嘉看到曹操飞快地瞟了自己一眼，嘴角还带着若隐若现的笑容，好像一下子明白了什么，便收声没再说下去。

文丑的部下见山坡上有马匹，纷纷向山坡上冲去抢马匹，加上刚刚劫下了很多装有粮草的车仗，阵型开始散乱。这时，曹操一声令下，将士们一齐冲下高地，袁军还沉浸在保粮抢马中，突然遭到打击，顿时乱作一团。

文丑见曹军从四面围过来，奋力抵抗，无奈部下纷纷奔逃，导致弃粮丢马，互相践踏，文丑在阵中大声喝止，无济于事，只得掉转马头撤退。

此时曹操正站在高坡上，眼见文丑要逃，抬手指着战场大声喊道："文丑乃河北名将，谁去把他抓来……"话音未落，徐晃和张辽就飞马齐出，边追击边高喊："文丑哪里跑！"

文丑见徐晃和张辽在后面紧紧追赶，立即按住铁枪，拈弓搭箭，朝张辽一箭射去。只听徐晃大叫道："小心暗箭！"张辽这才躲过一箭，不过头盔上的簪缨却被文丑射中。张辽大怒，奋起直追，不料坐下战马被文丑一箭射中，只见马匹前蹄一软，顺势把张辽掀落在地。

文丑趁张辽倒地之际，掉转马头，朝张辽挥刀而去，好在徐晃眼疾手快，以斧截住文丑的刀，正在两个人拼命厮杀的时候，身后又有文丑的军马赶到，徐晃一人难敌众兵，只好拨马回阵。

只见徐晃在前面拼命奔逃，文丑在后面沿着河边的小路奋力追击，眼看就要追上徐晃，却被迎面赶来的关羽给截住。

徐晃顺利跑到关羽身后，关羽挡在徐晃身前与文丑厮杀起来，不过才一会儿的工夫，文丑就见识到了关羽的英勇，心生怯意，随即拨转马头，绕着河岸逃跑。关羽怎么可能让他这么轻易地逃掉，只见关羽狠狠一鞭抽在赤兔马的身上，赤兔马快如闪电般追上文丑，关羽手起刀落，将文丑斩于马下。

曹操在高坡上看见关羽将文丑斩杀，大手一挥，众将士一齐冲杀，杀得袁军溃败不堪。先前被袁军劫去的粮草，也一并夺回。

就在关羽与文丑交战之时，刘备带着三万军马也赶到了黄河北岸。

听手下士兵说又是一个赤面长须的曹军大将斩了文丑，刘备紧张得立刻骑马来到河边，隔岸望去，只见对岸一队军马往来如飞，一面大旗飘扬其中，上面赫然写着"汉寿亭侯关云长"七个大字。

刘备喜不自胜，热泪盈眶，当即掉转马头打算过河去找关羽，曹操的大军却在此时遮天蔽日地冲了上来，刘备深知不是曹操的对手，只得下令收兵，退回官渡。

袁绍这时已经抵达官渡，手下士兵已经把关羽斩杀文丑的事情告诉了袁绍，袁绍怒不可遏，见刘备回来，立即命人把刘备拉出去斩了。

刘备急中生智，辩解道："明公倘若现在将我杀了，那就是中了曹操的计谋。您应该知道，曹操素来忌防我，如今知道我在您麾下，所以故意让关羽斩杀颜良和文丑，以此来激怒您，好借您的手把我除掉，还望明公能想清楚。"

袁绍认真地想了想，刘备的话也有道理，便屏退左右，请刘备坐下商议下一步应该如何应对。

"不如让我写一封信给关羽，叫他到青州跟我们会合。"刘备提议道，当即便把信写好，但一时没有找到合适的人选送信。

袁绍一听要把关羽召入自己的麾下，那岂不是如虎添翼，不禁暗自窃喜，于是下令暂时退军至武阳，按兵不动。

曹操见袁绍率军退去，就留下夏侯惇领兵驻守官渡，自己则率大军班师回许都。

回到许都，为了犒劳将士们作战辛苦，庆贺关羽立功，曹操设宴慰劳众人。酒过三巡，大家都兴致高昂，曹操对众人说道："那天我用了一条诱敌之计，只有奉孝看出了我的用意，还是奉孝了解我啊！"众人对郭嘉的机智都深深折服，纷纷赞叹。

喝得正起劲儿的时候，手下士兵突然送来了一份急报，正在汝南驻守的曹洪回报说有一股黄巾军余部，在龚都和刘辟的率领下，进犯汝南，曹洪领兵与其交战了数次，皆未能取胜，特来报请求增援。

"丞相，我愿领兵去支援曹洪。"关羽听到这个消息，自告奋勇。曹操看他一脸真诚，态度坚决，便应允了，并调拨给他五万军马，乐进、于禁为副将，从旁协助，于次日出发。

宴席过后，荀彧见大家都各自散去，才对曹操说道："主公，关羽心里一直想着去找刘备，一旦他得知刘备的下落，定会离开，如今您让他带兵出征，怕是会放虎归山。"

"你说得有道理，等他这次得胜归来，就不再叫他带兵出征了。"曹操可不想那么快就失去关羽这名猛将。

关羽领兵到达汝南的当夜，便抓住了两个奸细。手下把奸细带到关羽面前，他定睛一看，发现其中一人竟是孙乾，当即喝退左右，连忙问道："先生怎么会在这里？"孙乾便把徐州失守后自己的遭遇详细地说给了关羽。关羽连连叹息，也把自己的经历叙说了一遍。

"我听闻主公眼下正在袁绍那里，本想着去投奔，苦于没有找到合适的机会。将军有所不知，现在龚都、刘辟都已经归附了袁绍，所以才会出兵攻打曹军。他们知道将军前来，特地命我扮作奸细，来给将军通风报信。明天交战时，他们会佯装败北，你可趁此机会，带着主公家小投奔袁绍，到时便能与主公相见。"孙乾说出计划。

关羽听了却面露为难之色，他告诉孙乾："之前我杀了袁绍两员大将，如果现在去找兄长，恐怕会有麻烦，以袁绍为人定会为难我兄长。不如你先去袁绍那里打探一下，反正我现在知道兄长的下落，便一定会及早赶去。"孙乾欣然答应，两个人已经约定好，关羽连夜悄悄把孙乾放走了。

次日，太阳才刚刚升起，关羽便领兵势如破竹般攻向龚都军营，龚都披挂上阵，正面迎战，不过一会儿的工夫，龚都就带着手下的士兵佯装败逃。关羽心领神会，表面掩杀，实则暗地里放龚都他们逃散。关羽就这样不费吹灰之力，收复了汝南。随即班师回许都。

曹操得知关羽大胜而归，十分高兴，亲自出城迎接关羽，并设宴慰劳将士们。酒宴散后，关羽才得以回到府中，他把刘备在青州的消息告诉了刘备的家小，嘱咐他们千万不要声张，自己会想办法尽早离开许都。

"主公，关将军已经知道刘备在袁绍帐下。"乐进如实地向曹操禀告。

"什么？"曹操心里一惊。郭嘉明白曹操现在的心情，劝慰道："主公先不要胡思乱想，不如让张将军先去探一下关羽的口风，再作打算。"曹操随即派张辽去探听关羽的动静。

张辽见到关羽后，开门见山，施礼道："恭喜云长终于知道刘备的下落。"关羽也不遮遮掩掩，苦笑道："我是知道了兄长的下落，但是现在这种情况，却不能相见，何喜之有？"

"我斗胆问一句，于云长的心中，是与我的交情深？还是与刘备的交情深？"张辽认真地问道。

"你我一见如故，是知心挚友。而兄长于我，既是兄弟，更是君臣。如何比较呢？"关羽真诚地答道。

张辽心下了然，直接问道："所以云长是打算离开许都，去袁绍那里，与刘备团聚？"关羽一脸肃容，眼神坚定地答道："自然！我曾说过，一旦知道兄长下落，便会离开，还请你代我转告曹公。"

张辽见关羽去意已决，便回去禀告曹操。曹操听后，眼睛微眯，笑道："我已经有办法暂时拖住他了。"

关羽把张辽送到门口，刚准备转身回去，身后响起一声"关将军"，关羽转头看去，发现并不认识眼前之人，不觉警惕地问道："你是何人？"

"我乃袁绍部下，姓陈名震。"关羽听到他是袁绍部下，赶忙将人请进内堂，并让下人都退下去。只有两个人面对面而坐，关羽直接问道："不知你来此是有什么事？"

陈震没搭话，而是从袖口中抽出一封密信，递给关羽。关羽接过，打开一看，竟是刘备写的亲笔信，刘备在信中提起了当年的桃园结义，希望关羽不要忘记兄弟之间的情义，尽快赶到青州，他们好兄弟团聚。

关羽一只手颤抖地、紧紧地握住密信，另一只手扶额，以此来挡住湿润的眼眶。关羽吸吸鼻子，收拾好情绪，赶紧给刘备写了一封回信。他在信中告诉刘备，自己绝对没有贪图富贵，更不会背弃当初的盟誓，言辞恳切，情真意浓。写好后，便请陈震转交给刘备，并对陈震说道："大丈夫行事，必须有始有终，不辞而别不是我的行事作风，待我跟曹公辞别后，立即带着兄长的家小去见他。"

"好！关将军果然是真汉子，我定会转告刘备。"说完，陈震便起身告辞。

曹操早就知道关羽很快就会来跟自己辞行，为了能留住关羽，曹操特意命人在门前挂上了"回避"的牌子，以此来挡住关羽的求见。

关羽进去不得，只好回到府中叫随从先收拾好车马，等见了曹操就可以随时准备动身。关羽特意嘱咐随从，宅中所有原来的物件和曹操赏赐的财物都不能动，如数留下，擅动者，军法处置。

次日清晨，关羽早早起身，直奔相府，孰料，相府的门首依然挂着"回避"牌子。关羽无奈，只好离开。之后的每一日，无论关羽什么时候去，相府的门首总是挂着"回避"的牌子。一连数次，关羽都无法见到曹操，无可奈何之下，他只得去找张辽，想请张辽代为转告，不料，张辽突然患病，避而不见。

关羽怎会不知，张辽也好，曹操也罢，都是在躲着自己。但是自己去意已决，不是这点儿阻挠就能阻止他离开。于是关羽写了一封辞别信，命人送到了相府。随后，关羽将曹操数次赠送的金银财宝，如数封置于库中，还把那颗"汉寿亭侯"的金印挂在了堂上。然后带着刘备的家小，出发去找刘备。

刘备的家小坐在马车里，关羽身骑赤兔马在一旁守护，要出北门时，却被守门的士兵拦下，关羽瞬间怒目圆睁，横刀立马，大喝道："挡我者，斩！"吓得守门士兵纷纷后退，眼巴巴地看着关羽带着一行人沿着官道出城而去。

此时曹操正在府中和郭嘉、荀彧、荀攸等人一起商议怎么才能留住关羽。忽然看见一名士兵跑进来，双手呈上一封书信，曹操打开一看，是关羽写给他的亲笔信。曹操叹道："云长走了！"没过一会儿，又有士兵来报，说关羽将宅中的财物都原封不动地置于库中，还把金印挂在了堂上，只带着随身行李和旧日的随从，护卫着刘备家小的车仗从北门而出，守门士兵根本拦截不住。

在场的所有人听到士兵的汇报，都怔住了，大家都没有想到关羽会离开得这般决绝。这时，大将蔡阳高声喊道："我愿带领精兵3000，去把关羽活捉回来，献给丞相。"

曹操摆摆手，叹道："不弃兄弟，不忘旧主，来去明白，有始有终，果真是个真汉子，大英雄。关羽虽不为我所用，但是他的为人，他的英勇值得我欣赏，更加值得我们学习。"

"主公，袁绍若是得了关羽，无异于猛虎插上了翅膀，对我们十分不利，不如派兵追上去，把他除掉，以绝后患。"程昱在一旁建议道。

"我曾允诺过他，怎可失信？自古有太多的同富贵，却不能共患难，而关羽，即便是在这种困境下，仍没放弃刘备，亦是义气使然。既然他的心不在这，就不必追了。"曹操心有不舍，想了想便对张辽说道，"关羽封金挂印，不为金钱所惑，不为名利所累，值得钦佩。我索性人情做到底，也为他日再见留个余地。你且赶快追上他，告诉他，我随后就到，为他送行。"张辽得令，飞奔上马，直奔关羽的车仗而去。

关羽一行出城后还没走出多远，就听到身后有人大叫："云长等等！"关羽闻声回头看去，原来是张辽纵马追了上来。

关羽命随从护好车上的刘备家小，沿大路先行，自己则停下，等到张辽近至眼前，关羽的手暗暗地扶在青龙刀上，眼里充满了警惕，问道："文远为何追来？"

"丞相已经知道云长要远行，想亲自前来为你送行。特意让我先追来，留你等等他。"张辽解释道。关羽将信将疑，随后纵马上桥，往城内方向望去，果然看到前方尘土飞扬，是曹操带着于禁、许褚、李典和徐晃等十几名随从飞奔而来。

曹操刚出城门没多远，就看到关羽正在桥上向他这边张望，便命令众将停下，一字排开，没有命令，不得上前。

"云长为何走得如此匆忙？"曹操冲桥上的关羽喊道。

"丞相，我已经知道兄长的下落，所以急着要去见他。去相府找了您几次，都没能见着您，只好留信告辞，希望丞相没有忘了当初的承诺。"关羽在马上向曹操欠身行礼，随即高喊道。

"我既已答应你，自然不会反悔。现在专程赶来为你送行，担心你长途跋涉，盘缠不够，特地为你准备了一些路费。"曹操说着，命许褚捧着一盘黄金送给关羽。关羽怎么可能接受曹操的相赠，连连拒绝。这时，曹操又叫李典下马，双手捧着一件崭新的锦袍，言辞恳切地说道："这件锦袍是我对云长的一点心意，还望云长可以收下。"

关羽害怕其中有诈，没有下马去接受锦袍，而是用刀将锦袍挑起，披在身上，并拱手谢道："感谢丞相的诸多关照，我们后会有期。"话音刚落，关羽便拨转马头，下桥往北去了。

徐晃见关羽如此无礼，愤然道："主公，关羽实在自大，太过无礼，干脆一不做二不休，把他生擒回来。"曹操却一边摆手，一边摇头，说道："我们这么多人，他自然要防备我们。我既然说过放他离开，就莫要再追了。"说罢，曹操便带着众将回城，只是这一路的无言，无不彰显着曹操此刻低落的心情。

关羽的寻兄之路并不顺畅，经历了过五关斩六将之后，终于在古城先与张飞相遇了。

关羽刚到古城时，在城门口拦住一个身背竹篓的百姓，打听道："请问这是什么城？"

"这里叫古城。如今被一个叫张飞的将军所占。"说完，那人就向城外走去。关羽听到张飞在这里，十分激动，连忙叫孙乾入城通报，让张飞出来迎接刘备的家小。

手下匆匆来报，说门外有人求见，张飞让把人带进来，他一看竟是孙乾，激动地迎上前询问道："这几个月你去哪儿了？"

"唉！说来话长。有一事我得先告诉你，主公目前在汝南，等着和你们会合。"孙乾说道。

"我们？"张飞不解道。

"关将军和我一道而来，此刻正带着主公的家小在城门口等着呢。"孙乾话音刚落，只见张飞二话不说，气势汹汹，披挂持矛，带上士兵，直出城门，奔关羽而去。孙乾惊讶不已，来不及多问，紧随张飞身后。

关羽远远看见张飞纵马而来，十分高兴，当即把青龙刀交给身旁的周仓拿着，自己拍马迎上前去。岂料张飞怒目圆睁，大吼一声，挥矛就向关羽戳来。关羽大惊失色，一边躲闪一边喊道："翼德这是做甚！难道忘了当初桃园结义的情义了吗？"

"叛徒！还敢跟我提结义，你背信弃义，降了曹操，封侯赐爵，现在又来找我干吗？怎么？想连我一起拿下吗？看我怎么收拾你这个叛徒！"张飞怒吼道。

关羽连忙解释，可张飞就是不听。刘备的两位夫人见状，赶忙揭开帷幔，为关羽辩解，但张飞还是不信，一口咬定关羽是来捉他的。关羽苦笑道："翼德，我若真是要来擒你，怎么会不带一兵一卒。"

张飞指着关羽身后，冷哼一声，说道："你的军马不是来了吗？还装什么糊涂。"关羽惊讶地回头望去，果然看到远处尘土飞扬，一队军马迎面而来，领头的正是曹将蔡阳。原来关羽在抵达古城之前，斩杀了拦住他去路的秦琪，而秦琪是蔡阳的外甥，蔡阳这是领兵追来为秦琪报仇的。

这下误会大了，关羽百口莫辩，为了力证清白，关羽掉转马头，直奔蔡阳，手起刀落，将蔡阳斩杀，而蔡阳手下的士兵则四散逃走。关羽身手敏捷地抓住了一个正往城里奔逃的士兵，把他带到张飞面前，让张飞当面讯问。士兵被吓得浑身发抖，一五一十地交代了蔡阳的来意。

张飞听罢，才相信关羽真的没有背叛刘备，连忙上前请关羽及刘备的家小进城。

到了县府衙，刘备的两位夫人把关羽最近一段时间的经历细致地说了一遍，张飞听了，跪倒在关羽面前，请求关羽的原谅，兄弟二人终于和好如初。

正在张飞和关羽谈话的时候，糜竺、糜芳两兄弟听说了张飞在古城，便带着招募的士兵前来寻找。于是关羽、张飞、孙乾、糜竺和糜芳各自倾诉了离开徐州这段时日的遭遇。

次日清晨，关羽便带着孙乾和几名随从奔汝南去找刘备，临走前，关羽嘱咐张飞定要保护好刘备家小，守住古城。

不料，到了汝南，关羽并没有见到刘备。龚都告诉关羽，刘备只在汝南逗留了数日，就回青州找袁绍去了。关羽只好和孙乾返回古城，告诉张飞刘备去了袁绍那里。

"那还等什么，我们即刻出发，去找兄长。"张飞说着就往外走，却被关羽拦下："古城是不错的安身之处，我们不能轻易放弃了。你留在这里驻守，我和孙乾去找兄长，等我们会合了，便一起回古城相会。"张飞听了，拍着胸脯保证道："二哥只管放心，我一定守住古城。"

临行前，关羽把周仓叫来，让他回卧龙山，把原来的人马都带到古城来。周仓是关羽在闯五关时收纳的手下，之前占山为王，后来被关羽征服，甘愿追随关羽。

关羽和孙乾过了青州边界，两个人商量了一下，为了不叫袁绍有所怀疑，由孙乾先去见刘备，关羽带着随从暂住在一户农家里等他们。

刘备看到孙乾站在自己面前，孙乾施礼道："主公，可算见着你了。"刘备上前扶起孙乾时，却听他小声说道："关将军也来了。"刘备惊讶地瞪大双眼，激动地看着孙乾，孙乾微微点头。刘备深吸一口气，稳住心神，现在不能让袁绍知道关羽就在青州，于是和孙乾商议，如何找借口离开袁绍。

过了两日，刘备找准时机去面见袁绍，对袁绍说道："如今荆州刘表势头正盛，明公若要征伐曹操，有了刘表的支援，会更加顺利。"

"嗯，玄德说得有道理。我这就派人写信给刘表。"袁绍说道。

"明公，刘表自恃清高，还是要重视一些的好。不如明公写封亲笔信，展现我们的诚意，再由我送去，相信刘表会看出我们的诚意，与我们结盟。"刘备建议道，袁绍觉得他说得不无道理，当即写下一封亲笔信，交给刘备。

没有沮授和田丰的阻拦，刘备轻而易举地离开了袁绍，而袁绍身边另几个谋士，郭图、逢纪、审配等人，巴不得刘备赶紧走呢，更加不会阻拦。

刘备和简雍一起随孙乾去找关羽。兄弟二人许久未见，抱头痛哭，彻夜畅谈，诉说彼此的经历。直到第二天天亮，众人便匆匆返回古城。

刘备、关羽等人行至卧龙山附近时，突然看见周仓带着十几个人朝他们而来，关羽仔细一看，个个身上带着伤。

"发生何事？为何受伤？"关羽询问道。

"一名白袍小将占了我们的山寨，我便与他打了起来，没承想，那小将十分勇猛，我只好来找您求助了。"周仓忍着伤痛说道。

关羽听后，带着众人，赶到卧龙山下。不一会儿，一人持枪纵马，冲下山来。刘备定睛一看，激动地叫道："可是赵云？"只见那人朝刘备看来，立即翻身下马，上前拜见，如刘备所见，正是赵云。

自从公孙瓒败亡后，赵云走投无路，只好四处漂泊。之前经过卧龙山时，见山寨没几个人，便夺了去，作为自己的安身之处。

"子龙可愿随我一起回古城？"刘备期待地看着赵云，他从见到赵云第一眼起，就欣赏赵云的骁勇，奈何那时赵云还是公孙瓒的部下，他没办法开口，如今公孙瓒已亡，他当然希望赵云可以跟随自己。

"从今以后，我赵子龙愿意追随主公左右，誓死效忠！"赵云铿锵有力地答道。刘备大喜过望，激动得连连说好。

随后，一行人便返回古城。张飞见到刘备，激动不已，命人杀牛宰马，众人畅饮一番。

刘备终于和兄弟家人团聚，又有了赵云、周仓、关平等人的加入，喜不自胜。众人休整了几日后，便一起前往汝南与龚都和刘辟会合，打算招兵买马，扩充军力，重振旗鼓，干一番事业。

第五十二章

郭嘉之痛

　　袁绍还在等着刘备的回复，却迟迟不见刘备的人影。直到手下来报，说刘备已经和关羽、张飞相聚，正从古城去往汝南，与龚都、刘辟会合。袁绍听后，勃然大怒，掀翻了面前的桌子，怒道："刘备这种小人！过河拆桥，假模假样，没处去了便来求我，有去处了便背弃我！这口气我怎么咽得下！马上清点骑兵，我要让他看看背叛我的后果。"

　　"主公，切莫冲动。刘备和刘表的势力尚不为惧，对我们来说，最大的威胁仍是曹操。不如我们与孙策建好，一同对付曹操。"郭图建议道。

　　袁绍采纳了郭图的建议，派陈震出使江东，谁知陈震刚到江东，就听到了孙策的死讯。为了与江东建立关系，陈震就去见孙权，让他震惊的是，孙权竟与曹操交好，被朝廷封为讨虏将军。

　　陈震只好悻悻地回去，将自己的所见所闻一并禀告给袁绍。袁绍心中郁结，气愤难耐，当即征调青、幽、并、冀四州的军马，共计七十余万，欲起兵征讨曹操。

袁绍大军出发在即，却收到了一封来自狱中的田丰写的信。田丰在信中劝谏袁绍，现在不是出兵的最佳机会，需要静待时机，倘若大肆兴兵，恐怕会失利。

袁绍看后，高昂的斗志瞬间被田丰的话浇灭了，一脸的不高兴。逢纪与田丰一向不和，见袁绍满脸怒气，趁机挑拨说道："我军出征在即，田丰说这么不吉利的话是何意？是盼着我们输吗？"

逢纪的话彻底将袁绍激怒，当即就要处死田丰，众官纷纷上前替田丰求情，袁绍这才饶了田丰一命，愤愤地说道："等我打败了曹操，回来第一个整治的就是田丰！"

袁绍被田丰惹得心中不快，带着怒气率军前往官渡，抵达武阳后，袁绍下令安营扎寨。

沮授的营帐里，只见他双手背于身后，来回踱步。思来想去，他决定再劝谏袁绍一次。

手下通报，说沮授求见，袁绍原本跟郭图讨论得甚欢，听到沮授来了，脸色立马沉了下来。沮授走进来，看都没看郭图一眼，直截了当地对袁绍说道："我军与曹军对峙，看似军马数量占优势，却没有曹军勇猛。但是我们的粮草充足，便是取胜的关键。曹军粮草短缺，定会想方设法速战速决，如果我们可以坚守不出，长期固守，时间久了，曹军必定不战自败。"

"田丰的教训你还没有吸取吗？临战之前，又来乱我军心！你们俩真是一个德行！"袁绍呵斥道，随即命人把沮授锁在禁军中，待得胜后，与田丰一起处置。

"主公无需跟他们置气，我们与曹军交战，不仅仅是靠兵力、粮秣，最重要的是谋略。我听闻曹操这次出征把郭嘉带在了身边，郭嘉诡计多端，我们不得不防，我倒是有个主意……"郭图趴到袁绍的耳边细语。袁绍听后大喜，让郭图放手去办。随即下令，七十万大军按东西南北四面扎寨。

曹操收到夏侯惇的急报，得知袁绍已率领七十万大军前来迎战。曹操见袁绍声势如此浩大，一时间有些惊慌失措，便召集众人商议对策。

"主公，袁绍虽然在人数上占有优势，但袁军却不可怕，我军都是精锐，勇猛无敌，能以一敌十。此战的关键在于兵贵神速。我们远征，粮草就是首要考虑的问题，如果战线一拉长，粮草就会出现短缺，到时士兵便要忍饥挨饿，士气大减，结果就难说了。"郭嘉的话音刚落，就看见邵恒神色匆匆地闯进曹操的营帐，郭嘉顿感不妙。

曹操见来人是邵恒，便没有责问。邵恒跑到郭嘉身边，趴在耳边说道："少爷，家里出事了。"

郭嘉一个恍惚，差点儿没有站稳，还好邵恒在一旁护着。曹操看郭嘉的脸色不对，赶忙询问道："奉孝，出了何事？"

"主公，我得立刻回颍川一趟。"郭嘉眉头紧锁道。

"大战在即，先生怎能说走就走呢？"刘晔听到郭嘉要回颍川，急了。曹操从没见郭嘉这般着急，应允道："让乐进陪你一块儿回去，护你周全。"刘晔听到曹操这么说，立马低下了头，刚才是他着急了，不应该对郭嘉这样说话，以郭嘉的为人，若不是出了大事儿，不会在这种情况下离开曹操。

"子扬说得对，大战在即，主公不应再为我分神。我跟邵恒回去就行，乐将军得留下御敌。"说罢，他便向曹操告辞，带着邵恒快马加鞭地赶回颍川。

两个人行至半路时，却遇到了郭图事先安排好的伏兵。郭图只跟袁绍提议用计把郭嘉调回颍川，可是没有告诉袁绍，他对郭嘉已然起了杀心。

郭嘉遇到伏兵，内心的怒火喷然而发，纵马便和伏兵战在一起。奈何郭嘉不胜武力，邵恒又难敌四手，在这危急关头，乐进领着一队人马赶到，击杀了伏兵。乐进本想留个活口盘问，但是伏兵就像死士一样，一齐冲上来赴死，完全没有投降求饶的。

乐进看看郭嘉，不可思议地说道："这群人……"

"我已知道他们是何人派来。将军为何会来？"郭嘉翻身上马。

"丞相担心先生的安全，特地派我来保护先生。"

"有劳将军。"说着，郭嘉等一行人纵马朝颍川奔去。

终于到了家门口，出现在郭嘉眼前的竟是两个写有"奠"字的白色灯笼。郭嘉深吸一口气，迈着沉重的步伐，向院子里走去。陈伯见郭嘉回来，上前哭道："少爷，您可回来了。小姐她……"郭奕见到郭嘉回来，也匆匆跑来，哭道："父亲！"

"害你母亲之人现在身在何处？"郭嘉冷峻地问道。

"正关在柴房里，就等父亲回来处置。"郭奕一边流泪，一边答道。

郭嘉点点头，走到陈曦的牌位前，伸手轻轻地抚摸着牌位，继而说道："把那人带到书房吧。"

郭嘉正坐在中间，两侧是邵恒跟乐进。郭嘉冷眼看着眼前跪着的人，问道："郭图给了你什么好处让你来害我妻子？"此话一出，邵恒和乐进皆是一愣，不明白为何郭嘉断定此人是郭图派来的。

"没什么好处！他只是说了一些我不知道的事情。"那人一脸的倔强与不服。

"哦？何事？说来听听。"郭嘉向后靠在椅背上，眼神冷冽道。

"我跟兄长曾是黄巾军一员，若不是你给曹操出谋划策，我们怎么会大败，被迫逃出边境。如不是你们步步紧逼，我兄长又怎会惨死于境外。"原来，此人便是郭嘉刚跟随曹操那会儿平叛的黄巾军余党。

"你也说了，是我的计谋使你们大败，大可冲着我来，为何要害我妻子！"

"不管你信不信，我没想过要害她。郭图告诉我，曹军与袁军即将开战，若此时能够让你因私事擅自离营，曹操定会重责于你，到时不用我动手，便可轻而易举地为兄报仇。所以我才会来到颍川，希望以你的家眷来牵制于你。我没想到你的妻子竟识破我的意图，推搡之下，我无意把她推倒，她的头磕在了石阶上，才会身亡。现在我落入你手，要杀要剐，随便你！"

郭嘉摆摆手，邵恒领会，将人送去官府，刚出房间，与郭宏撞了个正着。邵恒知道是郭图害了夫人，连带着看郭宏都不顺眼，一把抓住郭宏的衣领，想要挥拳。

"邵恒。"听到郭嘉喊自己，邵恒才堪堪收住了挥出一半的拳头，愤愤地带着那人去了官府。

"都听到了？"郭嘉仍坐在座位上，冷冷地问道。

"那天正好我要出门，便碰到那人在我府门口徘徊，我听到他问看门小厮，这儿是不是郭嘉的家，小厮告诉他找错了，应该去城西，他转身匆匆离开。起初我并没有在意，但是一想，你人在许都，怎么会有人跑到颍川找你，总觉得不放心，便跟去看看。我刚赶到时，就见到嫂夫人被推倒在地。后面的事，你也知道了。要怪就怪我，可以吗？是我没有及时发现那人的不对劲，是我来晚了一步，如果你想报仇，就找我吧。"

郭宏已是满脸泪水，他不明白父亲为何不能正大光明地与郭嘉一决高下，为何一定要做这么不光彩的事。

"我相信那人说的话。"郭嘉出声道。郭宏不明白郭嘉这话是什么意思。郭嘉继续说道，"回来的路上，我遇到伏兵，若不是乐将军及时赶到，我早已命丧黄泉。"

郭宏此刻的心沉入谷底，原来父亲竟能对同族之人痛下杀手，这个人还是他从小看着长大的堂侄儿，为何……

"如果……"郭嘉冷冷地问道，"如果下次他伤的是刀刀，你还会再来为他求情吗？"郭宏被问得哑口无言，原来郭嘉什么都知道。郭宏没有脸面再继续留下来，他向郭嘉深深地鞠了一躬："对不起！"然后便转身离开了。

"先生接下来有何打算？"乐进在一旁问道，他以前就深深地佩服郭嘉的才华智慧，现在郭嘉的冷静自持、仁义宽厚更加令他折服。

"回营！"郭嘉坚定的眼神中透露出了寒光。

郭嘉匆匆离营后，曹操便采纳他的意见，传令全军，摇旗呐喊，鸣锣喝道，气势汹涌地向袁军进攻。袁绍见状，不甘示弱，率军迎敌。双方各自列开阵势。

袁绍这边，审配早已安排好弓弩手埋伏于两翼，又调拨五千名弓箭手藏于门旗后面，并传令士兵们以炮响为号，一齐出击。此时袁绍身披金色盔甲，立马于阵前，左右两侧分别是淳于琼、张郃、高览、韩猛等大将，严阵以待。

而曹操这边，门旗开处，只见他一身盔甲，威风凛凛，立马当先，张辽、李典、许褚、徐晃等勇将前后拥卫，手持兵器，目光如炬。

曹操指着袁绍，大声喊道："你为何执意谋反？天子已保你大将军之位，你还得寸进尺。"袁绍听到曹操这话，勃然大怒："你不过就是一个身披汉相，内里谋划篡取汉朝的奸贼！凭什么在这里说我谋反，我看想谋反的人是你吧。"

"我是奉诏前来讨伐你！"曹操呵斥道。

"我是奉衣带诏讨伐你！"袁绍冷笑道。

衣带诏就是曹操的逆鳞，他听不得别人提起，更加不能容忍他人以此为借口来与他对战。怒火中烧的曹操当即下令，派张辽率先出战。袁绍则派张郃迎战。两位大将打得不可开交，难分胜负。这时，许褚跃马而出，又被高览挺枪截住。

就在四人激战之时，曹操下令全军一齐向袁军冲去。审配见状，立刻放起号炮。一时间，弓弩、弓箭一齐并发，箭如雨下，曹军难以抵抗，立刻掉转马头，向南逃去。袁军奋起直追，直到曹军退回官渡，才鸣金收兵。

然而，袁绍收兵，绝不是要放过曹操，而是调动大军，把官渡围得水泄不通。

袁绍的营帐中，审配正上前献计道："主公，不如趁现在曹操被困官渡，我们调拨人马，在曹营周围筑起土山，这样居高临下，便于士兵们往曹营中一齐放箭，到时曹操必定会弃了官渡。只要我们得了官渡，许都就指日可破了。"

袁绍认为审配此计甚妙，便下令让士兵们挖泥担土，在曹营边上垒筑土山。

曹操见势不妙，率军突围，但接连几次都被袁绍安排的弓弩手挡住去路。紧要关头，曹操下令全军以箭牌防御。只要土山上梆子声一响，曹军便顶着箭牌，防御从山上射下来的箭。

眼下的情势对曹操十分不利，再这样下去，定会军心散乱。于是曹操赶忙召集众人商议对策。

"主公，我们可以制造抛石车来击破他们的弓箭手。"刘晔提议道，并献上设计好的图样。曹操当即命人按照图样，连夜制造了百辆抛石车，在营墙内依次排开。

就在袁军自鸣得意，再次向曹营放箭时，却被曹营飞出的炮石砸得抱头乱窜，袁军损失惨重，再也不敢登山放箭。

袁绍气愤难忍，喝问众人如何应对。

"登高不行，我们可以暗挖地道，直穿曹营内部，打他们个措手不及。"审配再次献计。

曹营的巡察士兵见袁军在山后奋力挖土，便来报告曹操。曹操一时间也摸不着头脑，只好把刘晔找来询问。刘晔早已看清袁绍的企图，对曹操说道："我们只要绕着营寨外侧挖一圈深长的壕沟，便可应敌。"

果然不出刘晔所料，袁军费力挖的地道，到了曹营的壕沟边，便进行不下去了。

曹操和袁绍就这样一来一回，你攻我守，暗流不断。

但是长时间的作战，使得曹军日渐疲乏，眼看粮草也要断了，曹操叹息道："眼下进退两难，如何是好？"曹操萌生了退兵的想法。

"迎难而上，奋力一击，攻破袁绍。"众人朝门口望去，只见郭嘉一身素衣，走进营帐，他看着曹操继续分析，"此战，乃关乎天下格局走势的关键。袁绍之所以倾全军之力，就是要与我们决一胜负。如果我们此时撤军，局势定会被袁绍掌控。只要我们坚守官渡，便是扼住了袁军的咽喉，让他们无法前进，时间一长，袁绍内部必然会发生变化。到时，才是我们出奇制胜的绝佳时机，还请主公仔细考量，万不可现在撤军。"

郭嘉真是曹操的定心丸，听他一番话，没有人再提出退兵之事，反而大家都振作起来，士气更胜从前，誓要守住官渡。

众人散去后，曹操关心地问道："奉孝，家里到底出了什么事？"郭嘉把陈曦之死前前后后，细细地说给曹操。曹操听后，怒骂道："小人！不入流的小人！你放心，这个仇是我们的家仇，我定当为你做主！"

"多谢主公，还有一事望主公成全。"

"何事？你说便是。"

"我把郭奕和家里剩下的三个仆人都带回来了。我不能让奕儿一个人生活在颍川，那三个仆人跟随我多年，现在这个时候，我不能抛下他们，还请主公准许我将他们带回许都。"郭嘉请求道。

"这是自然。奉孝重情重义，乃君子也。郭奕就放心交给廷儿照顾便是，她现在也是你的妻子，理应为你分担。事已至此，你不要过度伤心，好好安葬你夫人，剩下的事交给我处理。"曹操安慰道，"眼下我军的处境艰难，不如你先带着郭奕他们回许都。"

"主公，我必须留下。如果可以的话，我让邵恒带着他们先回去。"这种艰难的时刻，郭嘉决不能再离开军营。

"也好，让乐进护送他们吧。"

从曹操营帐中出来，郭嘉感觉身体不适，胸口有些疼痛，邵恒见他出来，上前扶着郭嘉："少爷，我看您脸色不好，是不是哪儿不舒服啊？"

"无碍。可能最近太过劳累，好好睡一觉就好了。"邵恒把郭嘉搀扶回帐中，想去给郭嘉熬点儿汤药，却被郭嘉叫住："邵恒，有件事需要你代我去办。"

"少爷，您是想让我带着小少爷他们先回许都？"邵恒轻声问道。

"邵恒，你真的比以前聪明许多。"郭嘉佯装轻松地打趣道。

"可是……"邵恒低头，不再言语。

"我知道你担心我，可只有你在郭奕身边我才安心。府里现在好多下人都是曹廷带来的，陈伯他们初来乍到，肯定有很多不便的地方，需要你从中调解，不要让他们觉得被轻视了。还有奕儿，刚刚失去陈曦的庇护，心里难免郁结，加上曹廷还有些许的小姐脾性，你在，我才不怕奕儿受委屈。可好？"

"好！只要有我在，定护好小少爷他们，少爷放心便是！"邵恒不愿看到郭嘉为难，爽快地应道，"您也要注意身体，保护好自己。"

邵恒带着郭奕他们，在乐进的护卫下，提前回到了许都。

徐晃的部下在巡营时抓住了一个袁军的密探，经过盘问，徐晃得知袁绍的将领韩猛要运送粮草到袁绍大营，连忙把这个消息报知曹操。

"可趁此机会，半路伏击韩猛，若是把袁绍的粮草供应给截断了，袁军必然不战自败。"郭嘉提议道。于是曹操派徐晃领军，前去截击，并让许褚和张辽带兵接应。

韩猛正押送着粮车，赶赴袁绍大营，不料途经一条山谷之间时，被徐晃领兵拦住去路，韩猛只好出马迎战。韩猛根本不是徐晃的对手，很快败下阵来。徐晃的部下史涣趁着两个人交战之际，一把火将粮车点燃。韩猛见状，只好匆忙逃走。

袁绍见到败逃的韩猛，得知粮草都被烧了，勃然大怒，说着便要斩杀韩猛。这时审配提醒道："粮秣是征战中最为关键的一点，乌巢乃我军屯粮之地，务必严加防守才是！"

"一切都在我的掌控之中，你只管回邺城督运粮草就行。"袁绍不以为然地说道。审配便不再言语，领命而去。

待审配走后，袁绍便派淳于琼领兵驻守乌巢。

现在不仅是袁绍军中缺粮，曹操亦是捉襟见肘，陷入粮草短缺的困境，于是他派人送信回许都，催促荀彧抓紧置办粮道。

岂料这封信竟被袁绍的谋士许攸截获。许攸匆匆赶去袁绍营帐，提议道："如今曹操率大军驻守官渡，后方许都必定空虚，倘若我们现在可以兵分两路，一路袭取许都，一路趁着曹操缺粮之机发动攻击，定会大获全胜，一举攻灭曹操。"

袁绍却不这么想，只听他说道："曹操诡计多端，谁知这封信是不是他使的计谋呢？"

这时，手下来报说审配传来消息，许攸的子侄在邺城贪污钱粮，已被捕入狱。袁绍看过信后，直接将信甩在了许攸的脸上，呵斥道："就你还敢在我面前献计，一家子贪图小利的小人！别以为我不知道你和曹操是故友，难不成想成为他的内应？什么催粮之信，不过诱饵罢了。我且饶你不死，滚出我军，别再让我看见你！"

许攸走出营帐，悲叹道："忠言逆耳！是我，连累了我那子侄被审配陷害。"说着，就要拔剑自刎。还好手下急忙拦住，劝说许攸，不如投奔曹操。许攸幡然醒悟，趁夜偷偷离开袁绍大营，直奔曹营而去。

曹操正准备就寝，手下在营帐门口报告说许攸来了，曹操不由得大喜，赶忙出来迎接。两个人施礼后，曹操请许攸坐下。许攸毫无隐瞒地把自己为何来到曹营告知了曹操。

曹操听罢，惊道："袁绍那个愚笨之人，若是肯听你的话，我此时已一败涂地。现在既然你来帮助我，可有什么好主意？"

"丞相军中还剩下多少粮食？"许攸问道。曹操谎称可以坚持一年，许攸摇摇头，说曹操没有说实话，曹操笑道："只剩半年的军粮了。"岂料许攸听后，怒气冲冲地向外走去："我是诚心投奔于你，你却不信任我。"

曹操赶忙拉住许攸，但仍是没有说出真实情况，许攸真的怒了，大声喊道："别再欺骗我了！你们的军粮早就吃光了！"随即从袖口中抽出那封被他截获的信。

"既然子远已经知道实情，那么还请为我排忧解难。"曹操真诚地说道。

"袁绍的军粮全部囤积于乌巢，驻守乌巢的淳于琼嗜酒如命，松于防备。你只需派一支精骑，谎称是蒋奇的军马前来协助护粮，便有机会烧毁袁绍的粮草。粮草一毁，袁绍的大军必定自乱。"许攸提议道。

于是曹操挑选了五千人马，准备亲自前往乌巢劫粮。

"乌巢乃是袁绍的要害之地，岂会没有防备？万一许攸是诈降，主公就会身陷险境。"张辽劝阻道。

"若是许攸假意归降，怎会还留在营中。而且我军的粮草已经用尽，这是我们唯一制胜的机会。"曹操说道。

曹操命郭嘉、荀攸、刘晔同许攸等人留守营寨，夏侯惇和夏侯渊领一路人马伏于左翼，李典和曹仁领一路人马伏于右翼，以防万一。然后令许褚、张辽在前，于禁、徐晃在后，自己领军居中，打着袁军的旗号，于傍晚时分向乌巢进发。

好在曹操他们打着袁军的旗号，路经袁军营寨时，竟没有一人起疑。众人顺利地到达乌巢。此时已是深夜，淳于琼刚和将士们喝完酒，正醉卧帐中。曹操见时机已到，一声令下，火光四起，众将校齐呐喊，冲入营寨，杀得袁军四处逃散。曹操当即下令，一把火烧光了袁绍的军粮。

袁绍正在帐中休息，突然被士兵大叫的声音吵醒，他慌忙起身，来到营中一看，北方火光冲天，心中暗叫不好！急忙召集众人商议。

"主公，我愿与高览带兵前去乌巢营救。"张郃主动请缨。

"主公，曹操此时定在乌巢，不如趁曹营空虚，我们袭取，曹操得知大营沦陷，必然回兵。"郭图却另有提议。

"曹操足智多谋，若是外出，必定会安排好应对之策，绝不会让后方大营轻而易举地被攻下。再者，即便我们现在攻取了曹营，但是乌巢却落入曹操手中，我们一样束手无策。"张郃反驳道。

"张将军想得过于复杂，眼下曹操只会顾着粮草，不会留有守兵。"郭图坚持去劫曹营，其中还有一个目的，就是除掉郭嘉。郭宏已经写信给他，说郭嘉知道是他派去的人害死了陈曦，还责怪他为何要对族人下手。当然，他介意的不是儿子的责备，而是郭嘉还活着这件事。他必须另想他法，否则死的那个人就是他。

袁绍被两个人吵得头疼，不耐烦地说道："好了！你们兵分两路，张郃、高览率军偷袭曹营，蒋奇领兵救援乌巢。"

几位将领引兵而去。蒋奇带着兵马行至半路，恰好遇到装扮成袁军的曹军。蒋奇上前询问，才知道他们是从乌巢退下来的败兵，对他们一点儿疑心都没有，随即驱马从他们中穿过。突然，从蒋奇前面闪出许褚和张辽两位大将，大声喝道："蒋奇哪里走！"蒋奇还没来得及反应，便被张辽斩于马下。

蒋奇的士兵看主将被斩，慌乱成一团，纷纷逃命去了。许褚和张辽又命人装扮成蒋奇的部下，去向袁绍报告，说偷袭乌巢的曹军均已被蒋奇击杀。袁绍听后大喜，终于解决了曹操，随后专注于攻打处于官渡的曹营，不停地加派人手去增援。

另一边，张郃和高览正与夏侯惇、曹仁和曹洪激烈地交战。两个人只带了五千军马，哪里挡得住曹军的左、中、右三面攻击，交战不久，张郃、高览便败下阵来，两个人远远望见援军赶到，没等高兴呢，又见曹操率大军从援军背后杀来，瞬间被曹军团团围住，两个人只得拼命厮杀，才勉强逃脱出来。

袁绍正美滋滋地等着胜利的喜讯，结果却等来乌巢的败军。袁绍见淳于琼满身是伤，问手下士兵他为什么会失了乌巢，士兵颤颤巍巍地说因为淳于琼喝醉了，无法与敌人对抗，才导致乌巢被曹军所占。袁绍怒发冲冠，当即命人将淳于琼推出去斩了。

身旁的郭图见状，担心张郃回来以后会与他对质，毕竟他极力反对去援救乌巢，若是袁绍因此来责难自己，后果不堪设想。郭图在心里暗暗盘算，决定先下手为强，于是对袁绍说道："主公，张郃和高览见您兵败，指不定有多高兴呢。"

"何出此言？"袁绍一脸疑惑地问道。

"您有所不知，他们两个人一直都有降曹之意，眼下他们领兵去偷袭曹营，定会故意向曹操示好，又不想主公生疑，也只能佯装败阵。"郭图煞有介事地说道。

袁绍听后，果然大怒，立即命人把两个人召回。

郭图出了袁绍的营帐，赶紧让自己的心腹快马加鞭地去通知张郃和高览，说袁绍要问责他们，让他们千万不要回营。

张郃和高览见是郭图心腹来传递消息，没有多加怀疑，毕竟郭图是袁绍身边得力之人，消息不会有假。于是两个人商量了一下，直接杀了袁绍派来召回他们的使者，领着手下剩余的军马，去往曹营，向曹操投降。

曹操听说张郃、高览归降，便命人把他们带到帐中。

"他们两个人突然来降，不知真假。"夏侯惇在一旁提醒道。

"即便有异心，也经不住真诚相待，暂且接收他们，静观其变。"曹操说道。

"我们愿做先锋，为丞相开辟道路，以表我们的决心。"张郃和高览一齐说道。曹操点点头，勉励了一番，随即封张郃为偏将军都亭侯，高览为偏将军东莱侯。两个人高兴得不得了，更加死心塌地为曹操效力。

曹操见两个人自告奋勇，便下令由两个人领兵带路，分兵左、中、右三路军马，夜袭袁绍大营。双方激战直到天亮，才各自收兵，此时袁绍的人马已经折损过半。

"主公，可趁此际大肆宣扬我军将兵分两路，攻打邺城和黎阳，这样便能切断袁绍的退路，让他无路可退。"郭嘉建议道。

于是曹操采纳了郭嘉的计策，派人四处扬言。袁绍听到传言，果然惊慌失措，仓促地派长子袁谭率军五万直奔邺城，施以援救。随后又派辛明带领五万人马，连夜奔赴黎阳。

探子来报，说袁绍已经将兵马分调两处前去救援。曹操看看郭嘉，郭嘉微微点头，曹操当即命大军一齐出击，杀向袁绍的大营。曹军来势凶猛，势如破竹，袁军根本无力抵抗，完全丧失了斗志，在曹军的呐喊声中，袁军抱头鼠窜，慌乱逃命，溃不成军。

袁绍眼见大势已去，丢盔弃甲，幅巾单衣，跃马而上，奋力逃出。

许褚、张辽、徐晃和于禁领兵在后面紧追不舍。直至追到黄河边，眼见袁绍把随军携带的文书、车仗、金帛都丢到了河边，带着800多骑兵渡河而逃。而被袁绍抛下的八万多名士兵，被身后赶到的曹军一网打尽。

官渡之战，曹操取得了巨大的胜利，十分高兴，当即传令收兵。为了犒赏所有的将士们，曹操把所得的金银财宝全部分赏给了将士们，营内欢呼声四起。

部下在清理袁绍遗弃的文书时，发现了一些书信，都是许都的大臣还有几个随军官员与袁绍往来的密函。

"何不将这些人收容治罪，以此来警戒众臣，看以后谁还敢背叛主公。"刘晔劝谏道。

"以当时袁绍的势力，就是我，都恨不能有路可退，何况他们这些手无缚鸡之力的人呢？总要给他们一个改过的机会。"说罢，曹操便下令将那些密函全部烧掉，没有责问任何人。

"主公，袁绍逃走的时候，把沮授落在军营中了，我已命人将他带来。"郭嘉走进曹操的营帐，说道。

"嗯，把他带进来吧。"曹操应允。

"先生。"郭嘉向沮授微微行礼。

"郭奉孝，哈哈，没想到我临死之前还能有幸见你一面。"沮授笑道。

"先生如果愿意，以后能天天看见我。"郭嘉劝道。

"当初你离开冀州，我曾劝说袁绍把你留下，可惜他不听我之言，不然怎会落得如此下场。罢了，还是我自己眼拙，跟随这样一个刚愎自用之人，真是可悲啊！"沮授面色平静地叹道。

郭嘉跟沮授相识的日子很短，却十分了解沮授的性子，他看得出沮授绝不会归降，反倒是一心求死，心中不免有些悲凉。

"你可愿投降？"曹操出声问道。

"不降！"沮授坚决地答道。

"袁绍无勇无谋，从不听你的忠言，你又何必顽固不化呢？"曹操摆摆手，命人把沮授留在军中，好生照顾。

然而沮授是铁了心要离开曹营，于是他趁着夜深人静，悄悄来到马厩，偷了一匹战马，翻身而上，直奔曹营大门。不想却被巡营的士兵发现，给拦了下来。曹操闻讯赶来，怒问道："你就这么不愿意留在曹营？"

"一心不侍奉二主，不管袁绍多么愚笨，我既已跟随他，便没有换主的打算。再说，我是臣服于汉朝，而不是你曹操。"沮授倔强地说道。

曹操听后，怒火难耐，命人把沮授斩杀了。曹操下令的时候，郭嘉没有在场，曹操知道郭嘉心里肯定会不舒服，故意没有让人通知他。等郭嘉知道沮授死的消息，已是第二天的早上了。

"奉孝，有些人注定志不同道不合，没有必要为这种人伤神。"曹操劝慰郭嘉。

"主公，最近我送走的至亲好友太多了……"郭嘉的声音里透露着哀伤，曹操只能轻轻地拍拍他的肩膀。

第五十三章

暗自神伤

袁绍带着仅剩的八百多骑兵一直奔逃至黎阳北岸，才遇到蒋义渠领兵前来迎接。袁绍让蒋义渠召集人马，原本四处逃散的众人得知袁绍还活着，又慢慢向袁绍靠拢。眼见聚集的人马越来越多，袁绍便和众将商量该去向何处。经过一番热议，袁绍决定先退回冀州，再作打算。

回冀州的路上，众人一起风餐露宿，十分艰苦。夜里，袁绍隐隐约约听见远处有哭声，顺着声音传来的方向便找了过去。原来是几个士兵聚在一块儿，正互相诉说丧兄失弟的惨事，几个人一起埋怨袁绍："若是将军当初肯听田丰的劝告，我军怎么会败得这么凄惨。"袁绍听几个人的对话，也暗自后悔。

第二天天一亮，袁绍带领众人继续赶路，恰巧遇上逢纪带着一队人马赶来。袁绍悲喜交加，掩面而泣，叹道："若是当初我听了田丰的话，就不会落得如此下场,我哪有脸面再见他啊!"

说者无意,听者有心。逢纪素与田丰不和,听袁绍话中的意思,是想要重用田丰啊,逢纪绝对不能让田丰与自己并肩,他脑子一转,趁机对袁绍说道:"主公,您不知道,田丰在狱中听说主公兵败,正拍掌大笑呢。他认为您活该,谁叫您当初没听他的话。"

袁绍原本想着回到冀州,亲自去狱中把田丰接出来跟他道歉,听了逢纪的话,袁绍怒气冲天,当即解下随身的佩剑,命人前去冀州狱中,处死田丰。

此时正在狱中的田丰,刚刚收到狱卒的祝贺:"将军大败而归,您果真料事如神,这下您一定会得到将军的重用了。"

"哈哈哈,大限将至啊!"田丰笑道。

"为何您会说自己大限将至呢?"狱卒一脸疑惑地问道。

"袁绍为人,似乎宽宏大量,实则心胸狭窄。此战若是他胜,没准儿一高兴就会把我放了;然而,他却战败而归,必定恼羞成怒,大发雷霆,那我便没有活着的机会了。"田丰此刻异常平静,只等袁绍派来的使者。

狱卒对田丰的话全然不信,这时,袁绍派来的使者到了,那人拿着袁绍的佩剑递给田丰,田丰仰天长叹:"只怪我眼拙啊,跟错了人。"说罢,接过宝剑自我了结了。

经官渡一战后,袁绍整个人都失去了精气神儿,整日里闷闷不乐,愁眉不展,甚至不理政事。他的妻子刘氏看他这么消沉,身体也越来越不好,就劝他尽早确立后嗣,免得夜长梦多。袁绍共有三个儿子:长子袁谭,镇守青州;次子袁熙,镇守幽州;三子袁尚,深得袁绍喜爱,一直留在身边。

袁绍觉得刘氏的担忧在理儿,为了避免后患,他把审配、逢纪、郭图、辛评找来，商议此事。殊不知，这四个人还分成了两派，辛评和郭图辅佐袁谭，审配和逢纪辅佐袁尚，四个人各为其主，争论不休。袁绍听得头疼，一时拿不定主意。

然而，立嗣的事儿还没定下来，袁谭、袁熙以及镇守并州的外甥高干，便带着几万军马回到冀州增援袁绍。这可把袁绍高兴坏了，说着就要重整人马迎战曹操。

曹操率军与袁绍大军在仓亭相遇，双方当即排兵布阵，列开阵势。

袁尚为了得到袁绍的认可，逞起英雄，只见他挥舞双刀，纵马出阵，在阵前来回奔驰。

史涣挺枪而出，迎战袁尚。两马相交，打得激烈。袁尚见不敌史涣，便拨马朝斜刺里逃去，史涣追赶而来，袁尚立刻拈弓搭箭，正中史涣左眼，只听"啊"的一声，史涣从马上摔了下来。

袁绍见袁尚得胜，大喜，立即发号施令，袁军冲杀过去，曹军也摇旗呐喊，奋力抗敌。经过一阵混战，不分胜负，各自鸣金收兵。

曹操亲自出战，让郭嘉留守营中。一连躺了多日，郭嘉决定出帐走走。将士们在外奋战，营中所剩军马不多，都在门口巡察。偌大的营寨，就他一个走在其中。这时，身后响起一声"郭嘉"。郭嘉转身看去，原来是许攸，郭嘉作揖行礼道："许先生。"

"怎么？在为孟德担忧？"许攸一副居高临下的模样。郭嘉听到许攸直呼曹操的字，略微不快，不由眼神微冷，说道："主公亲自出战，我们做臣下的理应记挂。"

许攸看看郭嘉，摇头嗤笑，自大地说道："有我为他指点，想不胜都难。"说着，双手往后一背，慢悠悠地向营门口走去。

只听前方传来一阵马蹄声，是曹操率军回营，许攸三两步走到曹操面前，问道："胜了？"曹操出战之前，采纳了许攸的建议，所以许攸这般急切地想知道战果。

曹操脸色不善，看了一眼许攸，摇摇头说道："进去说。"众人便随曹操身后进入营帐。曹操大致地说了一下今天的战况，询问大家可有破敌之策。

"'战势不过奇正，奇正之变，不可胜穷也。'我们不需要按照之前的排兵布阵，与袁军正面交锋，反而大可以退为守，出奇制胜。只要让袁军以为我们不敌，退至我们提前安排好的伏击地点，引袁军而来，将他们一举拿下，即可。"郭嘉献计道。曹操听后，十分赞同，随即命众将分头准备。

次日，曹操令许褚带兵作为先锋，佯装要攻取袁绍大营。袁绍得知曹军要来偷袭大营，立即派众兵严防死守，待曹军一到，便被一齐冲出来的袁军大败，只得转身而逃。

袁绍领兵在后面紧紧追击。曹军退至河边，前方无路可退，曹操看着众将，大声喊道："我们已无路可退，只有背水一战，我们才能有条活路。"为了保全自己的性命，曹军士气大振，转身面向敌军，奋力冲杀。一时之间喊杀声四起，袁军大乱，慌不择路，连连向后退。

袁绍急忙下令撤退，岂料被曹操早就安排好的伏兵团团围住，在众将的率领下，十路伏兵依次杀出，袁军被杀得片甲不留，惨不忍睹。袁绍父子见状，慌忙弃了仓亭，拼死逃生。

袁绍看着狼狈不堪的几人，仰天痛哭，大喊道："没想到我袁绍身经百战，却落得如此下场！"他急火攻心，一口鲜血从口中喷出，随即晕倒在地。几个人合力把袁绍送回冀州养病。袁谭、袁熙、高干各自回到自己的州郡，欲重整人马。

曹操在仓亭之战大获全胜，正准备领军乘胜追击欲取冀州，忽然接到荀彧的急报，说刘备在汝南与龚都和刘辟联合，想趁曹操出征在外、许都空虚之机，率兵袭取许都。

曹操顿感不妙，随即命曹洪领兵驻守官渡，自己则率军前往汝南，迎战刘备。

曹军与刘军于穰山相遇，曹操指着刘备责问："刘玄德，我一向待你不薄，你却忘恩负义，领兵偷袭，算什么英雄？"

"你以丞相之名，行天子之事，就算英雄了吗？"说着，刘备从怀里拿出衣带诏，当着所有人的面，大声地读了出来。

"衣带诏"三个字曹操都听不得，何况现在刘备还当着众人的面把它读出来，简直就是明目张胆地侮辱曹操。

曹操怒派许褚率先出战，赵云见状，提枪纵马，截住许褚。这时，关羽和张飞领兵从两侧一齐冲出。曹军本就远征，此时士兵疲惫不堪，无法抵挡刘军的攻势，曹操只好下令撤退。

曹军摆脱刘备的追击后，曹操下令安营扎寨。

郭嘉一直在曹操的营帐中，商议该如何应对刘备之军，他手里一直拿着地形图研究，直到军医把汤药送进来，他才把地形图放到了一边。曹操看郭嘉脸色依旧不好，有些不高兴地问军医："大夫，这么多时日了，奉孝为何还不见好？难道是你的医术不行？"

军医被吓得跪在地上，小心翼翼地说道："先生体质弱，加上过度忧虑，所以恢复得慢些，臣还发现……"

"主公，您也知道我身体一向不好，怪不得大夫。"郭嘉出声打断了军医的话。

"奉孝啊，要不还是派人送你回许都调养吧。你这个样子，我实在难安。"曹操叹气道。

"主公放心，我没什么大碍。只要我们平了汝南，就能班师回许都了。"郭嘉宽慰曹操。

不提还好，一提到刘备，曹操就想起今天他读"衣带诏"的模样，恨不能一剑刺穿了他。曹操握紧拳头，忍着心中的不快，问郭嘉："奉孝可有破敌之计？"

"主公，您看。"郭嘉把地形图放于两个人之间，手指在上面滑来滑去，悄声道，"这样就不怕打不败刘备了。"曹操听了，连连点头。

与郭嘉商定后，无论刘备派人如何挑衅，曹操都是闭营不出，就算是张飞在营门口大声喊着"衣带诏"里的内容，曹操也全当没听见。

刘备见状，不免起疑，这可不像是曹操的行事作风，就在纳闷的时候，手下来报，说曹军围住了前来运送粮草的龚都，还有夏侯惇已率军走小路奔往汝南了。

慌乱之际，刘备立即派张飞领兵前去营救龚都，关羽则率军去守汝南。关羽和张飞领兵，各自出发。

刘备焦急地等着两军的回报，不想却等来了关羽被围，汝南丢了，粮草被劫，张飞被困，龚都被杀的消息。刘备一屁股坐在凳子上，慌乱无措，萌生出退兵的想法，但又害怕曹军会追击。思来想去，刘备决定趁夜撤兵。

刘备带领众兵才跑了没多远，就被曹军围堵，还好赵云在身边，拼杀出一条血路，刘备才得以逃脱。就在刘备以为摆脱了曹军的追击时，忽然从侧面冲出一队人马，吓得刘备差点儿从马上摔下来，等他稳住心神朝来人看去时，终于松了一口气，原来是刘辟带着孙乾、简雍等人，一路护着刘备的家眷从汝南逃出。

刘备这口气还没喘匀，高览便带兵追击而来。眼下刘备进退无路，不禁叹道："如此局面，不如一死了之。"说着就要拔出佩剑自刎，却被刘辟拼命抱住胳膊："明公万不可冲动，待我去为你杀出一条生路。"说完，刘辟便跃马而上，只是眨眼的工夫，就被高览斩于马下。

刘备见刘辟被斩，正手足无措之时，赵云及时赶到，从后面杀散了高览的一队人马。这时，关羽和张飞也带着残兵赶来会合，一行人往南逃去。

夜幕降临，一行人已是疲惫不堪，刘备让众人原地休息，等天亮时再赶路。大家靠着树便睡去了，只有刘备在那唉声叹气。孙乾走到刘备的旁边，顺势坐下，劝说道："主公没有必要为一时的成败灰心，待到我们恢复势力，大可卷土重来。这里离荆州很近，不如我们先去投奔刘表，再等机会。"

"我担心刘表惧怕曹操，不会收留我们啊。"刘备说道。

"我愿前去劝说刘表，定会让他亲自出城迎接主公。"孙乾坚定地说道。

经过孙乾的劝说，刘表果然亲自出城迎接刘备。刘备见到刘表十分恭敬，连连道谢，刘表对刘备也礼遇有加，还专门给刘备一行人准备了一处宅院，刘备便在荆州安顿下来。

曹操听说刘备投奔了刘表，决定要乘胜，攻取荆州。

"袁绍眼见大势已去，只差最后一击，待夺取了冀州，那么青、幽、并三州便指日可破，但如果现在给了袁绍喘息的机会，那么之前我们的力气就白费了。不如平定袁绍以后，再攻荆州。"郭嘉劝阻曹操出兵荆州。

曹操最后听从了郭嘉的意见，便率领大军班师回许都，休整军队。

第五十四章

无声辞别

回到冀州的袁绍，经过休养，病情有所好转。一日，袁绍正坐在院子里跟袁尚闲聊，士兵忽然来报，说曹操领兵，正向冀州进发。

"这个曹贼，是不打算放过我了，那我就跟他决一死战！"袁绍怒拍桌子，要领军亲自出战。

"万万不可，父亲您身体才刚刚恢复，不宜远征。儿子愿带兵前去迎战。"袁尚主动请缨道。

袁尚的英勇果敢，让袁绍倍感欣慰，于是，他下令让袁谭、袁熙、高干火速领兵增援袁尚，抵抗曹操。

袁尚自觉英勇无敌，所向披靡，不等袁谭、袁熙和高干的人马到齐，就率领数万军马，直出黎阳，与曹军先锋张辽对战，在身经百战的张辽面前，袁尚不堪一击，眼见小命不保，袁尚掉转马头便跑。张辽领兵乘势掩杀，袁尚只得且战且退，一路逃回冀州。

袁绍得知袁尚不等增援，强逞英雄，结果战败，气得旧病复发，连吐了几口鲜血后，便昏死过去。

袁绍的身体每况愈下，他夫人刘氏赶忙把审配、逢纪找来，商量袁绍的后事。袁绍病重到连话都说不了，只能用手比画。刘氏坐在袁绍的病榻前，急忙问道："尚儿继承后嗣，如何？"袁绍吃力地点了点头。刘氏看了一眼审配，审配心领神会，立即在袁绍的病榻前写好遗书，遗书上表明将由袁尚接任大司马将军一职，并兼任青、幽、并、冀四州刺史。

审配落下最后一笔时，袁绍突然口吐鲜血，一口气没上来，便闭了眼。

审配和逢纪顺利拥立袁尚继位，当即派使者去往各州报丧。

袁谭正好在赶来冀州的路上，不料，却收到了父亲的死讯，他慌忙和辛评、郭图商议接下来该怎么办，与袁尚的争斗在所难免了。

"不如让我先去探探情况，将军暂且留在城外扎营，以防万一。"郭图建议道。

于是袁谭便谎称身体抱恙，无法入城，由郭图代替自己为父亲上香。祭拜袁绍后，袁尚把郭图叫到面前说道："我有意派兄长为前部，迎击曹军，你回去告诉他，做好准备。"

"袁将军现在身边没有什么才智之人，还请逢纪和审配同回营，协助将军，方可破曹。"郭图说道。

"那怎么行，我身边也不能没了他两个人。"袁尚拒绝道。

"我们一点儿谋略没有，让我们作为先锋，岂不就是让我们去送死。"郭图直言道，反正袁尚不放个人质在袁谭那里，袁谭是不会出兵的。

无奈之下，袁尚只好加封袁谭为车骑将军，派逢纪带着将军印绶，跟郭图一起回到了袁谭军中。

逢纪刚到袁谭的军营，就被袁谭扣留在军中，叫人严加看管，自己则率军亲赴黎阳迎战曹操。

曹军攻势凶猛，袁谭无法招架，眼见自己的大将被徐晃斩杀，袁谭当即下令全军退入黎阳，并让人快马加鞭地去向袁尚请求增援。

袁尚本就疑忌袁谭，现在袁谭又请求增援，袁尚拿不定主意，便与审配商量，审配建议道："此时是除掉袁谭的最好时机，正好可借曹操之手消灭袁谭，这样既不会让你背上弑兄的骂名，还能保存实力。"袁尚觉得审配说得很有道理，于是不肯出兵。

袁谭因为袁尚继位，心中已经全是怨言，如今袁尚又见死不救，袁谭一气之下，斩了逢纪，并扬言要带兵归降曹操。如此一来，袁氏兄弟之间的矛盾根深蒂固。

袁尚得知袁谭有意归降曹操，立刻慌了，若是袁谭真归顺了曹操，自己就彻底败了，于是，他亲自带兵，急忙去援救袁谭。此时，袁熙和高干也分别带兵赶到黎阳，都劝说袁谭不要意气用事，袁谭这才打消了降曹的念头，准备与袁尚、袁熙和高干共同抗敌。

然而，面对来势汹汹的曹军，袁军胆怯畏战，导致屡战屡败，兄弟几个人商量一下，决定放弃黎阳，撤回冀州。

冀州城池固若金汤，袁谭、袁尚等人又严防死守，闭城不出。

曹操猛攻之下，仍无法攻克，不由得心中沉闷。郭嘉在一旁，看在眼里，对曹操说道："主公无需烦闷。袁绍废长立幼，袁谭、袁熙、袁尚各树朋党，有审配和郭图两个人作为谋臣，定会争权夺利，兄弟失和。眼下我们急攻，他们反而抱团对抗，相互救应；不如暂且缓一缓，向南进军荆州，待袁氏兄弟为了权势，矛盾激化时，我们再出兵冀州，便可一举平定。"

"眼看就要攻取冀州，哪有现在退兵的道理？"许攸反驳道。

"冀州是袁绍多年经营的，它的稳固性可想而知，怎会被轻易攻破，况且袁军的兵力尚足，如果我们仍然坚持强攻硬拼，必然要付出很大的代价，反而得不偿失。"郭嘉仍然坚持退兵。

曹操又问其他人的意见，大家都觉郭嘉说得颇有道理，如果继续强攻，对曹军来说，不一定有利。于是曹操决定采纳郭嘉的建议："按奉孝说的办吧。即刻向荆州进发？"曹操说道。

"主公，我们还是先回许都，休整军队，再出征荆州，避免将士们过于疲乏。"郭嘉说道。曹操点点头，于是他下令，命贾诩领兵驻守黎阳，曹洪率军驻守官渡，自己则领大军回许都去了。

回到房间，郭嘉只觉胸口异常憋闷，他忽然感觉喉咙里有血腥味儿，赶忙拿起巾帕捂住自己的嘴，一口鲜血从他的嘴里流到了巾帕上。郭嘉用巾帕把嘴角擦干净，看看巾帕上的血迹，微微叹了口气。

"少爷，丞相派来的大夫已经到了。"邵恒在房门口喊道。

"嗯，请进来吧。"郭嘉端坐在桌前。邵恒将大夫请进来之后，在郭嘉的身旁站定，郭嘉有意支开邵恒，便吩咐道，"奕儿明天要上骑射课了，需要一把弓，你去帮他准备一下吧。"

"行，我一会儿去。"邵恒应道，仍是站那儿不动，还提醒郭嘉，"少爷，大夫等着为您把脉呢。"

"我突然想吃李子了，你去帮我买点儿。"郭嘉暗想：今儿是怎么了，非在这儿守着。

"少爷，现在又不是夏天，我上哪儿找李子去啊。"邵恒眉头紧锁道。

"那你就去帮奕儿忙，不用在这陪着了。"郭嘉直接给邵恒撵了出去。

这才伸出手，让大夫把脉。

大夫的手指在郭嘉的脉搏处轻轻一放，神色微惊："公子中毒已深啊！"郭嘉收回手臂："我只是劳累过度，心力交瘁，好生休养便会好起来。"说罢，眼神微冷地盯着大夫，看得大夫脊背发寒，立刻应声："对对，先生就是体弱，体弱。"

"不管是何人问你，就算是丞相，该怎么回答，你要心中有数。"郭嘉话里透露着威胁。

"欺骗丞相可是要受责罚的。"

"放心，你为我保密，我为你保命。"

邵恒送大夫出门的时候，旁敲侧击地问大夫郭嘉的病情如何？大夫只是说无碍。邵恒还在想，难道是自己多疑了？

曹军经过短暂的休整，恢复了以往的斗志。这天曹操把为郭嘉诊治的大夫找来，询问道："奉孝身体可有好些？"

"回丞相，先生最近气色好了不少，已无大碍。"大夫恭敬地答道。

"以他现在的情况，可以出征吗？"曹操担心郭嘉的身体经不起长途跋涉的折腾。

"没有太大问题，只要多注意休息便可。"大夫答道。曹操满意地点点头，才叫大夫回去。

出了曹操的书房门，大夫深深地吐出一口气，用衣袖擦了擦额头上渗出的冷汗，赶忙去找郭嘉。

"程大夫，辛苦你了。"郭嘉满是歉意道。

"先生，恕在下愚钝，为何一定要瞒着他们呢？"

"既然无法改变结果，至少过程得由我自己做主。程大夫放心，我说过会保你平安，就一定会让你安然无事。"

送走大夫，郭嘉坐在院子的庭廊里，左手抚在右手腕上的楠木手串上。当初郭达送给他这条手串时，他怀疑过手串是不是有蹊跷，可他转念一想，郭奕寄养在自己这里，郭达不至于还要置他于死地。直到郭达将死之时，他故意在郭达面前提起手串。当郭达看见手串露出的惊慌、快意的神情时，他的心才真真地沉下来，果然有蹊跷。随后他便去找了刀刀曾经务工的药材铺里的坐堂大夫，大夫一眼看出手串是被有毒的药水浸泡过，上面带着毒性，虽不能立刻致死，但时间长了，毒性也会入体，恐难医治。坐堂大夫为郭嘉诊过脉后，给他写下排毒的药方，至于有没有效，全看命运了。所以这么多年，郭嘉都是汤药不离身。每次邵恒熬药时都要问一嘴，药材怎么跟刀刀之前交代过的不一样呢？郭嘉每次都是找各种各样的借口搪塞过去，因为给郭嘉治病的大夫总是换来换去，药方自然也是不一样，所以邵恒没太在意。也多亏了大夫的药，让他又熬了些年头，但是自陈曦死后，郭嘉明显感觉身体越来越虚弱了……

郭嘉想想这些年，只要自己生病，就会绞尽脑汁、威逼利诱用尽手段，才让大夫们守住这个秘密，不觉好笑。

"郭嘉笑什么呢？你是又要随父亲出征了吗？"曹廷的声音打断了郭嘉的思绪。

"嗯。"郭嘉应道。

"你身体才刚刚恢复，为何不留守许都，换别人去呢？等你好了以后，有的是机会出征啊。"曹廷不想郭嘉又离开，自从嫁给郭嘉后，跟他在一起的日子屈指可数。

"做事要有始有终，这场持久战，开始的时候我在，结束的时候我也想在。而且，有个人必须由我亲自解决，才能了了我心中的结。"郭嘉牵起曹廷的手，语气轻缓地说道，"廷儿，你喜欢奕儿这孩子吗？"

"喜欢啊。我跟你说，奕儿可聪明了，学堂的夫子总是夸他。他还很懂事，府里有下人，但是他自己能做的事从不麻烦别人，有时觉得他就是太懂事了，好像把自己当成客人了，唉，我也说不好。"难得郭嘉有时间陪她说说话，她就打开了话匣子。

"如果我不在了，希望你可以接纳他，善待他，当作是自己的孩子一般。"

"你这话听起来有点儿怪啊。"曹廷歪着脑袋看着郭嘉。

"你也知道，出征在外，难免会遇到不测，所以提前告诉你，怕到时你会慌乱。"

"那你可以为了我们好好保护自己吗？"曹廷哽咽道。曹操这么多年征战在外，她这个做女儿的怎么会不知道其中的艰险，就是没想到，现在不仅要担心父亲，还要担心夫婿，她心里难受得紧。

"嗯，我会的。"郭嘉轻轻揽过曹廷，摸摸她的头，柔声道，"我们廷儿长大了。"一滴眼泪从曹廷的眼角滑落。

第五十五章

再献妙计

一切准备妥当，曹操率大军南下，征讨刘表。此时的刘表刚刚平定了长沙、零陵、桂阳三郡，时刻观察着朝中局势的变化。当刘表得知曹操挥师南下，吓得不敢再向北方进犯。

殊不知南下只是一个幌子，曹操无时无刻不在注意着袁谭、袁熙、袁尚的动静。

自曹操率军回许都之后，如郭嘉所料，袁谭和袁尚很快就因为夺权而反目成仇。袁谭跟袁尚要一些好的盔甲，以追击曹军所用。袁尚不但不同意，还在言语上讽刺了袁谭一番。袁谭十分生气，回去以后大发脾气，郭图劝谏道："袁尚实在太过自大，抢了原本属于你的位置不说，还如此怠慢你，不如与他一战，夺了冀州。"辛评在一旁也连连说郭图的建议甚好。袁谭心中憋闷，当即领兵去打袁尚。袁尚以军马数量多的优势，直接打跑了袁谭。

袁谭带着残兵败将逃至平原，袁尚和袁熙联合追击而来，把平原团团围住。袁谭一筹莫展之际，只好采纳郭图的建议，让辛评的弟弟辛毗去曹操那里请求增援，表示愿意归降曹操，并承诺若是曹操打败了袁尚，愿意与曹操共分冀州之地。

事情的发展按照郭嘉预料的那样，曹操趁着袁谭求救之机，一边稳住袁谭，一边将袁尚、袁熙击退到邺城。随即率大军攻打邺城，袁尚、袁熙不敌，逃至幽州，曹操一举攻下邺城。

岂料，袁谭见袁尚这个危机解除了，就想独占冀州，也不管能不能打得过曹操，就公然背叛了当初向曹操求援时立下的承诺，趁曹操军刚攻下邺城不久，兵士劳累，竟抢占了冀州五郡，只给曹操留了个邺城，还把袁尚原有的旧部收归己有。袁谭此举无疑是虎口拔牙，激怒了曹操。曹操随即派兵攻打袁谭，夺取冀州。曹操挥军进城，袁谭不敌，很快便被曹军给绑了，被绑的还有郭图和辛评。

"曹贼！我都已归降，你还来攻打我！"袁谭跪在地上，怒吼道。

"你都说了归降，那么这座城池便已是丞相的。丞相到自己管辖的州郡视察，你却起兵阻挡，倒是贼心不死啊！"郭嘉的声音响起，他从曹操的身后出来，走到袁谭、郭图、辛评的面前。

"你是谁？有什么资格在这评判我！"袁谭不服气道。跪在一旁的郭图看着郭嘉："郭嘉，害我们沦落至此的人！"

"郭图，你说我害你，那为何死的人是我的妻子！"郭嘉满脸怒容，咬牙切齿道。

"哼！为何？因为她愚笨，选了你做夫婿！"郭图从未想过有一天会跪在郭嘉面前，狼狈至极，他大吼道，"只怪兄长当年太过心软，让你活到现在，害得郭家落寞。要不是他阻拦我，我早把你杀了！哪会轮得到你在我面前耀武扬威。不对，怪我自己才是，那把火我放得不够大啊！"郭图疯了一般，大笑道。

"火？"郭嘉难以置信地看着郭图。

"对，就是那场烧死你父母的大火，是我放的，哈哈哈哈，你那么聪明，竟然不知道？"郭图笑得眼泪都出来了，恶狠狠地继续说道，"你爷爷还把我兄长当成是你的救命恩人，愚蠢至极！可笑至极！"

郭嘉紧紧地咬住后槽牙，手上青筋暴起，突然拔出身旁乐进的佩剑，抬手一挥，郭图应声倒地。在场的所有人都愣住了，这是郭嘉第一次拔剑杀人，也是最后一次。

乐进注意到郭嘉颤抖的胳膊，伸手过去拿过佩剑，并轻轻拍了拍郭嘉的肩膀，劝慰道："先回车上吧。"

曹操也没想到，竟然是郭图兄弟二人害死郭嘉父母的，一时间不知该如何宽慰他，心里叹道：权势啊……

袁谭见郭图被杀，心里真的慌了，赶忙向曹操求饶："丞相，我错了！我保证以后只臣服于您，请饶我一命。"而曹操一脸厌恶地看着袁谭，随手一挥，袁谭和辛评同时被斩。

曹操来到郭嘉所在的马车上，本想劝慰几句，不想却是郭嘉先开口，提出建议："主公若是能够亲自召见冀州的名士，并委任为官，定会使得冀州更加安定，同时其他州郡也会随之归附。"郭嘉的这个建议得到了众人的赞赏，曹操更是欣慰，道："深谋远虑者，奉孝也！"于是，他采纳了郭嘉的建议，并当即封郭嘉为洧阳亭侯。众人纷纷上前向郭嘉道贺。

安排好冀州的事宜后，曹操下令乘胜北进，讨伐幽州的袁尚和袁熙。

袁尚和袁熙自知不是曹操的对手，在曹军抵达幽州时，不战而逃。

两个人带兵一直逃到乌桓。乌桓地处沙漠，是一个以游牧射猎为生的少数民族。乌桓的势力日渐强大起来，其中最为强悍的非辽西单于蹋顿莫属。

袁绍盘踞幽州时，曾以朝廷的名义封乌桓的首领为单于，并把袁氏家族的女儿嫁给他们，以此来笼络乌桓的贵族。所以，袁熙和袁尚才会带着败军投奔乌桓。

曹操得知袁尚、袁熙兄弟二人逃至乌桓，担心他们会借助乌桓的势力卷土重来，于是立即召集众人，商讨如何攻打乌桓。

"乌桓距离我们路途遥远，远征并非轻而易举。"曹洪率先说出自己的意见。

"再者，刘备一直唆使刘表趁我们出征，攻打许都。如果我们远征乌桓，刘表趁机起兵，那该怎么应对？后果不堪设想。不如现在撤回许都，刘表就不敢来犯，我们也能得到休整。"张辽也不建议远征乌桓。

"主公，袁氏兄弟不过是逃亡的败军，不足为患。夷狄贪而无亲，乌桓又岂会为袁尚所用？"程昱也不赞成远征。

曹操见所有人都反对远征乌桓，郭嘉却迟迟没有说话，便开口问道："奉孝，可有想法？"

"袁尚、袁熙兄弟还在，那么卷土重来的贼心就会不死，若不乘胜追击，彻底消灭，我们的后方便始终存在隐患。乌桓自恃地处偏远，途中又有沙漠相隔，一定不会设防，如果我们发动奇袭，便是十拿九稳。若是放任袁尚、袁熙，他们必然会同乌桓伺机滋扰青、幽、并、冀等州。袁尚还会利用乌桓为后盾，招集兵马，到时难保蹋顿不会萌生野心，若真的让袁尚和袁熙与乌桓联合起来，后果才是真的不堪设想。"就在众人反对远征之时，郭嘉还是建议征讨乌桓，他继续分析道："至于刘表，不过是个只会纸上谈兵的人，他自知才能不如刘备，若是重用刘备，还怕刘备不再臣服于他，所以定不会重视刘备的建议，时间一长，刘备也不会对刘表尽心尽力，他们之间互相猜忌、相互制约，即便是您全力远征，许都空虚，也无需多虑，刘表根本不会起兵。"

曹操听后茅塞顿开，那些反对远征的将领和谋士也被郭嘉的分析征服。于是曹操下定决心，远征乌桓。

曹操率领大军行走了半月有余，终于抵达乌桓境内。但是却被眼前的飞沙扬砾、荒无人烟的景象震惊了。由于环境的差异，曹操大军前行的脚步越来越沉重，越来越缓慢。

曹操心里萌生出退兵的想法，于是去找郭嘉，想问问他的意见。

郭嘉的身体经受不住长途跋涉，水土不服，一直卧病在马车中。邵恒和军医跟在他身边照顾着。

曹操来到马车上，看到郭嘉脸色惨白的样子，神情悲伤地说道："要不是随我平定乌桓，你也不会染病，遭此大罪。前方之路越发难行，不如我们退兵吧。"

郭嘉道："主公，兵贵神速，有进无退。如今我们从千里之外攻打敌人，辎重太多，难以快速前进，万一被乌桓知道了，定会有所防备。不如派出一支轻骑精兵，乘乌桓不备，从小路奔袭，打他个措手不及。"

"好，按你说的办，我会亲自率领精锐前往乌桓大后方。大军马上就到易州了，你就留在易州养病，待我破敌后归来，我们好好庆祝一番。"曹操拍了拍郭嘉的肩膀说道，"我已让文若寻得神医，这就派人告知神医赶往易州，与你们会合，有了神医，你的病很快就会痊愈。"

"多谢主公眷顾，您要万事小心。"郭嘉嘱咐道。

随后曹操命袁绍的旧将田畴为他带路，越过卢龙口，跨过白檀关，经平岗，穿鲜卑庭，直扑乌桓蹋顿的大本营柳城。

第五十六章

郭嘉命殒

　　冀州，郊外。一处院子里，刀刀正在晾晒药材，这时师父匆匆赶回家中，拿了很多药材放进药箱里，"师父，您要出诊怎么带这么多药材啊？"刀刀问道。

　　"这次去的地方较远，有备无患，你赶紧收拾一下，跟我一起出发。对了，樊阿呢？"华佗吩咐道。

　　"师兄去收药材了，应该快回来了。"刀刀答道。

　　"好，等他回来，我们即刻出发。"

　　"师父，我们要去哪里啊？"

　　"易州。"

　　"是哪位大人物生了病，能请您跑这么远的路去诊治？"

　　"曹操。"华佗如实答道。

刀刀微微走神，有种不好的预感涌上心头，她试探地问了问："曹操得什么病了？"

"请我去的是曹操，病的另有其人。"

"师父可知道是谁吗？"

"你怎么这么多问题。听说是曹操身边的一位先生，据说这位先生是个奇才，曹操十分重视……"华佗喋喋不休，还在说着这个奇才，但是刀刀的耳朵就像失聪了一样，看着华佗的嘴在上下动着，就是什么也听不到，整颗心沉入谷底。

华佗带着刀刀和樊阿匆匆赶往易州，刚到易州城就赶上大雨，三个人在大雨中疾步前行。刀刀老远望见，在门口焦急等待的人正是邵恒。

邵恒看见华佗上前行礼，连忙把华佗迎进门，这时，刀刀喊了邵恒一声，邵恒回头见来人还有刀刀，心里别提有多激动了："刀刀！是你！真的是你！快，随我进去，少爷要是知道你回来了，肯定高兴。"

邵恒把他们三个人带到郭嘉的房间，推开门的那一霎，见到久违的他，刀刀红了眼眶。她看着半依靠在床榻边的人，本就消瘦的身体，如今就剩下皮包骨了，难掩心中的悲伤。她不知道这是患了多重的病，才会虚弱成这样。郭嘉望过来时，眼底的波动没有逃过刀刀的眼睛，她只是会心一笑。

刀刀一直在旁边看着华佗为郭嘉把脉，眼看华佗眉头间的褶皱加深一分，刀刀的心就沉下去一分。

郭嘉和华佗的对话，她看在眼里，记在心里，知道郭嘉一定有事瞒着大家，现在看来，八成跟那手串有关。待所有人都出去了，只剩他俩时，刀刀坐到了床边的凳子上，两个人相对，默默无语。

刀刀知道她要是不先开口，两个人很有可能就这么坐到天亮，于是打趣道："你的身子还是一如既往地弱呀。"郭嘉笑着摇摇头："你是来为我诊病的？"

"你敢让我为你诊治吗？"刀刀瞪着圆溜溜的眼睛看着郭嘉，郭嘉摇摇头，他是真不敢啊。

"这几年还好吗？"郭嘉问道。刀刀点点头："很好。但是你看上去不太好啊。"

"老毛病了，你又不是不知道。唉，是不是年岁长了的原因，总感觉现在见你一面，需要几年之久。"郭嘉感慨道。

"以后我们年年见！"刀刀眼睛微红，却换来郭嘉的沉默不语。两个人都心知肚明，以后哪还有年年啊……

这时樊阿把熬好的药送进来，刀刀看着郭嘉喝下后，让他好好休息，晚一点再来看他。

出了房间，刀刀忍不住哭了出来，怕被郭嘉听见，捂着嘴默默地流泪。邵恒一直在门口等着刀刀，见她这副模样，猜想郭嘉怕是不好了，心里揪揪着。

"你可能不知道，夫人两年前就去世了。是郭图派人害死夫人的，夫人死后，少爷就把小少爷还有陈伯他们都带到了许都，现在由二夫人照顾小少爷。二夫人是丞相之女，少爷是拒绝了这门亲事的，奈何二夫人铁了心要嫁给少爷，不管丞相怎么阻拦，哪怕做妾室，二夫人都要嫁进来，少爷没有办法，便娶了。不过少爷人好，从未怠慢过二夫人。少爷把郭图杀了，为夫人报仇了……"邵恒絮絮叨叨地说着这几年郭嘉发生的事，刀刀就在旁边静静地听着，原来他经历了这么多，如果当时自己没有离开，是不是就不会错过他这几年的时光。

华佗走过来，打断了两个人的谈话，沉重地说道："准备后事吧。"

邵恒连滚带爬地跑进郭嘉的房间，冲到床边，哭道："少爷……"

"你来得正好，叫人把这封信送去给丞相，要快！"郭嘉递给邵恒一封书信。

"这都什么时候了，您还惦记战事。"邵恒哭喊道。

"你先把信送了，回来再哭，快！急！"郭嘉无奈地笑道。邵恒只好哭着去找乐进，让乐进赶快派人送信。乐进见邵恒这般模样，不禁问道："先生……"

"少爷快不行了。"邵恒哭道。乐进安排好送信的人，便赶去郭嘉住的地方。

邵恒跑出去的时候，刀刀走了进来，直接问道："你明知手串有问题，为何还戴着。"

"我也是后来才知道的，发现时已经晚了。罢了，就当是我还他一条命吧。虽然那场火是郭图放的，但也确确实实是郭达帮助爷爷把我从火场里救出来的，不然我早死了。"郭嘉平静地说道。

"那郭图……"

"刀刀，人之将死其言也善，我不想带着仇恨离开。"郭嘉冲刀刀笑笑。

当天夜里，屋子里一群人围着郭嘉，他强挺着说道："我这一生，从未辜负家人、朋友，不负主公、百姓，值了。若有来生，愿生在太平盛世，不为谋臣，不与战争，只愿为一人夫、一人父，平淡一生。"随着郭嘉的话音落下，他的双眼永远闭上了。

邵恒跪地大喊："少爷！"他扑到床边，抱着郭嘉的尸身痛哭不已，堂堂七尺男儿，随着郭嘉的离去，仿佛被抽走了灵魂。自被郭嘉救起的那刻开始，邵恒便决定一生伴郭嘉左右，任郭嘉差遣。可是郭嘉却当邵恒为朋友、兄弟，给予他最大的尊重，如家人一般关爱。在郭嘉的引导下，邵恒成为一名不折不扣的真汉子，能够独自承担起肩上的责任。现在，郭嘉不在了，他的心也空了。

在郭嘉说出最后一番话的时候，刀刀的脸上平静如常，看不出任何异样，只有她自己知道，心揪在一起的滋味是哪般，哀莫大于心死大概就是现在这样。

看着没有了呼吸的郭嘉，刀刀的眼睛里满是不舍与绝望，她不敢哭喊，不敢落泪，甚至不敢趴在床边抱着他的尸身哭一哭。因为她知道郭嘉不会想看到那样的情景。她回过头，冷静地吩咐下人："先派一人去禀报丞相，然后将棺材、寿衣准备好，邵恒，你来给少爷换上一身干净的衣服，拿白布条……"刀刀有条不紊地交代郭嘉的丧礼该怎么办，她特意交代下人："少爷生前不喜招摇，也不会在易州下葬，一切从简就好。"果然，最了解郭嘉的还是刀刀。

第五十七章

最后一计

曹操大军行至白狼山下时，距离柳城仅剩 200 多里路了，这时乌桓才知道曹军已经攻来的消息。袁尚、袁熙和蹋顿立即领兵迎战。

曹军虽然人数不多，但准备充分，士气十足。曹操观望到乌桓排兵布阵，漏洞百出，立即派张辽领兵出击。

只见张辽、徐晃、许褚和于禁兵分四路，冲下山去，勇猛如虎。而乌桓骑兵看似凶猛，斗志满满，实则是仓促应战，面对势如破竹的曹军，乌桓骑兵军心不稳，顿时大乱。

张辽趁乌桓骑兵慌乱逃窜，纵马冲入敌营，与蹋顿撞个正着，张辽眼疾手快，手起刀落，将蹋顿斩于马下。乌桓骑兵见主将已死，纷纷下马投降。袁尚和袁熙见势不妙，趁乱带着几千骑兵向辽东奔逃。

就在曹操想领兵追击之时，士兵把郭嘉派急马送来的书信交给曹操。

曹操连忙拆开来看。郭嘉在信上说："若是袁熙、袁尚趁乱逃走，应该是投奔辽东公孙康，此时不宜急攻并力，如果乘胜追击袁尚、袁熙，就会让畏惧主公的公孙康与他们联合起来，一起抵抗我军，于己不利。可采取缓攻，过不了多久，公孙康和袁尚、袁熙之间的矛盾就会激化，他们相争，便会对我军有利。再者，倘若我们缓攻，公孙康就会明白此番兴兵不是为了讨伐他，他会除掉袁熙、袁尚以讨好主公，作为我军撤退的回报。"

曹操看过信后，大喜，转身对张辽说道："不用追了，我们就等着公孙康把他们兄弟二人的首级送来便是。"张辽震惊地看着曹操，曹操大笑："我有奉孝，何其有幸啊！等我们回去的时候，他应该已经大好了！一定得加封他。"张辽也跟着高兴起来，他对郭嘉也是打心底的佩服。

让曹操万万没有想到的是，此时郭嘉在易州已经病逝……

公孙康得知袁尚、袁熙兄弟两个人要来投奔自己，表面上没说什么，那是因为公孙康害怕曹操领兵攻打辽东，自己势单力薄，只能联合他们的兵力自保。实则心里并不愿接受他们二人，公孙康在辽东自大惯了，他们一来，公孙康就要时刻戒备他们，以防他们吞并辽东。

公孙康的担忧，还是很有先见之明，袁尚、袁熙他们抵达辽东后，就虎视眈眈地盯着这方土地，打算夺取公孙康的军马，扩充自己的势力。于是袁尚萌生了杀掉公孙康的想法。

袁尚、袁熙谋划吞并辽东之时，公孙康也在想办法除掉他们，他命人埋伏于马房，然后派人去请袁尚、袁熙，说有事商讨。待袁尚、袁熙一到，伏兵一齐冲向他们兄弟二人，当场将两个人斩首。正如郭嘉所料，公孙康把他们的首级给曹操送去了。

曹操此战大获全胜，领军进入柳城，安抚城中百姓后，便领兵赶回易州。

　　曹操带着众将，终于历尽艰辛回到易州，众人回到府衙，准备休整一下。这时，见乐进跑了进来，他看着曹操疲惫不堪的样子，欲言又止。

　　曹操出战之际，特地让乐进留在郭嘉身边，护郭嘉周全，现在他们前脚刚到易州，乐进就跑来，定是郭嘉那边出状况了，曹操厉声问道："说，出了什么事！"

　　"先生，先生……"

　　"奉孝怎么了！你倒是说呀！"曹操急道。

　　"先生，不禄……"乐进低头，最后两个字从牙缝里挤出来，他跟郭嘉相识多年，经常一块儿出行，对于郭嘉的死，他的心里也十分难过。

　　"什么？！不可能！他前两天刚给我写的书信，叫我缓攻……不可能……"曹操感觉身上的力气仿若被抽干了一样，瘫坐在凳子上，一句完整的话都说不出来了，"带我，带我去看看，看看奉孝。"

　　乐进搀扶着曹操去了郭嘉居住的宅院，曹操远远地看见房门前挂的白灯笼，眼泪就控制不住地往下流，守门的小厮看见曹操到来，赶紧进院通报，邵恒匆匆来迎，作揖行礼之后，领着曹操一干人进入前堂。

　　一口棺材摆在正前方，郭嘉正安睡于内，旁边跪着刀刀和几个下人。刀刀见曹操进来，跪地磕头。曹操侧目，并不认识跪地之人，但眼下实在没有心思关心这个，眼里只有面前的棺材。

　　曹操哭得几乎说不出话，激动地问邵恒："我不是请了神医来为奉孝诊治吗？神医呢？为什么没有医治好奉孝！"这时，神医华佗站出来，带有歉意地回话："回丞相，我赶到易州时，公子已经行将就木，就算神仙在世，也无力回天。公子命殒，在下也十分惋惜，还望丞相节哀。"

　　"奉孝怎么就会行将就木！肯定是你这庸医害死奉孝的，来人，把他拖出去斩了！"曹操怒吼道。

"且慢！郭嘉尚未入土，丞相就要当着他的面儿杀掉为他医治的大夫，恐有不妥。"刀刀出声阻拦。邵恒在一旁拽拽刀刀的衣袖，刀刀权当没看见。

"你是何人？"曹操厉声问道。刚进来的时候，他就注意到这个女子是以郭嘉家眷的身份行跪拜礼。

"我是郭嘉的……妹妹，郭刀刀。"在说妹妹两个字的时候，刀刀微微停顿了一下，恍惚间，竟然分不清自己到底是郭嘉的谁。

"原来是奉孝的妹妹。这个庸医害死了你兄长，你还要替他求情。"曹操嗤笑道，郭嘉的死太突然了，曹操现在不管看谁都像是害死郭嘉的人。

"华大夫是我的师父，怎会害郭嘉。"刀刀急声道。

"主公，不如我先送您回去歇一下，我们得抓紧送先生回许都才行。"乐进上前说道。曹操这才放过华佗。

长期劳累，加上郭嘉的死的打击，曹操没走两步，就感觉头痛不已，突然晕倒在地，还好华佗在一旁，及时为曹操诊治，曹操才得以醒来。曹操谢过华佗之后，便让乐进准备回许都，他得赶紧把郭嘉带回去，好好安葬。

大军班师的前夜，邵恒在院子里找到刀刀："就知道你在这儿。"

"怎么了？"刀刀转身问道。

"明天就要启程回许都了，怕你心思重，想太多，过来瞧瞧。"

"邵恒，你带郭嘉回去吧，我没打算去许都。"

"为什么不跟我一起回家？你都在外面漂泊多少年了，再说家里还有小少爷呢。如果你不愿意在许都待着，我们可以把小少爷接上，一起回颖川。"邵恒激动道。

"你以为郭嘉为何要把奕儿带到许都，只是因为嫂嫂不在了吗？颖川还有郭宏，奕儿身边还有陈伯，他们都可以照顾奕儿，不是吗？"

邵恒被问得哑口无言，他心里清楚，郭嘉是在为郭奕的将来铺路，不仅是要保郭奕的周全，还要让他有所作为，而许都就是最好的去处，曹廷是最好的后盾。

刀刀推心置腹地说道："我这些年陪着师父到处行医布药，看过太多的生离死别，亦听说许多人生的无奈。以前总是认为，不管我在哪儿，都有一个人在后面等着我。但是，现在那个人不在了，我的家没了。邵恒，我的家没了，你能理解吗？"郭嘉闭上眼睛的时候，刀刀没有流泪，被抬进棺材里时，她也没有流泪，而此刻，眼泪仿佛决堤了一般，因为她知道，真的要跟郭嘉分开了，永远分开了……

"刀刀，少爷生前最放心不下的就是你了。他嘴上不说，但我看得清楚。他把小少爷的后路安排好了，也把我的出路安排好了，唯独你，可能这就是你跟少爷之间的默契吧。既然你已经决定不跟我们回去，我也不再勉强。但是你要记住，家里的大门一直为你开着。"邵恒哽咽道。

"不用担心我，好好照顾奕儿。你年岁不小了，遇到可心的人，还是要成个家。"刀刀念叨着。

"以后啊，我只管照顾好小少爷，其他的，不考虑。"邵恒坚决地说道。

"真是赖着少爷不行，还得赖着小少爷。"刀刀一脸泪水地打趣道。他们两个人都不知道今后还有没有再见面的机会，虽然没有诀别的话语，却胜似诀别。

大军出发前，刀刀将一封信交给曹操："这是郭嘉临终前托我交予丞相的。"

"你是奉孝的妹妹，为何直呼他名讳呢？"曹操不解地问道。

"爷爷说过，我是可以做他姐姐的人。"说完，刀刀头也不回地走了。

直到这时，曹操才想起来为何这个丫头十分眼熟，原来她就是当年的那个小丫头啊。曹操拆开郭嘉留给自己的最后一封信，上面只是叮嘱，若将来南下攻取江东，小心周瑜，此人善用之道，还有谋略，万不可轻敌。

曹操悲叹道："奉孝临走之前还要为我谋划，失去他，我的损失啊！"

曹廷看到郭嘉的灵柩时，趴在上面哭到晕厥，再醒来时，已是郭嘉下葬之后。

"母亲，您醒了。"郭奕见曹廷醒了，赶忙让婢女端了一碗水给她喝。

"郭嘉……"

"您昏睡了整整两日，父亲……实在不能再耽搁了，就由丞相安排，入土为安。"郭奕红着眼眶说道。

曹廷听了，放声大哭，婢女们在一旁安慰。

曹操为郭嘉办了一场浩大的葬礼，文臣武将全都赶来悼念郭嘉。

郭嘉的葬礼结束后，曹操把众人召集到一起。自远征回来以后，曹操一直没能犒赏一下大家，在酒宴上，曹操缅怀郭嘉，叹道："在座的各位跟我年纪差不多大，只有奉孝最年轻。我原本想着待大事完成后，就把后事托付于他，可谁能想到，这么年轻他就去了，唉！老天不公啊！"

一旁的荀彧抬手，抹去脸上的泪水，自从听闻郭嘉的死讯后，他便一病不起，直到郭嘉葬礼，才强撑着身子来参加。

郭嘉的病逝，是在座的每一个人心里的惋惜。

随后曹操向皇帝上书说道："军祭酒郭嘉，随我征战有 11 年，多亏他足智多谋，随机应变，总能洞察战机，我才能作出正确的决策。如今天下平定，郭嘉参与谋略的功绩最高。可惜他英年早逝，不能再建功立业。请求陛下追思郭嘉的功勋，实在不可忘却。"皇帝看过表文后，追封郭嘉为贞侯，由郭奕继承。

郭奕在家里接受了皇帝的赐封。曹廷在一旁很是欣慰，但还是忍不住流下了眼泪，如今的荣耀都是郭嘉拿命换来的，叫她怎能不难过。

"母亲，父亲临行前曾叮嘱我，说我现在是家里的顶梁柱，您放心，我不会辜负父亲的期望。"郭奕神情坚定地说道。

"所以你才改口叫我母亲的？"郭奕来到许都后，一直唤曹廷为姨母。

"父亲说，母亲长大了，是一个非常善良的好母亲，若是我还叫姨母，那么母亲又会变成孩童，会难过伤心。"

曹廷听了郭奕的话，破涕为笑，随即又大哭起来，她很想念郭嘉……

邵恒看着哭成泪人的母子俩，抬头望向天空：少爷，您看到了吗？我们现在都很好，您可以安息了……

第五十八章

卧龙不出

　　曹操自平定了袁绍的势力回到许都后，时常看着形势图发呆，有时会下意识地问道："奉孝，你觉得如何……"可是再也听不到郭嘉的回应。

　　"主公，是不是又想奉孝了？"荀彧走进来，就见到曹操盯着形势图，眼眶微湿。

　　"唉！一时间还真不习惯。"曹操吸吸鼻子，继续说道，"我一直有个打算，就是攻取荆州，你觉得如何？"

　　"我们刚经历过与袁氏的大战，现在贸然南下，恐有不妥。如果主公对荆州志在必得，不如先观望，待有好的时机，再动手也不迟。"荀彧答道。

　　曹操点点头，随即派曹仁、李典，连同袁绍的降将吕翔、吕旷，领兵驻扎在樊城，以便监视荆襄九郡的一举一动。

"将军，属下听闻刘备最近在新野招兵买马，囤积粮草，此人胸怀大志，若不尽早铲除，必有大患。我们兄弟二人自归降丞相之后，寸功未立，请将军允准我们率领五千精骑，前去拿下刘备，为丞相之大业出一份力。"吕旷、吕翔对曹仁说道。曹仁听后十分高兴，见二人士气高昂，当即调给两个人五千军马讨伐新野。

刘备收到吕旷、吕翔率兵前来的消息，急忙请单福来商议。

"只要我们保证不让他们进入新野境内，即可。"单福说道。

于是刘备派关羽领兵从左翼出击，张飞领兵从右翼出击，两队人马分别攻击吕旷、吕翔的中路和后路，刘备则和赵云领兵正面迎敌。双方列开阵势，刘备纵马出阵，喊道："何人来我边境进犯？"

"我乃奉曹丞相命令，特来擒你。"对面吕旷一跃而出。

刘备听后，愤怒不已，派赵云迎战。赵云出马，一个顶十个，眨眼的工夫，就将吕旷斩于马下。刘备随即挥军掩杀，吕翔抵挡不住，连连败退。这时，关羽率军从路旁杀出，吕翔的军马折损大半，但好在逃了过去。

然而，没等吕翔逃出多远，就被张飞截击，吕翔始料不及，被张飞一矛刺中，落马而死。而剩下的曹兵，被刘备、赵云追击，大都做了俘虏。此战刘备大获全胜，对单福更加器重。

曹仁得知吕旷、吕翔被刘备所杀，剩下的士兵被刘军活捉，怒火中烧，立即找来李典商议。李典说道："他们两个人就是因为轻敌才会战败。所以我们暂且按兵不动，待禀告丞相后，请丞相派大军征讨刘备，会比较稳妥。"

"那怎么行！刘备杀我两将，俘我士兵，这个仇我必须报。"曹仁怒道。

“不是不让你报仇，只是现在的时机不对。”李典劝道。

“我即刻领兵，去会会刘备，不然他还以为我们曹军好欺负呢。”说罢，曹仁便率领二万五千大军，杀奔新野。李典没有办法，只得跟去。

双方交战，总有一败。结果是曹仁大败，还被刘备夺取了樊城。曹仁和李典率领残兵逃回许都，把损兵折将的经过详细地说给曹操听，并请求处罚。

“胜败乃兵家常事，只要吸取教训就行。对了，可知是哪位高人在背后指点刘备？”曹操问道。

“听闻是一个叫单福的人。”曹仁禀答道。站在曹操身侧的程昱笑道：“什么单福，此人姓徐名庶，字元直，乃颍川人士，单福只是他的化名。曾因年轻气盛，惹下人命官司，走投无路之下，只好改名换姓。他曾遍访名师，与司马徽是故友。”

“徐庶很有才学？”曹操问道。

“强出我很多。”程昱如实回答。

“可惜如此能人被刘备得了去。”曹操叹道。

“若丞相想把他招致门下，我倒是有一个法子。”曹操眼睛一亮，程昱继续说道，“徐庶虽然漂泊在外，但他是个名副其实的大孝子，一心惦记家中无人奉养的老母亲。丞相大可派人把他的母亲接到许都，让他母亲写信给他。徐庶见了书信，定会来到许都。”曹操连连称赞程昱的计策好，立即派人去把徐庶的母亲接到许都。

程昱谎称自己是徐庶的结义兄弟，每天都去探望徐庶的母亲，一来二去，顺利骗得徐庶母亲的笔迹，并模仿老人家的字体，伪造了一封家书，派人给徐庶送去。

徐庶看过信后，只能向刘备告辞。刘备理解徐庶的心情，应允了他的离开。但是孙乾却劝说刘备，不能轻易放走徐庶，倘若徐庶跟随了曹操，对他们很不利，要么杀掉徐庶，要么留住徐庶，对他们才是百利无一害。

然而，刘备没有听取孙乾的建议，而是亲自送徐庶出城。临别之际，刘备问徐庶，是否还认识其他像他这样的人才，徐庶坦诚地说道："确实有一位高人，就住在襄阳城外20里的隆中。"

刘备大喜，追问此人的姓名，徐庶回答说："此人复姓诸葛，名亮，字孔明，琅琊阳都人。现隐居于南阳卧龙岗，自号为卧龙先生。诸葛亮足智多谋，绝代奇才，如果他肯出山辅佐明公，那么大业就指日可待了。"

"水镜先生曾跟我提起过，伏龙、凤雏，得一可安天下。你说的这个人，莫非就是其中的伏龙？"刘备惊喜地问道。

"正是。凤雏乃襄阳庞统，伏龙乃诸葛亮。"

"多谢元直指点，感激不尽！感激不尽！"刘备大喜过望，没想到自己所需的高人竟近在眼前，简直就是天助他也。

然而此时在各地之间，流行着这样一句话："郭嘉不死，卧龙不出。"没有人知道这话是何人所说，从哪儿传出，但是却穿梭在大街小巷之间，也是百姓口中津津乐道的传闻。

刘备送别徐庶后，立刻命人备下厚礼，准备带着关羽和张飞到南阳去请诸葛亮。

请高人出山并不顺利，刘备一行人刚过了南阳，没走多远便来到了诸葛亮所住的地方。刘备下马，上前叩敲柴门，一名童子打开柴门，探出头来。刘备谦虚地自报家门，说道："汉左将军宜城亭侯领豫州牧皇叔刘备，前来拜见诸葛先生。"

“名号太长。”童子翻了一个大大的白眼。

“刘备前来拜访先生。”刘备又重新说了一遍。这时童子才告诉刘备，诸葛亮出门在外，不知多久才能回来。刘备只好带着一行人回新野，临走之前，刘备告诉童子，自己还会再来，并留了一封信给诸葛亮。

就这样，刘备带着关羽和张飞等人，来来回回走了三次，诸葛亮才与刘备相见。

只见诸葛亮身高八尺，面如白玉，头戴纶巾，身披鹤氅，绝对称得上是谦谦公子。刘备上前施礼，开门见山地说明来意。诸葛亮回应道：“我乃一介乡野村夫，只是多读了两本书而已，并无王佐之才，承蒙将军多次来访，恐怕会辜负您的一片诚心。”

“司马徽、徐庶都对你赞赏有加，怎会有错？还请先生不要嫌弃我的无知浅薄，我是真心诚意邀请先生来到我身边，不单单是为大业，更是为天下百姓得以安宁。”刘备诚恳地说道。

“没承想将军心中记挂着百姓，是我眼拙了。”孔明语气中带有些许的歉意，在他眼中，时局动荡，大部分人考虑的都是自己的大业，很少有人会把百姓放在心里。

“眼下奸臣把持朝政，汉王朝倾覆，我一心想伸张正义，奈何智短谋浅，接连遭遇了几次挫败。但是这些并不会消磨我的意志，我心如初。还要请教先生，我该如何去做？”刘备悲愤地说道。

诸葛亮沉思一会儿，便滔滔不绝地说道：“自董卓作乱，群雄并起。曹操已坐拥百万大军，并挟天子以令诸侯，势头正盛，眼下无人能撼动他的地位。再说孙权，他盘踞江东，地势险要，深得民心，将军只能把他当作盟友，不能与他为敌。荆州，北靠汉水、沔水，南可直通到南海，东与会稽、吴郡相连，西可直达巴、蜀，这便是上天赏赐给将军的资本。

还有益州，四周关隘险固，土壤肥沃，但奈何刘璋昏庸无能，当地的有识之士都在盼望能够出现一名贤主来治理益州。将军乃皇室宗亲，仁德之名四海皆知，如果能占领荆、益两州，联合孙权，在内勤修政务，对外掌握变局，王霸大业便成了。"

说罢，诸葛亮让童子拿来一轴地图，挂于堂上，手指着地图说道："如今曹操占据北方，占去天时，孙权占得地利，将军若想成就霸业，那么只有占据人和。先取荆州，再取西川，与曹操和孙权形成三足鼎立之势，再图中原。"

刘备听了诸葛亮一番话，茅塞顿开，有如拨开云雾见天日一般。自此，刘备的身边多了一个谋士之才诸葛亮。

第五十九章

终章

曹操欲率军攻打荆州，但是没等大军抵达荆州，就得到了刘表病死了的消息。手下禀告曹操，说刘表的儿子刘琮继承了他的位子。曹操命令大军继续前行，没有因为刘表的死放弃征讨荆州。

刘琮因惧怕曹操，已有意归降，但是他没有声张，因为此时刘备为了躲避曹操，正投靠于他，并驻军樊城。直到刘备发现刘琮的异常，派人去质问刘琮，刘琮才把自己想归降曹操的决定告诉刘备。

刘备得知刘琮准备降曹，大惊失色，只得带领部众向南逃跑。快要抵达当阳时，追随刘备的部众已达十余万人。由于人数众多，辎重过重，大军行动十分缓慢。

曹操收到刘备正往南逃跑的消息，为了防止存放于江陵的大量粮秣和武器被刘备夺走，曹操率领精兵强将在后面紧紧追赶。终于在当阳长坂追上了刘备。

两军相见，分外眼红，在激烈的交战中，刘备大败，部众溃散而逃，而刘备再次和家小离散，只身与诸葛亮、赵云等人仓皇逃走。刘备带着残兵败将，千辛万苦地与关羽于江陵会师，众人乘船渡过沔水，抵达夏口。

击溃刘备后，曹操率军在江陵驻军。自从郭嘉不在了，曹操变得话少了，性格也越发让人捉摸不透，营帐内不再喧嚣热闹，除了必要的会议，他现在更喜欢自己安静地待着。

夜深人静好像就是为思念故友所准备的，曹操拿起桌子上的笔，写道："奉孝随我征战十余年，荆棘载途，艰难曲折，不管多艰险的日子，我们都能同舟共济，共渡难关。多亏他的神机妙算，通达事理，我曾多次想过将后事托付给他，而他却在中年长逝，叫我如何能接受呢？奉孝乃最了解我之人，而今天下还有谁能像他一般与我相知相伴呢？文若可能理解我心中的悲痛？"写好后，曹操命人送给正留守在许都的荀彧。

荀彧看过信后，心中悲恸，他对郭嘉的痛惜一点儿也不比曹操少，郭嘉是他的挚友、兄弟，可惜只能天各一方，所有的感伤最后只能化为悲叹。

此时，刘表去世的消息也传到了孙权那里。

"荆州乃南北走向的重要官道，还是控扼长江和汉江的水路交通，土地广阔，百姓富庶，如果能够夺取荆州，便是占据了极其有利的地理位置。刘备此时正投奔于刘表处，他跟曹操之间的关系犹如两虎，不如我去说服刘备与我们结盟，若是我们两军联合，那么曹操便毫无胜算。荆州与我们接壤，一旦曹操抢占先机，夺了荆州，那么我们的处境就危险了。"鲁肃向孙权建议道。

孙权认为鲁肃说得有道理，便派他去劝说刘备。然而，当鲁肃抵达南郡时，才知道刘琮已经归降曹操，而刘备则率军向南逃去。于是，鲁肃又赶往当阳长坂去见刘备。

见到刘备，鲁肃开门见山地说出来意。经过鲁肃的分析，刘备也认为与孙权结盟是眼下最好的选择。然而就在这时，曹操已以雷霆之势夺取了南郡，大军即将顺长江而下。

在这样危急的情况下，刘备派诸葛亮跟鲁肃一同前往孙权驻地请求援军。

诸葛亮见到孙权，与他分析了眼前的局势："将军，如今曹操已率领大军攻陷了北方的州郡，现在又南下夺取了荆州，势力如日中天。将军若是要与曹操对抗，那么对您最有利的就是与我家主公结盟。"

"刘备刚刚遭遇挫败，如再面对曹操大军，他怎么应对？"孙权问道。

"我军虽然遭受挫折，但士气尚在。主公已集结余下部众，加上关羽所率的水军，军力不成问题。曹操大军从北方远道而来，长途跋涉，身心俱疲。正所谓'强弩之末，势不能穿鲁缟'。最重要的是曹操大军不熟悉水战，而且荆州看似归附曹操，实则是畏惧曹操，并没有打心里臣服于他。倘若我们两军联合，定能击破曹操。"诸葛亮应道。

孙权听后，认为诸葛亮的话不无道理，但是，其他大臣却因为惧怕曹操，心生怯意，不同意与曹操交战。为了能够顺利出兵，还可以安抚大家，孙权只得召回此前被派去鄱阳的周瑜，与他共商大事。

周瑜快马加鞭地赶回来，对孙权说道："曹操虽然举全军之力南下，但是他全然没有顾虑到，士兵们如何在错综复杂的河川湖泊之间作战，而且他们都是北方人，初到南方，定会水土不服，导致身体出现不适。

现在正是严冬，千里冰封，曹军的战马上哪儿吃到野草。不仅前路茫茫，曹操还有北方边疆未定，西方马超、韩遂未平，这些都是他的后患。"周瑜目光如炬，信心满满地说道："让我带领五万精锐，定能为将军击破来敌。"

"还是公瑾最懂我心。我现在没办法一下子调集五万人马，只征调了三万精骑，其他所需都已齐备，你先跟鲁肃和程普出发，我留下来再继续征调人马，保证你们前方的粮秣供应。若是你取得胜利，我们的难题就迎刃而解。倘若失利，我定当前去与曹操拼个你死我活。"孙权郑重地说道，随即他命周瑜、程普分别担任左右都督，鲁肃任赞军校尉，领兵西上，与刘备合力迎战曹操。

建安十三年十一月，曹操大军与周瑜大军于赤壁列开阵势，两军遥遥相对，蓄势待发。

曹操在营帐中与众人商议，打算再派一人过江，打探消息。

"主公，请让我再去一次。"蒋干自告奋勇道。

"上次空手而归，这次再去，周瑜必定起疑，未必能有收获。"荀攸劝谏道。

"我保证，这次一定打探到确实消息，回来禀告主公。"蒋干一心想再次过江。曹操见状，便点头应允。

手下来报，说蒋干又来了，周瑜听后，暗自窃喜，心想：蒋干一来，我的计划就成功了。随即让鲁肃把庞统请来。这庞统也大有来头，他便是与诸葛亮齐名的凤雏先生，此时因躲避战乱正寓居江东。经鲁肃引荐，得到了周瑜的赏识。原本三个人就在谋划御敌之计，正愁没有引子，蒋干的到来，堪称一股东风。

周瑜坐于大帐之上，见到蒋干，一脸怒容地说道："子翼，未免欺人太甚！"

"公瑾何出此言？"蒋干赔笑道。

"我念及旧情，所以上次才会请你入帐，痛饮一番，可你呢？却偷了我的密信，坏了我的计划。而今无故又来，怕是又惦记我军中机密，若不是看在以前的情分，早把你拖出去斩了。"说着，他便吩咐手下，"这一两日我就要消灭曹军，把蒋先生送到西山的庵里照看，以防又坏我好事。"说完，周瑜便起身离开，没给蒋干说话的机会。

周瑜的手下按照命令，把蒋干送到西山的小庵里，并留下两名士兵看管蒋干。到了晚上，蒋干闲来无事，便出来散步，好巧不巧地让他遇到了与诸葛亮齐名的凤雏先生庞统。蒋干心中大喜，在与庞统的交谈中，蒋干得知庞统有意离开江东，心想：此乃天赐良机，终于跟主公有交代了。

于是，蒋干轻而易举地把庞统带到了曹操面前。

曹操见到庞统，自然欣喜，立马寒暄起来。庞统谦恭地应着，说自己特别景仰曹操，想一睹曹军的风采。庞统这话算是说到曹操心坎儿里了，当即命人备马，带着庞统来到旱寨。两个人登高观瞻，庞统对曹操选的安营之处赞不绝口，连连夸赞。

随后，曹操又领着庞统去看水寨。水寨朝南方向开了24座水门，四周是威武的战舰，中间留有水路通道，不时地有小船来往其中，宛如城池一般。

"丞相果然善于兵道，江东恐难与丞相抗衡。"庞统赞道。

"凤雏先生谬赞了。"曹操一脸高兴地说道，命人摆好酒菜，热情款待庞统。

席间曹操与庞统讨论起兵法，庞统口若悬河，侃侃而谈，曹操更加赞赏。酒过三巡，庞统借着酒意说道："丞相率军南下，难免会不适应这边的气候，若不好好照料很容易生病，不知军中可安排好大夫？"

"先生说得是，已经有很多士兵因水土不服而生病，我正愁于此事，先生可有什么好的办法？"曹操忙问道。

"大江之中，风浪不息，颠簸不断，不习惯坐船的人，容易生病。若是将大小战船首尾用铁环连在一起，再在上面铺上木板，这样人走在上面，就像走在平地一般，根本感觉不到江浪的存在。"庞统建议道。

"先生此法甚好！"曹操赞道，当即传令命军中铁匠连夜打造连环大钉，把船只都锁在一起。

于禁向曹操报告说，大小船只都已连锁停好，只等曹操视察。这时，天空突然刮起了西北风，船帆被风吹得鼓起，一片片浪花打在船只身上，而风浪中的船只却稳如平地，船上的将士更是丝毫不受影响。曹操在将台上看着底下欢呼的将士们，十分高兴。

曹操转身回到营帐，对众人说道："多亏了庞先生的妙计，现在就算风浪再大，将士们也像是在平地上行走一般。"

"主公，将船只连在一起诚然平稳，但如果此时敌人采用火攻，那我们的处境就危险了。"程昱提醒道。

"是啊主公，不得不防啊！"荀攸也赞同程昱的意见。

"凡用火攻，定要借助风力。眼下正值寒冬，只会刮西北风，倘若周瑜采用火攻，只会烧到自己的军马。"让曹操这么笃定周瑜不会用火攻，还有另外一个原因，之前黄盖曾写了一封归降的密信派人送给曹操，如今有了黄盖这个内应，曹操怎会惧怕江东。只是在等待黄盖的消息时，出乎所有人意料的事情发生了，恢复短暂平静的江面上，竟然刮起了令人生畏的东南风……

而周瑜此时，正在营帐内，召集众将秘密部署，准备奋起一战。他令甘宁带领一队军马，由蔡中引导，假扮曹军，深入曹操后方屯放粮秣之所，放火烧粮，直取乌林。又令太史慈率领三千骑兵，向黄州地界进发，阻断曹操的退路。随后又派吕蒙领兵三千，奔乌林去接应甘宁，焚烧曹操寨栅。待部署完毕之后，周瑜又命黄盖准备好火船，并派人送信给曹操，约定当晚过江投降。

　　"主公，突然刮起了东南风，我们还是要提防周瑜用火攻。"程昱提醒曹操道。

　　曹操笑道："冬至过后是会有东南风的，不过无需担忧，别忘了，我们还有黄盖。"正说话间，士兵忽然来报，说是有一只江东的小船，声称带有黄盖的密信。

　　曹操急忙命士兵把送信之人带到营帐内，那人把信呈给曹操，曹操立即拆开来看，黄盖在信上说他会在当夜刺杀江东大将，带着装有粮秣的船只过江来降，船上会插着青龙牙旗，以做暗号。

　　曹操看过信后，大喜过望，便带着众人来到水寨中的大船上，等待黄盖的船只到来。

　　夜幕降临，周瑜身披铠甲，手持佩剑，一声令下，战船一齐向前进发。

　　黄盖带领的火船航行在最前面，战船上装满了干燥的木柴和芦苇，船舱内灌满了脂油，用帐幕密密地包好，生怕漏出一点儿，随后又在船上插上青龙牙旗，一切准备妥当，黄盖便乘船急驶，往赤壁进发。

　　风越来越大，波浪越来越汹涌，曹操站在中军的战船上，期盼地看着远方，只见一簇帆樯，乘风破浪而来，船上飘扬着的青龙牙旗尤为显眼，曹操大喜道："仲德，看到没有，黄盖来了！"

待船只慢慢靠近，程昱双眼微眯，立刻对曹操说道："主公，来船有诈，切勿让它们靠近营寨。"

"哪里有诈？"曹操忙问。

"若是船上载满粮草，以粮草的重量，绝对不会使船身又轻又飘。还有，今夜东南风刮得如此猛烈，更要提防他们使诈。"程昱说道。

曹操如梦初醒，但为时已晚。他让文聘赶快上前阻止来船，没承想文聘阻止的话还没说完，就被对方一箭射来，正中左臂。见将军倒下了，船上的士兵也慌了手脚，纷纷掉转船头，各自逃命。

就在距离曹操水寨仅剩二里地时，黄盖一声令下，船只一齐点火，火趁风威，风助火势，顷刻之间，浓烟滚滚，火焰直冲霄汉。黄盖带领的火船宛如一个巨大的火球，撞入曹操的水寨，寨中的船只一下子全被点燃，顿时燃起一片火海，因为曹军的船只被铁环紧紧锁住，根本无处逃避，一时间哀声遍野，哭号震天。

周瑜率领援军随后赶到，战鼓雷鸣，震天动地，曹操大军霎时崩溃。

曹操眼见情势已经无法控制，想跳上岸逃命，不料岸上也是火光一片，危急时刻，张辽驾着一只小船赶到，把曹操解救下来。随后，张辽和十几个士兵保护着曹操，向渡口逃去。

黄盖眼尖，在火光中看见曹操下了小船，便飞速前进，追击曹操。张辽见状，连忙拈弓搭箭，一箭向黄盖射去。只听"啊"的一声，黄盖中箭，被士兵们慌忙送回了营寨。

曹操在张辽的保护下，带着残军从华容道向西逃亡。沿途道路泥泞不堪，众人忍饥挨饿，艰难行走。不料，又遇到了关羽的阻截，好在关羽念及当日曹操对他的恩情，曹操才得以逃过一劫。直至逃到南郡附近，曹操才与曹仁率领的援军相遇。

曹仁见到曹操这般狼狈，心里不是滋味儿，赶忙将他带到南郡休整。曹仁为曹操准备了丰富的酒菜。酒桌上，曹操已经不见逃亡时的狼狈模样，换上了干净整洁的衣袍，他盯着眼前的酒杯，却始终没有拿起，所有的郁结都化作一声："奉孝啊！"曹操掩面，他想起郭嘉死后，让刀刀交给自己的那封信，郭嘉在信中曾叮嘱过他，周瑜善于用兵之道，更精于以计为首，定要小心防范，若与江东开战，万不可轻敌。但是没有了郭嘉在旁的提醒，他还是大意了，导致大军惨败，曹操捶胸顿足，喊着郭嘉的名字放声哭道，"奉孝啊！倘若你今天还在，我怎能败得如此凄惨！"

曹操大军败逃后，周瑜乘胜夺取了南郡，孙权大喜，随即任命周瑜兼任南郡郡守一职，率军驻守江陵。而周瑜则把长江南岸划分给刘备，使其驻军油口。

建安十五年，曹操在邺城兴筑铜雀台。

铜雀台落成当日，曹操头戴嵌宝金冠，身穿绿锦罗袍，玉带珠履，凭高而坐，于铜雀台大会文武众臣，并设宴款待众人。酒宴上，曹操将自己有感而发，直抒胸臆，洋洋洒洒写下的《让县自明本志令》发表于众，众臣听后，无不被曹操的雄心壮志所折服。

看着身侧的众臣，曹操感叹道："如果奉孝还在该有多好，今日便可与我把酒言欢，共叙情长。只可惜他中年夭折，看不到现在的盛景，我心中无时无刻不在惦念他！"

坐在一旁的荀彧，看向另一侧，早已不是郭嘉的身影。记得当年郭嘉初到曹营，也是同样的位置，却已物是人非。如今曹操坐于高台，不知道还是不是当初那个自己义无反顾追随的人了……

建安十六年，曹操派人讨伐汉中郡，消息不胫而走，割据关中的各路将领顿时慌作一团，以为曹操是来讨伐自己的。于是马超、韩遂、杨秋等人联合起来，集结人马十余万，据守潼关。

曹操得知马超等人合兵叛乱，决定亲自率军讨伐马超等人。抵达潼关后，曹操一边亲自坐镇，正面牵制叛军，一边派人悄悄地绕到叛军营地的后方扎营。

待曹操安排好阵势，便等着叛军自投罗网。等马超、韩遂他们发觉被团团围住时，为时已晚，只能乘夜突击，然而，却被伏兵打败，只好放弃潼关，向渭水之南退去。为了保全性命，他们派人向曹操求和，曹操本就是抱着歼灭他们的决心才出兵，此刻怎会答应他们的归降。

"主公，要想歼灭他们，何须我们亲自动手，攻心即可。"贾诩向曹操献计。恰好此时，韩遂来到曹营，希望曹操可以见一见他这个昔日故友。曹操想起贾诩的计策，便应允了。

曹操与韩遂在大军阵前寒暄了很久，诉说着当年在京师的往事和昔日的亲友，一句关于两军之战的事情都没有提到。韩遂跟曹操辞别后便返回大营。岂料，马超等人因韩遂之举动，疑心四起。

当夜，曹操又亲笔写了一封书信给韩遂，信中的内容被他涂涂抹抹多处，随后派人送给韩遂。不出所料，这封信落入了马超之手。马超打开一看，更加怀疑韩遂是曹操的内应，欲杀之。只是没等马超动手，曹操的战书随后就到了，两军约定好决战的日子。马超等人更加怀疑韩遂。曹操估算着敌人已经离心，便约定日期决战，结果可想而知，叛军惨败。

建安十七年，曹操欲晋爵国公，加封九锡。九锡就是皇帝对大臣的九种赏赐，有车马、衣服、乐县、弓矢、朱户、纳陛、虎贲、斧钺、秬鬯九种赐物。这些是对大臣的最高礼遇。

众所周知，皇帝为董卓所立，董卓也不过得了"赞拜不名，入朝不趋，剑履上殿"，若是曹操得了九锡，便是大汉权力最大、功勋最高的臣子。

历史上曾有一人得到过九锡的赏赐，就是在得到九锡赏赐之后不久，建立新朝的王莽。也正因为有王莽的改制先例，让曹操与荀彧在这件事上，产生歧义，甚至离心。

荀彧曾问过荀攸，对曹操得九锡的事儿有什么看法。荀攸在曹操身边也有很长的时间，曹操所经历的不易，他仍记忆犹新，功勋也历历在目，所以荀攸认为曹操晋爵国公，九锡备物，当之无愧。但是在荀彧的心里，始终只有一个汉朝，而曹操只是汉朝的臣子，不应该再妄图其他。

随着曹操的有意疏远，荀彧心中郁结。每当想到自己不再被重用之时，荀彧总是在心里问已故的郭嘉：奉孝，换作是你，会如何抉择？只是荀彧永远等不到郭嘉的答案。

由于忧虑过深，没过多久，荀彧在寿春病逝。

曹操得知荀彧病逝后，心痛难忍，哭道："在我身旁的两个人都离我而去了……奉孝这样，文若亦是如此，叫我怎么不痛心呢？我与文若相交二十余载，如今天各一方，悲矣！悲矣！"

建安二十年三月，曹操率领大军继续讨伐汉中郡的张鲁。

张鲁得知曹操挥军前来，惧怕曹军的勇猛，准备献出汉中郡，归降曹操，但是他的弟弟张卫却坚决不降，并带领数万人马固守关隘，沿山筑墙，长达十余里。

有降兵曾向曹操报告说张鲁的大军轻而易举就能攻破。原本曹操还是信心满满，然而等兵临关下时，却发现完全不是降兵所说的那样，此地山陡如削，无法攀登，一时难以攻克，再在这耗下去，不但粮秣供应不足，攀登上山就会折损很多士兵。

曹操叹息道："解我忧者，唯有奉孝啊！"说罢，便派夏侯惇、许褚将已经攀登上山的士兵召回。但此时已登山的前锋部队却迷路了，误闯了张卫的另一个营寨。

张卫营中的士兵突然见到曹军，惊慌之下，不战而败，四处逃散。夏侯惇、许褚闻讯，匆匆赶来察看，立刻向曹操报告。曹操接到夏侯惇传来的消息，当即领军直奔张卫大营，张卫抵挡不住曹军的攻势，趁着夜黑奔逃而走。张鲁听到阳平关沦陷的消息，只得弃了汉中，转投他处。

曹操顺势夺取汉中。

建安二十年八月，孙权趁曹操远征张鲁之际，率领10万大军亲征合肥县。此时驻守合肥的是张辽、乐进和李典，而城中之兵也只有不到一万人。

曹操在征讨张鲁时，临行前交给合肥护军薛悌一封密信，信封上写着："敌到即拆。"眼下孙权大军已兵临城下，薛悌连忙拆开密信，曹操在信中说如果孙权亲自领兵攻打合肥，就让张辽和李典迎战，乐进守城，薛悌按兵不动。

得到曹操的指令，让素来不和的张辽和李典放下了私人恩怨，为了守住合肥，为了击败孙权，两个人拧成一股绳儿，奋力一战。

只见张辽身披铠甲，手持铁戟，纵马而出，直取孙权。孙权没想到曹将竟如此勇猛，张皇失措，慌忙逃到一座山丘的上面，孙权的士兵用长戟列成围墙，将孙权保护其中。

张辽站在山丘之下叫骂，让孙权下来决战。孙权见张辽势单力薄，便让手下士兵把张辽围住，张辽没有露出一丝怯意，反而眼睛血红，全力出击，孙军见状，纷纷闪躲，都不敢靠前。

如此一来，孙权大军的气势全无，只好撤退。

建安二十一年，曹操得以晋封魏公，获得九锡，并被晋封为魏王。众人前来恭贺，热闹退去后，曹操独自坐在庭院中，看着满天繁星，思念着已故之人，自言自语道："这种天气是廷儿最喜欢的……奉孝啊，我所谋之大业，要成了……"

建安二十二年，曹操率军向居巢进发，亲征孙权。

此时孙权正在居巢附近的濡须坚守，他已无力承受曹操多年来不断的兴兵，决定归降于曹操。曹操欣然同意，双方盟誓，并缔结姻亲之好。

建安二十四年，夏侯渊已跟刘备于汉中僵持一年，心中早已焦躁难耐。刘备看出夏侯渊的破绽，故意示弱，夏侯渊原以为是攻打刘备的好机会，却兵败被斩。曹操经常告诫夏侯渊作为一个将领，可以有胆怯的时候，但最忌讳的就是仗恃勇敢，一味地不怕死，那只是匹夫之勇，结果夏侯渊还是死在了鲁莽上。

夏侯渊战死，曹操随即亲自率军前往汉中。

黄忠领兵发动奇袭，但迟迟未归，赵云便带领数十名骑兵出营察看，恰巧与曹操大军相遇，双方当即展开激战。赵云寡不敌众，只能且战且退。曹操大军在后面紧追不舍，直逼赵云大营。

让人疑惑的是，赵云退回营中后，命人大开营门，拔除旗帜，停止击鼓。曹操见状，怀疑赵云已经设下埋伏，不敢贸然出击。就在曹操准备领兵撤退之时，赵云的大营中突然鼓声震天，曹操大军顿时慌乱而逃。

之后，曹操与刘备对峙了一个多月，粮秣殆尽，士兵偷逃，无奈之下，曹操只好率军撤退，返回长安。

自此，刘备完全占领汉中郡。

建安二十五年，正月二十三日，曹操在洛阳去世。同年，十月十三日，皇帝刘协命人"持节"，把御玺、诏书都送给了曹操之子曹丕，并将帝位禅让给曹丕。十月二十九日，曹丕登上高台，接受御玺，正式称帝，定都洛阳，改年号为黄初。

孙权仍是曹魏国的藩属。

魏黄初二年，即章武元年，四月初六，刘备在蜀郡即皇帝位，改年号为章武。因首都设在蜀郡，所以称之为蜀汉。

天下三分之局，正式开始！

至此，世上再无与郭嘉相关之人！

全文完